Teil 1

Die Symbole des Todes

LEO BORN
Vergessene Gräber

Weitere Titel des Autors:

Blinde Rache
Lautlose Schreie
Brennende Narben
Blutige Gnade
Kalte Schuld

Titel auch als Hörbuch erhältlich

Über den Autor:

Leo Born ist das Pseudonym eines deutschen Krimi- und Thriller-Autors, der bereits zahlreiche Bücher veröffentlicht hat. Der Autor lebt mit seiner Familie in Frankfurt am Main. Dort ermittelt auch – auf recht unkonventionelle Weise – seine Kommissarin Mara Billinsky.

LEO BORN

VERGESSENE GRÄBER

EIN MARA BILLINSKY THRILLER

lübbe

Dieser Titel ist auch als Hörbuch und E-Book erschienen

Originalausgabe

Copyright © 2021 by Bastei Lübbe AG, Köln
Textredaktion: Bernhard Stäber
Umschlaggestaltung: Massimo Peter-Bille
Unter Verwendung von Motiven von
© Shutterstock: Midiwaves | KHIUS | r.classen
Satz: hanseatenSatz-bremen, Bremen
Gesetzt aus der Stempel Garamond
Druck und Verarbeitung: GGP Media GmbH, Pößneck
Printed in Germany
ISBN 978-3- 404-18093-6

2   4   5   3

Sie finden uns im Internet unter
www.luebbe.de
Bitte beachten Sie auch: www.lesejury.de

1

Sie hatte ein Monster kennengelernt. Hatte ihm in die Augen geblickt und darin die Hölle gesehen. Eine stumpfe, farblose, erbarmungslose Hölle. Sie zitterte, ihr Körper bebte geradezu. Ihre Gedanken rasten und landeten doch immer in denselben dunklen Winkeln ihres Kopfes, der so sehr schmerzte. Kamen immer bei denselben Fragen an.

Wann war die Lösegeldforderung zu Hause eingegangen?

Wie hatten ihre Eltern reagiert?

Wann würde die Geldübergabe stattfinden?

Sie kauerte in der hintersten Ecke des Raumes, rollte sich in Fötushaltung auf der Matratze zusammen, deren Gestank sich mit dem Geruch ihres getrockneten Schweißes vermischte. Ihr war kalt. Doch sie wusste genau, dass sie sofort wieder am ganzen Körper heftig schwitzen würde, sobald sie die Schritte des Monsters hörte.

Nie hätte Sina Tannheim es für möglich gehalten, dass ein solches Wesen existieren konnte. Dass ausgerechnet *sie* ihm begegnen würde. Nie hätte sie es für möglich gehalten, dass man aus nichts anderem als aus Angst bestehen konnte, einer panischen, beinahe irrwitzigen Furcht.

Sie sog die Luft ein. Sie blinzelte, sah sich um in der mattschwarzen Finsternis, die sie umgab und die lediglich von einem hauchdünnen Streifen Helligkeit zerrissen wurde. Dort, am unteren Rand des von innen mit einer Sperrholzplatte verbarrikadierten Fensters, signalisierte ihr hellgraues Licht, dass es Tag sein musste. Wie lange befand sie sich mittlerweile hier? Wohl mehr als achtundvierzig Stunden. Knappe zehn Quadratmeter. Nackter Boden, nackte Wände. Für ihre Notdurft gab es einen Eimer, dessen verbeultes Blech schimmerte. Ein Heizkörper auf Rollen, betrieben mit einem brummenden Generator, sorgte dafür, dass sie nicht erfror. Dabei wäre der Tod vielleicht sogar eine Erleichterung.

Ja. Mehr als achtundvierzig Stunden Hölle.

Sina versuchte so ruhig wie möglich zu atmen und einen letzten Rest Hoffnung zusammenzukratzen. Bald musste es doch vorbei sein, sagte sie sich. *Bald.* Dann wäre sie frei. Zurück in ihrem alten Leben, das so geradlinig, unbeschwert und vielversprechend verlaufen war. Bis zu jenem Tag, an dem das Monster ... nein, nicht daran denken, die Gedanken daran einfach nicht zulassen. Und doch hetzten ihr bereits wieder unaufhaltsam dieselben Fragen entgegen.

Wann war die Lösegeldforderung zu Hause eingegangen?
Wie hatten ihre Eltern reagiert?
Wann würde die Geldübergabe stattfinden?

Endlich gelang es Sina, gleichmäßiger zu atmen. Sie holte Luft, stieß sie aus, immer wieder, als wäre es das Einzige, wozu sie noch imstande war. Einatmen. Ausatmen. Einatmen. Ausatmen.

Im nächsten Moment zerschellte ihre gerade wiedererlangte Ruhe wie hauchdünnes Glas.

Schritte.

Sie biss sich auf die Unterlippe, bis sie bitteres, metallisches Blut schmeckte.

Die Schritte kamen näher.

Dreimal hatte er ihr es schon angetan. Früher hätte sie wohl angenommen, das erste Mal müsste das Schlimmste sein. Doch so war es nicht. Mit jeder Sekunde Warten auf das nächste Mal wurde es quälender.

»Bitte nicht!«, flüsterte sie, die Augen zugepresst, die Finger ineinandergekrampft. »*Bitte nicht!*« Sie zog ihren Rock herunter, so weit es ging. Sie drückte die Innenseiten ihrer Schenkel fest zusammen und spürte dabei das Blut, das auf ihrer hellen Haut rostrot eingetrocknet war. Ihre Fingernägel waren abgebrochen, ihr Haar klebte am Kopf. Schon wieder Schweiß. *Angstschweiß.*

Die letzten Schritte. Das Öffnen der Tür, das von einem leisen Quietschen begleitet wurde.

Sina zitterte noch stärker. Sie hatte das Gefühl, sich übergeben zu müssen. Dass Furcht so *wehtun* konnte! Ein nicht allein seelischer, sondern tatsächlich körperlicher Schmerz.

Bitte nicht, bitte nicht!

Lieber sterben.

Oder war ...?

Ein Gedanke durchzuckte sie, jäh wie ein Blitz: Würde er ihr womöglich sagen, dass das Lösegeld bezahlt worden sei? Dass alles vorüber sei?

Aber sie hatte ihn gesehen. Sein Gesicht. Die Fratze dieses Monsters. Sie konnte ihn *beschreiben.*

Die Tür wurde komplett aufgestoßen. Ein großes Viereck aus Tageslicht wurde sichtbar, in dessen Mitte die dunklen Umrisse des Mannes aufragten. Die Helligkeit blendete Sina. Aber nicht nur deshalb senkte sie sofort den Blick. Sie wagte es nicht, ihn anzuschauen, schielte nur zu seinen festen Schuhen.

Er ging kurz in die Knie, um den wieder mit Salzkräckern und getrockneten Apfelringen gefüllten Plastikteller sowie einen Pappbecher mit Wasser auf dem Boden abzustellen.

Sie spürte seinen taxierenden Blick wie eine Berührung.

Er richtete sich auf, kam auf sie zu.

Sie musste würgen, aber nur ein wenig Schleim drang aus ihrer Kehle. Sie spuckte.

Das Monster stand da und wartete geduldig.

Noch ein Würgen, noch ein bisschen Schleim. Sina betrachtete hilflos die kleine grünliche Lache neben der Matratze.

»Fertig?«, raunte er ihr zu. »Genug gekotzt?«

Weiterhin hielt sie die Lider gesenkt. Sie wimmerte.

Dann war er bei ihr. Ganz nahe. Zerrte ihren Rock nach oben. Seine eiskalten, harten Hände auf ihrer Haut. Seine Kraft. Sein Keuchen.

Lieber sterben.

2

Die Pullover in grellem Bordeaux oder Türkis gehörten der Vergangenheit an. Sie waren allesamt im Altkleidercontainer gelandet. Kommissar Jan Rosen trug inzwischen graue oder schwarze Longsleeves, gelegentlich einen dunklen Hoodie. Das passte auch besser zu der nachtblauen Wollmütze und der Jacke im Armeestil. Aber es ging um viel mehr als um einen neuen Look – es ging um einen neuen Rosen. So erhoffte er es sich zumindest. Um einen härteren, mutigeren, ehrgeizigeren Kriminalbeamten, als er es bisher gewesen war. Ihm war selbst nicht so ganz klar, warum er derart lange auf schrille Farben gesetzt hatte – vielleicht nur, um von seiner stillen, scheuen Art mit etwas Schreiendem abzulenken.

Er streifte sich die Mütze über, als er vor das Präsidium trat. Der Abend senkte sich über die Stadt. Am Himmel bildeten Wolkenfetzen ein wildes Muster. Der letzte Schneeregen lag kaum eine Stunde zurück. Es war noch einmal richtig kalt geworden, der Winter schien einfach kein Ende zu nehmen.

Einen Moment war Rosen versucht, nach oben zu den Fenstern des Großraumbüros zu spähen, das er mit anderen Beamten der Mordkommission teilte. Er meinte förmlich den Blick aus den beunruhigend dunklen Augen zu spüren, die seiner Kollegin Mara Billinsky gehörten.

»Gehst du wieder ins Bahnhofsviertel?«, hatte sie ihn vorhin gefragt, als er sich in den Feierabend verabschiedete.

Seine Antwort war nur ein vages Murmeln gewesen, ausgelöst durch den mitleidigen Ton, den er in ihrer Stimme wahrzunehmen meinte.

»Ich habe nichts vor, ich könnte dich begleiten«, hatte sie

angeboten, doch er hatte sich rasch nach draußen auf den Flur geschoben.

Er wollte nicht, dass Billinsky ihn unterstützte. Er wollte nicht einmal, dass sie davon wusste, dass er mehrmals in der Woche in das eigentlich von ihm verhasste Viertel aufbrach, um die Straßen zu durchstreifen. Er hätte es ihr nie sagen sollen. Dass Anyana Lupescu seine Gedanken immer noch täglich beschäftigte. Dass er Anyana *suchte*. Nicht etwa gezielt, nicht systematisch, sondern einfach nur auf gut Glück, ohne Plan, was gar nicht zu seiner ansonsten überlegten, fast pedantischen Vorgehensweise passte.

Beim Einsteigen in seinen Audi entdeckte er aus den Augenwinkeln tatsächlich Billinskys schmale Gestalt am Fenster, und er glitt schnell hinters Steuer. Auf der Fahrt musste er wie so oft über sie nachdenken. Das lag nicht nur daran, dass Mara die ganze Abteilung gehörig durcheinandergewirbelt hatte. Vor allem war sie ihm nach wie vor ein Rätsel, obwohl sie nun schon eine ganze Weile zusammenarbeiteten.

Gelegentlich, bei einem gemeinsamen Glas Wein nach Dienst, schien ihre raue Schale Risse zu bekommen. Aber immer wenn er meinte, dass sie nun wirklich einmal etwas von ihrem Innenleben preisgeben würde, machte sie gleich wieder dicht. Sie wurde die Krähe genannt, früher spöttisch, mittlerweile mit gewissem Respekt. Dank ihrer dunklen, hart und direkt blickenden Augen und ihrer ebenso schwarzen Klamotten ein treffender Spitzname – bisweilen allerdings wirkte sie auf Rosen auch ganz anders. Dann strahlte sie etwas Verletzliches, beinahe Zerbrechliches aus.

Ein Rätsel eben. Er würde wohl nie schlau aus ihr werden.

Mara verschwand aus seinen Gedanken, als er den Wagen am Rand des Bahnhofsviertels in eine enge Lücke bugsierte und kurz darauf die Moselstraße hinabschlenderte, die Hände tief in den Jackentaschen vergraben. Ihm wurde bewusst, dass er gar nicht den Kopf hob, um die Umgebung und die Passanten zu betrachten. Mach dir nichts vor, sagte er sich stumm, du suchst Anyana doch überhaupt nicht mehr.

Vor einigen Monaten hatte er sich in die rumänische Zwangsprostituierte verliebt. Sie hätte als Zeugin gegen einen Gangsterboss aussagen sollen, war jedoch kurz vor Prozessbeginn aus Angst untergetaucht.

Hals über Kopf hatte es Rosen erwischt, stärker denn je. Aber wie er sich nun eingestand, hatte er die Hoffnung, sie aufzuspüren, längst aufgegeben. Wieso zog es ihn also immer noch regelmäßig in diesen Teil der Stadt? Nur wegen der traurigen Aussicht, sonst allein zu Hause sitzen und melancholischen Jazz von Chet Baker hören zu müssen?

Es war noch kälter geworden. Neonlichter zuckten um ihn herum, Gelächter erklang, vorbeifahrende Zuhälter ließen die Motoren ihrer aufgemotzten Schlitten dröhnen. Aus den Eingängen der Stripschuppen und Laufhäuser wummerten Technobeats.

Jan Rosen ging weiter und weiter, in Wirklichkeit jedoch trat er auf der Stelle. Einmal hatte er Mara Billinsky aus einer mehr als brenzligen Situation retten können – das war sein großer Moment gewesen, da hatte es ausgesehen, als könnte er aus seinem Schattendasein im Team ausbrechen und endlich mehr Anerkennung erhalten. Doch im Laufe der Zeit hatte er sich wieder Zentimeter für Zentimeter in sein Schneckenhaus zurückgezogen und war erneut der Mann für die Recherche, für den Schreibtisch geworden, nicht für die Front. Die Chance war da gewesen, aber er hatte nicht beherzt genug zugepackt, er war nicht hartnäckig genug drangeblieben.

Unwillkürlich musste er erneut an Billinsky denken. Sie mit ihrer forschen, frechen, manchmal fast rücksichtslosen Art war erst der Auslöser für ihn gewesen, sich zu verändern. Ein Ansporn. Ein Weckruf. Sollte er ihr dankbar dafür sein oder sie deswegen eher verfluchen? Er wusste es nicht so recht, und das alles nagte an ihm. Jan Rosen musste endlich eine Antwort finden, welchen Weg er denn nun einschlagen wollte.

Die Kälte setzte ihm zu. Er betrat einen türkischen Stehimbiss und bestellte einen Tee und einen Döner. Kurze Zeit später war er schon wieder auf der Straße, missmutig und ein wenig müde. Ein Betrunkener rempelte ihn an, ein Transvestit warf ihm spöttisch eine Kusshand zu. Rosen senkte den Blick, und die Sinnlosigkeit seiner Ausflüge in dieses Viertel war auf einmal geradezu erdrückend. Es wurde wirklich Zeit, nach Hause zu verschwinden. In seiner Wohnung war es einsam, aber wenigstens warm.

Zwei Frauen und ein Mann, die aus einem Hauseingang neben einem Sexshop herauskamen, fielen ihm auf. Der Kerl hatte beide Frauen hart am Arm gepackt und schimpfte auf sie ein. Diese Zuhältertypen mit ihren Muskelbergen und Tätowierungen widerten Rosen an. Er verlangsamte unbewusst seinen Schritt und hielt mitten in der Bewegung inne.

Eine der Frauen erinnerte ihn an Anyana. Aber so selten kam das auch nicht vor. In diesen Straßen gab es eben viele Mädchen wie sie, mit aufreizendem Gang, kurvigen Figuren und knapper Kleidung, selbst bei solcher Witterung. Die Frau hatte dunkelbraunes Haar, auch wie Anyana, aber deutlich kürzer, nur bis zu den Schultern.

Rosen beschleunigte schon wieder. Er war fast an dem Zuhälter vorbei, der die Frauen gerade mit Beleidigungen eindeckte, als ihm etwas auffiel.

Erneut erstarrte er.

Dann wirbelte er herum.

Selbst auf die Entfernung war es zu erkennen: das leicht herzförmige Muttermal auf der Wange der Brünetten.

»Mein Gott!«, stieß Rosen hervor.

Der Zuhälter riss die Fondtür eines geparkten schwarzen BMW auf und stieß die Frauen auf die Rückbank. Dann knallte er die Tür zu. Sein Blick erfasste Rosen, der wie angewurzelt dastand und ihn anstarrte.

»Was glotzt du denn so?«, rief der Mann. Er war groß, breitschultrig und hatte ein sorgfältig gestutztes Kinnbärtchen.

Rosen brachte keinen Ton heraus. Das Muttermal. Es war da gewesen. Er hatte es doch gesehen.

Oder?

Die hinteren Scheiben waren getönt. Er hätte alles dafür gegeben, ins Innere spähen zu können. Der Typ präsentierte Rosen den Mittelfinger. Er schob sich auf den Fahrersitz, knallte die Autotür zu und startete den Motor.

»Halt!«, hörte sich Rosen rufen, er hob sogar den Arm und wurde neugierig von einigen Passanten beäugt.

Der Wagen fuhr los.

War es Anyana? Saß sie tatsächlich in diesem Auto? Oder wurde er langsam verrückt?

»Halt!«, rief er noch einmal. »Stopp!«

3

Lautlos öffneten sich die Aufzugtüren. Paulina betrat den Flur, der zur einzigen Wohnung des obersten Stockwerks führte. Im ganzen Gebäude war es still. Ein anonymer, unpersönlicher und schmuckloser Kasten, erbaut in den Siebzigern.

Die Sohlen ihrer gefütterten Stiefel mit den flachen Absätzen verursachten nicht das leiseste Geräusch auf dem hellbraunen, kaum abgelaufenen Teppich. Sie war in unauffälligen, eher dunklen Farbtönen gekleidet. Ihr Gesicht versteckte sie hinter einer großen Sonnenbrille und einer schwarzen Wollmütze, die sie tief in die Stirn gezogen hatte und die ihr langes blondes Haar komplett verhüllte. Keine einzige Strähne lugte unter dem Rand hervor.

Vor der Tür blieb Paulina stehen, um den Schlüssel, den sie bei ihrem letzten Besuch behalten hatte, aus der Manteltasche zu ziehen. Sie öffnete die Wohnungstür, verschwand im Inneren und schloss sie leise hinter sich. Grauenvoller Gestank schlug ihr entgegen. Doch nach einem kurzen Luftanhalten gelang es ihr, das auszublenden. Es gab Schlimmeres auf der Welt als üble Gerüche, oder etwa nicht?

Sich hier aufzuhalten, stellte ein beträchtliches Risiko dar und war nicht einmal absolut notwendig. Dennoch war sie nicht etwa unbedacht hierher aufgebrochen, sondern hatte sich informiert und dabei zu ihrer Überraschung festgestellt, dass das, was sich in diesen vier Wänden abgespielt hatte, noch immer nicht an die Öffentlichkeit gedrungen war.

Ja, ein stilles Haus, ein anonymes Haus. Und das spielte ihr in die Karten.

In den letzten Wochen war sie ständig von dem Gedanken

geplagt worden, dass sie etwas übersehen hatte und womöglich die Papiere nicht gründlich genug durchgegangen war. Die Sache hatte ihr einfach keine Ruhe gelassen.

Es gelang ihr auch weiterhin einigermaßen, den Geruch an sich abprallen zu lassen. Sie betrat das kleine Arbeitszimmer und durchsuchte den Schreibtisch. Das Leder ihrer Handschuhe strich über brüchig und gelblich gewordene Blätter. Sie schaltete den Computer ein und tippte das Passwort ein, das sie bei ihrem ersten Besuch erfahren hatte. Aber da fand sich nichts Neues, was ihr hätte weiterhelfen können.

Anschließend überprüfte sie den nach wie vor offen stehenden Safe. Eine größere Summe Bargeld hatte er enthalten, doch die hatte sie bereits an sich genommen. Sie betrachtete das einfache Chromregal und machte sich erneut am Schreibtisch zu schaffen. Nichts. Keine Adressbücher. Keine hastig hingekritzelten Telefonnummern. Keine sonstigen Notizen.

Paulina suchte das benachbarte Wohnzimmer auf. Es war recht groß, enthielt jedoch nur wenige Möbel. Sie widerstand der Versuchung, die Balkontür aufzureißen und frische Luft hineinzulassen, auch wenn sie ganz bestimmt niemandem aufgefallen wäre, weder einem Bewohner der ähnlich hohen Nachbargebäude noch einem möglichen Passanten, der aus einem zufälligen Impuls heraus nach oben gespäht hätte.

Beiläufig ließ sie den Blick über die Dächer wandern, über diese abweisende, unnahbare, hinterhältige Stadt. So war ihr Frankfurt immer vorgekommen. Ein paar Semester hatte sie an der Goethe-Universität studiert, doch das lag lange zurück. Sie wandte sich vom Fenster ab und betrachtete das einzige Gemälde, das sich in der gesamten Wohnung befand. Vor violettem Hintergrund zeigte es eine ganz in Weiß gekleidete, gesichtslose Ballerina, eingefangen in einer Pirouette. Das von einem wuchtigen Rahmen gehaltene Kunstwerk passte nicht zum kahlen Rest der Wohnung.

Nun durchsuchte sie das Bad und das winzige Zimmer mit

dem Gästebett, das wirkte, als wäre es niemals von irgendjemandem benutzt worden. Dann die Küche: die Schränke mit dem wenigen Geschirr, die Schubladen mit dem wenigen Besteck, den fast leeren Kühlschrank.

Zurück ins Wohnzimmer. Alles war aufgeräumt. Nichts stach ihr ins Auge. Sie roch den Staub der vielen Jahre, die ereignislos vorübergezogen sein mussten. Sie versuchte sich vorzustellen, wie der Mann hier einen Tag nach dem anderen verbracht haben musste. Woche für Woche, Monat für Monat, Jahr für Jahr. Leere. Eintönigkeit. Vor der Welt verborgen.

Paulina seufzte. Was für eine Schnapsidee. Sie hatte *nichts* übersehen, sie war schon beim ersten Mal gründlich genug gewesen. Was auch sonst?

Dennoch ging sie auch noch ins Schlafzimmer. Hier war der Gestank übermächtig. Sie presste hart die Lippen aufeinander und kniete sich neben das Bett, um den Nachtschrank zu überprüfen, auf dem noch zerfledderte Zeitungen lagen, deutsche und internationale.

Nichts. Sie stand auf und nahm sich den Kleiderschrank vor. Auch hier nichts Auffälliges.

Ja, eine Schnapsidee.

Doch penibel und hartnäckig, wie sie war, begab sie sich noch einmal in das Arbeitszimmer. Die einzigen Gegenstände, die sie außer dem Schlüssel und dem Bargeld an sich genommen hatte, waren alte Leitzordner gewesen. Auf dem Chromregal sah man noch, wo sie gestanden hatten: exakte Linien im Staub. Paulina zog ein Papiertaschentuch aus der Manteltasche und wischte die Spuren sorgfältig weg, damit kein cleverer Polizist darauf kommen konnte, dass hier etwas entwendet worden war.

Sie stand da, umgeben von Stille, und dachte nach. Zu allen Personen, die auf ihrer Liste standen, hatte sie Angaben in den Ordnern gefunden. Nur zu einer nicht. Ein vages Lächeln umspielte ihre Lippen, als ihr das Gemälde wieder einfiel. Von

Neuem betrat sie das Wohnzimmer. Sie nahm das Bild von der Wand und untersuchte es genauer. Auf der Rückseite, eingeklemmt zwischen Rahmen und Leinwand, stieß sie auf einen Umschlag. Sie öffnete ihn und überflog die Blätter und Fotografien, die er enthalten hatte.

Erneut musste sie lächeln. Ihr Instinkt hatte sie nicht getrogen. Trotz der Gefahr, trotz des Risikos hatte sie noch einmal hierherkommen müssen, und es hatte sich gelohnt. Sie schob alles zurück in den Umschlag und verstaute ihn in ihrer Innentasche. Jetzt verfügte sie auch über Informationen, die die letzte Person auf der Liste betrafen.

Wer hätte es gedacht? Der Kerl war also ein sentimentaler Hund gewesen: ein Umschlag hinter einem Gemälde. Sogar Fotos. Wie romantisch! Und wie lächerlich.

Sie hängte das Bild wieder auf.

Als Paulina die Wohnung verließ, musste sie am Schlafzimmer vorbei, dessen Tür nach wie vor offen stand. Sie warf keinen Blick mehr in den Raum, in dem der Mann auf dem Bett lag. Tot, stinkend, verwesend.

4

Der Motor des Taxis röhrte laut. Aus dem Radio drang indische Musik, die der turbantragende Fahrer leise gedreht hatte, als Dennis Malik auf der Rückbank Platz genommen und seine Adresse in Bockenheim genannt hatte. Jetzt war die Straße frei, der Wagen beschleunigte, rechts und links an den Fenstern schossen die Gebäude regelrecht vorbei.

Dennis schloss die Augen und merkte, dass sich sein Mund zu einem Grinsen verzog. Er war berauscht. Nicht nur von reichlich Gin-Tonic, sondern vor allem von der pulsierenden Gewissheit, unaufhaltsam zu sein. Das Studium war vorbei, er hatte mit grandiosen Noten abgeschlossen, die letzte Party lag hinter ihm, und in Kürze würde er zu einer ausgedehnten Neuseelandreise aufbrechen, nach deren Ende er seine erste Arztstelle anzutreten hatte. Nicht irgendwo, sondern im sonnigen Kalifornien, wo er bereits einige Semester studiert hatte. Die Welt stand ihm offen. Wie auf einem Silbertablett lag sie vor ihm, er musste nur noch zugreifen. Die Zukunft, das Leben. Jetzt konnte es *losgehen*.

Es war fast vier Uhr morgens, dennoch war er versucht, das Smartphone aus der Manteltasche zu ziehen, um seine Eltern anzurufen. Er verdankte ihnen so viel, und er wollte sie an seinem Glücksgefühl teilhaben lassen, selbst um diese Tageszeit. Doch sein Verstand gewann die Oberhand, er ließ das Handy stecken.

Sie erreichten die Konrad-Broßwitz-Straße, in der ihm sein Vater eine schicke Dachwohnung besorgt hatte. Dennis bezahlte, gab ein großzügiges Trinkgeld und stieg aus. Auch die harsche Frankfurter Kälte konnte seiner Hochstimmung nichts anhaben, als er in der Hosentasche ungeschickt nach dem Schlüssel wühlte. Er dachte an L. A., an den Strand von Santa Monica. An *The Ivy*, das Promi-Restaurant am Robertson Boulevard in Beverly Hills, und an *The Perch* in der Hill Street mit dieser unglaublichen Roof Top Bar. Er dachte an all die hübschen kalifornischen Blondinen. Wie hätte er da frieren können?

Pfeifend fuhr er im Aufzug nach oben. In der Wohnung stieg er aus den Halbschuhen und ließ den Mantel achtlos auf den Boden fallen. In seinem Kopf drehte es sich ein wenig. Noch immer pfiff er vor sich hin, laut und falsch. Erst im Wohnzimmer knipste er das Licht an, dimmte es jedoch gleich stark herunter. Die Ecke, in der das neue Ledersofa stand, blieb vollkommen von Dunkelheit erfüllt.

Noch einen Gin zum Abschluss?, fragte er sich stumm, als er stehen blieb, fast schon in der Mitte des Raumes. Da war doch noch eine Flasche *Hendrick's*, oder? Ein merkwürdiges Gefühl erfasste ihn. Ein *unangenehmes* Gefühl. Seine fröhliche Trunkenheit verlor sich schlagartig. Er drehte sich um.

Ein Mann stand neben der Zimmertür.

Dennis starrte ihn völlig perplex an.

Der Kerl war groß, breitschultrig. Und sein Gesicht war …

Mein Gott!, schoss es Dennis durch den Kopf. Ein Monster!

Was sollte das? Ein Einbruch? Nie hätte er damit gerechnet, dass … Aber Moment mal, nichts war durchwühlt worden, alles befand sich an seinem Platz. Dennis' Gedanken schlugen wilde Purzelbäume. Und dazu zerrte diese Stille an seinen Nerven.

»Wie sind Sie hier reingekommen?«, fragte er mit einer Stimme, die ihm ganz fremd war, so lächerlich dünn hing sie in der Luft.

»Das war kein Problem«, lautete die ruhige, sachliche Antwort des Mannes.

Und nun? Dennis wusste nicht, was er tun sollte. Eine fast absurde Situation. Hätte er nicht so viel Angst gehabt und wäre es hier nicht um ihn gegangen, hätte er womöglich laut loslachen müssen.

Aber es ging um ihn.

Der Fremde trat zu. Völlig ansatzlos. Er traf Dennis genau zwischen die Beine. Schmerz durchzuckte Dennis. Ein Faustschlag erfolgte so schnell, dass er ihn gar nicht sah. Er wurde quer durchs Zimmer geschleudert und landete auf dem Teppichboden, den seine Mutter liebevoll ausgesucht hatte.

Dennis war nie geschlagen worden, in seinem ganzen Leben nicht, und er konnte kaum fassen, was da innerhalb von Sekunden über ihn hereingebrochen war. Die Angst in seinem Inneren rang mit seinem Verstand, der einen klaren Gedanken hervorzubringen versuchte.

Blut lief ihm aus der Nase. War sie gebrochen? Er betastete sie vorsichtig, fühlte die klebrige Flüssigkeit.

»Hoch mit dir!«, befahl der Fremde, von dessen Handschuh ebenfalls Dennis' Blut tropfte.

Dennis gehorchte, fast schon mechanisch. Sein Blick wanderte von den roten Tupfern auf dem Teppich zu der Fratze des Mannes.

»Mein Bargeld«, hörte Dennis sich stammeln. »Es ist nicht viel in der Wohnung. Ehrlich.«

»Ich will deine Scheine nicht.«

»Ich habe keine Wertgegenstände«, sagte er hilflos.

»Drauf geschissen.«

»Meine Kreditkarte ist im Geldbeutel. In der Manteltasche. Der Mantel ist …«

»Ich will deine Kreditkarte nicht.«

Der Eindringling musterte ihn. Nicht etwa feindselig oder auch nur angespannt, sondern eher mit einer überheblichen Neugier. »Du hast bisher ein schönes Leben gehabt, oder?«, fragte er. »Sorgenfrei? Mit jeder Menge Spaß?«

Dennis starrte ihn hilflos an. Seine Angst wurde immer größer.

»Und nun wartet eine schöne Zukunft auf dich, stimmt's? Du bist wirklich ein beneidenswertes Kerlchen.«

Der nächste Hieb mit der Faust kam wiederum fast ansatzlos, und Dennis wurde gegen die Wand geschleudert. Noch ein Schlag. Er sackte zusammen. Seine Wange berührte den weichen Teppich, die Nase blutete noch stärker.

»Ich versteh das alles nicht«, jammerte er. »Warum?«

»Weil ich deine Tränen sehen will. Und deine Pisse, die dir vor Angst an den Beinen klebt.«

Es stimmte. Dennis hatte uriniert – und es gar nicht gemerkt.

Ein Geräusch ertönte. Ganz leise. Das Rascheln von Stoff, gefolgt vom Quietschen teuren Leders. Die Laute kamen von der im Dunkel liegenden Ecke des Wohnzimmers. Dennis spähte dorthin.

Auf dem Sofa saß jemand. Offensichtlich die ganze Zeit schon.

Die Person erhob sich und trat ins Licht.

Kalte Augen betrachteten ihn. Augen, die keinem Monster gehörten. Aber das machte alles nur umso verwirrender.

Was sollte das?, fragte sich Dennis erneut, in immer größerem Entsetzen. Er verstand nichts. Die Welt spielte verrückt. Hatte sich innerhalb eines Wimpernschlags von Weiß in Schwarz verfärbt.

»Meine Kreditkarte«, begann er in seiner Verzweiflung von Neuem. »Sie ist …«

»Vergiss endlich die Karte, vergiss das Geld, das sagte ich dir doch schon.« Der Fremde griff in seine Jackentasche und holte eine Rolle Klebeband hervor. »Es geht um etwas anderes. Um eine ganz andere Währung.«

»Und was soll das sein?«

»Auch das sagte ich dir bereits. Tränen. *Deine* Tränen.«

Sekunden schlichen vorbei, langsam, ganz langsam.

Dennis hatte tatsächlich Tränen in den Augen. Sie tropften auf den Teppich, genau wie das Blut. »Ich hab niemandem etwas getan.«

Es kam keine Antwort.

»Was wollt ihr denn nur von mir?« So weinerlich, verletzlich, schwach, gar nicht mehr seine Stimme.

»Was wir wollen?« Das Monster starrte ihn an. »Nur eine einzige Sache. Eine Kleinigkeit. Nicht weiter bedeutend.«

»Was immer es ist, ich gebe es euch.«

»Natürlich tust du das.«

»Und was ist es?«, stammelte Dennis.

»Dein Leben.«

5

Im Wohnungsflur war es schon entsetzlich gewesen, aber hier im Schlafzimmer …

Mara Billinsky hielt den Atem an. Sie spürte, wie sich ihr der Magen umdrehte. Unwillkürlich legte sie den Handrücken unter die Nasenlöcher, sie musste würgen und unterdrückte es. Der faulige Gestank hing als unsichtbare Wolke in der Luft, derart aggressiv und kraftvoll, wie sie nie zuvor etwas gerochen hatte.

Erneut versuchte sie die Luft anzuhalten, auch wenn das letztlich nicht viel nützte.

Rosen hatte ihr per WhatsApp mitgeteilt, dass er sich verspäten würde. Besser für ihn. Der Anblick einer Leiche war immer schwer zu verkraften, handelte es sich jedoch um ein Opfer, das bereits seit Wochen tot sein musste, überstieg das jegliche Grenze des Erträglichen. Mara versuchte sich auf die Einzelheiten zu konzentrieren, alles als schlichte Fakten in ihrem Kopf abzuspeichern, auch wenn das verdammt schwer war.

Der Mann lag auf dem Bett. Auf dem Laken hatten sich Rinnsale Wege gebahnt, rosa verfärbt vom Cholesterin: Körperflüssigkeit, die aufgrund der Raumwärme ausgetreten war. Ein grauer Haarschopf. Das Gesicht und der Körper waren wegen der welligen Berglandschaft aus zahllosen Maden kaum erkennbar. Ein helles T-Shirt und eine rote Jogginghose klebten am Körper. Die Füße waren nackt und beinahe sichelförmig gekrümmt, die Zehen wie eingerollt. Auf den Sohlen und den Knöcheln zeichneten sich Totenflecken als dunkle rot-violette Muster ab.

Mara musste da durch. Sie hatte keine Wahl. Die Hand über Nase und Mund gestülpt, beugte sie sich vor, um das Gesicht unter dem Gewusel der Maden noch einmal aus der Nähe betrachten zu können. Verklebte Augenlider, angefressene Pupillen. Die Lippen waren aufgeplatzt. Der Kiefernmuskel trat hart wie ein Tau hervor. Das Gerinnen von Muskelproteinen fing in den Lidern an, am Hals, am Kiefer. Sämtliche Muskeln im Körper wurden starr und fixierten die Leiche zunächst in der Stellung, in der sie sich befand.

Trotz des schlimmen Zustands des Leichnams konnte man den langen Schnitt erkennen, mit dem jemand dem Mann die Kehle durchtrennt hatte.

Mara richtete sich wieder auf.

In dieser Wohnung hatte nur eine Person gelebt, und aller Wahrscheinlichkeit nach handelte es sich bei ihr um das Opfer. Simon Jenal. Alleinstehend, keine Kinder. Hier wohnhaft seit etwas mehr als achtzehn Jahren. Das war im Moment alles, was Mara über ihn wusste. Die spärlichen Erkenntnisse über Simon Jenal hatte ihr ein Gespräch mit dem Hausmeister gebracht. Er war es auch gewesen, dem der Gestank als Erstem aufgefallen war, woraufhin er gleich die Polizei unterrichtet hatte.

Die Spezialisten der Kriminaltechnik huschten in ihren hellen Schutzanzügen und Plastiküberschuhen um Mara herum, leise, emsige Gestalten, die etwas von Gespenstern an sich hatten. Einer der Männer machte sich an den gekrümmten Fingern des Toten zu schaffen. Ein trockener Laut erklang, als würde ein Zweig gebrochen werden, dann ein Rascheln, ein Klicken und drei Piepser in schneller Folge. Das war der mobile Fingerabdruck-Scanner, ein Spritzguss-Eingabegerät mit einem Adapter für ein iPhone. Eine App auf dem Smartphone verarbeitete den Scan in ein hochauflösendes Bild und übermittelte die Daten direkt an die Zentrale, wo sie mit Hunderttausenden gespeicherten Abdrücken verglichen wurden.

»Die Finger sind in einem schlechten Zustand«, meinte einer der Kriminaltechniker, die Stimme aufgrund seiner Maske gedämpft. »Sieht so aus, als ob der Scanner nicht in der Lage wäre, die Rillen zu erkennen.«

»Ist das genau aus diesem Grund herbeigeführt worden?«, fragte Mara.

Der Mann nickte. »Ziemlich sicher. Das liegt keineswegs nur an den Verwesungserscheinungen. Offenbar hat man ihm ganz gezielt die Fingerkuppen versengt.«

Mara zwang sich zu einem letzten prüfenden Blick auf den Toten und verließ das Schlafzimmer. Sie nahm sich einen Raum nach dem anderen vor, ganz in Ruhe, konzentriert, immer noch den grässlichen Gestank in der Nase.

Um einmal kurz innehalten zu können, stellte sie sich an eines der Fenster und schaute auf die Parkanlage, die viele Etagen unter ihr lag und von strahlenförmig angeordneten Beeten geschmückt wurde. In der Mitte stand eine Sonnenuhr, Kieswege führten zu der gegenüberliegenden Mauer mit dem prächtigen Wandbrunnen. Aus den beiden speienden grotesken Gesichtern, die ein Medusenhaupt einrahmten, sprudelte kein Wasser, dafür war es zu kalt. Im Sommer war es recht schön hier, fast beschaulich, obwohl man praktisch nur einen Steinwurf von der City und der großen Einkaufsstraße, der Zeil, entfernt war.

Vom Eingang her, wo ein uniformierter Beamter als Wache postiert war, drangen Stimmen zu Mara. Sie folgte dem Flur und empfing Jan Rosen, der gerade eintraf, mit einem unmissverständlichen Blick.

»So schlimm?«, meinte er.

»Schlimmer.« Sie hob warnend die Hand. »Erspar dir den Anblick. Ich habe mich bereits ausgiebig umgesehen. Und Fotos werden wir sowieso noch bekommen.«

»Ich schaff das schon«, erwiderte er, bereits kalkweiß im Gesicht. In der Mordkommission gab es einen Running Gag, der sich auf Rosens sensiblen Magen bezog. Mara wusste also, warum sie ihn jetzt am Ärmel seiner Armeejacke packte und entschlossen vom Flur ins Wohnzimmer zog.

Sie machte eine Geste, die den gesamten Raum einschloss. »Was sagst du dazu?«

»Wozu?«

»Zu der verdammten Einrichtung.«

»Hm. Sehr aufgeräumt.« Er sah sich gewissenhaft um. »Und sehr sachlich, würde ich es mal nennen. Fast kärglich.«

Mara zog eine Augenbraue in die Höhe. »Aufgeräumt. Sachlich. Kärglich«, wiederholte sie dumpf.

»Stimmt es etwa nicht?« Er bedachte sie mit einem abwartenden Blick.

»Sicher, Rosen, es stimmt. Aber es klingt so zaghaft. Hier sieht es doch aus, als wäre in diesen vier Wänden nie *gelebt* worden. Nichts steht herum. Da hängen keine Fotos an den Wänden, kein Kalender mit Notizen zu irgendwelchen Terminen. Es gibt keine Bücher, keine Zeitschriften. Zuerst dachte ich, hier sei erst vor ein paar Wochen jemand eingezogen. Oder dass der Mieter die Wohnung immer nur ein paar Tage pro Woche nutzte und in Wirklichkeit woanders lebte. Dafür allerdings wäre sie wieder zu groß. Also, ich finde, da wirkt manche Knastzelle einladender.« Sie schüttelte grüblerisch den Kopf. »Das *ist* ein Gefängnis. Nur ohne Gitter.«

In knappen Worten fügte sie die Eckpunkte an, die bei der Unterhaltung mit dem Hausmeister herausgekommen waren.

»Die Wohnung sieht tatsächlich nicht aus wie seit fast zwei Jahrzehnten in Gebrauch«, stimmte Rosen zu.

»Als hätte ein Roboter hier gewohnt. Außer diesem Gemälde mit der Ballerina findet sich absolut nichts Emotionales.«

»Vielleicht ist einiges gestohlen worden. Ich habe den offen stehenden Safe bemerkt.«

»Selbst wenn – das ändert nichts an meinem Eindruck. Nicht einmal ein einziges Foto gibt es hier, von irgendeiner alten Flamme, einem putzigen Hundchen, einer tollen Ferienreise oder von was auch immer.«

Rosen zuckte vage mit den Schultern, wie es typisch für ihn war. Seine Lippen bildeten einen schmalen Strich.

»Das kommt mir verdammt komisch vor«, murmelte Mara mehr zu sich als zu ihm. »Diese unpersönliche Wohnung. Der Mord. Ich meine, das war nicht einfach nur ein simpler Raubüberfall.«

»Dein berühmtes Gespür, was?«, wagte er einen kleinen Vorstoß in Sachen Spott.

»Berühmt ist es nicht, aber wenigstens ab und zu liege ich damit richtig.« Sie trat nahe ans Fenster. »Und an diesem Tatort leuchten sämtliche Alarmlampen in meinem Dickschädel knallrot, das kann ich dir sagen.«

»Wie lange ist der Mann tot?«

»Die Kollegen meinen, bestimmt seit einigen Wochen. Die zu Beginn eintretende Leichenstarre hat nach einer gewissen Zeit nachgelassen, und der Körper ist ein wenig in sich zusammengesunken. Anfangs war die Heizung womöglich nicht eingeschaltet gewesen oder nur sehr schwach. Du erinnerst dich, als es für einige Tage plötzlich unverhältnismäßig warm wurde.«

Er nickte. »Die Kälte in der Wohnung hat den Verwesungsprozess verlangsamt, schätze ich.«

»Richtig. Dann aber, als es draußen wieder saukalt wurde, hat sich die Heizung automatisch eingeschaltet. In allen Räumen ist es auch jetzt sehr warm. Die Fenster sind ausnahmslos geschlossen.«

»Was den Verwesungsprozess wiederum beschleunigt hat.«

»Genau. Der Gestank wurde heftiger und breitete sich bis in die unteren Stockwerke aus.« Mara sah sich ratlos um. »Offenbar ein Mann, der nicht gerade über viele Freunde verfügte.

Er ist von niemandem vermisst worden. Kein Mensch hat sich Sorgen um ihn gemacht. In der gesamten Zeit – womöglich kein einziger Besucher.«

»Nicht einmal eine Putzfrau.«

»Also hat er eigenhändig für Ordnung gesorgt. Was auf einen nicht unbedingt vermögenden Mann schließen lässt – ebenso wie die Einrichtung hier.«

Rosen suchte ihren Blick. »Wieso hätte man also ausgerechnet ihn ausrauben und dabei nicht einmal vor einem Mord zurückschrecken sollen?«

»Das frage ich mich schon die ganze Zeit.«

»Vielleicht haben ihm die schönen Dinge des Lebens nicht viel bedeutet, und er thronte in dieser nüchternen Schlichtheit auf einem Berg von Bargeld.«

»Immerhin hat er sich die monatliche Miete leisten können. Was hier, in der Eschenheimer Anlage, sicher nicht ganz billig sein dürfte.« Mara spielte mit einer Strähne ihres schwarzen Haars. »Wir müssen mehr erfahren über diesen Herrn.«

Ein Schweigen entstand.

»Dieser Geruch«, sagte Rosen dann mit einem Kopfschütteln. »Den kriegt man aus den Klamotten, aber man wird ihn nie wieder los.«

»Ich weiß, was du meinst.« Sie stand da und betrachtete das Gemälde mit der Ballerina. »Rufst du den Chef an und gibst ihm die ersten Infos durch? Ich sehe mich noch einmal ganz genau hier um.«

Er musterte sie. »Ich kann mich auch umschauen. Wirklich, das ist schon okay.«

»Rosen«, erwiderte sie nachdrücklicher. »Geh doch einfach in den Hausflur. Da hast du mehr Ruhe beim Telefonieren.«

Er trottete davon, und sie sah ihm kurz hinterher, ehe sie erneut die einzelnen Zimmer unter die Lupe zu nehmen begann.

Später, nachdem sie getrennt voneinander, jeder mit dem

eigenen Wagen, ins Präsidium zurückgefahren waren, saßen sie in ihrem Großraumbüro, das durch mobile Trennwände in Zweierzonen eingeteilt war, an direkt gegenüberliegenden Schreibtischen. Rosen tippte auf seine Tastatur ein, eifrig auf der Suche nach möglichen Spuren, die Simon Jenal in der digitalen Welt hinterlassen haben könnte.

Unentwegt kreisten die Bilder aus dem stillen Haus in der Eschenheimer Anlage durch Maras Kopf. Manchmal wurde man an einem Tatort rasch von einem bestimmten Gefühl erfasst und konnte sich recht gut vorstellen, was sich abgespielt hatte – und auch, aus welchem Grund. Manchmal jedoch wurde man von Ungewissheit eingehüllt und schien in ein schwarzes Loch zu starren. Wie im Falle von Simon Jenals Todeswohnung.

»Gibt es eigentlich Neuigkeiten über die junge Frau, die vermisst gemeldet worden ist?«, fragte Rosen, ohne den Blick vom Monitor zu heben. Es war ein Fall, über den sie schon mehrfach gesprochen hatten.

»Die Rechtsanwältin?« Mara sah auf. »Nein. Anscheinend nichts Neues.«

»Die *angehende* Rechtsanwältin«, korrigierte er mit altbekannter Beflissenheit. »Jetzt sind es vier Tage, seit man Sina Tannheim zuletzt gesehen hat. Ein Tag ist noch nicht besorgniserregend, vielleicht auch nicht zwei oder gar drei. Gerade bei Menschen Mitte, Ende zwanzig. Aber mal ganz ehrlich, ich fürchte, Sina Tannheim könnte von einem Vermisstenfall zu einem Fall für uns werden.«

Mara nickte nur. »Sprechen wir wieder über sie, wenn es so weit ist.« Nach wie vor wurde sie von den Eindrücken in Simon Jenals Wohnung geplagt, nach wie vor war es, als würde sie in einen finsteren Abgrund blicken.

»Auch einen Kaffee, Rosen?« Sie stand auf, um sich auf den Weg zu dem Getränkeautomaten in einem der anderen Flure zu machen.

»Nein, vielleicht später.«

Sie verließ das Büro und folgte dem Korridor. Aus einem der angrenzenden Räume kam jemand, verabschiedete sich nach innen mit einem schnellen *Auf Wiedersehen* – und prallte mit dem Rücken gegen Maras rechte Schulter.

»Verzeihung«, kam es von dem Mann.

Da erst merkte sie, um wen es sich handelte.

Ausgerechnet *er*, schoss es ihr durch den Kopf.

Aus einem ersten Impuls heraus wollte er weiterhasten, dann jedoch hielt er inne. Sie standen einander gegenüber. Mara Billinsky und Staatsanwalt Christian von Lingert. Seit Wochen, sogar seit Monaten waren sie sich aus dem Weg gegangen. Bei unumgänglichen beruflichen Terminen hatten sie sich dem jeweils anderen gegenüber sachlich, rein professionell verhalten und aneinander vorbeigesehen.

Jetzt war ein Ausweichen unmöglich.

Einige Sekunden vergingen in peinlichem Schweigen, Kollegen eilten an ihnen vorüber. Sie sahen sich noch immer in die Augen.

Schließlich war es Mara, die mit ironischem Unterton die Stille beendete: »Vielleicht sollten wir aufhören, uns so kindisch zu benehmen.«

Er senkte den Blick, nickte kaum sichtbar. »Es wäre an der Zeit.«

Seine ausgeprägten Geheimratsecken, das streng nach hinten gekämmte, stellenweise bereits grau schimmernde Haar und die Brille mit einem altmodischen Gestell ließen den Staatsanwalt älter wirken, als er mit seinen Ende dreißig war. Er war kein unbedingt attraktiver Mann, aber jemand mit Persönlichkeit. Jemand, der aus der Menge herausstach. Aus seinem hart geschnittenen Gesicht sprang die Nase schmal und kantig hervor. Am auffälligsten waren die tief liegenden Augen, die einen beunruhigenden Blick auszusenden vermochten. Nicht allerdings in diesem Moment.

»Wir hätten wohl irgendwann mal miteinander reden müssen«, meinte er ungewohnt ausweichend.

»Das haben wir verpasst«, entgegnete Mara schlicht.

Wie immer war er in einen Maßanzug gehüllt, der wie eine zweite Haut saß. Seidenkrawatte mit perfekt gebundenem Windsorknoten. Schwarze Halbschuhe, auf denen sich kein Staubkorn fand. Anfangs hatten ihn seine mühelose Eleganz und sein Auftreten an ihren Vater erinnert, was bei Mara unweigerlich Ablehnung ausgelöst hatte. Ihm war es nicht anders gegangen, was sie betraf. Man konnte sich tatsächlich kaum zwei Menschen vorstellen, die weniger zusammengepasst hätten. Doch einmal, als Maras Welt kopfstand und sie intensiv mit von Lingert zusammenarbeiten musste, war es passiert, das Unglaubliche. Es war zu einem One-Night-Stand mit dem Staatsanwalt gekommen. Zu allem Überfluss stellte sich heraus, dass ihre beiden Familien durch eine gemeinsame blutige Vergangenheit verbunden waren.

»Es ist viel passiert«, sagte er nun, wiederum in defensivem Ton.

»Zu viel.«

»Es war mir einfach nicht möglich, das alles auch nur ansatzweise auszublenden.«

»Verständlich.«

»Das wird immer zwischen uns stehen.«

»Ich weiß.«

Erst schien er noch etwas erwidern zu wollen, doch dann wandte er sich abrupt ab und setzte sich in Bewegung.

Mara verharrte an Ort und Stelle, ohne ihm hinterherzusehen, sondern starrte stattdessen auf die leere Wand. Als seine Schritte verklungen waren, begab sie sich zum Kaffeeautomaten. Mit dem Becher in der Hand stand sie noch eine Weile am Fenster. Sie dachte an von Lingert. Besser so, sagte sie sich. Besser, dass es vorbei war, ehe es richtig angefangen hatte. Es wäre zu kompliziert gewesen, zu unsicher, zu verrückt.

Sie betrachtete ihr Spiegelbild in der Scheibe. Die tiefschwarzen Haare, die ihr auf die Schultern fielen und das schmale Gesicht mit dem hellen Teint umrahmten. Die Narbe auf der Wange. Die Piercings an Oberlippe und Braue. Die etwas zu große, abgewetzte schwarze Motorradlederjacke. Ja, das war *sie*. Billinsky, die Krähe. Sie hatte sich ihren Platz im Präsidium hart erkämpfen und Situationen überstehen müssen, die ihr an die Nieren gegangen waren. Aber sie konnte zäh sein, viel zäher, als man es im ersten Moment denken mochte.

Sie trank einen Schluck Kaffee, drehte sich um und lief los. Auf dem Rückweg ins Büro verbot sie sich erneut, auch nur eine einzige weitere Sekunde über Staatsanwalt von Lingert nachzugrübeln. In Gedanken kehrte sie zurück in Simon Jenals Wohnung – und zu den vielen Fragezeichen, die sie mit diesem grauenerregenden Tatort verband.

Als sie ihren Platz erreichte, fiel ihr auf, dass Rosen nicht mehr mit der üblichen Konzentration auf die Tastatur einhämmerte, sondern seltsam versonnen vor sich hin starrte. Er hatte ordentlich kurz geschnittenes, bereits schütteres Haar und eher weiche Gesichtszüge. Seine in sich gekehrte Art kam in diesem Moment besonders stark zum Ausdruck.

Sie setzte sich und stellte den Becher mit dem Rest des Kaffees vor sich auf dem Schreibtisch ab. »Was ist los? Was beschäftigt dich?«

Rosen straffte sich, winkte ab. »Ach, ich hatte kürzlich ein komisches Erlebnis. Und das spukt mir im Kopf herum.«

»Magst du's erzählen?«

»Hm. Es war, als hätte ich einen Geist gesehen.«

»Offenbar einen netten, so verträumt, wie du gerade gewirkt hast.«

Er gab keine Antwort, sondern zeigte nur ein scheues Lächeln.

Maras Bürotelefon klingelte. Auf dem Display leuchtete Hauptkommissar Klimmts Nummer. »Hallo, Chef«, sagte sie.

»Billinsky, kommen Sie in mein Büro«, brummte er. »Sofort.«

»Rosen auch?«

»Einer von euch genügt.«

»Was gibt's denn?«

»Noch ein Mord.«

Damit war das Gespräch beendet.

Mara erhob sich abrupt. »Ich muss zum Chef.«

6

Rasch senkte sich der Abend über die Stadt. Als wäre ein riesiger dunkler Schleier über die Dächer gestülpt worden. Verkehrslärm dröhnte dumpf und monoton, ein kalter Wind rauschte.

Jan Rosen ließ den sechsgeschossigen Gebäudekasten hinter sich, der ihm gerade bei Finsternis immer wie eine Kriegsfestung aus vergangenen, wesentlich roheren Zeiten erschien. Aber ging es heutzutage wirklich weniger roh zu? Oder hatte man im Laufe der Zeit nur scheinbar angenehmere Methoden entwickelt, seinen Mitmenschen Schaden zuzufügen? Er hielt inne und zog sich die Mütze zurecht. Schluss mit den törichten Gedanken, sagte er sich. Was ist los mit dir?

Ein seltsames Gefühl beschlich ihn. Als würde er beobachtet werden. Er sah sich um. Niemand zu entdecken. Eine neuerliche Windböe zerrte an ihm. Er blickte zurück – diesmal befand Billinsky sich nicht am Fenster, sie war sicher noch bei Klimmt. Rosen war aufgebrochen, ohne auf ihre Rückkehr zu warten, schließlich hatte ihn keiner hinzugebeten. Das Gebäude wirkte auf einmal geradezu erdrückend auf ihn. Ein vertrautes Gefühl. Sein Vater war Kriminalbeamter gewesen, ebenso sein Onkel. Beide hatten perfekt in ein Leben als Bulle gepasst. Aber warum hatte *er* diesen Weg eingeschlagen? Nur weil er nicht den Mut gefunden hatte, seinem alten Herrn zu sagen, dass er sich etwas anderes wünschte? Und wie hatte dieser Wunsch überhaupt ausgesehen? Lange her war das, sehr lange.

Rosen verscheuchte auch diese Gedanken und setzte seinen Weg fort, hin zu der Seitenstraße, in der er morgens seinen A4 abgestellt hatte. Nein, heute nicht, sagte er sich, als er seinen in einem dunklen Metallicblau lackierten Wagen erreichte. Heute nicht ins Bahnhofsviertel, sondern einfach nur nach Hause. Doch der verrückte Moment, als er glaubte, Anyana Lupescu gesehen zu haben, wog schwer. Würde er es ausgerechnet nach diesem Erlebnis fertigbringen, nicht ins Viertel zu fahren?

Er öffnete die Fahrertür, und im selben Moment hörte er einen Ruf: »Rosen!«

Erschrocken wirbelte er herum.

Wiederum war niemand zu entdecken.

Hatte er sich die dünne, vom Wind beinahe verschluckte Stimme nur eingebildet? Irritiert spähte er noch einmal ins trübe abendliche Nichts, das ihn umgab. Nein, da war niemand.

Er wollte endgültig hinters Steuer gleiten, als er erneut mitten in der Bewegung innehielt.

»*Rosen!*«

Wieder drehte er sich um, diesmal langsamer, angespannt, mit einem flauen Gefühl in der Magengrube. Aus dem Schutz eines ganz in der Nähe geparkten Kleinbusses löste sich eine Gestalt. Seine Anspannung wurde noch größer.

Die Gestalt kam auf ihn zu.

Jetzt erkannte er sie. Er traute seinen Augen kaum. »Himmel!«, murmelte er. »Das gibt's doch nicht.« Er spürte, wie eine Welle der Erleichterung über ihn hinwegschwappte.

Anyana Lupescu blieb vor ihm stehen, gehüllt in einen Mantel, die Schuhe hochhackig, die Haare ein deutliches Stück kürzer als früher. Und ihr Blick genauso, wie er ihn sich unzählige Male in Erinnerung gerufen hatte.

Er bekam eine Gänsehaut. Und das lag nicht etwa an der lausigen Kälte.

»Rosen«, sagte sie. Ganz leise. Auch wie früher. Nie hatte sie ihn beim Vornamen genannt. Nur einmal hatten sie sich geküsst. Rosens einziger erotischer Moment in vielen Jahren.

»Ich habe dich gesehen, im Bahnhofsviertel«, kam es über seine Lippen, nervös, flattrig. »Aber ich war mir nicht sicher, ob du es warst, ich habe gerufen und …« Er schnaufte. »Ich habe es wohl einfach nicht glauben können.«

Anyana lächelte auf diese zurückhaltende, abwägende Art, die ihn ganz verrückt machte – und die er einfach nicht mit den schrecklichen Dingen in Einklang brachte, die sie mit ihren gerade mal vierundzwanzig Jahren bereits erlebt hatte.

»Ich habe dich auch gesehen.« Sie lächelte etwas freier. »Vom Auto aus. Als wir losgefahren sind.«

Zu gern wollte Rosen sie in die Arme schließen, aber er konnte nur stocksteif dastehen und insgeheim seine Unbeholfenheit verfluchen.

»Ich habe mich immer gefragt, wie es dir wohl geht.« Anyana musterte ihn mit ihrem typischen Lächeln.

»Damals bist du einfach abgehauen«, erwiderte er. Es klang wie ein Vorwurf. So war es gar nicht gemeint, und er ärgerte sich schon wieder über sich selbst. »Ähm«, beeilte er sich anzufügen, »ich meine, du hattest eine Heidenangst, na klar, wer hätte das Ganze schon so einfach durchziehen können? Eine Zeugenaussage gegen einen der gefährlichsten … Also, das muss ein höllischer Druck gewesen sein.«

Halt bloß die Klappe!, befahl er sich lautlos.

»Du bist sehr süß, Rosen. So anders als die Männer, mit denen ich es sonst zu tun habe.«

Er verzog den Mund zu einem säuerlichen Grinsen. Das kannte er. Wenn man ihm ein Kompliment machen wollte und er dennoch nicht recht glücklich darüber war.

Sie kam auf ihn zu und schmiegte sich an ihn, ganz selbstverständlich, unbefangen, so wie er niemals würde sein können.

»Ich habe dir nie Danke gesagt«, flüsterte sie. »Dabei hast du so viel für mich getan.« Sie sah zu ihm hoch.

Rosen nickte und presste die Lippen aufeinander, aus Befürchtung, wieder Unsinn zu reden.

Sie löste sich von ihm.

Als er sich von seiner Überraschung ein wenig erholt hatte, gelang es ihm, sie aufmerksamer zu betrachten. Das unverkennbare Muttermal in Herzform wirkte größer, weil ihr Gesicht schmaler geworden war. Unter der dick aufgetragenen Schminke kam unreine Haut zum Vorschein, die um die wunderschön geschwungenen Wangenknochen spannte. Die Augen drückten Müdigkeit aus, eine tiefe Erschöpfung, die eher zu einem älteren Menschen gepasst hätte, und das schnitt Rosen ins Herz. Ein Leben, wie Anyana und ihre Leidensgenossinnen es führten, zehrte an den Kräften, an der Seele.

»Wie geht es dir?« Angesichts ihres Anblicks klang Rosens Frage lächerlich, und er fuhr fort, ehe sie antworten konnte: »Ich meine, äh, wo wohnst du? Was, hm, machst du?« Er sah, was sie *machte*. Sie führte das gleiche Leben wie damals.

Ein leises, trauriges Lachen erklang. »Na ja, wohnen kann man es eigentlich nicht nennen. Einer Prinzessin könnte man meine Unterkunft sicher nicht anbieten.«

»Der Kerl mit dem Kinnbart und dem schwarzen BMW. War das dein Zuhälter?«

Sie nickte. »Fedor.« Ein Schatten fiel über ihr Gesicht. »Aber es ist nicht ganz so schlimm wie früher.« Ein vages Schulterzucken. »Hm. Wahrscheinlich genauso schlimm. Könnte ich nur raus aus diesem Leben. Wenn man das überhaupt Leben nennen kann. Ich bin der Besitz von jemand anders.« Ernst erwiderte sie seinen Blick. »Durch dich hatte ich eine Chance. Scheiße! Hab's verbockt.«

»Vielleicht kann ich dir ja jetzt helfen.«

»Das wäre doch nur Zeitverschwendung.« Sie winkte ab. »Mir ist nicht zu helfen, Rosen.«

Erneut berührte ihn die Art, wie sie seinen Namen aussprach, auch wenn sie nie Jan sagte. Nur seine Mutter, die seit dem Tod seines Vaters allein lebte und die er zu selten anrief und noch seltener in ihrer Wohnung in Mainz besuchte, nannte ihn beim Vornamen.

Er schluckte und überlegte krampfhaft, was er vorbringen konnte.

Sie lächelte und wirkte gleich noch verletzlicher. »Es war schön, dich wiederzusehen Ich hoffte, ich würde dich treffen. Um mich endlich bedanken zu können. Na ja, ich dachte, wenn ich dich irgendwo finde, dann hier.« Anyana lächelte und wirkte gleich noch verletzlicher, verlorener. »Ja. Es war schön, dass wir gesprochen haben.«

Sie machte Anstalten zu gehen. Er wollte sie aufhalten und griff nach ihrem Arm. Würde er sie jetzt nicht stoppen, wäre es für immer vorbei, das spürte er.

Sein Smartphone klingelte.

Anyana drückte sanft seine Hand weg und entfernte sich.

»Warte!«, rief er.

Verzweifelt starrte er aufs Display seines Handys. Es war Mara Billinsky.

»Was?«, fragte er kurz angebunden, wie es sonst eher sie tat.

»Bist du schon nach Hause gegangen, oder holst du dir was zu essen? Deine Jacke ist weg, dein Computer ist … Wie auch immer, wir müssen in die Parkstraße.« In knappen Worten erläuterte sie ihm den Grund.

»Ich komme«, sagte er automatisch, den Blick auf Anyanas Rücken gerichtet, die schon ein ganzes Stück weg war. Er trennte die Verbindung, steckte das Handy fahrig in die Jackentasche und hastete ihr hinterher. Erneut packte er sie am Arm, fester als gewollt.

Wieder standen sie einander gegenüber, jetzt recht nah an der Adickesallee, über die der dichte Verkehr hinwegdröhnte.

»Anyana«, rief er gegen den Motorenlärm an. »Wohin gehst du? Ins Bahnhofsviertel?«

»Klar. Eigentlich darf ich gar nicht unterwegs sein. Wenn

er wüsste, dass ich …« Sie ließ den Satz offen und winkte abermals ab. »Mach's gut, Rosen.«

»Nein, Anyana, du gehst nicht!« Er überraschte sich fast mehr mit seiner jähen Entschlossenheit als sie.

»Aber, Rosen …«

Er deutete zu seinem Audi, dessen Tür noch offen stand. »Ich muss zu einem Tatort. Aber vorher bringe ich dich noch schnell zu mir.«

»Zu dir?« Sie machte runde Augen. »Das geht nicht.«

»Doch.«

»Das kann ich nicht einfach machen.« Mit jäher Härte fügte sie an: »Ich muss heute Nacht arbeiten, Geld verdienen, die Beine breit machen. So sieht mein Leben nun mal aus. Du weißt das.«

»Anyana, du gehst nicht dahin!«

Der Wind peitschte um sie herum, die Autos brummten.

»Wie denkst du dir das? Glaubst du, ich könnte mir einfach einen Abend freinehmen wie gewöhnliche Menschen? Das ist unmöglich, Rosen. Und außerdem ist es viel zu gefährlich. Für mich. Für dich.«

»Anyana, du gehst nicht dahin!«, wiederholte er.

7

Die Angst hatte nicht nur nachgelassen, sie hatte sich aufgelöst.

Zuvor noch so übermächtig, war sie etwas anderem gewichen. Etwas, das vielleicht noch schlimmer war, einem Taubheitsgefühl, das sich in Sina Tannheim ausgebreitet hatte, nicht nur in ihrem Körper, auch in ihrem Herzen.

Wenn das Monster auftauchte, zuckte sie noch immer zusammen, wallte die Furcht wieder auf, jedoch nur kurz. Dann ließ sie das, was folgte, einfach über sich ergehen. Der Schrecken, das Unglaubliche war zum Alltag geworden. Nein, es gab keinen Alltag mehr. Es gab gar nichts mehr. Auch sie gab es eigentlich nicht mehr, nur noch ihre frühere Hülle.

Wie lange befand sie sich jetzt schon hier? Wie viele Tage waren verstrichen? Sina spähte mit leerem Blick zu dem dünnen Streifen grauer Helligkeit am unteren Rand des verbarrikadierten Fensters. War es morgens, mittags oder bereits gegen Abend? Sie war ungewaschen, sie konnte den Schmutz und den Schweiß auf ihrer Haut riechen, auch das Blut an den Oberschenkeln, aber sie ekelte sich nicht, sie registrierte es lediglich, ohne eine Reaktion darauf hervorbringen zu können.

Urplötzlich, wie aus dem Nichts war es wieder vorbei mit der Lautlosigkeit, die sie einhüllte: Schritte, gleich darauf die Geräusche, wenn die Tür geöffnet wurde, das Schlüsselraschseln, das Quietschen der Scharniere.

Sie zuckte zusammen, ein Zitteranfall, dann war gleich wieder alles taub in ihr, und sie kauerte reglos in ihrer Ecke.

Das Monster betrat den Raum. Diesmal allerdings kam es nicht auf Sina zu. Nein, der Mann verharrte einen Schritt vor dem Eingang und betrachtete sie mit seltsamem Ausdruck, als wäre sie ein Haustier, das sich einfach nicht an die neue Umgebung zu gewöhnen vermochte.

Oder täuschte sie sich? Schimmerte da womöglich Mitleid in seinen Augen auf?

Die Stille bekam etwas Erdrückendes.

Warum näherte er sich nicht?

Ein Geräusch erklang, hinter ihm. Wiederum Schritte, noch ganz leise.

Sinas Kehle wurde trocken. Was hatte das zu bedeuten? Sonst war er immer allein zu ihr gekommen. Er trat ein Stück zur Seite, um jemandem Platz zu machen. Die Schritte wurden lauter.

Wer war das?

Und jäh glomm irgendwo in den dunklen Tiefen von Sinas geschundener Seele etwas auf, an das sie nicht mehr geglaubt hatte. Hoffnung. Schwach und zittrig wie die Flamme einer Kerze beim Aufkommen eines Luftzugs.

War das Lösegeld bezahlt worden?

Kam sie *endlich* frei?

Die zweite Person betrat Sinas kleines Gefängnis.

Sina starrte in ein attraktives Gesicht mit eindrucksvoll großen Augen.

Ja, da war sie, Hoffnung, eine verzweifelte, fast schmerzhafte Hoffnung, dass es doch noch zu einer Wendung kommen könnte.

Niemand äußerte etwas.

In Sina stiegen Tränen auf. Die ersten seit vielen Stunden oder gar Tagen. Sie straffte ihren Oberkörper. »Das Lösegeld«, brachte sie mühsam hervor. Ihre rissig gewordenen Lippen taten weh. »Ist es bezahlt worden?«

Das Monster kam einen weiteren Schritt auf sie zu und verharrte erneut.

»Das Lösegeld«, wiederholte Sina leise und verzweifelt.

Der Mann ging in die Knie, um ihr direkt ins Gesicht zu blicken. »Schätzchen, wir haben keine Lösegeldforderung gestellt.«

Sina verstand seine Worte, aber sie begriff ihren Sinn nicht. *Keine Lösegeldforderung.*

Sie musste die einzelnen Silben in ihrem Kopf abermals zusammensetzen, eine nach der anderen, doch noch immer war alles ein einziges erschreckendes Rätsel.

»Aber warum nicht?«, fragte sie.

Er stellte sich wieder hin und verdeckte Sina die Sicht auf die zweite Person, von der er sich nun etwas reichen ließ.

Es handelte sich um ein Messer mit einer langen Klinge.

»Du hast dich auf dein Leben gefreut, was?«, meinte das Monster. »Vergeblich, Schätzchen. Dein Leben endet hier und jetzt. Alles ist vorbei.«

Sina spürte das Schlagen ihres Herzens. Nie war ihr bewusst gewesen, wie schön dieses Gefühl war, diese Gewissheit, dass man ein Herz hatte und dass es Blut durch den Körper pumpte.

»Alles ist vorbei«, wiederholte das Monster.

8

Er war jung, attraktiv, sportlich. Und er war tot.

Seine Augen wirkten unnatürlich groß, weit aufgerissen im Moment eines letzten Schmerzes. Der Mund war vollständig unter einem breiten, robusten Klebestreifen verschwunden, der seine Schreie abgewürgt hatte. Mit einem weiteren Streifen waren seine Handgelenke auf den Rücken gefesselt worden.

Keine Frage, es war recht lange ruhig gewesen in der Stadt, doch jetzt begann Frankfurt wieder verrücktzuspielen. Erfüllt von düsteren Vorahnungen und erneut umweht vom gnadenlosen Duft des Todes, stand Mara Billinsky in einer Mietwohnung eines Mehrparteienhauses. Es befand sich in der Parkstraße, direkt an der Ecke zum Grüneburgweg, der das Westend durchzog. Keine preisgünstige Gegend, und auch innerhalb der vier Wände wirkte nichts billig. Ganz in der Nähe war Mara aufgewachsen. Ihr Vater lebte nach wie vor in demselben Haus, in dem sie beide einst ihre Kämpfe ausgefochten hatten und das er von seinem Vater geerbt hatte.

Genau wie vor Kurzem in Simon Jenals Wohnung in der Eschenheimer Anlage huschten Kriminaltechniker um Mara herum. Es wurde nicht viel gesprochen; so war es immer, wenn alles noch unter dem unmittelbaren Eindruck eines gewaltsam beendeten Menschenlebens stand.

Dennis Malik. So lautete der Name des Opfers. Viel mehr wusste Mara noch nicht über ihn. Und dass es eine Weile gedauert hatte, bis ihn der letzte Atemzug erlöst hatte.

Sein Gesicht war mit etlichen Schlägen malträtiert worden. Die Augen geschwollen, das Nasenbein offenbar gebrochen, Platzwunden am Jochbein, außerdem über dem Auge. Man hatte sein schickes Hemd aufgerissen. Überall lagen die abgesprungenen Knöpfe herum, und sein Oberkörper war übersät von weiteren Wunden, wohl Messerstichen. In die Haut seiner Stirn war etwas geritzt worden, offensichtlich die Form eines Sarges. Auch auf seiner Brust prangte ein geritztes Symbol: ein Grabstein. Ein Schnitt durch die Kehle hatte Malik schließlich ins Jenseits befördert.

»Hallo, Billinsky«, ertönte eine leise Stimme.

Mara sah nicht auf, sondern betrachtete weiterhin den Toten, insbesondere die Hautritzungen.

Jan Rosen stellte sich neben sie.

Sie hörte, dass er schluckte.

»Diesmal musst du keinen Vorwand suchen, um mich rauszuschicken«, meinte er gepresst. »Ist schon okay.«

»Klimmt brauchen wir heute auch nicht anzurufen – er weiß, wo wir sind. Er war es nämlich, der mich hierhergeschickt hat.« Erst jetzt musterte sie ihn. »Übrigens, du bist spät. Warst du etwa doch schon auf dem Heimweg?«

»Ja, war ich«, nuschelte er nur.

»Ist ja auch egal.« Mara deutete auf das Opfer. »Dennis Malik. Als ihn seine Mutter zwei Tage lang nicht erreicht hat, ist sie hierhergefahren. Sie hat die Wohnung mit ihrem eigenen Schlüssel betreten, ihren Sohn entdeckt und gleich darauf die Kollegen verständigt. Dann ist sie zusammengebrochen. Ich habe sie noch kurz sprechen können, aber eine richtige Befragung war nicht möglich. Sie befindet sich jetzt in der Uniklinik, wird medizinisch versorgt und muss sich erst mal erholen.«

»Das kann ich mir vorstellen.«

»Dennis Malik studierte Medizin«, fuhr Mara fort, den Blick nach wie vor auf den Ermordeten gerichtet. »Das heißt, er hat sein Studium wohl kürzlich beendet.«

»Drei Zimmer, großzügig geschnitten. Parkstraße 4. Keine schlechte Adresse für einen Studenten«, merkte Rosen an.

»An Geld scheint in der Familie nicht gerade Mangel zu herrschen«, erwiderte sie mit vielsagendem Blick. »Die Ohrringe der Mutter waren wahrscheinlich teurer als mein Auto.«

Er sah sich im Wohnzimmer um. »Hier hat sich alles abgespielt, oder?«

»Das denke ich auch. Keine Blutspuren in einem der anderen Räume.« Sie holte Luft. »Entweder hat Malik seinen Mörder freiwillig hereingelassen, ihn mitgebracht, oder der Mörder hat sich auf geschickte Weise Zutritt verschafft und einfach gewartet, bis Malik daheim aufgetaucht ist.«

»Vielleicht auch *die* Mörder.«

»Möglich.« Mara nickte grüblerisch.

»Mal sehen, was die Spurensicherung noch finden wird.«

»Lass uns die anderen Wohnungen abklappern, Rosen.«

Jede der fünf übrigen Eingangstüren wurde ihnen bereitwillig geöffnet. Allerdings hatte keiner der Bewohner in den vergangenen Tagen etwas Auffälliges gesehen oder gehört. Niemand hatte einen oder mehrere Fremde bemerkt oder konnte sonst etwas Hilfreiches beisteuern. Dennis Malik wurde als ruhig und höflich beschrieben, näheren Kontakt jedoch hatte es nicht zu ihm gegeben.

Nach einem weiteren Besuch am Tatort und einem Gespräch mit den Kollegen der Spurensicherung traten Mara und Rosen vor das Gebäude, um an die frische Luft zu gelangen und dem Geruch des Todes für einen Moment zu entkommen.

Mara verspürte das eigentlich doch längst schon besiegte Verlangen nach einer Zigarette. Ihr halbes Leben lang hatte sie geraucht, erst vor Kurzem damit aufgehört – doch in Situationen wie dieser, an Orten wie diesem drang die alte Sucht wieder an die Oberfläche. Es war kalt, die Luft roch nach Schnee. Sie verschränkte die Arme vor der Brust. Die viel zu dünne Lederjacke und der dick gefütterte Kapuzenpullover, den sie darunter trug, reichten gegen den Frankfurter Winter nicht aus.

Sie dachte beiläufig an den sizilianischen Wein, den sie sich eigentlich für einen ruhigen Abend zu Hause gekauft hatte, den Etna Rosso DOC, einen charaktervollen Roten, wie gemacht für ein paar einsame Stunden mit düsterer Musik und melancholischen Gedanken. Aber daraus würde nichts werden.

Uniformierte Beamte sicherten das Haus. An den erleuchteten Fenstern ringsum sah man die Umrisse von Menschen, die neugierig nach draußen spähten.

»Sie werden den Leichnam gleich abtransportieren.« Mara betrachtete die Umgebung. Genau an der Ecke befand sich die in der Stadt recht bekannte »Autorenbuchhandlung Marx & Co.«, gegenüber ein kleines Bistro.

»Und dann?«, meinte Rosen, der von einem Fuß auf den anderen trat.

Sie taxierte ihn im Schein einer Straßenlaterne. »Na ja, ich werde wieder ins Präsidium fahren und mich mit dem Chef besprechen. Falls er überhaupt noch da ist.« Sie zeigte ein kurzes schmales Grinsen. »Und du wirst nach Hause gehen. Oder dorthin, wo es dich die ganze Zeit schon hinzieht.«

Verdutzt sah er auf. »Äh, wie meinst du das?«

»Rosen, ich kenne dich. Seit du eingetroffen bist, sind deine Gedanken ganz woanders.«

»Das stimmt nicht«, widersprach er.

»Und ob das stimmt«, widersprach auch Mara, allerdings deutlich überzeugter. »Nicht, dass du sonst ein Temperamentsbündel wärst, schon gar nicht an einem solch grauenhaften Tatort, aber heute Abend beschäftigt dich etwas ganz gewaltig.«

Wie ein ertappter Junge senkte er den Blick. »Merkt man das?«

Sie lachte leise. »Nun hau endlich ab, Rosen, ich komme schon klar. Und morgen greifen wir wieder zusammen an, okay?«

Er nickte vor sich hin. »Gut, Billinsky.« Dann drehte er sich um und lief los, ohne seine Eile zu verbergen.

Mara sah ihm nach. Sie fragte sich, ob er ins Bahnhofsviertel wollte.

Zum letzten Mal an diesem Abend betrat sie das Haus in der Parkstraße, ehe sie sich nach einer weiteren Unterhaltung mit den Männern der Spurensicherung auf den Rückweg ins Präsidium machte. Dort suchte sie sofort Klimmt auf, der noch in seinem Büro saß, übellaunig wie meistens. Doch die Zeiten, in denen Mara dadurch sofort auf Konfrontationskurs gegangen war, hatten ein Ende gefunden. Aus anfänglich tiefer gegenseitiger Abneigung zwischen den beiden war Respekt geworden.

Sie blieb vor seinem Schreibtisch stehen und schilderte präzise das Bild, das sich ihr in der Parkstraße geboten hatte. Wort für Wort hörte Klimmt aufmerksam zu, ohne sie ein einziges Mal zu unterbrechen.

»Ich kann im Moment noch kein Motiv erkennen«, schloss sie. »Möglich, dass etwas gestohlen wurde, aber da will ich nicht vorschnell urteilen. Wir werden das Opfer überprüfen und die Wohnung genau unter die Lupe nehmen. Vielleicht zeichnet sich dann ein Hintergrund für die Tat ab.«

Klimmt schnaufte. Seine Laune war gar nicht einmal so schlecht, wie sie gedacht hatte. Er war offenbar einfach nur übermüdet, wie so oft in letzter Zeit. Schwerfällig hievte er seinen in die Breite gegangenen Körper aus dem Drehstuhl. Er machte das Fenster auf. Gleich darauf standen sie nebeneinander, jeder eine von Klimmts Zigaretten im Mund. Es tat Mara gut, tief zu inhalieren.

»Wo steckt Rosen?« Das waren die ersten Worte des Hauptkommissars, seit Mara hereingekommen war.

Ihre Antwort fiel ungewohnt vage aus: »Unterwegs. Ich glaube, er muss noch irgendetwas Wichtiges erledigen.«

Er ließ das unkommentiert und sagte stattdessen: »In beiden Fällen haben die Opfer einiges einstecken müssen.«

»Das ist die eine von zwei Gemeinsamkeiten zwischen Simon Jenal und Dennis Malik.«

»Ich habe vorhin mit Dr. Tsobanelis gesprochen. Oder mit Frankenstein, wie Sie ihn nennen.«

Mara grinste schmal. Tsobanelis war ein renommierter Gerichtsmediziner, mit dem sie dann und wann aneinandergeriet.

»Trotz des fortgeschrittenen Verwesungsgrades«, fuhr Klimmt fort, »konnte zweifelsfrei festgestellt werden, dass Jenal vor seinem Tod Verletzungen zugefügt wurden. Hämatome, die von erheblichen Schlägen stammen müssen.«

»Wie bei Malik«, warf Mara ein.

»Jenal ist außerdem mit einer heißen Klinge gefoltert worden. Jede Menge Brandwunden und Schnitte, überall am Körper. Er lag wohl die ganze Zeit über auf dem Bett, und man hat ihn sich in aller Ruhe vorgenommen.« Der Hauptkommissar blies einen bläulichen Rauchring ins Freie. »Auch wie bei Malik?«

»Verletzungen mit einem Messer? Ja. Es sah allerdings keineswegs nach Brandwunden aus, aber warten wir die Obduktion ab.«

»Eine dieser Verletzungen bei Jenal unterscheidet sich von den anderen – sie ist deutlich großflächiger. Linker Oberarm. Es könnte sein, dass hier nicht nur Folter eingesetzt wurde, sondern auch ein Tattoo zerstört werden sollte, um eine Identifizierung zu erschweren.«

Mara nickte. »Das würde zu der Geschichte mit den versengten Fingerkuppen passen.«

»Weitere Hautverletzungen zeigen, dass Jenal ausgepeitscht worden ist. Mit dem Stromkabel seiner Nachttischlampe. Das Kabel wurde mit einem Messer durchtrennt und neben dem Bett gefunden – ohne DNA-Spuren darauf, da es offenbar nach der Tat gründlich gereinigt wurde.«

»Todesursache?«, fragte sie in ihrer knappen Art.

»Kehle durchgeschnitten«, kam es ebenso knapp vom Hauptkommissar.

»Auch wie bei Malik. Das ist die zweite Gemeinsamkeit.«

»Jenal wies – soweit es sich noch überprüfen ließ – keine Hautritzungen mit irgendwelchen Symbolen auf. Das hätte Tsobanelis in jedem Fall erwähnt.«

»Für mich der wichtigste Unterschied im Vergleich mit Malik.« Mara zog eine Augenbraue in die Höhe. »Was ich mich frage: Wie ist die Klinge erhitzt worden?«

Klimmt betrachtete sie kurz von der Seite. »Wie meinen Sie das?«

»Na ja, er ist auf dem Bett malträtiert worden. Würde man die Klinge zum Beispiel an einer aufgedrehten Herdplatte zum Glühen bringen, müsste man immer zwischen Schlafzimmer und Küche hin- und hergehen. Das ist umständlich. Und wir wissen: Wenn ein Mord nicht aus dem Affekt geschieht, sind Mörder, so makaber es auch klingt, oft sehr praktisch. Sie handeln durchdacht, logisch, effizient. Also nicht die Herdplatte.«

»Was denken Sie?«

»Eine Folterung passiert nicht zufällig. Man plant sie. Vielleicht hat der Mörder einen Bunsenbrenner mitgebracht. Klein, aber eben effizient und wirkungsvoll.«

Klimmt beäugte grüblerisch die Zigarette, die er zwischen seine dicken Finger geklemmt hatte. »Dieser verdammte Jenal.«

»Wissen wir etwa mehr über ihn?«

»Schön wär's. Er ist ein einziges Rätsel. Nach wie vor tappen wir im Dunkeln, mit wem wir es da zu tun haben. Wer war der Kerl? Wie hat er gelebt? Und wovon? Die Datenforensiker haben ein Smartphone bei ihm gefunden. Keine eingespeicherten Nummern, keine Anrufe, kein Nachrichtenaustausch. Es wurde wohl ausschließlich benutzt, um im Netz zu surfen.«

»Auf welchen Seiten?«

»Websites von Zeitungen, nationalen wie internationalen.

Auch News-Kanäle.« Er schnippte die Kippe nach draußen. »Und jede Menge Pornokram.«

»Merkwürdig.«

»Außerdem geben die GPS-Daten Auskunft darüber, dass das Handy so gut wie nicht bewegt worden ist. Es befand sich nahezu ständig in der Wohnung. Das gilt wohl auch für Jenal selbst. Einkäufe im nahen Supermarkt, wie die Bons im Mülleimer zeigen. Und das war's auch schon.«

»Und sein Computer?«

»Genauso enttäuschend. Fürs Onlinebanking, aber vor allem fürs Internetsurfen benutzt. Wiederum Zeitungswebsites und Schmuddelseiten.«

»Nach sozialen Netzwerken brauche ich wohl nicht zu fragen.«

Er winkte ab. »Nein, brauchen Sie nicht.«

»Was ist mit den Nachbarn?«

»Sagen, dass sie nie mehr als ein *Guten Tag* von ihm gehört haben. Besuche: Fehlanzeige. Keine Freunde, keine Verwandten. Ein Leben auf einer einsamen Insel, direkt in Citynähe.«

»Mehr als merkwürdig.«

»Strom- und Telefonrechnungen, ausgedruckte Bankauszüge für ein Konto mit recht bescheidenem Guthaben und dem Dauerauftrag für die Miete. Viel mehr hat man nicht gefunden.« Klimmt schnaufte wieder. »Und es wird noch besser. Keine Steuernummer, keine Versicherungen. Nichts.« Er lachte auf. »Ach doch. Da wurde ein Reisepass gefunden. Und der ist auch noch gefälscht und wohl schon viele Jahre alt. Der Typ, der in seinem Bett vermodert ist – den hat's gar nicht gegeben.«

»Wahrscheinlich ist alles, was Rückschlüsse auf sein Leben zulässt, geklaut worden. Der Safe stand offen.«

»Mag sein, aber das ändert nichts daran, dass dieser Mensch in unserer Welt, die angeblich alles und jeden erfasst, unter jeglichem Radar hinweggetaucht ist. Keine Datenbank, kein Register spuckt einen Simon Jenal aus, wohnhaft in der Eschenheimer Anlage in Scheiß-Mainhattan. Keine früheren Adressen, keine Arbeitsverträge, keine Vereinsmitgliedschaften, kein *Garnichts*.« Er schüttelte gereizt den Kopf. »Wie sollen wir etwas über seinen Mörder erfahren, wenn wir nicht einmal etwas über ihn selbst wissen? Wer war der Kerl? Ein verdammtes Gespenst, oder was?«

Mara ließ ebenfalls die Zigarettenkippe ins Freie fallen. »Allerdings ein Gespenst mit mindestens einem Feind.«

9

Zu beiden Seiten der vierspurigen Durchgangsstraße standen hässliche Wohnklötze. Witali Blochin bog ab und parkte seinen Mercedes in einer Seitengasse. Er war allein hierhergekommen, ohne Geleitschutz; er machte sich keine Sorgen.

Ein guter Ort für ein Treffen.

Blochin folgte der großen Straße nun zu Fuß, eine einsame Gestalt, an der der dichte Verkehr vorbeibrauste. Windböen peitschten, der Himmel war von Wolken bedeckt, es war später Abend. Rechts von ihm reihten sich die trostlosen Blöcke aneinander, in denen früher einmal amerikanische Soldaten und ihre Angehörigen untergebracht gewesen waren. Nach deren Abreise hatte man Sozialwohnungen daraus gemacht. Vor allem ausländische Familien hatten hier gelebt, arme Leute, Arbeitslose. Jetzt standen die Wohnungen leer. Tote Hüllen, die etwas Gespenstisches ausstrahlten.

Er ging zwischen zwei Blöcken hindurch, um zu den von der Straße abgewandten Seiten zu gelangen. Hier befanden sich die Eingänge. Nummer 137. Zu diesem Haus war er gebeten worden, auf respektvolle Weise, was er mit Wohlwollen registriert und dann auch zugesagt hatte.

Blochin blieb stehen und ließ die Umgebung auf sich wirken. Abfälle und zersplitterte Schnapsflaschen. Ein Gestänge, an dem früher Kinderschaukeln gehangen hatten. Verwilderte Sträucher, seit Langem nicht mehr gemähtes, inzwischen abgestorbenes Gras. Der Verkehrslärm drang nur noch schwach zu ihm. Krähen krächzten, wieder rauschte der Wind. Er blickte auf seine Armbanduhr, eine *Haemmer Out Breaker Skeleton*, limitiert, mit Kalbslederarmband, und stellte fest, dass er auf die Minute pünktlich war.

Ohne Hast bewegte er sich auf den Eingang zu, ein leeres Rechteck, die Tür lag davor im Schmutz. Er ging ins Haus und nahm die Treppe in den ersten Stock, wo er die linke der beiden Wohnungen betrat, von deren Tür es keine Spur mehr gab. Zu seiner Überraschung bemerkte er eine gewisse Neugier in sich, ein Gefühl, das ihn lange nicht erfasst hatte.

Ein interessanter Termin, zweifellos.

Genau wie man es ihm beschrieben hatte, war nur einer der leeren Räume erleuchtet. Er schob seinen immer noch bestens durchtrainierten Körper in das erste Zimmer rechts, dessen Fenster zur Straßenseite wiesen. Auf dem Boden, genau in der Mitte, befanden sich drei Kerzen, deren Flammen gerade so weit ihr Licht warfen, dass von den versammelten Personen nicht viel mehr als deren Umrisse zu erkennen waren. Zumindest anfangs.

Witali Blochin verharrte im leeren Türrahmen.

Von draußen drang dumpfes Motorengedröhn herein, ansonsten herrschte Stille.

Da standen sie also. Nebeneinander, in einem angedeuteten Halbkreis, nah an der gegenüberliegenden Wand. Fast wie ein Tribunal. Oft hatte er von ihnen gehört, nie hatte er sie getroffen. Wohl niemand hatte sie je zusammen gesehen, jedenfalls seit vielen, vielen Jahren nicht mehr. Es war auch möglich, dass einige fehlten – ihre Anzahl war nicht genau bekannt. Acht Silhouetten, von denen etwas Geisterhaftes ausging. Sieben Männer, eine Frau, die ganz außen stand, die Schulter an die Wand gelehnt.

Blochins Augen gewöhnten sich besser an das schlechte Licht, er sah nun mehr von den Gesichtern, sah die Runzeln, die misstrauischen, harten Blicke, die er erwartet hatte. Er erkannte aber auch etwas, mit dem er nicht gerechnet hätte: eine Beklemmung, womöglich sogar Furcht.

»Irgendjemand von Ihnen sollte mal etwas sagen«, meinte Blochin auf Russisch. »Sonst wird das Ganze ein bisschen skurril.« Er zeigte ein gelassenes, selbstsicheres Lächeln.

»Sprechen wir Deutsch«, erwiderte der Herr, der ziemlich in der Mitte stand. Er war sehr groß, dunkel gekleidet, wie auch seine Begleiter. »Das ist die Sprache, an die wir uns gewöhnt haben. Ist das in Ordnung für Sie?«

»Ganz wie Sie wollen«, erwiderte Blochin mit seinem harten russischen Akzent. »Ein hübscher Ort für ein Treffen«, fügte er ironisch an.

»Nicht hübsch, aber ideal. Wir kennen diese Wohnungen von früher«, antwortete der groß gewachsene Mann. »Doch kommen wir zum Punkt.«

»Nichts dagegen.«

»Irgendetwas Seltsames geht vor«, sagte der Mann, sicherlich so etwas wie der Wortführer der Gruppe. Das musste Karabasch sein, mutmaßte Blochin, der Mann, mit dem er bereits einmal kurz telefoniert hatte, ohne dass dabei allerdings Namen genannt worden waren.

Im Vorfeld hatte Blochin versucht, sich umfassender über seine Gesprächspartner zu informieren, aber das hatte sich als äußerst schwierig erwiesen. Fotos, Informationen, Spuren – all das existierte nicht, zumindest so gut wie nicht. Es handelte sich um Menschen, für die es wichtig war, sich im Verborgenen zu bewegen und alle ihre Fährten zu verwischen. Wahrscheinlich selbst heute noch, nach etlichen Jahren.

»Etwas Seltsames?«, wiederholte Blochin geringschätzig, als erneut Stille eingekehrt war. »Sagen Sie, was Sie zu sagen haben, oder ich verschwinde.«

Die anderen verständigten sich durch dezente Blicke und Kopfnicken. Dann erwiderte der Wortführer: »Zuerst dachten wir, Sie sind verantwortlich. Sie und Ihre Gefolgsleute.«

»Ich habe Ihnen schon am Telefon erklärt, dass das Unsinn ist.«

»Einige von uns halten das allerdings immer noch für möglich.«

»Was sollte ich davon haben, Ihnen in irgendeiner Form Schaden zuzufügen?«

»Darauf haben wir auch keine Antwort gefunden.«

Blochin grinste. »Na sehen Sie.«

»Wenn auf Ihr Wort Verlass ist …«, deutete der Mann an.

»Ich bin hier, oder? Allein das zeigt, dass ich zu meinem Wort stehe.«

»Wir möchten, dass Sie für uns arbeiten«, sagte schließlich der Mann, der nur Karabasch sein konnte – Blochin hatte keinen Zweifel mehr.

»Ich arbeite nicht. Ich leiste Freundschaftsdienste.«

»Für die Sie sich bezahlen lassen.«

»Nennen wir es so: Unter Freunden zeigt man sich erkenntlich.« Erneut grinste er in die Runde. »Worum geht es?«

»Bereits Ihre Vorgänger waren für uns tätig.«

Er nickte. »Das ist mir bekannt. Aber das hat keine Bedeutung für mich. Noch mal: Worum geht es?«

»Wir haben zwei Anliegen«, antwortete Karabasch. »Erstens: Wir benötigen Schutz.« In den Augen des Mannes blitzte etwas auf. Zunächst dachte Blochin, es sei Unehrlichkeit, doch dann wurde ihm klar, dass er sich zuvor nicht getäuscht hatte. Diese Menschen hatte etwas mächtig erschreckt. Er konnte nun die Angst, die sie umgab, förmlich fühlen.

»Personenschutz?« Er machte eine beiläufige Geste mit der Hand. »Das sollte kein Problem sein. Und zweitens?«

Karabasch straffte seine Gestalt und warf abermals einen Blick in die Runde, als wäre er nicht endgültig sicher, ob er das, was man wohl abgemacht hatte, wirklich aussprechen sollte.

Auf einmal ertönte die Stimme von jemand anders: »Zweitens möchten wir, dass Sie auf die Jagd gehen.«

Blochin taxierte die Person, die sich so unvermittelt zu Wort gemeldet hatte. Es war die einzige Frau in der Runde.

Er betrachtete sie eingehend. Über fünfzig musste sie sein, gut zehn Jahre älter als er, doch auf den ersten Blick war ihr das keineswegs anzusehen. Ihr schmales Gesicht mit der leicht spitzen Nase wies kaum Falten auf. Mandelförmige Augen stachen daraus hervor. Ihr langes schwarzes oder dunkelbraunes Haar hatte sie hochgesteckt. Schlank war sie, auffallend groß für eine Frau. Weniger auffallend war der Stock, auf den sie sich stützte und der mit ihrer Gestalt fast verschmolz – erst jetzt hatte Blochin ihn wahrgenommen.

»Wen soll ich jagen?«, wollte er wissen.

»Eine Bestie«, erwiderte die Frau prompt.

»Etwas mehr müsste ich schon wissen.«

»Das werden Sie auch.« Die Frau trat einen Schritt vor, der Stock gab ein klackendes Geräusch von sich. »Und zwar jetzt.«

»Vor wem fürchten Sie sich?«

Sie musterte ihn. Etwas Hartes, Schroffes strahlte sie aus, doch genau das zog ihn an, wie er mit gewisser Überraschung feststellte.

»Fangen wir damit an, was bereits geschehen ist. Bisher wissen Sie ja nur über einige Punkte Bescheid.«

»Dann erzählen Sie mal«, sagte Blochin.

10

Seit jenem Abend, als der Mord in der Parkstraße entdeckt
worden war, hatte sich alles geändert. Jan Rosens Alltag war
wie auf den Kopf gestellt. Kam er nun abends nach Hause,
wartete jemand auf ihn. Zum ersten Mal seit … Seit wann eigentlich? Wenn er ehrlich war, hatte es nie eine wirkliche Beziehung zu einer Frau gegeben.

Nun ja, auch diese Beziehung hatte wohl etwas Unwirk-
liches, doch das Gefühl, das ihn beim Aufschließen der Wohnungstür überkam, war einfach unbeschreiblich schön. Das
Erste, was er dann sah, war nämlich nicht die sonstige Leere,
sondern ein hübsches Gesicht mit einem herzförmigen Muttermal und erwartungsvollen, zugleich nach wie vor erschrockenen Augen.

Unglaublich, aber wahr, Anyana Lupescu war nicht nur
mit zu ihm nach Hause gekommen, sondern tatsächlich bei
ihm geblieben. Jetzt schon seit über zwei Tagen.

Wenn er Jacke, Mütze und Schuhe auszog, stand sie da und
schaute ihm zu. Sie umarmte ihn, sie küsste ihn, und es drehte
sich alles in seinem Kopf, in seinem Bauch. Für andere mochte
das alltäglich sein, aber für Jan Rosen … er konnte es immer
noch nicht fassen.

Auch jetzt, als er an diesem eisig kalten Vormittag im
Büro am Schreibtisch saß, dem Brummen der Heizung zuhörte und auf seinen Monitor starrte, musste er an sie denken. Anyana war wie ein unsichtbarer Satellit, der unaufhör-
lich um ihn kreiste. Ihre Stimme erfüllte seinen Kopf, und das
Zittern darin versetzte ihm einen Stich. »Du darfst niemandem erzählen, dass ich bei dir bin. Du darfst mich mit kei-

nem einzigen Wort erwähnen. Es muss unser Geheimnis bleiben.« So redete sie immerfort. »Wenn die Männer, denen ich gehöre, erfahren, wo ich untergetaucht bin, holen sie mich. Ich bin ihr Eigentum. Ich bin wie Bargeld für sie. Und wenn sie mich haben, dann …« Erst hier erstarb ihre Stimme jedes Mal.

Die Angst hatte sie weiterhin fest im Griff. Seit Rosen sie in die Wohnung gebracht hatte, hatte die junge Frau seine vier Wände nicht mehr verlassen. Er hatte Verständnis dafür, natürlich, aber gleichzeitig war ihm klar, dass das keinen Bestand haben konnte. Sicher, Anyana wollte für eine Weile abtauchen, sich der Welt entziehen, die bislang stets grausam zu ihr gewesen war. Aber was dann?

Noch verbot Rosen sich selbst, sich von dieser Frage plagen zu lassen.

Er versuchte, an etwas anderes zu denken, und warf einen Blick auf die säuberlich aufgeschriebene To-do-Liste, die er morgens beim Eintreffen erstellt hatte. Einige Punkte darauf waren bereits abgehakt, andere noch offen. Er griff zum Hörer seines Bürotelefons und erledigte einige Anrufe bei Kollegen aus anderen Abteilungen. Beflissen, wie er war, schrieb er jedes der folgenden Gespräche mit.

Als er wieder auflegte, hielt er inne. Er war hellhörig geworden. Eine der Informationen, die er soeben zu dem ermordeten Dennis Malik erhalten hatte, konnte unter Umständen wichtig sein. Um sie zu verifizieren, durchforstete er nun die ihm zu Verfügung stehenden Datenbänke, anschließend begab er sich im Internet auf die Suche.

Der Signalton seines Smartphones ließ Rosen aufschrecken. Auf dem Display wurde seine eigene private Festnetznummer angezeigt. Er hielt sich das Handy ans Ohr und sagte rasch: »Anyana? Was ist los?« Er hatte die Nummer sicherheitshalber für sie aufgeschrieben und mit einem Magnet am Kühlschrank befestigt.

»Rosen«, hauchte sie, wie nur sie seinen Namen sagen konnte. »Ich …« Sie verstummte.

»Ist etwas passiert?«, wollte er besorgt wissen.

»Nein, nein«, beruhigte sie ihn gleich. »Es ist nur so langweilig. Wie sagt man immer? Mir fällt die Decke auf den Kopf.«

Er musste lachen. »Ich bin bald wieder zu Hause.«

»Ich könnte uns etwas kochen.« Auch sie lachte. »Ich bin zwar nicht die weltbeste Köchin, aber … na ja, ich müsste einkaufen. Aber ohne Geld … Und außerdem traue ich mich sowieso nicht vor die Tür, das weißt du ja.«

»Hab Geduld, ruh dich aus«, meinte er etwas hilflos.

»Das mache ich ja. Aber ich glaube, ich musste einfach mal deine Stimme hören.«

Rosen schluckte. Wer hatte jemals etwas Derartiges zu ihm gesagt? So schlicht und doch so gefühlvoll.

Sie unterhielten sich noch ein paar Minuten, dann beendete Rosen behutsam das Gespräch. Dass sie von Dingen wie Kochen und Einkaufen sprach, zeigte für seine Begriffe, dass sie sich bei ihm zu Hause zumindest ein wenig entspannter und sicherer fühlte.

Er wollte sich auf seine Arbeit konzentrieren, doch Anyana drängte sich erneut in seine Gedanken. Die Einzelheiten, die sie ihm in den letzten Tagen erzählt hatte, schwirrten um ihn herum, ihre leise Stimme, ihre Worte. Die Erinnerung war so eindringlich, dass vor seinen Augen förmlich das Dorf entstand, in dem sie groß geworden war. Ein winziges Nest, zwei Autostunden von Bukarest entfernt. Aber wer hätte schon ein Auto gehabt, um die Strecke zurücklegen zu können? Die Hauptstadt war so unerreichbar wie der Mond. Anyanas Familie besaß nicht mal fließend Wasser; hinter dem armseligen Haus, in dem sie sich mit ihren Eltern und ihrer Schwester zusammendrängte, stand ein Plumpsklo.

So jämmerlich dieser Ort ihrer Vergangenheit auch sein

mochte, bis zu den kleinen Bauten in den unbefestigten Straßen war das Böse nie vorgedrungen. Es gab eine einzige Kneipe, in der sie sich mit ihren Freundinnen traf, anscheinend dazu verdammt, sich in jenem Dorf zu langweilen, zu heiraten, alt zu werden, zu sterben.

Wie aus dem Nichts war ein Mann in diese Einöde getreten. Er hatte ein strahlendes Lächeln, schicke Klamotten und jede Menge Versprechungen. So vieles malte er für Anyana in bunten Farben aus. Etwa einen Job in Deutschland. Er verschaffte ihr eine Vorstellung davon, was angeblich hinter der Trostlosigkeit lag, die um sie herum herrschte. Und sie vertraute ihm, verschwand nach Bukarest, von dort über die Landesgrenze, immer weiter nach Westen, illegal, doch das schreckte sie nicht ab. *Nichts* schreckte sie ab. Zumindest bis zu jenem Tag, als sie das Böse dann doch kennenlernte und der Mann, den sie zu lieben glaubte, sie wie eine Ware an einen anderen Mann weiterverkaufte, der ihr die Papiere abnahm, sie schlug, vergewaltigte, mit Drogen vollpumpte und auf den Strich zwang.

Wie sie gab es etliche. Sie war nur ein einziges unbedeutendes Teil einer ganzen Warensammlung, deren Willen man brach, die man gefügig machte, benutzte und zum Sonderpreis anbot.

Rosen saß da und schüttelte den Kopf. Eine Hölle. Man konnte es sich wohl nicht vorstellen, wenn man es nicht am eigenen Leib erlebt hatte, auch nicht Leute wie er, die im Job täglich damit zu tun hatten. Nein, er wollte nicht darüber nachdenken und die Unbarmherzigkeit der Welt verfluchen, er musste sich endlich konzentrieren. Dennis Malik. Um ihn ging es.

Rosen musste unbedingt Billinsky mitteilen, was er herausgefunden hatte. Vielleicht nur eine Nebensächlichkeit, doch … nein, das konnte kein Zufall sein, das musste eine gewisse Bedeutung haben. Wo steckte sie eigentlich? Vorhin war sie doch noch da gewesen. Genau wie er hatte sie viel telefoniert? Mit wem? Er musste wirklich aufpassen, dass Anyana ihn nicht noch mehr ablenkte.

Junge, Junge, dachte er, halb erschrocken, halb überwältigt, du bist verknallt. Endlich einmal. Und das ausgerechnet in eine untergetauchte Zwangsprostituierte, die nicht einmal einen Ausweis besaß. Ja, sein Leben war dabei, völlig aus dem Ruder zu laufen.

11

»Diesem jungen Mann namens Dennis Malik ist in der Tat übel mitgespielt worden.«

Dr. Tsobanelis' Stimme schien förmlich durchs Handy und in Maras Ohr hineinzukriechen. Irgendwie wurde sie das Gefühl nicht los, dass dieser Mann die Brutalitäten, mit denen er es in seinem Berufsleben zu tun bekam, auf eine bizarre Art genoss.

»Ich kenne Ihren Bericht.« Mara nippte an dem Kaffeebecher, den sie im Moment des Anrufs aus dem Automaten gezogen hatte.

»Das ist mir klar, aber ich wollte noch mal mit Nachdruck auf das Ausmaß an Gewalt hinweisen. Und Ihren Chef konnte ich gerade nicht erreichen. Steckt offenbar in Meetings mit der Staatsanwaltschaft fest.«

Deshalb habe ich also die außerordentliche Ehre, dachte sie. Tsobanelis und Mara hegten alles andere als eine besondere Zuneigung füreinander, und ihre Begegnungen verliefen meist in frostiger Atmosphäre.

»So finden sich an den Unterarmen gleich mehrere Frakturen«, fuhr er fort, »ganz sicher verursacht durch besonders heftige Schläge.« Er betonte jede Silbe, als müsste er ein Hörspiel fürs Radio einsprechen.

Mara musste an einen Baseballschläger aus Dennis Maliks Besitz denken, den man sichergestellt hatte und auf dem Blutspuren des Opfers entdeckt worden waren – allerdings keine Fingerabdrücke, da der oder die Täter wohl Handschuhe getragen hatten. »Wie gesagt, die Einzelheiten sind uns durchaus bekannt.«

»Trotzdem war es mir wichtig, noch einmal mit jemandem aus Ihrer Abteilung reden zu können. Hier ging es um *Schmerzen*.« Erneut Tsobanelis' Betonung. »Das Opfer sollte gewaltige Schmerzen ertragen, über einen möglichst langen Zeitraum hinweg, ehe es das Zeitliche segnen durfte. Egal, welchen rationellen Hintergrund die Tat haben mag – da verfügt jemand offenkundig über eine ausgeprägte sadistische Ader.«

»Ist Ihnen noch etwas zu den Hautritzungen eingefallen?«

»Was sollte mir dazu einfallen?«, erwiderte er auf überhebliche Weise, wie er es gern tat. »Ich kann sie nur *feststellen* – die Geistesblitze dazu müssen von euch kommen.«

»Ich meinte damit, ob Sie schon einmal mit vergleichbaren Verletzungen zu tun hatten.«

»Nun ja, dass Opfer auf diese Art verziert werden«, er lachte leise auf, »ist gewiss nicht ungewöhnlich.«

»Was sagen Ihnen die Symbole?«

»Nichts, was sich spezifisch zuordnen oder kategorisieren ließe. Ein Sarg. Ein Grabstein. Nichts Ungewöhnliches. Nichts, was eine sofortige Schlussfolgerung zulässt.«

»Nach Eintritt des Todes zugefügt?«

»Sehr wahrscheinlich. Wie ich es ja in dem Bericht erwähnt habe.«

»Was können Sie zur Durchführung der Hautritzungen anmerken?«

»Sie wurden gewissenhaft und konzentriert vollzogen. Es ging nicht darum, große Kunstfertigkeit zu demonstrieren, sondern auf den ersten Blick klarzumachen, um welche Gegenstände es sich handelt.« Er stutzte. »Zielte Ihre Frage daraufhin ab, ob der oder die Täter bereits über eine gewisse Übung darin verfügen?«

»Genau.«

»Wirklich schwer zu sagen. Aber Sie und ich hätten die Kunstwerke wohl ähnlich gut hinbekommen.« Etwas gespreizt fügte er an: »Noch einmal: Es war mir wichtig, das Ausmaß an Gewalt zu unterstreichen.«

»Was Ihnen gelungen ist. Danke für den Anruf.«

Nach dem Gespräch machte Mara sich vom Getränkeautomaten auf den Rückweg ins Büro. Unterhaltungen mit Tsobanelis konnten einem Schauer über den Rücken laufen lassen. Sie dachte noch über seine Ausführungen nach, als sie sich an der mobilen Trennwand vorbeischob, die ihren und Rosens Schreibtisch zu einer Zweierzone machte. Sie hielt inne und warf einen Blick auf ihren Kollegen, der mit abwesendem Ausdruck auf seinen Monitor starrte.

»Jetzt aber wirklich mal raus mit der Sprache«, sagte sie laut und musste amüsiert schmunzeln, als er zusammenzuckte. »Was ist los mit dir, Rosen?« Sie stellte den Becher ab, ließ sich auf ihren Stuhl fallen und warf die Beine über den Schreibtisch. Verdutzt bemerkte sie, dass Hauptkommissar Klimmt es oft genauso machte – womit die Ähnlichkeiten zwischen ihm und ihr aber bestimmt auch schon wieder aufhörten.

»Was meinst du?«, fragte Rosen defensiv.

»Du bist zurzeit sehr in Gedanken vertieft«, meinte sie bedeutsam.

»Ich habe an den Job gedacht.«

»Na klar.« Erneut schmunzelte sie.

Er tat, als bemerkte er es nicht, als er fortfuhr: »Mir ist da nämlich ein bestimmtes Detail aufgefallen. Beim Überprüfen von Dennis Maliks Umfeld.«

»Ach? Das wäre wirklich gut. Denn da hat sich ja bisher nicht viel ergeben. Brave Familie, brave Kommilitonen, brave Mitglieder des Badmintonvereins, in dem er aktiv war.« Sie nahm einen weiteren Schluck Kaffee.

»Billinsky, wie kannst du nur so viel von dieser Brühe trinken.«

»*Ein* Gift braucht der Körper – und das hier ist wenigstens legal. Also, schieß los.«

Er holte Luft, wie immer, wenn er etwas mitzuteilen hatte. »Ob es uns hilft – keine Ahnung. Aber Dennis Malik heißt eigentlich gar nicht Malik.«

Maras Augenbraue zuckte kurz. »Wie denn dann?«

»Es geht um eine einzige kleine Silbe.« Vage wedelte er mit der Hand in der Luft.

»Spuck's schon aus.«

»In seinem Reisepass, seiner Geburtsurkunde, bei der Anmeldung zum Studium, da steht natürlich der richtige Name. Aber wenn er sich zu Seminarkursen eingetragen hat, wenn er sich jemandem vorgestellt hat, wenn er in sozialen Netzwerken einen Account angelegt hat – dann stets mit dem falschen Namen.«

»Rosen, wenn du nicht gleich den Namen nennst, dann …« Sie zog die flache Hand in einer raschen Bewegung an ihrer Kehle vorbei.

»Malikov.«

Sie stutzte. »Das ist alles? Ich habe jetzt sonst was erwartet.«

»Die letzten beiden Buchstaben fehlen. O und V. Nicht nur bei Dennis, sondern auch bei seinen Eltern.«

Auf der anderen Seite der Trennwand kam es zwischen den Kollegen Patzke und Schleyer zu einem Wortgefecht, das bald wieder verebbte. Sie achteten nicht darauf. Mara strich sich eine widerspenstige Strähne aus der Stirn. »Was sollte es bringen, den Namen so geringfügig zu verkürzen?«

Rosen zuckte mit den Schultern. »Vielleicht möchte man seine russischen Ursprünge nicht so offensichtlich zeigen. Da kommt die Familie väterlicherseits nämlich her. Also aus Russland. Der Vater ist nach wie vor russischer Staatsbürger, und auch Dennis hatte neben der deutschen die russische Staatsangehörigkeit.« Er legte die Stirn in Falten. »Wie ich schon sagte, ich habe keinen Schimmer, ob uns das hilft und irgendwie weiterbringt.«

Mara lehnte sich noch bequemer im Stuhl zurück. »Hm,

man kann in Deutschland doch nicht mir nichts, dir nichts den Namen abändern, oder? Ganz egal, wie marginal die Änderung ausfallen mag.«

»Offiziell gibt es auch gar keine Änderung. Es war eher so, als würden sich Fernsehstars oder Schriftsteller ein Pseudonym zulegen. Ein Name, den man nach außen hin benutzt, während man seine Steuern weiterhin unter dem richtigen Namen bezahlt und so weiter.«

»Das wäre immerhin die erste Unauffälligkeit im bislang überschaubaren Universum des Dennis Malik. Oder eben Malikov.«

Rosen nickte. »Überschaubar trifft es ganz gut. Wie du schon erwähnt hast. Universität, Sport, Freunde, Social Communities. Medizinstudium mit glänzenden Ergebnissen beendet. Viel mehr ist da anscheinend nicht.«

»Keine Hinweise auf irgendwelche kriminellen Aktivitäten oder Verbindungen mit dem sogenannten Milieu. Keine Vorkommnisse in der jüngeren Vergangenheit, die aufgefallen wären. Keine Streitereien, keine extremen Konkurrenzsituationen, keine Feindschaften. In Kürze wäre er nach Neuseeland abgeschwirrt – und dann zu seiner ersten Stelle als Arzt in Kalifornien. Worauf er sich wohl ganz besonders gefreut hat. Er war sehr beliebt, durchaus bescheiden, trotz seiner Erfolge, trotz seines guten Aussehens. Anscheinend ein echter Musterknabe mit besten Zukunftsaussichten.« Mara hob eine Augenbraue. Wie jedes Mal, wenn sie einen Lebensweg beleuchtete, der allzu gerade verlaufen war. »Sieht so aus, als hätte bei Dennis immer Sonnenschein geherrscht.«

»Cherchez la femme?«, merkte Rosen fragend an.

»Keine feste Freundin. Eine Ex-Freundin. Trennung in gegenseitigem Einvernehmen, wie man so schön sagt. Keine Eifersuchtsgeschichten. Der junge Mann hat sich in den letzten Monaten offenbar voll und ganz auf sein Studium konzentriert.«

»Also hat sich gestern bei deinem Treffen mit den Eltern auch nichts Neues ergeben?«

»Sonst hätte ich's dir schon mitgeteilt, meinst du nicht?«

Mara war allein dorthin gefahren, weil es Rosen meistens ziemlich mitnahm, wenn es um Gespräche mit direkten Angehörigen von Mordopfern ging. Außerdem hatte er sich mit gewohnter Akribie in seiner Recherchearbeit vergraben.

»Der Mutter geht es ein wenig besser«, fuhr Mara fort. »Der Vater wirkte seltsam beherrscht.«

»Er wollte wohl nicht zeigen, wie sehr es ihn trifft«, mutmaßte Rosen. »Typische Verhaltensweise, gerade bei Männern.«

»Stimmt schon.« Mara hob etwas ratlos die schmalen Schultern. »Und trotzdem – es kam mir irgendwie *komisch* vor, wie der Mann sich gab.«

»Was ich inzwischen über die Maliks herausgefunden habe …«

»Die Malikovs«, korrigierte Mara, wie er das sonst machte.

»Richtig, die Malikovs. Sie leben bereits sehr lange in Deutschland.«

Sie schmunzelte. »Sonst bist du präziser.«

»Hast recht. Also: schon seit der Zeit vor dem Mauerfall, Ende der Achtzigerjahre. Nikolaj Malikov war im diplomatischen Dienst tätig. Hatte vor dem Wechsel einen kontinuierlichen Aufstieg in der Partei geschafft, der KPdSU. Nach der Wende blieb er hier, er ließ sich von seiner damaligen Frau scheiden, einer Russin, die in ihre Heimat zurückging. Er heiratete erneut. Eine Deutsche namens Brigitte Schramm. Ein Jahr später, äh, 1994, wurde Dennis geboren, ihr einziges Kind. Den Schramms gehörte eine Firma, die Hardware für Computer herstellt. Nikolaj Malikov stieg ins Business ein, war dort viele Jahre in leitender Stellung tätig und zog sich vor Kurzem aus dem Arbeitsleben zurück. Tritt aber nach wie vor als Berater in Erscheinung.«

»Danke für die Zusammenfassung.«

»Tja, das mit der Namensänderung«, meinte Rosen abwägend. »Vorhin ist es mir sofort aufgefallen, aber je länger ich darüber nachdenke, desto weniger glaube ich, dass es von Bedeutung für den Mord ist.«

»Scheint mir auch so.«

»Viel haben wir also weiterhin nicht.«

»Vielleicht doch.« Mara grinste ihn an.

»Wie meinst du das?«

»Na ja, als die ersten Befragungen von Familie, Freunden und Studienkollegen nicht viel einbrachten, habe ich mich mal auf dein Spezialgebiet gestürzt. Die Recherche. Da bin ich zwar nicht so gut und geduldig wie du, aber immerhin.«

»Was hast du herausgefunden?«

»Etwas, über das wir früher oder später ohnehin gestolpert wären.«

»Dann komm zum Punkt«, forderte er ungewohnt forsch.

Wieder grinste sie frech. »Da siehst du mal, wie's mir immer mit dir geht.«

Ihr Handy klingelte. Mara nahm es an sich und betrachtete kurz das Display. »Das ist ein Kollege aus Hannover. Hauptkommissar Stendel. Lass mich mit ihm reden, dann kann ich besser einschätzen, ob wir etwas von Bedeutung in der Hand haben.«

Sie stand auf, drehte Rosen den Rücken zu und nahm den Anruf entgegen. Schon eine Stunde zuvor hatte sie sich mit Stendel unterhalten, nachdem sie auf etwas Interessantes in der Datenbank gestoßen war. Jetzt dauerte das Gespräch nur knappe fünf Minuten. Sie bedankte sich und nahm wieder Platz.

Rosen hatte zugehört. Neugierig sah er sie an. »Hab ich das richtig mitbekommen? Ein Fall mit Parallelen zu unserer Geschichte?«

»Noch besser«, erwiderte Mara. »*Zwei* Fälle mit Parallelen zu unserer Geschichte.«

12

Radka Steinmann schaltete die Musik aus und fügte sich dankbar in die jäh einsetzende Stille. Die Streicherklänge hätten ihr eigentlich Entspannung bereiten sollen, doch das Gegenteil war der Fall. Jeder Ton reizte die schwelende Furcht, die sie seit Kurzem beherrschte, nur noch stärker.

Sie setzte sich in den Sessel, lehnte den Stock an die Lehne, schloss die Augen.

Ja, die Ruhe tat gut.

Dabei war sie gar nicht geräuschlos. Radka vernahm ein Schaben. Es drang aus den Tiefen ihrer Erinnerungen zu ihr, und sie wusste sofort, um was es sich bei diesem Laut handelte. So hatte es immer geklungen, wenn sie vor Auftritten in der Garderobe saß, die Füße in einer Schüssel mit heißem Wasser, und mit der Raspel ein wenig Leder von der Spitze ihres Tanzschuhs kratzte, um die Bodenhaftung zu verbessern.

Dieses Schaben. Sie hörte es oft, erst recht in diesen Tagen der Furcht, es kroch aus ihrem Gedächtnis wie ein kleiner Dämon, den sie mit Widerwillen beäugte und doch auch sehr mochte. Ja, damals … Nach dem fast meditativen Kratzen kam das Ankleiden. Radka fühlte auch heute noch, wie es war, in das steife weiße Tutu zu steigen, es über ihrer Strumpfhose zurechtzuziehen und sich die Träger des Trikots über die Schultern zu streifen. Es folgte das Aufwärmen. Mit einer Hand an der Stange die Beine nach vorn und hinten schwingen, um die Hüften zu lockern. Die Beine dehnen, die Zehen strecken, sich für ein paar *Relevés* auf die Fußballen erheben. Raus auf die Bühne, hinter den Vorhang, der aufgezogen wurde. Tiefe Konzentration, tiefe Anspannung, tiefe Erfüllung.

Sie öffnete wieder die Augen. Ihr Blick fiel auf den Griffteil des Stocks. Angewidert verzog sich ihr Mund. Heute humpelte sie, früher war sie *geflogen*.

Weitere Erinnerungen schlichen sich an, und sie war dankbar dafür. Radka sah den Moment vor sich, als sie geboren wurde. Natürlich nicht biologisch, sondern *wahrhaftig* geboren. Jenen Moment, als sie inmitten einer Schar von Mädchen in einen Saal geführt wurde, dessen Holzboden zu einer Wand hin abfiel, an der große gerahmte Spiegel hingen. Zuvor war an ihre Kleidung je ein Zettel mit einer Nummer geheftet worden. Da stand sie, die kleine Radka, die Dünnste von ihnen.

Hinter einem glänzenden Klavier saß eine streng wirkende Frau mit hoch aufgetürmtem Haar, die ihnen erklärte, dass jede von ihnen sich durch den Raum bewegen sollte, wie es ihrem Gefühl nach zur Musik passte. Dann spielte sie eine langsame, liebliche Melodie, die Klaviertöne plätscherten wie Regentropfen. Ein Mädchen nach dem anderen machte sich auf dem Weg zur Tanzfläche. Endlich – Radka war an der Reihe. Sie war nervös, ging steif, dachte daran, dass ihre Mutter viel von ihr erwartete. Doch dann geschah etwas Seltsames. Sie schloss die Augen, und das genügte. Die übrigen Mädchen existierten nicht mehr, nichts gab es noch, nur Radka, die sich bewegte, schnell und geschmeidig, sie schien den Boden gar nicht mehr zu berühren, sondern zu fliegen. Die Musik änderte sich, Stimmung und Tonart, und bei jedem Wechsel wurde Radka zu einem anderen Wesen. Nie wieder war es so makellos gewesen wie damals, sooft sie es auch versucht hatte, dieser Zustand war einmalig, *unerreichbar*, nicht von dieser Welt.

Der Moment, in dem sie geboren worden war.

Viele Jahre später war der Moment gekommen, in dem sie gestorben war.

Nein, nein, sie war nicht tot, Joel hatte ihr ein neues Leben geschenkt, wie sie ihm seines, und der Gedanke an ihn brachte die Furcht um ihn zurück. Doch genauso war es gewesen. Er hatte ihr das Leben gerettet, sie aus einem dunklen Loch gezogen, ihr bewusst gemacht, was es bedeutete, für jemanden da zu sein. Nur einmal, viele Jahre vor Joels Geburt, hatte Radka das Bedürfnis verspürt, einen anderen Menschen zu umsorgen, ihm nahe zu sein und Halt zu geben. Es hatte sich um ein kleines Mädchen gehandelt, nicht einmal ihr Fleisch und Blut, und dennoch hatte sie zu der Kleinen eine starke Verbindung verspürt, die sie lange Zeit nicht losgelassen hatte, eigentlich bis heute nicht. Das Mädchen hatte sie aufgeben müssen – Joel würde sie niemals aufgeben.

Radka erhob sich, griff nach ihrem Stock und hinkte zum Fenster. Der Gehsteig vor dem Haus war leer bis auf einen einzelnen Mann, der sich dem Eingang des Hauses näherte, in dem sie sich im ersten Stock diese zweite Unterkunft eingerichtet hatte. Das *Büro*, wie sie es in Gedanken nannte.

Unwillkürlich hielt sie den Atem an und verbarg sich hinter dem Vorhang.

Es klingelte.

Sie begab sich zur Tür und öffnete per Tastendruck den Hauseingang.

Gleich darauf standen sie einander in Radkas Büro gegenüber. Da es hell war, konnte Radka sein Gesicht eingehender betrachten als beim letzten Mal in diesem verfallenen, dunklen Gemäuer.

Witali Blochins Anzug war elegant, sein Haarschnitt akkurat, durchsetzt von ersten grauen Strähnen, seine Hand, mit der er ihre ergriffen hatte, maniküre, und dennoch ging etwas Rohes, Derbes von ihm aus. Radka hatte viele rücksichtslose, gefährliche Männer kennengelernt, aber keiner von ihnen hatte eine derartige Härte ausgestrahlt. Eine Härte, die sie wachsam werden ließ und ihr zugleich die Zuversicht gab, dass er für die Aufgabe der Richtige war. Ihr war bewusst, dass kaum jemand Einzelheiten über ihn kannte; er war ein Schatten, und auch das flößte ihr Respekt ein.

Sie machte eine knappe Geste, und beide nahmen in den Sesseln Platz.

»Ich verstehe nicht, was dieses Treffen soll«, begann er ohne Umschweife, und das passte zu ihm. »Es ist doch alles besprochen.«

Unauffällig beäugte sie wieder seine Hände. Die gepflegten, blitzsauberen Nägel schienen nicht zu den eher kurzen, starken Fingern zu passen. Wie viele Menschen hatte er mit diesen Händen umgebracht? Oder erteilte er nur die Aufträge dazu?

Radka schärfte sich ein, sich zu konzentrieren, sich nicht durch die jähe Unmittelbarkeit dieses Mannes ablenken zu lassen.

»Wenn Sie nicht mit mir reden wollen, kann ich auch wieder gehen«, sagte er mit seinem harten Akzent, nicht unsicher oder zornig, sondern beherrscht.

Sie richtete den Blick auf sein Gesicht, und sofort spürte sie, dass ihr der Ausdruck in ihren Augen gelungen war, dass er genauso war wie früher, wenn sie, ob eingeschüchtert oder nicht, kalt und überlegen zu wirken vermochte, als hätte sie jederzeit alles im Griff.

»Ich möchte Ihren Auftrag erweitern«, sagte sie entschieden. »Und zwar in dem Sinne, dass …«

»Ich habe keinen Auftrag.« Er grinste überheblich.

»Ich möchte, dass Sie auf meinen Sohn achtgeben.«

Er runzelte die Stirn. »Da tue ich doch ohnehin.«

»Ich will, dass Sie ihn ganz besonders gut im Auge behalten. Noch gewissenhafter als die anderen. Was immer es kosten mag.«

»Noch gewissenhafter?«, wiederholte er. »Ständige Bewachung? Bei jedem Schritt. Bei jedem Atemzug.«

»Was immer es kosten mag«, sagte sie noch einmal.

Blochin taxierte sie, halb spöttisch, halb neugierig.

»Ich meine Geld«, fügte sie mit Strenge an.

»Natürlich meinen Sie Geld.« Der Spott schimmerte noch in seinen Augen. »Eine feine Dame wie Sie, im besten Alter. Was sollten Sie sonst meinen?«

Sie lehnte sich zurück, hielt seinem Blick stand. Tatsächlich, er hatte sie aus der Reserve locken wollen. Lange her, dass sie sich durch Anspielungen reizen ließ und darauf einging, Retourkutschen fuhr, das alte Spiel eben. Ja, es war lange her. Sehr lange hatte sie keinen Mann mehr gehabt und nur für Joel gelebt.

Auf Blochins Gesicht zeichnete sich ein Grinsen ab. »Lassen Sie uns also vom Geschäft sprechen.«

»Freundschaftsdienste, wie Sie es bei unserem letzten Treffen nannten.«

»Genau.« Er nickte. »Sie bitten also um eine besonders intensive Form von Personenschutz.«

»Das tue ich.«

Sie gingen zu den Einzelheiten über. Wie Radka zu ihrer Verblüffung feststellte, bedauerte sie es beinahe ein wenig, dass sich ihr Gast zu keinerlei weiteren ungehörigen Anspielungen herabließ.

»Dann hätten wir alles geklärt«, schloss er nach einer Weile mit geradezu sachlicher Betonung.

Nun war sie es, die kaum wahrnehmbar nickte. Als sie schon nicht mehr damit rechnete, kam wieder Blochins herausforderndes Grinsen zum Vorschein. »Wollen wir auf unsere Absprache anstoßen?«

Radka ließ sich ihre Überraschung nicht anmerken und maß ihn lange.

»Wie wäre es?« Er erhob sich und schaute auf sie herab. »Ein Schluck auf unsere Abmachung, oder nicht?«

Auch Radka stand auf. »Was möchten Sie?«

»Etwas, das Ihren Nerven guttut.«

»Mit meinen Nerven ist alles bestens.«

Sie war ein Stück größer als er, kerzengerade ihre Haltung,

er hingegen war untersetzt, mit wuchtigen Schultern, die er ein wenig nach vorn wölbte, wie ein Ringer vor dem Kampf.

»Nein«, widersprach Blochin ruhig. »Sie haben Angst. Sosehr Sie es auch verbergen möchten, ich sehe es Ihnen an.« Er trat dicht an sie heran. »Wir werden auf ihn aufpassen. Sie brauchen sich nicht zu fürchten.«

»Machen Sie keine leeren Versprechungen.«

»Das tue ich nie.«

Eine schier endlose Sekunde erschien es Radka, als würden seine kräftigen Finger sie packen, als würde er versuchen, sie zu küssen, die Spannung war fast mit Händen zu greifen.

Dann jedoch sagte er leise: »Verschieben wir den Drink auf nächstes Mal.«

Ohne einen Ton zu äußern verfolgte sie, wie er den Raum verließ. Gleich darauf hörte sie den trockenen Laut, als die Tür geschlossen wurde. Ihre Anspannung ließ nach. Die Sorge um Joel, der sich in diesem Moment in der Universität befinden musste, kehrte zurück wie ein leichtes Fieber. Als sie vom ersten Todesfall erfahren hatte, war sie keineswegs alarmiert gewesen. Dann hörte sie vom zweiten Toten. Und plötzlich war da eine böse Vorahnung in ihr. Bald darauf verschwand Sina Tannheim. Als Nächstes ereilte Radka die Nachricht, dass Dennis Malik nicht mehr lebte.

Und nun?

Witali Blochin. Sie setzte Hoffnungen in diesen Mann. In seine Kraft, seine Härte. Und da war noch etwas an ihm. Er war einiges jünger als sie, aber sein Blick war unzweifelhaft gewesen. Ja, so lange, so verdammt lange, dass sie …

Abrupt nahm sie den Stock an sich und humpelte in die kleine, angrenzende Kochnische, um sich einen Tee zuzubereiten, einen *Pu Erh* aus China, sündhaft teuer. Wieder nistete sich eine alte Erinnerung in ihre Gedanken ein. Damals in der Heimat, in Moskau, als sie so arm gewesen waren, dass ihre Mutter eine Art Tee aus Karottenschalen hatte kochen müssen.

Ihr Vater war kurz zuvor gestorben, das Herz, der Alkohol, und sie froren in der winzigen Wohnung in Moskau. Er war Kulissenmaler am Bolschoi-Theater und damit Radkas Brücke zur Bühne gewesen. Aber dass sie über diese Brücke zu gehen vermochte, hatte an ihrer Mutter gelegen, die zur treibenden Kraft für Radka geworden war. Und bald wurde das Bolschoi ihre Mutter. Ihre Heimat. Ihr Leben.

Bis zu jenem Tag, als ihre Knochen zersplitterten und ihr Herz brach. Die Röntgenbilder waren ihr vorgekommen, als würden sie Kristall zeigen. Feinstes, für immer zerstörtes Kristall. Sie nippte an dem Tee. In ihre Augen traten Tränen. Zum ersten Mal seit Langem weinte sie um sich selbst. Dabei musste sie doch an Joel denken. Nicht sie, er war alles, was zählte.

13

»Zwei Fälle mit Parallelen zu unserer Geschichte?«, wiederholte Jan Rosen verblüfft.

Als Mara mit der Antwort ansetzen wollte, ertönte erneut ein Telefonsignal – diesmal das ihres Büroapparats. »Klimmt«, sagte sie nach einem Blick aufs Display zu Rosen. Sie nahm ab, redete nicht länger als ein paar Sekunden und legte auf.

»Er will uns sehen.« Sie war schon losgelaufen. »Wir treffen uns mit ihm im Besprechungszimmer. Ich habe ihm vorhin über den Gang zugerufen, dass ich an etwas Interessantem dran bin. Er kam gerade von einem Treffen mit dem Staatsanwalt zurück.«

»Was ist nun mit den beiden vergleichbaren Fällen?«, kam es wieder von Rosen.

»Komm schon, dann brauche ich nicht alles zweimal zu erzählen.«

Gleich darauf befanden sie sich mit Hauptkommissar Klimmt im modernsten Raum, den das Präsidium zu bieten hatte: Möbel aus hellem Birkenholz, acht Stühle, ein ovaler Tisch, drei Wände in beruhigendem Grünton tapeziert. Die vierte Wand stellte eine Kombination aus Whiteboard und Leinwand dar. In der Ecke neben der Tür stand die neueste Technik, darunter ein Beamer. Mitten im Tisch war eine Schalttafel eingelassen, mit der man alles bedienen konnte. Klimmt kämpfte mit den Knöpfen, und als er nicht weiterkam, wies er in seiner brummigen Art Rosen an, das zu erledigen.

Rosen hatte keinerlei Probleme damit, eine ganze Reihe von Fotografien an die Wand zu werfen – erst nacheinander, dann in einer Collage, die den Gesamtüberblick lieferte. Es waren Fotos in der Totalen von den Tatorten und Close-ups von den Verletzungen der Mordopfer.

Dazu wurde eine Sprachaufnahme über die Lautsprecher abgespielt, die während der Obduktion entstanden war. Die Stimme von Dr. Tsobanelis zählte die grauenerregenden Fakten auf.

»Wir müssen dringend weiterkommen«, übertönte Klimmt den Rechtsmediziner, da ihnen allen die Details bekannt waren. »Von Lingert und der Oberstaatsanwalt scharren schon mit den Hufen. Die feinen Herren wollen Ergebnisse.«

Rosen erklärte ihm rasch die Sache mit der Namensänderung bei Dennis Malikov und Hintergründe zur Familie des Opfers. Als einzige Reaktion auf die Erläuterungen wandte Klimmt sich an Mara: »Und Sie, Billinsky, was haben Sie so Aufregendes?«

»Ob's aufregend ist, lass ich mal dahingestellt sein. Aber möglicherweise ist es sehr hilfreich.«

Klimmt saß auf einem Stuhl, Rosen hatte sich in eine Ecke gestellt, den Rücken an die Wand gelehnt, und Mara platzierte ihr Hinterteil auf der Tischkante.

Sie warf einen Blick in die kleine Runde. »Ich bin auf zwei unaufgeklärte Mordfälle gestoßen, die sich vor Kurzem ereignet haben. Einer in Köln, einer in Hannover. Ich habe mit den zuständigen Kollegen Kontakt aufgenommen. Und jetzt kommt's ...«

»Hoffentlich«, warf Klimmt knurrig ein.

Sie zog aus der Gesäßtasche ein zusammengefaltetes, vollgeschriebenes Blatt, und während sie sprach, schielte sie ab und zu auf die Notizen. »Erstens: Beide Opfer waren in Dennis Malikovs Alter. Zweitens: Beide stammen aus eher wohlhabenden Familien. Drittens: Beide wurden gefoltert, ehe man ihnen die Kehle durchgeschnitten hat. Viertens: Beiden wurde mit einem starken Klebeband der Mund zugeklebt, um sie am Schreien zu hindern. Fünftens: Beide sind nie mit dem Gesetz in Konflikt geraten und verfügen über keine Kontakte zur kriminellen Szene. Sechstens: Bei beiden gab es im Vorfeld der Tat nicht den geringsten Anlass, der einen Mord zur Folge haben könnte. Siebtens: Bei beiden lässt sich kein Motiv für die Tat ermitteln.«

Die Sprachaufnahme war mittlerweile fast zu Ende, Dr. Tsobanelis' Stimme erstarb mit einem Klicken.

»Sieben Punkte, die exakt auf Dennis Malikov passen«, kommentierte Rosen.

»Und jetzt kommt der achte Punkt«, sprach Mara weiter. »Beiden Opfern wurden mit einem Messer Symbole in die Haut geritzt. Beim ersten handelt es sich um mehrere Kruzifixe, beim zweiten um einen Kirchturm.«

»Eine Serie. *Scheiße!* Das fehlt uns noch.« Klimmt strich sich über seinen wuchernden Walrossschnauzbart, der immer grauer wurde.

»Eine Serie, die sich womöglich über mehrere Bundesländer erstreckt«, ergänzte Mara.

Er nickte. »Und die wohl nichts mit diesem komischen Vogel namens Jenal zu tun hat.«

»Jenal können wir ausklammern«, stimmte sie zu.

»Was ist über die anderen beiden Fälle noch zu sagen?«, wollte er wissen.

Mara warf einen Blick auf ihre Notizen. »Das Opfer in Köln hieß Elke Neubert. Sechsundzwanzig Jahre alt. Angehende Tierärztin. Das Opfer in Hannover hieß Max Dereven. Achtundzwanzig Jahre alt. Ein begabter Mann, der als freier Fotograf tätig war. In der Werbung, für Zeitschriften. Er hat auch Portraitserien gemacht und erste eigene Ausstellungen organisiert.« Sie faltete das Blatt zusammen und steckte es weg.

Der Hauptkommissar strich sich wieder über den Bart. »Die erste Frage, die wir klipp und klar beantworten müssen: Gibt es konkrete Berührungspunkte zwischen den drei Opfern?« Düster starrte er auf die an die Wand projizierten Bilder.

»Ich habe mir Fotos von den Opfern aus Hannover und Köln schicken lassen«, erklärte Mara. »Fotos aus ihrem Alltag. Noch mal: Das waren Menschen, die mitten im Leben standen. Aus gutem Hause. Ohne Existenzsorgen. Die ganz bestimmt mit Freude in die Zukunft gesehen haben.« Sie machte eine Pause. »Da hat es wohl jemand auf verwöhnte Schnösel abgesehen.«

»Warten wir noch mit Schlussfolgerungen«, murmelte Klimmt, fast ohne die Lippen zu bewegen. »Sarg, Grabstein, Kruzifix, Kirchturm. Sagt uns das was?«

»Spontan nichts.« Mara hob die Schultern.

»Ich werde mich um die Symbole kümmern«, bot Rosen an, was der Hauptkommissar mit einem zustimmenden Nicken aufnahm.

Es klopfte energisch an.

Alle drei sahen auf.

Schleyer betrat den Raum, ein in die Breite geratener, sehr erfahrener, aber etwas träge gewordener Ermittler. »'tschuldigung, Chef, aber ich muss stören.«

»Was gibt's?«

»Die nächste.«

»Die nächste *was*?« Klimmt zog die Stirn in Falten.

»Die nächste Leiche.«

14

Im Sommer mochte es hier vielleicht einigermaßen idyllisch sein, doch jetzt sah das abgelegene Gelände aus wie ein von der Welt vergessenes, totes Fleckchen Nichts. Tief hängende graue Wolken, ein ständiger kalter Wind. Kahle Sträucher und Bäume, über deren Wipfeln im Hintergrund der sogenannte Ginnheimer Spargel aufragte, ein Fernmeldeturm, der eigentlich Europaturm hieß.

Mara Billinsky ließ den Blick über die Schrebergartenkolonie wandern. Die meisten Parzellen waren offenbar längst aufgegeben worden. Was für ein trostloser Anblick.

Ein Obdachloser, der hier bisweilen eine Bleibe für die Nacht suchte, hatte in den Spalt eines von innen mit Sperrholz verbarrikadierten Schuppenfensters am Rande des Areals gestarrt – und sich zu Tode erschrocken. Zuerst wollte er sich wohl einfach aus dem Staub machen, dann aber hatte er in der Nähe einen Streifenwagen entdeckt, den beiden Polizisten zugewunken und ihnen von seinem Fund berichtet.

Einen Schritt hinter Hauptkommissar Klimmt betrat Mara den Schuppen. Uniformierte Beamte wichen zur Seite, um ihnen Platz zu machen. Die Luft war eisig, doch der Todesduft hatte sich gehalten. Er hing noch süßlich zwischen den niedrigen Wänden, klebte unter dem Dach. Neben der Tür fand sich eine Schleifspur. Klimmt starrte darauf. »Hier hat man etwas nach draußen gezogen. Vielleicht eine Kiste oder einen schwer gefüllten Umzugskarton.«

»Oder irgendetwas zum Heizen dieser Hütte.« Mara deutete zu der Toten. »Denn sie wurde bestimmt länger hier festgehalten. Mehrere Tage, mehrere Nächte.« Jetzt zeigte sie auf den Bleicheimer in der anderen Ecke. »Für ihre Notdurft.« In dem Gefäß befand sich noch ein Rest Flüssigkeit, deren Geruch keinen Zweifel ließ.

Sie stellten sich nebeneinander vor die Matratze, auf der das Opfer lag. Die Beine waren nackt und weißlich blau, der Rock zerrissen, auch das Oberteil. Die Augen starrten nach oben, als suchten sie verzweifelt etwas an der Decke.

»Was fällt Ihnen noch auf, Billinsky?«

»Ihre Kehle wurde durchgeschnitten.«

»Kommt uns bekannt vor, was?«, brummte er.

»Abgebrochene Fingernägel, Schwellungen im Gesicht, blau umrandetes Auge. Kratzer. Abschürfungen. Und vor allem getrocknetes Blut auf den Oberschenkeln«, zählte Mara auf. »Diese Frau hat leiden müssen, bevor man ihr an die Gurgel gegangen ist.«

»Kommt uns auch bekannt vor.«

»Jung, sehr attraktiv«, fuhr sie fort. »Der Rock ist ein Markenstück und damit nicht billig. Der Ring sieht ebenfalls teuer aus, die Uhr auch.«

Klimmt ging in die Knie, was ihn zum Japsen brachte. »Und ob. Das ist eine Longine. *La Grande Classique*. Über tausend Euro, würde ich schätzen. Sehr ungewöhnliches Stück für eine so junge Frau. Sie kann nicht älter als Mitte zwanzig sein.«

»Siebenundzwanzig«, meinte Mara.

»Wie kommen Sie darauf?«

»Wenn mich nicht alles täuscht, handelt es sich um die seit Tagen als vermisst gemeldete Sina Tannheim, nach der unsere Kollegen fahnden.«

»Na klar.« Mit einem erneuten Japsen stellte er sich wieder hin. »Das wird sie sein.« Er kratzte sich an seinem breiten, nachlässig rasierten Kinn. »Und was kommt uns *nicht* bekannt vor?«

»Man hat sie nicht geknebelt«, antwortete Mara.

»Warum?«

»Bin ich noch auf der Polizeischule? Sagen Sie jetzt mal was.« Sie zeigte die Andeutung eines Grinsens.

»Okay, von mir aus. Also, wir sind hier weitab vom Schuss. Ein wirklich abgelegener Ort. Manche Besitzer besuchen ihre Gärten auch im Winter – hier ist das wohl nicht der Fall. Jede Parzelle sieht extrem vernachlässigt aus.« Klimmt schüttelte den Kopf. »Hier war seit Wochen keine Seele, darauf wette ich. Der oder die Mörder konnten sich ziemlich sicher sein, dass niemand Hilferufe und Schmerzensschreie hören würde. Vielleicht haben sie der Kleinen auch derart Angst eingejagt, dass sie ohnehin keinen Pieps von sich gegeben hat.«

»Ein wichtiger Punkt: keine Hautritzungen.«

»Das ist mir nicht entgangen, Billinsky.«

Nach einer kurzen Stille merkte Mara an: »Sina Tannheim wollte Rechtsanwältin werden.«

»Na und?«

»Nicht nur jung und hübsch, sondern auch erfolgreich. Jemand mit Zukunft.«

Ein jäher Windzug ließ die Tür gegen die Schuppenwand krachen.

»Ich hab's doch gesagt«, murmelte Klimmt düster. »Eine Serie.«

»Fragt sich, was die jungen, ambitionierten Leute getan haben, um ins Visier eines Mörders zu geraten. Außer jung und erfolgreich zu sein.«

»Was auch immer, wir haben's jedenfalls mit einem beschissenen Serientäter zu tun.«

»Das heißt, Sie gehen von einem Einzeltäter aus.«

»Na klar. Ist es eine Serie, ist es nur einer.«

»Nicht unbedingt«, widersprach Mara. »Kenneth Bianchi und Angelo Buono, die berüchtigten *Hillside Stranglers*. Ein Duo. Ebenso wie Fritz Erbe und Dorothee Buntrock. Sicher, das liegt jeweils lange zurück, aber …«

»Kein Aber«, unterbrach er sie. »Das sind doch nur Ausnahmen. Und was bestätigen die? Die Regel.« Klimmt nickte zur Tür. »Erst mal kurz raus hier. Wenigstens für eine Fluppe.« Er hielt ihr die Schachtel hin, und sie griff zu. Sicher, sie war Nichtraucherin, schon seit geraumer Zeit, doch die regelmäßige gemeinsame Zigarette mit ihrem einstigen Lieblingsfeind Klimmt gehörte inzwischen irgendwie dazu.

»Scheißkälte«, murmelte er nach den ersten Zügen. »Zwei Morde in Frankfurt, die zusammengehören und zudem Parallelen zu Morden in anderen Städten aufweisen. Und dazu noch diese Jenal-Abschlachterei.«

»Da wird einem gleich noch kälter.«

Sie standen in der Nähe des Schuppens, gerade nahe genug, um sich vor dem Wind zu schützen.

»Der Fall Jenal soll nicht an den Rand gedrängt werden, aber die beiden anderen Verbrechen sind es, die mir wirklich auf den Magen schlagen.«

»Weil es nicht aufhören wird«, bemerkte Mara düster.

»Ich werde das ganze Team zusammenziehen und darauf ansetzen. Sie, Schleyer, Patzke, Stanko. Im Zusammenspiel mit den anderen Abteilungen, die eventuell unterstützen können.«

»Da fehlt einer.«

»Rosen wird sich um Jenal kümmern. Die Tat liegt am längsten zurück. Sie ist nicht Teil einer beschissenen Serie. Die Öffentlichkeit wird sich auf die anderen Morde stürzen, und auch die Staatsanwaltschaft.« Er nickte vor sich hin. »Rosen für Jenal. Das passt.«

»Rosen passt's vielleicht weniger.«

Klimmt schnaufte. »Was glauben Sie, Billinsky, was *mir* alles nicht passt?«

»Er will einfach nur dazugehören.«

»Das tut er doch.«

»Eine Zeit lang sah es so aus, das stimmt. Aber inzwischen ...«

»Kein Aber«, wiederholte Klimmt mit derselben harschen Betonung wie zuvor. »Und jetzt lassen Sie uns wieder in diese Folterkammer gehen. Wir sehen uns in Ruhe um, solange die Spurensicherung noch nicht da ist. Womöglich fällt uns ja was auf.«

Sie zertraten ihre Zigarettenstummel auf dem hart gefrorenen Untergrund und ließen sie in ihren Taschen verschwinden, um zu verhindern, dass sie unter Umständen von der Spurensicherung, die gerade mit zwei Fahrzeugen eintraf, eingesammelt und untersucht wurden. Die Hütte war bereits mit rotweißem Band vom Rest des Areals getrennt worden. Nicht mehr lange, und auch die ersten Pressevertreter würden auftauchen, die schlauen, die mittels Tricks oder guter Polizeikontakte besonders rasch von Verbrechen und deren Schauplätzen erfuhren.

Mara ließ ihren Blick noch einmal über das Gelände schweifen, während sie sich innerlich gegen den erneuten Anblick der ermordeten Frau wappnete. Dieser Job war einst wie ein Rettungsanker für sie gewesen. Nach Jahren der Orientierungslosigkeit hatte sie plötzlich ein Ziel gehabt, und noch immer konnte sie sich keine andere Aufgabe in ihrem Leben vorstellen, aber bedrückende Momente wie dieser Leichenfund und die Niederlagen, wenn man Verbrecher laufen lassen musste oder gar nicht an sie herankam, das setzte ihr verdammt zu. Anfangs hatte sie geglaubt oder zumindest gehofft, im Laufe der Zeit würde sie eher damit fertigwerden und es schaffen, die Negativerlebnisse an sich abprallen zu lassen. Das war allerdings ein Trugschluss. Es war immer grauenhaft, und es würde immer grauenhaft bleiben.

Sie folgte Klimmt in die Hütte. Er hielt das Handy ans Ohr gepresst, um die Kollegen über den Fund in Kenntnis zu setzen, die mit dem Fall Sina Tannheim betraut gewesen waren, solange es sich lediglich um eine Vermisstenmeldung gehandelt hatte. Jetzt war es eine Angelegenheit für die Mordkommission.

Noch etwa zwei Stunden blieben sie am Tatort. Sie befragten den Mann, der die Tote entdeckt hatte, einen bemitleidenswerten Obdachlosen ohne Zähne, den man sofort als Täter und Mitwisser ausschließen konnte. Sie unterhielten sich mit den Spezialisten von der Spurensicherung. Regen fiel, erst schwach, dann stärker. Die Tropfen vermischten sich mit Schnee, die Kälte nahm zu, und der eben noch heftige Niederschlag kam schon bald zu einem abrupten Ende.

»Was für ein Scheißtod«, murmelte Klimmt, als sie wieder neben der Hütte standen, »und was für ein scheißtrostloser Ort.«

Mara verfolgte stumm, wie sich eine Krähe auf einer kahlen Erle niederließ.

»Die Eltern müssen benachrichtigt werden«, fuhr der Hauptkommissar fort.

»Ich kann das übernehmen«, bot Mara an.

Er musterte sie von der Seite. »Das ist immer das Schlimmste, finden Sie nicht?«

»Ist es«, erwiderte sie knapp.

»Und Sie versuchen nicht mal, drum herumzukommen. Wieso, Billinsky? So scharf drauf?«

»Genauso wenig wie jeder andere von uns.« Sie rieb die klammen Hände aneinander. »Aber ich hasse es, mich vor irgendetwas wegzuducken. Ich habe so viele Jahre damit zugebracht, mich vor allem zu drücken, vor *dem ganzen verdammten Leben*, dass ich das einfach nicht mehr will.«

Nach langen Sekunden des Schweigens entschied Klimmt: »Wir gehen beide zu den Tannheims. Ich will mich auch nicht drücken.«

»Okay.«

»Dann wieder rein in Ihren kleinen Italiener, da ist es wenigstens wärmer.«

Mara informierte noch Rosen, der im Kommissariat geblieben war, durch ein kurzes Telefonat über den Stand der Dinge, anschließend fuhr sie los, den Hauptkommissar neben sich auf dem Beifahrersitz, was ein eigenartiges Gefühl in ihr auslöste. Es war das erste Mal, dass sie und er allein zu einem Tatort aufgebrochen waren. Was für ein harter, widerstandsreicher Weg es für sie gewesen war, von ihrem Chef akzeptiert zu werden und endlich in dieser verdammten Stadt anzukommen!

Aber jetzt war sie da, voll und ganz, und sie hätte eigentlich durchatmen sollen, vielleicht sogar ein wenig Stolz auf die eigene Leistung aufkommen lassen, doch dazu war sie wohl nicht in der Lage. Nach wie vor fühlte sie sich, als müsste sie den Kollegen – und wohl vor allem sich selbst – ständig etwas beweisen. Noch immer hatte sie zu wenig von dem, was man Privatleben nannte, zu wenig Entspannung, zu wenig Freunde. Warum konnte sie nicht endlich gelassener werden, das Leben mehr genießen? Einfach nur, weil sie eben so war, wie sie *war*, die unentwegt düstere, herausfordernde Krähe?

Während der Fahrt würde sie darauf ganz sicher keine Antworten finden, denn die bevorstehende Begegnung verscheuchte ihre Gedanken und warf bereits dunkle Schatten. Klimmt hatte recht gehabt mit seiner Bemerkung: *Das ist immer das Schlimmste.*

Sie mussten nach Wiesbaden, wo Sina Tannheims Eltern wohnten, wie sich herausstellte, in einer recht eindrucksvollen zweistöckigen Villa inmitten eines großen Grundstücks mit Rasenflächen und einem Garten.

Als die Tür aufging, sahen Mara und Klimmt in zwei Gesichter, die wie erstarrt wirkten.

Sie wissen es immer, dachte Mara. *Die Angehörigen wissen sofort, dass man keine gute Nachricht hat – sondern die schlechteste.*

Inge Tannheim war füllig, aber ihre Rundungen und die Falten im Gesicht konnten nicht darüber hinwegtäuschen, dass sie einmal eine attraktive Frau gewesen war – zwischen ihr und ihrer Tochter bestand eine Ähnlichkeit, die auf den ersten Blick auffiel.

Ihr Gatte Viktor war groß, wohl über einen Meter neunzig, noch betont durch seine aufrechte Haltung. Eine imposante Erscheinung. Er trug einen eleganten dunkelblauen Anzug. Eisgraues Haar lag in vollen Wellen um seinen Kopf, die buschigen Koteletten verliehen ihm etwas würdevoll Altmodisches.

Klimmt stellte erst sich vor, gleich darauf Mara.

Die Tannheims zeigten sich angesichts Maras nicht gerade typisch polizeilichem Erscheinungsbild weniger pikiert als die meisten anderen Leute – ihre Aufmerksamkeit galt fast ausschließlich dem Hauptkommissar, der ihnen die Nachricht vom Auffinden der Leiche in schlichten Worten überbrachte und dabei keine Details preisgab. Als er sein Beileid kundtat, brach Inge Tannheim in Tränen aus.

Viktor Tannheim hingegen blieb gefasst, sein Gesicht fast wie eine Maske. Er führte seine Frau ins Innere des Hauses und bedeutete den Kriminalbeamten, ihnen zu folgen.

Während Klimmt und Mara im offenen, überaus großen Wohn- und Essbereich warteten, brachte er seine Frau in ein Zimmer. Im Laufe verschiedener Ermittlungen in den letzten Jahren war Mara häufig zu Gast in solchen Villen gewesen, die auf sie immer wirkten wie eine Kulisse oder ein Showroom im Einrichtungsladen für anspruchsvolle, zahlungskräftige Kunden. Geschmackvoll und makellos, jedoch merkwürdig steril, geradezu leblos. So war es auch hier. Betonboden, kostspielige Einrichtung, eine Skulptur, aber kein Schnickschnack. Die Wand. Die Kücheninsel präsentierte sich bestens aufgeräumt, ohne sichtbares Geschirr, nicht einmal eine Schale mit zwei, drei Apfelsinen stand herum. Blank geputzte Arbeitsflächen aus Granit, eine schwarze Espressomaschine mit einem Arsenal funkelnder Kapseln, ein Weinklimaschrank von Gaggenau, dessen Kaufpreis Mara auf über dreitausend Euro schätzte. Es roch auch wie in einem Showroom, neutral, sauber. In Maras Wohnung konnte man das Leder ihrer Jacke erschnuppern, vielleicht einen Hauch von herbem Rotweinaroma, auf jeden Fall ihr Parfüm, das sie zwar dezent auftrug, das aber dennoch stark genug war, um sich festzusetzen. Beiläufig fragte sie sich, warum diese Häuser immer gleich aussahen.

Tannheim kehrte zurück und blieb vor ihnen stehen. »Ich bitte Sie, meine Frau zu entschuldigen.« Er holte Luft und fuhr fort: »Sie ist jetzt bei unserer jüngeren Tochter, um es ihr so schonend wie möglich beizubringen. Nathalie ist erst siebzehn.«

»Es tut uns sehr leid, dass wir Ihnen so schlimme Nachrichten überbringen müssen«, erwiderte Klimmt, dem es tatsächlich gelungen war, seine übliche Schroffheit abzulegen und sogar Mitgefühl zu zeigen.

»Bitte, nehmen Sie Platz!« Höflich deutete Tannheim zu der Sitzgruppe.

»Nein danke«, sagten Klimmt und Mara wie aus einem Mund.

»Da meine Frau nicht mehr anwesend ist, brauchen Sie keine Rücksicht zu nehmen. Halten Sie nicht mit den Einzelheiten hinter dem Berg, das würde mir sehr helfen.« Tannheim taxierte sie, nach wie vor gefasst, doch das Beben in seinen auf einmal farblosen Lippen offenbarte, wie es in seinem Inneren aussah.

Klimmt erwiderte seinen Blick. »Ihre Tochter ist ermordet worden.«

»Auf welche Weise?«, kam es knapp von dem großen Mann.

»Ich werde Ihnen genauere Informationen geben können, wenn die Obduktion abgeschloss…«

»*Auf welche Weise?*«, unterbrach ihn Tannheim mit einer jähen Härte, noch immer mit bebenden Lippen.

»Man hat ihr die Kehle durchgeschnitten.«

»Und sonst?«, wollte Tannheim mit unverändertem Ausdruck wissen.

»Wie meinen Sie das?«

»Was hat man ihr sonst noch angetan?«

»Wie kommen Sie darauf, dass man …«

»Was hat meine Tochter erleiden müssen?«, schnitt der Gastgeber ihm erneut das Wort ab.

»Das wissen wir nach der Obduktion«, beharrte der Hauptkommissar.

Viktor Tannheim atmete tief ein, sein Blick verlor sich irgendwo, das Zittern um seinen Mund ließ nach.

»Können Sie sich jemanden vorstellen …« Diesmal unterbrach Klimmt sich selbst.

In Tannheims Augen schimmerten Tränen, doch ansonsten wirkte sein Gesicht wieder maskenhaft, wie aus Stein.

»Vorstellen?«, wiederholte er rau. »Niemanden. Auf der ganzen weiten Welt würden Sie niemanden finden, der meiner Tochter etwas Böses hätte antun wollen. Oder dem sie geschadet hätte. Oder mit dem sie in einen Streit geraten wäre.« Er wischte sich die Tränen weg.

Mara trat einen Schritt nach vorn. »Haben Sie den Namen Dennis Malik oder Malikov schon einmal gehört?«

Zum ersten Mal bedachte Tannheim sie mit einem längeren, äußerst prüfenden Blick. »Nein.«

»Ihre Tochter hat diesen Namen also nie erwähnt?«

»Nein.«

»Sagen Ihnen die Namen Neubert und Dereven etwas?«

»Nein.«

»Hatte Ihre Tochter Verbindungen nach Köln oder Hannover?«, fragte Mara weiter. »Freunde? Bekannte? Uni-Seminare? Veranstaltungen? Irgendeinen Berührungspunkt, der …«

»Nein«, unterbrach Tannheim sie.

Schweigen trat ein.

»Falls Sie nichts dagegen haben«, meinte Tannheim schließlich, »würde ich mich nun um meine Frau und meine Tochter kümmern. Sollten Sie Neuigkeiten haben oder Fragen, die zielführend sind, können wir unser Gespräch gern fortsetzen.«

Sie verabschiedeten sich von ihm. Wortlos legten sie den Weg vom Haus zum Wagen zurück, wortlos begannen sie die Rückfahrt nach Frankfurt.

Erst nach einer ganzen Weile bemerkte Mara: »Sonderbare Unterhaltung, stimmt's?«

»Inwiefern?«, brummte Klimmt.

»Inwiefern? Nicht Ihr Ernst, oder?« Sie lachte auf. »*Fragen, die zielführend sind*«, wiederholte sie Tannheims Worte auf dieselbe sachliche Art, wie er sie ausgesprochen hatte. »So redet doch keiner, der gerade vom Tod der eigenen Tochter erfahren hat.«

»Er stand unter Schock und hat versucht, die Beherrschung nicht zu verlieren. Wer kann schon immer genau festlegen, wie sich jemand in welcher Situation verhält?«

Die Bankentürme tauchten auf, noch in einiger Entfernung, ihre obersten Stockwerke von Wolken umkränzt.

»Normalerweise bin ich exakt derselben Meinung, aber ... « Mara ließ den Satz offen und setzte neu an: »Wissen Sie, was das Verrückte ist? Die Unterhaltung mit Tannheim hat mich allzu sehr an mein Gespräch mit Dennis Malikovs Vater erinnert. Beide Männer waren erschüttert, mitgenommen, keine Frage, aber beide haben sich auch nicht gerade kooperativ gezeigt. Oder wie immer ich es nennen soll. Weder Malikov noch Tannheim haben Fragen gestellt. Wie wir die Ermittlungen angehen und welche Maßnahmen wir ergreifen. Was wir denken. Warum es gerade ihren Nachwuchs getroffen hat. Und so weiter.«

»Noch mal, Billinsky. Es ist einfach der Schock. Aus dem einen sprudeln Fragen raus, der andere kriegt kaum den Mund auf.«

Mara verringerte das Tempo und wechselte die Spur, um zur Autobahnausfahrt zu gelangen. »Trotzdem, irgendwie kam es mir verdammt seltsam vor …«

Sie grübelte auch dann noch über ihre Eindrücke nach, als sie sich später im Großraumbüro auf ihren Stuhl fallen ließ und dabei sogar vergaß, die Jacke abzustreifen.

»Wie war's bei den Tannheims?«, fragte Jan Rosen, den sie lediglich mit einem knappen Kopfnicken begrüßt hatte. Er saß auf seinem Platz und spähte an seinem Monitor vorbei zu ihr herüber.

»Das erzähle ich dir gleich.« Sie beugte sich nach vorn, um ihn genauer zu betrachten. »Nachdem du mir gesagt hast, warum du so kalkweiß bist. Fühlst du dich schlecht? Krank?«

Er schüttelte den Kopf. »Ich musste bei der Obduktion dabei sein.« Vielsagend rollte er mit den Augen. Rosens sensibler Magen war ja allseits bekannt.

»Sina Tannheim? So schnell?«

»Staatsanwalt von Lingert macht ordentlich Druck, das kannst du dir ja vorstellen. Dr. Tsobanelis musste alles stehen und liegen lassen, um sich unserem neuesten Fall zu widmen. Und du und Klimmt …«

»Klar, nach Wiesbaden und zurück, das Gespräch, wir waren eine Weile unterwegs.« Mara legte die Beine auf den Schreibtisch hoch. Gespannt betrachtete sie ihn. »Was hat sich ergeben?«

»Die arme Frau hat ganz schön was mitgemacht.« Rosen senkte betroffen den Blick. »Sie wurde in diesem Schuppen oder dieser Hütte bestimmt über mehrere Tage lang festgehalten.«

»Als sie vermisst gemeldet wurde, hat sie sich also bereits in der Gewalt des Entführers befunden.«

»Sie hat seit sechsundneunzig Stunden wahrscheinlich nichts anderes getrunken als Wasser. Und kaum etwas gegessen. In ihrem Magen fanden sich lediglich Reste von Salz-

kräckern und Äpfeln.« Er räusperte sich. »Hämatome. Jede
Menge. An Armen und Beinen, am Oberkörper. Sie wurde
vergewaltigt, sehr oft, sehr heftig. Sowohl vaginal als auch
anal.«

Mara stutzte. »Dieser Mordfall in Köln. Elke Neubert.
Wir müssen feststellen, ob es auch da um Vergewaltigung ging
und …«

»Schon geschehen.«

»So kenne ich dich, Rosen.« Trotz der Thematik schaffte
Mara ein Lächeln. »Und? Ja oder nein?«

Er nickte. »Die Antwort lautet Ja. Auch Elke Neubert
wurde vergewaltigt.«

Vor den Fenstern ballte sich bereits Dunkelheit, obwohl es
noch nicht einmal früher Abend war. Als würde die Welt un-
tergehen.

»Also wieder eine Parallele.«

»Richtig.«

Gleichzeitig knipsten sie ihre Schreibtischlampen an, die
ein grelles Licht warfen.

»Aber was ist der wichtigste Unterschied?«, fragte Rosen.

»Für mich ganz klar – keine Hautritzungen.« Mara hob
kurz die Augenbraue. »Apropos: Sarg, Grabstein, Kruzifix,
Kirchturm. Bist du da einen Schritt weiter?«

»Noch nicht.«

Sie stutzte. »Du guckst so komisch. Kam bei der Obduktion doch etwas in der Richtung heraus? Oder worauf willst
du hinaus?«

»Keine Hautritzungen«, bestätigte er, »aber ein Detail lässt
aufhorchen.«

»Rosen, spuck's schon aus«, rief Mara lauter als beabsichtigt.

»Tsobanelis hat in der Toten etwas gefunden.«

»In der Toten?«, wiederholte sie dumpf. »In ihrer Vagina?«

»Korrekt. Man hat ihr nach Eintritt des Todes etwas einge-
führt.«

»Jetzt bin ich wirklich gespannt.«

»Eine kleine Madonnenfigur.«

15

Kribbelnde Aufregung machte sich in ihm breit. Mit jedem Schritt, den er sich der Wohnungstür näherte, wurde sie größer. Abend für Abend erging es ihm so, immer noch. Jan Rosen spürte, wie sich ein feines Lächeln auf seinem Gesicht abzeichnete. Er trat ein, schaltete das Licht im Flur an und verriegelte die Tür sorgfältig.

Er lauschte in die Stille.

»Anyana?«

Sonst hörte er beim Nachhausekommen immer etwas. Das Rauschen des Wasserhahns, Radiomusik, Stimmen aus dem Fernseher. Oder Anyanas Summen aus dem Wohnzimmer oder dem kleinen, bislang ungenutzten Gästeraum, in dem er sie untergebracht hatte. Sie bewegte sich immer ungezwungener innerhalb seiner vier Wände, und das machte auch ihn entspannter.

Heute allerdings – kein Laut. Nichts. Totenstille.

Sein Lächeln gefror. Er schluckte. Automatisch legte sich seine Hand auf den Griff der Pistole, die er im Hüftholster trug.

Anyana hatte eine solche Angst vor diesem Fedor und Konsorten gehabt. Zu Recht? Die Aufregung hatte sich im Nu in düstere Anspannung verwandelt.

Rosen stieß behutsam die angelehnte Wohnzimmertür auf. Kein Licht brannte. Ein leerer Raum starrte ihm entgegen.

Die Badezimmertür. Dasselbe Ergebnis.

Er schluckte erneut. Hatte er sie schon wieder verloren? Der Gedanke durchzuckte ihn kalt. Alles vorüber?

Langsam näherte er sich dem Schlafzimmer. Nicht nur Anspannung, auch Furcht wallte in ihm auf. Diese Tür war ebenfalls nur angelehnt. Er schob sie vorsichtig auf. Dunkelheit im Inneren des Raumes. Rosen blinzelte. Stille. Plötzlich eine Bewegung. Er riss die Pistole aus dem Holster. Ein kratzendes Geräusch, dann flammte ein Streichholz auf. Gleich darauf brannte eine rote Kerze, die auf dem Nachttisch stand und das Zimmer in eine sanfte Helligkeit tauchte.

»Willst du mich erschießen, Rosen?«

Anyana lag in seinem Bett, die Decke nun wieder bis fast unter den Hals hochgezogen.

Verdattert starrte er erst sie an, dann die Waffe in seiner Hand. »Äh …« Endlich steckte er die Pistole weg.

Anyana lächelte. Scheu und doch auch auf eine wissende Weise, die ihm unter die Haut ging.

»Willst du nicht deine Jacke und die Schuhe ausziehen?«

»Doch, na klar.«

»Ach, Rosen. Du bist wirklich sehr süß.«

Geschmeidig glitt sie aus dem Bett. Sie stand da und sah ihn an.

Er bekam große Augen. Völlig perplex wanderte sein Blick über ihren splitterfasernackten Körper, den das Kerzenlicht streichelte. Wieder trat Stille ein – jedoch eine ganz andere als zuvor. Und auch Rosens Anspannung war eine andere geworden.

Anyana kam auf ihn zu, blieb dicht vor ihm stehen. »Mein Rosen«, flüsterte sie leise. Sie streifte ihm die Jacke von den Schultern und ließ sie auf den Boden fallen. Dann schlang sie die Arme um ihn. Sie küsste ihn, lange und leidenschaftlich. Sie führte ihn zum Bett, zog ihn aus, Kleidungsstück für Kleidungsstück, ohne Hast, und er ließ es einfach nur zu, sein Blick unverwandt auf ihr Gesicht gerichtet, auf ihre Augen, die ihn mit diesem Ausdruck betrachteten, der ihm den Atem raubte.

Sie schliefen miteinander, gleichermaßen ohne Hast. Anyana nahm ihm alle Aufregung, er vergaß, wie lange es zurücklag, seit er mit einer Frau intim gewesen war, wie sehr er sich danach gesehnt und was für eine Heidenangst der Gedanke zugleich in ihm ausgelöst hatte. Als er in sie eindrang, fiel alles von ihm ab, die Unsicherheit, die Ängste, die Hemmnisse, die ihn Tag für Tag begleiteten. Er vergaß alles um sich herum, nur Anyana existierte noch, sonst nichts, die ganze Welt löste sich einfach auf.

Danach nickte sie in seinem Arm ein, und er konnte nicht anders, als sie unentwegt im Schein der Kerze anzuschauen. Er war viel zu aufgewühlt, um ebenfalls zu schlafen, sein Herz hämmerte in der Brust; er merkte, dass ihm unablässig ein törichtes Schmunzeln im Gesicht hing. Eine Stunde verging, er rührte sich nicht, um sie nicht zu wecken. Erst nach und nach drängten sich die Gedanken des Alltags wieder in sein Bewusstsein, die Diskussionen im Büro, die Tatorte, die offenen Fragen.

Sanft löste er sich von Anyanas nackter Haut. Er warf ihr einen letzten Blick zu, zog einen Frotteebademantel an und begab sich leise ins Arbeitszimmer. Im Dunkeln setzte er sich an den Schreibtisch und ließ den Laptop hochfahren. Er gab Begriffe in Suchmaschinen ein, stand immer wieder auf, um in ordentlich im Regal aufgereihten Nachschlagewerken zu blättern, dann saß er erneut vor dem leuchtenden Monitor. Er suchte nach Bildern, Hinweisen, Erklärungen, nach allem Möglichen, und seine Finger eilten über die Tastatur.

Dennoch kam er einfach nicht weiter. Jede Fährte, die er aufzunehmen versuchte, verlief im Sand, alles blieb entmutigend vage. Fast eine Stunde saß er nun bereits hier. Es war weit nach Mitternacht. Billinsky anrufen? Der Gedanke überfiel ihn ganz plötzlich. Normalerweise meldete er sich um eine solche Uhrzeit nicht bei ihr, aber er wusste, dass es für sie – anders als für ihn – keineswegs ungewöhnlich war, bis spät in die Nacht wach zu bleiben und über Fälle nachzugrübeln.

Beinahe merkte er es nicht, wie seine Lippen immer wieder

die eingetippten Suchbegriffe formten, sie flüsternd aussprachen.

Plötzlich ertönte hinter ihm ein Rascheln, leise, kaum hörbar. Er fuhr zusammen, drehte den Kopf – und beruhigte sich sofort wieder.

Anyana kam auf ihn zu, nach wie vor nackt, und ihre entwaffnende Blöße irritierte ihn auch jetzt noch. Sie stellte sich neben ihn und legte ihm zärtlich die Hand auf den Nacken.

»Habe ich dich geweckt?«, fragte er.

»Hast du nicht«, raunte sie.

Sanft begann sie seine Schultern zu massieren. Das tat gut. So gut, dass Rosen zu träumen meinte. Wie sehr er das vermisste. Berührungen, ein Lächeln, einfach nur zu reden. Wie sehr man abstumpfte, wenn man Tag für Tag allein vor sich hinlebte.

»Was machst du?«, wollte Anyana wissen. »Gehört das zu deiner Arbeit?«

»Irgendwie schon.«

»Wie läuft es?«

Er zog eine Schnute. »Schlecht.«

»Woran liegt's?«

»Ich weiß auch nicht. Wahrscheinlich gehe ich zu systematisch, zu analytisch vor. Schon seit Tagen treten wir auf der Stelle. Bei jedem einzelnen Fall. Es gibt da diese Symbole. Sie machen mir zu schaffen. Wahrscheinlich denke ich zu kompliziert. Die Antwort wird am Ende viel einfacher sein.«

»Die Antwort worauf?«

Er klickte einige Motive auf verschiedenen Websites an. »Was diese oder ähnliche Symbole zu bedeuten haben. Vielleicht nicht einzeln, sondern im Zusammenhang.«

Nach einigen Sekunden völliger Stille sagte Anyana: »Was hast du geflüstert?«

»Bitte?«

»Na vorhin. Als ich hereinkam.« Sie deutete auf den Bildschirm. »Sarg, Grabstein, Kruzifix, Kirchturm. Das hast du geflüstert, oder?«

Rosen nickte. »Und eine Madonnenfigur gehört auch irgendwie in diese Reihe. Jedenfalls gehen wir davon aus.«

Ihre Haltung schien sich zu versteifen. Er drehte den Kopf und sah zu ihr hoch.

»Wenn ich solche Bilder sehe«, sagte sie leise, »muss ich an etwas ganz Bestimmtes denken.« Sie behielt ihr Lächeln bei, doch auf ihrem Gesicht lag plötzlich ein Schatten, der ihn an ihre nervöse Anspannung, an ihre Furcht erinnerte, damals, als er sie kennengelernt hatte.

»Woran musst du denken, Anyana?«

Jetzt bildeten ihre Lippen nur noch einen harten Strich.

»Woran, Anyana?«

Sie sprach zwei Wörter aus, ganz leise.

Sein Mund öffnete sich, aber er erwiderte nichts.

Sie hauchte ihm einen Kuss auf die Wange und zog sich ins Schlafzimmer zurück, ohne einen weiteren Ton zu äußern.

Rosen starrte auf den Bildschirm.

Was, wenn Anyanas spontaner Gedanke ins Schwarze traf? Was, wenn etwas dran war? Ein kalter Schauer rieselte an seinem Rücken herab.

16

Die bewegbaren Trennwände, die Billinskys und Rosens Zweierzone im Büro eingrenzten, wurden immer voller. Ein Foto reihte sich ans andere. Tatortaufnahmen, Portraitbilder der Opfer, auch Blätter mit Notizen, Anmerkungen und vor allem: Fragen und dicke Dreifach-Fragezeichen, jede Menge davon.

Sie tauschten Gedanken aus, sahen sich zweifelnd an, zuckten vage mit den Achseln. Dann saßen sie wieder an ihren Plätzen, führten Telefonate mit Kollegen und machten sich weitere Notizen, die wiederum mit Klebestreifen und Reißnägeln den Fotos hinzugefügt wurden. Punkt für Punkt erweiterten sie die Listen, die sie bei jedem Verbrechen erstellten, das auf ihrem Tisch landete. Einen *gesichtslosen*, völlig unbekannten Täter – oder mehrere – zu jagen, gehörte zu den anspruchsvollsten, mühsamsten Varianten einer Ermittlung. Gab es keine Hinweise, gab es auch keine Abkürzung – und hier war es gleich in mehrfacher Hinsicht so. Bei keinem der Morde konnten bislang Zeugen ausfindig gemacht werden, bei keinem zeichneten sich mögliche Verdächtige ab. Also schlug sich jedes winzige Detail in langen Listen nieder, vor allem Namenslisten, die möglichst alle Menschen im Opferumfeld erfassten, eingeteilt nach Geschlecht und sortiert gemäß allen denkbaren Aspekten, die unter Umständen von Interesse sein konnten: Wohnort, Größe, Haarfarbe, Kleidung, Raucher/Nichtraucher, Beruf, Hobbys.

Bisweilen kam es Mara so vor, als bestünde ihre Arbeit aus Listen, die ständig quergelesen, überprüft und vervollständigt werden mussten, aber anscheinend dennoch niemals irgendwohin führten, auch wenn man immer wieder Personen daraus streichen konnte. Sie liebte es, mitten im Geschehen zu stehen, sie liebte die Straße, wenn ihr der Wind und die Gefahr ins Gesicht wehten, und sie hasste diese verdammten Listen, das war Rosens Welt, der sich in die Berge aus Papier geradezu einzugraben vermochte.

Hinter einer der Trennwände tauchte Klimmt auf, ohne einen Ton von sich zu geben. Mit mürrischem Ausdruck und rot geränderten Augen betrachtete er die Fotografien. Eben hatte er sich noch bei Schleyer und Patzke über ausbleibende Fortschritte beklagt, seine Stimme war laut und deutlich hörbar gewesen.

Billinsky und Rosen machten weiter, vertieft in ihre Notizen und Ausdrucke.

»Vorhin hatte ich nicht viel Zeit«, brummte der Hauptkommissar nach einer Weile. »Dem Staatsanwalt war es ungeheuer wichtig, mir noch mal unter die Nase zu reiben, dass wir Ergebnisse benötigen. Dieser geschniegelte Lackaffe.«

Mara sah Christian von Lingert vor ihrem geistigen Auge. Seit der letzten Begegnung waren sie nicht mehr aufeinandergetroffen. Was wohl auch besser war. Das, was zwischen ihnen gewesen war, hatte sich aufgelöst, war nur noch wie ein dünner, kaum wahrnehmbarer Schatten. Er hatte recht gehabt – es gab zu vieles, was sie trennte.

»Also, Billinsky«, fuhr Klimmt fort, »was war denn das für ein angeblich so bedeutender Hinweis, den Sie präsentieren wollten?«

Über die beiden direkt gegenüberstehenden Schreibtische hinweg wies sie auf ihren Kollegen. »Fragen Sie Rosen. Das kam von ihm.«

Rosen errötete leicht. »Nun ja, es ist nur so ein Gedanke.«

»Ein *Nur-so-ein-Gedanke-Scheiß*? Und deswegen soll ich den weiten Weg von meinem Büro hierher gemacht haben?«, knurrte Klimmt sarkastisch, den Blick wieder düster auf die Fotos gerichtet.

»Äh …«, kam es vom armen Rosen. Er schluckte, dann stieß er zwei Worte hervor, leise, vorsichtig, wohl selbst im Zweifel: »Russische Mafia.«

Mara betrachtete ihn, und sie beschlich das Gefühl, er wäre nicht von allein auf diesen Gedanken gekommen. Oder würde zumindest mit einem bestimmten Detail hinterm Berg halten.

»Was?«, brummte Klimmt.

»Sarg, Grabstein, Kruzifix, Kirchturm, Madonna«, zählte Rosen auf. »Alles Symbole, die Mitglieder russischer Mafiagruppierungen mitunter für ihre Tätowierungen auswählen. Als der Groschen fiel, hab ich's recht schnell verifizieren können. Die Zeichen haben nicht viel mit Glauben oder Religion zu tun, sondern sollen vielmehr auf Außenseiterdasein und Leiden hinweisen. Der Kirchturm steht für Verurteilungen. Und das Kruzifix zeigt die Verbundenheit der Diebe untereinander. Ein reines Gewissen in Bezug auf Verrat wird ebenfalls durch das Kreuz auf der Brust symbolisiert.«

»Haben Sie auch was zur Madonna?«, fragte Klimmt, eher ironisch als wirklich interessiert.

»Selbstverständlich«, erwiderte Rosen auf seine spröde Art. »Das Motiv steht unter anderem für Clanloyalität. Oder auch dafür, dass man bereits als sehr junger Mensch im Knast gelandet ist.«

Klimmt musterte ihn. »Eigentlich sollten Sie doch den Je-nal-Fall umkrempeln, Rosen. Wie sieht es denn da aus?«

Erneut konnte Rosen es nicht vermeiden, rot zu werden. »Äh …«

»Verstehe«, knurrte Klimmt giftig.

Stille breitete sich aus. Nur vom anderen Teil des Großraumbüros drangen die Stimmen von Schleyer und Patzke zu ihnen, die über irgendetwas diskutierten.

»Hm«, machte Klimmt skeptisch.

»Wie gesagt«, setzte Rosen an, kam aber nicht weit.

»Jaja«, unterbrach der Chef ihn. *»Nur so ein Gedanke.«*

»Es ist nicht von der Hand zu weisen«, meldete Mara sich nicht ohne Schärfe zu Wort. »Die Symbole finden sich als Tätowierungen bei …«

»Mag ja sein«, stoppte Klimmt auch sie. Er musterte die Narbe auf Maras Wange. Sie stammte von einem Gasanzünder, den ein russischer Gangster, in dessen Gefangenschaft Mara geraten war, in der Hand gehalten hatte. »Ich weiß«, fuhr Klimmt fort, »dass Sie auf das Stichwort Russenmafia sehr heftig reagieren, Billinsky. Und das ist ja auch kein Wunder.«

»Blochin ist noch auf freiem Fuß«, erwiderte sie, ohne auf seine Bemerkung einzugehen. »Er ist der Anführer jener Gruppierung, mit der wir es nun schon seit geraumer Zeit zu tun haben.«

»Das ist mir durchaus bekannt, Billinsky«, murmelte Klimmt gereizt.

»Es wird Zeit, dass wir Nägel mit Köpfen machen. Mehr als einmal standen wir kurz davor, die Bande zu zerschlagen.«

»Auch das ist mir bekannt.« Der Hauptkommissar starrte vor sich hin

»Ja, vielleicht reagiere ich heftig auf sie. Aber sollten wir das nicht *alle*?«

Klimmt hob die Schultern und ließ sie schwer wieder fallen. »Fakten. Das ist es, was zählt. Wie immer. Nicht nur *so ein Gedanke*. Haben Sie Argumente, die die Opfer irgendwie in die Nähe russischer Schwerverbrecher bringen? Dann bin ich bereit, mit von Lingert zu reden und mögliche Schritte in dieser Richtung einzuleiten. Aber so …« Er winkte ab. »Überhaupt: Was ist mit den Opfern, sowohl unseren hier in Hessen als auch den beiden übrigen in den anderen Bundesländern? Mit ihrem Umfeld? Ihrem Alltag? Keiner von denen riecht auch nur im Entferntesten nach organisiertem Verbrechen.«

»Bestimmt ist es mehr als ein sonderbarer Zufall«, beharrte Mara, »dass in zweien der Opferfamilien russische Wurzeln …«

»In zweien?« Klimmt stutzte. »Ich dachte, nur die Malikovs …« Er verstummte.

»Rosen«, forderte Mara ihren Kollegen auf.

»Äh ja.« Rosen nickte beflissen. »Mir fiel der Name Dereven auf – er klang fremd für mich, und ich wunderte mich, woher er stammt. Ungeachtet dessen begann ich, mir die Derevens genauer anzusehen. So stellte sich heraus, dass die Eltern von Max Dereven tatsächlich aus Russland beziehungsweise der früheren Sowjetunion kommen – und dass sie schon vor der Wendezeit nach Deutschland gezogen sind.«

Klimmt sah Rosen grüblerisch an. »Wie ist es mit dieser Neubert? Auch irgendwelche Verbindungen zu Mütterchen Russland?«

»Der Kölner Kollege wollte sich noch einmal bei mir melden. Bisher ist man davon ausgegangen, es bei Elke Neubert mit einem rein deutschen Familienhintergrund zu tun zu haben.«

»Na, Chef«, meinte Mara, »immer noch ein *sonderbarer Zufall*?«

Er überging den Kommentar mit seiner nächsten Frage: »Kannten sich Dennis Malikov und Max Dereven? Oder ihre Familien?«

»Wir konnten da noch nichts finden«, bekannte Rosen.

»Kreuzten sich die Lebenswege der Opfer? Oder der Familien?«

»Nichts deutet bislang darauf hin«, erwiderte Rosen.

»Haben Sie Dennis Malikovs Eltern explizit nach Max Dereven gefragt?«

Rosen nickte schmallippig. »Sie sagen aus, den Namen Dereven nie gehört zu haben.«

»Gibt es Hinweise, die dafür sprechen, dass *irgendwelche* Berührungspunkte zwischen den Malikovs und den Derevens bestehen?«

»Nein, gibt es nicht«, murmelte Rosen.

Klimmt richtete seinen Blick direkt auf Mara: »Insofern ist es tatsächlich nichts weiter als ein *sonderbarer Zufall*, Billinsky. Oder anders ausgedrückt, es liegt an Ihnen, mehr daraus zu machen.«

»Wir sind dran«, erwiderte sie nicht so überzeugt, wie sie es gern gehabt hätte.

»Das müssen Sie auch.« Klimmt sah von ihr wieder zu Rosen. »Aber was kommt immer vor dem Konstruieren wackliger Theorien? Schlichte Polizeiarbeit. Also, Leute, was ist mit dem Abgleich mit unseren Verbrecherkarteien? Welche datentechnisch erfassten Kriminellen haben ähnliche Taten begangen? Wer von denen sitzt ein, wer befindet sich auf freiem Fuß? Was ist mit den Schauplätzen? Frankfurt, Hannover, Köln. Gibt es Verbrecher, bei denen sich Querverweise auf zwei oder gar alle drei Städte herstellen lassen?«

»Wir sind dran«, wiederholte Mara, jetzt doch mit bissigem Trotz.

»Und mit welchen bisherigen Ergebnissen?«

»Bisher keinen.« Sie schüttelte den Kopf. »Kein uns bekannter Killer, der solche Hautritzungen vorgenommen hätte. Keiner, der über eine Verbindung zu einem der Opfer – oder zu mehreren – verfügt. Keiner, der im Dunstkreis eines der Opfer aufgetaucht ist.«

»Hm«, kam es wieder brummig von Klimmt.

»Wir sind dran«, sagte Mara zum dritten Mal.

»Übrigens, Polizeiarbeit. Ein Profiler in Wiesbaden hat versucht, ein Täterprofil anzulegen. Die Betonung liegt auf versucht.« Der Hauptkommissar winkte ab. »Ich fürchte, das bringt nicht viel. Nachher werde ich euch das zuschicken. Es ist so kurz, dass ich fast noch alles im Kopf habe. Hm, wie war das? Also, beim Täter handelt es sich aller Wahrscheinlichkeit nach um einen Mann zwischen zwanzig und vierzig. Eventuell ohne qualifizierte Ausbildung, aber nicht ungebildet oder dumm. Ein Mann, dem es unmöglich ist, sich selbst auszudrücken: wer er ist, was er empfindet. Der eher überlegt handelt, nicht impulsiv, ein Planer. Der vielleicht einige Bekannte, sicher aber wenige oder gar keine Freunde hat. Wahrscheinlich ein Mann mit unklarer, unbefriedigender Beziehung zu Frauen.«

»Klingt tatsächlich dürftig«, bestätigte Mara.

»Es handelt sich um eine erste Annäherung, wie es in der E-Mail hieß. Mal abwarten, ob da noch mehr kommt – ich hab da so meine Zweifel. Vor allem der Fakt, dass der Täter sowohl Männer als auch Frauen als Opfer wählt, stellt den Profiler vor Schwierigkeiten.«

»Ist ja auch ziemlich selten«, meinte Mara.

Klimmt musterte sie erneut. »Dann machen Sie mal weiter.«

»Was sonst?«, gab sie dumpf zurück.

Es ging zurück an die Telefone, an die Listen, zurück zu den immer gleichen Fragen. Noch mehr Telefonate, noch mehr Fragezeichen. Sowohl im Falle von Dennis Malik als auch bei dem Mord an Sina Tannheim hatten sie bereits mit zahlreichen Menschen gesprochen, die zum Lebensalltag der Opfer gehört hatten. Doch weil Mara das Gefühl hatte, die Wände des Büros zerquetschten sie förmlich, verabredete sie sich noch einmal mit einigen der Befragten. Mit Schwung erhob sie sich vom Drehstuhl. Sie griff nach der schwarzen, über der Lehne hängenden Lederjacke, informierte Rosen über ihre nächsten Schritte und verließ eilig das Gebäude. Nach dem stickigen Büromief war sie sogar erleichtert über die Woge aus eisiger Luft, die ihr entgegenschlug. Der Wind fauchte. Über den Dächern zeigte sich eine kalte metallische Sonne, halb versteckt hinter zerrissenen Wolken.

Die folgenden Stunden ließen Maras Erleichterung rasch schwinden, und der Frust von zuvor holte sie wieder ein. Nichts war ihr mehr verhasst, als auf der Stelle zu treten, Fragen zu stellen und keine Antworten zu erhalten – jedenfalls keine, die sie weiterbrachten. Der Nachmittag löste sich auf, Dunkelheit sickerte in die Häuserschluchten der Stadt. Mara parkte ihren Alfa in einer Seitengasse im Stadtteil Bockenheim. Hier stand noch eine Befragung auf dem Programm, von der Mara sich allerdings auch nicht allzu viel versprach.

Ein wenig vor der verabredeten Zeit betrat sie die kleine, schummrige Bar, die inmitten des vor allem bei Studenten beliebten Viertels lag. Noch waren fast keine anderen Gäste da. Sie wählte einen kleinen Ecktisch, weil sie hoffte, hier das Gespräch besser führen zu können, und wollte sich zunächst einen Rotwein bestellen, entschied sich dann aber für etwas Stärkeres: einen *Black Russian*. Den hatte sie heute nötig.

Sie hatte gerade zum zweiten Mal an ihrem Drink genippt, als die junge Frau erschien, mit der sie sich treffen wollte: Diane Heidel, von Beruf Zahnarzthelferin, eines dieser modisch gekleideten, fröhlichen, quirligen Dinger, mit denen Mara nie etwas hatte anfangen können. Vor Jahren, noch als Schülerin, hatte Diane als Babysitterin für Sina Tannheim gearbeitet.

Die Minuten zogen vorbei, die Bar füllte sich, Maras Glas leerte sich. Diane hatte nichts Bemerkenswertes zu berichten und äußerte immer wieder ihr Bedauern über Sinas unfassbar schreckliches Schicksal. Gut vier Jahre war sie Gast im Hause Tannheim gewesen. Sina hatte sich dabei stets als braves, wohlerzogenes und sehr liebenswürdiges Mädchen erwiesen. Auch mit den Eltern hatte es der ehemaligen Babysitterin zufolge keinerlei Probleme gegeben. »Höfliche, sehr vornehme Menschen.« Diane schüttelte fassungslos den Kopf. »Wie schlimm müssen sie im Moment leiden, die Ärmsten.«

Mehrfach erkundigte sich Mara, ob Diane niemals irgendetwas aufgefallen sei, eine Kleinigkeit, eine Nebensächlichkeit, eine scheinbar noch so belanglose Begebenheit. Jedes Mal verneinte Diane Heidel, die noch nicht von ihrem Weißwein getrunken hatte.

Stille machte sich zwischen ihnen breit, Mara gingen die

Fragen aus, und als sie damit rechnete, Diane würde ankündigen, dass sie gehen wolle, sagte die junge Frau nachdenklich: »Na ja, eine Sache fällt mir jetzt doch ein.«

»Ach?« Mara hob ihr Glas an und musterte sie.

»Wenn ich mich recht erinnere, hat Sina sich einmal verplappert. Ich habe den paar Worten keine Bedeutung beigemessen, aber ihr war es wohl peinlich, weil sie mich bat, es nicht gegenüber ihren Eltern zu erwähnen.«

Mara stellte das Glas wieder hin. »Um was ging es?«

»Sina redete davon, dass ihr Vater ...« Diane stockte, sinnierte. »Hm. Wie war das noch?«

»Bitte versuchen Sie sich genau zu erinnern«, bat Mara, wieder ganz aufmerksam geworden.

»Wie gesagt, es war das Geplapper eines Kindes. Wahrscheinlich ist es vollkommen unwichtig. Sina hat bestimmt nur etwas durcheinandergebracht und ...«

Mara fiel ihr ins Wort, ohne die eigene Ungeduld zu verbergen: »Was hat Sina denn nun gesagt?«

17

Er war nie wie die anderen gewesen. Weder mit zwölf noch mit sechzehn, schon gar nicht heute, mit inzwischen einundzwanzig Jahren. Joel Steinmanns Verachtung für den Großteil seiner Altersgenossen nahm mit jedem Tag zu. Ganz besonders lehnte er den digitalen Hype ab. Er hasste Influencer und Blogger und machte sich lustig über die Angewohnheit seiner Bekannten, sich ständig in die Onlinewelt fallen zu lassen, Follower zu sammeln und Social Communities mit Postings zu bombardieren. Vor Kurzem hatte er sogar sein Smartphone durch ein altes Tastenhandy ersetzt, mit dem man außer zu telefonieren gerade einmal in der Lage war, SMS zu verschicken.

Was Joel anzog, war das *echte Leben*, wie er es nannte. Er liebte die Sommerhitze und die Kälte im Winter, die alles durchdrang und ihn spüren ließ, dass er lebendig war. Er zeichnete, er schrieb Kurzgeschichten, und mittlerweile, nach dem Abitur und einem freiwilligen sozialen Jahr als Betreuer behinderter Kinder, studierte er Kunstgeschichte und Germanistik mit dem Ziel, einmal Lehrer zu werden. Das zumindest hatte er seiner Mutter gesagt. In Wirklichkeit strebte er ein ungewisseres Dasein an und schmiedete verlockend vage Pläne, später als bildender Künstler oder Schriftsteller tätig zu sein.

Auch jetzt, als der kalte Wind an den Fensterscheiben seines Zimmers im ersten Stock rüttelte, saß er am Schreibtisch. Nicht etwa an einem Laptop, sondern an einer Schreibmaschine, die er gebraucht gekauft hatte, verstaubt und angeschrammt. Er liebte das rhythmische Klacken, das die Tasten von sich gaben, und er mochte einfach dieses Bild von sich, zu gern kokettierte er mit seiner bewusst altmodischen Art.

Er stand auf und trat an das Fenster, das auf die Sophienstraße hinausging. Hier war er aufgewachsen, von hier zog es ihn nun weg, die Welt wartete auf ihn. Man konnte förmlich sehen, wie kalt es da draußen war. Das Jaulen des Windes ließ nicht nach. Totes Laub wurde aufgewirbelt, kleine Fetzen schmutzigen Schnees lagen auf dem Asphalt. Er spähte suchend in die Dunkelheit, die hier und da vom Strahl der Laternen zerrissen wurde.

Würde Paulina kommen? Sie hatte es offengelassen, geheimnisvoll wie immer. Eine merkwürdige Frau, zweifellos. Sie erinnerte ihn an alte Schwarz-Weiß-Filme, an mysteriöse Verführerinnen, die vor einem möglichen Happy End für immer verschwanden. Kein Wunder, dass sie es Joel angetan hatte, dem großen Nostalgiker. Er merkte, dass er immer verrückter nach ihr wurde. Paulina war älter als er, mehrere Jahre, zumindest das wusste er über sie, und sie passte gerade deshalb gut zu ihm, wie er fand; die Frauen in seinem Alter kamen ihm zumeist zickig und überdreht vor, einfach *nervig*. Sie war anders. Still, schwer einzuschätzen; sie war, genau wie er, nicht so leicht in eine Schublade zu stecken.

Erneut hielt er nach ihr Ausschau. Doch alles, was ihm ins Auge stach, war die schwarze Limousine, die vor der Zufahrt zu ihrer Villa geparkt hatte. Auch wenn er die beiden Männer nicht sah, wusste er, dass sie da waren. Die Wachhunde, wie er sie in Gedanken nannte, beauftragt von seiner Mutter. Typen, die auf ihn aufpassten. Warum, wusste er nicht. Seine Mutter konnte oder wollte nicht darüber sprechen. Sie hatte nicht viele Geheimnisse vor ihm, aber ihm war seit Langem klar, dass es dunkle Punkte in ihrer Vergangenheit gab. Und mit diesen Punkten hing das Auftauchen der Wachhunde zusammen. Radka, so hieß seine Mutter, hatte ihm eingeschärft, dass er nicht ängstlich, aber wachsam sein solle, und ihm versichert, die Männer würden nur für eine kurze Zeitspanne winzige Nebenrollen in seinem Alltag einnehmen. Und gleich darauf hatte sie ihn gebeten, fürs Erste auf abendliche Unternehmungen zu verzichten. Müsse er sich nicht ohnehin auf einige Referate und Seminararbeiten vorbereiten? Dann sei es doch umso besser.

Nach wie vor ruhte Joels Blick auf dem schwarzen Auto. Es erinnerte ihn an eine kurze verrückte Phase in seinem Leben, als er hatte Tänzer werden wollen. Radka hatte ihn darin bestärkt, wie in allem, und ihn von einem kurzfristig engagierten Chauffeur zur Ballettschule fahren lassen, wie einen kleinen Star. Stets hatte sie ihn umsorgt, ihn nach der Scheidung allein großgezogen, sich zu seinem Bezugspunkt gemacht. Und gewiss war ihr auch längst klar, dass er es gar nicht darauf anlegte, Lehrer zu werden, sondern von einer anderen Zukunft träumte. Sie kannte ihn – der einzige Mensch, der das von sich sagen konnte.

In der Scheibe spiegelte sich Joels Gesicht, das fast schon folgerichtig keine Ähnlichkeit mit dem seines Vaters aufwies, sondern so schmal war wie Radkas. Auch ihre Nasen waren gleich, länglich, ebenfalls schmal. Die Form der Lippen, das kleine Kinn. Ja, der Sohn seiner Mutter, kein Zweifel möglich. Dennoch wirkte er nicht feminin, ganz und gar nicht, eher etwas hager und hart. Radka meinte sogar, er könne Modell werden, aber so etwas reizte ihn nicht. Er betrachtete sich eingehender, strich sich das wellige Haar aus der Stirn, das viele Mädchen so an ihm mochten. Ja, er sah gut aus.

Dachte Paulina das auch? Er hoffte es. Und wie er das hoffte!

Abermals versuchte er, sie irgendwo dort in der Dunkelheit zu entdecken. Sie hatte versprochen, auf ihn zu warten. Auch das war ihm seltsam vorgekommen, *speziell*, aber genau deshalb passend zu ihr. Andere verabredeten sich in Bars oder gingen zum Essen aus. Nicht Paulina und er.

Doch sie war nicht da.

Er wandte sich ab, grübelte, stopfte die Hände in die Taschen seiner lässig geschnittenen Hose. Sein Handy piepste, ein kurioser Laut wie aus einem uralten Computergame, und er nahm den Anruf sofort entgegen.

»Joel«, sagte sie leise.

»Paulina.« Er zwang sich, ruhig und beinahe beiläufig zu klingen. »Na, wie sieht's aus? Ist heute Abend doch noch etwas dazwischengekommen bei dir?«

Sie ließ sich Zeit mit der Antwort – und ihn zappeln.

»Hast du an mich gedacht?«, kam es erst nach einer ganzen Weile von ihr.

Er lachte. »Kein bisschen.«

Sie fiel in sein Lachen ein. »Ich auch nicht an dich.«

Eine Stille entstand, die aber keineswegs unangenehm war.

»Ich warte auf dich«, brach Paulina das Schweigen.

»Hier? In der Sophienstraße? Aber …«

»Planänderung«, verkündete sie rasch. »Es gibt einen kleinen Park, bei dir ganz in der Nähe, zwischen Leipziger Straße und Schloßstraße.«

»Klar, kenne ich.«

»Da findest du mich.«

»Dort? Bei dem Wetter? Es ist saukalt.«

»Dann beeil dich lieber, sonst erfriere ich noch.«

Erneut musste er lachen. »Du hast verrückte Ideen.«

»Deshalb stehst du ja auf mich.«

»Tue ich das?«

»Bis gleich!« Sie beendete das Gespräch.

Er starrte auf das Handy und schmunzelte in sich hinein.

Im nächsten Moment klopfte es an der Tür, und noch bevor er etwas äußern konnte, betrat seine Mutter das Zimmer.

Ernst musterte sie ihn, mit diesen Augen, die wie seine aussahen.

»Du willst doch nicht mehr fortgehen.« Es war keine Frage.

Wieder einmal erstaunte es ihn, dass Radka immer im Bilde war, was ihn betraf. Vielleicht hatte sie den Klingelton gehört, vielleicht spürte sie aber auch einfach so, was er beabsichtigte.

»So spät ist es ja noch nicht.« Er präsentierte das Lächeln, mit dem er in der Regel nicht nur bei ihr weiterkam.

Doch ihre Miene blieb unbeeindruckt. »Es geht nicht um spät oder nicht spät.«

»Worum geht es dann? Sag es mir endlich!«

»Darum, dass wir eine Weile vorsichtig sind«, erwiderte sie ausweichend.

»Mama, ich kann doch jetzt nicht betteln, ich bin kein Teenager mehr.«

»Ich bettle auch nicht, ich befehle es dir«, antwortete sie mit einer seltsamen Mischung aus Sanftheit und Härte, die wohl nur sie hinbekam.

»Aber …«, setzte er in einem ersten Anflug wirklicher Verärgerung an, seine Mutter jedoch hatte bereits die Tür von außen geschlossen.

Joel stand da und starrte wieder zum Fenster, zu seinem Spiegelbild. Allerdings sah er nicht sich, er sah Paulina. Die geheimnisvolle Frau, die er in der Unibibliothek kennengelernt hatte und die nicht wollte, dass er mit jemandem über sie sprach. Er stellte sich ihr Gesicht vor, den Blick ihrer Augen.

Würde es ihm gelingen, die beiden Wachhunde zu übertölpeln und an ihnen vorbeizuschleichen, ohne dass sie es bemerkten? Die Frage war eher, ob er diesen Versuch überhaupt wagen würde. Er war es gewohnt, seiner Mutter zu gehorchen und sie nicht zu enttäuschen. Sie war es gewohnt, ihm vertrauen zu können.

Paulina. Allein in diesem Park. Jetzt.

Eine neuerliche Windböe klatschte heftig gegen die Scheiben, deren Glas den einsetzenden Schneeregen auffing.

Joel rang mit sich.

Würde er es schaffen?

Würde er es überhaupt wagen?

18

Diane Heidels Bemerkung ließ Mara Billinsky keine Ruhe. Unablässig kreiste sie in ihrem Kopf umher. Sie folgte dem langen Flur, den Blick fest geradeaus gerichtet, ihre Augen wie Kohlestücke, wie immer, wenn sie von zu vielen offenen Fragen geplagt wurde. Kollegen wichen ihr aus, ihrerseits in Gedanken vertieft, müde, aufgekratzt, alles zugleich. Keiner war nach Hause gegangen, eine derartige Verbrechensserie ließ kaum ein Luftholen zu.

Die untersetzte, massige Gestalt von Hauptkommissar Klimmt schob sich gerade aus Maras Großraumbüro. Seine düstere Miene deutete auf keine sonderlich gute Laune hin, aber das wäre ja auch ein Wunder gewesen. Er bemerkte Mara und hielt inne. Die blutunterlaufenen Augen nahmen sie ins Visier.

»Nicht sauer, sondern stinksauer, was?«, fragte sie mit einem frechen Schmunzeln, das sich sonst keiner im Team ihm gegenüber herausnahm.

»Ausnahmsweise nicht auf Sie«, brummte er.

Sie blieb stehen. »Dann tippe ich mal auf den Staatsanwalt.«

»Falsch. Auf Ihren werten Kollegen Rosen.«

»Ach?« Verdutzt blickte sie auf. »Aus welchem Grund?«

Klimmt fuhr sich über das breite, wie gewöhnlich schlecht rasierte Kinn. »Er wollte sich gerade davonstehlen. Ab nach Hause, der Faulpelz. Und hier brennt die Hütte bis unters Dach.«

»Was immer man über Rosen sagen kann – sicher nicht, dass er faul wäre.«

»Mag sein, aber das ist wirklich der schlechteste Moment, um sich zu drücken.« Er schnaufte. »In meinem Büro wartet Staatsanwalt von Lingert auf mich, Mr Nervensäge. Dann werde ich gleich doppelt sauer sein.« Er stapfte davon.

Als Mara kurz darauf das Büro betrat, saß Rosen am Schreibtisch, knallrot im Gesicht, wohl noch wegen des Anpfiffs, den er sich mit großer Sicherheit eingefangen hatte.

Sie zog die Jacke aus und setzte sich auf ihren Platz. Als er ihren forschenden Blick demonstrativ ignorierte, sagte sie mit sanfter Ironie: »Feierabend wird sowieso überbewertet.«

»Das hat mir gerade eben schon jemand erklärt.«

Sie legte die Beine auf die Schreibtischoberfläche. »Wohin wolltest du denn?«

Schneeregen sprenkelte die Scheiben mit etlichen Tupfern.

»Nach Hause. Wirklich. Ich war einfach k.o.«

»Hm.« Mara taxierte ihn mit abwägendem Blick. »Du weißt ja, wenn du irgendetwas loswerden willst …«

Er machte eine Unschuldsmiene. »Ich habe nichts auf dem Herzen.«

»Wie du meinst.« Sie schmunzelte und wurde wieder ernst. »Wir müssen mal kurz Kassensturz machen.«

Ein maues Achselzucken kam von Rosen. »Wird wohl ziemlich dürftig ausfallen.«

»Also: Was haben wir außer einem dünnen, kaum hilfreichen Täterprofil?« Sie verlagerte ihr Gewicht. »Keine Verdächtigen, keine Spuren, kein eindeutig benennbares Motiv, keine Zusammenhänge zwischen den Opfern.«

»Richtig, wir können endgültig davon ausgehen, dass sie sich nicht gekannt haben. Es gab offenbar keinerlei Berührungspunkte.«

»Was verbindet die Opfer?«

»Die Hautritzungen.« Er runzelte nachdenklich die Stirn und fügte an: »Und ihre Lebenssituation. Jung, erfolgreich, wohlhabender Background, sehr gut gebildet beziehungsweise ausgebildet.«

Mara rieb die Hände aneinander. In diesem Büro schwitzte

man sich entweder zu Tode, oder man fror wie im Packeis, die Heizung ließ sich nie angemessen einstellen. »Ich hatte vorhin ein Gespräch mit einer gewissen Diane Heidel.« Sie umriss kurz, um wen es sich handelte. »Sie hat von einem merkwürdigen Ausspruch berichtet, den Sina vor vielen Jahren einmal gemacht hat.«

Rosen betrachtete sie, ganz der stille, aufmerksame Zuhörer, der er immer war.

»Offenbar hat Sina damals gesagt«, fuhr Mara fort, »dass ihr Vater gar nicht Tannheim heißen würde.«

Überrascht hob er das Kinn. »Bitte?«

»Diane Heidel hat Sina wohl noch mehrfach darauf angesprochen, aber Sina hatte sie nur gebeten, dass sie das nie mehr erwähnen solle.« Mara legte den Kopf schräg. »Du hast diese Familie doch überprüft, Rosen, oder?«

»Klar.« Er nickte eifrig. »Also, im normalen Rahmen eben. Dabei habe ich mich aber natürlich auf Sina konzentriert.«

Mara spielte mit einer vorwitzigen Haarsträhne. »Mir geht's genau wie Klimmt. Fakten wären mir lieber als schwammige Punkte, aber auch wenn uns die Zeit wegläuft: Wir sollten ein paar Stunden in Herrn Tannheim investieren.«

»Im Familienbild der Tannheims findet sich nicht der kleinste Fingerzeig, dass …« Er winkte ab. »Wie dem auch sei, ich werde Tannheim noch einmal unter die Lupe nehmen. Genauer als bisher. Aber es ist nun auch nicht so, dass wir die Familien der Opfer ignoriert hätten. Vergiss nicht, so kamen wir ja in zwei Fällen auf den russischen Hintergrund …«

»Rosen, das vergesse ich ganz sicher nicht«, unterbrach sie ihn bestimmt. »Aber wir drehen uns ständig im Kreis. Diese Listen, diese vielen Namen. Keiner davon führt irgendwohin. Noch mal zum Stichwort Hautritzungen. Sarg, Grabstein, Kirchturm, Kruzifix. Plus die Madonnenfigur.«

»Ich bleibe dabei. Möglicherweise ist das ein direkter Hinweis auf die russi…«

»Aber eben nur möglicherweise«, fiel sie ihm erneut ins Wort. »Da hat Klimmt schon recht. Aus welchem Grund sollten Angehörige einer Verbrecherorganisation diese harmlosen jungen Leute auf sehr aufwendige Art und Weise aus dem Weg räumen – und dann auch noch ihre blutigen Visitenkarten auf deren Haut beziehungsweise in deren Körpern hinterlassen? Das ergibt absolut keinen Sinn.« Mara grinste schmal. »Gönnen wir Tannheim ein bisschen von der Zeit, die wir nicht haben.«

»Hm, Klimmt wäre nicht begeistert. Alles, worauf wir uns berufen könnten, ist die angebliche, viele Jahre zurückliegende Bemerkung eines kleinen Mädchens …«

»Deswegen rede ich ja nicht mit Klimmt, sondern mit *dir*, Rosen.« Sie zwinkerte ihm zu. »Knöpf dir Tannheim vor: nicht direkt, nicht persönlich. Aber digital, die Datenbanken, du weißt schon.«

»Sicher. Und was machst du?«

»Ich werde noch mal Sina Tannheims Bekannte abklappern. Aber meine Fragen mehr in Richtung Eltern und Familienleben lenken.«

»Dafür ist es heute zu spät.«

Sie spähte zum Fenster. Unvermindert stark fiel die Mischung aus Schnee und Regen auf die Stadt, als würde das Unwetter nie wieder aufhören. »Dann gleich morgen früh.«

»Und was machen wir jetzt?«

Sie zwinkerte ihm zu. »Du könntest das Geheimnis lüften, das dich so in Atem hält.«

Überrascht verzog er den Mund. »Wie oft soll ich das noch sagen?«, gab er ungewohnt bissig zurück. »Es gibt kein Geheimnis.«

»Schon gut, Rosen. Ich will dich nicht ärgern.«

Gleich darauf nahm er sein Handy und verließ das Büro.

Mara sah ihm nach und stand unschlüssig auf. Sie betrachtete die aufgeklebten und angepinnten Fotos auf den Trennwänden, die Notizen, die vielen dicken Fragezeichen. Die Toten schienen zurückzustarren: weit aufgerissene entsetzte Augen. Jemand hatte es aus übermäßigem Neid und schierer Eifersucht auf reiche Schnösel abgesehen – das war ihr erster Gedanke gewesen, als das Ganze begonnen hatte. Heute war sie erfüllt von der dumpfen Gewissheit, dass weit mehr dahinterstecken musste.

Ihr Blick wanderte eine der Listen entlang, über all die Namen und die dazugehörenden Informationen. Erneut besah sie sich die Fotografien mit den Hautritzungen, die den Opfern zugefügt worden waren. Auf einem weiteren Foto war die kleine Madonnenfigur erfasst worden.

Hier lag der Schlüssel zu allem.

Oder etwa doch nicht?

Das schreckliche Gefühl, dass längst nicht alles vorüber war und ihnen noch einiges bevorstand, übermannte Mara mit jäher Wucht. Sie steckten mittendrin in diesem Spiel und hatten nicht die leiseste Ahnung, was der Einsatz war.

19

Stille und Dunkelheit. Er hielt den Atem an. Und schlich langsam weiter. Bloß nicht gegen irgendetwas stoßen, dachte er. Seine Mutter hörte *alles*. Vor allem wenn sie so angespannt war wie zurzeit. Was immer der Grund für diese Anspannung sein mochte.

Auf Socken, die Schuhe in der Hand, hatte Joel Steinmann es von seinem Zimmer im ersten Stock bis ins Erdgeschoss geschafft. Leise öffnete er die Tür, die zum Keller führte. Wiederum Stufen, die es lautlos zu überwinden galt. Trotz allem musste er ein wenig schmunzeln. Das erinnerte ihn an seine Jugend. Diesen Weg hatte er damals genommen, wenn Radka ihm verboten hatte, abends noch auszugehen. Was nicht oft vorkam. Sie hatte ihm viele Freiheiten gelassen, ihn eigentlich nie wie ein Kind behandelt. Nur was diese dunklen Punkte ihrer Vergangenheit betraf, hatte sie sich stets zugeknöpft gegeben. Aber hatte nicht jeder Mensch das Recht auf Geheimnisse? Auch Mütter? Jetzt allerdings kam ihm ihre Vorsicht übertrieben vor. Wachleute. Für ihn? Ja, mehr als übertrieben, obwohl er die Entscheidungen seiner Mutter ansonsten respektierte. Doch der Gedanke an eine andere Frau war stärker. An jene Frau, deren Nachnamen er nicht einmal kannte.

Paulina. Allein. *Jetzt.*

Bei dieser Kälte wollte Joel sie auf keinen Fall noch länger warten lassen.

Er erreichte das schmale Kellerfenster, durch das er früher schon ausgebüxt war. Rasch schlüpfte er in die dicken Timberland-Schnürstiefel. Er zog den Reißverschluss der dick gepolsterten Jacke von Jack Wolfskin bis unter den Hals zu und streifte Handschuhe über, dann öffnete er das Fenster. Behutsam zwängte er sich durch den engen Rahmen nach draußen auf die gefrorene Erde.

Gebückt eilte er über die Rasenfläche und glitt ohne weitere Anstrengung über den hüfthohen Holzzaun, der die Grenze zum nachbarlichen Grundstück bildete. Im Schutz der dortigen Villa, in der kein einziges Fenster erleuchtet war, rannte er weiter über das nächste Grundstück hinweg. Erst jetzt wagte er sich in Richtung Straße. Mühsam drückte er sich zwischen kahlen Sträuchern hindurch, die seine Wangen zerkratzten.

Dank des Schleichwegs, den er gewählt hatte, lagen zwischen ihm und dem Wagen mit den Wachhunden nun über hundert Meter. Das musste doch reichen. Er betrat den Bürgersteig und blickte die Straße hinunter. Die Limousine stand unverändert da. Keine der vorderen Türen wurde aufgemacht, niemand ließ sich sehen.

Immer noch ganz dicht an der Hecke lief Joel los. Der Wind peitschte ihm gegen das Gesicht, schwere Tropfen aus Wasser und Schnee platschten in sein welliges Haar. Die Kälte schnitt mit jedem Atemzug in seine Lungen. Ständig warf er einen vorsichtigen Blick über die Schulter nach hinten. Da die Wachhunde von seiner Mutter ausgewählt worden waren, konnte es sich bei ihnen nicht um Dilettanten handeln; Radka legte Wert auf Profis, ganz egal, um was es ging. Er musste also weiterhin vorsichtig sein und durfte sich nicht zu sicher fühlen.

Rasch vergrößerte er den Abstand zwischen sich und dem Haus, in dem er aufgewachsen war.

Die Kreuzung. Endlich.

Nach links, schnell, noch schneller, und nun war es wirklich unmöglich für die Wachleute, ihn noch zu erspähen. Oder?

Er rannte. Mittlerweile schwitzte er unter den Schichten seiner dicken Kleidung. Eine Weile folgte er der Leipziger Straße. Niemand war unterwegs bei diesem Wetter. Erneut wandte er sich nach links und bog in eine schmale Seitengasse. Minuten später gelangte er an das kleine, im trostlosen Großstadtwinter vor ihm liegende Parkgelände.

Weiterhin war niemand zu entdecken. Es kam ihm vor, als wäre er der letzte Bewohner Frankfurts.

Paulina ist längst nicht mehr hier, dachte er enttäuscht. Hat sich ins Warme gerettet. Wohl kein Wunder, der Wind war heftiger, der Schneeregen noch dichter geworden. Die Welt schien unterzugehen.

Im nächsten Moment sah er eine schmale, dunkel gekleidete Gestalt, die hinter einem Kastanienbaum zum Vorschein kam.

Erleichterung breitete sich in ihm aus.

Die Gestalt näherte sich, bis sie vor ihm stehen blieb. Sie lächelte ihn an, wie er trotz der spärlichen Beleuchtung weniger Laternen erkannte.

»Joel.«

»Paulina.«

Ihr Lächeln war bezaubernd. Es ließ ihn die Kälte fast vergessen.

Doch in ihren Augen lag plötzlich ein merkwürdig starrer, harter Ausdruck, kaum sichtbar. Oder bildete er sich das lediglich ein?

Sie küssten sich. Zum ersten Mal.

Auch bei der Berührung ihrer Lippen hatte er den plötzlichen, seltsam beunruhigenden Eindruck, dass etwas an Paulina anders war. Aber was?

Teil 2

Ein mörderisches Labyrinth

20

Jetzt war es passiert, und Radka war außer sich. Wut, Furcht, Verzweiflung, es tobte geradezu in ihr, sie war durcheinander und fühlte sich völlig hilflos. In ihrem Brustkorb hatte sich über Nacht ein harter Klumpen aus Eis gebildet, der immer größer wurde.

Sie hinkte von Wand zu Wand, vom Fenster zur Tür und wieder zurück. *Tock-tock-tock.* Der verhasste Stock schien sie nicht zu stützen, sondern zu jagen.

Jetzt war es passiert!

Ihre Beherrschung zerbröselte, ihr Panzer zersplitterte wie einst ihr Knöchel.

Wieder am Fenster. Draußen der Nebel, ihr Spiegelbild in der Scheibe. Das Haar hochgesteckt, die Augen verweint. Zorn und Sorge rangen unentwegt miteinander. Am liebsten hätte sie Witali Blochin erschossen. Versager. Ausgerechnet dieser Mann, der sie beeindruckt hatte wie lange niemand mehr.

Joel, wo bist du?

Nein, nicht Blochin war schuld, oder jedenfalls nicht nur – *sie* war schuld.

Radka ertrug ihren eigenen Anblick nicht mehr, senkte den Blick, starrte auf das Muster im Parkett, das in dem gesamten Apartment verlegt war, in ihrem Büro, wie sie es nannte. Die Struktur des Bodens erinnerte sie an früher. An den Tag des Vortanzens, als sie alle anderen Mädchen ausgestochen hatte. Die kleine Radka fiel auf, und das von Anfang an. Auch ohne einflussreiche Familie im Hintergrund wurde sie immer wieder für Tanzszenen in der Oper oder Tanzrollen im Ballett ausgewählt, als Maus, als Blume, als Page. Mit der Zeit wurde sie muskulöser, gelenkiger. Gertenschlank blieb sie, und so unvergleichlich geschmeidig.

Doch aus jeder ihrer Bewegungen sprach neben Grazie und Raumgefühl noch etwas anderes: Willenskraft. Das war es, was sie wirklich von den vielen übrigen unterschied. Opferbereitschaft, Ehrgeiz, Selbstdisziplin, eine Furchtlosigkeit vor Schmerzen und Erschöpfung, eine innere Härte, die man nicht erlernen konnte. Sie strebte nach Perfektion, vom ersten Moment an, ohne dass ihr das jemand hätte sagen oder gar einschärfen müssen. Es war ihre Natur. Sie akzeptierte ihre Grenzen nie, verschob diese mit vor Erschöpfung zitternden Gliedern immer weiter und weiter. Wie sie jede Drehung voll auskostete. Wie sie sich noch bei der leichtesten Übung so sehr konzentrierte, dass ihr der Schweiß an Gesicht, Hals und Brust herunterlief. Wie sie sich bei den Diagonalen durch den Raum fast gegen die Wand katapultierte. Nach dem Unterricht blieb sie, bis sie ihre *Tours jettés* geräuschlos landen konnte, sie übte Dreifach-Pirouetten, bis sie rot angelaufen war.

Zehn Jahre Ballettschule. Zehn Jahre voller *Pliés*, *Relevés* und zusammengekniffener Hinterbacken. Zehn Jahre voller *Chassés* über den nass gesprenkelten Holzboden, zehn Jahre in Ballettsälen, deren Fenster blind waren von kondensiertem Schweiß. Erniedrigender Drill, Prüfungen, Verletzungen, die immer wiederkehrenden Hornschwielen an den ständig verstauchten Zehen. Trainieren bei Krankheit, wenn der Nasenschleim bei jeder Pirouette durch die Luft flog. Tanzpartner, deren starke Hände Blutergüsse auf Radkas Rippen zurückließen. Jahre voller Schmerzen, minutiöser Korrekturen, vernichtender Kommentare der Ausbilder. Doch da war auch das kaum merkliche Aufleuchten in deren Gesichtern, wenn Radka ihre Sprünge vollführte und sie ihr auftrugen, den *Saut de Basque* vorzumachen: »Zeig den anderen, wie ich es meine.«

Zuerst waren die Rollen, die sie erhielt, noch klein. Der

Tanz der sechs Schwäne oder der vier kleinen Schwäne. Aber bald hatte sie eine der führenden Schwanenrollen übernommen, den *Pas de trois* im ersten Akt getanzt und die ungarische Braut im dritten. Es ging weiter, es wurde größer. *Die Fontäne von Bachtschissarai* mit Radka als Zarema, *Der eherne Reiter*, Giselles *Déboule en diagonale*. Ihr langer Hals, ihre dünnen Arme, ihre Biegsamkeit, ihre perfekte Haltung. Alle starrten sie an. Sie wusste, dass ihr Weg noch lange nicht zu Ende war. Und sie sollte recht behalten.

Das Surren des Smartphones holte sie unvermittelt zurück ins Jetzt, nach Frankfurt, zu ihrem Spiegelbild in der Fensterscheibe mit den immer noch schönen mandelförmigen Augen und den schon seit Langem gefärbten Haaren.

Sie starrte aufs Display. Ihre Fingerspitze glitt über die Oberfläche des Handys. »Ja«, sagte sie hart.

»Blochin hat sich gerade bei mir gemeldet«, antwortete Karabasch ohne eine Begrüßung. »Er hat es mir gesagt. Das mit Joel.«

Das mit Joel. Wie das klang. Furchtbar.

Da sie nichts erwiderte, fuhr Karabasch fort: »Vielleicht machen wir uns zu früh Sorgen. Womöglich ist es nur eine romantische Nacht, und er taucht heute wieder auf. Hundemüde und bis über beide Ohren verliebt.«

»Du weißt, dass es nicht so sein wird.«

»Blochin wird alles …«

Radka unterbrach ihn kalt: »Ich gehe zur Polizei.«

»Ach, was können die schon ausrichten?«, fragte er abfällig. »Du solltest das nicht tun. Wir haben uns immer allein um unsere Angelegenheiten gekümmert.«

»Wer *kümmert* sich darum?«, gab sie noch kälter zurück. »Du?«

»Blochin wird …«, setzte er erneut an.

»Blochin genügt mir nicht. Ich will alles ausreizen. Alles, was helfen könnte. Also auch die offizielle Seite.«

»Wende dich nicht an die Polizei, Radka!«, riet er ihr. »Ich kann zu dir fahren, dann besprechen wir alles in Ruhe.«

Sie erwiderte nichts.

»Ich erledige noch ein paar Telefonate und setze mich in den Wagen. Im Handumdrehen bin ich bei dir.«

Als sie wiederum keine Antwort gab, fügte er betont hinzu: »Es wäre besser für uns alle, wenn du damit noch ein wenig warten würdest. Auch besser für *dich*, Radka.« Die letzten Worte hatte Karabasch ganz leise ausgesprochen.

»Drohe mir nicht!«

»Ich drohe niemals jemandem. Aber es geht nicht nur um dich und Joel.«

»Mir geht es allein um Joel«, erwiderte sie rasch.

Unwillkürlich erschienen Bilder vor ihren Augen. Bilder von Joel. Klein und zart, dann größer, ein Halbwüchsiger bei einer Aufführung der Schultheatergruppe, fast schon ein Mann, immer noch auf angenehme, anziehende Weise zart. Ihn in Gefahr zu wähnen war grausam für sie, als würde sie von einer zentnerschweren Bleiplatte langsam zerquetscht werden. An ihm hatte sie alles gutmachen können, was ihr damals bei dem kleinen Mädchen, das ihr so ans Herz gewachsen war, verwehrt geblieben war. Und er war sogar *ihr* Fleisch und Blut, *ihr* Sohn.

»Hör zu, Radka. Ich fahre zu dir, und wir ...«

»Nein«, stieß sie aus, barsch und unmissverständlich.

»Radka, ich sage dir ...«

Sie trennte die Verbindung und atmete durch.

Was sollte sie jetzt tun?

Nachdem sie das Handy weggelegt hatte, ging sie unschlüssig auf und ab, begleitet vom üblichen *Tock-Tock* des Stocks. Sie musste wieder an Joel denken, auch an ihren eigenen Weg durchs Leben. Viele zurückliegende Ereignisse schwirrten ihr jäh durch den Kopf. Und zum ersten Mal seit langer Zeit kam ihr der Tag der Trauerfeier in den Sinn – der Tag des *Pomi-*

nalnij stol. Ganz unmittelbar. Ein blutiger Tag. So viele Tote. Warum drängte sich die Erinnerung auf einmal so vehement in ihre Gedanken?

Noch immer war sie sich unschlüssig, was sie tun sollte.

Nein.

Nein, sie wusste es.

Wusste es genau.

21

Heiße Dusche, pechschwarzer Kaffee, laute Musik: Metallica, Rage Against the Machine, Queens of the Stone Age. Mara Billinskys kleine, düstere Wohnung erbebte von der Urgewalt der Songs. Etwas früh für eine derartige Lärmbelästigung, aber die Beschwerden der übrigen Mieter wurden seltsamerweise eher weniger statt mehr. Vielleicht hatte sich Mara mit ihrem Dickkopf durchgesetzt.

Der Morgen ballte sich in zerfurchtem, unfreundlichem Grau vor dem Küchenfenster, doch die Niederschläge hatten aufgehört, die Windböen nachgelassen. Noch der letzte Schluck Kaffee, dann fühlte sich Mara gerüstet für den Tag. Sie zog sich den dicken schwarzen Hoodie über den Kopf und wollte nach ihrer Lederjacke greifen, als ihr Smartphone klingelte. Auf dem Display stand Rosens Name – mit der Nummer seines Büroanschlusses.

»Warum meldest du dich?«, rief sie ins Telefon, ohne sich mit einer Begrüßung aufzuhalten, und schaltete die Musik aus. »Ich bin doch nicht zu spät – und praktisch schon auf dem Weg.«

»Ähm«, erwiderte er auf seine typische bedächtige Art. »Wollte nur Sorry sagen. Dafür, dass ich gestern Abend etwas …«

»Bissig war?« Sie lachte.

»Ich war einfach nur müde.«

»Kein Ding, Rosen, da habe ich wahrlich schon schlimmere Ausbrüche überstehen müssen. Und vor allem selber für schlimmere Ausbrüche gesorgt.« Spöttisch fügte sie an: »Und heute? Nicht mehr müde?«

»Nein, bestens ausgeruht. Und bereits seit zwei Stunden hier.«

»Warum so früh?«

»Die Sache mit Tannheim, um die du mich gebeten hast. Ich wollte das erledigen. Und ich muss sagen, ich bin mächtig irritiert.«

Mara hatte das Handy mit der Schulter ans Ohr gepresst, um die Jacke überzustreifen. *Mächtig irritiert*, wiederholte sie in Gedanken. So was konnte nur Rosen sagen.

»Deswegen rufe ich dich auch an«, fuhr er fort. »Ich konnte nicht warten, ich muss es einfach loswerden.«

Sie hielt inne. »Was gibt's denn für spannende Ergebnisse hinsichtlich Tannheim?«

»Überhaupt keine Ergebnisse«, antwortete er.

»Soll heißen?«

»Der Herr existiert gar nicht. Also rein datenerfassungsmäßig, um es so zu formulieren. Er heißt bestimmt auch nicht Tannheim.«

»Sondern?«

»Lach mich nicht aus, aber ich hab's nicht herausfinden können. Obwohl ich alle Register gezogen habe … Mir ist das schleierhaft. Jedenfalls haben wir etwas Offensichtliches übersehen. Wahrscheinlich weil unser Fokus ganz woanders lag. Bei Sina, bei ihren Freunden, ihren Bekannten.«

»Rosen, komm zum Punkt!«, drängte sie.

»Sorry! Also, Tannheim ist der Familienname von Sinas Mutter. Ja, Sinas Vater hat den Nachnamen seiner Frau angenommen. Kommt heutzutage öfter mal vor, aber damals: absolute Ausnahme.«

»Und wie hieß er vor der Hochzeit?«

»Das ist es ja. Keine Akten geben Aufschluss darüber. Er ist ein Unsichtbarer.«

Mara stand vollkommen reglos da. Aber ihr Körper war bis aufs Äußerste angespannt. Jetzt hatte Rosen ihre ungeteilte

Aufmerksamkeit. »Aber Rosen, Heiratsurkunde, Standesamt, allein damit müsste man doch …«

»Billinsky, glaub's mir, es gibt nichts. Jedenfalls über ihn. Bei Inge Tannheims Familie sieht es anders aus. Alles ganz normal. Auch beim Unternehmen ihrer Familie, in das ihr Mann eingestiegen ist.« Er stieß hörbar die Luft aus. »Viktor Tannheim allerdings – ein weißes Blatt Papier.«

Sie überlegte. »Ist Klimmt schon da? Hast du ihm das mitgeteilt?«

»Er ist noch nicht aufgetaucht. Ich wollte sowieso erst mit dir darüber reden.«

»Komische Sache«, murmelte sie.

»Ich finde, wir sollten nicht nur Klimmt, sondern auch gleich von Lingert informieren …«

Ein skeptisches *Hm* von Mara ließ ihn kurz stoppen.

»Was ist los, Billinsky? Wir können doch nicht bei den Tannheims mit der Tür ins Haus fallen und …« Wiederum vervollständigte er den Satz nicht. »Nein, Billinsky, das wäre *keine gute Idee*. Wir sollten …«

»Nur keine Angst, ich horche einfach mal vor …«

Sie konnte sein Kopfschütteln förmlich sehen.

»Billinsky, du weißt, das wird dem Chef nicht schmecken. Du kannst nicht immer auf eigene Faust …«

»Falls du mit Klimmt sprichst – vielleicht übergehst du erst mal den nebensächlichen Aspekt, dass ich auf dem Weg zu den Tannheims bin.«

»Hey, Billinsky, ich finde wirklich, dass …«

»Wir sehen uns später«, unterbrach sie ihn in nonchalantem Ton und beendete das Gespräch.

Auf dem Weg nach Wiesbaden gab sie ordentlich Gas und legte die Strecke deutlich schneller zurück als zuletzt. Als sie parkte, war der Himmel noch immer wie aus grauer getränkter Wolle, die Luft kalt und feucht. Sie wollte gerade klingeln, da sprang die Tür schon auf, und Viktor Tannheim stand vor ihr, warm eingepackt in einen langen Mantel. Der groß gewachsene Mann fixierte sie aus aufmerksam blitzenden Augen. »Die Polizistin«, entfuhr es ihm.

Sie nickte ihm einen stummen Gruß zu.

»Gibt es Ergebnisse, irgendetwas Neues?«, wollte er wissen.

»Nein, ich müsste trotzdem mit Ihnen sprechen. Eine reine Formalität.«

»Dann kann es sicherlich warten. Wie Sie sehen, bin ich gerade auf dem Weg nach Frankfurt – zu einem Termin, der sich schwerlich verschieben lässt.«

»Nein, es kann nicht warten«, gab sie auf diese herausfordernde Art zurück, von der sie wusste, dass sie Menschen wie ihn reizte.

Sein Blick wurde stechender. »Na gut. Bitte.« Er wies ins Foyer der Villa und schlüpfte aus dem Mantel. »Oder ist es nötig, dass wir im Wohnzimmer Platz nehmen?«

»Nein, das ist nicht nötig. Übrigens, ein privater Termin? In Frankfurt?«

»Also, Kommissarin, worum handelt es sich?«

Sie standen einander in dem kahl gehaltenen, trapezförmig geschnittenen Eingangsbereich gegenüber und musterten sich.

»Es geht um Sie.«

Mara ließ die simplen Worte wirken, doch nichts in seiner Miene veränderte sich. »Sie haben den Namen Ihrer Frau angenommen, nicht wahr?«

Abwägend oder sogar argwöhnisch betrachtete er sie nun. »Richtig.«

»Aus welchem Grund?«

Er machte eine gönnerhafte Geste. »Von Anfang an war klar, dass ich das Familienunternehmen unterstützen würde, so schien es durchaus sinnvoll zu sein, auf den Namen Tannheim zu setzen. Tannheim & Partner hat in der Branche einen hervorragenden Ruf. Wir stellen Stahlkegel für unterschiedlichste Motoren her und vertreiben sie in ganz Europa.«

Ein ähnlicher Weg, wie ihn auch Dennis Maliks Vater eingeschlagen hat, dachte Mara. Sie hob eine Augenbraue und ließ sich Zeit, ehe sie fortfuhr: »Darf ich fragen, wie Ihr Geburtsname lautet?«

Tannheims Stimme war nur eine winzige Nuance schärfer: »Darf *ich* fragen, wozu Sie das wissen müssen?«

»Wie erwähnt, eine reine Formalität. Je vollständiger das Bild ist, das wir haben, desto besser.«

»Unsinn«, erwiderte er. »Wie könnte Ihnen mein Geburtsname bei der Suche nach dem Mörder meiner Tochter von Nutzen sein? Das ist lächerlich.«

Maras Mundwinkel zuckten zu einem raschen Grinsen. »Herr Tannheim, lächerlich ist doch eher, dass Sie – aus welchem Antrieb auch immer – die Antwort verweigern.«

»Gewiss lässt sich ein Name problemlos überprüfen. Warum haben Sie sich also auf den Weg nach Wiesbaden gemacht?«

Sie verschränkte die Arme vor der Brust und sah geradenwegs in sein halb maskenhaftes, halb überhebliches Gesicht. »Was haben Sie zu verbergen?«

»Sie sind wirklich ein impertinentes kleines Persönchen. Ich rate Ihnen, mit etwas mehr Taktgefühl an Menschen heranzutreten, die einen schmerzlichen Verlust zu verarbeiten haben.«

»Ich bin kein *Persönchen*«, erwiderte Mara unbeeindruckt. Zum ersten Mal erkannte sie, dass er mit einem leichten, kaum wahrnehmbaren Akzent zu sprechen schien.

»Und ich bin niemand, der sich grundlos von unwichtigen Polizisten auf der Nase herumtanzen lässt. Glauben Sie mir, ich verfüge über Verbindungen, durch die jemand wie Sie innerhalb eines einzigen Tages die Karriereleiter auf die tiefste Sprosse herunterpurzelt.«

»Verbindungen«, wiederholte Mara. »Gutes Stichwort. Denn um so viele Spuren zu verwischen, sind ganz bestimmte Kontakte nötig, stimmt's?«

Sie war im Begriff, zu weit zu gehen, sie merkte es, aber es war zu spät – wieder einmal hatte sie sich nicht aufhalten können. Die letzten Worte hätte sie sich verbeißen sollen.

Etwas Eisiges überzog Tannheims Gesicht. »Ich werde mich bei Ihrem Vorgesetzten über Sie beschweren.« Ein abfälliger Blick wanderte über ihre Lederjacke, Jeans und Doc-Martens-Stiefel. »Und ich gehe mal davon aus, dass ich bei Weitem nicht der Erste bin, der sich dazu gezwungen sieht.«

»Tun Sie, was Sie nicht lassen können.« Sie zeigte ihm nicht, dass sie um ihren Fehler wusste, und blieb äußerlich gelassen.

»Sie sollten sich nicht auf die Angehörigen konzentrieren, sondern Ihre gesamte Energie auf die Tätersuche verwenden.«

»Genau das machen wir.«

Wiederum maßen sie sich mit einem langen Blick.

»Auf Wiedersehen!«, sagte er schroff.

»Ganz sicher.«

Sie drehte sich um und verließ das Haus in dem Bewusstsein, sich nicht sonderlich geschickt angestellt zu haben. Andererseits konnte sie selten widerstehen, wenn sich die Gelegenheit bot, auf den Busch zu klopfen. Und Viktor Tannheims Verhalten ließ durchaus Raum für weitere Spekulationen, auch wenn es mal wieder schwer sein würde, Klimmt das zu erklären. Auf der Rückfahrt wurde sie erneut von dem unheilvollen Gefühl erfasst, dass im Nebel dieser Mordfälle noch weitere Schrecken lauerten.

Aufgrund eines der üblichen Staus war es fast schon gegen Mittag, als sie im Präsidium eintraf und mit großen Schritten den Flur entlangmarschierte. Stimmengewirr, Türenknallen, Telefongeklingel. Es roch nach Kaffee, billigem Männerparfüm und Pizza vom Lieferservice. Im Kopf spukte ihr noch ein Song der Queens of the Stone Age herum: »*I'm gonna put up a fight, I'm gonna get a reaction that I'm right …*«, und im Unterbewusstsein nahm sie wahr, wie sehr diese Worte auf sie selbst zutrafen.

Obwohl viel los war, wie immer um diese Uhrzeit, fiel ihr sofort eine Frau auf, die auf einem der Kunststoffstühle am Rande des Korridors saß, ganz nah an der Tür zu Maras Großraumbüro. Sie schätzte sie auf Anfang oder Mitte fünfzig, sehr schlank. Die kastanienbraun schimmernden, kaum sichtbar von Grau durchsetzten Haare waren zu einem strengen Knoten gebunden. Ihr schmales Gesicht war kalkweiß, fast durchscheinend. Ihr Blick drückte eine seltsame Mischung aus Verzweiflung und Stolz aus. Die schmalen Hände, umhüllt von hauchzartem Leder, waren auf einen Stock gestützt.

Mara stoppte. »Kann ich Ihnen helfen?«

Bemerkenswert schön geformte Augen maßen sie von oben bis unten. »Sie?«, kam es ebenso skeptisch wie herablassend von der Frau.

»Ja. Ich«, erwiderte Mara eisig. »Ich bin Kommissarin.«

»Ich warte bereits auf einen Kommissar.«

Einen *echten* Kommissar, schien der Tonfall zu besagen.

Mara sah, dass Klimmt sich näherte, mit Rosen im Schlepptau.

»Entschuldigen Sie, dass Sie warten mussten«, sagte der Hauptkommissar zu der Unbekannten, für seine Verhältnisse sogar recht höflich. »Wir können in ein Besprechungszimmer gehen, da ist mehr Platz und mehr Ruhe als in meinem Büro.« Mit einem raschen Seitenblick meinte er fragend zu Mara: »Sie beide haben sich schon miteinander bekannt gemacht?«

»Das ist über einen Versuch nicht hinausgekommen«, gab Mara mit einem lässigen Grinsen zurück.

»Diese Dame ist Radka Steinmann. Sie hat uns etwas mitzuteilen.«

Radka Steinmann erhob sich und stand kerzengerade da, den Stock leicht an die Seite gelehnt. Sie hatte auffallend wenige und auch nur ganz scharfe Falten. Alles an ihr drückte Disziplin und Beherrschtheit aus und eine kühle, distanzierte Vornehmheit.

»Und wer ist diese *Dame*?«, fragte die Frau, den Blick erneut abschätzig auf Mara gerichtet.

»Mara Billinsky, Kriminalkommissarin«, erklärte Klimmt. »Ich will sie bei unserem Gespräch dabeihaben.«

Er ging voran, der Gast folgte, begleitet vom Klackern des Stocks, Mara und Rosen bildeten den Abschluss. Rosen deutete mit einem unauffälligen Achselzucken an, dass er nicht mehr wusste als sie. Dann saßen sie zu viert am Tisch des Besprechungsraums mit den grünen Tapeten und hellen Möbeln aus Birkenholz. Diesmal wurden keine grauenerregenden Bilder an die Wand geworfen.

»Die Kollegen haben mir gesagt«, begann Klimmt, »dass Sie darauf bestanden haben, mit der Mordkommission zu reden, Frau Steinmann.«

»Das ist richtig«, kam die Antwort mit hart gerolltem R.

»Obwohl es eigentlich um eine Vermisstenanzeige geht.«

Radka Steinmann sah ihn beherrscht und erschüttert zugleich an. »Ich habe von der Mordserie gehört.«

Klimmt räusperte sich, ein raspelndes Geräusch, das das ganze Zimmer ausfüllte. »Was immer die Zeitungen auch schreiben, wir können nicht bestätigen, dass wir es derzeit mit einer Verbrechensserie zu tun haben.«

Mara und Rosen wechselten einen knappen Blick. Das war zumindest die Version, die vor der Presse vertreten wurde. Doch das sogenannte Rauschen im Blätterwald wurde immer lauter. Bestimmte Dinge ließen sich nicht vor der Öffentlichkeit geheim halten, so war es immer.

»Ich weiß von den Morden«, wiederholte Radka Steinmann, als hätte Klimmt gar nichts gesagt. »Und ich mache mir sehr, sehr große Sorgen um meinen Sohn Joel. Er ist verschwunden. Ich fürchte, dass es schlimm um ihn steht.«

Ein Summen ertönte. Radka Steinmann zog mit jäher Hast ihr Handy aus der Tasche des Mantels, den sie sich trotz der Wärme im Raum nicht ausgezogen hatte. Enttäuschung zeigte sich in ihren schönen Augen, als sie das Display überprüfte. »Entschuldigung.« Dann nahm sie den Anruf mit einem strengen *Ja!* entgegen.

»Wo ich bin?«, sagte sie ins Telefon. »Das kannst du dir doch vorstellen.« Sie starrte auf die leere Tischplatte. »Natürlich bin ich zur Polizei gegangen.« Ohne ein weiteres Wort unterbrach sie die Verbindung und steckte das Handy wieder weg.

Sie sah Klimmt an. »Ich will, dass alles dafür getan wird, dass mein Sohn gefunden wird. Er hat letzte Nacht das Haus verlassen, ohne dass ich es mitbekam. Seither fehlt jede Spur von ihm.« Sie hob ihre schmale Hand. »Sparen Sie sich die Fragen. Nein, das macht er sonst nicht. Nein, das ist alles andere als typisch für ihn. Sicher, es ist noch nicht einmal vierundzwanzig Stunden her, dennoch gehe ich von etwas sehr Schlimmem aus. Seine Beschreibung habe ich Ihren Kollegen gegeben, die die Vermisstenanzeige aufgenommen haben.« Sie verlieh ihren Worten noch mehr Nachdruck: »Es ist mir überaus wichtig, dass ich auch in Ihrer Abteilung meine Furcht zum Ausdruck bringen kann. Einer Vermisstenanzeige schenkt man doch zunächst mal keine Beachtung und …« Ein tiefes Durchatmen. »Helfen Sie mir! Bitte.«

Es entstand ein unangenehmer Moment der Stille.

»Wer war das?«, fragte Mara plötzlich. Es waren ihre ersten Worte im Besprechungsraum. Alle sahen sie verständnislos an. Sie schlüpfte aus der Lederjacke, hängte sie auf die Lehne des freien Stuhls neben ihr und musterte dann Radka Steinmann. »Ich meine, wer hat Sie gerade angerufen?«

Irritiert verengten sich die Augen der Frau. »Das ist doch unwichtig. Warum fragen Sie überhaupt?«

»Hatte jemand etwas dagegen, dass Sie sich an die Polizei wenden?«

Radka Steinmanns Lippen wurden zu einem schmalen Strich. Gepresst stieß sie hervor: »Kümmern Sie sich um meinen Sohn, nicht um meine Anrufer.«

»Das ist heute schon das zweite Mal, dass mir jemand sagt, auf was wir uns bei unserer Arbeit zu konzentrieren hätten, und ich versichere Ihnen …«

»Billinsky!«, erklang Klimmts altbekanntes Brummen.

Radka Steinmann suchte rasch wieder seinen Blick. »Wenn das stimmt, was man über die anderen Toten sagt, dann besteht die Möglichkeit, dass Joel noch lebt. Oder?« In ihre Stimme trat ein Zittern. »Es könnte sein, dass man ihn foltert, nicht wahr? Einen oder zwei oder drei Tage. Das ist grauenhaft, aber es verschafft Ihnen doch wenigstens Zeit. Bitte! Nutzen Sie jede Sekunde.«

»Ihn foltert?«, wiederholte Klimmt. »Wie kommt es, dass Sie so gut im Bilde sind?«

»Die Presse«, gab sie schlicht zurück.

»Da stand nichts von Folterungen. Nur von …« Er hielt inne und musterte seine Gesprächspartnerin nachdenklich.

»Frau Steinmann«, meldete Mara sich wieder zu Wort, während Rosen weiterhin keinen Ton äußerte. »Gibt es etwas, das Sie uns verschweigen? Etwas, das Sie in dem Verdacht bestärkt, Ihr Sohn könnte in ernster Gefahr schweben?«

»Ich verschweige gar nichts. Ich habe mir hier kein Misstrauen erhofft, sondern Hilfe.«

»Natürlich wollen wir Ihnen helfen.« Klimmt sah sie prüfend an. »Dennoch müssen Sie uns zugestehen, dass wir auch Fragen stellen.«

»Ich sage es Ihnen noch einmal.« Radka Steinmanns schöne Augen spiegelten erneut ihre ganze Verzweiflung wider. »Jede Sekunde zählt.«

22

Er war nackt.

Er rannte.

Um ihn herum war alles weiß. Die ganze Welt – strahlend weiß, makellos. Massen aus Schnee, der die Landschaft bedeckte, ewiges Eis, das sich bis zum Horizont zog, funkelnd im kalten Sonnenlicht. Vor seinem Gesicht tanzten Atemwölkchen, der harschige Schnee schnitt in seine Fußsohlen. Er verspürte eine tiefe Angst, die ihn irritierte, von der er nicht wusste, woher sie kam.

Auf einmal wurde das große Weiß schmutziger, grauer, die ohnehin wenigen Konturen verschwammen. Aus dem Nichts wuchsen Schatten, die das flache Gelände zu verschlucken schienen.

Joel Steinmann rannte nicht mehr, nein, er lag. Lag ganz flach auf dem Rücken.

Ein Traum, natürlich, es war nur ein Traum gewesen, und nach dieser jähen Erkenntnis war er erleichtert. Er blinzelte, schüttelte den Schlaf ab und stellte überrascht fest, dass die Kälte ihn nach wie vor fest im Griff hatte; sie war real. Und auch etwas anderes hatte sich mit dem Ende des Traums nicht aufgelöst. Die Angst. Sie krallte sich in seinem Inneren fest wie etwas Lebendiges.

Immer noch völlig verwundert merkte er, dass er tatsächlich unbekleidet war. Die Kälte drang von der nackten Erde, auf der er lag, in seinen Hinterkopf, seinen Rücken, seine Hinterbacken, seine Fersen. Die Hand- und Fußgelenke waren mit Nylonseilen gefesselt worden, die an Metallheringen festgebunden waren, wie man sie fürs Aufbauen von Zelten benötigte; die Heringe steckten tief im Boden. Er starrte nach oben und blickte zum hölzernen Dach eines Gebäudes, in dem er nie zuvor gewesen war. Die Wände bestanden ebenfalls aus Holz. Es roch nach Heu. Er stöhnte auf, und der Laut kam ihm fremd vor. Dann herrschte wieder Stille.

Joel verstand die Welt nicht mehr.

Was sollte das? Was war geschehen?

Eisige Furcht attackierte ihn, als ihm jäh klar wurde, dass seine Mutter mit ihrer Besorgnis nicht übertrieben hatte. Im Geiste sah er jedoch ein anderes Gesicht vor sich, nicht das von Radka.

Paulina.

Wo war sie? War ihr etwas zugestoßen?

Erinnerungen krochen auf ihn zu. Die Nacht. Der Schneeregen. Der verlassene kleine Park. Dort hatte er Paulina getroffen. Dort hatte er sie geküsst.

Sie war ihm verändert vorgekommen. Doch bevor ihm bewusst geworden war, weshalb das so war, hatte ihn jemand von hinten gepackt und ihm ein Tuch aufs Gesicht gepresst. Beißender Geruch. Alles um ihn herum war schwarz geworden.

Paulina?

Wo steckte sie nur? Was war mit ihr?

Joel hörte etwas. Ein leises Knirschen, wie von Schuhsohlen, wenn jemand das Gewicht von einem Bein aufs andere verlagerte.

Er drehte das Gesicht zur Seite, so gut es seine fixierte Haltung zuließ.

Nur ein paar Schritte entfernt stand jemand, der ihn anstarrte. Der Blick ging Joel durch und durch.

Ein Monster!, schoss es ihm durch den Kopf.

23

So schwerfällig, ja manchmal sogar unwillig Hauptkommissar Klimmt wirken mochte: Wenn es darauf ankam, agierte er schnell, zielstrebig. Mara wusste, dass sie in dieser Hinsicht viel von ihm lernen konnte, und zollte ihm im Stillen Respekt.

Im Handumdrehen gelang es ihm, eine umfassende Suchaktion zu organisieren und in Gang zu setzen. Beamte durchkämmten in Teams die Gegend rund um die Sophienstraße, und Hubschrauber kreisten über Frankfurt und Umland. Speziell ausgebildete Mantrailerhunde nahmen Joel Steinmanns Fährte im Haus seiner Mutter auf und folgten seinem Weg bis zu einer kleinen Parkanlage zwischen Leipziger Straße und Schloßstraße. Hier allerdings verlor sich seine Spur. Wahrscheinlich war er am Rande des Parks in ein Auto gestiegen. Ob freiwillig oder gegen seinen Willen, blieb ein Rätsel.

Die ganze Zeit über wappnete sich Mara für einen Anpfiff Klimmts, doch offenbar war keine Beschwerde über sie eingegangen – Viktor Tannheim hatte seine Drohung also nicht wahr gemacht. Und daran würde sich vorerst wohl nichts ändern. Denn durch einen Anwalt ließ er verlauten, dass er sich gemeinsam mit Frau und Tochter in ein Ferienhaus der Familie in der Provence zurückziehen würde und damit bei eventuellen Fragen lediglich telefonisch zur Verfügung stehen könne – zumindest so lange, bis die Polizei den Leichnam seiner Tochter für die Beerdigung freigeben würde.

Mara machte sich ihre eigenen Gedanken dazu, während sie kreuz und quer durch die Stadt kurvte, um Joel Steinmanns Bekannte aufzusuchen. Als sie am späten Nachmittag wieder im Präsidium eintraf, war Rosens Platz leer – auch er war zu einer Befragung aufgebrochen. Er hatte in Darmstadt einen ehemaligen leitenden Mitarbeiter von Tannheim & Partner aufgetan, und als er zurückkam, berichtete er Mara, dass der Mann ausgesagt habe, Viktor Tannheims Position im Unternehmen sei immer schon größer und wichtiger gewesen, als das nach außen hin dargestellt worden wäre. »Offenbar hat Viktor der Firma auch finanziell unter die Arme gegriffen – in einer zwischenzeitlichen Phase des Auftragsrückgangs«, erläuterte Rosen, als er aus seiner Armeejacke schlüpfte und die Mütze ablegte. »Und zwar mit seinem Privatvermögen, das nicht unbeträchtlich sein dürfte. Jedenfalls nach Einschätzung meines Gesprächspartners, der auf mich einen durchaus integren, glaubwürdigen Eindruck gemacht hat.« Er setzte sich hin.

Mara stand am Fenster, mit dem Rücken zu ihm, und sah nach draußen in den schon wieder wild zerfurchten Sturmhimmel über Frankfurt. »Aber wie der ehrenwerte Herr Tannheim dieses Vermögen angehäuft hat, das wissen wir nicht.«

»*Noch* nicht. Aber ich bleibe dran.«

Sie drehte sich zu ihm um und lehnte sich mit dem Hinterteil an die Fensterbank. »Wir haben uns noch gar nicht über diese eigenwillige Lady unterhalten.«

»Radka Steinmann.« Er nickte. »Eigenwillig trifft es ganz gut.«

»In jedem Fall eine interessante Person, findest du nicht? Jemand mit Charisma, würde ich sogar sagen.« Sie machte eine Pause. »Radka. Was ist das für ein Name?«

Rosen tippte auf seinem Smartphone herum. »Kommt aus dem Slawischen.«

Sie wechselten einen vielsagenden Blick.

»Weißt du etwa mehr über sie?«, fragte Rosen.

»Zuerst habe ich mich natürlich mit Joel beschäftigt. Er passt ganz gut in unsere traurige Reihe. Elke Neubert. Max Dereven. Dennis Malikov. Sina Tannheim.« Mit dem Zeigefinger wies Mara kurz zu den Fotos auf den Trennwänden. »Wie attraktiv sie alle sind. Hübsche junge Leute. Man sieht ihnen geradezu an, wie wohlbehütet sie aufgewachsen sind, wie schön das Leben war, das vermeintlich vor ihnen gelegen hatte.« Sie ließ sich auf ihren Stuhl fallen. »Ich habe Freunde und Kommilitonen von Joel befragt. Nicht sehr ergiebig, das Ganze. Absolut nichts hat angeblich darauf hingedeutet, dass er Probleme hat und es eventuell vorgezogen hätte, für eine Weile unterzutauchen. Er war entspannt, hat sich verhalten wie immer. Nur eine Sache hat mich aufhorchen lassen.«

Rosen sah auf. »Ja?«

»Zwei Freunde haben unabhängig voneinander ausgesagt, dass Joel kurz vor seinem Verschwinden von einer Frau schwärmte. Einer gewissen Paulina. Offenbar eine neue Bekanntschaft. Ich bin dem Namen nachgegangen, aber keiner aus Joels Umfeld hat diese Frau zu Gesicht bekommen – insofern habe ich auch keine Beschreibung von ihr.«

»Sie kann ohne Bedeutung für sein Verschwinden sein«, meinte Rosen abwägend.

»Oder auch nicht.«

»Jedenfalls habe ich kein gutes Gefühl.« Rosen starrte vor sich hin.

»Hinsichtlich Joel Steinmann? Ich auch nicht. Und seine Mutter offenbar erst recht nicht.« Mara richtete sich auf. »Weißt du was? Irgendwie hat sie mich in ihrer zugeknöpften Art an Malikov und Tannheim erinnert.«

»Wir sollten mehr über sie erfahren.«

»Wir *müssen* mehr über sie erfahren.«

»Klingt nach einer Aufgabe für mich«, meinte Rosen mit leiser Selbstironie.

»Da fällt es mir schwer zu widersprechen.«

»Mal sehen, was noch ans Tageslicht …« Er brach ab und musterte sie. »Hörst du mir überhaupt zu?«

Sie erwiderte nichts.

Seine Augen verengten sich. »Na, den Blick kenn ich doch. Den Billinsky-Blick. Was hast du vor?«

»Habe ich etwas vor?«

»Und ob!«

Erneut blickte Mara aus dem Fenster. Es war noch dunkler geworden. Schneeregen setzte wieder ein, wenn auch nicht ganz so stark wie zuletzt.

»Billinsky, noch mal: Was hast du vor?«

»Ach, ich glaube, ich will mal ins Wespennest stechen, wie man so schön sagt.«

Er machte ein besorgtes Gesicht. »In *welches* Wespennest?«

»Sarg, Grabstein, Kirchturm, Kruzifix, Madonna. Du hast doch felsenfest behauptet, das habe mit der russischen Mafia zu tun.«

»Felsenfest gewiss nicht.«

»Wir sollten es jedenfalls nicht außer Acht lassen.«

»Billinsky«, sagte er im Alarmtonfall. »Mach keinen Mist!«

»Keine Sorge, ich werde vorsichtig sein.«

»Ich lach mich tot«, gab er ernst zurück.

»Ich höre mich nur mal ein bisschen in unserem heiß geliebten Bahnhofsviertel um.«

»Etwa an den Ecken, von denen es heißt, da würden sich Leute von Blochins Bande herumtreiben? Billinsky, man kennt dich da inzwischen. Ich warne dich ausdrücklich!«

»Dieses ganze verdammte Recherchieren geht mir auf die Nerven. Dieses Sich-im-Kreis-Drehen. Tausend Fragen, null Antworten. Ich muss mal wieder raus auf die Straße.« Sie grinste. »Ist wie bei einem Hund. Ich brauche Auslauf.«

»Ich warne dich, Billinsky«, wiederholte Rosen.

Doch sie war bereits aufgestanden, hatte die Lederjacke in der Hand und schob sich zwischen den Trennwänden hindurch. Sie hörte noch, wie er erneut rief: »Mach keinen Mist!« Dann hatte sie das Büro auch schon verlassen.

Als sie nach einer zähen Fahrt durch den wie üblich dichten

Frankfurter Verkehr ihren Alfa in einer kleinen Seitenstraße abstellte, empfing sie das berüchtigte Viertel mit einem eiskalten Windstoß. Sie wühlte die Kapuze des Hoodies unter dem Jackenkragen hervor und stopfte ihre Mähne mühsam hinein. Über Schneematsch und kleine Pfützen, die zu Glatteis gefroren waren, bewegte sie sich vorwärts, den Kopf eingezogen, den Blick nach vorn gerichtet.

An der nächsten Kreuzung bog sie ab und befand sich auch schon mitten in einer kleinen Welt für sich. Das Bahnhofsviertel war ihr Revier. Viele Einsätze hatten sie hierhergeführt, etliche Male hatte sie dabei eine Scheißangst gehabt. Doch das war auch der Ort, an dem sie das Leben besonders stark spürte. Der Ort, der für all das stand, was sie nach Jahren der Ziellosigkeit dazu getrieben hatte, Polizistin zu werden. Trotz des gewaltigen Respekts, den diese Straßenzüge in ihr auslösten, war Mara sich zugleich über deren Anziehungskraft auf sie bewusst.

Die Kälte hinderte auch andere Menschen nicht daran, sich hier aufzuhalten. Auf den Bürgersteigen tummelte sich das übliche Volk: Besoffene, Kriminelle, Freier, Ladenbesitzer, Junkies. Aus den Eingängen der Stripschuppen und Laufhäuser quollen die monotonen Beats der Musik. Mara drehte einige Runden durch die Straßen und versuchte die Kälte zu ignorieren.

Neben einer Hofdurchfahrt stieß sie auf einen als Bettler getarnten Handtaschendieb namens Ramon. Er war einer der wenigen Spitzel, über die sie verfügte. Einige Jahre hatte sie in Düsseldorf verbracht – dort war es ihr leichtergefallen, ein Netzwerk an Informanten aufzubauen. Die Leute in Frankfurt jedoch erwiesen sich als misstrauischer, aggressiver, und nicht einmal Maras Erscheinungsbild und ihr Auftreten, das kaum an gewöhnliche Ermittlungsbeamte erinnerte, machten es ihr einfacher.

Sie stellte Ramon ein paar Fragen, was die russische Bande

betraf, mit der ihre Abteilung mehrfach aneinandergeraten war und als deren Anführer Witali Blochin galt, aber viel mehr als ein Achselzucken bekam sie nicht als Antwort. Ramon war nicht dumm, ein gerissenes Kerlchen, das so einiges mitbekam, allerdings in letzter Zeit offenbar nichts Auffälliges. Auch eine Stripbar, in der Mara hin und wieder von einigen Tänzerinnen Informationen aufschnappen konnte, erwies sich als Misserfolg.

Also entschied sie sich dafür, den direkten Weg zu nehmen. Sie betrat eine auf den ersten Blick völlig unauffällige kleine Kaschemme, die seit vielen Jahren und fast ebenso vielen Pächtern den Namen Café Rosa hatte. Über Monate hinweg war das Café immer wieder von Mitgliedern der Bande besucht worden. Mara steuerte auf den Tresen zu und setzte sich auf den äußersten der allesamt freien Barhocker. An den Tischen fanden sich ebenfalls keine Gäste, abgesehen von zwei Männern, die in einer Ecke beieinandersaßen. Grinsende Visagen, teure Klamotten. Beide redeten in ihre Handys, so leise, dass Mara ihre Sprache nicht erkennen konnte.

Sie bestellte einen *Black Russian*. »Passt ja ganz gut hierher«, sagte sie zu dem Barkeeper, einem dickbäuchigen Kerl, der keinerlei Sinn für ihre Ironie besaß, wie sie seinem feindseligen Blick entnahm.

Die Minuten schlichen dahin. Aus kleinen Boxen drangen schmalzige Synthie-Pop-Songs. Die zwei Männer steckten ihre Handys weg. Der *Black Russian* war fast leer, und Mara wurde durch den Drink noch kälter. Es war im wahrsten Sinne ein Schnapsidee gewesen, hier hineinzuschneien. Hatte sie sich wirklich etwas davon versprochen? Wahrscheinlich war es tatsächlich so, wie sie es Rosen gegenüber ausgedrückt hatte: Sie brauchte von Zeit zu Zeit Auslauf. Ein paar einsame Runden durchs Viertel, um ihren Stallgeruch zu erneuern und die bisweilen bizarre Szenerie in sich aufzunehmen.

Aus dem Augenwinkel nahm Mara wahr, dass sich einer der beiden Typen vom Tisch erhob.

Lässig schlendernd kam er auf sie zu, ein schmieriges Grinsen im Mundwinkel. Er stellte sich neben sie, einen Arm auf den schmuddeligen Tresen gelegt.

»Schöne Musik. Wie wär's mit einem Tänzchen?« Sein osteuropäischer Akzent war nicht zu überhören.

»Wir wär's mit eins in die Fresse?«, fragte Mara ruhig zurück.

Sein Grinsen verschwand nur für einen kurzen Moment. »Wie wäre es mit Informationen?«

»Worüber?«

Der Barkeeper stand im Durchgang zur Küche und beobachtete alles schweigend.

Auch der zweite Mann erhob sich jetzt, hielt sich aber weiterhin im Hintergrund, den Blick stur auf Mara gerichtet.

»Deswegen sind Sie doch hier, oder?«, fuhr der Erste fort. »Um etwas zu erfahren.«

»Worüber?«, wiederholte Mara im gleichen ruhigen Tonfall.

»Über bestimmte Herren, die gelegentlich hier zusammenkommen.« Das Grinsen wurde breiter. »Na los, kommen Sie mit!«

Mara musterte den zweiten Mann, dann wieder ihn. »Gehen Sie voran.«

»Wie Sie möchten.«

Er setzte sich in Bewegung, erneut schlendernd, sie folgte ihm, während der andere Kerl sich nicht von der Stelle rührte, wie sie mit einem raschen Blick über die Schulter feststellte.

Der Mann schob sich durch einen zerschlissenen samtigen Vorhang direkt neben dem Tresen, und Mara folgte ihm.

Ein schwach beleuchteter Korridor erwartete sie. Rechts führte eine Treppe in den Keller.

»Nach unten.«

»Gehen Sie voran«, verlangte Mara abermals, und wiederum tat er, was sie wollte. Nicht ohne vorher ein weiteres Licht anzuknipsen, eine nackt von der Decke baumelnde Glühbirne.

Mara spürte, wie die Kälte an ihren Beinen heraufkroch, als sie hinabstiegen, begleitet vom Knarzen der Stufen, die aus rohem Holz waren. Es roch modrig. Offenbar ein uraltes, wohl nie renoviertes und zu schlecht beheiztes Gebäude.

Im Keller angekommen, standen sie einen Moment reglos da. Dann führte er sie durch einen ähnlich engen Korridor wie im Erdgeschoss. Als sie etwa die Mitte erreichten, erlosch das Licht.

Schritte ertönten hinter ihr. Mara wollte herumwirbeln, ihre Waffe ergreifen, doch zu spät. Jemand stülpte ihr einen Sack über den Kopf, ihre Hände wurden gepackt, nach hinten gerissen und auf den Rücken gefesselt. Ein Hieb in den Magen ließ sie zusammenklappen, im nächsten Moment fand sie sich auf dem Boden wieder. Erneut packte man sie. Flink wurde sie über den eiskalten Beton geschleift, offenbar in einen Raum hinein, denn eine Tür wurde zugeschlagen. Der Stoff über ihrem Gesicht ließ kein Licht durchdringen. Sie erhielt einen Tritt in den Rücken und schrie auf. Finger fummelten an dem Sack herum, hoben ihn an, legten ihr einen stinkenden Knebel aus Stoff an. Auch ihre Fußknöchel wurden gefesselt.

Schritte ertönten, dann erneut das harte Schmettern, mit dem die Tür ins Schloss fiel. Ein Schlüssel drehte sich ratternd.

Stille. Dunkelheit.

Sie atmete heftig durch die Nase, behindert durch den Stoff. So viel zu deinem Auslauf, du dummes Huhn, dachte sie in einem Anflug von fragilem Galgenhumor.

Eine halbe Stunde. Eine ganze Stunde. Das schätzte sie jedenfalls. Von oben hörte man nichts, kein einziges Geräusch aus dem Café drang zu ihr nach unten. Es war, als würde sie in einem Grab liegen.

Mara robbte über den Boden und stieß an eine Wand. Sie mühte sich auf die Beine und stand hilflos, praktisch nicht bewegungsfähig da. Man hatte ihr Waffe und Handy gelassen, doch an beides kam sie dank der Fesseln nicht heran. Durchatmen. Sie setzte sich, trotz des kalten Untergrunds.

Sekunden, Minuten, die nächste Stunde.

Sie wollen dich mürbe mache, sagte sie sich.

Weil sie fror, stellte sie sich wieder hin, doch das nützte nicht viel. Sie begann zu zittern. *Fuck!*, schimpfte sie lautlos in sich hinein. Sie verfluchte nicht die Männer, die sie überwältigt hatten, sondern einzig und allein sich selbst.

Abwechselnd im Hocken und Stehen ließ sie die Zeit an sich vorbeikriechen. Das Warten, das Eingesperrtsein zerrte stärker an ihren Nerven als eine bedrohliche Situation. Sie hätte sich lieber gegen jemanden zur Wehr gesetzt, als zum Nichtstun gezwungen zu sein.

Aus Sekunden wurden Minuten, aus Minuten eine weitere schier endlose Stunde.

Wie lange würde es dauern, bis die Stille zerbrach? Bis die Männer wieder auftauchten?

24

Er vertraute ihr, das wusste Anyana Lupescu. Trotz damals. Trotz der Tatsache, dass sie abgehauen war, nachdem er so viel für sie getan hatte.

Und schon wieder tat er viel für sie.

Ja, sein Vertrauen war fast körperlich zu spüren, es lag auf ihrer Haut, es erfüllte Anyana mit Freude und war zugleich doch auch belastend. Hatte sie das überhaupt verdient? Wurde sie diesem Vertrauen gerecht?

Fast unbewusst stellte sie sich ans Fenster der penibel aufgeräumten Wohnung. Gedankenverloren sah sie durch die Gardine nach draußen. Die immer gleich leere Wohnstraße, die wenigen Autos, die Stille. Hier war es ganz anders als in dem Viertel, das sie gewohnt, dessen stetiges dumpfes Elektrobeatstampfen ihr in Fleisch und Blut übergegangen war. Der Schmutz auf dem Asphalt, die Bettler, die Junkies. Der Lärm, die Polizeisirenen. Schreie, irres Gelächter, Streitereien. Die rasch changierenden Muster, die grelle Neonlichter auf die Wände warfen.

Hier war alles sauber. Ruhig. Ordentlich.

Eine Wohltat. Etwas, das ihren Nerven guttat. Und dennoch … unter ihrer Haut war ein Jucken, ein Reiz, ein Drang, dem sie bislang nicht nachgegeben hatte. Ja, *bislang* … Anyana merkte, dass sie sich ganz fest auf die Unterlippe biss, bis der Schmerz sie durchflutete und sie Blut schmeckte.

Einmal nur, dachte sie. Ein einziges Mal.

Sie zog ihre Schuhe an, die Jacke, holte sich vom Schlüsselbord den Zweitschlüssel, den Rosen ihr gezeigt hatte. Falls sie mal an die frische Luft wolle, für einen Spaziergang, einfach für eine paar Schritte im Freien.

Ja, Jan Rosens Vertrauen.

Sie biss die Zähne aufeinander und verließ die Wohnung, ganz leise, als könnte er sie hören, dort in seinem Büro im Präsidium, wo er Überstunden schob, so fleißig und klaglos, dass Männer wie Fedor sich darüber kaputtgelacht hätten.

Fedor. Vor ihm würde sie sich in Acht nehmen müssen. Vor anderen auch, aber vor allem vor ihm.

Erst Linienbus, dann U-Bahn, und schon schien es, als wäre die ruhige Wohngegend ein ganzes Sonnensystem entfernt. Die Neonlichter, die Elektromusik, das Gewimmel. Anyana tauchte ein in die Welt, die sie kannte. Das Jucken unter ihrer Haut war noch da, sogar stärker als zuvor. Sie ignorierte die Kälte und die anzüglichen Blicke der herumstolzierenden Männer.

Die Minuten verstrichen. Sie lief die Ecken und Treffpunkte ab, die sie bestens kannte, spähte hier und da durch das Fenster eines Cafés oder einer Bar, und irgendwann hatte sie Glück. Sie entdeckte Romina, die sich an einem Stehtisch aufwärmte, eine Tasse Cappuccino vor sich. Sie war eine der wenigen Frauen, denen Anyana halbwegs vertraute. Rasch gelang es ihr, Romina auf sich aufmerksam zu machen.

Gleich darauf gingen sie zu zweit durch die Kälte. »Wo hast du denn die ganze Zeit gesteckt?«, wollte ihre Freundin wissen.

»Ich habe mich versteckt«, erwiderte sie ausweichend. »Ich musste mal raus.«

»Mal raus?«, wiederholte Romina. »Du bist lustig. Was denkst du, was Fedor dazu sagt?«

»Ich will es lieber nicht wissen.«

»Das glaube ich.« Romina schnappte sie am Ärmel und zog sie in eine Seitengasse. Hier blieben sie stehen. Von der großen Straße fiel ein Fächer aus Licht zu ihnen.

»Du siehst tatsächlich erholt aus.« Romina kniff ihr spielerisch in die Wangen. »Und als hättest du was zu essen gekriegt.«

Anyana lächelte.

Prüfend sah Romina ihr in die Augen. »Und du siehst echt aus, als hättest du was nötig.«

Das Lächeln verschwand. Anyana gab keine Antwort.

»Komm mit!«

Romina ging voran, wieder zurück auf die belebte Straße, Anyana folgte ihr. Sie schoben sich durch das Gewimmel auf dem Bürgersteig, bogen zweimal ab, bis sie den Hintereingang einer billigen Tabledance-Bar erreichten, das *Silver Moon*. Hier hatte Anyana früher einmal für einige Zeit ihre nackte Haut präsentiert, genau wie Romina heute. Abrupt hielt sie an.

Romina drehte sich um. »Was ist?«

Anyana hob unsicher die Schultern. »Ich weiß auch nicht.«

»Ist es wegen Fedor?«

Sie nickte.

»Fedor ist ganz schön sauer auf dich. Er hat mir vorgerechnet, wie viel Kohle ihm pro Tag durch die Lappen geht, wenn du nicht da bist.«

»Ich hätte nicht herkommen sollen«, murmelte Anyana mit düsterem Gesichtsausdruck.

»Aber du hast es nicht ausgehalten ohne den Scheiß, was?«

»Wenn Fedor mich sieht, schlägt er mich tot.«

Romina legte ihr die Hand auf die Schulter. »Ich hätte dich wohl kaum hergebracht, wenn er hier wäre, du dummes Ding.« Sie grinste. »Fedor treibt sich heute in Offenbach rum.« Flink zauberte sie einen Schlüssel aus der Manteltasche, um die mit Graffiti verschmierte Stahltür aufzuschließen.

Schlechte Luft und Dunkelheit empfingen sie. Vom Bar- und Stripbereich drang Musik zu ihnen. Sie folgten einem Korridor, in den nur von einer kleinen Glühbirne etwas Licht drang.

Romina öffnete die Tür zu einem engen Zimmer. Das einzige Fenster wies zu der hinteren Gasse, auf der sie sich dem Gebäude genähert hatte. Auf dem mit Laminat überzogenen, schmutzigen Boden lagen Polsterkissen eines wohl verschwundenen Sofas herum. Darauf ließen sie sich nieder. Crackpfeifen und leere Bierdosen lagen herum, Weinflaschen standen verstreut. Auf manchen steckten Kerzenstummel. Einen davon entzündete Romina mit dem Feuerzeug. Dann zog sie das Dope aus der Tasche ihres billigen Mantels, den sie nicht abgestreift, nur aufgeknöpft hatte.

Anyanas Mund wurde trocken. Erst jetzt wurde ihr wirklich bewusst, wie sehr sich ihr Körper, ihre Seele danach sehnten. Die Realität war ein Sumpf, dem man nur auf zweierlei Weise entkommen konnte – durch den Tod und *dadurch*. Dankbar sah sie Romina an, fuhr sich mit der Zunge über die Lippen. Sie legte sich eine Linie Dope zurecht. Wenn man eine Faust machte, entstand eine schöne kleine Fläche zwischen der Basis des Daumens und dem Knöchel des Zeigefingers. Nun führte sie die Hand zur Nase. Ein Nasenloch hielt sie mit der freien Hand zu. Und dann – *endlich* – schniefte sie den Stoff, den ersten nach so vielen Tagen, die sie *clean* verbracht hatte.

Ihr Körper entspannte sich sofort, als wäre er in unsichtbare Watte gepackt worden.

Es tat gut, so gut, so *unglaublich* gut.

Das schlechte Gewissen gegenüber Jan Rosen löste sich auf, ebenso die Furcht vor Fedor, alle sonstigen Ängste und Ungewissheiten, die Kälte draußen, die schlechte Luft hier drinnen, die gedämpfte Musik, das Johlen der Gäste, die die Stripperinnen angafften.

Die Frauen wechselten einen Blick, sie kicherten, streckten die Beine bequem aus. Die Zeit verging, ohne dass Anyana es merkte, sie fühlte sich einfach nur gut.

Vom Korridor her, nur getrennt von ihnen durch die Tür, wurden auf einmal Stimmen laut. Ein Streit entbrannte. Mehrere Männer schrien sich an und übertönten auch die Musik aus dem Barbereich.

»Shit!«, stieß Anyana aus. Sie erstarrte.

»Was ist denn los?« Romina winkte ab. »Die Schweine brüllen doch jeden Abend irgendjemanden an.«

»Das war Fedors Stimme!«

»Ich sag dir doch, dass Fedor …«

»Ich schwör dir, das war *seine* Stimme.«

Ihre Freundin kam auf die Beine und stand eine Sekunde schwankend da. Langsam und wacklig bewegte sie sich auf die Tür zu. Sie machte sie auf, ganz vorsichtig, nur einen Spaltbreit.

Auch Anyana war aufgestanden. Sie ging auf gleichermaßen unsicheren Beinen zum Fenster.

Romina spähte nach draußen in den Korridor, und nur eine Sekunde darauf wurde ihr Name gebrüllt: *»Romina!«*

Anyana erzitterte. Kein Zweifel mehr. Das war Fedors Stimme gewesen. Das Gefühl von Entspannung und Leichtigkeit und Schweben – wie weggeblasen.

»Romina! Was treibst du denn da?«

Er näherte sich dem Zimmer. Fedor! Er war es, sie kannte doch seine verdammte Stimme!

»Du hast gesagt, er ist in Offenbach«, meinte sie vorwurfsvoll in Rominas Richtung.

»Das dachte ich ja auch.«

Anyana hörte ihn kommen.

Er war es doch, oder? Er kam Schritt für Schritt heran.

Hastig riss sie das Fenster auf und bugsierte sich ungeschickt über das Sims ins Freie, ohne es zu wagen, nach hinten zu schauen. Sie rannte los, stolperte über ihre hohen Hacken und landete auf dem nassen Asphalt.

25

Als sie schon glaubte, man würde sie hier verhungern lassen, hörte Mara Billinsky Schritte. Rasch richtete sie sich aus der Sitzhaltung auf und stand kerzengerade.

Der Schlüssel, das Quietschen der Tür.

Sie vernahm das Atmen der Männer, roch ihr Aftershave und dass sie Kaffee getrunken und Zigaretten geraucht hatten.

Ein heftiger Schlag beförderte Mara zu Boden. Sie schlug hart auf und wurde sofort wieder hochgerissen. Man ergriff sie an den Oberarmen, schleifte und zog sie voran. Sie geriet ins Stolpern, wurde weitergezogen. Die Treppe hoch, dann über ebenen Boden hinweg. Plötzlich quoll ein wenig Licht durch den Stoff über ihrem Gesicht. Es roch nicht mehr modrig. Frische, kalte Luft hüllte sie ein. Nun trug man sie, und das Gefühl, sich nicht wehren zu können, war fast noch unerträglicher als die Angst, die seit Stunden in ihrem Innersten brodelte.

Man wuchtete sie hoch und ließ sie fallen. Ein blechernes Geräusch ertönte. Harter Untergrund. Jetzt roch es nach …?

Stahl. Und Benzin.

Wie zur Bestätigung wurde ein alter Automotor gestartet. Eine Schiebetür wurde zugezogen. Also ein Kleinbus. Zwei Türen knallten fast gleichzeitig. Die Fahrt begann. Es musste früher Morgen sein – nahezu keine anderen Fahrzeuge waren zu hören. Beschleunigung, Verlangsamung. Nach lediglich ein paar Minuten folgte ein Stopp …

Schiebetür auf, jemand stieg ein, Schiebetür zu.

Mara wusste nicht einmal, wie viele Personen sich bei ihr befanden. Sie lag immer noch seitlich auf dem Boden, wohl auf dem der Ladefläche des Gefährts. Finger lösten den Knebel, schoben dabei jedoch nicht den Sack von ihrem Gesicht.

Jemand hockte sich neben sie. Ganz deutlich konnte sie seine Anwesenheit spüren, die Nähe, den Blick.

Die Fahrt dauerte an. Das Tempo wurde höher, noch höher, der Motor röhrte. Offenbar befanden sie sich nicht mehr innerhalb der Stadtgrenzen, eher auf einer Landstraße. Wiederum waren kaum andere Autos zu hören, dann *gar keine* anderen Autos.

Die Geschwindigkeit wurde gedrosselt, vorerst kam es jedoch zu keinem weiteren Halt. Eine harte männliche Stimme erklang, rau, mit Akzent: »Stimmt es, dass man Sie die Krähe nennt?«

Mara atmete ein und aus, versuchte ruhig zu bleiben, gab aber keine Antwort.

»Ein treffender Spitzname«, kommentierte der Mann.

Es konnte nur *er* sein – es musste Witali Blochin sein.

Nie waren sie an ihn herangekommen, nie hatten sie ihn verhört. Ein einziges Mal hatten sie ihn in die Enge getrieben. Damals war er mit seinem Partner Dassajew über den Dächern des Bahnhofsviertels entkommen – nicht jedoch Dassajew, der bei dem Schusswechsel gestorben war. Mara war dabei gewesen. Ob die tödliche Kugel von ihr oder einem ihrer Kollegen gestammt hatte, war nie festgestellt worden.

Seither war Blochin noch vorsichtiger, noch geschickter geworden, immer wieder ließ er sich vom Erdboden verschlucken.

»Wir sind euch nicht in die Quere gekommen«, sagte der Mann. »Wir haben uns zurückgehalten.«

Mit der Zungenspitze fuhr Mara sich über die trockenen Lippen. »Zurückgehalten?«, wiederholte sie, doch es gelang ihr nicht, so spöttisch zu klingen, wie sie es wollte. »Möchten Sie ein Dankesschreiben? Oder wie soll ich das verstehen?«

Er lachte. So rau, wie er sprach. »Was haben Sie im *Café*

Rosa gesucht, Krähe? Es war doch kein Zufall, dass Sie Ihr schwarzes Köpfchen dort reingesteckt haben?«

»Ich wollte mir mal eure Tätowierungen ansehen.«

»Was meinen Sie damit?«

»Sarg, Grabstein, Kirchturm, Kruzifix, Madonna. Das sind doch eure Zeichen.«

»Ich habe keine Ahnung, worauf Sie hinauswollen.«

»Und worauf wollen *Sie* hinaus?« Mara schaffte es nun, ihre Stimme fester, selbstbewusster klingen zu lassen, und das erleichterte sie – auch wenn die Furcht blieb.

Der Motor ratterte, die Fahrt ging immer weiter, ohne Stopp, ohne größere Richtungsänderungen. Mara hätte nicht sagen können, wie schnell sie unterwegs waren.

»Ganz einfach, ich will, dass Sie und Ihre Bullenkollegen uns nicht auf die Pelle rücken. Wir sind euch nicht mehr in die Quere gekommen. Wir machen Geschäfte. Nichts weiter. In Frankfurt würde man kaum merken, dass es uns gibt.«

»Guter Witz«, warf Mara ein.

»Also noch mal: Wagen Sie sich nicht in eines unserer Wohnzimmer.« Er machte eine Pause, ehe er hinzusetzte: »Fast könnte man sagen, es herrscht Frieden zwischen uns.«

»So würde ich es nicht nennen.«

»Vergessen Sie nicht, dass Sie und Ihre Leute für den Tod eines sehr guten Freundes von mir verantwortlich sind. Mehr als ein Freund. Sie hatten Ihren Triumph. Belassen Sie's dabei.«

»Es geht hier doch nicht um Triumphe, sondern …«

»Richtig«, unterbrach er sie hart. »Es geht um Leben und Tod. Diesmal um Ihr Leben.«

Obwohl die Geschwindigkeit unverändert war und der Kleinbus nicht stoppte, ertönte der surrende Laut, mit dem die Schiebetür aufgerissen wurde.

»Stochern Sie nicht im falschen Topf herum«, sagte der Mann, der nur Blochin sein konnte.

Mara wurde gepackt und hochgerissen. Sie spürte die eisenharten Griffe an ihren Armen, den eisigen Fahrtwind, der von außen ins Innere drang. Und sie spürte die Angst. Die nackte, rohe Angst, die ihren Kopf ausfüllte, sodass sie keinen Gedanken mehr fassen konnte, die sich in ihrem ganzen Körper ausbreitete wie ein kaltes Fieber.

Sie wurde noch ein Stück weiter gezogen, der Fahrtwind wurde stärker.

»Können Sie fliegen, Krähe?«, fragte Blochin.

Ein Lachen erklang, durch den Motorlärm und den rauschenden Wind kaum hörbar.

»Zeigen Sie uns, wie gut Sie fliegen können.«

Im nächsten Augenblick wurde Mara ins Freie geschleudert.

26

Es war ein früher, metallisch klarer Morgen in einer einsamen Gegend, etwa eine halbe Autostunde von Frankfurt entfernt. Nebelschwaden lösten sich langsam auf. Inmitten der winterlichen Farblosigkeit lagen Kleckse aus Schnee.

Wie auf einem menschenleeren Planeten war es hier. So kam es Paulina jedenfalls vor. Oder als wäre sie Teil eines traumähnlichen Gemäldes, angefertigt mit wässrigen, bleichen Farben, beinahe durchsichtig. Nichts in dieser Szenerie wirkte real. Nichts bis auf die zweckmäßige Scheune, für die ihr Besitzer wohl nur noch selten Verwendung fand. Das Dach war schadhaft, eines der Fenster wurde statt mit Glas mit Plastikfolie abgedichtet, die Wände waren an mehreren Stellen nachlässig ausgebessert worden. Dahinter stand der Leihwagen, verborgen vor möglichen Blicken, auch wenn sich kaum jemand hierherverirren würde.

Obwohl Paulina ihre Winterjacke aus Texapore-Material mit einer speziellen, extrem warmen Kunstfaser-Wattierung trug, fror sie. Sie zog die Wollmütze, unter die sie sorgfältig ihr langes Haar gesteckt hatte, in die Stirn. Ihr Atem bildete Wölkchen vor dem Gesicht, das bestimmt rot war aufgrund der tiefen Temperaturen. Sie begann zu gehen und schlug ihre Hände gegeneinander, die in Skihandschuhen steckten, ein bisschen Bewegung gegen die Kälte.

Nach einigen Metern über den Schotter der Scheunenzufahrt warf sie einen Blick auf das unscheinbare Gebäude. Ihr war nur allzu bewusst, was gerade hinter den schiefen Wänden geschah. Vorhin war noch ein Wimmern zu hören gewesen, nun war alles still. Sie blieb doch wieder stehen und betrachtete eine etwa handballfeldgroße Fläche aus schmutzig gewordenem Schnee. Ein trostloser Anblick. Bildfetzen aus ihrer Kindheit, als Schnee etwas Heimeliges auszustrahlen vermochte, suchten sie plötzlich heim. Eiszapfen vor den Fenstern beim Aufwachen, Schlittenfahrten, gepuderte Fichtenbäume. Erinnerungen, so kitschig, dass sie fast wie Einbildungen wirkten. Hier und heute ging von dem braunfleckigen Weiß etwas Feindseliges aus. Es erschien ihr wie das Böse, das sie in sich verspürte, jene kleine, gnadenlose Bestie, die ihr innewohnte, fauchend, lauernd – und die man ihr nicht ansehen konnte.

Paulina senkte die Lider, um die Stille ringsum in sich aufzunehmen und den Winter zu riechen. Ein Duft, wunderbar und rein. Als sie die Augen öffnete, fiel ihr Blick automatisch erneut auf die Scheune. Dort drinnen würde die Luft nicht so rein sein. Nichts verströmte einen derart starken Geruch wie der Tod. War es schon so weit? Oder hielt der junge Mann noch durch? Weitere Erinnerungsfetzen durchzuckten sie, diesmal solche, die nicht so weit zurückgingen wie ihre Kindheit. Erinnerungen an die Frankfurter City-Wohnung, in der ein anderer Mann gestorben war. Das Gemälde mit der Ballerina an der Wand. Die Ordner, die sie mitgenommen hatte. Der verwesende Leichnam auf dem Bett.

Das war der Anfang gewesen.

Falsch, der Anfang lag viel, viel länger zurück. Als die Welt noch eine völlig andere gewesen war. Doch alles wirkte nach, bis in diese Tage. Welcher Schriftsteller hatte einmal gesagt, die Vergangenheit sei nicht tot, sie sei noch nicht einmal vergangen? William Faulkner? Sie wusste es nicht mehr, doch in diesem Moment wurde ihr klar, dass auch sie vor Kurzem noch in einer anderen Welt gelebt hatte. Einer unbeschwerten Welt, in der ihr Zeit und Muße geblieben waren, sich mit Schriftstellern zu beschäftigen, mit Urlaubsplanungen, mit romantischen Dates, mit Alltäglichem. Bis zu jenem Tag, als sie das Böse kennengelernt und es sich in ihr eingepflanzt hatte.

Das Wimmern setzte erneut ein und holte sie abrupt in das kalte Jetzt zurück. Leise drang der klägliche Laut zu ihr nach draußen. Ihr Blick huschte von Neuem zur Scheune. Der Tod hatte also noch nicht Einzug gehalten.

Sie stand inmitten der windumtosten Landschaft und fühlte Bitterkeit in sich aufsteigen. Der Tag des *Pominalnij stol*. So lange her, dass sie sich daran nicht erinnern konnte. Das war der Anfang gewesen. Und es war noch nicht vorüber, es ging weiter, unaufhaltsam. Das Böse loderte in ihr wie ein Feuer, stärker als der Frost des Winters, mächtiger als alles, was sie je gefühlt hatte.

27

Sie marschierte den schmalen Flur entlang und ignorierte die erstaunten Blicke, die ihr Auftritt hervorrief. Die Hüfte und die Schulter. Da tat es am meisten weh, ein dumpfes Pochen, das zunahm. Doch die Eindrücke des zuvor Erlebten sorgten dafür, dass Mara Billinsky die Schmerzen gar nicht so stark wahrnahm. Und am schlimmsten für sie war es ohnehin, dass ihre geliebte Lederjacke einige weitere Schrammen und Kratzer abbekommen hatte. Sagte sie sich zumindest.

Wie schnell mochte der Wagen gefahren sein, als man sie hinausgeworfen hatte? Wohl nicht so zügig, dass ihr Leben gefährdet war. Sie war hart auf hoch aufspritzendem Schotter gelandet und eine kleine Böschung am Rand des Wirtschaftsweges hinabgerollt, bis sie zum Liegen gekommen war, auf gefrorener Erde und harschigem Schnee. Das einzig Gute daran war, dass sich ihre Handfesseln, einfache Stofffetzen, beim Aufprall gelockert hatten, sodass sie keine Schwierigkeiten gehabt hatte, sie abzustreifen. Nachdem sie sich auch von den Fußfesseln befreit hatte, war sie auf die Beine gekommen, wacklig und unsicher, am Rande eines Waldstücks, irgendwo im Niemandsland.

Da man ihr das Handy gelassen hatte, wollte sie zuerst Rosen verständigen, damit er sie abholen könne. Dann allerdings hatte sie innegehalten. Sie folgte der Schotterpiste, auf der noch die Reifenspuren des Wagens zu sehen waren, in dem man sie entführt hatte, in entgegengesetzter Richtung. Ein paar Schritte laufen, allein mit sich und niemandem sonst, die kalte Luft tief einatmen, dem Kopf die Chance geben, zur Ruhe zu kommen. Das hatte ihr gutgetan.

Wo der Wirtschaftsweg von einer Landstraße abzweigte, hatte Mara dann bereits eine kleine Ortschaft sehen können. Dort war sie hingegangen, um anschließend vor einer Postfiliale auf den Linienbus zu warten und mit ihm als nahezu einzige Passagierin zurück nach Frankfurt zu gelangen.

Nun hatte sie das Ende des Flurs und damit ihr Großraumbüro erreicht. Noch immer wurde sie von überraschten Kollegen beäugt, die allerdings nichts sagten – Maras düsterer Ausdruck schien jeden Kommentar im Keim zu ersticken. Alle traten zur Seite, auch hartgesottene Bullen wie Stanko und Patzke ließen keine einzige Bemerkung fallen. Rasch zog sie sich zurück in die Zweierzone, im Moment ganz froh darüber, dass es diese mobilen Trennwände gab.

Jan Rosen machte große Augen. Sein Mund ging auf, doch auch er bekam keinen Ton über die Lippen. Mara ließ sich in den Stuhl plumpsen. Rosen starrte sie noch immer wortlos an. Sie fuhr sich über die Stirn und spürte klebriges Blut an ihrer Hand, das von einer Platzwunde auf der Stirn stammte. Schon zuvor hatte sie bemerkt, dass sie geblutet hatte. Ihr Gesicht hatte beim Aufprall doch mehr abgekriegt.

»Mein Gott«, kam es nun von Rosen. »Bist du zusammengeschlagen worden?«

»So ähnlich«, murmelte sie und starrte auf ihren schwarzen, ausgeschalteten Bildschirm.

»Ich habe dich angerufen, dir Nachrichten geschickt«, fuhr er fort. »Ich hatte ja nichts mehr von dir gehört, seit du gesagt hast, du willst ins Bahnhofsviertel. Alle haben sich gefragt, wo du …« Er verstummte.

»*Fuck!*«, sagte sie ganz leise. Und nach ein paar Sekunden des Schweigens schilderte sie ihm mit gleichsam leiser Stimme, den Blick ins Nichts gerichtet, ihr Erlebnis.

»Mein Gott«, wiederholte Rosen dumpf und mitfühlend.

Erst jetzt schaute sie ihn wieder an und presste die Lippen aufeinander.

»Billinsky, du bist ganz schön verrückt, das weißt du, oder?«

Sie nickte. »Und ob ich das weiß.«

»Klimmt wird das ähnlich sehen, fürchte ich.«

»Nur wird er das nicht so dezent zum Ausdruck bringen.«

»Als du kamst, dachte ich, du siehst reichlich mitgenommen aus. Aber jetzt …« Er schüttelte den Kopf, immer noch erschrocken wegen ihres Berichts. »Das hätte noch ganz anders ausgehen können.« Unnötigerweise fügte er an: »Schlimmer.«

»Auch das weiß ich, Rosen.«

»Mir ist schon klar, dass du es jetzt im Moment *weißt*. Aber beim nächsten Mal, wenn du wieder …«

Abwehrend hob sie die Hand. »Keine Predigt, Rosen. Sei so gnädig.«

Er schmunzelte. »Okay.«

»Es würde mir eher helfen, wenn du mich auf andere Gedanken bringen könntest. Wie stehen da die Chancen?«

»Willst du nicht erst mal einen Arzt aufsuchen? Wer weiß, vielleicht hast du dir beim Aufprall eine Rippe gebrochen oder …« Ihre Miene ließ ihn innehalten. »Auf andere Gedanken, hast du gesagt?«

Sie nickte.

»Da habe ich tatsächlich etwas für dich.« Er räusperte sich. »Ich erzähle dir die Geschichte von einer gewissen Frau Nikitina. Schon mal gehört, den Namen? Sicher nicht, wenn ich an deinen brachialen Musikgeschmack denke. Ballett war nie dein Ding, was?« Wieder erlaubte er sich ein Schmunzeln, diesmal wirklich ein belustigtes.

»Schieß schon los mit deiner Geschichte, Herr Bildungsbürger.«

Rosen holte Luft. »Es war einmal eine junge Balletttänzerin. Sie übte härter, war ehrgeiziger und vielleicht auch begabter als die anderen. Und irgendwann kam es, wie es kommen musste. Fast über Nacht ging ihr Stern am Bolschoi-Theater auf. Kurzfristig musste sie für die am Knie verletzte Primaballerina einspringen. Von der zweiten oder dritten Reihe ganz nach vorn ins Rampenlicht. Aber sie war bereit. Die *Prawda* feierte ihre großen künstlerischen Fähigkeiten und ihre bezaubernde Leichtigkeit. Sie wurde rasch zur Ersten Tänzerin befördert. Der eben noch unbekannten Frau Nikitina lag auf einmal die gesamte Ballettwelt zu Füßen.«

»Wann spielt denn deine Geschichte?«, warf sie ein.

»In den Achtzigerjahren.« Rosen lehnte sich zurück. »In der damaligen Sowjetunion.«

Mara nickte vielsagend.

»Der Siegeszug jener Frau Nikitina führte weit über die Landesgrenzen hinaus«, sprach er weiter. »Es folgten Tourneen rund um den Erdball. Sie war eine höchst erfolgreiche Botschafterin ihrer Nation. Doch kurz vor dem Fall des Eisernen Vorhangs kam es zu einem Unglück. Die gefeierte Primaballerina verletzte sich, und zwar so schwer, dass es das Ende ihrer Karriere bedeutete. Ihr Name allerdings geriet nicht in Vergessenheit, zumindest *noch* nicht, er besaß nach wie vor Strahlkraft. Nach der Grenzöffnung tauchte sie am *Ballet de l'Opéra de Paris* auf, als künstlerische Beraterin und ganz einfach als Aushängeschild. Kurz darauf leitete sie in London eine Ballettschule und war europaweit ein gern gesehener Gast bei wichtigen Veranstaltungen, auch abseits der Ballettwelt. Sie heiratete einen Mann, der aus Deutschland stammte, und zog zu ihm.« Rosen hielt inne. »Errätst du, in welche Stadt?«

Sie grinste. »Frankfurt.«

»Die Kandidatin erhält hundert Punkte.« Rosen hob den Daumen. »Sie bekam einen Sohn, die Ehe stand allerdings unter keinem guten Stern. Bald folgte die Scheidung, sehr einvernehmlich, wie es heißt. Sie unterhält keinen Kontakt mehr zu ihrem Ex-Mann. Auch der gemeinsame Sohn sieht ihn so gut wie gar nicht mehr. Heute lebt die einstige Primaballerina des Bolschoi-Theaters jedenfalls absolut zurückgezogen und unauffällig.«

»Du hast Frau Nikitinas Vornamen nicht erwähnt.«

»Kommst du von allein drauf?«

»Sicher. Auch auf den Nachnamen ihres früheren Mannes. Denn diesen Namen trägt sie noch immer, oder?«

Rosen nickte zustimmend.

Mara hob eine Augenbraue. »Die Heldin deiner Geschichte ist also niemand anders als Radka Steinmann.«

»Schon wieder hundert Punkte.«

»Wir haben es demzufolge mit einer ehemaligen Berühmtheit zu tun.« Betont fügte Mara an: »Neben den Malikovs und den Derevens die dritte Opferfamilie mit russischen Wurzeln. Nur dass diesmal die Mutter die Verbindung darstellt.«

»Falls Joel Steinmann sich als Opfer herausstellt.«

»Wie auch immer, wir sollten nicht nur die Opfer intensiv überprüfen – sondern auch ihre Familien, jedenfalls intensiver als bisher.«

»Stimmt.« Rosen nickte.

Mit Bestimmtheit bemerkte sie: »Auch den überaus zugeknöpften Herrn Tannheim.«

»Auch und *vor allem* ihn.« Er nickte erneut. »Und ich will die Kollegen in Hannover und Köln einmal mehr daran erinnern, dass sie den russischen Aspekt nicht vergessen dürfen und auch in dieser Richtung ermitteln.«

Mara zeigte ein schmales Lächeln. Es half ihr, über etwas anderes zu reden als über die letzte Nacht, Fakten im Kopf abzuspeichern, ihre grauen Zellen in Schwung zu bringen.

»Noch mal zu Frau Steinmann«, sagte sie. »Wie hast du die Details über sie herausbekommen? Mit oder ohne ihre Hilfe?«

»Recherche. Das war kein Problem. Vorhin habe ich auch mit ihr telefoniert. Aber als meine Fragen von ihrem Sohn zu ihr wechselten, ging ihr Vorhang, um mal im Bilde zu bleiben, sofort herunter. Wie schon bei ihrem Besuch hier. Obwohl sie um Joel wahnsinnig Angst hat, wirkt sie gleichzeitig wie aus Stein. Ihr Name passt zu ihr.«

»Verschlossen wie Malik und Tannheim«, meinte Mara. »Gibt's irgendetwas Bemerkenswertes über Radka Steinmanns Ex-Mann zu berichten?«

Rosen schüttelte den Kopf. »Melvin Steinmann. Einige Jahre älter als Radka, heute schon über sechzig. Hat in einem großen Verlag gearbeitet und es bis in den Vorstand geschafft. Lebt seit vielen Jahren in Berlin und schreibt Artikel für Kulturzeitschriften. In Frankfurt trifft man ihn wohl nicht mehr an, höchstens mal auf der Buchmesse. Wie gesagt, es gibt keinen Kontakt zu Radka und Joel. Bis der Junge achtzehn wurde, hat Steinmann Unterhaltszahlungen überwiesen, und das war's.«

»Nicht nur Viktor Tannheim, auch Radka Steinmann sollten wir noch intensiver auf dem Schirm haben.«

»Ganz meine Meinung.«

Maras Blick wurde nachdenklicher. »Trotz allem, wir dürfen Blochins Russen nicht außer Acht lassen.«

»Blochins Russen?« Rosen schüttelte den Kopf. »Dein Dickschädel ist wirklich beachtlich, Billinsky, aber der Fokus liegt woanders. Wir haben alle Hände voll zu tun mit den Opfern und ihren Familien, mit möglichen Kontakten und Querverbindungen. Nicht bloß einer, gleich *mehrere* Mordfälle. Es gibt keine Anhaltspunkte, keine Hinweise, weder Spuren noch Verdächtige. Die Staatsanwaltschaft steht uns auf den Füßen, die Presse ebenfalls, und außerdem …«

»Rosen, das weiß ich«, unterbrach sie ihn. »Aber der Kerl in dem Wagen, das war Blochin. Immer noch ist er ein nahezu unbeschriebenes Blatt für uns. Sein Werdegang, seine Herkunft – alles Fragezeichen. Er ist der Nachfolger von Novian und Dassajew, und trotzdem wissen wir so wenig über ihn. Ich sage dir, die Russen …«

»*Vergessen Sie die Russen, Billinsky!*«

Mara und Rosen sahen verdutzt auf.

Neben der Trennwand war der Hauptkommissar aufgetaucht, einen prüfenden Blick auf Mara gerichtet.

»Aber, Chef, die Russen …«

»Kein Aber«, stoppte er sie wieder einmal. »Ich hab's Ihnen schon öfter erklärt. Die in die Haut geritzten Zeichen reichen nicht aus, um eine Aktion, eine Ermittlung oder was auch immer gegen diese Bande einzuleiten. Und auch das hatten wir schon mal: Weshalb sollten die Russen ihre eigenen Symbole …«

»Schon gut, schon gut«, stoppte sie diesmal ihn.

Er nickte ihr auffordernd zu und brummte: »Mitkommen.«

»Wer könnte einer so netten Einladung schon widerstehen?«, meinte Mara zu Rosen, nach außen hin bereits wieder recht gelassen. Sie stand auf und folgte Klimmt.

Als sie hinter ihm sein Büro betrat, schloss sie die Tür.

Er stellte sich ans Fenster, öffnete es und hielt ihr seine Zigarettenschachtel und ein Feuerzeug hin. »Sie sehen so aus, als hätten sie eine nötig.«

Nebeneinander standen sie da, die Kälte drang ins Innere. Jeder steckte sich eine Zigarette an. Ein leichter Schneeregen, der bei Maras Rückkehr ins Präsidium eingesetzt hatte, ließ schon wieder nach. Der Himmel war bleigrau.

»Patzke hat's mir erzählt«, meinte Klimmt nach den ersten Zügen.

»Was?«

»Na, von ihrem tollen Auftritt vorhin. Wie alle Sie angeglotzt haben und Sie mit diesem Billinsky-Blick durch die Abteilung marschiert sind. Fast bedauere ich, dass ich's versäumt habe.«

»Sie haben rein gar nichts verpasst, glauben Sie's mir.«

»Was war los, Billinsky? Raus damit!«

Kürzer und sachlicher als zuvor Rosen berichtete Mara

ihm von dem verhängnisvollen Abstecher ins Bahnhofsviertel. Dann verfiel sie in Schweigen. Auch Klimmt äußerte nichts. Die Zigaretten wurden kürzer.

»Und das war tatsächlich unser Blochin?«, fragte Klimmt, als sie schon fast damit rechnete, er würde gar nichts mehr sagen.

»Hundertprozentig.«

»Wie können Sie so sicher sein?«

»Mein Bauch sagt es mir.«

Wieder trat ein Schweigen ein, das erst nach einer ganzen Weile von Klimmt beendet wurde: »Sie bringen sich mit Ihren Alleingängen in Teufels Küche.«

Mara erwiderte nichts.

»Und mich damit meistens in Schwierigkeiten.« Er sprach auffallend ruhig, aber bei ihm musste das nichts bedeuten.

»Brüllen Sie schon los«, meinte Mara. »Lassen Sie's raus. Das hilft.«

»Es würde mir mehr helfen, wenn Sie sich ab und zu an meine Anweisungen halten würden.«

»Mir geht es einfach auf die Nerven, wenn wir auf der Stelle treten. Wir haben es mit immer mehr Fällen zu tun und bringen nichts zustande. In keinem einzigen davon.«

»Sie müssen dennoch cool bleiben.«

»Sorry, aber das fällt mir ab und zu verdammt schwer.« Mara schnippte den Zigarettenrest ins Freie. »Manchmal muss man ein bisschen im Schlamm wühlen, bis man ein Goldkorn findet.« Sie wusste, wie dürftig ihre Antwort ausfiel.

»Hin und wieder haben uns Ihre unvorhersehbaren Soli weitergebracht, Billinsky, das vergesse ich durchaus nicht. Sie waren für diese Abteilung so etwas wie ein Wachmacher, und ich gebe zu, das war nötig.« Eindringlicher fuhr er fort: »Und doch gilt eines: Seien Sie ab jetzt vorsichtiger. Nicht dass Ihre Aktionen noch zum entscheidenden Nachteil werden. Für uns als Team, aber in erster Linie für Sie persönlich. Wäre doch verflucht schade, wenn Sie durch so etwas auf dem Friedhof landen, finden Sie nicht?«

»Freut mich fast ein wenig, dass Sie es so sehen.«

»Sie schonen sich nicht und gehen sehr oft Risiken ein. Ich mag Ihren Mumm.« Auch er warf die Kippe aus dem Fenster. »Heute jedoch, das war dumm. Mehr als dumm.«

»Ich weiß«, sagte sie leise.

»Sie sind offenbar ganz versessen auf den Tod.«

»Der Schein trügt. Ich bin versessen aufs Leben. Aber um das Leben zu spüren, muss ich manchmal ohne Netz auf einem dünnen Seil tanzen.«

»Bleiben Sie, wie Sie sind, Billinsky. Na ja. Jedenfalls *fast*.«

Er schloss das Fenster, aber sie verharrten an Ort und Stelle. Ihre Spiegelbilder verschwommen auf der von außen noch nassen Scheibe. »Wie geht es Ihnen wirklich?«, fragte er leise.

»Fabelhaft«, antwortete sie sarkastisch.

»Okay, und jetzt raus mit Ihnen, Billinsky.«

»Ich muss mich sowieso noch mal mit Rosen beratschlagen.«

»Ich meine, raus zu einem Arzt.«

»Ist nicht nötig.« Sie winkte ab. »Wie heißt es immer? Bin mit dem Schrecken davongekommen.«

»Zu einem Arzt«, wiederholte er. »Ich befehle es Ihnen. Kapiert?«

»Zu Befehl, Chef«, antwortete Mara mit einem schiefen Grinsen, das sie auch noch aufgesetzt hatte, nachdem sie das Büro verlassen hatte. Klimmt war doch immer wieder für eine Überraschung gut.

Sie verabschiedete sich von Rosen, nicht ohne vorher mit ihm die nächsten Schritte abzuklären, und machte sich auf den Weg zu einem Polizeiarzt, den sie schon öfter konsultiert hatte. Er stellte eine Hüft- und eine Schulterprellung fest und schrieb Mara krank.

Auf der Fahrt nach Hause musste sie wieder an die Begegnung mit Blochin denken. Es war das zweite Mal in ihrem Leben, dass sie jemandem völlig ausgeliefert gewesen war. Sie hätten *alles* mit ihr machen können. Ihr Hitzkopf hatte sie mehr als einmal in gefährliche Situationen gebracht, doch diesmal war es anders gewesen. Die Worte, die sie gegenüber Rosen ausgesprochen hatte, kamen ihr in den Sinn: *Ich brauche Auslauf, wie ein Hund*. In Zukunft würde sie endlich mehr auf ihren Kopf hören müssen, weniger auf ihren Bauch. Ob sie das auch hinbekäme? Erneut zeigte sich ein schiefes Grinsen in ihrem Gesicht, das sie kurz im Rückspiegel wahrnahm.

In ihrer Wohnung angekommen, taten Schulter und Hüfte stärker weh als zuvor – womöglich ein Zeichen, dass sie sich allmählich doch entspannte. An die kommende Nacht allerdings mochte sie nicht denken. Nach den Ereignissen der vorangegangenen würde sie kaum Schlaf finden.

Trotz der Schmerzmittel, die sie eingenommen hatte, gönnte sie sich einen *Essenza Siciliana*, einen aromareichen, fruchtbetonten Rotwein. Im Hintergrund liefen Songs von Nick Cave & The Bad Seeds. Sie setzte sich auf den Boden, wie sie es oft tat, auf den schwarzen Teppich mit den vielen winzigen Totenköpfen, das Glas stellte sie vor sich ab. Ihre Gedanken wanderten zu Radka Steinmann. Nach einem Griff zum Smartphone ließ sie die Suchmaschine nach der einstigen Primaballerina namens Nikitina forschen. Sie blieb an den Bildern hängen, fasziniert von der Ausdruckskraft dieser Frau, die mit hartem Blick, Maras eigenem nicht unähnlich, immer wieder direkt in die Kamera sah.

»Was hast du zu verbergen, Radka?«, fragte sie kaum hörbar.

Ein Klingeln ließ sie zusammenzucken. Fast hätte sie das Weinglas umgestoßen. Nach einem Moment der Starre fuhr sie hoch. Von der Entspannung war nichts mehr zu spüren. Das Handy noch in der linken Hand, schlich sie in den Flur und nahm die Waffe, die im Holster an einem Haken hing, in die rechte.

Erneut das Klingeln.

Jemand war nicht an der Haustür, wie ihr klar wurde, als sie ihren dunklen, engen Flur entlangstarrte, sondern bereits an ihrer Wohnungstür, hier oben im zweiten Stockwerk.

Wie war er ins Gebäude gelangt? Hatte man die Eingangstür nicht richtig geschlossen? Das kam nicht oft, aber hin und wieder vor. Oder hatte er gewartet, bis ein Bewohner das Haus verließ, um dann selbst rasch hineinzuhuschen? Möglich.

Ihr wurde bewusst, wie heftig ihr Herz in der Brust hämmerte. Sie bekam so gut wie nie Besuch. Ausgerechnet heute?

Zum dritten Mal wurde geläutet.

Mara blickte zur Tür, die Waffe in der Hand. Nur langsam setzte sie sich in Bewegung, ganz nahe an der Wand, nicht mitten im Gang. Vorsichtig schob sie sich von der Seite an die Tür, um durch den Spion zu sehen.

Der Kopf und die Schulterpartie eines Mannes wurden sichtbar.

28

Letztes Mal war es knapp gewesen. Verdammt knapp. Man hätte sie beinahe erwischt. Wäre sie nicht geistesgegenwärtig durchs Fenster geflüchtet, dann hätte er …

Anyana lief es noch immer eiskalt den Rücken herunter, wenn sie daran dachte.

Fedor. Er war es gewesen, in dieser Stripbar, da war sie sich sicher. Seither musste sie immer wieder an ihn denken. Sie sah ihn oft vor sich, sein breites Gesicht mit dem spitzen Bärtchen, die Tätowierungen auf seinen muskulösen Armen.

Ein Fehler, es war ein *Riesenfehler* gewesen, natürlich, aber der Drang, dieses unbezwingbare Sehnen nach etwas Entspannung war übermächtig gewesen. Diese Zuhälter nahmen ihnen die Papiere ab, schlugen sie, vergewaltigten sie, doch was die Frauen wirklich ans Milieu kettete, waren nicht Einschüchterung und Furcht, sondern die Drogen. Anyana wusste das. Und war doch machtlos dagegen.

Je mehr Tage sie hier in der stillen Einsamkeit von Jan Rosens Wohnung verbrachte, desto stärker wurde sie vom Kribbeln heimgesucht, von diesem Jucken, das sich nicht auf ihrer Haut bemerkbar machte, sondern darunter, immer heftiger, immer unerträglicher.

Erneut ein solcher Tag. Rosen befand sich seit Stunden in seinem Büro, der Fernseher lief mit abgeschaltetem Ton, das Radio plärrte viel zu laut, dennoch waren die Räume von einer erdrückenden Stille erfüllt.

Sie hielt es einfach nicht mehr aus.

Also wieder raus, zurück ins Viertel. Diesmal nicht unvorbereitet, nicht auf gut Glück. Romina hatte ihr gesagt, sie helfe nachmittags immer, das *Silver Moon* für den Abend und die Nacht auf Vordermann zu bringen, Anyana würde sie dort schon finden.

Nicht einmal eine Stunde später hatte Anyana, was sie so sehr brauchte. Das Dope tötete das Jucken und Kribbeln, sie atmete freier, ihr Kopf glühte nicht mehr. Sie hatte in Rosens Wohnung ein Versteck entdeckt, wo er Bargeld aufbewahrte. Sie schämte sich, als sie ein paar kleinere Scheine in den Ärmel ihres Pullovers geschoben hatte, doch auch dieses Gefühl war abgetötet worden.

Durch den Hintereingang verließ sie das *Silver Moon*. Von dem Geld hatte sie praktisch alles Romina zugesteckt. Aber daran wollte sie jetzt nicht denken, sie fühlte eine samtene Ruhe in sich, die sie auskosten wollte. Es war später Nachmittag, die Bürgersteige des Bahnhofsviertels füllten sich bereits. Rasch erreichte sie die U-Bahn, und als sie in dem Waggon saß, verflüchtigte sich ihre eben zurückgewonnene Gelassenheit. Immer mehr Fahrgäste stiegen hinzu, es war Feierabendzeit, und Anyana ertappte sich dabei, wie sie immer wieder die fremden Gesichter und Gestalten mit unauffälligen Blicken abtastete.

Woher kam die neuerliche Unruhe? Sie wusste es nicht, ärgerte sich einfach darüber. Alles ist in Ordnung, sagte sie sich im Stillen. Kein Grund, nervös zu werden. Im Gegenteil, alles war gut gelaufen.

Sie stieg aus, inmitten einer Traube weiterer Menschen, die auf dem Nachhauseweg waren, Leute, die harmlos wirkten und gewiss ein normales Leben führten, um das Anyana sie sehr beneidete, wie ihr gerade einmal mehr bewusst wurde. An der Bushaltestelle hatte sie Glück – der Bus kam gerade an. Auch er war voll, selbst im Mittelgang stand man dicht an dicht, und jetzt freute sich Anyana auf die Einsamkeit der Wohnung. Und auch auf den Moment, wenn Rosen eintreffen würde. Vielleicht würden sie wieder miteinander schlafen, wie ganz normale Paare. Vielleicht würden sie auch einfach nur miteinander reden – zwei Menschen, die viel zu oft allein gewesen waren. Er hatte ihr von seinen Urlauben mit der Familie berichtet, als er noch ein Kind war, Camping am Bodensee oder am Lago Maggiore. Sie hatte von einem Weiher erzählt, zu dem sie manchmal mit ihren Eltern spaziert war, um ein kleines Picknick zu machen.

Erinnerungen austauschen, einen Schluck Wein dazu trinken. Ja, wie ganz normale Paare. Es war immer schön für Anyana, sich dieser Illusion hinzugeben. Eine ganz gewöhnliche junge Frau in einem ganz gewöhnlichen Leben. War es nicht das, was sie sich am meisten wünschte, was noch mehr juckte und kribbelte als das Verlangen nach den Drogen?

Sie wurde traurig von all den Gedanken, die auf sie einstürmten, während sie der Wohnstraße folgte, jetzt wieder ganz für sich allein. Straßenlaternen, geparkte Autos, Mehrfamilienhäuser, Ruhe. Tatsächlich, es war nichts zu hören, nur der Hall der eigenen Schritte auf dem Asphalt.

Oder?

War da nicht noch etwas? Ein leises Geräusch?

Das Haus, in dem Rosen seine saubere Wohnung hatte, tauchte bereits vor ihr auf. Sie sah das dunkle Fenster, hinter dem sich sein Schlafzimmer befand, und sie sehnte sich auf einmal ganz stark nach ihm, seinem Arm, der sich um ihre Schultern legte, selbst nach all den Tagen immer noch ein wenig zaghaft, schüchtern, was Rosen in ihren Augen nur noch süßer erscheinen ließ.

Anyana erreichte das Haus und zog den Ersatzschlüssel aus der Tasche.

Und plötzlich erschrak sie heftig.

Ja, da war noch ein anderes Geräusch. Sie war gar nicht so allein in dieser Straße, wie es ausgesehen hatte. Als sie sich umdrehen wollte, wurde sie von hinten gepackt und herumgewirbelt.

Der Schlag mit der Faust war so heftig, dass sie einige Meter durch die Luft geschleudert wurde. Hart knallte sie gegen die Mülltonnen, in die sie heute Verpackungsmüll gesteckt hatte, und sie sackte zu Boden. Noch bevor sie richtig wusste, wie ihr geschah, wurde sie schon wieder hochgerissen.

Der nächste Schlag. Wieder landete sie auf dem Boden.

Über ihr erschien ein breites Gesicht mit Kinnbart.

»Hier hast du also ein Mauseloch gefunden, du dreckige kleine Schlampe.«

Anyana starrte Fedor an und brachte keinen Ton hervor. Sie bestand nur noch aus Angst, einem dicken, schweren Klumpen Angst, der ihren ganzen Leib ausfüllte.

29

Um sicherzugehen, dass sie den eigenen Augen wirklich trauen konnte, spähte Mara Billinsky ein zweites Mal durch den Türspion.

Erst dann machte sie auf.

»Du?«, fragte sie.

»Ich«, kam die Antwort.

Er hielt ihr zwei Flaschen hin, einen Rotwein und einen Bourbon. »Wonach steht dir eher der Sinn?«

Mara trat zur Seite, um ihren Vater hereinzulassen.

Edgar Billinsky trug elegante, von Schneematsch verschmierte Stiefeletten von Santoni, einen neu aussehenden Mantel und einen Anzug mit dezentem Prince-of-Wales-Karomuster. Automatisch steuerte er die Küche an. Seit seinem ersten Besuch hier, als noch Krieg zwischen ihnen geherrscht hatte, waren sie immer in diesen Raum gegangen, nie ins Wohnzimmer, aus dem die Musik dröhnte. Anfangs wohl nur, um keinesfalls die ungezwungene Atmosphäre eines freundschaftlichen Besuchs aufkommen zu lassen. Mittlerweile war es einfach Gewohnheit.

Ganz kurz hielt Edgar im Flur inne, um durch die offene Tür einen Blick auf das Gemälde zu werfen, das in Maras Wohnzimmer hing. Es zeigte sie als kleines Kind auf dem Arm ihrer Mutter.

In der Küche stellte er dann die Flaschen auf der nackten Tischplatte ab, und sie setzten sich an den kleinen Tisch. Ein abwartendes Lächeln umspielte Edgar Billinskys Lippen und seine Hand beschrieb einen eleganten Bogen, als er auf die Getränke zeigte. »Also, Mara, was ist dir lieber?«

»Whiskey darf ich nicht.« Sie zuckte beiläufig mit den Achseln. »Wegen der Schmerzmittel.«

Sein Einstecktuch leuchtete gelbseiden, die Manschettenknöpfe schimmerten in mattem Goldrosé. »Ein Schluck kann nicht schaden. Mein Wahlspruch.«

»Nur dass es bei dir nicht bei *einem* bleibt.«

Er stand auf, holte aus dem Schrank zwei Gläser und füllte sie zwei Fingerbreit mit der bernsteinfarbenen Flüssigkeit. »Inzwischen schon. Ich habe mich gebessert.«

Mara erwiderte nichts und taxierte ihn unauffällig. Die Tränensäcke waren nicht mehr ganz so dick wie zuletzt, die Äderchen an seiner Nase nicht mehr ganz so rot. Offensichtlich hatte er sich zurückgehalten, was das Trinken betraf. Gewiss fiel er so wieder öfter den Frauen auf – wenn auch nicht mehr so regelmäßig wie in seinen Glanzzeiten.

»Diese Schmerzmittel«, nahm er den Faden wieder auf. »Haben sie damit zu tun, dass du einen deiner berühmten Zusammenstöße hattest? Ich hörte nämlich etwas in der Art …« Er sprach das ironisch aus, aber nicht mit der sarkastischen Schärfe, die er ihr gegenüber sonst an den Tag gelegt hatte.

»Wie flott du immer alles mitbekommst.«

»Meine Ohren sind noch ganz gut in Schuss. Und du kennst Frankfurt. Eine Stadt mit *Gebabbel*, ums mal auf Hessisch zu sagen.« Sein Ausdruck wurde ernst. »Ich habe mir Sorgen um dich gemacht.«

Früher hätte sie nicht gezögert, einen solchen Ausspruch mit einer bissigen Spitze zu kontern, doch der Rauch der Friedenspfeife schwebte über ihnen, auch wenn Mara sich noch nicht daran gewöhnt hatte. Gut zwanzig Jahre zuvor war ihre Mutter ermordet worden. Ein Verbrechen, das sie und Edgar einander nicht etwa nähergebracht, sondern – im Gegenteil – sie nur noch mehr entzweit hatte, als es vorher schon der Fall gewesen war. Erst vor Kurzem war die Tat aufgeklärt worden. Vor allem dank Maras Beharrlichkeit und ihres Dickschädels.

Und so bestand nun offenbar zum ersten Mal die Chance, dass der tiefe Graben zwischen ihnen doch noch zugeschüttet werden konnte.

»Es war halb so schlimm«, sagte sie schließlich nur.

Sie prosteten sich zu und tranken.

»Du solltest deine Risikobereitschaft einschränken, Mara.«

»Das hat mir heute schon mal jemand ans Herz gelegt.«

»Ein Rat, den du zur Abwechslung annehmen solltest. Wie schlimm hat es dich erwischt?«

»Nur ein paar Prellungen. Schon okay.« Sie zeigte ein knappes Lächeln. »Willst du auf deine alten Tage etwa in die Lieber-Papa-Rolle schlüpfen?«

So ganz ohne Bosheiten ging es wohl doch noch nicht. Aber er nahm ihre Worte mit einem gleichmütigen Grinsen hin. »Ich habe das Stichwort Blochin aufgeschnappt. Nur ein Gerücht?«

»Leider nicht.« Erneut schilderte sie, was ihr zugestoßen war – diesmal wieder die knappe, sachliche Version.

Edgar musterte sie aufmerksam. »Ich weiß nicht viel über Blochin, aber das wenige genügt. Dass du in den Kampf gegen seine Bande verwickelt bist, ist mir durchaus klar, Mara. Allerdings wäre es mir bedeutend lieber, du würdest nicht als Einzelperson in sein Blickfeld rücken.«

»Zu spät, fürchte ich.«

»Das fürchte ich auch.«

Sie nahmen erneut einen Schluck zu sich, und Mara spürte den Alkohol bereits in ihrem Kopf pochen.

»Aus welchem Grund habt ihr die Russen wieder auf dem Kieker?«, fragte er.

»Außer mir hat sie keiner auf dem Kieker, wie du es nennst.« Sie spielte mit einer Strähne ihres dunklen Haars. »Es ist alles sehr diffus. Es geht um mehrere Verbrechen, die eine Serie bilden. Und dennoch …« Sie verstummte.

»Scheint nicht gut zu laufen.«

»Mehr als schleppend. Wie immer eigentlich. Ich habe das

Gefühl, unentwegt auf der Stelle zu treten.« Dumpf fügte sie an: »Und das ist ein Scheißgefühl.«

»Ich habe von den Morden gehört.«

»Die ganze verdammte Stadt hat davon gehört.«

»Noch keine Verdächtigen, wie ich an deiner Miene ablesen kann.«

»Nicht einmal der Schuhabdruck eines Verdächtigen. Geschweige denn Namen, Hinweise, Lösungsansätze.« Sie nippte erneut an dem Bourbon. »Eine sonderbare Sache. Ich habe so eine unerklärliche Ahnung, dass hinter allem etwas Verbindendes steckt, das wir einfach nicht greifen können. Ein tief vergrabenes Geheimnis.«

»Die Morde – es handelt sich also tatsächlich um eine Serie?«

»Die Opfer haben sich nicht gekannt, sind sich nie über den Weg gelaufen, aber bestimmte Details, über die ich nichts sagen darf, lassen keinen Zweifel daran, dass es Zusammenhänge gibt.«

»Die Reporterschmeißfliegen scheinen noch keine Einzelheiten zu kennen. Jedenfalls keine entscheidenden. Ich habe so einige Berichte gelesen – alles sehr vage.«

»Bisher konnten wir einigermaßen dichthalten.«

»Es wird trotzdem durchsickern, früher oder später. Wie gesagt, du kennst ja Frankfurt.«

Sie deutete zur offenen Küchentür. »Soll ich eigentlich die Musik ausschalten? Geht sie dir auf den Geist?«

»Du hast schon schlimmeren Krach laufen gehabt.«

»Mit deinen großen klassischen Komponisten kann ich leider nicht dienen.« Sie sah auf. »Übrigens, da fällt mir etwas ein. Im Laufe der Ermittlungen habe ich einen ehemaligen Ballettstar kennengelernt. Kapriziöse Dame, das kann ich dir sagen.«

»Die Klassik ist mein Spielfeld, das stimmt. Um wen handelt es sich?«

»Eine einstmals gefeierte Hupfdohle, die schon seit vielen Jahren in Frankfurt lebt.«

»Hupfdohle«, wiederholte er missbilligend. Auf einmal verengten sich seine Augen. »Den Namen der Dame darfst du mir nicht verraten, schätze ich mal.«

Sie schüttelte schmunzelnd den Kopf.

»Aber es ist ja nicht polizeilich verboten, dass ich rate, nicht wahr?«

»Nicht, dass ich wüsste.«

»Heißt sie etwa Radka?«

Mara starrte ihn verdutzt an, was er mit einem zufriedenen Schmunzeln quittierte.

»Siehst du, genau das meinte ich. Das ist Frankfurt.«

»Du kennst sie doch nicht wirklich, oder?«, fragte sie, immer noch ungläubig.

Er leerte sein Glas. »Und ob ich Radka Steinmann kenne.«

30

In den letzten Tagen hatte er den Eindruck gewonnen, dass sie sich verändert hatte. Und das schon zum zweiten Mal. Nach der anfänglichen verhuschten Unsicherheit war eine Phase der Ruhe über sie gekommen. Doch nun …

Jan Rosen hätte es nicht beschreiben können, aber irgendwie wirkte Anyana *anders* auf ihn. Wenn er das Haus verließ, kam sie ihm oft gereizt, seltsam fahrig vor, was wohl nicht verwunderlich war angesichts der Tatsache, dass sie die vier Wände kaum verließ. Sie fühlte sich wie in einem Gefängnis. Allerdings war es nicht leicht, etwas daran zu ändern, da Anyana einen Gedanken an die nähere Zukunft gar nicht zuließ. Und er war zu verliebt, um sie zu irgendetwas zu drängen, wie er sich eingestand, als er an diesem Abend den Audi in eine Parklücke in unmittelbarer Umgebung seiner Wohnung bugsierte.

Rosen würde nicht ewig den Kopf in den Sand stecken können. Er musste eine Antwort auf die simple Frage finden, wie es weitergehen sollte. Tief in Gedanken versunken, bog er um die Ecke in seine Straße. Nur noch wenige Meter fehlten bis zu dem Haus, in dem er nun schon viele Jahre lang wohnte, unauffällig und zurückgezogen, wie er nun einmal war. Keinen einzigen der anderen Mieter hatte er in der ganzen Zeit auch nur ein bisschen näher kennengelernt. Er war in keinem Verein, hatte keine engen Freunde. In seiner Welt kreiste alles um den Job, zu dem er auch noch ein höchst ambivalentes Verhältnis hatte – und um Anyana.

Ja, wie sollte es weitergehen?

Ein Schmerzensschrei riss ihn aus den Grübeleien, dann

nahm er eine Bewegung wahr. Dort hinten, vor dem Wohnhaus, bei den Mülltonnen, da war jemand! Eine Gestalt bückte sich und riss eine zweite Person vom Boden in die Höhe.

Wieder ein Schrei, diesmal mehr aus Furcht als aus Schmerz.

Der Klang schnitt Rosen ins Herz. Er wusste sofort, wem diese Stimme gehörte. Und er rannte los.

»Hey!«, hörte er sich rufen. Nervös riss er den Reißverschluss seiner Jacke herunter, noch nervöser nestelte er an seinem Hüftholster herum.

Die Gestalt, die mit dem Rücken zu ihm stand, versetzte Anyana einen weiteren Schlag, dann drehte sie sich um.

Rosen hielt inne, als wäre er gegen eine Wand gerannt.

Der Mann, der ihn anstierte, war der Zuhälter mit dem Kinnbart.

Endlich hatte Rosen die Waffe in der Hand. »Polizei!«, rief er überflüssigerweise, und er hasste die Unsicherheit, die in seiner Stimme nachhallte.

Der Zuhälter sah ihn an, dann auf die Pistole. Anyana kauerte am Boden und starrte hilflos von dem Mann zu Rosen, der ihren Blick auf sich fühlen konnte.

Der Kerl mit dem Bart funkelte ihn aus harten Augen an, selbst auf die Entfernung war das zu erkennen.

Rosen kam näher, langsam, vorsichtig. Sein Herz trommelte, seine Stirn war auf einmal schweißbedeckt. Was würde der Fremde tun? Was, wenn er ebenfalls zu einer Waffe griff? Was, wenn …?

Rosen blieb abrupt stehen, etwa neun oder zehn Meter vor dem Mann.

Der Kerl grinste ihn wild an, ein gefährliches Glitzern in den Augen. »Na los, schieß schon, du Idiot«, sagte er.

Rosen spürte, dass seine Hand, die die Pistole hielt, zu zittern begann.

31

Wind trieb Erde und Schnee über die Ebene, die sich bis zum Horizont zog. Der Motor brummte, die Reifen ließen links und rechts des Autos Geröll aufspritzen. Mara Billinsky drosselte das Tempo – jetzt kam es ohnehin nicht mehr auf Schnelligkeit an. Sie waren zu spät, sie hatten nicht helfen können. Abermals. Frust und Wut nagten an ihr, während sie sich für den Anblick wappnete, der auf sie wartete.

Der Schotterweg beschrieb eine Kurve, und der Alfa geriet für einen Moment ins Schlingern, dann hatte sie ihn wieder in der Spur. Ihr Schädel brummte. Es war wohl doch der eine oder andere Schluck Bourbon zu viel gewesen. Ihre Hüfte und ihre Schulter taten weh, allerdings nicht allzu sehr. Sie dachte an ihren Vater, den großen Don Juan, zu dessen etlichen Eroberungen wohl auch Radka Steinmann gehört hatte. So hellhörig Mara bei dieser Eröffnung durch ihren Vater auch geworden war – seine anschließenden Worte brachten Ernüchterung. Denn offenbar hatte sich die Beziehung zwischen Edgar und Radka ausschließlich auf Sex beschränkt. Gefühle hatten nie eine große Rolle gespielt, wie meistens bei ihm, und so hatte Radka auch ihm gegenüber wenig über ihr Innenleben und ihre Vergangenheit preisgegeben. Viel mehr, als dass sie eine faszinierende, undurchschaubare Frau war, hatte also auch Edgar nicht beisteuern können, und so umgab die ehemalige Primaballerina weiterhin etwas überaus Geheimnisvolles. Kein Wunder, dass Maras Gedanken so häufig zu dieser Person zurückkehrten.

Sie näherte sich nun dem Schauplatz des Verbrechens, und unwillkürlich pressten sich ihre Lippen zusammen. Das rotweiße Absperrband, davor die Streifenwagen und die Fahrzeuge der Spurensicherung, darüber ein aschgrauer unfreundlicher Himmel. Auch Klimmts Benz stand dort geparkt, ein breites, abgewetztes und in die Jahre gekommenes Vehikel, das mit diesem Aussehen ganz gut zu seinem Besitzer passte. Wenigstens hatten die Journalisten noch nichts von der Sache mitbekommen, von ihnen war niemand zu entdecken. Aber das würde sich schnell ändern.

Mara stellte ihren Alfa neben Klimmts Wagen ab und marschierte los, zwischen Beamten hindurch, die ihr stumm zunickten. In dieser Einöde war es noch kälter als in Frankfurt, und sie fröstelte. Automatisch musste sie an die Kleingartenkolonie denken – der oder die Mörder hatten ein besonderes Gespür für einsame Orte.

Sie hatte die Scheune fast erreicht, als der Hauptkommissar durch das halb geöffnete Tor ins Freie trat. Er erblickte sie sofort und blieb stehen. »Hat der Doc Sie nicht krankgeschrieben?«

»Haben Sie etwa zu viele Leute, Chef? Können Sie jemanden entbehren?«

Sie ging an ihm vorbei auf den Eingang zu.

»Okay. Dann genießen Sie das Kunstwerk«, murmelte er und wies mit dem Daumen über seine Schulter auf das alte zweckmäßige Gebäude, das offenbar schon lange nicht mehr genutzt worden war. »Ich warte hier draußen auf Sie.«

In der Scheune wurde Mara von matter Dunkelheit empfangen. Die Spezialisten von der Spurensicherung waren bereits zugange, hielten aber inne, damit auch sie sich einen Überblick verschaffen konnte.

Joel Steinmann war auf den Boden gefesselt worden. Mit Nylonseilen, die an Metallheringen befestigt waren. Seine Augen starrten nach oben, geradewegs an die Decke. Seltsamerweise wirkte sein Blick nicht leer und ausdruckslos, wie es sonst bei Toten oft der Fall war, sondern merkwürdig suchend. Als steckte noch ein letzter Rest Leben in ihm, der ihn dazu trieb, Antworten zu finden. Es war bedrückend, geradezu verstörend, ihn zu betrachten, und Mara wusste, dass sein Gesicht, erstarrt in der Sekunde des Todes, sie noch lange verfolgen würde.

Minuten verstrichen, ohne dass sie sich rührte oder etwas anderes tat, als die Eindrücke in sich aufzunehmen. Die Kollegen von der Spurensicherung sprachen sie nicht an; wie immer brachte Maras Gegenwart sie dazu, sich noch ruhiger zu verhalten, als sie ohnehin schon waren. Trotz des Respekts, den Mara sich erworben hatte, wussten manche nach wie vor nicht so recht, was sie mit der finster dreinblickenden, schwarz gekleideten Ermittlerin anfangen sollten.

Mara ging wieder nach draußen. Ihr Blick suchte Klimmt. Er hatte sich ein ganzes Stück abseits der Scheune hingestellt, um eine Zigarette zu rauchen. Der dick gepolsterte, gesteppte Mantel, den er trug, ließ ihn wie einen Wal auf Beinen wirken. Als sie bei ihm eintraf, hielt er ihr Schachtel und Feuerzeug hin, und dankbar griff sie danach.

»Keine Hämatome«, sagte Klimmt, die Wangen gerötet vom kalten Wind, der in Böen über das Land fegte. »Keine gebrochenen Knochen, keine blau geschwollenen Augen.«

Aufgrund eines weiteren heftigen Luftzugs hatte Mara Schwierigkeiten, die Zigarette anzuzünden. »Nein, Joel ist nicht so schmerzvoll gestorben wie etwa Dennis Malikov.«

»Dennoch äußerst qualvoll.« Der Hauptkommissar starrte ins trübe Nichts der abgestorbenen Wiesen, die sich um sie herum ausbreiteten, und schüttelte den Kopf.

Mara betrachtete die glimmende Zigarette und nahm einen tiefen ersten Zug. »Da haben Sie verdammt recht. Wiederum ging es um Qualen.«

»Um einen Tod, der sehr, sehr langsam über sein Opfer kommt.«

»Ich habe noch nie so blaue Haut gesehen wie bei Steinmann.« Auch sie schüttelte den Kopf.

»Der Täter hat wahrscheinlich dabei zugesehen, wie er starb. Wie er immer stärker zitterte. Wie er am Anfang noch um Hilfe gebrüllt hat, ohne dass ihn jemand in dieser lausigen Gegend gehört hätte, und dann nur noch jammern konnte. Das Schwein hat ihn einfach erfrieren lassen. Ein jämmerliches Ende.«

»Oder *die* Schweine«, betonte Mara.

»Wenn die Körpertemperatur unter dreißig Grad sinkt, wird man bewusstlos. Aber bestimmt dauerte es verdammt lange, bis es bei Steinmann so weit war, einem jungen Kerl von bester Gesundheit. Irgendwann werden Atmung und Herzschlag sehr schwach. Muskeln und Gelenke erstarren. Die fortschreitende Abkühlung der Herzmuskulatur führt zum Herzstillstand. Und das war's.«

»Man hat Steinmann mit dem Messer verunziert«, ergänzte Mara.

»Das ist mir nicht entgangen.«

»Offenbar passierte das nach Eintritt des Todes, denn da ist kaum Blut ausgetreten. Als wäre es eine Signatur.«

Sie zog das Smartphone aus der Jackentasche und wählte die Nummer von Rosens Bürotelefon an, und er meldete sich sofort: »Hier ist Rosen. Was gibt's, Billinsky?«

»Tränen«, sagte Mara schlicht.

»Wie bitte?«

»Sarg, Grabstein, Kirchturm, Kruzifix, Madonna. Passen in diese Auflistung auch Tränen?«

»Ah, kapiert«, meinte Rosen. »Joel Steinmann. Hautritzungen. Das willst du mir mitteilen, oder?«

»Genau. In die Haut geritzte Tränen. Auf den Wangen, dem Hals, bis hinunter zu den Schlüsselbeinen.« Mara drehte der nächsten Windböe den Rücken zu. »Russische Mafiagruppierungen nutzen doch auch Tränensymbole für ihre Tattoos. Liege ich da richtig?«

»Da muss ich nicht lange nachforschen, ich habe mich inzwischen ausgiebig damit beschäftigt«, erwiderte er. »Ein klares Ja.«

»Das dachte ich mir. Danke, Rosen. Die restlichen Details gibt's nachher.« Sie beendete das Gespräch, steckte das Handy weg und wechselte einen langen Blick mit Klimmt.

»Langsam können wir die Leichen stapeln«, knurrte er.

»Und werden doch immer ratloser«, ergänzte Mara. »Aber mittlerweile sind es sechs Symbole, die auf Mafiagruppierungen aus einem ganz bestimmten Land hinweisen. Wollen Sie das immer noch ignorieren?«

»Ich ignoriere gar nichts. Und ich bleibe dabei: Wir brauchen mehr als diese verfluchten Zeichen. Selbst wenn es hundert wären.«

Der Wind rauschte noch lauter als zuvor.

Düster fuhr Klimmt fort: »Egal, wie kalt dieser Scheißwinter auch wird, *wir* werden im Schweiß baden. Sie werden uns grillen. Die Staatsanwaltschaft, die Presse.« Mit Wut zertrat er die Zigarettenkippe im Dreck. »Alles Scheiße.«

»Wir müssen die Mutter verständigen. Natürlich auch seinen Vater, aber zuerst sie. Zuerst Radka.«

Er nickte, ohne sie anzusehen. »Wir nehmen wieder Ihren Wagen. Meine Kiste lass ich von einem Streifenbeamten zum Präsidium fahren.«

»Okay.« Mara zog ein letztes Mal an der Zigarette.

Die Rückfahrt nach Frankfurt fand in brütendem Schweigen statt. Hin und wieder war Mara versucht, Musik einzuschalten, aber ausgerechnet mit Klimmt eine Diskussion über ihre Punk- und Rockvorliebe führen zu müssen, hielt sie davon ab – erst recht nach den beklemmenden Eindrücken, die der Anblick in der Scheune bei ihnen beiden hinterlassen hatte.

In der Sophienstraße angekommen, klingelten sie mehrfach an der Tür des recht eindrucksvollen Eigenheims, das Radka Steinmann bewohnte. Doch niemand machte auf. Mara nahm das Handy und versuchte die Mutter des Ermordeten auf telefonischem Weg zu erreichen – aber auch das gelang nicht, weder über den Festanschluss noch Frau Steinmanns mobile Nummer.

»Es gibt noch eine zweite Wohnung«, sagte Mara. »In Rosens Bericht über Radka Steinmann stand das. Wobei nicht so klar ist, ob es sich tatsächlich um eine Mietwohnung oder eher eine Art Büro handelt.«

»Wo?«

»Gar nicht mal so weit von hier, ganz in der Nähe des Senckenberg Museums.«

»Dann fahren wir dorthin«, grummelte Klimmt, der genervt in den immer grauer werdenden Himmel spähte.

Allerdings standen sie abermals vor verschlossener Tür, und so blieb ihnen nichts anderes übrig, als auf Radka Steinmanns Mailbox die Bitte um Rückruf zu hinterlassen und wieder ins Präsidium zu fahren. Dort verdrückte sich Klimmt gleich in sein eigenes Büro, und Mara setzte sich an ihren Platz, bereits erwartet von Rosen. Sie schilderte ihm den Fund in der Scheune, und er hörte mit ernster Miene zu.

»Ich habe auch was zu berichten«, verkündete er dann.

»Lass es mich vorher noch einmal bei dieser Steinmann versuchen.« Sie griff nach ihrem Handy und drückte auf Wahlwiederholung. »Ist doch merkwürdig, dass sie nicht zu erreichen ist – sie müsste ja wie auf glühenden Kohlen sitzen und jeden Anruf herbeisehnen, bei der Angst, die sie um ihren Sohn hat.«

Es klingelte und klingelte. Als Mara gerade wieder auflegen wollte, ertönte eine leise Stimme: »Ja?« Sie rollte überrascht die Augen und signalisierte Rosen mit einem Fingerschnippen, dass sich doch etwas tat. »Frau Steinmann?«, sagte sie. »Sind Sie das?«

»Ja«, kam es von Radka Steinmann, völlig tonlos.

»Mein Chef und ich«, sagte sie, »wir waren vorhin bei Ihnen. Erst in der Sophienstraße und dann auch in der …«

»Ich weiß«, unterbrach die Frau sie ohne jegliche Nuancierung in der Stimme. »Ich habe Sie vom Fenster aus entdeckt.«

Mara hob eine Augenbraue. »Ach?«, meinte sie verdutzt. »Und warum haben Sie uns wieder abziehen lassen?«

»Weil ich es Ihnen angesehen habe«, erwiderte Radka Steinmann mit Grabesstimme. »Ich wollte es nicht auch noch *hören* müssen. Ihre Gesichter haben mehr gesagt als tausend Worte.«

Es war schwer, darauf etwas hervorzubringen. Mara musste Luft holen. »Möchten Sie nicht Einzelheiten erfahren?«, fragte sie. »Möchten Sie nicht …?«

»Nein, ganz und gar nicht«, wurde sie erneut unterbrochen. »Im Moment will ich nichts wissen, nichts sagen, nichts denken, ich will nicht einmal mehr atmen.«

Die Verbindung war tot.

Rosen musterte Mara fragend. »Was ist los?«

»Aufgelegt. Die Lady ist total fertig.«

»Verständlich.«

Mara nickte. »Und trotzdem …« Sie seufzte. »Diese Frau weiß *etwas*. Sie hat doch bereits mehr gewusst, als sie bei uns war. Sie ist schon ab Sekunde eins davon ausgegangen, dass ihr Sohn verloren war.«

»Das schien tatsächlich der Fall zu sein.«

»Was steckt nur dahinter?« Abrupt stand Mara auf. »Das macht mich völlig verrückt. Was steckt hinter diesem ganzen Wahnsinn?«

»Die Antwort darauf verbirgt sich nicht hier.«

»Was heißt *hier*?«

»Nicht in Frankfurt, nicht in Deutschland, zumindest nicht *ausschließlich*.«

Sie stand da, die Arme vor der Brust verschränkt, und musterte ihn. »Sondern?«

»Ich sage nur Mütterchen Russland.« Er machte eine vage Geste. »Ich habe doch erwähnt, dass ich auch was zu berichten habe.«

»Dann spuck's endlich aus.«

»Wir hatten schon recht. Das konnte einfach kein Zufall sein. Spätestens als auch noch eine ehemalige russische Primaballerina auf der Bildfläche erschien ...« Er fuhr sich durch sein schütteres Haar. »Jedenfalls habe ich die Kollegen in Köln noch mal angerufen und mir fast den Mund fusselig geredet und ...«

»Rosen!«, fiel Mara ihm ins Wort und faltete die Hände wie zum Gebet. »Ich flehe dich an, lass die verdammte Katze aus dem Sack!«

32

Radka Steinmann ließ das Smartphone achtlos auf den ordentlich aufgeräumten Schreibtisch fallen. Totenstille herrschte in dem Haus in der Robert-Mayer-Straße, wie es meistens der Fall war. Nur von einer nahen Cocktailbar drangen manchmal Stimmen und Gelächter zu ihr. Aber nicht jetzt. Nein, alles war still, anscheinend die ganze Welt. Und in ihrer eigenen kleinen Welt würde ab jetzt ohnehin immer nur Lautlosigkeit sein. Farblosigkeit. Leere. Ein dumpfes Nichts. Weniger als nichts.

Sie setzte sich auf den Ledersessel, den sie schon lange besaß, und starrte die Wand an. Seit sie vom Fenster aus verfolgt hatte, wie der Hauptkommissar und die schwarz gekleidete Polizistin auf das Haus zugekommen waren, um bei ihr zu klingeln, hatte sie keine einzige Träne geweint. Sie hatte die beiden entdeckt und sofort gewusst, was dieser Besuch zu bedeuten hatte. Hatte es einfach *gewusst*.

Ja. Keine einzige Träne. Jetzt jedoch, als sie nicht mehr damit gerechnet hätte, spürte sie die Welle, die ihren Körper erfasste. Das Beben in den Schultern, die kleine stille Explosion in ihrem Kopf. Tatsächlich, sie kamen, unaufhaltsam, die Tränen. Radka weinte. Wie noch nie zuvor. Nicht einmal damals, als man ihr das kleine Mädchen wieder weggenommen hatte oder in jenem albtraumhaften Moment, als man dafür gesorgt hatte, dass ihre Karriere zu Ende war.

Aus dem Weinen wurde ein Heulen, erst leise, dann laut, der Schmerz fühlte sich ganz seltsam an, als würde eine schwere, heiße Materie durch die Poren ihrer Haut in sie hineingepumpt. Immer war sie davon ausgegangen, dass Gefühle ein Teil des Gehirns und des Herzens waren, doch nun schienen sie zu ihrem Körper zu gehören, Prozesse ihrer Muskeln, Knochen, Lungen zu sein – sie und der Schmerz waren nicht mehr auseinanderzuhalten, Radka heulte nicht mehr, sie schrie, immer lauter und lauter. Wie lange, hätte sie kaum sagen können. Aber irgendwann bebte nichts mehr in ihr, sie kauerte einfach in dem Sessel, so kraftlos, dass sie daran zweifelte, ob sie jemals wieder würde aufstehen können.

Der Himmel verdunkelte sich, auch in der kleinen Wohnung wurde es düster. Kein Licht brannte, nach wie vor ertönte kein Laut. Radka nutzte dieses Refugium, um sich zurückzuziehen und ihrer Korrespondenz nachzugehen. Immer noch war ihr Rat gefragt; mit Balletttänzerinnen aus aller Welt hielt sie Briefwechsel aufrecht, trotz oder gerade wegen der digitalen Flut, die es heutzutage gab. Sie liebte es, mit der Spitze ihres Federhalters über teures Papier zu kratzen und Worte entstehen zu lassen, die stets mit jener Zeit zu tun hatten, als sie selbst noch auf der Bühne zu Hause gewesen war. Radka kannte die Träume der Tänzerinnen, deren Sorgen und Ängste, deren Verletzungen, und es gab ihr etwas, dass die jungen Frauen ihre brieflichen Antworten kaum erwarten konnten.

Auch heute hatte sie schreiben wollen, doch das war nicht mehr möglich – sie war wie innerlich abgestorben, nur noch ihre Hülle schien übrig geblieben zu sein. Nicht einmal die Erinnerungen waren noch ein Trost.

Als es an der Wohnungstür klingelte, zuckte sie nicht einmal zusammen. Sie rappelte sich auf und stützte sich auf ihren Stock, den sie zuvor an den Schreibtisch gelehnt hatte. Doch sie bewegte sich nicht auf die Tür zu.

Wiederum wurde geklingelt. Noch einmal und noch einmal. Dann hämmerte jemand mit der Faust gegen das Holz.

Es war also nicht die Polizei, wie sie zunächst vermutet hatte.

Langsam ging sie durch das Zimmer und den Flur auf die

Tür zu, den Stock als leisen Taktgeber auf dem Ahornparkett. Ein Blick durch den Spion. Sie holte tief Luft und öffnete.

Der Mann sagte nichts, sondern forschte in ihrem Blick. Die Tränen hatten gewiss ihre dezent aufgetragene Schminke verschmiert. Sie musste grauenhaft aussehen, aber das war ihr egal.

»Darf ich hereinkommen?«, fragte er mit seinem Akzent, der ihr so vertraut war, mit dem sie selbst sprach, wenn auch nicht mehr so deutlich.

Wortlos trat sie zur Seite, er ging an ihr vorbei ins Innere, und sie schloss die Tür wieder. Dann standen sie sich vor dem Schreibtisch gegenüber.

»Ich wollte dir nur sagen, dass es mir leidtut.« Leise kamen die Worte über seine Lippen. »Wir haben deinen Jungen nicht beschützen können.«

Kleinlaut wirkte er, wahrscheinlich so defensiv wie niemals sonst im Leben, dieser eiskalte, kühl agierende Mann, der sich durch nichts einschüchtern ließ und angeblich immer einen Ausweg fand.

Sie erwiderte nichts, starrte ihn nur an, und sie wusste, wie vernichtend ein Blick aus ihren Augen sein konnte.

»Ich werde alles daransetzen«, sprach er weiter, »diese Bestie zu kriegen.«

Sie lachte auf, hart und rau. »Tu, was immer du willst. Für mich spielt das keine Rolle mehr. Nichts kann mir *meinen Jungen*, wie du ihn nennst, zurückbringen.«

»Ich habe mit Karabasch geredet, und er will …«

»Karabasch interessiert mich nicht. Keiner interessiert mich.«

Auch Witali Blochin selbst nicht mehr, wie sie feststellte. In einer Welt der Schwätzer und Weicheier hatte er etwas Besonderes dargestellt, etwas, das sie angezogen hatte, ganz egal, wie viele Verbrechen er begangen haben mochte. Doch damit war es vorbei. Er war ihr so egal wie der Rest der Welt.

»Ich werde weiter Jagd auf den Mörder machen«, sagte Blochin.

»Weiter«, wiederholte sie zynisch. »Was hast du denn bisher erreicht? Ebenso viel wie die Polizei. Nämlich gar nichts.«

Darauf antwortete er nichts.

»Ich habe mich immer auf mich konzentriert«, fuhr sie fort, obwohl sie das gar nicht wollte. »Auf meine Karriere. Disziplin. Härte. Ich war fokussiert. Dann war meine Laufbahn vorüber. Ich wusste nicht, wie es weitergehen sollte. Und plötzlich hatte ich Joel. Da war mir klar, dass vorher alles ohne Sinn gewesen war. Joel war mein Leben.« Sie wusste nicht, warum die Worte auf einmal förmlich aus ihr herausströmten, und spürte, wie sich ihr Mund verzog, aber sie schaffte es, neuerliche Tränen zu vermeiden. Vor Blochin würde sie nicht weinen, vor *niemandem* würde sie weinen.

»Verschwinde«, sagte sie leise, den Blick kalt auf ihn gerichtet. »Hau einfach ab und komm nie wieder hierher!«

In seinem Gesicht zuckte es. Ganz sicher hatte es nie jemand gewagt, so mit Witali Blochin zu reden. Seine Augen funkelten. Für einen Moment sah es fast so aus, als könnte er handgreiflich werden, doch das Funkeln erlosch. Er drehte sich um und verließ ohne einen weiteren Ton die Wohnung.

Radka schloss die Augen. Sie ließ es zu, dass die Erinnerungen kamen und sie forttrugen. Sie hörte das surrende Geräusch, wenn der Bühnenvorhang aufgezogen wurde, den einsetzenden Applaus des Publikums, sie roch den getrockneten Schweiß in den Proberäumen des Bolschoi-Theaters, sie sah sich im Restaurant *Argawi* in Gesellschaft von wichtigtuerischen Parteifunktionären. Eine Kapelle spielte georgische Musik, sie schmeckte Wodka und Teliani auf der Zunge, Fischsalat und Kaviar als Vorspeise, Schaschlik als Hauptgang, eine andere Zeit, eine andere Welt.

Erst ein erneutes Klingeln an der Wohnungstür brachte sie zurück in die Trostlosigkeit der Gegenwart. Blochin? Was wollte er noch? Ihr doch noch mit seinen Fäusten ein paar Knochen brechen, weil sie ihn beleidigt hatte, den großen, stolzen Macho, vor dem alle auf den Knien herumrutschten? Sie hatte keine Angst vor ihm – oder weigerte sich, Angst aufkommen zu lassen.

Sie bewegte sich auf die Tür zu, benutzte dabei kaum den Stock, und achtete nicht auf den Schmerz im Knöchel. Sie packte die Klinke, machte auf – und hielt verblüfft inne.

Es war nicht Blochin, der sie ansah, sondern ein anderer Mann.

»Du?«, fragte sie, völlig überrumpelt. »Nach all den Jahren?«

Er nickte. »Ja. Nach all den Jahren.«

33

Mara Billinsky klopfte an die Bürotür und stürmte unverzüglich hinein, ohne eine Reaktion abzuwarten. Rosen hatte Mühe, ihr zu folgen, während Klimmt massig in seinem Drehstuhl klebte, das Telefon am Ohr. Am anderen Ende der Leitung befand sich offenbar jemand von der Staatsanwaltschaft, wie sie seinem dürftigen, nur gelegentlichen Brummen entnehmen konnten.

Rosen schloss die Tür und stellte sich neben Mara, die sich vor dem Schreibtisch postiert hatte, wie sie das meistens tat. Kaum dass der Hauptkommissar sein Gespräch beendet hatte, äußerte sie in ihrem berüchtigten forschen Ton: »Rosen hat Ihnen was mitzuteilen.«

»Was Sie nicht sagen.« Sein Blick fiel auf Rosen. »Na, denn mal los.«

»Es geht um Elke Neubert und Max Dereven.«

»Die Mordopfer aus Köln und Hannover.«

»Nur zur Erinnerung: Bei Dereven war es von Beginn an klar, dass es eine russische Verbindung gab. Seine Eltern stammten aus der ehemaligen Sowjetunion und kamen bereits vor der Wende nach Deutschland.« Rosen holte Luft. »Aber nun hat sich gezeigt, dass sich auch im Falle von Elke Neubert eine solche Verbindung nachweisen lässt. Ihr Vater war ebenfalls sowjetischer Staatsbürger – und schon vor dem Fall der Mauer in Deutschland. Neubert ist ein Falschname, den er irgendwann nach der Wende angenommen hat.«

»Wie lautet sein richtiger Name?«

»Timor Newolin.«

»Hm.« Klimmt brummte. »Sie hatten die Kölner Kollegen

doch schon vor einiger Zeit in diese Richtung gestoßen, richtig?«

Rosen nickte eifrig. »Entweder sie haben den Hinweis nicht ernst genommen, oder Newolin hat sich besonders geschickt angestellt, die eigenen Spuren zu verwischen.«

Stille trat ein. Klimmt starrte vor sich hin, seine Kiefer mahlten.

»Ihnen ist klar, was das bedeutet«, bemerkte Mara nach einer Weile drängend. »Bei sämtlichen Opferfamilien gibt es also einen russischen Hintergrund.«

»Nicht bei den Tannheims.«

»Ach Quatsch!«, rief sie aus. »Ich verwette meine Rotweinvorräte, dass Viktor Tannheim in eine Reihe gehört mit Dereven, Newolin und Malik.«

»Malikov«, berichtigte Rosen leise.

»Nicht zu vergessen«, sagte Mara rasch, »unsere feine Dame. Radka Steinmann. Beziehungsweise Nikitina.«

»Ja, bis hier bin ich bei Ihnen, Billinsky, aber Sie stürmen ja immer gleich mit der Mafiabande vor, und da glaube ich …«

»Die verdammten Symbole. Das ist doch eindeutig. Solche Tätowierungen benutzen Verbrecher, die zum Dunstkreis von Witali Blochin gehören. Daran besteht kein Zweifel.«

Abwehrend hob Klimmt die Hand. »Blochin ist auf einem anderen Spielfeld zu finden. Davon bringen Sie mich nicht ab. Nichts deutet darauf hin, dass er und seine Bande …«

»Okay«, rief Mara aus. »Lassen wir von mir aus Blochin. Aber bleiben wir bei den Eltern der Mordopfer.« Sie sah zu ihrem Kollegen. »Na los, Rosen!«

»Die Kölner Kollegen haben mir gesagt«, begann er, »dass sich Elke Neuberts Eltern vor Tagen ins Ausland abgesetzt haben. Flug nach Zürich. Und dort verliert sich ihre Spur … Tja, und dann habe ich in Hannover angerufen, und bei den Derevens sieht es genauso aus. Sie haben das Land verlassen, Ziel unbekannt.«

Maras Blick funkelte in Klimmts Richtung. »Ist Ihnen das immer noch nicht auffällig genug?« Mit harter Stimme forderte sie: »Ich will sie hier haben. Alle.«

Klimmt zeigte keinerlei Reaktion. Sein Ausdruck hatte etwas Unbewegtes, Stures. Die Kiefer mahlten wieder.

»Das müsste sich doch bewerkstelligen lassen. Wir müssen alles in Bewegung setzen, damit die Neuberts und die Derevens ruckzuck wieder nach Deutschland gebracht werden. Ich verstehe gar nicht, dass man sie so einfach ...« Sie stoppte sich erst, dann sagte sie erneut: »Ich will sie *alle* hier haben. Wir brauchen sie hier, selbst wenn sie im Moment irgendwo in Sansibar hocken würden.«

Klimmt äußerte nach wie vor kein Wort.

»Chef!«, drängte Mara, nach wie vor mit funkelnden Augen.

»Wo immer sie sein mögen, wir werden sie dort lassen«, kam endlich eine Antwort von ihm – und die klang müde, seltsam defensiv.

»Was?«, blaffte Mara.

»Ende der Durchsage«, murmelte der Hauptkommissar.

Mara hatte das Gefühl, sie müsste platzen, dann aber hielt sie sich zurück. Abwägend betrachtete sie ihren Vorgesetzten. In beherrschterem Ton meinte sie: »Sie sehen so aus, als wären sie gar nicht überrascht. Als hätten sie etwas in der Art erwartet.«

»So kann man es nicht sagen«, entgegnete er fast schon ausweichend, was kaum seiner Art entsprach.

»Wie kann man es dann sagen?«

»Ach, Billinsky, Sie können wild mit Namen jonglieren, solange Sie wollen. Newolin, Malikov, Dereven. Aber es bleibt doch bei der alten Leier. Wir brauchen einen *konkreten* Verdachtsmoment. Indizien. Zeugenaussagen. Ein Verbrechen, mit dem wir jemanden in Verbindung bringen können. Sie kennen das Spiel ebenso gut wie ich. Es gelingt uns ja nicht einmal, eine direkte Verbindung zwischen den Eltern der

Opfer herzustellen. Anscheinend kennen sie sich überhaupt nicht. Und warum sollte es jemand auf Russen abgesehen haben, die …«

»Nein, nein. *Das* meine ich ja gar nicht.« Sie schüttelte den Kopf und ließ ihn nicht aus den Augen. »Sie wissen etwas, das Rosen und ich *nicht* wissen.«

»So ist es ganz und gar nicht«, erwiderte er schroff. »Ich stehe genauso im Regen wie ihr.«

»Und wer lässt es regnen? Warum sollen wir die Eltern mit Samthandschuhen anfassen – oder am besten überhaupt nicht?«

»Hm.« Er schnaufte. »Ihnen ist klar, dass der Staatsanwalt sehr daran interessiert ist, über jede unserer Gedankenspielereien, über jeden unserer Schritte informiert zu sein.«

»Kaum verwunderlich. Und weiter?«, drängte Mara schon wieder.

»Sicher, die übereinstimmende Herkunft ist auffällig. Mögliche Namensänderungen ebenfalls.« Er machte eine wegwerfende Handbewegung. »Trotzdem sage ich Ihnen eines: Solange wir keinen eindeutig beweisbaren Vorwurf gegen die Eltern vorlegen oder sie nicht unzweifelhaft mit einer Straftat in Verbindung bringen können, ist es ihnen erlaubt, zu tun und zu lassen, was sie möchten. Auch zu reisen, beispielsweise.«

»Woher kommt das? Doch nicht von Ihnen.« Mara schüttelte wieder den Kopf. »Was ist mit Staatsanwalt von Lingert los? Was bezweckt er? Am liebsten würde ich mal ein Wörtchen mit ihm reden.«

»Er bezweckt gar nichts.« Klimmt warf ihr einen warnenden Blick zu. »Und unterstehen Sie sich, ihn darauf anzusprechen. Sonst trete ich Ihnen in den Hintern. Und das ist keine Metapher oder so was, sondern wörtlich gemeint.« Erneut mit einem Murmeln fügte er an: »Keine Ahnung, was zwischen Ihnen und von Lingert vorgefallen ist, aber wenn Ihr Name fällt, strahlt er nicht gerade vor Glück, um's mal so zu sagen.«

»Zwischen uns ist gar nichts *vorgefallen*«, zischte sie.

»Wie dem auch sei, wir lassen die Eltern der Opfer vorerst in Ruhe.«

»Was heißt vorerst?«, kam es sofort von Mara, während Rosen nach wie vor den Mund hielt.

»Vorerst heißt vorerst«, knirschte Klimmt.

»Einerseits machen Sie uns Vorwürfe, dass wir nicht vorankommen, und andererseits legen Sie uns Fesseln an.«

»Niemand legt Ihnen Fesseln an. Ich sage nur, dass wir nicht so ohne Weiteres an die Familien herankommen.«

»Das schließt dann wohl auch die Malikovs ein?«

»Auch die Malikovs«, antwortete er, verbissen oder angefressen – oder beides.

»Seit wann ist Ihnen das bekannt?«

»Seit heute.«

»Chef, ich sage Ihnen, dass Viktor Tannheim auf ziemlich dreiste Art Verstecken mit uns spielt.«

»Inwiefern?«

Mara warf Rosen einen dankbaren Blick zu, weil er ihren Auftritt bei Tannheim vor Klimmt verschwiegen hatte. »Glauben Sie's mir. Er hält uns zum Narren.«

»Wie auch immer«, blaffte Klimmt. »Für ihn gilt, was für alle diese Leute gilt – wir benötigen handfeste …«

»Was ist mit der Steinmann?«, unterbrach Mara nun ihn. »Müssen wir sie auch verschonen mit unseren ach so nervigen Fragen?«

»Radka Steinmann ist für mich bisher ein ebenso großes Rätsel wie für Sie.«

»Wir müssen weiterermitteln«, sagte Mara. »Da können wir keine Rücksicht darauf nehmen, ob …«

Wieder kam die wegwerfende Geste von Klimmt. »Glaubt mir, ich weiß auch nicht, woher der verdammte Wind weht.« Er erhob sich schwerfällig, drehte ihnen den Rücken zu und stellte sich ans Fenster, vor dem sich der graue, fast lichtlose Tag ballte.

»Chef«, begann sie vorsichtiger, »was immer Ihre Anweisungen sein mögen …«

»Es gibt keine *Anweisungen*«, brummte er barsch.

»Viktor Tannheim darf auf keinen Fall von unserem Radar verschwinden.« Mara starrte auf seinen breiten Rücken. »Und das gilt auch für die Primaballerina.«

Der Hauptkommissar wandte sich wieder ihr und Rosen zu, äußerte aber nichts.

»Anfangs dachte ich«, fuhr Mara fort, »dass Radka Steinmann es sein könnte. Diejenige, die den Stein ins Rollen bringt und uns eventuell Zugang zu Informationen verschafft. Aber inzwischen glaube ich eher, dass sie dabei ist, die Mauer des Schweigens, die sie umgibt, noch zu verstärken. Tja, und dann wäre da noch Blochin. Er …«

»Nein, Billinsky.« Klimmt fixierte sie mit seinem Blick.

Maras Handy klingelte. Sie zog es aus der Gesäßtasche. Die angezeigte Nummer kannte sie nicht. »Billinsky?«

Während Rosen an ihr vorbeisah, waren Klimmts Augen auf sie gerichtet, bis sie nach nicht einmal zwei Minuten das Gespräch beendete.

»Die ganze Zeit über will keiner mit uns reden, und jetzt kommt jemand sogar freiwillig auf uns zu«, murmelte sie. »Nette Abwechslung.«

»Wen meinen Sie, zum Teufel?« Der Hauptkommissar musterte sie gespannt.

»Joel Steinmanns Vater. Ich hatte ihn angerufen, nachdem wir Joels Leichnam gefunden hatten.«

»Das war Melvin Steinmann?«, fragte Rosen überrascht.

»Er klang ziemlich mitgenommen. Offenbar ist er gerade auf dem Weg nach Frankfurt, weil er Radka sehen möchte. Und er hat angeboten, dass wir uns treffen können.« Mara zuckte mit der Augenbraue. »Ich bin neugierig, was er zu erzählen hat.«

34

Radka Steinmann sah aus, als würde sie ihm am liebsten die Tür vor der Nase zuknallen. Doch bevor sie es tun konnte, ging Edgar Billinsky forsch an ihr vorbei, den eleganten Mantel zusammengefaltet über den Arm gelegt. Er betrat die Wohnung, die sie eher als eine Art Büro nutzte und die sich in den zurückliegenden fünf oder sechs Jahren kaum verändert zu haben schien.

»Was soll das?«, fragte Radka mit harter Stimme. »Was willst du hier?«

Er wandte sich ihr zu und betrachtete sie eingehend. Sie schien kein Gramm zugelegt zu haben. Schlank, drahtig, ohne jegliche Fettpölsterchen, wie eine junge, durchtrainierte Frau stand sie im Halbdunkel des schmalen Flurs vor ihm. Nur wenn man genauer hinsah, erkannte man, dass die haarfeinen Fältchen um Augen und Mundwinkel tiefer geworden waren, die Haut ihres Halses ein wenig schlaffer war, und die Venen an ihren Handrücken stärker hervortraten. Auch wenn sie immer noch jünger wirkte, als sie war: Die Zeit war nicht spurlos an Radka Steinmann vorübergegangen. Aber für ihn galt das gewiss noch auf viel augenfälligere Weise, da gab er sich keinen Illusionen hin.

Als er weiterhin schwieg, sagte sie: »Bitte geh wieder. Ich kann niemanden ertragen.«

Die Trauer stand in diesem Flur, als könnte man sie mit den Händen ergreifen, schwer und massig.

Edgar hob die Hand und stieß lässig die noch offene Tür zu.

»Hast du nicht gehört?« Ihre Stimme erhielt eine Schärfe,

die ihm noch bestens vertraut war. Auch das Blitzen in den schönen Augen kannte er.

»Was willst du jetzt tun, Radka? Die Jalousien herunterlassen und dich hier vergraben?«

»Was ich will, ist meine Sache – und geht dich nichts an.«

»Mein Beileid, Radka«, meinte er leise.

In ihrem Gesicht zuckte ein Muskel, doch es gelang ihr, sich zu beherrschen und die Tränen zurückzuhalten.

»Woher weißt du es?«, kam es tonlos, fast unhörbar von ihr.

»Du kennst mich doch. Mir entgeht nicht viel.«

Es war das Überraschungsmoment gewesen, er spürte das. Wäre er nicht so kaltschnäuzig hereinmarschiert, hätte sich keine Unterhaltung entwickelt, dann würde er längst von außen die geschlossene Tür anstarren.

»Was willst du?«, fragte sie.

»Ich habe mir vorgestellt, wie du hier oder in der Sophienstraße herumsitzt. Verloren und einsam.«

»Es macht mir nichts aus, allein zu sein. Gerade jetzt nicht.«

»Wenn man allein trauert, fühlt sich alles umso schlimmer an.«

Radka erwiderte nichts. Von draußen drangen gedämpfte Motorengeräusche ins Innere, jemand hupte lautstark, dann war wieder alles ruhig.

»Wir hatten eine gute Zeit«, sagte er in die bedrückende Stille.

»Wir hatten Sex«, antwortete sie knapp.

Edgar nickte. »Und doch hatte ich das Gefühl, dass du eine der wenigen Frauen bist, bei der …« Er stockte und musste neu ansetzen. »Es hat mir immer leidgetan, dass wir uns nicht mehr gesehen haben.«

»Was du nicht sagst«, gab sie zurück, tonlos wie zuvor.

»Ich meine es ehrlich.«

»Der Rechtsverdreher meint es ehrlich. Soso.«

»Deine spitze Zunge hast du dir bewahrt, das freut mich.«

Erneut schien Radka zwischen Wut auf ihn und ihrer Trauer zu schwanken. »Was hast du nicht verstanden an: Ich kann niemanden ertragen?«

»Ich lasse dich gleich wieder in Frieden, aber ich …« Er schritt fast beiläufig weiter und betrat das Zimmer, in dem ihr Schreibtisch aus Kirschholz und die Ledersessel standen. »Wirklich, Radka, es war mir ein Bedürfnis, dich zu sehen und dir mein Beileid auszusprechen.«

»Ich kenne dich als jemanden mit anderen Bedürfnissen.«

»Oh, ich habe mich geändert.«

»Eine glatte Lüge«, tat sie seinen Satz ab. »Man sieht dir an, wie du lebst, Edgar.«

»Ich habe mich gebessert.« Er stand mit dem Rücken zu ihr und hörte, wie sie ihm folgte, begleitet vom *Tock-Tock* ihres Stockes. »Ich nehme nicht mehr so viele Fälle an wie früher, verbeiße mich nicht mehr so stark in sie. Ich trinke weniger. Na ja, meistens jedenfalls. Ich esse gesünder.« Betont fügte er hinzu: »Und ich habe bei Weitem nicht mehr so viele Verabredungen wie früher.«

Sie setzte sich auf den abgewetzteren der beiden Sessel. »Was ist los, Edgar? Sonst hast du nicht so viel geredet.«

»Nein, wenn ich mit dir zusammen war, hatte ich andere Sachen im Kopf.« Er sah sie an, ohne sich von der Stelle zu rühren. »Du konntest einen verrückt machen, Radka.«

»Der Sex war für mich immer …« Sie erwiderte seinen Blick mit einer entwaffnenden Direktheit, die keine andere Frau hinbekommen hätte. »Eine Art Belohnung. So viele Jahre, die nur aus Training und Auftritten bestanden. Vom Hotelzimmer in die Garderobe, von dort auf die Bühne und zurück ins Hotel. Nie richtig satt essen. Nie Alkohol. Nie Vergnügungen oder Entspannung. Später dann, als ich ein Humpelfuß war, hatte sich mein Magen so sehr entwöhnt von Köstlichkeiten und Champagner, da blieb nur der Sex. Ich hatte Affären. Viele.

Wie mit dir.« Sie starrte ins Nichts. »Und dann hatte ich Joel. Er bedeutete mir mehr als alles andere, sogar mehr als früher meine Karriere. Er war alles für mich.«

Edgar schwieg.

»Warum schaust du mich so an?«

»Weil ich es jetzt noch mehr bedaure, dass wir früher nicht mehr miteinander gesprochen haben. Du hast bestimmt sehr viel zu erzählen.«

Traurig schüttelte Radka den Kopf. »Nichts habe ich zu erzählen. Ein Leben auf Bühnen. Ein Leben nur für mich. Ein einziges Mal habe ich an jemand anders gedacht. Ich wollte helfen, und das ist mir nicht gut bekommen. Dann war meine Laufbahn vorüber. Ich wusste nicht, wie es weitergehen sollte.« Sie seufzte und blickte zu Boden. »Ich heiratete. Wohl vor allem, weil ich der Meinung war, ich bräuchte eine Basis im Leben. Einen Halt. Das, was vorher das Ballett gewesen war. Aber letztlich war es Joel, der mit Halt gab. Weil ich *ihm* Halt gab.« Sie sah auf. Keine Träne stand mehr in ihren Augen. Ihr Gesicht war beinahe maskenhaft starr, wie aus feinem Holz geschnitzt. »Edgar, warum bist du hier aufgetaucht?«

Er legte seinen Mantel sorgfältig auf der Lehne des zweiten Sessels ab und setzte sich, den Oberkörper nach vorn geneigt, die Hände ineinander gefaltet. »Das habe ich dir schon gesagt. Als ich das von deinem Sohn erfuhr, musste ich unentwegt an dich denken. Seit wir uns aus den Augen verloren hatten, warst du wie ausgeblendet für mich. Und plötzlich schwebte ständig dein Gesicht vor mir. Ich setzte mich ins Auto, fuhr erst in die Sophienstraße, ohne dich anzutreffen, anschließend hierher. Doch ich konnte nicht aussteigen, saß einfach im Wagen. Dann sah ich dich für einen Moment an einem der Fenster.«

Sie musterte ihn argwöhnisch, ihre Augen wurden schmal. »Kommt der Name Billinsky häufig vor in Deutschland?«

Er lächelte irritiert. »Ganz ehrlich, ich weiß es nicht, darüber habe ich mir nie Gedanken gemacht.«

»Kommt er häufig vor in Frankfurt?«

»Worauf willst du hinaus, Radka?«

»Ich habe eine Kommissarin kennengelernt. Sie heißt Billinsky.«

Er fühlte sich fast wie vor Gericht: Sollte er eine Finte wagen oder die Wahrheit aussprechen? Er vertraute seinem Instinkt. »Ich habe von der Frau gehört.«

»Sie ist also nicht mir dir verwandt?«

»Nein.«

»Du kennst sie nicht persönlich?«

»Nein, Frau Staatsanwältin.« Er setzte ein Schmunzeln auf, das völlig gleichmütig wirken sollte. »Es hat sich herumgesprochen, dass sie einen eigenwilligen Kleidungsstil hat. Zumindest für eine Polizistin. Was meinst du? Würde sie zu mir und meiner Familie passen?«

»Wahrscheinlich nicht«, antwortete Radka nach einem kurzen Überlegen. »Wir beide haben allerdings nie über unsere Familien geredet. Nun ja, wir haben ohnehin wenig gesprochen.« Sie seufzte erneut. »Umso erstaunlicher, dass wir ausgerechnet heute …« Abrupt verstummte sie.

»Ja?«

»Vielleicht ist es gar nicht so schlecht, dass du hier bist. Wirklich, ich wollte einfach nur allein sein. Am liebsten hätte ich mir eine Kugel in den Kopf gejagt. Aber selbst dafür hätte ich nicht genug Kraft aufgebracht.« Ihr Blick verlor sich.

»Ich hätte dich gern einmal tanzen gesehen«, sagte Edgar Billinsky leise.

Sie maß ihn mit einer jähen Verächtlichkeit. »Nur im Bett wolltest du mich sehen.«

»Damals schon«, gab er unumwunden zu. »Heute ist es anders. Tatsächlich, Radka, ich bedaure es, nie eine Vorstellung von dir miterlebt zu haben.«

»Dafür ist es allerdings zu spät, und zwar schon seit Langem«, erwiderte sie bitter.

»Wie ist es passiert?«

»Was?«, fragte sie mit wieder erwachtem Argwohn.

»Der Unfall, der dich zum Karriereende zwang.«

»Das hast du mich vorher nie gefragt.«

»Doch. Ein einziges Mal. Und keine Antwort erhalten.«

Ein Schatten legte sich auf ihr Gesicht, der nicht allein mit ihrer Trauer zusammenhing. »Das wirst du auch heute nicht.«

Aufmerksam taxierte er sie. »Vorhin hast du gesagt, du hättest nur einmal an jemand anders gedacht und helfen wollen.«

»Na und?«, kam es mit einem unwirschen Achselzucken von ihr.

»Du hast außerdem gesagt, das sei dir nicht bekommen. Und dann sei es aus gewesen mit deiner Laufbahn.«

Ihr Blick war wie gefroren, wie aus Eis, ihr Mund eine schmale Kerbe.

»Was hast du damit gemeint?«

»Gar nichts.«

Er stand auf und sah auf sie herunter. »Wovor hast du Angst?«

»Angst?« Radka lachte auf. Ein harter, unnahbarer Laut. »Vor gar nichts mehr. Man hat mir *alles* genommen. Wovor sollte ich mich noch fürchten?«

Edgar machte einen Schritt auf sie zu, sodass er ganz nah vor ihr stand. Er roch ihr Parfüm – dasselbe wie damals. Er besah sich erneut die messerscharfen Fältchen in ihrem unverwechselbaren Gesicht. »Vielleicht ist es nicht Angst, aber irgendetwas schleppst du mit dir herum. Und ich meine nicht die Trauer. Was ist es?«

Auch sie erhob sich. Ihre Miene verzog sich, wohl aufgrund eines Schmerzes im Knöchel. »Gar nichts«, sagte sie wieder – so hart, wie ihre Augen ihn ins Visier nahmen.

»Was ist es, Radka?«

Ihr eben noch unnachgiebiger Blick brach, als würde eine zarte Hülle aus Glas zerspringen, auf einmal weinte sie hemmungslos, schluchzend, gequält, und sie ließ es zu, dass er sie in die Arme nahm, während ihr Stock mit einem klackenden Laut auf den Boden fiel. »Joel hat das nicht verdient«, klagte sie. »Er hat niemandem etwas Böses getan. In seinem ganzen Leben nicht. Er war so unschuldig. Er wäre Lehrer geworden oder Künstler oder ...« Die Worte gingen in einem weiteren Schluchzen unter.

»Wer hat ihm das angetan?«, fragte Edgar, als sie wieder ruhiger wurde.

»Ich weiß es nicht, und es ist ...« Der Rest ihrer Worte erstarb in neuerlichem Schluchzen.

»Hast du keinen Verdacht?«

»Nein, habe ich nicht«, flüsterte sie, immer noch in seinen Armen, zart und verletzlich, als hätte es die harte, starke Radka nie gegeben. Sie löste sich von ihm. Mit einem Ausdruck der Qual, wie er ihn wohl nie bei jemandem gesehen hatte, schaute sie geradenwegs durch ihn hindurch. »Irgendetwas geht vor. Irgendetwas, das ...« Sie verstummte schnell und senkte den Blick.

»Sprich weiter«, bat Edgar eindringlich. »Ich sehe doch, wie du dir den Kopf zermarterst. Woran denkst du?«

Wiederum jedoch wurde ihr Mund zu einer harten, wie versiegelt wirkenden Kerbe in ihrem schönen Gesicht.

35

»Na los, schieß schon, du Idiot!«

Anyana Lupescu hörte noch Fedors Stimme, obwohl Stunden vergangen waren und sie allein im Wohnzimmer auf dem Sofa saß, die Beine angezogen, die Füße übereinander, den Blick auf den Fernseher gerichtet, der ohne Ton lief und seine grellen Bilder ausspuckte.

»Na los, schieß schon, du Idiot!«

Sie sah alles vor sich, die ganze Zeit schon, jene Situation, als Rosen und Fedor sich gegenübergestanden hatten, etwa zehn Meter voneinander getrennt. Und Anyana machte sich nichts vor. In diesem Moment hatte sie gehofft, Rosen würde abdrücken. Nicht nur einmal, sondern bis das komplette Magazin leer sein würde. Sie hatte innerlich gefleht, gebetet, sie wollte Fedors Körper blutüberströmt auf den feuchten Asphalt liegen sehen. Es ertönte jedoch kein Knall, im Gegenteil, es blieb geisterhaft still in der Straße. Und Fedor, dreist und kaltblütig, wie er war, drehte sich einfach um und ging davon, wobei er über die Schulter einen herausfordernden Blick zurückwarf, sicher, dass Rosen am Ende doch nicht schießen, ja, dass er nicht einmal versuchen würde, ihn aufzuhalten.

Stattdessen war Rosen zu Anyana geeilt, um ihr aufzuhelfen und sie mit seinen Armen zu umschließen, die Waffe noch in den bleichen Fingern. Sie weinte an seiner Schulter, während in ihr weiterhin der Wunsch brannte, Fedor zusammenbrechen zu sehen, ihn *sterben* zu sehen.

Rosen hätte ihn nicht entkommen lassen dürfen. Rosen hätte härter sein müssen. Sie schloss die Augen, spürte das Trommeln ihres Herzens.

Und jetzt?

Alles hatte sich verändert, die Situation war eine andere. Denn nun wusste Fedor, wo sie sich verkrochen hatte. Eine Tatsache, die in ihrem Magen festsaß wie ein Klumpen aus Blei.

Der Tag war an Anyana vorbeigeschlichen. Sie hatte nichts gegessen, nur ein paar Schlucke Leitungswasser getrunken und ansonsten nichts anderes getan, als auf den Fernseher zu starren und in ihrer kalten Furcht zu baden. Sie kam sich vor wie gelähmt, ihr gesamtes Leben erschien ihr wie eine einzige fortwährende Qual. Wann hatte sie jemals so etwas wie Ausgeglichenheit erlebt, von Glück ganz zu schweigen? Das war einfach zu beantworten: niemals.

Sie öffnete die Augen, und sofort wurde ihr Blick wieder vom Bildschirm angezogen, der junge Leute zeigte, die mit Partyvorbereitungen beschäftigt waren. Anyana hasste sie, ihre Ausgelassenheit, ihre zur Schau getragene Quirligkeit, das alberne Gelächter. Es war nichts weiter als eine Serie, es waren nur Schauspieler, aber daran dachte sie nicht. Das, was sie sah, nahm sie für bare Münze, und sie fühlte eine tiefe Verlorenheit in sich.

Und jetzt?

Sie stand vom Sofa auf und durchquerte den Raum, um am Rande des Fensters vorsichtig auf die Straße spähen zu können. Nein, sie hielt es einfach nicht mehr aus hier. Der bleigraue Nachmittag verwandelte sich in einen dunklen Abend, und die vorbeischwebenden Nebelschwaden verstärkten noch Anyanas Gefühl von Einsamkeit, ihre dumpf pochende Angst.

Die Wände schienen sich auf sie zuzubewegen, die Decke kam ihr niedriger vor, sie rang nach Luft, fuhr sich übers Gesicht, spürte Tränen aufsteigen. Plötzlich war sie von der Gewissheit erfüllt, dass Fedor ganz in der Nähe war, sie *spürte* ihn, sie *roch* ihn. Mit schnellen Schritten hastete sie zur Garderobe im Flur. Fahrig zog sie die Schuhe an. Sie schloss die Wohnungstür auf, ließ den Schlüssel stecken und streifte sich im Laufen die Jacke über.

Hinaus in die kalte Luft, die Haustür schlug hinter ihr zu, bloß weg hier, zur Haltestelle des Linienbusses und dann … wohin auch immer.

Ein Auto brummte an Anyana vorbei. Sie erschrak und lief weiter, den Kopf eingezogen, die Hände in den Taschen vergraben. In ihrem Rücken ertönten Schritte, und sie wagte es nicht, nach hinten zu schauen. Jemand rief ihren Namen, nun rannte sie, Fedors Gesicht wie einen Dämon vor ihrem inneren Auge. Noch schneller. Erneut hörte sie ihren Namen, die Angst machte sie rasend. In der Ferne tauchte das Haltestellenschild auf. Sie wollte die Straße überqueren, von rechts dröhnte ein Motor. Sie riss die Augen auf, Scheinwerfer blendeten sie, und im nächsten Moment wurde sie von hinten hart an den Schultern gepackt.

36

Es war ein schier endloser Tag gewesen. Je weniger sie vorankamen, desto zermürbender und kraftraubender waren ihre Bemühungen. Während Rosen es wieder einmal auffällig eilig gehabt hatte, nach Hause zu gelangen, ließ Maras Dienstschluss noch auf sich warten. Sie hatte sich in die City begeben. In einem Parkhaus stellte sie ihren Alfa ab, dann ging sie zu Fuß zu dem Hotel, das in unmittelbarer Nähe der Zeil lag. Längst war es dunkel geworden.

Die Bar des Hotels, im Keller gelegen, war schick, aber nicht trendy, eher auf gewisse Weise zeitlos. An diesem frühen Abend hatte noch niemand den Weg hierher gefunden – bis auf den Mann, der sich auf seiner Zugfahrt nach Frankfurt telefonisch bei Mara gemeldet hatte. Bei ihrem ersten Gespräch hatte sie ihn um Rückruf gebeten, doch dass er es tatsächlich getan hatte, war nach all dem Schweigen, das sie bei den aktuellen Fällen zu umgeben schien, noch immer eine Überraschung für sie.

Ganz am Ende des langen Tresens saß er auf einem Barhocker, ein fast leeres Weißweinglas vor sich. Sie stellte sich neben ihn, ohne sich ebenfalls zu setzen.

»Ich bin Mara Billinsky«, sagte sie. »Wir haben miteinander telefoniert.«

Als er ihren Aufzug und ihre Piercings erstaunt musterte, fügte sie hinzu: »Und falls Sie fragen möchten, ja, ich bin wirklich eine Kriminalbeamtin. Zur Sicherheit zeige ich Ihnen noch das.« Sie hielt ihm ihren Dienstausweis hin.

»Äh, ich bin Melvin Steinmann.«

»Danke für Ihre Zeit.«

»Davon habe ich nun mehr als genug.« Er verzog beinahe unmerklich den Mund.

»Wie meinen Sie das?«

»Eigentlich habe ich meiner Ex-Frau angeboten, den Abend mit ihr zu verbringen. Ich dachte, sie sei ganz allein und vielleicht froh über ein wenig Gesellschaft, selbst wenn es sich um meine handelt.«

»Aber?« Mara zog eine Augenbraue in die Höhe.

»Nun ja, sie war ganz Radka, um es so auszudrücken. Sie hat gesagt, ich solle mich unterstehen, bei ihr aufzutauchen oder sie noch einmal anzurufen. Ich erklärte ihr, dass ich bereits im Zug säße. Und ihre Antwort war, es gebe sicher einen Zug zurück nach Berlin.«

»Meinen Informationen nach erfolgte die Trennung zwischen Ihnen beiden einvernehmlich. Ist das richtig? Oder gab es doch Streit?«

Steinmann leerte sein Glas. »Radka streitet nicht. Wenn sie sich gegen jemanden entschieden hat, entfernt sie ihn aus ihrem Leben. Ganz einfach.«

Der Barmixer tauchte mit gelangweilter Miene vom anderen Ende des Tresens auf, und Mara bestellte einen trockenen Rotwein, da sie keine Schmerzmittel mehr nahm, auch wenn die Prellungen noch wehtaten. Steinmann nutzte die Gelegenheit und bat um einen weiteren Weißwein.

Unauffällig musterte Mara den älteren Herrn eingehender. Sein mit Ellbogenpatches versehenes Jackett und sein Hemd waren teuer, aber zerknittert. Das graue Haar war einen Tick zu lang und leicht verstrubbelt, seine Hände weich, fast feminin. Trotzdem konnte Mara sich vorstellen, dass er auf seine Art durchaus anziehend auf bestimmte Frauen wirkte, verständnisvoll, vertrauenswürdig, intelligent.

»Haben Sie Radka geliebt?«, fragte sie übergangslos, unvermittelt, wie sie es gern tat, um einen Gesprächspartner aus der Reserve zu locken.

Er legte den Kopf schräg, als würde er ernsthaft nachdenken müssen. »Wahrscheinlich habe ich das. Vielleicht war ich auch nur verliebt in die Tatsache, dass eine so attraktive Dame Interesse an mir zeigte, an einem Schreiberling und Bücherkopf, wie auch immer dieses Interesse beschaffen sein mochte.«

»Radka hat Sie also *nicht* geliebt?« Mara runzelte die Stirn. »Oder wie soll ich das verstehen?«

»Tja.« Er lächelte und wirkte dabei traurig. »Wie Julia ihren Romeo hat sie mich sicher nicht angehimmelt. Wir kannten uns schon eine ganze Weile, bevor wir miteinander ausgingen. Aber eine gewisse Zuneigung war sicher im Spiel. Ich habe einfach etwas verkörpert, wonach sie gerade Ausschau gehalten hat.«

»Was war das?«

Die Getränke wurden gebracht, der Barmixer ließ sie gleich wieder allein.

»Sehen Sie, ich habe einen künstlerischen, intellektuellen Hintergrund. Radka mochte es, mit mir über Komponisten, Maler und Literaten zu sprechen. Wir besuchten Vernissagen und Ausstellungen, das hat ihr gefallen, das saugte sie in sich auf.« Er überlegte kurz. »Ich habe außerdem etwas Vertrauenswürdiges, etwas Rechtschaffenes. Das war es, was sie wohl noch mehr für mich eingenommen hat. Ich habe keinen Zugang zu der Welt, die ... hm, wie soll ich sagen?«

»Zur Welt des Verbrechens?«, fragte Mara mit jäher Offenheit.

Er sah sie an. »Ich weiß nicht, ob Radka mit Verbrechern Kontakt hatte oder hat. Ich glaube das eigentlich nicht. Aber es umgab sie ein Geheimnis, das mit ihrer Vergangenheit zusammenhing.«

»Haben Sie sie nie danach gefragt?«

»Anfangs habe ich Fragen gestellt, immer wieder, aber bald aufgegeben. Radka antwortet nicht, wenn sie nicht antworten will. Ich hatte immer das dumpfe Gefühl, alles hängt mit dem Ende ihre Karriere zusammen. Ein vorzeitiges. Sie hätte gewiss noch viele Tourneen bestritten, ihr Name strahlte nach wie vor. Doch es gab einen Unfall. Ihr Fußknöchel war derart kaputt, dass an Tanz auf ihrem Niveau nicht mehr zu denken war.«

»Worum genau handelte es sich bei diesem Unfall? Meine Kollegen und ich haben vieles über Radka Nikitina nachlesen können, aber ausgerechnet so etwas Wichtiges wie die Ursache des Unfalls und seine Hintergründe …«

»Lange Zeit hieß es, es wäre bei einem Sturz beim Training geschehen. Aber um eine solch gravierende Verletzung davonzutragen …« Steinmann lachte mit derselben Traurigkeit wie vorhin. »Nicht einmal ich kenne die Wahrheit. Sogar Joel hat sie nicht eingeweiht, und er war wirklich alles für sie. Er hat diesen französischen Namen bekommen, das war Radkas Wunsch. Frankreich stand in ihren Augen für Kunst, Lebensfreude und Leichtigkeit. Sie wollte mit ihrer Vergangenheit abschließen, ein neues Leben anfangen. Joel war ihr neues Leben.«

Mara verlagerte ihr Gewicht von einem Bein aufs andere. »Wie war Ihr Verhältnis zu Ihrem Sohn?«

Steinmanns Ausdruck erhielt etwas Verkniffenes. »Das ist kein Ruhmesblatt für mich.« Bedrückt wich er Maras forschendem Blick aus. »Am Anfang war es ganz normal. Ich liebte ihn, er mochte mich zumindest. Wir kamen gut miteinander aus. Aber Radka hat ihn mehr und mehr für sich vereinnahmt. Und er ließ es geschehen, er war ja ein Kind. Radka schloss mich aus. Sie und er, sonst gab es niemanden. Sie verbrachte unendlich viel Zeit mit ihm, und er war schließlich völlig auf sie fixiert. Ich dagegen wurde in meiner eigenen kleinen Familie zu einem Außenstehenden.« Jetzt blickte er wieder Mara an. »Ich bin nun mal kein Kämpfer. Statt aufzubegehren und um meinen Sohn zu *fighten*, fügte ich mich beleidigt. Irgendwann wollte Radka die Scheidung. Sie stritt nicht mit mir, sie sagte es mir klipp und klar. Ich merkte, dass ich für sie nicht viel mehr war als ein Möbelstück, das sie mal gemocht, aber an dem sie sich sattgesehen hatte. Zu dem Zeitpunkt hatten wir längst getrennte Schlafzimmer. Wir gingen auch nicht mehr aus, Schluss mit den Vernissagen.« Seine Stimme wurde leiser. »Ich wusste, dass sie Liebhaber hatte, immer wieder mal einen. Die Affären waren etwas, das sie brauchte. Es ging um körperliche Anziehung, um Sex. Wenn man so will, der einzige Part ihres Lebens, der nichts mit Joel zu tun hatte. Und mich, nun ja, mich hat sie einfach aus ihrem Dasein subtrahiert.«

»Besaß Radka das alleinige Sorgerecht für Joel?«, erkundigte sich Mara.

»Das wollte sie unbedingt, und wenn sie etwas will … wie gesagt, ich bin kein Kämpfer. Ich stimmte zu. Unter der Bedingung, Joel wenigstens ab und zu sehen zu dürfen, was mir auch erlaubt wurde. Doch der Alltag trennte uns nach und nach immer mehr voneinander. Ich zog nach Berlin, ich überwies Geld, ich schickte Geburtstagsgeschenke. Das war's dann auch.« Steinmann räusperte sich und trank von seinem Wein. »Das meinte ich mit: kein Ruhmesblatt für mich. Jetzt, da Joel tot ist, belastet mich das alles noch mehr. Was man versäumt, kann man nicht immer einfach nachholen. Man kann die Zeit nicht zurückdrehen. Man kann nur bereuen.«

Mara nippte ebenfalls an ihrem Glas. Dann sah sie wieder den Mann an, der so offen mit ihr sprach. »Kommt Ihnen der Name Tannheim bekannt vor?«

»Hm, nicht, dass ich wüsste.«

»Der Name Dereven?«

»Nie gehört.«

»Was ist mit Malikov? Oder Newolin?«

Er verneinte und machte eine fast entschuldigende Geste mit der Hand.

»Noch einmal zurück zu Radkas Unfall. Wer könnte mir Auskunft darüber geben?«

»Das weiß ich nicht.«

»Gibt es niemanden, zu dem Radka in den Jahren Ihrer Ehe regelmäßig Kontakt hatte? Bekannte von früher?«

»Sie hat eben einen Schlussstrich gezogen.« Steinmann trank einen Schluck Wein.

»Ich habe schon mehrere Menschen getroffen«, erwiderte Mara, »die mit ihrer Vergangenheit nichts mehr zu tun haben wollten, in gewisser Weise gehöre ich auch dazu. Aber meine Erfahrung ist es, dass immer etwas zurückbleibt aus dem früheren Lebensabschnitt. Oder eben jemand.«

Er runzelte die Stirn. »Mir fällt nur eine Person ein. Ein Mann, den sie gelegentlich erwähnte oder mit dem sie Telefonate führte, hin und wieder sogar recht lange.«

»Ein Liebhaber?«

»Nein, diesen Eindruck hatte ich ganz und gar nicht.« Er holte kurz Luft. »Es war auch eher in den Anfangsjahren unserer Ehe, dass dieser Herr eine Rolle spielte, die gar nicht so leicht zu beschreiben ist. Dann, im Laufe der Zeit, schien sie keinen Kontakt mehr zu ihm zu haben.«

»Meinen Sie, er ist gestorben?«

»Das glaube ich eigentlich nicht.«

»Auch wenn seine Rolle nicht leicht zu beschreiben ist – versuchen Sie es trotzdem«, forderte Mara ihn auf.

»Zuerst dachte ich, er sei so eine Art Agent für meine Frau, noch aus ihrer Zeit als Ballettstar, also wie bei einem Schauspieler oder Schriftsteller. Aber das traf nicht zu. Dann vermutete ich, er könnte vielleicht eher mit rechtlichen Aufgaben betraut sein. Allerdings kam mir auch das irgendwie abwegig vor.«

»Was hat Radka über ihn gesagt? Er ist doch bestimmt mal ein Thema zwischen ihnen gewesen.«

»Radka versteht es, Themen zu vermeiden, die ihr lästig

sind. Sie bezeichnete ihn als alten Bekannten, dessen Rat ihr ab und zu wichtig sei. Und das blieb die einzige Auskunft.«

»Wie heißt er?«

»Sie hat ihn nur unter seinem Vornamen erwähnt. Als ich mich einmal beiläufig erkundigte, wie sein Familienname lautet, hat sie nur gemeint, das könne mir doch völlig egal sein.«

»Es hört sich so an, als wären Sie ihm nie persönlich begegnet.« Mara taxierte ihn von der Seite.

»Nein, nie.«

»Lebt er in Frankfurt?«

»Damals schon.«

»Wie lautet sein Vorname?«

»Sergej.«

»Also ein Russe.« Mara sah auf das Holz des Tresens.

»Anzunehmen, ja.«

Nachdenklich fuhr Mara mit einem Finger die Risse im Holz des Tresens nach. Eine Gruppe junger Leute, die wie Banker wirkten, betrat laut schwatzend die Bar und nahm einen der Tische in Beschlag.

»Ich glaube, wenn Sie diesen Mann finden«, sagte Steinmann, »dann erfahren Sie mehr über Radkas Unfall. Und sicher auch mehr über die Geheimnisse, die Radka sonst noch mit sich herumträgt. Finden Sie Sergej.«

»Das werde ich tun«, erwiderte Mara.

37

Über den Straßenschluchten saß der wolkenverhangene, sternenlose Himmel fest. Er wirkte so dicht und bedrohlich, als könnte er jeden Moment einstürzen. Es war die Stunde zwischen Shoppingtouren und Nachtleben, zwischen Berufsleben und Vergnügen. Nur wenige Menschen waren unterwegs, nach wie vor herrschte diese Kälte, die sich für immer festgesetzt zu haben schien.

Witali Blochin bewegte sich weder langsam noch hastig durch die City. Er folgte einer Seitenstraße, die parallel zur Zeil verlief, immer in Richtung Liebfrauenkirche, seinem Ziel. Der Mann, der ihn um ein Gespräch gebeten hatte, wusste, wie man einen Treffpunkt auswählte, dachte Blochin und grinste grimmig in sich hinein. Eine Windböe zischte und trieb Papierfetzen über den Asphalt. Der Verkehrslärm schwoll noch einmal an, dann tauchte Blochin ab in den Innenhof, der zur Kirche gehörte. Und damit in eine jähe Stille.

Die Stadt war rundherum plötzlich wie vom Erdboden verschluckt. Kopfsteinpflaster, hohe, kahle Mauern und das morbide Schimmern von Johanneslichtern, die für die Verstorbenen brannten, an der einzigen überdachten Stelle in dem gespenstischen Hof.

Blochin hielt inne.

Schwer einsehbare Ecken. Die Totenlichter warfen flackernde Kleckse an die Steinwände.

Er ließ den Blick kreisen.

Dort.

Die Marienstatue, nahe der Mauer. Und direkt hinter ihr, da stand jemand.

Der Mann hatte ihn ebenfalls angestarrt und kam nun auf ihn zu. Nebeneinander gingen sie unter das Vordach, das ein wenig Schutz vor dem wilden Wetter bot. Blochin hatte ihn erst einmal zuvor getroffen, vor einiger Zeit, in dem leer stehenden Haus, als auch die anderen da gewesen waren.

Mit drei nüchtern betonten Worten eröffnete der Mann, den Blochin für Karabasch hielt, die Unterhaltung: »Sie haben versagt.«

Blochin ließ sich dadurch nicht provozieren – falls es überhaupt als Provokation gedacht war. Ruhig entgegnete er: »Wer hätte denken können, dass dieser dumme, verwöhnte Junge sich nachts davonschleicht wie jemand, der Dreck am Stecken hat? Wir sollten ihn im Auge behalten und sind davon ausgegangen, dass er weiß, dass wir auf seiner Seite sind. Warum ist er überhaupt abgehauen?«

»Ich weiß es nicht.«

»Dummes verwöhntes Bürschchen«, wiederholte Blochin.

»Haben Sie das auch Radka gesagt? Sicher hat sie Sie zum Teufel gejagt.«

Er erwiderte nichts darauf.

»Die anderen jungen Leute, auf die Sie achten sollen – ich rate Ihnen, bei denen gründlicher zu sein als bei Joel Steinmann.«

»Joel wird der Letzte gewesen sein.«

»So viele haben wir auch nicht mehr«, kam es dumpf von Karabasch, und Blochin hörte die unter der Oberfläche gärende Trauer des Mannes. Dennoch tat er ihm nicht leid. Radka schon, Karabasch nicht. Dieser Mann war selbst über Leichen gegangen.

»Eine Person darf es auf keinen Fall treffen«, fuhr der alte Herr fort.

»Das ist mir klar.«

»Blochin, ich habe eine Tochter verloren.« Erneut brodelte es in Karabasch, seine Stimme verlor ihre Kraft. »Ein zweites

Mal …« Er kam ins Stocken und setzte neu an, jetzt wieder mit härterer Betonung: »Denken Sie, meine Tochter ist in dem Haus im Taunus wirklich sicher?«

»So sicher, wie es nur möglich ist.«

»Haben Sie zusätzliche Männer dorthin beordert, wie ich es Ihnen am Telefon aufgetragen habe?«

»Schon davor habe ich das getan. Direkt nach Joel Steinmanns Flucht, das wissen Sie doch.«

»Ich vergewissere mich trotzdem lieber.«

»Ich habe es nicht nötig, mich zu rechtfertigen, aber ich sage es Ihnen noch einmal: Joel Steinmann trägt selbst Schuld an dem, was ihm zugestoßen ist. Er hätte sich nicht wegschleichen dürfen.«

»Wie auch immer, ich werde jedenfalls selbst zu dem Haus fahren, zumindest für einen Besuch. Ich will nicht, dass meine Frau und meine Tochter ständig nur von Fremden umgeben sind. Sie haben Angst.«

»Wissen sie Bescheid?«, fragte Blochin.

»*Niemand* weiß Bescheid. Das ist ja unser Problem. Ich stehe vor einem Rätsel. Ich weiß einfach nicht, von wem diese Gefahr ausgeht. Und Sie auch nicht. *Immer noch nicht.*«

»Es gibt keinen Anhaltspunkt …«, begann Blochin, wurde aber sofort unterbrochen: »Sie klingen wie diese Bullen, die nach wie vor im Dunkeln herumstochern.«

Blochin biss sich auf die Unterlippe.

»Und dabei waren Sie noch meine größere Hoffnung.«

»Nehmen Sie sich nicht zu viel heraus.«

»Blochin, ich bin offen zu Ihnen.« Der Mann sah ihm geradewegs in die Augen. »In meinem ganzen Leben war ich noch nie so hilflos wie jetzt. Sie sind der Einzige, dem ich jemals so etwas gestanden habe. Ich habe *Angst*. Ich schlafe nicht mehr, ich esse nicht mehr …«

»Wir werden den Killer kriegen.«

»Ich bezweifle, dass Ihre Jagd erfolgreich sein wird.«

»Ich nicht.«

»Meiner Tochter darf nichts zustoßen. Auch sonst niemandem. Selbstverständlich nicht.«

Ein Schweigen entstand, nur der Wind und der entfernte Verkehrslärm waren zu hören.

Blochin ließ die Unterredung noch einmal Revue passieren. Nichts Neues. Keine neuen Anweisungen oder Informationen. Weswegen war dieses Treffen zustande gekommen? Irgendetwas musste da noch …

»Ich habe einen weiteren Auftrag«, unterbrach Karabasch seine Gedanken. »Oder eine weitere Bitte oder wie immer Sie es nennen mögen.«

»Ich höre«, erwiderte Blochin.

»Radka Steinmann«, sagte der alte Mann schlicht.

»Was ist mit ihr?«

»Sie könnte zu einem Risiko werden. Vor allem jetzt, da ihr Sohn tot ist.« Er ließ die Worte wirken. »Bisher hätte ich pures Gold auf Radkas Schweigen gesetzt, aber nun scheint ihr alles egal zu sein. Gleichgültige Leute sind nicht sehr verlässlich.«

Blochin nahm sich Zeit, ehe er die Frage stellte: »Soll sie verschwinden?« Sachlich hatte er die Silben ausgesprochen, während er vor sich Radkas Gesicht sah, ihren schön geschwungenen Mund, ihre Augen, die seinen Blick zu erwidern schienen.

»Sagen wir es so«, meinte Karabasch. »Es kann nicht schaden, Radka ein wenig Aufmerksamkeit zu schenken. Wie oft sie von der Polizei befragt wird, mit wem sie sich trifft, falls es da jemanden gibt. Bei ihr weiß man nie. Solche Dinge eben.«

»Wir sollten noch mal über Geld sprechen.«

»Geld ist nicht das Problem«, gab Karabasch mit jäher Schärfe zurück. »Zeigen Sie lieber, dass Sie das Geld wert sind. Das ist bislang das Problem.« Ohne einen weiteren Ton zu äußern, setzte er sich in Bewegung. Blochin verfolgte, wie sich der Mann rasch in der Dunkelheit des Hofes auflöste, als wäre er gar nicht hier gewesen. Dann spähte er in den Himmel. Leichter Schneeregen setzte ein. Kälte ballte sich zwischen den Mauern.

Blochins Handy klingelte. Er zog es hervor und betrachtete kopfschüttelnd den Namen, der auf dem Display eingeblendet wurde: Fedor.

Dieser Idiot, dachte er verächtlich. Es gab Schwierigkeiten mit einer kleinen Nutte, die abgehauen war und zu viel über sie wusste. Sollte Blochin sich etwa persönlich darum kümmern? Er hatte wahrlich genug zu tun. Und zwar Wichtigeres.

»Was willst du?«, fragte er barsch auf Russisch ins Handy.

»Es geht um diese Schlampe«, sagte Fedor.

»Und?« Blochins Blick verfinsterte sich.

»Ich weiß jetzt, wo sie steckt.«

38

Es war Glück gewesen, dass Rosen gerade noch im rechten Moment zurückgekommen war. So hatte er Anyanas panische, planlose Flucht beenden können, bevor sie begonnen hatte.

Beinahe vierundzwanzig Stunden waren seither vergangen – es musste ein quälender Tag für sie gewesen sein, genau wie der davor, das war Rosen klar. Bestimmt hatte sie keinen klaren Gedanken fassen können und war bei jedem Geräusch im Haus vor Angst zusammengezuckt. Aber wenigstens hatte sie nicht mehr versucht, ins Ungewisse zu türmen.

Er spürte die Erleichterung, die von Anyana ausging, als sie ihm nun bei seiner Rückkehr aus dem Präsidium um den Hals fiel. Ihre Dankbarkeit dafür, dass es ihm gelungen war, sich vor weiteren Überstunden zu drücken. Auch wenn sie immer noch nicht verstehen konnte, warum er nicht auf Fedor geschossen hatte, wie sie zum wiederholten Male klarstellte. Bestimmt wäre es ihm gelungen, erklärte sie mit verzweifelter Überzeugung, den Zwischenfall als Notwehr hinzustellen. Er sei schließlich Polizist und Fedor nichts weiter als ein Krimineller.

Doch er konnte ihr einfach nicht begreiflich machen, wie schwer es war, eine Waffe auf einen Menschen zu richten und abzudrücken.

Inzwischen saßen sie auf dem Sofa, eng aneinandergeschmiegt, vertieft in Diskussionen. Sie versuchte ihm zu schildern, wie unerträglich das alles war. Dass sie nicht mehr schlafen konnte, dass sie einfach nicht mehr weiterwusste.

»Das verstehe ich, Anyana, aber ich bin extra früher nach Hause gekommen«, betonte er. »Obwohl bei uns die Hölle los ist.«

»Ich weiß, was Hölle ist – ihr alle wisst das *nicht*«, gab sie zurück.

Er drückte sie noch fester an sich, doch sie löste sich von ihm, und das tat ihm weh. Mit prüfendem Blick sah er zu, wie sie sich ans Fenster stellte, in die Ferne spähte, ganz kurz nur, und dann wieder Schutz hinter der Wand suchte, den Rücken an die weiße Tapete gedrückt.

»Die ganze Zeit habe ich das Gefühl, Fedor wäre da draußen«, sagte sie, übertrieben leise, als könnte man ihre Stimme bis auf die Straße hören.

»Das glaube ich dir ja, Anyana«, erwiderte er hilflos vom Sofa aus.

»Er weiß jetzt, wo ich bin, er wird mich holen.« Sie nickte vor sich hin. »Er lässt es sich nicht gefallen, dass ich weglaufe. Erstens weil ihm das Geld durch die Lappen geht, das ich verdiene. Und zweitens weil er so stolz ist.« Noch leiser setzte sie hinzu. »So verdammt stolz. Auf was eigentlich? Dieses Schwein.«

»Ich lass mir etwas einfallen.« Er wusste, wie lahm das klang, aber ihre Niedergeschlagenheit lähmte auch ihn.

Sie starrte ins Nichts. »Ich halte das einfach nicht mehr aus. Ich hätte nicht mit zu dir kommen dürfen.«

Das zu hören tat Rosen noch mehr weh. »Sag das nicht, Anyana.«

»Aber es ist doch so.«

»Wir werden Fedor …«

Sofort unterbrach sie ihn: »Es ist doch nicht allein wegen Fedor. Wenn du wüsstest, wer Fedors Boss ist, dann …« Wild fuchtelte sie mit den Händen in der Luft herum. »Fedor ist nur ein mieser Zuhälter. Aber hinter ihm steht eine echte Macht. Jemand, der im ganzen Viertel …« Sie verstummte abrupt.

»Um wen geht es?«

»Ach, Rosen«, kam es bekümmert von ihr. »Fedor gehört zu den Leuten, gegen die ihr damals schon gekämpft habt, als wir beide uns kennengelernt haben. Was dachtest du denn?«

»Ich dachte ...« Ja, was eigentlich? Er hatte sich *gar keine* Gedanken gemacht, was das betraf.

»Rosen«, fuhr sie fort, die Augen bekümmert auf ihn gerichtet, »erst war ich im Besitz der Albaner, aber die wurden von den Russen besiegt, du weißt das doch. Alle Bordelle der Albaner sind nun in russischer Hand.«

»Hm, ich dachte nicht, dass Fedor zu ...« Er hob hilflos die Hand. »Du hast nie was erwähnt und ...«

»Fedor hat am Ende doch auch nur Angst. Dass er vor dem Boss schlecht dasteht, wenn er seine Frauen nicht im Griff hat.«

»Wer ist denn sein Boss?«, fragte Rosen, obgleich er die Antwort ahnte.

»Du weißt es doch auch so. Ich muss seinen Namen nicht aussprechen, oder?«

»Blochin«, stieß Rosen aus, ganz dumpf und leise.

»Ich hab eine solche Angst.« Anyana weinte, und er brachte es nicht übers Herz, sie mit weiteren Fragen zu löchern.

In angespannter Stimmung ging der Abend vorbei. Sie legten sich ins Bett. Rosen wälzte sich von der einen auf die andere Seite. Er spürte, dass sie ebenfalls kein Auge zubekam. Er hatte die Dienstpistole auf dem Nachtschrank platziert, griffbereit. Aber das kam ihm seltsam vor, irgendwie aufgesetzt und fremd, er konnte es sich selbst nicht erklären.

Plötzlich flirrten Schatten durch das Zimmer. Rosen stieß einen erschrockenen Schrei aus, er sprang auf, seine Hand tastete hilflos im Dunkel nach der Waffe. Anyana kreischte, dann knipste sie das Licht an, und ihm wurde klar, dass er doch eingeschlafen war und geträumt hatte.

Sie sah ihn an, Tränen in den Augen.

»Alles in Ordnung«, flüsterte er und nahm sie in die Arme.

Danach kam der Schlaf nicht mehr, und als endlich der Morgen heraufzog, war Rosen erleichtert darüber. Er fühlte sich hundemüde, als er auf nackten Sohlen ins Badezimmer ging und sich mehrere Sekunden lang im Spiegel anstarrte. Nach der Dusche und einem schweigsam eingenommenen Frühstück setzte er sich ins Auto, immer noch müde, immer noch unsicher, was zu tun sei.

Er startete den Motor, fuhr los. Auf der Fahrbahn hatte sich eine tückische dünne Schicht aus Eis gebildet. Als er an dem Haus, in dem er wohnte, vorbeikam, warf er einen Blick auf die Fenster, ohne jedoch etwas von Anyana zu entdecken. Er gähnte ausgiebig und zupfte seine Wollmütze noch einmal zurecht.

Neben einer Garage registrierte er im Vorbeifahren eine Gestalt, halb verdeckt von der Dunkelheit des trüben, eiskalten Morgens. Er wechselte in den nächsten Gang, beschleunigte ein wenig, schaltete das Radio an – und erstarrte.

Diese Gestalt …

War das …?

Er drosselte das Tempo und riss das Steuer herum.

Sah er auch schon Gespenster, genau wie letzte Nacht? War er einfach nur übermüdet? Oder war das wirklich Fedors breites Gesicht gewesen, etwas verdeckt von einer Mütze ähnlich jener, die er selbst trug?

Auf dem glatten Untergrund rutschte der Audi aus der Spur, Rosen betätigte hart die Bremse und brachte das Auto am Bordsteinrand zum Stehen. Er sprang nach draußen und lief aufs Haus zu. Alles wirkte ruhig. Er öffnete die Eingangstür, starrte ins Treppenhaus.

Totenstille.

Plötzlich hörte er gedämpft das Klirren von Glas.

Und einen Schrei.

Anyana.

Er rannte los. Mit plötzlich zittrigen Fingern schloss er die Wohnungstür auf. Die Waffe erhoben, hastete er hinein.

Er hörte Schluchzen.

Tief holte er Luft, dann platzte er ins Wohnzimmer. Das

Fenster, das zur Rückseite des Hauses wies, war eingeschlagen worden.

Fedor stand mit dem Rücken zu ihm. Gerade riss er Anyana hoch, nachdem er sie zuvor wohl zu Boden geschlagen hatte. Brutal wühlte er seine Finger in ihr Haar. Er zerrte mit Kraft daran, schleuderte ihren Kopf hin und her, als wäre sie eine Puppe.

Rosen richtete die Pistole, die er mit beiden Händen hielt, auf ihn. »Aufhören! Sie sind verhaftet!«

Fedor ließ Anyana los. Sie sackte auf dem Teppich zusammen, und er drehte sich zu Rosen um.

»Verhaftet?« Er grinste. »Wer will mich verhaften? Du?«

Rosen merkte, dass seine Hände immer noch zitterten. Auch Fedor entging das nicht. Lässig zog der Mann seinerseits eine Pistole, die er im Hosenbund stecken hatte. »Diesmal hab ich vorgesorgt. Jetzt ist es ausgeglichen zwischen uns.«

Rosen schluckte. Sein Hals war ganz trocken. Er starrte in die Mündung der Waffe.

»Na, Bulle. Wie sieht's aus?« Fedors Grinsen verbreitete sich. »Schießt du, oder schießt du nicht?«

39

Edgar Billinsky hatte vieles erlebt. Mit vielen Frauen. Sehr vielen Frauen. Doch keinen Moment wie diesen. Denn keine dieser etlichen Damen hatte ihn jemals so überrascht wie Radka Steinmann.

Wie hatte es so weit kommen können?

Sie hatten geredet. Er eigentlich nicht, nur sie. Von ihrem Sohn Joel. Hatte Wort für Wort aneinandergereiht, Erinnerung an Erinnerung. Ihr Gesicht so streng und starr, diese Maske, die sie sich aufgezwungen hatte, als wären Tränen eine Art von Niederlage für sie. Dann war sie in Schweigen verfallen, von einem Moment auf den anderen. Ihre Züge waren nach wie vor streng, voll demonstrativer Kälte, ihr Mund eine scharfe Kerbe.

»Ich habe mich fast heiser gesprochen«, entfuhr es ihr dann. Sie war aufgestanden, um eine Flasche aus dem kleinen Kühlschrank zu holen, einen Trento D.O.C. von Ferrari. Edgar schwieg immer noch, überaus fasziniert von der Frau, die ihm zuprostete, geradezu gefangen von ihr. Als hätte er sie eben erst kennengelernt.

Eine zweite Flasche war geöffnet worden, sie waren auf Wein umgestiegen, dann auf einen alten Cognac von dem namhaften Weingut *Albert de Montaubert* im Gebiet der Grand Champagne. Und Radkas klare Stimme ratterte durch die Stille des Hauses. Sie trank mehr als ihr Gast, Schluck für Schluck, Glas für Glas, erzählte nicht mehr von Joel, sondern von sich, zum ersten Mal überhaupt in Edgars Beisein. Nicht von der entbehrungsreichen Anfangszeit, stattdessen von den Jahren des Erfolgs. Vom Bolschoi, dem besten Ensemble der

Welt. Und Radka war dessen Star gewesen, die *Prima Ballerina Assoluta*, die säckeweise Post von Bewunderern bekam und ständig von Verehrern zum Essen ausgeführt wurde, von Schauspielern, Dichtern, Offizieren, Politgrößen. Immer mehr offizielle diplomatische Veranstaltungen musste sie besuchen. Sie willigte ein, ohne Zögern. Doch was sie wirklich wollte, war tanzen. An den wenigen freien Tagen übte sie beinahe mehr als an Trainingstagen, stets auf der Jagd nach Vollkommenheit. Sie genoss ihre Spannkraft, die scheinbare Mühelosigkeit ihrer weit ausholenden Spagatsprünge, die ihr das Gefühl vermittelten, sie könnte schweben.

»Die Makellosigkeit, die ich zu erreichen versuchte, das merkte ich, war nicht allein physischer, sondern auch emotionaler Natur«, sagte Radka, den Cognacschwenker in der schmalen Hand. »Es ging um körperliche und geistige Perfektion zugleich.«

Mit diesen Silben schloss sie ihren Monolog, die Augen trunken, plötzlich völlig verschleiert. Sie sah Edgar leicht verdutzt an, als hätte sie sich eben erst erinnert, dass er anwesend war. Oder als wäre sie noch verblüffter von der eigenen Redeflut als er.

Und da war es passiert. Sie hatte sich aus dem Sessel hervorgekämpft, ihren Stock nicht beachtet, und war regelrecht über Edgar hergefallen. Sie hatten sich die Kleider von den Leibern gerissen, hatten sich geliebt, gleich auf dem Boden, wie vor Jahren. Erst jetzt kamen die Tränen, erst jetzt ließ Radka sie zu, ihr Gesicht verzerrt vom Sex und von der Trauer, und Edgar hatte gespürt, dass es für sie kein Liebesspiel war, sondern ein verzweifeltes Ringen um Leben und Tod, ein Kampf gegen die Trauer, gegen die Verzweiflung, ein Kraftakt, der unmissverständlich zeigen sollte, dass sie nicht aufgab, dass sie noch lebte – und das wohl vor allem sich selbst.

Ja, sie hatte ihn total überrascht. Mit ihrer Wildheit, ihrer Aggressivität, ihren Bissen, ihren Augen, in denen nicht nur

Tränen schimmerten, auch Zorn und zudem etwas Vernichtendes, als wäre Edgar ein Gegner, den es zu besiegen galt.

Auf dem Sofa war es weitergegangen, unermüdlich, Radka war nicht zu stoppen, schien einfach nicht zu ermüden, bis sie doch urplötzlich in seinen Armen zusammensackte, sich an ihn schmiegte. Er spürte ihren Schweiß, ihre Tränen, und auf einmal wirkte sie wie ein kleines Mädchen, fast puppenhaft, zerbrechlich. Er roch ihre Haut, ihr schweres Duftwasser, das Sofa, den Cognac, von dem sie nahezu zwei Drittel getrunken hatten. Vor dem Fenster zog der Tag vorüber, grau und unfreundlich, Motoren dröhnten monoton. In dieser Wohnung in der Robert-Mayer-Straße, die Radka als Büro und als Rückzugsort nutzte, hatten sie früher schon miteinander geschlafen. Hier hatte sie nicht nur ihn, sondern auch andere Liebhaber empfangen, das wusste Edgar.

Auf einmal begann sich Radka zu regen, nach wie vor im Schlaf. Sie stöhnte auf, und ihr eben noch entspanntes Gesicht verzerrte sich. Sie begann ihn wegzustoßen, stieß Worte hervor, erst russisch, dann deutsch: »Tut mir nicht weh, lasst mich!« Sie kreischte. »Nein, nicht meine Beine, nein! Nicht meine Beine, nein, nein!« Ein neuerlicher, durchdringender Schrei entfuhr ihr. Edgar drückte sie an sich, und sie wachte auf, wiederum Tränen in den flackernden Augen. Sie starrte ihn an, verstört, panisch, und nun weinte sie hemmungslos.

»Wer hat dir wehgetan, Radka?«, fragte er.

»Niemand«, schluchzte sie.

»Aus welchem Grund hat man dir wehgetan?«

Sie schüttelte den Kopf, presste die bebenden Lippen aufeinander.

»Wer, Radka?«

»Ich hätte mich nicht einmischen dürfen.«

»Wovon sprichst du?«

Ihr Schluchzen erstarb, sie schien ruhiger zu werden. Erst nach einer ganzen Weile sah sie ihn wieder an. »Hätte ich mich doch niemals eingemischt. Das ging mich alles nichts an, nicht das Geringste.«

Er drückte sie noch immer an sich, Haut an Haut, auf dem Sofa, das für sie beide nur wenig Platz bot. »Wo hast du deine Nase reingesteckt, Radka?«

Sie holte tief Luft. »Hast du schon mal den Begriff *Pominalnij stol* gehört?«

Edgar schüttelte den Kopf. »Nein, ganz sicher nicht.«

»Das war der Anfang vom Ende meiner Karriere. Und jetzt muss ich ständig daran denken.«

»Was hat dieses Ende mit den Ereignissen von heute zu tun?«

»Womöglich nicht das Geringste. Ich und meine Laufbahn sind unwichtig. Waren es immer.« Sie seufzte. »Aber ich hätte mich nicht einmischen dürfen. Sie hätten mich in Ruhe gelassen. Und ich hätte ein anderes Leben geführt.«

»Wer hat für das Ende deiner Karriere gesorgt?«

Radka lachte auf, ein bitterer Ton, und jetzt trug sie wieder die harte Miene zur Schau, die sie anfangs aufgesetzt hatte, diese Maske. »Menschen, die es gar nicht gibt. Eine Gruppe von Gespenstern.«

40

»Dir läuft ganz schön der Schweiß runter, Bulle«, sagte Fedor, ohne Rosen auch nur einen Moment aus den Augen zu lassen.

Rosen war so angespannt, dass er keinen Ton hervorbrachte.

»Entweder du schießt, oder du lässt mich gehen. Mich und mein Mädchen. Sie gehört nicht dir, sie gehört *mir*.« Mit dem Kinn deutete er auf Anyana, die nach wie vor auf dem Boden kauerte.

Fedor grinste. »Was ist, Bulle? Schießen oder glotzen? Ich werde jetzt gehen. Mit der Kleinen. Und alles ist okay. Keiner schießt, dein Teppich wird nicht verdreckt, die Nachbarn werden nicht im Schlaf gestört. Und du beruhigst dich wieder und fährst zur Arbeit. Erst hätte ich ja nicht gedacht, dass du echt ein Bulle … Aber lassen wir das.« Wieder sein Grinsen. »Genug geplaudert, hab ich recht? Goodbye, Bulle!«

»Waffe weg!«, kam es über Rosens Lippen, leise, ganz rau, so trocken war sein Hals immer noch.

»Hast du was gesagt?« Fedors Stimme blieb unverändert, ironisch und ruhig, doch in seinen Augen glitzerte es plötzlich.

Rosen hob die Dienstpistole ein wenig an.

»Denk nicht mal dran«, sagte Fedor. »Deine Hände zittern. So triffst du nicht mal einen Elefanten.«

Erneut ein Funkeln in den Augen des Mannes, sein Mund wurde zu einem harten Strich. Mündungsfeuer blitzte, doch einen Sekundenbruchteil zuvor hatte Anyana vom Boden aus zugetreten. Mit ihrem hochhackigen Schuh erwischte sie Fedors Handgelenk, und das Projektil wurde mit einem Ploppen vom Polster des Sofas geschluckt. Die Pistole landete auf dem Teppich.

Fedor wollte sie sofort wieder aufheben, doch Rosens Stimme bremste ihn: »*Stopp! Schluss jetzt!*«

Fedor hielt inne. Anyana kam auf einmal wieselflink auf die Beine und trat dem Zuhälter mit aller Kraft in den Magen. Er klappte zusammen, stöhnte auf und schnappte nach Luft.

»Nicht, Anyana!« Mit der Linken griff Rosen nach ihrem Arm und zog sie aus der Schusslinie. »Umdrehen!«, sagte er zu Fedor, endlich mit festerer Stimme. Das Zittern in seinen Händen war fast verschwunden. Als hätte Anyanas Aktion ihn aus seiner Starre erlöst.

Er stellte sich hinter Fedor, riss ihm die Arme auf den Rücken und legte ihm Handschellen an. Erst jetzt hob er die Pistole auf und steckte sie in seine Jackeninnentasche. Aus einer Schublade holte er Klebeband und ein Taschenmesser.

»Du bleibst hier, Anyana.«

Er versetzte Fedor einen Stoß, und der Zuhälter setzte sich in Bewegung.

Sie gingen nach draußen. Die anderen Bewohner des Hauses, die an den Fenstern standen und alles beobachteten, spürte Rosen mehr, als dass er sie sah. Wenigstens auf der Straße zeigte sich niemand, es war ja auch noch reichlich früh.

Er dirigierte Fedor zum Audi und öffnete die Fondtür.

Von hinten band er ihm zusätzlich die Füße an den Knöcheln zusammen, wozu er das Klebeband nutzte. Erneut ein Schubser, und der Zuhälter fand sich auf der Rückbank wieder.

Rosen knallte die Tür zu, schob die Waffe in den Hosenbund und nahm hinter dem Steuer Platz. Als er losfuhr, begann Fedor auf ihn einzureden: »Hör zu, Bulle, wenn du mich laufen lässt, kann ich dir helfen.«

So ging es noch eine Weile weiter, ohne dass Rosen reagierte. Als er an einer roten Ampel halten musste, sagte Fedor: »Ihr seid doch schon lange hinter einem bestimmten Mann her, richtig?«

»Wir sind hinter vielen her«, antwortete Rosen, seine ersten Worte, seit sie die Wohnung verlassen hatten. Es wurde grün, er setzte die Fahrt fort.

»Ich meine nicht irgendwen. Du verstehst mich, oder? Ich kenne *ihn*. Er ist der Boss meines Bosses. Sozusagen. Wirklich, ich kenne *ihn*. Den Boss der Bosse. Den Mann, der die Fäden in der Hand hält.«

»Um wen geht es?«, fragte Rosen, auch wenn es ihn nur zu klar war.

»Das weißt du doch genau. Um Witali Blochin natürlich.«

»Woher weiß ich, dass du Blochin wirklich kennst?« Rosen taxierte den Mann kurz im Rückspiegel. »Kannst du mir etwas über ihn erzählen, was ich noch nicht weiß?«

»Als wenn ihr *überhaupt* etwas über Blochin wüsstet. Ich kann dir alles über ihn sagen. Sogar, was er zum Frühstück isst.« Fedor stieß ein paar Worte in seiner Heimatsprache aus, wahrscheinlich Flüche. »Blochin ist schon als Zwölfjähriger da reingeraten. Sein Onkel war auch eine Art Boss, kein wichtiger, aber immerhin. Und dieser Onkel verschaffte ihm Zugang zu einer ganz besonderen Berufsausbildung, wenn du so willst. Er erkannte, dass dieser Junge kein gewöhnlicher Junge war. Ja, schon mit zwölf, dreizehn, vierzehn ließ man Blochin zusehen, wenn Mitglieder gegnerischer Banden oder Schuldner zu Matsch geschlagen wurden. Wenn man Typen verhörte. Wenn man sonst irgendwie irgendwen in die Mangel nahm. Das war die Theorie, verstehst du?« Ein hässliches Lachen erklang von der Rückbank. »Aber dabei blieb es nicht. Bald musste er selbst mitmachen und mit einem Baseballschläger auf bereits verprügelte Opfer draufhauen. Immer öfter, immer heftiger. Er sollte unempfindlich werden gegenüber Schmerzen – natürlich den Schmerzen anderer. Sein zweiter Job war es, im Bordell zu sitzen und Notizen zu machen. Wie viele Kunden empfing jede Hure, wie viel Geld verdiente sie, und so weiter.«

Rosen achtete darauf, immer mal wieder das Tempo zu drosseln, da sein Fahrgast gerade so bereitwillig den Mund aufmachte. Außerdem wählte er einen längeren Weg, indem er an einigen Stellen falsch abbog – allerdings ohne dass es zu auffällig wirkte.

»Jedenfalls hat Blochin von der Pike auf gelernt, oder wie das heißt«, fuhr Fedor fort. »Mit sechzehn, siebzehn hatte er keinen Baseballschläger mehr, sondern eine Ruger. Du kapierst, was ich meine, ja? Jetzt ging es nicht mehr darum, Knochen zu brechen, sondern zu töten. Wieder erst mal Theorie, zusehen, wenn Verräter oder Feinde erschossen wurden. Dann eigenhändig auf die Toten schießen. Und beim nächsten Mal selbst den tödlichen Schuss abfeuern. Für jeden Toten erhielt Blochin eine echte Goldmünze. Immer ein Zehn-Rubel-Tscherwonez-Goldstück. Sagt dir das was, Bulle?«

»Ich will keine Räuberfolklore hören«, meinte Rosen.

»*Folklo…* hä?«, fragte Fedor.

»Ich brauche Fakten. Wo wurde Blochin geboren? Wie verlief sein Werdegang? Wann kam er nach Frankfurt? Wo sind seine Verstecke in der Stadt, wo außerhalb der Stadt? Wer sind seine Unterführer? Wie laufen Entscheidungsprozesse ab, und wer ist daran beteiligt?«

»Langsam, langsam, Bulle, wenn du so schnell schießen würdest, wie du Fragen stellst …« Er lachte. »Also, dann mal zum Anfang. Blochin wurde in Moskau geboren. Dort stieg er in der Hierarchie auf, immer höher an die Spitze.«

Sie befanden sich nun in unmittelbarer Nähe zum Bahnhofsviertel.

»Vor ungefähr sieben Jahren wechselte er dann nach Frankfurt, wo …« Fedors Stimme erstarb.

»Weiter«, verlangte Rosen.

»Hey, Bulle«, rief Fedor lautstark, »du musst abbiegen.«

»Ich nehme einen anderen Weg.« Rosen hielt die Spur.

»Du willst mich doch nicht etwa verarschen?«

»Wenn ich dich gehen lassen soll, musst du weitererzählen«, gab er bemüht gelassen zurück.

Doch im Rückspiegel erkannte er die tiefe misstrauische Falte, die sich auf Fedors Stirn eingegraben hatte. Immerhin hätte das auch früher passieren können.

Rosen schlängelte sich weiterhin mit geringem Tempo durch den dichten Frankfurter Verkehr. Sie kamen der Adickesallee zusehends näher, und bei einem weiteren Blick in den Spiegel erkannte Rosen, dass Fedor nicht mehr misstrauisch war, sondern vor Wut kochte.

»Wenn ich dich gehen lassen soll«, wiederholte er, »musst du weitererzählen.«

»Du hast mich tatsächlich verarscht, Bulle«, knurrte Fedor leise. »Und ich geb zu, das hätte ich dir Weichei nicht zugetraut.«

Nach einer weiteren Kreuzung und einer langen Geraden erreichte Rosen das Präsidium. Gleich würde er mit diesem Zuhälter einmarschieren – eigentlich ein Auftritt, der eher zu Billinsky passte, dachte er nebenbei.

Präzise wie immer setzte er den Wagen in eine Parklücke. Er spürte den Schweiß, der sich aufgrund der Anspannung in seinem Nacken ausgebreitet hatte. Noch immer war es recht dunkel, der Himmel eine bleigraue Masse, als würde der Morgen nicht so richtig in Gang kommen. Rosen stieg aus, Kälte empfing ihn. Er öffnete die hintere Tür. Fedors Blick spießte ihn auf. »Echt nicht zugetraut, kleiner Bulle«, zischte der Mann noch einmal.

»Raus mit dir!«, befahl Rosen und versuchte dabei den schroffen Billinsky-Ton zu imitieren.

Fedor wühlte sich aus dem Auto.

Rosen zog das Taschenmesser, stellte sich hinter ihn und ging in die Knie. Mit einem raschen Schnitt durchtrennte er die Fußfessel aus Klebeband. Er wollte sich gerade wieder aufrichten, als Fedor blitzschnell herumwirbelte und ihm das Knie ins Gesicht rammte.

Rosen wurde nach hinten geworfen, ein Laut der Überraschung entfuhr ihm, dann erst spürte er den dumpfen Schmerz im Gesicht. Er erhielt einen Tritt in die Rippen. Noch größerer Schmerz durchfuhr ihn. Der nächste Tritt. Diesmal traf es ihn seitlich am Kopf. Alles verschwamm vor seinen Augen. Wie hinter einem trüben Schleier sah er, dass Fedor sich auf den Asphalt warf und sich im Liegen windend die Beine durch die nach wie vor mit Handschellen gefesselten Arme schob. Rasch erhob sich der Mann wieder, um sofort loszurennen, ohne Rosen noch einen Blick zu gönnen.

Eine lange Sekunde verstrich.

Mühsam kam auch Rosen wieder auf die Beine. Wacklig stand er da. Er entdeckte den Zuhälter, der nach wie vor rannte, und schickte sich schwerfällig an, die Verfolgung aufzunehmen. Sein Schädel pochte, seine Knie waren weich. Er lief, hielt aber nach wenigen Metern wieder inne. Um ihn drehte sich alles …

Fedor war nicht mehr zu sehen.

Warum strömte es durch Rosens schütteres Haar? Er fasste hin und fühlte Blut an den Fingern. »Mist«, murmelte er. Sein Blick fiel aufs Präsidium. Niemand kam auf ihn zu, keine Kollegen näherten sich mit sorgenvollen Gesichtern. Es war immer noch früh. Rosen wühlte Papiertaschentücher aus der Hosentasche und drückte einige auf die Wunde. Seine Gedanken waren schon wieder bei Anyana. Er stellte sich ihre Angst vor, und das tat ihm weh. Er hätte Fedor nicht entwischen lassen dürfen. Schon gar nicht zum zweiten Mal. Billinsky wäre das nicht passiert, dachte er töricht, dann war er wieder ganz bei Anyana. Sie durfte nicht länger allein bleiben. Nein, keine einzige Sekunde.

Auf nach wie vor wackligen Beinen ging er zurück zum Auto. Er schob sich hinters Steuer, schnaufte durch, startete den Motor. Wiederum fuhr er quer durch die Stadt.

Als er zu Hause ankam, fühlte er sich besser. Er verlor kein Blut mehr, seine Hände zitterten nicht. Er stürmte aus dem

Auto und in die Wohnung hinein, wo er Anyana wie erwartet völlig verängstigt und durcheinander vorfand, zusammengekauert auf dem Sofa. Er zog sie zu sich hoch und gestand ihr, dass Fedor ihn übertölpelt hatte.

Ihre Antwort war nur ein Blick, aber kein vorwurfsvoller. Sie sah eher aus, als hätte sie so etwas erwartet, und das traf ihn gleich noch mehr.

»Es tut mir leid«, flüsterte er und fühlte sich wie ein Versager.

Erneut sagte sie nichts.

»Du kannst nicht hierbleiben«, meinte er dann leise.

»Ich weiß.« Anyana nickte und löste sich von ihm. »Was ich nicht weiß – wo soll ich hin?«

Sie wirkte so traurig, so niedergeschlagen und verletzlich, und das machte ihm zu schaffen.

»Ich bringe dich ins Präsidium.«

»Nein.« Wild schüttelte sie den Kopf. »Ich habe Angst vor der Polizei, das weißt du, Rosen. Sie werden mich mit Fragen quälen, Fragen zu Fedor und seinem Boss, und der wird versuchen, mich töten zu lassen.«

»Wir können dich schützen.«

»Ach, Rosen.« Noch bekümmerter senkte sie den Blick. »Das haben wir doch alles schon so oft durchgekaut. So viele wolltet ihr schon schützen …«

»Anyana …«

»Ich vertraue keinem Polizisten, keinem Anwalt. Nur dir, Rosen.«

Er zog sein Handy aus der Innentasche.

Anyanas Augen weiteten sich vor Sorge. »Wen rufst du an?«

41

Schon das zweite Mal, dass er sie so früh zu Hause angerufen hatte …

Mara Billinsky wunderte sich über Rosen. Was verbarg er? Was wollte er von ihr? Weshalb verlangte er, dass sie noch mit ihrem Aufbruch ins Büro wartete? Angespannt hatte er geklungen, nein, mehr als das. Aufgeregt. Vielleicht sogar ängstlich.

Sie machte die Musik aus, Songs von Metallica, die sie zusammen mit schwarzem Kaffee hellwach gemacht hatten, und stand etwas unschlüssig im Wohnzimmer. Rosen … was war nur los mit ihm?

Kurz darauf hörte sie, wie ein Auto in unmittelbarer Nähe der Wohnung mit quietschenden Reifen zum Stehen kam. Sie eilte ans Fenster und verzog vor Überraschung das Gesicht. Noch ehe Rosen klingelte, betätigte sie den Türöffner, um ihn und seine Begleitung nur Sekunden später in der Wohnung zu empfangen.

»Da ist es also, dein Geheimnis.« Sie grinste ihn schief an. »In Fleisch und Blut.«

»Ja, es geht um Anyana«, sagte Rosen, schüchtern wie ein Junge. »Ich habe sie wiedergefunden.«

Maras Augenbraue zuckte nach oben. »Apropos Blut. Wer ist das gewesen?« Sie deutete auf die eingetrockneten roten Flecken in seinem hellen Haar.

»Anyanas Zuhälter.«

Erst jetzt hielt sie Anyana die Hand hin, die diese nur zaghaft oder gar widerwillig ergriff. Dann maß Mara sofort wieder Rosen mit einem Blick. »Wir setzen uns auf den Boden«, entschied sie und zeigte auf den schwarzen Teppich mit den etlichen kleinen Totenköpfen.

»Auf den Boden?«, wiederholte Rosen verdutzt.

»Ich mag das.«

Im Kreis ließen sie sich nieder.

»Dann schieß mal los, Kollege«, forderte Mara ihn auf. »Was wird gespielt? Warum bringst du sie zu mir?«

»Ich hab's vermasselt, Billinsky. Ich bin ein Trottel, ein Versager.«

»Nein.« Mara winkte ab. »Nichts von beidem. Und jetzt erzähl mir endlich alles. Normalerweise bin ich ja diejenige, die immer für ein Durcheinander sorgt.«

»Weil du es mit Regeln und Gesetzen und Vorschriften nicht so genau nimmst.«

»Du schon eher. Das ist ja das Verwunderliche.«

Er grinste säuerlich. »Eine absolute Ausnahme, glaub's mir.«

»Du bist ganz schön verknallt, Rosen.« Mara schmunzelte, Anyana schaute noch immer verängstigt und argwöhnisch zu ihr herüber. Bisher war kein einziges Wort über die Lippen der jungen Frau gekommen.

Rosen schilderte Anyanas Situation, ihre Furcht vor den Verbrechern, ihr Misstrauen gegenüber den Behörden. »Ich wollte sie ja in einem Zeugenschutzprogramm unterbringen und ...«

»Ich weiß, Rosen, mein Gedächtnis funktioniert noch halbwegs.« Mara hob wieder eine Augenbraue, spöttisch, herausfordernd. »Ist das dein Ernst? Willst du tatsächlich, dass sie sich bei mir versteckt?«

Ratlos erwiderte er ihren Blick. »Ich wusste mir einfach nicht zu helfen.«

»Ist euch jemand gefolgt?«

»Nein, ganz bestimmt nicht. Fedor hatte ja damit zu tun, sich in Sicherheit zu bringen.«

Mara sah von Rosen zu der Frau und wieder zu Rosen. »Du wirst sie nicht ihr Leben lang …«

»Das weiß ich«, unterbrach er sie, und zum ersten Mal merkte sie, wie erschöpft er war. Zärtlich sah er Anyana an. »Wir beide wissen das.«

»Ich will weg«, sagte die junge Frau abrupt, ihre ersten Worte.

»Anyana, wir haben doch im Auto alles besprochen«, erwiderte Rosen.

Ein unangenehmes Schweigen entstand, das erst nach einer Weile von Mara beendet wurde: »Den ganzen Tag lang können wir jedenfalls nicht auf dem Teppich sitzen.«

Rosen holte Luft. Doch bevor er etwas äußern konnte, meldete sich erneut Anyana zu Wort, den Blick erstmals direkt auf Mara gerichtet: »Okay, ich werde euch helfen.«

»Und wie?«, fragte Mara wenig überzeugt.

»Mit Anyanas Hilfe werden wir Fedor finden«, antwortete Rosen anstelle der Frau.

Mara musterte ihn. »Da kommt doch noch was, oder?«

Rosen wedelte mit den Händen in der Luft. »So ein Mist, ich war so nah dran. Wäre er mir nicht entkommen …« Er verstummte.

»Erzähl schon«, verlangte Mara.

»Fedor hätte uns auf Blochins Spur gebracht.« Rosen schnaufte. »Und ich hab's verbockt, ich Trottel. Ich wollte Fedor zum Reden bringen. Wollte, dass wir endlich mehr erfahren über Blochin, aus erster Hand sozusagen. Gut, geredet hat er dann auch. Aber nur irgendwelche Gangsterstorys aus Blochins Jugend. Kram, der uns nicht weiterhilft.« Er fuhr sich übers Gesicht. »Das ist nichts. Gar nichts. Ich hatte die Chance, uns näher an Blochin heranzubringen. Und ich hab's verbockt.«

»Den Teil hab ich kapiert«, meinte sie lässig, »du brauchst es nicht noch mal zu erwähnen.«

Das Klingelzeichen von Maras Handy ertönte. Sie stand auf, um es nebenan vom Küchentisch zu holen, auf dem auch noch ihre Kaffeetasse stand.

»Das ist ganz sicher der Chef«, hörte sie Rosen noch murmeln. »Hat Sehnsucht nach uns.«

Als sie aufs Display sah, rief sie ins Wohnzimmer: »Falsch geraten, Rosen.« Dann nahm sie den Anruf entgegen. »Was gibt's? So früh am Morgen haben wir noch nie miteinander telefoniert«

»Hallo, Mara«, erklang Edgar Billinskys Stimme. »Ich möchte dir etwas mitteilen.«

»Warum so förmlich?«

»Ich bin nicht förmlich, nur müde.«

»Zu viel gearbeitet oder zu viel gefeiert?«

»Ich sollte dir deine spitze Zunge wirklich mal abschneiden.« Er räusperte sich. »Wir haben doch über Radka Steinmann gesprochen. Stell dir vor, ich habe ihr einen Besuch abgestattet.«

»Ach?«, kam es verdutzt von ihr. »Warum?«

»Hm, schwer zu sagen. Vielleicht einfach nur aus Neugier.« Er stieß kurz die Luft aus. »Willst du also mehr über Radka Steinmann wissen?«

»Keine Ahnung, ob es mir letztlich etwas nützen wird – aber ja, das will ich unbedingt. Das sagte ich dir ja bereits.«

»Eine Frau mit Geheimnissen.«

»Zum Beispiel?« Mara blickte sich um und sah, dass Rosen und Anyana sich immer noch auf dem Boden ihres Wohnzimmers leise miteinander unterhielten.

»Das Ende ihrer Karriere«, erwiderte Edgar. »Das war kein Unfall. Da hat jemand nachgeholfen.«

»Wer?«

»Genau diese Frage habe ich ihr gestellt, immer wieder. Es muss sich um eine mysteriöse Gruppe von Menschen handeln, vor denen Radka immer noch mächtig Angst hat. Ich will sie wiedersehen. Vielleicht bekomme ich noch handfestere Information aus ihr heraus.«

»Okay«, gab Mara verdutzt zurück. »Warum dieser Eifer?«

Er überging ihre Frage mit einer Gegenfrage: »Hast du den Ausdruck *Pominalnij stol* schon einmal irgendwo aufgeschnappt?«

»Wie bitte?«

Maras Vater wiederholte die Silben, ganz langsam, ganz deutlich.

»Was bedeutet das?«

»Ich weiß es nicht.«

»Wie wird es geschrieben?«

»Nicht die leiseste Ahnung.«

Mara notierte sich die beiden Wörter nach Gehör auf dem Umschlag der Stromrechnung, die ihr zugeschickt worden war.

»Finde heraus, was es bedeutet, Mara – und es könnte sein, dass du mehr über Radka erfährst.«

Sie stutzte. »Da fällt mir etwas ein. Ich habe mit ihrem Ex-Gatten gesprochen. Und er erwähnte einen Mann in Radkas Leben, keinen Lover, sondern eher eine Art, hm, Bekannter oder Ratgeber. Er heißt Sergej.«

»Tja«, kam es ratlos von ihrem Vater. »Ich glaube nicht. Oder – Moment mal. Doch, dieser Kerl. Hm, möglich, dass sein Name Sergej war. Ich habe ihn ganz vergessen, weil ich ihn nur ein einziges Mal traf.« Er räusperte sich, laut und rau. Mara kannte den Ton von früher – er hatte wohl ganz schön gebechert.

»Also, es war an einem ganz gewöhnlichen Abend«, erklärte ihr Vater, »als ich Radka nach einem Dinner nach Hause brachte. Plötzlich stand dieser Typ da, als hätte er stundenlang in der Dunkelheit auf ihre Rückkehr gewartet. Bevor er etwas sagen konnte, fuhr Radka ihn an, die alten Zeiten seien vorbei, er solle sie nicht einfach abpassen, sondern sich wenigstens vorher ankündigen. Sie unterhielten sich dann auf Russisch. Es herrschte eine irgendwie seltsame, schwer greifbare Atmosphäre zwischen den beiden.«

»Wie würdest du ihn beschreiben?«, fragte Mara.

»Ein unscheinbarer, dicklicher Typ in mittleren Jahren. Nein, älter. Schon klar über fünfzig. Kleiner als ich und auch ein Stück kleiner als Radka. Grau meliertes Haar, rundliches, glatt rasiertes Gesicht.«

Mara starrte vor sich hin – und plötzlich kam ihr ein Gedanke. Sie sah es vor sich, das Gemälde in der Wohnung eines Ermordeten, dessen Fall unlösbar erschien. Das Gemälde mit der Ballerina. Es war nur ein Gefühl, aber ein verdammt starkes Gefühl.

»Mara, ich muss jetzt los. Mehrere Termine warten.« Edgar stöhnte. »Ausgerechnet heute. Mit diesem Brummschädel.«

»Du kennst das ja.« Die Bemerkung konnte sie sich nicht verkneifen, obwohl die Bissigkeiten, wie ihr auffiel, zwischen ihm und ihr deutlich weniger wurden.

»Ein einfaches Dankeschön hätte es auch getan«, meinte er.

»Danke schön.«

»Wie wär's sogar mit *Danke, Vater* oder *Danke, Papa*.«

Sie ließ einen Moment verstreichen, ehe sie erwiderte: »Alles zu seiner Zeit.«

»Okay, Lieblingstochter«, sagte er zu seinem einzigen Kind.

»Ja, Spott steht dir besser.«

»Dir auch. Bis bald, Mara!«

Sie steckte das Handy in die Gesäßtasche und ging zurück ins Wohnzimmer. Rosen und Anyana sahen zu ihr hoch.

»*Pominalnij stol*«, sagte sie.

»Wie bitte?« Rosen machte große Augen.

»Wir müssen unbedingt herauskriegen, was das bedeutet.«

»Wichtiger für mich ist: Was wird jetzt aus Anyana?«

Maras Antwort bestand lediglich aus einem Grinsen.

42

Drei Stunden waren vergangen. Drei Stunden ohne Fortschritte. Die Zeit fraß an ihr, jede einzelne Minute empfand Mara Billinsky als Niederlage. Sie kamen nicht voran, sie konnten nichts ausrichten, sie drehten sich unentwegt im Kreise.

Nachdem sie mit Rosen ins Präsidium gefahren war, hatten sie sich in die Recherche gestürzt, doch das war eben eher Rosens Gebiet, der am Computer saß, Anrufe erledigte und Informationen zusammenzutragen versuchte, das ewig gleiche mühsame Spiel. Um seine Geduld musste man ihn geradezu beneiden. Eine Eigenschaft, die Mara jedenfalls ziemlich fremd war. So hatte sie es irgendwann auch nicht mehr im Büro ausgehalten. Nun durchstreifte sie bereits seit geraumer Zeit wieder das Bahnhofsviertel. Es machte sie ganz irre, dass sie nie mehr als nur Schnipsel zu fassen bekamen, jedoch keine ganze Geschichte. Was steckte hinter all den Fällen? Wo waren die Zusammenhänge?

Klimmt war sauer, als sie abgerauscht war, sie hatte es ihm angesehen. Er wurde zusehends stärker unter Druck gesetzt, nicht nur seitens der Staatsanwaltschaft, auch von der Presse, die mit lautstark schreienden Schlagzeilen nach Ergebnissen verlangte.

Mara bewegte sich schnell durch die übliche Menge auf dem Bürgersteig, ihre Schritte trommelten auf dem Asphalt, als ob sie zu spät zu einem Termin kommen würde. Typisch für sie. Und ein wenig paradox. Selbst wenn sie kein konkretes Ziel hatte, trieb sie ihre Energie voran, der Ärger über das Auf-der-Stelle-Treten. Als könnte sie mit ihrer Eile Erfolge erzwingen.

Im Gehen warf sie einen Blick auf ihr Smartphone. Sie hatte ihrem Vater ein Foto des toten Simon Jenal zugespielt, das die Kriminaltechniker angefertigt hatten. Das war natürlich verboten. Man durfte nicht einfach das Bild eines Ermordeten in die virtuelle Welt hinausschicken, aber das war ihr egal. Es war ein Strohhalm, an den sie sich klammerte. Seit Kurzem geisterte Jenal wieder verstärkt durch ihre Gedanken. Kämen sie nicht bald einen Schritt weiter, würde Mara durchdrehen. Allein das Warten auf eine Antwort ihres Vaters machte sie noch rasender. Deshalb auch der Abstecher ins Viertel, obwohl sie sich geschworen hatte, vorsichtiger und besonnener zu sein. Nein, sie hatte es im Büro einfach nicht mehr ausgehalten. So viel zu Schwüren.

Der Himmel hing tief über den Dächern. Ein weiterer grauer nasser Tag, der in diesem scheinbar endlosen Winter über die Stadt hinwegwalzte. Die Leute trugen dicke Anoraks und hatten die Köpfe eingezogen. Doch in den Straßen des Rotlichts gab es keine Pause, kein Innehalten. Immer wenn sie hier war, hatte Mara das Gefühl, den dumpf pochenden, einschüchternden Rhythmus des Viertels in ihrem Brustbein zu spüren.

Ihre erste Anlaufstelle war einmal mehr Ramon, der als Bettler getarnte Dieb, der immer zwischen einer Hofdurchfahrt und einem Sexshop in einer der belebtesten und verrufensten Straßen des Viertels hockte. Das dicke Sofakissen unter Ramons Hintern war hoffnungslos durchgeweicht. Er war klein und drahtig. Sein langes schwarzes Haar hatte er zu einem Pferdeschwanz gebunden. Vor ihm stand eine blecherne Keksdose, in der ein paar Münzen funkelten. Aus winzigen, listigen Augen starrte er zu Mara hoch.

»Wie laufen die Geschäfte, Ramon?«

»Bei diesem Scheißwetter noch schlechter als sonst. Und bei dir?«

Mara beugte sich hinab, um leiser sprechen zu können.

»Sagt dir der Name Fedor etwas?« Sie gab ihm die Beschreibung des Zuhälters, die sie von Rosen und Anyana bekommen hatte.

Ramon grinste. Und äußerte nichts.

Es folgte das Übliche. Mara ließ einen kleinen Schein in die Dose fallen, den er sofort herausfischte, damit das Geld nicht nass wurde. Sie stellte Fragen, wiederholte die Beschreibung, zückte Scheine. Trotz ihrer Ungeduld drängte Mara ihn nicht. Es gelang ihr sogar, sich zurückzuhalten. Anyana hatte in Bezug auf Fedor nur bekannte Treffpunkte wie das Café Rosa und einige Bordelle genannt, doch Mara benötigte speziellere Informationen. Wenn überhaupt jemand, dann war Ramon der Mann dafür. Ihm entging nichts, er kannte alle, er wusste über die diversen Verflechtungen und Feindschaften Bescheid.

Allerdings kam auch von ihm zunächst nichts Neues. Erst nach einer Weile ließ er durchblicken, dass die Russen seit Kurzem ein als Wohnung getarntes Bordell in der Schloßstraße betrieben. Und da das Etablissement neu war, standen seiner Meinung nach die Chancen nicht schlecht, jemanden wie Fedor, der sich in der Bande um die Huren kümmerte, dort anzutreffen.

Mara konnte den Tipp nicht recht einordnen, aber da sonst nicht viel bei dem Gespräch herauskam, machte sie sich auf den Weg in die genannte Straße, die ein ganzes Stück vom Bahnhofsviertel entfernt lag. Dort angekommen, fand sie zum Glück eine Parklücke in der Nähe des beschriebenen Hauses. Sie blieb im Auto sitzen und behielt den Eingang des Gebäudes im Auge.

Ihr Handy gab einen Ton von sich. Es war eine Nachricht ihres Vaters – endlich. Sie klickte den Text an und las: *Tut mir leid, Mara. Unmöglich zu sagen, ob der Mann auf dem Foto dieser Sergej gewesen ist, der damals auf Radka gewartet hat ...*

»Mist!«, sagte Mara laut in die Stille, die im Wageninneren herrschte, und erst dann fiel ihr der letzte Satz Edgars auf: *Aber ich bleibe dran.*

Das ließ sie aufhorchen. Was hatte ihr Vater vor? Was war sein Antrieb?

Sergej allerdings blieb weiterhin ein Rätsel, auch wenn Mara nach wie vor eine vage Vermutung hatte, was diesen Mann betraf.

Sie saß da, und das Warten machte sie schon wieder wahnsinnig. Eine Stunde kam ihr vor wie fünf Jahre. Sie musste an Anyana denken, die junge Frau tat ihr leid. Unvorstellbar, was diesen Mädchen angetan worden war, nachdem man sie mit falschen Versprechungen von zu Hause weggelockt hatte. Von da an stellten sie bloß noch eine Ware dar. Mara hatte eingewilligt, dass Anyana in ihrer Wohnung bleiben konnte, auch wenn sie wahrlich nicht das Gefühl hatte, dass das die richtige Entscheidung war. Sie hatte Rosen empfohlen, Hauptkommissar Klimmt einzuweihen und die Chancen, die ein Zeugenschutzprogramm bot, auszunutzen. Rosen allerdings hatte sie so flehentlich angesehen, und seine Ratlosigkeit war mit Händen greifbar gewesen, dass sie schließlich versprochen hatte, Klimmt nichts davon zu sagen. Es war keine Lösung auf Dauer, gewiss nicht, und das dumpfe Gefühl beschlich sie, sie würden das bereuen.

Mara war völlig vertieft in ihre Gedanken, dennoch stachen ihr die beiden Gestalten, die sich aus dem dichter gewordenen Nebel schälten, sofort ins Auge. Die kräftige Figur, das breite Gesicht, der Kinnbart. Einer der beiden Männer war Fedor. Kein Zweifel.

Auf einen Schlag war sie konzentriert, angespannt. War endlich die Chance gekommen, Witali Blochin auf den Leib zu rücken, dem Mann, dessen Bande sie schon so lange in Atem hielt? Sollte Fedor das Bindeglied bilden, nach dem sie so lange verzweifelt Ausschau gehalten hatten?

Mara schob sich aus dem Alfa, leise, unauffällig. Es nieselte.

In zwei Richtungen kroch der dichte Verkehr die Straße entlang. Sie huschte zwischen den zwangsläufig langsam fahrenden Autos hindurch auf den gegenüberliegenden Bürgersteig.

Die Männer entdeckten sie sofort. Sie stoppten.

Mara setzte ihren Weg fort und hielt genau auf sie zu. Ihr war klar, dass man sie kannte, spätestens seit sie der Bande vor Kurzem in die Falle gegangen war. Automatisch suchte ihre Hand den Griff der Waffe, die im Hüftholster steckte.

Die beiden verständigten sich mit einem Blick, wirbelten herum und rannten los. Mara nahm die Verfolgung auf, stürmte mitten hinein in den Nebel. Sie sah die Schemen der Männer und beschleunigte. Nach kurzer Zeit erreichten die Flüchtenden die große Kreuzung, an der die Schloß- auf die Adalbertstraße traf. Noch mehr Verkehr, hier allerdings ging es nicht so zähfließend voran. Unzählige Autos, aber auch Busse, Motorroller und Fahrräder. Eine Straßenbahn ratterte heran.

Mara war besser in Form als die Männer. *»Stopp!«*, brüllte sie, als sie sah, wie die beiden sich in das Durcheinander stürzten, das auf der Kreuzung herrschte. Fedor hetzte weiter. Sein Begleiter drehte den Kopf, und in dem Moment, als sein Blick Mara erfasste, erwischte ihn die Straßenbahn mit voller Wucht. Er wurde quer durch die Luft geschleudert, die Bahn kam zum Halten und versperrte Mara Weg und Sicht.

»Shit!«, stieß sie hervor.

43

Er klingelte.

Einmal, zweimal, dreimal.

Diesmal befand er sich vor dem Eingang der Villa, die in der Sophienstraße lag. In der Robert-Mayer-Straße war er zuvor gewesen, aber auch da hatte niemand geöffnet.

Edgar Billinsky klingelte erneut.

Nichts. Keine Reaktion.

War sie überhaupt da? Falls nicht, wo mochte sie stecken? Wohin trieb es sie in ihrer Trauer, ihrer Verzweiflung, die sich plötzlich in etwas Urwüchsiges verwandelt hatte, als wohnte dieser Frau ein wildes Tier inne?

Er sog die Luft ein und lauschte noch einen Moment lang unentschlossen der Stille, die das Gebäude verströmte. Er wollte sich gerade umdrehen, als er es hörte, trotz der massiven altmodischen Holztür: das unverkennbare *Tock-Tock* des Gehstocks.

Er straffte sich, räusperte sich.

Die Tür ging auf. Da stand sie, Radka Steinmann. Ihr Blick war wie der Stoß einer Stichwaffe.

»Es war ein Fehler«, sagte sie.

»Das dachte ich zuerst auch, aber dann …« Edgar ließ den Satz offen.

»Ich möchte, dass du gehst.«

Sie wirkte wie mit Eis überzogen, ihre Augen waren verwirrende dunkle Kristalle. Doch Edgar brachte es fertig, ganz ruhig und unbeeindruckt zu erwidern: »Ich lasse mich nicht wegschicken wie ein kleiner Junge. Ich habe zwei Termine sausen lassen, nur um hier zu sein und dich zu sehen.«

Ihr Blick blieb unverändert, sie hatte ihre Lippen hart aufeinandergepresst.

»Ich habe dich gerade erst wiedergefunden, ich will dich nicht gleich erneut verlieren.«

»Du hast mich nicht *gewonnen*«, entgegnete Radka mit brennender Schärfe. »Niemand hat mich jemals gewonnen.«

Er versuchte in ihrem Gesicht zu lesen, wie es ihm vor Gericht bei Zeugenbefragungen in Fleisch und Blut übergegangen war. »Radka, du solltest reinen Tisch machen.«

Sie lachte auf, hart und rau. »Eine hohle Phrase. Kannst du mir so etwas ersparen? Es ist unter deinem Niveau. Und unter meinem.«

»Wer setzt dich unter Druck?« Edgar taxierte sie so hart wie sie ihn. »Dieser Sergej?«

Erschrocken weiteten sich ihre Augen. Oder vielleicht auch nur irritiert, es war schwer zu sagen.

»Welcher Sergej?«, kam es ungewohnt zögerlich über ihre Lippen »Etwa Jewdokimov?« Radka machte eine wegwerfende Geste. »Wie kommst du auf ihn? Ich wusste nicht einmal, dass du ihn kennst. In der Zeit, als wir beide oft zusammen waren, hatte ich kaum noch Kontakt zu ihm.«

»Wir liefen uns nur einmal zufällig über den Weg, er und ich. Besser gesagt, wir drei.«

Sie musterte ihn mit einem Argwohn, der so intensiv war wie der Duft ihres Parfüms.

»Was ist nun?«, bohrte Edgar weiter. »Steckt er dahinter? Macht er dir Angst?«

Radka senkte den Blick. »So lange hatte ich Ruhe vor den Geistern der Vergangenheit, und plötzlich …« Sie seufzte. Die Eisschicht hatte Risse bekommen. »Verrückt, oder? Man denkt, die Zeit schreitet voran, unaufhaltsam, aber das stimmt gar nicht. Sie springt hierhin und dorthin, mal nach vorn und dann wieder zurück.«

Es war wie beim letzten Mal – er drängte sich an ihr vorbei, auf recht unverfrorene Art, und abermals ließ sie es geschehen. Im Gegensatz zu Radkas Rückzugswinkel in der Robert-Mayer-Straße war Edgar hier früher nie gewesen. Im Vergleich mit einigen uralt wirkenden Wohnhäusern in dieser Straße war Radkas Heim moderner. Stein, Holz, Stahl und Schiefer, lichtdurchflutet von einer Seite, selbst an einem trüben Tag wie diesem, was es größer, weiträumiger erscheinen ließ, als es tatsächlich war. Eine breite Treppe mit einer geschwungenen Kurve führte nach oben. Vom Eingangsbereich aus durchschritt Edgar eine offene Tür ins Wohnzimmer, das ebenfalls groß und hell war, der Parkettboden in zwei Ebenen unterteilt.

Das Klacken des Stockes kündigte Radka an, die sich neben ihn stellte und offenbar etwas äußern wollte, doch vom dezenten Surren eines Telefons aufgehalten wurde.

Sie bewegte sich zu einem Beistelltisch aus Chrom, nahm ein Smartphone in die freie Hand und verschwand in den Nebenraum, dessen Tür sie nur anlehnte.

Edgar wartete eine lange Sekunde, dann folgte er ihr, um sich direkt am Türschlitz zu postieren, den Blick ins Innere gerichtet, direkt auf Radkas Rücken. Sie stand an einem Fenster, das auf eine hinter dem Haus gelegene, von Hecken umgebene Rasenfläche wies.

»Was willst du?«, ertönte Radkas Stimme, wieder so barsch wie in dem Moment, als sie Edgar empfangen hatte.

Mit der Fingerspitze stieß er die Tür ein bisschen weiter auf.

»Wie soll ich das verstehen?« Radkas Stimme war wie Peitschenschläge. »Willst du mir schon wieder drohen?«

Der Anrufer redete eine ganze Weile, Radka hörte zu. »Was soll das heißen, ich spiele nicht mit?«, meinte sie dann.

Wieder redete die Person am anderen Ende der Leitung.

»Was hört man über mich?«, kam es von ihr, jedoch auf einmal unsicherer. »Welcher Mann? Woher weißt du das?« Sie lachte abfällig. »Lächerlich. Das ist doch nur jemand, den ich von früher kenne … Was? Wovon sprichst du? Was ist mit seinem Namen?« Plötzlich versteifte sich ihr Rücken. Sie fuhr herum.

Durch den Türspalt maßen sie sich gegenseitig mit einem langen Blick. Radka wischte über das Display, um die Verbindung zu beenden.

»Was für ein Spiel spielst du?«, fragte sie Edgar Billinsky in eisigem Tonfall.

44

Es war düster. Es war un heimlich. Die Dunkelheit hatte sich so schnell herabgesenkt, als wäre sie ein Wesen, das Beute machen wollte. Paulina verspürte eine Gänsehaut, während sie den Reihen der Gräber folgte. Das leichte Nieseln hatte sich in Schneefall verwandelt. Nasse, schwere Flocken fielen und lösten sich auf, sobald sie die Erde berührten.

Ihr Schaudern kam nicht allein von der Kälte, das wusste sie, sondern auch von der Angst, die ähnlich wie die Dunkelheit in ihr aufwallte. Es war diese kriechende Angst vor den Gefühlen, die sie gleich heimsuchen würden, vor deren Urgewalt, vor der dumpfen Gewissheit, dass sie so verdammt machtlos war, am Schicksal der Menschen in den Gräbern etwas zu ändern.

Sie befand sich in einer der abgelegenen Zonen des Frankfurter Hauptfriedhofs. Niemand außer ihr war hier unterwegs. Wind rauschte in den Bäumen, nur sehr wenige Laternen säumten die Pfade. Totenlichter setzten helle Reizpunkte in das diffuse Schwarzgrau, das sie umgab. Sie wühlte die Hände tief in die Taschen ihrer Jacke. Ihr Körper wurde warm gehalten von den dicken Stoffschichten, doch ihre Seele, so kam es ihr vor, war manchmal so bloß, so ungeschützt, dass es schmerzte.

Sie erreichte ihr Ziel. Die Grabsteine waren eingesunken, die Namen nicht mehr gut lesbar. Hier brannten keine Totenlichter, hierher kam wohl niemand mehr. Ein Wunder, dass dieser Teil des Friedhofs noch nicht eingestampft worden war, um Platz für neue Tote zu schaffen, doch das würde gewiss bald folgen.

Vergessene Gräber, die niemand besuchte.

Bis auf Paulina. Sie betete nicht, sondern starrte nur auf die Erde, unter der sich die längst verfallenen Särge mit den längst verwesten Leichen befinden mussten. Sie versuchte sich die Menschen vorzustellen, ihr Lächeln, ihre Gesichter, Berührungen, aber das war unmöglich. In ihrem Herzen blieb alles farblos, finster, ohne Kontur.

Langsam wandte sie sich ab. Sie begab sich auf den Rückweg, den Kopf gesenkt, die Mütze wie meistens tief in die Stirn gezogen. Es war ihr erster Besuch hier. Nicht der letzte, nein, das nahm sie sich fest vor, auch wenn ihr bewusst war, dass sie auf einem schmalen Seil ging. Bisher war man ihr nicht auf die Schliche gekommen, aber es gab keine Garantie dafür, dass es dabei bleiben würde; sie machte sich nichts vor.

Der Schneefall wurde dichter, die Geister einer ihr verschlossenen Vergangenheit umwehten sie. Wieder bekam sie eine Gänsehaut. So bedrückend es auch sein mochte, es war ihr ein tiefes Bedürfnis gewesen hierherzukommen. Erst als sie den Friedhof verließ, das wuchtige, im klassizistischen Stil erbaute Eingangsportal in ihrem Rücken, atmete sie freier. Sie versuchte ihre Gedanken auf das nächste Ziel, die nächste Aktion zu lenken, doch es fiel ihr schwer, sich zu konzentrieren.

Paulina ging eine Straße hinab, die Richtung Stadtmitte führte. In der Nacht zuvor hatte sie von Joel Steinmann geträumt. Er hatte ihren Namen gerufen, immer wieder, mit seiner sanften, verletzlichen Stimme, und als sie erwachte, war er immer noch bei ihr gewesen, jedenfalls hatte es sich so angefühlt. Jetzt wollte sie nicht an ihn denken, schon gar nicht wollte sie, dass ihr Gewissen geweckt wurde. Sie erwartete von sich, einfach zu funktionieren, Schritt für Schritt weiterzugehen, auch wenn ihr Weg sie ins Verderben führen würde.

An der Haltestelle Deutsche Nationalbibliothek nahm sie die U-Bahn und stieg nur eine Station später bereits wieder aus, am Eschenheimer Tor. Draußen stellte sie fest, dass der

Schneeregen nachgelassen hatte. Am Rand der Straße stand der kleine Leihwagen, genau wie verabredet. Alle paar Tage wechselten sie das Auto, um die Spuren zu verwischen. Die Beifahrertür wurde von innen aufgestoßen, und sie nahm Platz.

Sie begrüßten einander nicht. Jeder von ihnen sah nur nach vorn. Erst nach einer Weile brach Paulina das Schweigen: »Gibt es in der Nähe des Hauses eine Übernachtungsmöglichkeit?«

»Nicht direkt in der Nähe«, sagte er, seine Stimme tief und rau, »aber etwa eine halbe Stunde entfernt in einem winzigen Nest. Eine Pension mit ein paar Zimmern.«

Auch diese Stimme verschaffte ihr jedes Mal eine Gänsehaut, genau wie zuvor die Atmosphäre auf dem Friedhof.

»Die Entfernung sollte letzten Endes kein Problem sein«, sagte sie. »Hast du ein Zimmer reserviert?«

»Ja. Telefonisch.«

»Gut. Ich fahre hin, mit Brille, Mütze und Perücke, und werde den Schlüssel in Empfang nehmen. Später wirst du hinzustoßen. Lass uns versuchen, dass niemand etwas von dir mitbekommt. Schlimm genug, dass die Leute in der Pension einen von uns sehen werden.«

Er ließ den Motor an, steuerte den Wagen auf die Fahrspur und beschleunigte ein wenig. »Wie war es auf dem Friedhof?«

»Irgendwie beklemmend. Fast gespenstisch.« Sie sah ihn von der Seite an. »Warum wolltest du nicht mitkommen?«

»Nächstes Mal.« Er nickte vor sich hin, als müsste er sich selbst überzeugen, die riesigen Hände auf dem Lenkrad. »Nächstes Mal gehen wir gemeinsam hin.«

»Vorher haben wir etwas zu erledigen«, bemerkte Paulina düster, beinahe mehr zu sich als zu ihm. Angespannt richtete sie den Blick auf die Straße, die vor ihnen lag.

Teil 3

Das Blut von damals

45

»Diesmal habe *ich* es verbockt.« Mara Billinsky bemühte sich, ein schiefes Grinsen hinzukriegen. »So hast du es doch genannt, oder? Diesmal habe ich Fedor entwischen lassen.«

Jan Rosen musterte sie und verzichtete auf eine Erwiderung, wahrscheinlich noch nicht ganz sicher, wie es um ihre Laune stand.

Sie befanden sich am Ende des langen, fast fensterlosen Flurs, direkt neben dem Getränkeautomaten, jeder von ihnen einen Becher in der Hand, aus dem Dampf aufstieg.

Mara seufzte auf. »Viel gelingt uns nicht in letzter Zeit.« Mit sarkastischer Miene prostete sie ihrem Kollegen zu. »Cheers.«

»Ich würde sagen«, meinte er nach dem ersten Schluck, »Fedor hat einfach Glück gehabt.«

»Ein bisschen Schwein täte *uns* mal gut.«

»Wer war der zweite Mann? Fedors Begleiter?«

»Der Typ wird kein Fan mehr vom öffentlichen Nahverkehr. Die Bahn hat ihn ziemlich plattgemacht. Sie haben ihn in der Uniklinik zusammengeflickt. Er wird bewacht, aber eine Vernehmung ist noch nicht möglich.«

»Eine Befragung, meinst du«, merkte er anspielungsreich an.

»Korrekt.« Mara grinste erneut säuerlich. »Er ist ja kein Verdächtiger. Ich kann bloß hoffen, dass wir dem feinen Herrn irgendetwas nachweisen können. Nur dass er vor mir abhauen wollte, macht ihn ja nicht zum Schwerverbrecher.«

Sorgenfalten breiteten sich auf Rosens hoher Stirn aus. »Klimmt wird einige Fragen dazu haben, warum du hinter Fedor her warst. Vor allem, weil er mir ausdrücklich verboten hat, mich mit Blochins Bande zu beschäftigen.« Er machte eine Pause. »Ich denke auch an Anyana«, merkte er dann leise an.

»Vielleicht denkst du etwas zu intensiv an sie, Rosen.« Mara sah ihm direkt in die Augen. »Ich bin wirklich kein Angsthase, aber bei der Sache mit ihr ist mir nicht wohl. Das brauche ich nicht zu sagen, oder?«

»Sie hat eine solche Furcht«, erwiderte er mit noch leiserer Stimme. »Sie misstraut jedem.«

»Außer dir«, betonte sie.

»Sie hat nur die schlimmsten Seiten des Lebens kennengelernt.« In einer hilflosen Geste riss er die Hand hoch, die den Becher hielt, und verschüttete ein wenig von seinem Kaffee. »Egal was sie in deiner Wohnung gesagt hat, ich glaube nicht, dass man sie dazu bewegen kann, sich behördlichem Schutz anzuvertrauen. Geschweige denn, eine Aussage gegen Blochin oder wen auch immer zu machen.«

»Du solltest ihr gut zureden«, sagte Mara ebenso eindringlich.

»Das habe ich doch getan. Mehr als einmal.«

»Dann tu es wieder.« Sie nickte ihm zu. »Du schaffst es schon, Rosen. Du bist wie eine Rettungsinsel für sie.«

»Fedor stellt weiterhin eine Gefahr für sie dar. Je länger er keine Kontrolle über sie hat, desto größer ist seine Sorge, dass sie ihn durch ihre Aussagen in die Bredouille bringt.«

»Und weil wir Fedor nicht haben, bleibt auch Blochin außer Reichweite. Es ist zum Kotzen.« Sie verzog das Gesicht. »Genau wie dieser Kaffee.«

»Das stimmt.« Er zeigte ein scheues Lächeln, froh über den kleinen Scherz.

»Wie auch immer, meine Wohnung ist jedenfalls keine dauerhafte Lösung. Anyana dort zu lassen bedeutet nur ein Wegducken.« Mara starrte auf die matt schimmernde Flüssigkeit in ihrem Becher. »Und damit kommt man am Ende nicht durch.«

»Das ist mir durchaus klar«, murmelte er, gleich wieder ganz zerknirscht.

Sie warf den fast leeren Pappbecher in den Mülleimer neben dem Automaten. »Erzähl mir jetzt lieber mal, was du herausgefunden hast. Du wolltest doch vorhin unbedingt etwas loswerden.«

»Und ob.« Rosen nickte. »Stichwort *Pominalnij stol*.«

»Ich bin gespannt.« Mara betrachtete ihn erwartungsvoll.

»Es hat gedauert, bis ich die richtige Schreibweise raushatte, aber dann ging's recht schnell. Gibt man den Begriff in Suchmaschinen ein, stößt man sofort auf einen Artikel aus der *Frankfurter Allgemeinen*. Und das obwohl der Artikel aus dem Jahr 1989 stammt. Ich habe eine Kopie gemacht.«

Aus der Brusttasche seines neu wirkenden nachtblauen Jeanshemdes zog Rosen ein gefaltetes Blatt Papier und reichte es Mara, die sofort zu lesen begann:

Bombenanschlag auf Frankfurter Hauptfriedhof

Ein herrlicher, sonnenüberfluteter Sommertag: Am Rande des Frankfurter Hauptfriedhofs standen Bänke und Tische aus grobem Holz. Weiße Tischdecken, viele Flaschen, große Töpfe, Geschirr. Die Gräber erstreckten sich in Sichtweite über eine überschaubare Ebene, umgeben von Wiesen, auf denen wilde Blumen wachsen.

In den frühen Nachmittagsstunden hielt die Familie Gorpischin am vergangenen Sonntag eine Gedenkfeier ab, Pominalnij stol genannt, bei der zur Ehre eines Verstorbenen an seinem Grab getrunken und gegessen wurde. Alexander Gorpischin, das Oberhaupt der Familie, war auf den Tag genau drei Jahre zuvor gestorben. Es gab hart gekochte Eier und Reis, wie es Tradition war, Blinis mit Kaviar und Sauerrahm, Salzgurken, Sprotten und Wodka.

Plötzlich zerfetzte ein ohrenbetäubend lauter Knall das gemütliche, friedliche Bild, das die etwa zwanzig Angehörigen abgaben. Das Pominalnij stol hatte sich in ein Schlachtfeld verwandelt.

Die Spezialisten der Polizei sollten später feststellen, dass unter einem der Tische eine Mine angebracht worden war. Quer durch den Festplatz war ein Krater von gut einem Meter Breite gerissen worden. Manche der Opfer wurden meterweit durch die Luft geschleudert. Die Mine, die über eine Sprengkraft von etwa zwei Kilogramm TNT verfügte, war mittels eines wenige Zentimeter tief im Erdreich vergrabenen Kabels gezündet worden – von irgendjemandem, der sich in der Nähe aufgehalten haben musste. Trotz intensiver Ermittlungen gibt es bislang keine Verdächtigen, doch Insider aus Polizeikreisen, die nicht genannt werden möchten, weisen darauf hin, dass sowohl die Durchführung als auch das verwendete Material auf eine Beteiligung der russischen Mafia schließen lassen.

Mara gab Rosen das Blatt zurück und zog eine Augenbraue in die Höhe, ohne einen Ton zu äußern.

»Na, was fällt dir auf?«, fragte er.

»Mehrere Dinge.« Sie steckte eine Münze in den Automaten und hatte gleich darauf einen weiteren Becher mit dem scheußlichen Kaffee in der Hand. »Erstens: Es passierte in einer Zeit, als sich Familien, mit denen wir es heute zu tun haben, bereits in Deutschland, teilweise in Frankfurt, befunden haben.«

Rosen nickte.

»Zweitens: Es überrascht mich, dass die russische Mafia erwähnt wird – in einem Bericht aus dem Jahr 1989.«

Ein erneutes Nicken. »Ging mir zunächst genauso. Deshalb habe ich mir mal eine Stunde Nachhilfe in Geschichte gegönnt. Mit Ergebnissen, die mir so tatsächlich nicht bekannt waren.«

Er holte tief Luft. Deutliches Signal, dass jetzt ein längerer Vortrag folgte. Mara lächelte in sich hinein, während sie Rosens spröder Stimme lauschte.

»Aaalso«, begann er, »entgegen der oft vorherrschenden Meinung, dass sich die russische Mafia erst nach dem Zerfall des Ostblocks herausgebildet hat, gab es das organisierte Verbrechen in der UdSSR bereits seit den Sechzigerjahren. Damals entstand eine kriminell unterwanderte Schattenwirtschaft, vor allem im Handel und in der Baumwollproduktion.« Rosen hielt kurz inne, um sich zu sammeln. »Eine Entwicklung, die auch vor anderen ökonomischen Bereichen nicht haltmachte. Es ging um Betrugs- und Raubkriminalität, flankiert und begünstigt durch ein weitverzweigtes System der Korruption von Partei-, Staats- und Wirtschaftsfunktionären.«

Mara hörte ihm weiter zu und trank einen Schluck Kaffee.

»Unter den sowjetischen Berufsverbrechern«, fuhr er fort, »kam es zur Herausbildung von ungekrönten Königen, die sich das Territorium und die Einflusssphären aufteilten und die korrupten Geschäftemacher der Schattenwirtschaft ebenso wie bedeutende Teile des Genossenschaftswesens mit Zwangsabgaben belegten. Ganze Städte sollen damals unter der Kontrolle der Unterwelt gestanden haben, in der Moskauer Region etwa …« Er überlegte. »Balaschicha, Luberzy und Puschkino. So kam es teilweise sogar zu einem Zusammenwachsen von staatlicher und verbrecherischer Seite. Über viele Jahre hinweg trafen sich korrumpierte Staatsgrößen mit Mafiabossen, etwa in teuren Hotels an der Schwarzmeerküste, um Absprachen zu treffen und die geschäftliche Zusammenarbeit zu regeln.«

Nun meldete Mara sich doch zu Wort: »Und schon sind wir wieder bei dem Punkt, an dem wir schon einmal waren: Warum sollte die Mafia harmlose Nachkommen von Familien ermorden, die russische Wurzeln haben?«

»Ich habe nicht versucht, konkrete Schlussfolgerungen zu ziehen, ich war immer noch beim Faktensammeln.« Er machte eine vage Geste und dachte endlich daran, seinen längst geleerten Kaffeebecher wegzuschmeißen. »Ich glaube, es gibt noch wesentlich mehr interessante Details dazu«, sprach er im gleichen Tonfall weiter wie zuvor. »Auch wenn ich noch nicht weiß, ob uns das alles wirklich von Nutzen sein wird. Das Problem ist: Ab jetzt sind die Informationen spärlicher. Das ist vermintes Gebiet, um bei dem Bild zu bleiben, selbst so viele Jahre später.«

»Mir geht's wie dir – ich weiß auch noch nicht so recht, ob uns das weiterhilft.«

»Ist dir sonst noch etwas aufgefallen in dem Zeitungsartikel?«, fragte Rosen.

»Wo war ich? Genau, bei drittens. Der Name Gorpischin ist neu für uns. Was hast du über die Familie herausgefunden? Denn sie war es ja, der dieser Bombenanschlag galt, oder?«

Er hob kurz die Schultern. »Da war noch nicht viel herauszukriegen. Ja, die Gorpischins. Sie und ihre gesamte Verwandtschaft waren das Ziel der Tat. Die meisten der Gäste waren am Vortag aus der Sowjetunion angereist, wohl jeder mit einem Visum ausgestattet, an das man nicht so ohne Weiteres gelangte. Aber Oleg Gorpischin hatte im Sowjetstaat wohl Karriere gemacht. Er war im diplomatischen Dienst tätig, unterhielt Kontakte zu Politgrößen. Er lebte bereits seit mehreren Jahren in Frankfurt. Es war ihm sogar erlaubt, seine betagten Eltern zu sich zu holen, natürlich auch seine eigene Familie: Ehefrau und zwei kleine Kinder, fünf und drei Jahre alt. Sein Vater verstarb in Frankfurt.«

»Das war Alexander. Der Mann, zu dessen Ehren die Feier auf dem Friedhof abgehalten wurde. Oder habe ich das missverstanden?«

»Nein, stimmt genau.«

»Und die übrige Verwandtschaft? Ebenfalls Karrieretiger?«

»Nein, wohl recht einfache Leute, die in Vororten von Moskau wohnten. Oleg war anscheinend derjenige, der es geschafft hatte. Derjenige, der aus der Familie herausragte.«

»Und damit auch Hauptziel der Bombe war?«

»So nahm man es damals an. Oleg Gorpischin stand nicht im Rampenlicht, tauchte nie auf der großen Politbühne auf, aber offenbar hielt man es für möglich, dass er zu denen gehörte, die im Hintergrund die Fäden zogen.«

Nachdenklich schüttelte Mara den Kopf. »Eine ganze Familie ermordet – innerhalb eines Wimpernschlags.«

»Kleine Kinder, deren alte Großmutter, die Eltern, mehrere Onkel und Tanten. Wirklich kaum zu fassen.« Rosen stutzte. »Wie bist du eigentlich auf den Begriff gekommen? Auf *Pominalnij stol*?«

»Radka Steinmann.«

»Ach?«

»Na ja, eher über einen kleinen Umweg.« Sie grinste. »Auf jeden Fall müssen wir uns noch mal eingehender mit der ehrenwerten Primaballerina unterhalten und …«

Ein Piepton unterbrach Mara. Sie zog ihr Handy aus der Gesäßtasche. »Eine Nachricht«, sagte sie und las. Mit einem Schmunzeln sagte sie dann: »Mein alter Herr.«

»Habt ihr mal wieder Streit?«

»Ausnahmsweise nicht.« Sie sah auf. »Erst muss ich mich über dich und dein großes Geheimnis wundern, Rosen – und jetzt über ihn. Er ist nämlich auf einmal sehr interessiert an dem, was ich tue. Er scheint mir sogar helfen zu wollen.«

»Helfen?«

»Er war der *Umweg*, den ich gerade erwähnte.« Sie hielt Rosen das Handy hin, dessen Display noch Edgar Billinskys Nachricht anzeigte, die lediglich aus zwei Worten bestand.

»Sergej Jewdokimov«, las Rosen halblaut. »Sergejs Nachname. Aber woher weiß dein Vater …?« Er verstummte. »Ach so.«

»Genau. *Ach so.*« Mara zwinkerte ihm zu. »Ich habe dir doch davon erzählt. Von ihm und der grazilen Radka.«

»Mir scheint, wir stechen hier immer wieder in ein russisches Wespennest.«

»Ja, die Wespen schwirren uns um den Schädel, aber wir bekommen keine zu fassen.« Sie verzog genervt das Gesicht. »Und wir haben nichts in der Hand, um Klimmt oder die Staatsanwaltschaft zu überzeugen, dass wir den betroffenen Familien auf den Zahn fühlen müssen. Für uns sind sie ja zunächst einmal nichts anderes als Opfer.«

»Ich komme mir vor wie in einem blutigen, mörderischen Labyrinth, aus dem kein einziger der vielen Wege hinausführt.«

Mara grinste ihn an. »Dein berühmtes Recherchetalent ist wieder gefragt, Rosen. Jetzt haben wir den kompletten Namen, also müsste es leichter sein, Informationen zu besorgen: Ich will mehr über Jewdokimov wissen.« Sie hob eine Augenbraue. »Hey, Moment mal: Wann geschah der Mord an Simon Jenal? Sowohl *vor* den Morden in Köln und Hannover an Elke Neubert und Max Dereven als auch *vor* den Morden, mit denen wir es hier zu tun haben. Richtig?«

»Wie kommst du jetzt ausgerechnet auf Jenal?«

»Nur ein einziges Gemälde hing in seiner Wohnung. Was zeigte es?«

Rosen musste kurz überlegen, aber dann erinnerte er sich, wie sie seiner Miene ablesen konnte.

»Richtig«, sagte Mara, noch ehe er antworten konnte. »Eine Ballerina. Und ich würde schwören, dass das kein Zufall ist.«

»Nicht so voreilig. Denn ein Zusammenhang …«

»Rosen, ich sage dir Folgendes: Jemand kam nach Frankfurt, um unter Folter Informationen aus Simon Jenal herauszupressen. Informationen, die benötigt wurden, um die Morde begehen zu können. Deshalb war Jenals Regal leer.

Deshalb war sein Safe leer. Deshalb ist die Wohnung durchsucht worden.«

»Puuh, Billinsky, das ist ziemlich …«

»Und noch etwas sagt mir, dass da ein Zusammenhang besteht. Nämlich zwei Buchstaben. S und J. Simon Jenal. Sergej Jewdokimov.« Sie nickte, völlig überzeugt. »Rosen, du musst unserem *SJ* auf die Pelle rücken. Lass Computer und Datenbanken heiß laufen, ruf irgendwelche Kollegen in Moskau an, bombardiere die halbe Welt mit E-Mails. Was auch immer.«

Er lächelte, wie so oft ein wenig überfahren von ihr. »Und du?«

Sie schmiss auch ihren zweiten Kaffeebecher in den Mülleimer. »Ich kümmere mich auch um den Mann. Aber indem ich jemand anders auf die schmalen Füßchen trete.«

Rosen wollte noch etwas äußern, aber da war Mara schon in Bewegung. Mit eiligen Schritten folgte sie dem Flur, holte rasch Kapuzenpullover und Jacke aus dem Büro und achtete darauf, Klimmt nicht über den Weg zu laufen. Sie hastete aus dem Präsidium, setzte sich ans Steuer und ließ den Motor ihres Alfa aufheulen.

46

Während der Fahrt versuchte Mara ihren Vater zu erreichen. Doch er nahm den Anruf nicht entgegen, schickte ihr allerdings nur Sekunden darauf eine Nachricht: *passt gerade nicht, wir sprechen später.*

Sie gelangte in die Sophienstraße, parkte nachlässig und völlig schief und eilte zum Eingang. Nach dem zweiten Läuten öffnete Radka Steinmann und maß sie mit einem kalten Blick. »Ich habe Besuch.«

»Darauf kann ich keine Rücksicht nehmen«, erwiderte Mara mit einer jähen Schärfe. Sie schob sich an der Frau vorbei und blieb im Eingangsbereich stehen. »Ich lasse mich nicht mehr abspeisen.«

Radka Steinmann knallte das Stockende auf den Boden. Es klang wie ein Gewehrschuss. »Ich werde mich über Sie beschweren.«

»Da sind Sie nur einer von vielen, glauben Sie's mir.«

Aus dem Wohnzimmer kam ein Mann. Unauffällig gab er Mara ein Zeichen. Es war ihr Vater.

»Wohl besser, wenn ich mich jetzt verabschiede«, sagte Edgar Billinsky zu Radka.

Rasch verließ er das Haus und schloss die Tür geräuschlos hinter sich.

Spöttisch nahm die einstige Primaballerina des Bolschoi-Theaters Mara ins Visier: »Ein komischer Zufall, dass er denselben Nachnamen hat wie Sie, Frau Billinsky. Finden Sie nicht?«

Mara hielt ihrem Blick stand, sagte aber nichts.

Radka Steinmann lachte bitter. »Natürlich alles andere

als Zufall. Ich hätte längst darauf kommen müssen, doch die Vorstellung von Ihnen als seiner Tochter … Denn das sind Sie doch, oder?« Sie winkte ab. »Er hat mich belogen. Aber was soll's? Darauf kommt es jetzt sowieso nicht mehr an. Alle lügen.«

Mara sah sie weiterhin an, ganz direkt. »Wann haben Sie Sergej Jewdokimov zuletzt gesehen?«

»Ich kenne diesen Mann nicht«, kam die Antwort wie aus der Pistole geschossen, fast wie automatisch.

»Sie lügen also *auch*«, bemerkte Mara gelassen.

»Lassen Sie mich in Frieden!«, zischte die Frau.

»Warum schweigen Sie so beharrlich?«

Stille kehrte ein, schwer und dominant, wie etwas, das man mit einem Messer zerschneiden konnte.

»*Pominalnij stol*«, sagte Mara dann abrupt, ohne Zusammenhang.

Für einen Moment sichtlich überrascht, zeigte sich ein Blitzen in Radka Steinmanns Augen. Sie äußerte nichts.

»Sie erwähnten diesen Begriff.« Ironisch fügte Mara an: »Auch kein Zufall, stimmt's?«

Die ehemalige Tänzerin stützte sich auf den Stock. »Ich erwähnte diesen Begriff, da haben Sie recht. Und zwar gegenüber Edgar. Als Spion hatte ich ihn wahrlich nicht eingeschätzt.«

»Ja, ich weiß es von ihm.«

»Immer noch schwer vorstellbar, dass er ihr Vater ist.«

»Manchmal auch für mich«, gab Mara sarkastisch zurück. »Aber bleiben wir beim *Pominalnij stol*. Bei dem Bombenanschlag.«

»Ach, Kindchen, Sie glauben doch nicht allen Ernstes, dass ich irgendetwas dazu sagen werde?«

»Es steht zu viel im Raum – Sie können sich nicht mehr in Ihr Schweigen flüchten. Also: Was waren die Hintergründe?«

»Die Hintergründe?« Radka Steinmann lachte auf. Erneut ein bitterer, auch verächtlicher Laut. »Ganz einfach. Eine Familie sollte ausgelöscht werden. Ja, eine ganze Familie. Damit andere sehen konnten, was geschah, wenn man nicht verlässlich war. Wenn man nicht gehorchte.«

»Wenn man wem nicht gehorchte?«

»Irgendwem.«

»Etwas genauer muss es schon sein, Frau Steinmann«, forderte Mara mit harter Stimme. »Was waren die Hintergründe?«

»Ach, wahrscheinlich immer dieselben. Verrat, Spionage, Gegenspionage, Misstrauen. Die Einzelheiten kenne ich gar nicht.«

»Was hat die Familie Gorpischin denn getan, um ein solches Ende verdient zu haben?«

»Die Familie als solche wahrscheinlich gar nichts. Ich nehme an – und es ist tatsächlich nur eine Annahme –, dass es allein um Oleg Gorpischin ging. Und darum, Abschreckung zu schaffen.«

»Was hat Oleg Gorpischin getan?«

Die Russin erwiderte nichts.

»Er war als Diplomat tätig. Ist das korrekt?«

Radka Steinmann versuchte ihr Standbein zu lockern, blieb aber an Ort und Stelle stehen. »Es gab bestimmte Gerüchte.«

»Welche Gerüchte?«

»Dass er Vertrauen missbraucht und sich mit den falschen Personen getroffen hätte.«

»War er mehr als *nur* ein Diplomat?«

Ein trauriges Lächeln huschte über das Gesicht der Russin. »Gewisse Leute nannten ihn schlicht und einfach Verräter.«

»Sie sagen mir also tatsächlich, dass man die ganze Familie als abschreckendes Beispiel für andere Russen umgebracht hat, die sich mit den falschen Personen einließen.«

»Das ist das, was ich hörte.«

Eine tiefe Stille hatte sich in diesem Haus festgesetzt. Es kam Mara vor wie eine Gruft.

»Kannten Sie Oleg Gorpischin persönlich?«

»Bei offiziellen Anlässen begegnete ich ihm ein paarmal, aber wir sprachen nie miteinander. Bis auf *Guten Abend* und *Auf Wiedersehen.*«

»Wer waren die gewissen Leute, wie Sie sie nennen?«

»Das werden Sie von mir nicht erfahren. Ich hätte auch gar keine Beweise gegen sie. Ich schnappte einfach einige Bemerkungen auf und reimte mir den Rest zusammen.« Leise setzte sie hinzu. »Das ist lange vorbei.«

»Eine ganze Familie«, wiederholte Mara. »Frauen, Alte, kleine Kinder. Viele unschuldige Menschen.«

»So war das eben«, kam die Antwort, gepresst, sachlich. »Der kalte Krieg erhielt seinen Namen nicht zu Unrecht. Es war ein Krieg.«

Mara dachte nach. Dann fragte sie: »War Gorpischin tatsächlich ein Verräter?«

Radka Steinmann sah sie erst nach einer ganzen Weile wieder an. »Ach, das weiß ich wirklich nicht. Es ist mir auch vollkommen egal. Wen interessiert das heute noch? Ich hatte keinen Überblick, wer mit wem Absprachen traf, wer wen hinterging. Es war gesünder, so etwas nicht zu wissen.«

Mara maß sie eingehend. »Nicht nur gesünder, wohl auch hilfreicher. Ich meine, was Ihre Karriere anging.«

»Heute meint jeder, ein Urteil fällen zu dürfen.« Radka Steinmann hob den Stock an und betrachtete ihn mit finsterem Ausdruck. »Ja, man hat mir geholfen. Mich gefördert. Somit war meine Solidarität gefragt. Ich hätte sonst keine Tourneen ins Ausland machen dürfen. Drastischer ausgedrückt, ich hätte sonst mit einem nassen Lappen die Bühne des Bolschoi-Theaters wischen, aber bestimmt nicht darauf tanzen dürfen.«

»Sie meinen, die gewissen Leute haben Sie unterstützt. Diese Leute, um die es auch heute noch geht, nicht wahr? Diejenigen, die immer unsichtbar im Zimmer stehen, wenn wir miteinander sprechen.«

Mara erhielt keine Antwort.

»Welche Funktion hatten diese Leute inne?«

Wiederum keine Antwort.

»Wo sind sie heute?«

Sie taxierten sich wie Duellanten. »Das weiß ich nicht«, entgegnete Radka Steinmann endlich. »Und wenn ich es wüsste, es wäre mir völlig gleichgültig – und ich würde es Ihnen auch ganz sicher nicht mitteilen.«

»Gehörte Sergej Jewdokimov zu ihnen?«

Die Russin verzog den Mund und hob die Schultern.

»Sie können es doch sagen«, entfuhr es Mara heftiger als beabsichtigt. »Jetzt, da er tot ist.«

Radka Steinmann zuckte zusammen und sah verdutzt auf. »Wirklich? Das wusste ich nicht.«

»Und das soll ich Ihnen glauben?«, meinte Mara, obwohl die Überraschung der Frau nicht aufgesetzt wirkte.

»Glauben Sie, was Sie wollen – das tun Sie ja sowieso.«

»Er wurde ermordet.«

»Das war mir nicht bekannt. Ich habe ihn schon lange nicht mehr gesehen.«

»In welchem Verhältnis standen sie zueinander?«

»Er half mir. Stand mir bei den Tourneen zur Seite. Organisierte dieses und jenes.«

»Gehörte er dazu oder nicht?«, fragte Mara erneut.

»Wahrscheinlich schon. Ich wollte nie so genau wissen, wer auf welche Art mitmischte.« Ein flüchtiges Lächeln erschien auf Radka Steinmanns Gesicht. »Ich bin mir sicher, er war heimlich in mich verliebt.«

»Hat er Andeutungen in dieser Richtung gemacht? Oder gar Annäherungsversuche?«

»Nein, er hat sich vor allem auf seinen Job konzentriert. Wie ich. Wie alle.«

»Kannten Sie Jewdokimov auch unter dem Namen Jenal? Simon Jenal?«

»In Deutschland hat er mehrere Falschnamen benutzt. Das war einer davon.« Sie straffte sich, drückte ihren Rücken kerzengerade durch, als wäre sie noch die Tänzerin von damals. »Ich will nichts mehr damit zu tun haben. Seit Joels Tod …« Jäh verstummte sie.

»Gerade weil Joel nicht mehr lebt«, hakte Mara sofort ein, »sollten Sie jetzt …«

Ein wilder, zornerfüllter Blick aus den Augen der Frau ließ Mara innehalten, allerdings nur kurz: »Frau Steinmann, Joels Tod hängt doch mit allem zusammen, oder? Soll er umsonst gestorben sein?«

Radka Steinmann senkte kurz die Lider, spähte dann an Mara vorbei, als blickte sie in eine unerreichbare Vergangenheit. »Wir sterben alle umsonst.«

»Warum mussten mehrere junge, unschuldige Menschen unter grausamen Umständen den Tod finden?«

»Das weiß ich nicht.«

»*Warum?*«

»Das ist mir so schleierhaft wie Ihnen, Frau Kommissarin.«

»Wieso haben Sie meinem Vater gegenüber das *Pominalnij stol* erwähnt?«

»Aus Gedankenlosigkeit.« Ein knappes Achselzucken. »Wahrscheinlich nur, weil es mir irgendwie im Kopf herumgespukt ist.«

»Sicher. Aber dafür muss es doch einen ganz konkreten Grund gegeben haben.«

Keine Antwort – nur wieder das Schweigen, das noch eisiger sein konnte als ein Blick aus den Augen dieser Frau.

Mara wartete ein wenig, bis sie die nächste Frage stellte: »Warum haben Sie so viel Angst vor diesen Personen?«

Radka Steinmann sog die Luft ein, ganz leise. Dann nahmen ihre Augen wie die Mündung einer Waffe wieder Mara ins Visier. »Haben Sie schon mal Schmerzen erdulden müssen? Nicht nur seelische, sondern auch körperliche?«

»Das habe ich.«

Radka taxierte ungeniert die Narbe auf Maras Wange. »Verfolgen Sie die Erinnerungen daran?«

»Ja, das tun sie.«

Die Russin nickte kaum merklich. »Ganz egal, wie verzweifelt man ist. Ganz egal, wie gleichgültig. Ganz egal, wie ziellos. Das ist etwas, das bleibt. Nicht nur als Narbe auf der Haut, sondern auch darunter. Nicht wahr, Frau Billinsky?«

»Jetzt sprechen Sie gerade wieder von Ihrer Karriere. Besser gesagt, von deren Ende.« Leise, aber bestimmt setzte Mara hinzu: »Es war kein Trainingsunfall. Richtig?«

»Nein, es war kein Trainingsunfall.« Die Frau sprach die Worte ganz nüchtern aus. »Es war ein Vorschlaghammer.« Ein jähes Glühen loderte in Radka Steinmanns Augen. »Man hat mich festgehalten und mir mit dem Vorschlaghammer den Knöchel zertrümmert.«

»Wer?«

»Unwichtige namenlose Schergen.«

»Wer gab den Auftrag?«

»Ein paar Gespenster.«

»Aus welchem Anlass?«

Ein angedeutetes Kopfschütteln erfolgte. »Ich habe schon zu viel geredet. Die Vergangenheit hat lange geruht. Ich darf sie nicht aufwühlen. Niemandem wäre damit gedient.«

»Aber …«

»Ich sage es Ihnen ganz direkt, Frau Billinsky: Ich habe Angst vor diesen Menschen. Weil ich sie kenne. Weil sie eben *keine* Menschen sind, sondern brutale, effektive Maschinen. Weil ich weiß, dass sie auch heute noch über Leichen gehen. Sie sind rücksichtslos und kennen keine Skrupel.«

47

Fahles Tageslicht, klirrende Kälte. Abgeschirmt von Gestrüpp und winterlich kahlen, knorrigen Bäumen stand Paulina da und spähte zu dem einsamen, auf einer Anhöhe gelegenen Haus, das mehrere Hundert Meter von ihr entfernt stand: groß, geräumig, mit auf einer Seite lang nach unten gezogenem Ziegeldach, verspielten Holzverkleidungen, Wintergarten und angebauter Doppelgarage. Ein protziges Gebäude, wenn man bedachte, dass es höchstens mal für ein Wochenende oder ein paar Tage im Sommer von den Eigentümern genutzt wurde. Aber andererseits auch kein Wunder, angesichts des Reichtums der Familie.

Hinter Paulina erklangen Schritte, schmatzende Geräusche im Matsch und dem abgestorbenen, von den letzten Güssen noch nassen Gras. Sie drehte sich zu dem großen Mann um und nahm das Fernglas entgegen, das er aus dem Auto geholt hatte.

Nach einem langen Blick auf das Haus senkte sie das Glas. »Nicht ganz unproblematisch, was?«

»Stimmt.« Er stand neben ihr, so dicht, dass sich ihre Arme streiften. Ihn zu berühren, so beiläufig es auch geschehen mochte, kam ihr immer noch seltsam vor, fast unwirklich.

»Dass es schwierig ist, war von Anfang an klar.« Paulina fröstelte, der Atem tanzte in Wölkchen vor ihrem Gesicht.

»Sehr gut bewacht«, sagte er knapp.

»Sie sind vorsichtig geworden.« Leiser fügte sie an: »Nun ja, das ist wohl auch kaum überraschend.«

Einige Sekunden verstrichen, ohne dass ein Wort fiel. Das Haus lag wie ausgestorben in der Ferne, doch dieser Eindruck täuschte. Es befanden sich mehrere Personen darin, mehr, als Paulina lieb sein konnte.

»Ich weiß nicht, wie wir es machen.« Er sprach es leise aus, ganz schlicht. Wie so oft waren seine Worte ein wenig schleppend, als müsste er sie tief aus seinem Inneren hervorwühlen.

»Vielleicht sollten wir es lassen«, entgegnete sie – nur um ihn zu prüfen.

Erstaunt sah er zu ihr herüber. »Aber du wolltest doch unbedingt, dass wir …« Er runzelte die Stirn. »Das war unser Ziel.«

Unser Ziel, wiederholte Paulina in Gedanken und genoss für einen Moment die unterschwellige Bedeutsamkeit der beiden simplen Worte.

»Ich werde mir etwas einfallen lassen«, antwortete sie schließlich.

48

Mit zwei Kaffeebechern in den Händen näherte sich Mara. Einen Becher stellte sie vor Jan Rosen ab, der an seinem Schreibtisch saß, den zweiten an ihrem eigenen Platz.

»Danke«, murmelte Rosen, den Blick nach wie vor auf den Monitor seines Laptops gerichtet.

»Ich habe schon wieder eine Nachricht von meinem Vater erhalten.« Sie ließ sich auf ihren Drehstuhl fallen. »Es macht mir beinahe Angst, wie sehr er sich ins Zeug legt.«

»Was schreibt er denn?«

»Wieder einen Namen. Mit einigen interessanten Informationen dazu.«

»Einen russischen Namen, schätze ich mal.«

»Nein, einen deutschen. Johannes Dorn. Es handelt sich um einen älteren Herrn, der früher für die gute alte Bundesrepublik im diplomatischen Dienst tätig gewesen ist.« Mara hob die Augenbraue. »Wahrscheinlich nur eine nette Umschreibung für Geheimdienst. Ich habe ja schon öfter erwähnt, dass mein alter Herr im Laufe seiner feuchtfröhlichen, aber doch recht erfolgreichen Laufbahn als Rechtsverdreher viele Kontakte knüpfen konnte, darunter recht illustre Leute.«

»Was hat es mit Dorn auf sich?«

»Mein Vater riet mir eindringlich, mich bei dem alten Knaben zu melden. Er hat ihm das wohl sogar schon angekündigt. Und ich habe auch gleich angerufen, ihn aber bisher noch nicht erreicht.«

»Welche Informationen könnte er haben?«

Sie schmunzelte. »Bei unserer Glückssträhne wahrscheinlich keine, die uns voranbringen.«

Es ertönten laut stampfende Schritte, die nur von einer Person stammen konnten, und Rosen warf Mara sofort einen sorgenvollen Blick zu. Im nächsten Moment rauschte Klimmt heran und stieß dabei fast die mobile Trennwand um. Er wirkte meistens übellaunig, aber selten derart sauer wie jetzt.

»Was ist los, zum Teufel? Was treibt ihr da?«

Sie sahen ihn an, und bevor einer von ihnen etwas äußern konnte, fuhr er fort: »Ich komme gerade aus der Uniklinik – von einem Krankenbesuch. Ihr wisst schon, bei dem Typ, den die Straßenbahn ein bisschen ramponiert hat.« Sein Blick fixierte Mara, als wollte er gleich mit den Fäusten auf sie losgehen. »Sie haben ihn *verfolgt*, Billinsky. Korrekt? Hätten Sie die Scheißgüte, mir den Grund dafür zu erklären?«

Während Rosen auf seinem Stuhl kleiner zu werden schien, versuchte sich Mara nach außen hin so gelassen wie möglich zu geben. »Im Zuge einiger Ermittlungen kam es ...«

»Einiger Ermittlungen!?« Klimmt brüllte mittlerweile. »Gegen *wen*?«

Sie maß ihn einen langen Moment. »Chef, Sie sehen aus, als würde Ihnen vor Wut gleich Dampf aus den Ohren kommen. Vielleicht wäre es besser, wenn wir ...«

Wieder unterbrach er sie, diesmal mit einem unheilvoll leisen Knurren: »Scheiße, Billinsky, Sie machen es mir verdammt schwer. Sie ziehen einfach *immer* Ihr Ding durch, was?« Er schnaufte. »Ich habe das geduldet, bis zu einem gewissen Grad jedenfalls. Aber wenn Sie jetzt schon *entgegen* meinen ausdrücklichen Anweisungen handeln, dann habe ich ein Problem. Und Sie ein noch viel größeres.«

»Chef ...«, versuchte Mara von Neuem anzusetzen.

»Scheiß-Russenmafia«, grunzte Klimmt. »Lassen Sie diesen Blochin, verflucht noch mal! Er verursacht im Moment nicht die geringsten Schwierigkeiten. Wir brauchen Ergebnisse in der Mordserie, und zwar sofort. Der Staatsanwalt und die Pressemeute ziehen die Schlinge, die sie mir um den Hals gelegt haben, immer weiter zu. Und was machen Sie? Irgendeinen Mist. Ermitteln Sie in den verdammten Mordfällen, damit haben wir wahrlich genug zu tun.«

»Ich ermittle in den Mordfällen«, betonte Mara.

»Der Kerl in der Klinik, das ist doch einer von Blochins Gefolge, oder? Irgendein kleiner Handlanger, ein Eierdieb. Ich habe ihn mir vorgeknöpft, als ich *endlich* von der tollen Geschichte erfahren hab. Er sagt, Sie wären hinter dem Mann her gewesen, der ihn begleitet hat. Und dass er selbst natürlich total unschuldig sei und noch nie im Leben ein krummes Ding gedreht habe. Wie der andere Mann heißt, das kann er leider nicht sagen, er kennt ihn angeblich kaum. Am Ende müssen wir ihn sowieso laufen lassen.« Klimmts Brustkorb bebte. »Also, Billinsky, sagen Sie's mir. Wer ist der andere Mann, hinter dem Sie her sind? Über welche hilfreichen Informationen verfügt er hinsichtlich der Morde, bei denen wir seit Ewigkeiten im Dunkeln herumstolpern? Was zum Teufel rechtfertigt es, dass Sie diese beiden Knilche vor eine Bahn hetzen?«

»Es ist alles meine Schuld«, kam es plötzlich von Rosen, dessen Wangen rot glühten.

»Nein«, widersprach Mara, wurde aber gleich wieder von Klimmt unterbrochen: »Ihre Schuld, Rosen? Was soll das heißen? Raus mit der Sprache!«

»Ich, äh, also …«, stammelte Rosen. »Ich kann es Ihnen noch nicht erklären. Äh, bitte geben Sie mir etwas Zeit, und ich werde …«

»Rosen!« Klimmt musterte ihn, die Augenbrauen dicht zusammengeschoben. »Was ist los mit Ihnen?«

»Jedenfalls …« Schweiß stand ihm auf der Stirn. »Billinsky trifft keine Schuld. Eigentlich hat sie es nur mir zuliebe getan. Und ich …« Wieder suchte er nach den richtigen Worten.

»Der Mann, der weglief, ist ein Zuhälter«, sagte nun Mara. »Er heißt Fedor. Ich bin überzeugt, dass wir durch ihn an Blochin herankommen können und …«

»Scheiße, Billinsky«, blaffte Klimmt, »ich habe es Ihnen untersagt. *Ausdrücklich.* Ich will den Namen Blochin nicht mehr hören.« Mit mühsamer Beherrschung fügte er hinzu: »Was mich interessiert, ist allein Folgendes – was ist mit der Mordserie?«

»Wir sind dran, und wir haben auch etwas herausgefunden. Es gab einen Bombenanschlag, ich bin dabei, einen Bericht anzufertigen, der es Ihnen besser veranschaulicht. Es ist alles sehr undurchsichtig, und es wird schwierig sein …«

»Dagegen ist es *nicht* schwierig, zum Staatsanwalt zu marschieren und Sie vor die Tür setzen zu lassen, Sie suspendieren oder strafversetzen zu lassen oder was weiß ich. Ich kann Ihnen sagen, Billinsky, am liebsten würde ich Sie heute über einem offenen Feuer rösten.« Damit rauschte Klimmt davon, den Kopf in den Stiernacken eingezogen, die Hände in die Hosentaschen gebohrt.

»Der Sturm ist vorübergezogen«, sagte Mara in die einsetzende Stille.

Rosen starrte stumm vor sich hin. Er wirkte völlig niedergeschlagen.

Sanft sah sie ihn über die Schreibtische hinweg an. »Du solltest mit Anyana reden.«

»Das sollte ich«, nuschelte er.

»Aber versuche vorher noch mehr über die Gorpischins herauszufinden. Und über Jewdokimov. Da wir jetzt immerhin seinen Namen kennen.« Sie zupfte an einer Strähne ihrer schwarzen Haare. »Ich würde mich zu gern noch mal mit diesem Viktor Tannheim unterhalten. Aber der ist nach wie vor abgetaucht, richtig?«

»Jedenfalls ist mir nichts anderes bekannt.«

»Ohne dass jemand deswegen ins Grübeln gerät, geschweige denn dagegen einschreitet. Das ist eine verdammte Schande.«

Rosen rieb sich das Kinn und betrachtete sie. »Du machst einfach weiter, was?«

»Wie meinst du das?«

»Na, Klimmt. *Den* meine ich. Du tust, als hätte es seinen Auftritt gar nicht gegeben.«

Unschlüssig erwiderte sie seinen Blick. »Ach, Klimmt. Ich kann ihn wirklich verstehen, aber …« Sie zwinkerte ihm zu. »Ja, wahrscheinlich hast du recht. Ich mache einfach weiter. Das habe ich immer getan.«

»Irgendwie beneide ich dich ja um deinen Dickschädel.« Er beugte sich nach vorn. »Aber unser Chef hat auch einen Dickschädel, vergiss das nicht.«

Mara seufzte. »Na ja, inzwischen hat er mir mehr als einmal den Rücken freigehalten, obwohl wir einen wirklich schlechten Start hatten.« Sie präsentierte ihr schiefes Grinsen. »Diesmal wird er das wohl kaum tun.«

»Wir müssen vorsichtig sein«, meinte Rosen eindringlich.

Ihr Grinsen blieb unverändert. »Nicht gerade meine Stärke.«

49

Eine andere Wohnung in einem anderen Haus. Und doch war es dasselbe Gefühl: eingesperrt zu sein.

Wie in einem Gefängnis.

Ausweglosigkeit. Leere. Hinzu kam, dass im Gegensatz zu Rosens Heim hier alles düster, fast beklemmend wirkte. Keine Farben, so viel Schwarz, kaum Einrichtung. Es handelte sich um die Wohnung der schwarz gekleideten Polizistin, die Anyana Lupescu immer noch nicht einzuschätzen wusste – was sie zusätzlich bedrückte. Und hier hatte sie noch nicht einmal Rosen, den sie vermisste.

Keine Perspektive, keine Hoffnung – wieder einmal, immer noch. Nichts als Angst und den irgendwo in ihrem Innern flimmernden Wunsch, mit ein paar bunten Pillen den eigenen Kopf auszuschalten.

Ihr Leben blieb eine Einbahnstraße. So oft hatten sie und Rosen nun schon die Situation überdacht und durchdiskutiert. Zeugenschutzprogramm, Hilfsprogramm für ehemalige Zwangsprostituierte, ein anderer Wohnort, Kontakt zu ihrer Familie in Rumänien. Die Begriffe fuhren Karussell in ihrem Kopf. So viele offene Fragen, so viele Möglichkeiten, und doch schien Anyana am Ende aller Überlegungen wieder nur in einen dunklen Tunnel zu starren.

Sie hockte auf dem schwarzen Teppich mit den vielen kleinen Totenköpfen und verspürte erneut diesen Wunsch tief in ihrem Inneren, die Sehnsucht, das Verlangen. Je länger sie allein in der Stille der Wohnung zubrachte, desto häufiger dachte sie an Romina.

Nur noch ein einziges Mal Romina treffen, nur noch ein

einziges Mal dieses Gefühl erleben, dass alles leicht, dass sie selbst völlig schwerelos wurde und sich in eine Wolke verwandelte, die hoch über ihrem traurigen Dasein schwebte, unerreichbar für den Rest der Welt ... Oh ja, es wäre so schön.

Anyana stand vom Teppich auf und ging zu den Garderobenhaken, die neben der Eingangstür hingen. Sie berührte ihre Jacke, zog sie aber nicht herunter, sie strich lediglich über den Stoff, in Gedanken versunken, in Kummer badend.

Nur ein einziges Mal ...

Oh ja, es wäre so schön.

50

Je kälter, desto besser. Je einsamer, desto besser. Je dunkler, desto besser.

Zum ersten Mal seit undenkbaren Zeiten hatte Radka Steinmann das Bedürfnis verspürt, an der frischen Luft zu sein. Das Rauschen des Windes in den Bäumen zu hören, auf unebenem Boden zu gehen, nur begleitet vom sanften Knirschen ihrer Sohlen im Kies.

Doch nach einem kurzen Moment des Innehaltens lösten sich diese Eindrücke wieder auf. Denn hier, auf diesem trostlosen Parkareal, war Joel verschwunden. Hier verlor sich seine Spur. *Warum dieser Ort?* Kein normaler Mensch verabredete sich hier. Dieses dürftige Fleckchen Natur wurde noch nicht einmal als Park wahrgenommen.

Niemand war unterwegs, nur Radka, eine einsame Gestalt, die sich langsam fortbewegte, auf den verhassten Stock gestützt, unter wolkenverhangenem Abendhimmel. Was blieb ihr noch? Außer der Trauer?

Mit einem Taxi hatte sie sich herbringen lassen. Eigentlich hätte sie den Fahrer warten lassen können, mehr als ein paar Minuten würde sie dann doch nicht hier verbringen. Sie hätte *gar nicht* kommen sollen.

Erst nach einiger Zeit nahm sie die Schritte wahr, die hinter ihr ertönten. Radka stoppte und drehte sich um.

Auch Edgar Billinsky hielt an. So nahe bei ihr, dass sie seinen abwartenden, prüfenden Blick erkennen konnte.

»Weshalb verfolgst du mich?«, fragte Radka.

»Aus sehr offenkundigen Gründen«, meinte er in diesem überlegenen Tonfall, der sie früher durchaus gereizt hatte, heute allerdings etwas gespielt wirkte. »Weil du meine Anrufe abblockst und mir die Türe nicht öffnest. Als ich vorhin einmal mehr zu dir kommen wollte, sah ich dich gerade in ein Taxi steigen. Also bin ich dir kurzerhand hinterhergefahren.«

Sie schnalzte abschätzig mit der Zunge. »Was soll das? Hast du dich in einen liebeskranken Teenager zurückverwandelt? Oder ist das eher eine Schmierenkomödie?« Bevor er antworten konnte, warf sie ihm mit scharfer Stimme an den Kopf: »Ich nehme an, du willst deiner reizenden Tochter berichten, wo ich mich aufhalte. Ich kann mich gern bei euch abmelden, wenn ich mal das Haus verlasse.«

Der Nebel wurde dichter, die Sicht schlechter.

»Genau darüber wollte ich mit dir sprechen.«

Sie lachte bitter auf. »Edgar, du willst mir jetzt doch nicht mit todtrauriger Miene erklären, dass alles nur ein Missverständnis ist und du mich *nicht* aufs Jämmerlichste bespitzelt hast.«

»Ich habe mich dir nicht mit schlechten Absichten genähert, das musst du mir glauben.«

Erneut ihr Lachen, kurz und rau. »Mit guten Absichten hat sich mir noch nie jemand genähert, das kannst *du* mir glauben.«

»Radka …«

»Was ist?« Ihre Stimme war wie ein Peitschenhieb.

»Ehrlich, Radka …«

Diesmal verstummte er von selbst.

Sie sahen sich beide um, versuchten den immer undurchdringlicheren Nebel mit Blicken zu durchschneiden.

»Ich habe ein komisches Gefühl«, sagte Edgar.

Sie wollte das mit einem erneuten spöttischen Kommentar quittieren, aber ihre Lippen blieben geschlossen. Erneut schaute sie sich um.

»Das gefällt mir nicht, Radka. Hast du bemerkt, ob dir jemand gefolgt ist?«

Sie taxierte ihn. »Nein.«

»Lass uns verschwinden.«

Sie zögerte.

»Mein Wagen steht dort hinten an der Kreuzung«, sagte er drängend. »Los, komm, ich fahre dich nach Hause.«

»Aber dann lässt du mich sofort allein«, forderte sie.

»Versprochen.«

Sie setzte sich in Bewegung und ließ es zu, dass er ihr den Arm unterlegte. Nebeneinander tauchten sie noch tiefer in die Flut aus Nebel ein. Unbewusst gingen sie schneller.

Da war sie wieder, die Angst.

Radka horchte in die Nacht, wartete auf das Geräusch weiterer Schritte, dicht hinter ihnen. Hart presste sie die Lippen aufeinander, hart trieb sie den Stock bei jedem Schritt in den Boden.

51

Die Aura des Todes beherrschte diese Wohnung noch immer. Hier zu sein war erdrückend, schnürte die Kehle zu, erschwerte jeden Atemzug. Die Qualen, die Schmerzen, das Blut, die Verwesung. Alles hing noch in der Luft, es war, als hätte es sich in die Wände eingegraben. Das ließ niemanden kalt, auch dann nicht, wenn man zuvor schon an vielen Plätzen gewesen war, wo der Tod zugeschlagen hatte.

Mara Billinsky vermied bewusst den Blick ins Schlafzimmer, in dem der Mann zu Tode gefoltert worden war, und ging ins Wohnzimmer. Hier hatte er Jahr für Jahr hinter sich gebracht, offenkundig einsam und ohne Abwechslung. Der Mann, der sich Simon Jenal genannt und aller Wahrscheinlichkeit nach Sergej Jewdokimov geheißen hatte. Es gab keinen konkreten Anlass, noch einmal diesen Ort aufzusuchen, Mara würde hier keine bislang übersehenen Spuren entdecken, das war ihr klar; es ging ihr einfach darum, noch einmal einen neuen Startpunkt zu finden.

Andere Ereignisse hatten den Mord an Jewdokimov in den Hintergrund gedrängt, dabei konnte sein Fall von wesentlicher Bedeutung sein. In dieser schmucklosen Wohnung trafen Vergangenheit und Gegenwart aufeinander. Sie war nur ein Nebenschauplatz – und doch von immenser Bedeutung für die vielen Rätsel, die Mara zu schaffen machten.

Sie hielt inne und sah auf das Gemälde, das eine Ballerina zeigte. Von Anfang an hatte das Kunstwerk ihren Blick auf sich gezogen. Nie hätte sie zu erahnen vermocht, welche Symbolkraft sich hinter der in Weiß gekleideten, gesichtslosen Frau verbarg. Es war wohl nur ein Zufall, aber kannte man

Radka Steinmann, dann fiel es einem nicht schwer, sie in dieser Tänzerin zu sehen. Womöglich hatte auch Sergej Jewdokimov oft auf das Bild gestarrt und an den einst gefeierten Ballettstar gedacht.

Es war früher Abend. Ein leichter Regen fiel und verursachte auf den Fensterscheiben Rinnsale, wie von unzähligen Tränen. Mara dachte an das immense Leid, dem sie im Laufe ihres Berufslebens schon begegnet war, und sie wusste, wie schnell einen solche Gedanken runterziehen konnten.

Ihr Handy gab einen Signalton von sich. Sie war irgendwie erleichtert über die Unterbrechung der bedrückenden Stille und zog es aus der Jacke. Der Anrufer war Rosen.

»Was gibt's?«, fragte sie.

»Als du vorhin aufgebrochen bist, hast du gar nicht gesagt, was du vorhast. Wo steckst du?«

»Hast du was Neues herausgefunden?«, überging sie seine Frage.

»Über Oleg Gorpischin und seine Familie lässt sich nach all den Jahren nicht mehr allzu viel ans Tageslicht bringen. Welche Funktion genau Gorpischin zum Schluss innehatte, die einzelnen Stationen seiner Karriere, Persönliches und so weiter – da findet sich einfach nichts, was ins Detail geht.« Er holte Luft. »Ordner mit den Ermittlungsakten zu dem Bombenanschlag hat man zwar archiviert, allerdings wohl nur einige davon – und die sind auffallend dünn und gewiss unvollständig. Zum Beispiel finden sich darin nicht mal die Vornamen aller getöteten Familienmitglieder. Dafür, dass es sich um ein derart gewaltiges Verbrechen handelt, ist es kaum untersucht worden. Zumindest wirkt es so. Ein paar Zeugenbefragungen von Leuten, die sich auf dem Friedhofsgelände aufgehalten und Gräber besucht haben, ein paar Gespräche mit Hausangestellten der Familie, und viel mehr passierte da wohl nicht.«

»Merkwürdig«, sagte Mara nachdenklich. »Dafür habe ich diesen Johannes Dorn erreicht. Er ist bereit, sich mit mir zu treffen – unter der Bedingung, dass das Gespräch absolut vertraulich behandelt wird.«

»Ich kann gleich losfahren und dich begleiten.«

»Schon gut, Rosen, ich habe nur noch eine Viertelstunde.« Sie blickte auf die Uhr an ihrem Handgelenk. »Und außerdem – das ist ein alter Herr, da droht wohl kaum Gefahr.«

»Hm«, machte er skeptisch. »Ich weiß nicht.«

»Ich schon!«

»Und nun sag mir endlich, wo du gerade bist.«

»Du wirst es nicht glauben – ich bin in Jewdokimovs Wohnung.«

»Aber wieso, um alles in der Welt?«, kam es erstaunt von ihm. »Was hoffst du dort zu finden?«

»Nichts. Nur ein paar *Vibes* aufzuspüren – aus der gar nicht so guten alten Zeit.«

»Du hast komische Einfälle, Billinsky.«

»Ich weiß. Mach's gut, Rosen! Wir sehen uns später bei mir zu Hause.«

»Bei dir?«, fragte er, wiederum erstaunt.

»Na ja, ich nehme an, du hast Sehnsucht nach einer bestimmten Person.«

»Habe ich«, bestätigte er. »Pass auf dich auf, Billinsky.«

»Das tue ich doch immer«, gab sie ironisch zurück.

Gleich darauf verließ sie die Todeswohnung. Sie fuhr eine kurze Strecke und stellte ihren Alfa in einem City-Parkhaus ab. Dorn hatte als Treffpunkt auf dem Eisernen Steg bestanden, eine Fußgängerbrücke. Man befand sich mitten in der Stadt und war um diese Tageszeit und bei dem schlechten Wetter dennoch ganz allein. Mara nutzte die Brücke selbst gern für einsame, nachdenkliche Momente, um den Kopf freizubekommen.

Der Regen hielt nach wie vor an und verscheuchte die Leute aus der Fußgängerzone. Mara eilte am *Römer*, dem Rathaus, vorbei, und stülpte sich die Kapuze ihres Hoodies, den sie unter der Jacke trug, über den Kopf. Es war wieder richtig kalt. Sie wühlte die Hände in die Taschen ihrer engen Jeans und überquerte den Schaumainkai, den nur ganz vereinzelt Autos entlangfuhren. Die Stadt schien sich förmlich vor dem endlosen Winter verstecken zu wollen.

Eine heftige Windböe zerriss die Stille ringsum und trieb Mara Graupel ins Gesicht. Die Treppe zum Eisernen Steg ragte düster vor ihr auf. Sie nahm immer zwei Stufen auf einmal. Oben angekommen, erschien ihr die Kälte gleich noch schneidender. Die schmale Brücke lag vor ihr, rechts und links zog sich das mattschwarze Band des Mains, der einen eindringlichen Geruch verströmte. Nebel wallte auf und erschwerte die Sicht.

Mara legte die ersten Meter zurück. Aus der Dunkelheit erwuchs eine groß gewachsene, mit einem schwarzen Mantel bekleidete Gestalt, die einen tief ins Gesicht gezogenen Hut trug. Der Mann stand etwa in der Mitte des Eisernen Stegs, nah am Geländer, und starrte Mara entgegen.

Pass auf dich auf, Billinsky, hallte in ihrem Kopf noch einmal Jan Rosens Stimme nach.

52

Sie dachte an Elke.

An Max.

An Dennis.

An Sina.

Und sie dachte an Joel. An ihn am häufigsten, selbstverständlich, denn mit ihm hatte sie am intensivsten zu tun gehabt, mehr noch als mit Max.

Genau wie für Max Dereven hatte Paulina den Lockvogel für Joel gespielt, aber anders als bei Max konnte sie sich sogar vorstellen, dass sie sich in ihn verliebt hätte, in einer anderen Situation, einem anderen Leben. Er war so jung gewesen, fantasievoll, schwärmerisch. Und so rein. Das mochte kitschig klingen, doch zu Joel Steinmann hatte dieser Ausdruck gepasst. Ihre wenigen Treffen hatten für Paulina ausgereicht, um fasziniert von ihm zu sein.

Ja, auch jetzt dachte sie an Joel, während sie stumm auf den Rücken des Mannes starrte, der zu ihr gehörte, mit dem sie sich so sehr verbunden fühlte, als wären sie zusammengewachsen. Dabei hatte sie bis vor Kurzem gar nicht gewusst, dass er überhaupt existierte. Und dennoch ... womöglich hatte sie all die Jahre im Unterbewusstsein gespürt, dass es diesen Fremden gab.

Er deponierte gerade mehrere Benzinkanister im Kofferraum des Leihautos. Sein Rücken wirkte fast so breit wie das Bugteil des kleinen, unauffälligen Wagens. In einer der nächsten Nächte würden sie zuschlagen.

Paulina wollte es nicht, aber wieder musste sie an Joel denken. Und zugleich an das Leben des Mannes, der nun auf dem

Fahrersitz Platz nahm und die Autotür schloss. Konnte man sich größere Gegensätze vorstellen als ihn und Joel?

Ein anderes Bild von Joel schoss förmlich durch ihren Kopf. Joel, nackt auf den Boden gefesselt, als der Tod in ihn kroch, unendlich langsam, doch unaufhaltsam. Womöglich noch schlimmer als brennender Schmerz durch rohe Gewalt musste das sein, diese Kälte, die sich unter die Haut wühlte, die sich der Organe und des Gehirns bemächtigte, die jemanden auffraß, Stück für Stück.

Was wäre aus Joel geworden? Vielleicht ein Künstler. Er hätte tolle Frauen kennengelernt, womöglich den ganzen Erdball bereist, er war so interessiert gewesen. Die Welt hatte auf ihn gewartet, aber er würde nicht kommen. Ein schönes Leben hatte er verpasst.

Der Motor brummte auf, der Mann am Steuer winkte ihr kurz zu, und sie antwortete darauf mit einem kaum merklichen Nicken. Sie sah ihm hinterher, wie er davonfuhr, und verbot sich jedes weitere Nachsinnen über Joel. Es wurde ernst. Wieder einmal. Ihr Weg war noch nicht zu Ende. Niemand durfte ungestraft Dinge tun, wie diese Leute sie getan hatten. Aber jetzt war es so weit, jetzt bezahlten sie dafür.

Paulina spähte in den dunklen Abendhimmel, drehte sich um und verschwand wieder in der kleinen Pension, die eine halbe Stunde von dem Wochenendhaus entfernt lag, das sie seit einiger Zeit beobachteten. Es war nicht schwer gewesen, von der Existenz des Hauses zu erfahren. Die Akten aus der Wohnung des Toten in der Eschenheimer Anlage hatten eine große Hilfe dargestellt. Auch dieser Tote war ein Beobachter gewesen, wie sie jetzt. Unsichtbar wie sie, sein Leben lang. Er hatte Informationen gesammelt, denn Informationen konnten, wie er wusste, Gold wert sein. Und sie konnten eine tödliche Waffe darstellen.

53

Das Gespräch hatte schleppend begonnen. Johannes Dorn – falls das sein Name war – hatte offenkundig Mühe, sein Misstrauen gegenüber Mara Billinsky im Zaum zu halten. Während er zumeist auf den Fluss sah und seine Antworten abwog, streifte er sie und ihren Aufzug immer wieder mit einem argwöhnischen Seitenblick.

Trotz seiner gut sechzig Jahre wirkte er sportlich, durchaus gut in Form. Sein Gesicht war hager und glatt rasiert, schlaue Augen blitzten in die von neuen Graupelschauern durchsetzte, kalte Luft.

»Und Sie sind tatsächlich Edgar Billinskys Tochter?«, fragte er, nach wie vor skeptisch und anscheinend nicht ganz glücklich darüber, diesem Termin zugestimmt zu haben.

»Und ich bin auch tatsächlich Kriminalkommissarin der Mordkommission«, erwiderte sie mit ihrer gesamten, mühsam zusammengekratzten Geduld.

»Aber Sie wollen mir doch nicht weismachen, dass Sie in Mordfällen ermitteln, die im Zusammenhang mit dem von Ihnen angesprochenen *Pominalnij stol* stehen?«

»Weismachen will ich Ihnen gar nichts. Sondern einfach nur ein paar Fragen stellen. Etwa warum es allem Anschein nach nur sehr nachlässig durchgeführte Untersuchungen rund um den Bombenanschlag gab.«

»Nachlässig?«, wiederholte Dorn gedehnt. »Wie kommen Sie darauf?«

»Nun ja, so weit die Aktenlage …«

»Ach, Aktenlage«, unterbrach er sie. »Wer weiß, ob alle Akten heute noch verfügbar sind. Sie dürfen nicht vergessen, dass bald nach dem Attentat die Mauer fiel. Da hatte man anderes zu tun, als sich um ein Verbrechen zu kümmern, das den sowjetischen Geheimdienst betraf.« Er lachte trocken auf. »Diesen Geheimdienst gab es auf einmal nicht mehr, wenn man so will.«

»War Oleg Gorpischin ein Geheimagent? Und weshalb musste er sterben? Wegen Verrats?«

Johannes Dorn schaute erneut auf den Main. Der Graupel hatte nachgelassen, die Luft war auf einmal wieder ganz klar und schnitt mit ihrer Kälte in die Wangen. »Gorpischin war drauf und dran, dem Geheimdienst der damaligen Bundesrepublik sowjetische Interna preiszugeben, keine Ahnung, ob aus Geldgier oder weil man ihn auf andere Weise dazu gebracht hat. Und da hat der KGB natürlich keinen Spaß verstanden. Ruhe in Frieden, Oleg. Um ein Exempel zu statuieren, hat man seine Verwandtschaft gleich mit ins Jenseits befördert. Wie gesagt, es wurde durchaus ermittelt, nur haben die für die Tat Verantwortlichen schnell alle Spuren verwischt. Effizient wie eh und je. Die Männer, die das Blutbad durchgeführt hatten, wurden sofort außer Landes gebracht. Zeugen, die hilfreiche Aussagen hätten machen können, gab es nicht.« Er winkte ab und ließ seine Hand, die in einem Lederhandschuh steckte, wieder in der Manteltasche verschwinden. »Der Westen hatte einen möglichen Doppelagenten verloren, und das war's auch. Damit war diese Episode beendet. Eine Randnotiz – eine brutale zwar, aber dennoch nicht mehr als das. Und ich wüsste nicht, was daran heute noch von Interesse wäre.«

»Bei dieser Randnotiz, wie Sie es nennen – spielte da auch ein Mann namens Sergej Jewdokimov eine Rolle?«

Dorn musterte sie kurz, diesmal weniger misstrauisch, eher neugierig. »Keine Ahnung, worauf Sie hinauswollen, junge Lady, aber Ihre Fragen überraschen mich, das gebe ich zu. Welcher Geschichte sind Sie auf der Spur?«

»Jewdokimov – er ist Ihnen also bekannt.«

»Ich habe nie ein Wort mit ihm gewechselt, weiß aber sehr gut, wen Sie meinen. Zu Beginn war es so, dass wir ihn dem KGB zurechneten.«

»Wen Sie mit *wir* meinen, geht mich nichts an, richtig? Das hat mir zumindest mein Vater eingeschärft.«

»Genauso ist es, das geht Sie nichts an.«

»Jewdokimov gehörte also *nicht* zum KGB. Zu welcher Gruppierung dann?«

»Wir waren lange nicht sicher, was ihn betraf. Uns war jedoch klar, dass er durchaus von einer gewissen Bedeutung zu sein schien. Wir haben ihn beschattet. Er hatte mehrere Rückzugsorte in Deutschland. In Berlin und Frankfurt. Kleine, unauffällige Wohnungen. Außerdem gab es auf dem Land ein Haus, in dem er sich gelegentlich aufhielt. Seine *Datscha*, so nannten wir es spöttisch. Das war südlich von Frankfurt. Weiter noch als Oberrad. Kennen Sie die Gegend?«

Mara nickte. »Flüchtig.« Ermittlungen rund um illegalen Organhandel hatten sie einmal dorthin geführt.

Er beschrieb ihr genauer, wo sich das Haus befand. »Wir vermuteten, dass dieses Gebäude für geheime Treffen genutzt wurde. Um Absprachen zu verabreden, Pläne zu schmieden. Aber uns ist es nie gelungen, im entscheidenden Moment vor Ort zu sein. Jewdokimov war sehr geschickt darin, sich unsichtbar zu machen.«

»Noch mal: Zu wem gehörte er?«

»Es ist nie bewiesen worden, alles deutete allerdings darauf hin, dass er schlicht und einfach ein Gangster war. Ein Mann, der Teil der Organisierten Kriminalität war, die es in der Sowjetunion durchaus gab. Und ...« Er verstummte jäh.

Mara taxierte den Mann von der Seite. »Sie wollten noch etwas sagen.«

»Und er stand in dem Verdacht, den Bombenanschlag auf dem Hauptfriedhof organisiert zu haben.«

»Warum wurde dann nicht gegen ihn ermittelt? Sein Name taucht nirgendwo in den …«

»Schon wieder die Akten? Vergessen Sie die Akten. Wie vorhin schon gesagt, die Mauer fiel, und die Welt war über Nacht eine andere geworden. Jewdokimov verschwand vom Radar. Wer weiß, was aus ihm geworden ist.«

»Allem Anschein nach hat er anonym und unauffällig gelebt. Mitten in Frankfurt.« Betont fügte Mara an: »Und kürzlich wurde er ermordet.«

»Tatsächlich? Etwa wegen alter Geschichten?« Dorn winkte erneut ab. »Ach, behalten Sie's lieber für sich, ich will es gar nicht wissen. Außerdem ist mir allmählich saukalt, um es mal ganz direkt auszudrücken, und daher …«

»Erzählen Sie mir noch mehr über die Verflechtung von KGB und Teilen des organisierten Verbrechens«, unterbrach Mara diesmal ihn, gelassen und ungerührt.

»Würde ich ja – wenn ich nur könnte.« Er schüttelte den Kopf. »Es war uns unmöglich, dieses Geflecht zu entwirren. Unmöglich, an Informanten heranzukommen. Und erst recht unmöglich, Festnahmen in die Wege zu leiten. Das Einzige, was klar schien …«

»Ja?«

»Sehen Sie, wir haben die Vermittler nie knacken können.«

»Die Vermittler?«

»So wurde eine Gruppe von Männern genannt, die in dem erwähnten Geflecht eine wichtige Rolle spielten. Die Vermittler. Wer sie waren, was sie wirklich taten, das war uns nie klar.«

»Wie kam es zu dem Namen?«

»Weil wir zunächst annahmen, sie würden Kontakte vermitteln, zwischen russischen Neuankömmlingen und längst in unserem Land etablierten Russen. Auch Unterkünfte, Jobs und so weiter. Doch es steckte weit mehr dahinter.«

»Aber wenn Sie das so schildern, dann …«

»Nein!«, stoppte er Mara entschieden. »Mehr kann ich

nicht preisgeben. Wären Sie nicht Edgars Tochter, hätte ich gar nicht mit Ihnen geplaudert. Ich will jetzt ins Warme.« Mit der Fingerspitze tippte er auf altmodische Art an die Hutkrempe. »Wenn Sie mehr über damals erfahren wollen, müssen Sie das Schlüsselwort knacken.«

»Das Schlüsselwort? Sie meinen die Vermittler.«

Sein Mund verzog sich zu einem Lächeln, seine Augen jedoch blieben völlig neutral. Er drehte ihr den Rücken zu und setzte sich in Bewegung. Erst als nichts mehr von ihm zu sehen war, machte sich Mara auf den Rückweg zum Parkhaus, ebenso durchgefroren wie nachdenklich.

Bevor sie den Alfa erreichte, klingelte ihr Handy. Sie rechnete mit Rosen, doch es war ihr Vater.

»Du?«, fragte sie, wie immer irgendwie befangen, wenn er sich meldete, auch wenn sich die Wogen zwischen ihnen langsam zu glätten schienen.

»Hast du ihn getroffen?«, fragte ihr Vater zurück.

»Dorn? Ja, gerade eben.« Sie öffnete die Autotür und glitt auf den Fahrersitz. »Danke!«

»Sehr ungewohntes Wort bei dir.« Er konnte es einfach nicht lassen. »Wofür?«

»Na ja, ohne dich hätte das Gespräch niemals stattgefunden.«

»Deswegen rufe ich auch an: Hat es dir etwas gebracht?«, fragte er, offenkundig mit ehrlichem Interesse.

»Darüber bin ich mir noch nicht ganz schlüssig.« Sie ließ die Tür zufallen. »Wo bist du?«

»Ich sag's dir lieber nicht. Keine Lust auf bissige Kommentare.«

»Von mir?«, meinte sie mit gespielter Unschuld.

»Von wem sonst?«

»Also bist du gerade vor einem Tresen und hinter einem Drink«, schloss Mara. »Gut.«

»*Gut?*«, echote er.

»Wenn dem so ist, komme ich zu dir. Auf einen schnellen Absacker. Falls du nichts dagegen hast.«

»Hm, ist das eine Falle, eine Fangfrage oder so etwas?« Er lachte leise. »Auf jeden Fall bist du herzlich willkommen. Ich bin in einer Bar in der Kiesstraße.«

»Shit!« Mara startete den Wagen. »Das ist im Radka-Steinmann-Bermudadreieck zwischen Robert-Mayer- und Sophienstraße. Bist du deiner Tänzerin schon wieder … *nähergekommen*?«

»Das erfährst du, wenn du hier bist.«

Sie beendete das Gespräch und fuhr los. Keine halbe Stunde später betrat sie die kleine Cocktailbar, in der sie Edgar Billinsky auf einem Barhocker vorfand. Ihr Vater wirkte müde und durch das zerknitterte Hemd und den gelösten Krawattenknoten nicht ganz so aus dem Ei gepellt wie sonst. Die Falten um seine Augen schienen sich tiefer eingegraben zu haben.

Sie zogen sich an einen Zweiertisch in der hintersten Ecke zurück. Die Bar war schnörkellos eingerichtet und ziemlich dunkel, im Hintergrund liefen Motown-Songs aus den Sechzigern.

»Vielen Dank für die unerwartete Gesellschaft«, sagte Edgar, als sie sich mit einem doppelten Wild Turkey zuprosteten. »Was verschafft mir die Ehre?«

»Zwei Dinge«, erwiderte sie, musste sich aber erst einmal sammeln. Es war nie leicht für sie gewesen, eine Unterhaltung mit ihrem Vater zu führen. Zu oft und zu lange hatten sie quasi in offenem Krieg gelebt. Und gerade weil es ein friedliches Gespräch werden sollte, erforderte es Konzentration von Mara. »Erstens: Ich wollte mich bei dir bedanken.«

»Das hast du vorhin schon am Telefon.«

»Ich meine nicht allein für den Kontakt zu diesem ominösen Johannes Dorn. Sondern dafür, dass du dich so reinhängst.« Sie grinste schief. »Wie ich es ausdrücken würde.«

»Was genau meinst du?« Er tat unwissend.

»Na, dass du mir Informationen beschaffst. Ganz einfach, dass du mir hilfst. Wahrlich eine neue Erfahrung für mich. Warum das alles?«

Er senkte den Blick. »Kommst du nicht von allein darauf?«

Betretenes Schweigen trat ein. Sie hatten sich gehasst, sie waren Feinde gewesen, so lange. Das ließ man nicht so einfach hinter sich, weder sie noch er. So dauerte es noch eine Weile, bis Mara sich wieder äußerte: »Und zweitens will ich etwas, das mir noch schwererfällt, als mich bei dir zu bedanken. Ich möchte mich entschuldigen.«

Er musterte sie, anders als je zuvor. Sanfter, ohne unsichtbaren Schutzschild vor dem Gesicht. »Wofür?«

»Seit einiger Zeit hast du versucht, unser Verhältnis zu verbessern. Und ich habe dich ziemlich auffahren lassen.«

»Nun ja, ich habe mich gewiss nicht immer sonderlich geschickt angestellt.«

»Nein, hast du nicht.« Sie trank von dem Bourbon. »Es liegt dir nämlich nicht, Gefühle zu zeigen.«

Edgar Billinsky zwinkerte. »Endlich mal ein Punkt, der uns verbindet.«

»Touché.« Mara nickte ihm zu.

Ihr Vater nahm sein Glas, stellte es jedoch wieder auf den Tisch. »Nach all den Jahren des Dauerfeuers zwischen uns schaffen wir vielleicht doch noch einen Waffenstillstand.« Er musterte sie. »Oder sogar einen Friedensvertrag.«

»Trinken wir darauf.« Sie prosteten sich erneut zu. »Jedenfalls ist das hier das entspannteste Gespräch, das wir jemals miteinander geführt haben.«

»Trotzdem muss ich gleich wieder ernster werden«, sagte er nach einem großen Schluck. »Ich habe dich vorhin nämlich nicht nur angerufen, um mich nach dem Treffen mit Dorn zu erkundigen.«

Mara hob eine Augenbraue. »Lass mich raten: auch wegen Radka Steinmann.«

»Ich bin mir sicher, dass sie in Gefahr ist.« Edgar nickte vor sich hin. »Und sie ist sich dessen bewusst – nur scheint es ihr manchmal völlig egal zu sein. Sie hat …« Er suchte nach Worten. »Ich weiß auch nicht. Ach, verstehe einer die Frauen. Vor allem dieses ganz besondere Exemplar der Spezies.«

»Und was soll ich tun?«

»Wenn ich's nur wüsste, Mara.« Er schürzte die Lippen.

Sie musterte ihn. »Kann es sein, dass auch du dich in Gefahr bringst, je öfter du sie siehst?«

»In Gefahr? Ich?« Er winkte ab und lachte. »Was soll mir schon passieren?«

Sie unterhielten sich noch etwas länger, dann bezahlten sie und verabschiedeten sich vor dem Eingang der Bar voneinander, wobei Edgar ihr nicht sagen wollte, ob er sich nun auf den Weg nach Hause oder zu Radka machte.

Als Mara wenig später in der Nähe ihrer Wohnung parkte, war sie müde und in Gedanken noch bei ihrem Vater und Radka. Sie schloss die Haustür auf und ging im Treppenhaus nach oben. Sie hatte gar nicht mehr daran gedacht, dass sie Rosen versprochen hatte, er könne vorbeikommen, um Anyana zu sehen. Aber so spät war es ja noch nicht, sie würde ihm gleich eine Nachricht senden.

Sie betrat die Wohnung, musste gähnen, und erst beim Einschalten der Deckenlampe im Flur wurde ihr bewusst, dass es stockfinster war.

Schlief Anyana bereits?

Sofort spürte sie, dass das nicht der Grund für die Dunkelheit war.

»Anyana?«, rief sie in die Stille. »Anyana?«

Es kam keine Antwort.

Totenstille.

54

Lange lag Nathalie Tannheim wach, immer wieder drehte sie sich von der einen auf die andere Seite. Ihre Freundinnen fehlten ihr. Ihr Freund fehlte ihr. Er war ihr erster. Ihr Geheimnis. Denn die Eltern wussten nichts von ihm. Sie dachte unentwegt an ihn. Das war schön und bitter zugleich.

Die Stille im Taunus behagte Nathalie nicht. Sie mochte die Stadt, sie mochte sogar ihre Schule. Jetzt fühlte sie sich wie überrollt von den Ereignissen.

Sina.

Oh Gott, wie sehr die siebzehnjährige Nathalie ihre große Schwester vermisste, wie oft sie weinen musste. Nie hätte sie sich vorstellen können, dass Sina einmal nicht da sein würde. Sie hatten sich gezankt, manchmal auch heftiger, doch meistens hatten sie sich gut verstanden. Der recht große Altersunterschied hatte eine zu große Konkurrenz zwischen ihnen vermieden, sie hatten sich nahegestanden.

Sina.

Oh Gott, wie schlimm, wie unbegreiflich, was Sina zugestoßen war. Schlichtweg unmöglich, das Grauen in Worte zu fassen. Den Schmerz. Die Ohnmacht. Und dennoch verstand Nathalie nicht, warum ihre Eltern sich so große Sorgen auch um sie machten. Sina war attraktiv gewesen, war eine *Frau* gewesen. Ihre Schönheit war es gewesen, die sie zum Opfer gemacht hatte, davon war Nathalie überzeugt. Es war doch von Vergewaltigung die Rede, auch wenn man versuchte, es vor Nathalie geheim zu halten. Ein Perverser. Was sonst?

Seit jeher hatte Nathalie ihre Schwester um deren Aussehen beneidet – und nun schämte sie sich für diesen Neid; er tat weh wie eine Messerklinge, die ihr in die Haut schnitt. Nathalie war ein wenig pummelig, gedrungen, ihr Gesicht Massenware, wie sie selbst es immer nannte. Wer sollte darauf aus sein, ausgerechnet ihr etwas anzutun? Wäre alles nicht so traurig gewesen, hätte sie lachen müssen. Und dann auch noch die Vorsichtsmaßnahmen, die ihr Vater in die Wege geleitet hatte. Übertrieben, fand sie. Fort aus Frankfurt! Wachleute! Als wäre sie eine Hollywood-Blondine oder etwas in der Art.

Irgendwann musste sie doch eingenickt sein, wahrscheinlich ermüdet vom vielen Nachdenken, von der Trauer, der Verständnislosigkeit. Jedenfalls war es auf einmal ganz mühsam, den Schlaf wieder abzuschütteln, schwer lag er auf ihr. Doch dieser Geruch ließ sie unruhig werden, eher dieses *Gefühl*, als wäre etwas nicht, wie es sein sollte.

Ja, es roch merkwürdig. Es kratzte in der Nase, in den Lungen, es brannte in den Augen. Da waren auch Stimmen, die aufgeregt riefen. Und endlich war sie wach, endlich begriff sie, dass es brannte. Sie blinzelte in die Dunkelheit, wühlte sich aus der Zudecke und stand dann hilflos mitten im Zimmer, nur in Slip und T-Shirt.

Ja. *Feuer.* Der Rauchgeruch war ganz stark, nahm ihr den Atem.

Die Tür sprang auf, das Licht und die Flammen im Flur blendeten sie, und sie schrie auf, ein merkwürdiger Ton, wie ihr bewusst wurde, fremd und irgendwie irreal, genau wie die gesamte Situation.

Eine Gestalt tauchte auf, groß und breitschultrig – einer der Wachmänner. Ein zweiter folgte ihm. Sie riefen ihr etwas auf Russisch zu, eine Sprache, die sie verstand, weil ihr Vater russische Wurzeln hatte und darauf gedrängt hatte, dass sie und Sina sich in seiner Muttersprache austauschen konnten.

Der Wachmann wiederholte seine Worte, laut und drängend, und erst jetzt reagierte sie darauf. Sie sollte sich anziehen, und das tat sie mit zittrigen Fingern. Die beiden Männer waren ausschließlich im Fall von eventuellen Notsituationen für sie abgestellt worden, das hatte ihr Vater ihr eingeschärft, als er hier aufgetaucht und bald wieder irgendwohin verschwunden war, und sie gehorchte mechanisch deren Anweisungen. Nun rannte sie hinter ihnen den Flur entlang, mitten durch dicke Qualmwolken.

Beim Bau des Wochenendhauses war jede Menge Holz verwendet worden, für die Stützpfeiler, die Zimmerdecken, die hüfthohe Wandvertäfelung, und die Flammen hatten leichtes Spiel, wie Nathalie entsetzt feststellte.

Wo ist Mama?, wunderte sie sich, doch es gab keine Gelegenheit, den Männern eine Frage zu stellen. Alles musste schnell gehen, das hatte man ihr eingeschärft. »Es geht ganz besonders um dich«, hatte ihr Vater in ernstem Ton gesagt, aber sie hatte diesen Satz nie kapiert. In ihren Lungen brannte es, ihre Augen tränten. Die Flammen schnappten nach ihr, ein Mann befand sich vor ihr, der andere hinter ihr, und er versetzte ihr immer wieder einen leichten Schubs, um sie anzutreiben.

Die Treppe hinunter, dann durch den Flur des Erdgeschosses. Die Sneakers von Nike angezogen, in die mit Daunen gefütterte Winterjacke geschlüpft und raus, nichts wie raus, weg von dem Feuer, hinein in die schwarze gepanzerte Limousine, Nathalie im Fond, die Männer vorn.

Der Motor brummte laut auf, die Fahrt begann. Nathalie warf einen Blick zurück durch die hintere Scheibe und sah, wie das Haus durch verschiedene Brandherde von innen erleuchtet wurde. Sie bekam eine Gänsehaut. Endlich fand sie die Worte für ihre Frage: »Wo ist meine Mama?«

»Um sie wird sich gekümmert«, sagte der Beifahrer sofort in seinem undeutlichen ländlichen Russisch, das es ihr nicht einfacher machte, ihn zu verstehen. »*Wir* kümmern uns um dich«, fügte er an, ohne sich zu ihr umzudrehen.

Die Fahrt ging weiter, die Scheinwerfer stachen in dunkle

Wälder. Nathalie kauerte auf der Rückbank, die Arme um ihre angezogenen Beine geschlungen.

Die Wand aus Bäumen öffnete sich, eine Ebene breitete sich aus. Der Morgen war noch nicht da, doch allmählich wurde die trostlose Landschaft in ein ganz schwaches, ebenso trostloses graues Licht getaucht.

Was geschieht jetzt?, wunderte sich Nathalie, noch immer vollkommen durcheinander. Wohin bringen sie mich? In ihr Zuhause nach Wiesbaden? Sie getraute sich nicht, die Fragen laut auszusprechen.

Nach ein paar weiteren Kilometern auf der einsamen Landstraße begannen die Männer miteinander zu reden, wiederum in ihrer Muttersprache, und Nathalie hatte Schwierigkeiten, die Worte zu verstehen. Worum ging es? Um Benzin? Hatten sie keines mehr?

Der Beifahrer machte dem Chauffeur offenbar Vorwürfe, dass er das Auto nicht aufgetankt hatte; der andere wies das zurück und versicherte, er sei am Vortag zur Tankstelle gefahren.

»Wie auch immer«, sagte der Beifahrer, »so kommen wir kaum weiter.«

»Hier in der Nähe gibt es nur ein Nest. Dort hab ich ja getankt, es ist sowieso die einzige Tankstelle weit und breit.«

»Dann los.«

Sie folgten der Landstraße bis zu einer Kreuzung, bogen rechts ab und gelangten bald in ein kleines Dorf, das verschlafen im Nichts der Gegend lag. Gleich am Ortseingang befand sich die Tankstelle. Sie hielten an der Zapfsäule, der Fahrer stieg aus und begann mit dem Tankvorgang.

Nathalie bemerkte, dass er sich aufmerksam nach allen Seiten umschaute. Das galt auch für den Beifahrer, der nach rechts und links blickte.

Plötzlich wurde ihr klar, warum die beiden so misstrauisch waren. Hatte jemand den Wagen manipuliert? Hatte jemand *gewollt*, dass sie genau hier auftauchten? Und falls ja, was …

Im nächsten Moment hörte sie ein Geräusch, einen Knall, wie von einem Feuerwerkskörper an Silvester, nur dumpfer, und der Fahrer sackte einfach zu Boden.

Nathalie kreischte erschrocken auf.

Ein zweiter Knall, die Windschutzscheibe zersplitterte in etliche Scherben, der Mann auf dem Beifahrersitz sank in sich zusammen. Nathalie schrie nicht mehr, sie war wie erstarrt und wagte es kaum zu atmen.

Die hintere Tür des Wagens wurde aufgerissen. Ein Fremder starrte ins Innere, seine Augen wie glühende Kohlestücke. Er packte Nathalie am Oberarm und zog sie mühelos, als wäre sie eine Puppe, ins Freie. Er war noch größer und kräftiger als die erschossenen Wachleute. Erneut sah sie ihm ins Gesicht, dann rasch nach unten auf den Asphalt.

Das war kein Mann, das war ein Monster.

55

Der Morgen schlich sich heran, ein aschgrauer Schleier, der die
Stadt ganz langsam überzog und die Bankentürme Stück für
Stück sichtbar machte, riesige, scheinbar unwirkliche Gebilde,
die auf alles herabzustarren schienen, feindselig und kalt.

Nebelfetzen schwebten über dem Asphalt, die Luft war
eisig und schneidend. Niemand war unterwegs, niemand außer ihr, erst recht nicht hier draußen, weit weg von City und
Bahnhofsviertel, in unmittelbarer Nähe des am nördlichen
Mainufer gelegenen Osthafens, ein Umschlagplatz für Mas-
sen- und Stückgut.

Eine lange Nacht lag hinter Anyana Lupescu. Es hatte sich
als äußerst mühsam herausgestellt, Romina zu finden und mit
ihr zusammenzukommen. Immer wieder hatte ihre Freundin
das Treffen verschoben. Nicht nur Anyana, auch Romina hatte
Angst, Fedor oder einem seiner Kumpane über den Weg zu
laufen.

Glücklicherweise war es Anyana auf ihrem ziellosen Weg
durchs Bahnhofsviertel gelungen, einen betrunken torkeln-
den Freier aufzugabeln. Sie hatte ihn in eine Hofeinfahrt in
der Niddastraße gezogen und ihn mit einer Armes-Mädchen-
Story vollgequatscht. Währenddessen hatte sie ihm den Geldbeutel aus der Gesäßtasche geklaut, um dann schnell wie der
Blitz abzuhauen.

Etwas mehr als sechzig Euro. Enttäuschend. Aber besser
als gar nichts, und so hatte sie sich mit Pizza und ein paar Tas-
sen Tee aufwärmen und stärken können.

Jetzt allerdings fror sie längst wieder. Sie zitterte, war erschöpft, ihre Schritte wurden immer schwerfälliger. Der Stoff

war alles, woran sie dachte. Irgendwas für ihren müden Schädel, für ihre zerschlissene Seele, egal was. Hier kannte sie sich nicht sonderlich gut aus, die Orientierung fiel ihr schwer. Romina hatte schlussendlich diesen Treffpunkt vorgeschlagen, eben weil es eine so abgelegene Stelle war.

Anyana folgte der sich verlassen vor ihr dahinziehenden Hanauer Landstraße, durch deren Häuserschluchten der Wind peitschte. Bürogebäude, Showrooms von Autoherstellern, Restaurants und Imbissstuben, die jetzt noch geschlossen hatten. Sie bog in die Schwedler Straße ein, kurz darauf war sie schon fast am Ziel. Zwischen kahlen Hecken ging es hindurch zum versteckt liegenden Schwedler See. Im Sommer gab es Erfrischungen zu kaufen, man konnte am Wasser sitzen und ausspannen – zumindest wenn man ein Leben hatte, ein ganz normales, sorgenfreies Leben. Hatte man keines, wie Anyana, strahlten solche Orte immer etwas Deprimierendes aus. Als würden sie dick unterstreichen, was man alles versäumte.

Sie erreichte den See, der künstlich angelegt worden war und aus dem Grundwasser gespeist wurde. Einen schönen, aber kurzen Moment erinnerte er sie an den Weiher, zu dem sie mit ihren Eltern aufgebrochen war, um Picknick zu machen und von dem sie Rosen in schönen Momenten der Zweisamkeit erzählt hatte.

Es gab einen hölzernen Steg, der übers Wasser führte, auf dessen Oberfläche dünne Platten aus Eis trieben. Sie schaute sich um. Romina verspätete sich anscheinend. Hauptsache, sie würde *überhaupt* kommen.

Eine friedliche Ruhe umgab Anyana. Nur von ferne war der erwachende Frankfurter Verkehr zu hören. Sie atmete durch und begann an den Nägeln der eiskalten Finger zu kauen. Eine recht neue Angewohnheit, die sie einfach nicht wieder loswurde.

Hinter ihr ertönte ein Geräusch.

Romina!, dachte sie erleichtert und drehte sich um. »Da

bist du ja, Romi...«, rief sie, doch der letzte Laut blieb ihr in der Kehle stecken.

Sie waren zu dritt. In der Mitte Fedor, begleitet von zwei weiteren Männern.

»Schön, dich wiederzusehen, du kleine Schlampe«, stieß Fedor zwischen fast geschlossenen Lippen hervor. »Grüße von Romina. Sie kann nicht kommen, weil sie gerade damit beschäftigt ist, ihre gebrochenen Knochen wieder einzusammeln.«

In Anyana brach eine Welt zusammen. Sie schloss die Augen und dachte an Rosen. Sie sah ihn vor sich, roch ihn und spürte seine Haut unter ihren Fingerkuppen, während sie die Schritte der Männer hörte, die auf sie zukamen.

56

Grelle Neonlichter blitzten unter trübem Himmel, Wind trieb Abfall über den Asphalt. Es war fast zehn Uhr morgens, die Stadt stampfte längst wieder in ihrem dumpfen, ureigenen Rhythmus, eine Kakofonie aus Autohupen und Motorengedröhn, Stimmengewirr, Gelächter und dem sturen Elektrobeat, der aus den rötlich beleuchteten Fenstern und Eingängen rund um den Hauptbahnhof quoll.

Billinsky und Rosen waren hundemüde, sie waren *fertig*. Sie hatten keine Minute geschlafen, die ganze Nacht nicht, dafür etliche Meter zurückgelegt auf den engen Straßen, in Clubs, Cafés und Stripschuppen. Angefangen bei Ramon hatten sie eine ganze Reihe von Spitzeln und Informanten abgeklappert, um Fragen zu stellen, sowohl nach Anyana als auch nach Fedor. Ohne Erfolg. Nichts als Kopfschütteln und desinteressierte Blicke hatten sie geerntet. Das ständige Achselzucken der Leute zerrte an den Nerven. Was vor allem für Rosen galt.

Mara sah ihm an, wie sehr es ihm zu schaffen machte. Er war totenbleich, seine Stirn von Falten zerfurcht. In den müden Augen flackerte es verzweifelt.

»Mir ist scheißkalt«, murmelte sie, als sie nebeneinander die Weserstraße entlangstiefelten.

Rosen nickte nur und zog seine Mütze tiefer, fast bis an die Brauen.

»Und einen Kaffee könnte ich auch vertragen.«

Abrupt stoppte er. »Du musst mich nicht begleiten. Ich habe das nicht verlangt.«

Auch sie blieb stehen. »Stimmt. Hast du nicht.« Sie grinste ihn an. »Ich hab's selbst entschieden.«

»Ich bin … äh, ich …«, stammelte er und tat ihr gleich noch mehr leid. »Himmel, ich bin vollkommen durcheinander.« Er fuhr sich über die geröteten Augen. »Ich muss ständig an sie denken. An Anyana.«

»Ganz ehrlich, Rosen, ich muss seit mindestens zwei Stunden eher an jemand anders denken.«

Er stutzte. »An wen?«

»An einen netten, liebenswerten, äußerst umgänglichen Herrn namens Klimmt.«

»Ach so. Klar.« Fahrig warf Rosen einen Blick auf seine Armbanduhr. »Er wird schon wie auf Kohlen sitzen und sich fragen, wo wir sind.«

»Und wenn er nicht einen Pressetermin hätte, dann hätte er mit Sicherheit schon bei uns angerufen.«

»Richtig, der Pressetermin. Wir sollten uns endlich ins Präsidium aufmachen, ich weiß das.« Zerknirscht kaute er auf seiner Unterlippe herum.

Ja, er konnte einem wirklich leidtun.

»Rosen, wir haben alles versucht. Ich wüsste nicht, in welcher Ecke wir jetzt noch nach Anyana suchen könnten.«

»Aber jetzt aufzugeben …«

»Lass uns wenigstens mal einen Happen essen, okay?«

»Ich krieg keinen Bissen runter.«

»Aber bestimmt einen Kaffee.« Sie ging los und zog ihn zwei oder drei Schritte am Ärmel mit. »Und schau nicht wie ein geprügelter Hund, das nützt auch nichts. Es ist, wie es ist.«

Ergeben stiefelte er wieder neben ihr her.

»Wie wär's mit der Eckkneipe dort hinten?«, schlug sie vor, und Rosen nickte erneut, obwohl er ihre Worte gar nicht aufgenommen zu haben schien.

Sie betraten die kleine Kaschemme, in der einige Überbleibsel der Nacht am Tresen klebten, aber die drei einzigen Tische frei waren. Als jeder von ihnen beiden eine Tasse schwarzen Kaffee vor sich hatte, sagte Rosen: »Mir ist schon klar, was du denkst. Wir hätten Anyana nicht so lange … also, wir hätten sie nicht …«

»Rosen«, unterbrach Mara ihn milde, aber dennoch bestimmt. »Ich denke vor allem eines: dass wir jetzt nicht damit anfangen sollten, uns irgendwelche Vorwürfe zu machen. Hätte, wenn, aber. *Scheiß drauf.*« Sie nippte an ihrem Kaffee.

»Aber ich hätte …«

Erneut fiel sie ihm ins Wort: »Und schon gar nicht solltest du dich selbst zerfleischen.«

»Das tue ich nicht.«

»Und ob du das tust.« Sie hob eine Augenbraue und meinte mit einem vorsichtigen Schmunzeln: »Ich kenne dich, Rosen.«

»Sie hatte solche Angst«, murmelte er, fast mehr zu sich selbst, den Blick auf die schmierige Tischplatte aus billigem Kunststoff gerichtet. »Doch es war nicht nur das. Da waren auch Drogen im Spiel. Zuerst hab ich es nicht bemerkt – oder nicht bemerken wollen. Aber einmal, als ich nach Hause kam, da waren ihre Augen …« Er seufzte leise auf. »Das ist ein Teufelskreis. Furcht, Sucht, kein Ziel.« Jäh fuhr er mit der Hand durch die Luft. »Was soll's? Jetzt ist eh alles zu spät.«

»Nicht aufgeben«, versuchte Mara ihn ein wenig aufzurichten. »Du hast schon einmal gedacht, Anyana wäre für immer verloren – und dann war sie wieder da. Wir werden sie finden, irgendwie.«

Erst jetzt sah er sie wieder direkt an. »Ich kenne dich auch, Billinsky. Und mir ist klar, dass du zäher bist, als die meisten es dir zutrauen würden, und du immer an eine letzte Chance glaubst. Aber ganz ehrlich – ich habe ein Scheißgefühl. Ich habe Angst.«

Ein Rington erklang. Mara zog das Smartphone aus der Jacke, betrachtete das Display und warf Rosen einen vielsagenden Blick zu. *Scheiße!*, formten ihre Lippen lautlos, ehe sie ins Handy sprach: »Hallo Chef, Billinsky hier.«

»Die Frage ist nur, wo dieses *hier* ist«, knurrte der Hauptkommissar. »Keiner im ganzen Präsidium hat auch nur die blasseste Ahnung, wo Sie und Rosen sich rumtreiben.«

»Scheint so, als wäre Ihr Pressetermin schon vorbei«, meinte Mara mit dieser Mischung aus Ironie und Herausforderung, den sich niemand sonst Klimmt gegenüber herausnahm.

»Nein, der Scheißtermin ist verschoben worden, weil ein anderer Termin dazwischengekommen ist. Und ich möchte, dass Sie mich begleiten, Billinsky, weil Sie angeblich die betreffenden Fälle bearbeiten.« Nun war er es, der ironisch wurde. »Aber natürlich nur, falls es Ihre wertvolle Zeit erlaubt.«

»Immerhin brüllen Sie nicht.«

»Das kommt schon noch, verlassen Sie sich drauf. Ich habe mich vor Kurzem doch unmissverständlich ausgedrückt, oder?«

»Das haben Sie.«

»Warum halten Sie sich dann nicht an meine Anweisungen, verflucht noch mal? Das muss ja bei Ihnen beinahe schon genetisch bedingt sein. Also: Was verheimlichen Sie die ganze Zeit über vor mir?«

Mara sah zu Rosen, als sie Klimmt antwortete: »Ich werde Ihnen nachher alles berichten.«

Rosen senkte erneut den Blick und starrte auf den Tisch.

»Scheiße, wer weiß, was da wohl wieder auf mich zukommt«, brummte der Hauptkommissar.

»Übrigens, welcher Termin ist dazwischengekommen?«

»Holen Sie mich im Präsidium ab. Wir müssen schleunigst nach Wiesbaden. Auf der Fahrt dorthin erfahren Sie mehr.«

»Wiesbaden? Sieh mal einer an.«

»Beeilen Sie sich«, sagte Klimmt. »Rosen kann mitkommen. Selbstverständlich nur, wenn es seine Zeit ebenfalls erlaubt.«

Sie überging die Ironie: »Wir sind auf dem Weg.«

»Das will ich Ihnen auch geraten haben.«

Damit war das Gespräch beendet. Mara winkte der Bedienung zu, um bezahlen zu können.

»Was ist los?«, wollte Rosen wissen.

Mara zuckte die Achseln. »Keine Ahnung, aber er hörte sich ziemlich besorgniserregend an. Und das nicht nur wegen uns.«

»Hat er dich angeschrien?«

»Nein, aber dieses leise Gezische ist ja bei ihm noch alarmierender.«

»Mist!« Rosen gähnte. »Und ich bin völlig kaputt. Dieser lausige Kaffee hat nicht viel geholfen.«

Sie fuhren ohne weitere Verzögerung los. Als sie am Präsidium eintrafen, stand Klimmt bereits wartend vor dem Gebäude, die untersetzte Gestalt in seinen zu engen Wintermantel gepresst.

Rosen verdrückte sich in den Fond, und der Hauptkommissar ließ sich schwer auf den Beifahrersitz fallen. »Ich habe unseren Besuch bereits per Telefon angekündigt«, sagte er anstelle einer Begrüßung. »Man freut sich schon mächtig auf uns.«

»Also auf ins vornehme Wiesbaden«, meinte Mara mit einem schwachen Grinsen.

»Wollen Sie uns eigentlich einweihen, was der Grund für unseren kleinen Betriebsausflug ist?«

»Billinsky, übertreiben Sie's nicht mit Ihren Witzchen. Wir werden uns nachher sowieso noch eingehend unterhalten müssen.«

»Schon klar, Chef, aber wieso fahren wir nach …?«

»Weil es zwei Vorfälle gegeben hat, zu denen wir einige Fragen stellen müssen.«

»Wem?« Mara lenkte den Alfa Richtung Autobahn. »Sind etwa die Tannheims, die ich ja nicht mehr befragen darf, wieder aus ihrem selbst auferlegten Exil aufgetaucht?«

»Sieht so aus«, murmelte Klimmt mürrisch, um dann stichwortartig die Ereignisse aufzuzählen, über die er von Kollegen aus dem Taunus informiert worden war.

»Darf ich eine Frage stellen?«, meinte Mara anschließend.

»Sie tun's ja auch, wenn Sie nicht dürfen.«

»Weiß Staatsanwalt von Lingert, dass wir Tannheim aufsuchen?«

Der Hauptkommissar brummte etwas, das man als Ja betrachten konnte.

»Er billigt es also?«

»Bleiben wir dabei, dass er es *weiß*. Was er billigt, ist mir selbst schleierhaft.«

Auf weitere Nachfragen Maras gab er keine Antworten mehr.

Während sie den Wagen steuerte, tauschte sie im Rückspiegel einen Blick mit Rosen, der sich auf der engen Rückbank zusammenquetschte. Seine Züge spiegelten nach wie vor nicht nur seine Erschöpfung, sondern vor allem seine Sorge um Anyana wider. Hellblonde Stoppeln glitzerten an seinem Kinn, und Mara fiel auf, dass sie ihn nie zuvor unrasiert gesehen hatte.

Nachdem sie einen Stau, der bei keinem von ihnen die Laune besserte, überstanden hatten, gelangten sie später als erhofft zu der zweistöckigen, großzügig von Rasenflächen und Garten umgebenen Villa. Gleich darauf wurden sie von Inge Tannheim, die ihnen die Tür öffnete, in den großen Wohn- und Essbereich geführt, der seit ihrem letzten Besuch vollkommen unverändert erschien: dieselbe sterile, staubfreie, unbelebte Atmosphäre. Sie gingen über den Betonboden hinweg, vorbei an der schlichten, aber gewiss teuren Skulptur und wurden von Viktor Tannheim erwartet, der mitten im Raum stand, in seinem Rücken die Kücheninsel mit den blank geputzten Granitarbeitsflächen, dem Weinklimaschrank, der Espressomaschine und den golden funkelnden Kapseln.

Keine Grußworte oder sonstige Höflichkeitsfloskeln.

Klimmt stoppte, Billinsky und Rosen ebenfalls, einen Schritt hinter ihm.

Inge Tannheim stellte sich wie treu ergeben neben ihren Gatten, das Gesicht bekümmert.

»Ich sagte ja schon am Telefon«, begann Hauptkommissar Klimmt, »dass wir unbedingt persönlich mit Ihnen sprechen müssen.«

»Und ich sagte Ihnen, ich wüsste nicht, was die Mordkommission damit zu tun hat, dass unser Wochenendhaus im Taunus abgebrannt ist.«

»Die zuständigen Kollegen haben mich informiert. Man geht von Brandstiftung aus. Es wurden Benzinkanister gefunden, und es sieht ganz danach aus, als …«

»Ach, wer weiß«, fuhr Tannheim schroff dazwischen. »Ich würde allen raten, erst einmal abzuwarten, bis die Untersuchungen abgeschlossen sind. Und Sie haben mir immer noch nicht verraten, was der Brand mit dem Mord an Sina zu tun haben soll.«

»Ein merkwürdiger Zufall, finden Sie nicht? Zwei derartige Vorfälle innerhalb so kurzer Zeit?«

»Dann schreiben Sie das von mir aus in Ihren Bericht: *merkwürdiger Zufall*.«

Mara betrachtete ihn die ganze Zeit schweigend über Klimmts massige Schulter hinweg. Anfangs hatte er unverändert gewirkt seit dem letzten Zusammentreffen. Die aufrechte Haltung, das eisengraue Haar in sorgfältig gekämmten Wellen um den Kopf, die buschigen Koteletten, das glatt rasierte Kinn. Doch bei genauerem Hinsehen fiel auf, dass seine Augen rot waren, die Hände leicht zitterten, die Ader an seiner Schläfe blau hervortrat. Womöglich lag das nur am Schock aufgrund des nächtlichen Brands und fehlenden Schlafs. Doch vielleicht gab es auch ganz andere Gründe dafür, dachte Mara.

»Sehen Sie, es ist doch so«, fuhr Tannheim in verbindlicherem Ton fort. »Niemand ist zu Schaden gekommen. Alle konnten sich vor den Flammen retten, sowohl meine Familie als auch die Bediensteten. Die Feuerwehr war schnell vor Ort, um zu löschen, und leistete dabei ganze Arbeit. Glück im Unglück.« Er räusperte sich. »Die Fahrt hierher hätten Sie sich sparen können. Wenn Sie erlauben – wir sind müde und abgekämpft.«

»Haben Sie sich nach Ihrem Aufenthalt im Ausland – in der Provence, soviel ich weiß – eigentlich die ganze Zeit in dem Haus im Taunus aufgehalten?«, fragte Klimmt ungerührt.

»Wir haben einfach versucht, Abstand zu gewinnen. Örtlich wie auch emotional. Ja, erst in Frankreich, dann im Taunus. Ich konnte nicht die ganze Zeit bei meiner Familie bleiben, denn es gibt Pflichten und Geschäfte, die nicht einmal durch den Tod der eigenen Tochter Aufschub dulden. Sina darf im Übrigen immer noch nicht beigesetzt werden. Wann wird das geschehen?«

»Das steht leider noch nicht fest.« Klimmt machte eine Pause, ehe er weitersprach: »Sie waren also nicht zugegen, als es zu dem Brand kam?«

»Nein, das war ich nicht. Aber als meine Frau mich anrief, habe ich mich sofort hinfahren lassen.«

Der Hauptkommissar musterte ihn. »Wir müssen auch über eine andere Sache mit Ihnen reden.«

Tannheims buschige Augenbrauen zogen sich unwillig zusammen. »Ich bin alles andere als neugierig.« Mit unverhohlener Schärfe setzte er hinzu: »Interessanter wäre es für mich, wenn Sie endlich Fahndungserfolge im Falle meiner ermordeten Tochter vorlegen könnten.«

Klimmt ging in seiner stoischen Art darüber hinweg. »Ganz in der Nähe Ihres Wochenendhauses sind zwei Männer erschossen worden. In der Zeit, als die Flammen wüteten.«

Tannheim stieß ein hartes Lachen aus, unwirsch, von oben herab. »Was soll das jetzt wieder, Herr Hauptkommissar?« Zynisch merkte er an: »Ich kann Ihnen versichern, dass *ich* niemanden erschossen habe.«

»Wir gehen davon aus, dass die Männer Mitglieder einer verbrecherischen Organisation waren«, meinte Klimmt unbeeindruckt.

»Ich war nicht vor Ort. Und wenn ich es gewesen wäre, hätte ich mich um meine Familie kümmern müssen und kaum Zeit gehabt, jemanden zu erschießen.«

»Wir gehen davon aus, dass es sich um russische Staatsbürger handelt.«

»Was Sie nicht sagen.«

Mara und Rosen, beide bislang ohne ein Wort, wechselten einen unauffälligen Blick.

»Herr Tannheim«, fuhr Klimmt gleichsam stoisch fort, »ich darf Ihnen mitteilen, dass es Hinweise gibt, die den Mord an ihrer Tochter Sina und einige weitere Morde durch bestimmte Symbole mit russischen Verbrecherbanden in Verbindung bringen.«

»Was Sie nicht sagen«, wiederholte Tannheim tonlos, aber jetzt mit einem besonders aufmerksamen Funkeln in den Augen.

»Soll das auch ein *merkwürdiger Zufall* sein?«

»Ich kann dazu keine Angaben machen. Glauben Sie mir, ich habe ganz gewiss andere Sorgen als irgendwelche Gangster, egal aus welchem Land sie stammen.«

Mara beobachtete nicht nur Tannheim, sondern behielt auch seine Frau im Blick. Inge Tannheim zeigte nach wie vor ihre stumme Ergebenheit, doch an diesem Tag war etwas anders mit ihr. Man sah es nicht sofort, nahm man sie allerdings genauer ins Visier, fiel auf, dass es unter der Oberfläche brodelte. Ihre Finger zuckten, ihre Lippen bebten, ihre Augen schimmerten feucht. Als würde sie innerlich mit sich ringen, sich alles von der Seele zu reden – und da schien es einiges zu geben, was sie belastete.

»Wie vorhin erwähnt«, sprach Klimmt unterdessen weiter, »die beiden Männer wurden in relativer Nähe zu Ihrem

Wochenendhaus umgebracht, und zwar an einer Tankstelle. So früh am Morgen, dass der Tankwart wieder hinter seiner Theke auf einem Hocker eingenickt war. Es wurde zweimal geschossen, und er schreckte hoch. Aber als er nach draußen lief, sah er nur noch einen grünen Kleinwagen davonfahren. Und das Auto der Toten, das vor der Zapfsäule geparkt war.«

»Vielen Dank für die Details«, gab Tannheim sarkastisch zurück, »aber ich fahre keinen grünen Kleinwagen. Auch niemand von meinen Bekannten.«

Mara trat ein Stück nach vorn, sodass sie sich neben Klimmt befand. »Was ist mit Ihnen, Frau Tannheim? Können Sie etwas aussagen, das uns weiterhilft?«

Inge Tannheim zuckte zusammen, sah zu Mara, dann zu ihrem Gatten und wieder zu Mara.

»Lassen Sie meine Frau in Ruhe«, zischte Tannheim leise.

»Sie ist erwachsen«, erwiderte Mara ruhig, ohne Klimmts düsteren Seitenblick zu beachten. »Sie darf sich sicher auch äußern, ohne eine Erlaubnis dafür zu benötigen.«

»Hier geht es nicht um eine Erlaubnis, sondern um Takt, junge Dame.«

»Ich frage mich«, erwiderte Mara ihm provozierend ruhig, »warum Sie uns eigentlich als Feinde betrachten.«

Tannheims Kopf ruckte hoch. »Bisher habe ich von einer Beschwerde über Sie abgesehen, Frau Kommissarin, weil Sie einfach zu unbedeutend sind. Aber ich kann das jederzeit nachholen.« Er schnaufte. »Nochmals – meine Frau und ich sind erschöpft.«

Klimmt wollte etwas darauf erwidern, Mara kam ihm jedoch zuvor: »Und Ihre jüngere Tochter? Können wir mit ihr sprechen? Mit Nathalie?« Ihr entging nicht, dass Inge Tannheim unwillkürlich ihren Mann anstarrte. War da ein Flehen in dem stummen Blick?

»Meine Tochter? Allein schon nach ihr zu fragen, ist komplett verantwortungslos«, entfuhr es Tannheim zornig. »Seit

Sinas Tod wird sie abgeschirmt. Sie steht völlig unter Schock. Außerdem ist sie *keine* Zeugin, sie hat *nichts* gesehen.« Mit Nachdruck ergänzte er: »Sie ist siebzehn Jahre alt. *Siebzehn!*«

»Ich frage nur, weil …«, versuchte Mara anzumerken, aber rasch fuhr Tannheim dazwischen: »Ich sehe wirklich keinen Grund, Nathalie zu verhören oder zu befragen oder wie immer Sie das nennen mögen. Und ich kündige Ihnen unmissverständlich an, eine Armee von Rechtsanwälten auf Sie loszulassen, falls Sie weiter mit diesem dummen, unsensiblen Gedanken spielen sollten.«

Obwohl Klimmts Blick noch finsterer wurde, stellte Mara ohne Zögern ihre nächste Frage: »Übrigens, kannten Sie die Gorpischins? Sie wissen, wen ich meine, nicht wahr? Oleg Gorpischin und seine Familie.«

Etwas in Tannheims Ausdruck veränderte sich. Sie hätte nicht sagen können, was. Aber er wirkte weder überrumpelt noch ertappt, eher verwirrt – was in Mara eine leise Enttäuschung hervorrief.

»Ich kenne niemanden mit diesem Namen«, sagte er dumpf.

»Nein?« Ihre Augenbraue zuckte in die Höhe. »Dann haben Sie also auch niemals von dem Bombenanschlag gehört, bei dem …«

»*Herr Hauptkommissar!*« Tannheims Stimme polterte so laut durch das Haus, dass sie von den Wänden widerhallte. »Können Sie mir begreiflich machen, wovon diese verrückte Person faselt? Ich habe nämlich nicht den leisesten Schimmer, worauf sie hinauswill.«

»Herr Tannheim«, fing Mara erneut an, diesmal jedoch wurde sie von Klimmt gestoppt.

»Billinsky!« Ihr Chef kochte. Auf seinen Wangen blühten rote Flecken, seine Augen blitzten. »Was soll das, zum Teufel noch mal!?«

»Es sind Fragen, die von entscheidender Bedeutung sein könnten, wenn …«

»Von entscheidender Bedeutung ist es«, durchschnitt er förmlich ihren Satz, »dass Sie verschwinden.« Schnaubend setzte er hinzu: »Augenblicklich.«

Mara funkelte angriffsbereit zurück. »Das haben Sie jetzt nicht gesagt.«

»Ich sage es nicht, ich befehle es. Warten Sie im Auto auf mich und Rosen.«

»Aber …«

»Billinsky!« Wieder sein Schnauben. »Kein guter Moment für Ihr ewiges *Aber*.«

Eine Sekunde verstrich. Eine zweite, eine dritte.

Mara drehte sich um und marschierte nach draußen, nun ihrerseits vor Wut kochend. Auf Tannheim, auf Klimmt, auch auf sich selbst. Taktisches Vorgehen würde ihr nie liegen. Besonnenheit auch nicht. Manchmal, das wusste sie, hatte es ihr geholfen, wenn sie vorgeprescht war. Diesmal allerdings nicht.

Sie ließ sich auf dem Fahrersitz nieder und atmete bei geöffnetem Fenster die kalt hereinströmende Luft ein, die Unterarme aufs Lenkrad gelegt. Unverändert verharrte sie in dieser Position. Irgendwann kamen der Hauptkommissar und Rosen zurück und schoben sich ins Auto.

Scheinbar endlose Sekunden vergingen, bis Klimmt das Schweigen brach, mit überraschend beherrschter Stimme: »Also, Billinsky, was sollte dieser Affenzirkus?«

»Das waren ein paar Fragen, nichts weiter.« Mara spürte Rosens Blick von hinten auf sich, während Klimmt durch die Windschutzscheibe nach vorn starrte.

»Ich dachte schon, Sie sind komplett verrückt geworden. *Ein paar Fragen.* Scheiße, worum ging es da? Sie können doch nicht mit Dingen vorstürmen, ohne sich im Vorfeld mit mir abzustimmen und …«

Sie unterbrach ihn mit hartem Ton: »Immerhin haben *Sie* vorhin auf einmal von der russischen Mafia geredet – nachdem

Sie mir jedes Mal über den Mund gefahren sind, wenn ich nur eine Andeutung ...«

»Die Vorfälle im Taunus haben die Sachlage verändert.«

»Dann können wir Viktor Tannheim also doch ins Visier nehmen, richtig?«

Klimmt gab keine Antwort.

»Oder gibt es nach wie vor einen Schutzschirm, unter dem ...«

»Den gab es nie.«

»Ich habe Sie schon auf der Hinfahrt gefragt: Wie steht der Staatsanwalt zu Viktor Tannheim?«

»Von Lingert hat mir aufgetragen, sehr behutsam vorzugehen und – wörtlich – persönliche Fragen zu Tannheim zu vermeiden. Vor allem Fragen, die seine Vergangenheit betreffen.«

»Ich fasse es einfach nicht«, platzte es einmal mehr aus Mara heraus. »Wie stellt von Lingert sich dann vor ...«

»Billinsky! Halten Sie die Klappe!« Erst jetzt sah Klimmt sie an. »Ich will nichts mehr hören, bis wir in Frankfurt sind. Und danach am besten auch nicht.«

»Aber ...«

»Und jetzt starten Sie endlich den verdammten Wagen!«

In diesem Moment klingelte Maras Handy. Klimmt fluchte vor sich hin, als sie sich in aller Ruhe meldete.

»Mara, mir erscheint das alles ziemlich verdächtig.« Edgar Billinsky klang auffallend angespannt.

»Was *alles*?«

»Hm, ich neige ja weder zu voreiligen Schlüssen noch zu Panik, doch mir kommt es so vor, als würde ich beobachtet.«

Unwillkürlich richtete sie sich im Sitz auf. »Du klingst, als wärst du dir ziemlich sicher.«

»Hm, fast wäre es mir lieber, ich könnte das sein. Dann würde wenigstens Klarheit herrschen. Aber so ...« Er ließ den Satz offen.

»Ich hatte dich gewarnt.«

»Ich gebe zu, ich habe es nicht sonderlich ernst genommen.«

»Billinsky«, kam es gebrummt vom Hauptkommissar. »Los jetzt!«

»Ich mache mich gerade auf den Rückweg von Wiesbaden nach Frankfurt«, sagte Mara ins Handy. »Wir sprechen später noch mal, ja? Oder ich fahre nach Dienstschluss bei dir vorbei.«

»Alles klar, kein Problem. Wahrscheinlich sehe ich nur Gespenster. Melde dich einfach, wenn du wieder mehr Zeit hast.«

Als sie den Motor anließ, klang in Maras Kopf die Stimme ihres Vaters nach. Kein Zweifel, er hatte sich besorgt angehört. Mehr als nur besorgt. Ein mulmiges Gefühl erfasste sie, als sie losfuhr und einen letzten Blick auf die wie ausgestorben daliegende Villa der Tannheims warf.

57

Radka Steinmann hatte schon wieder Angst. Und sie kam sich schäbig vor, dass sie diese Angst empfand, regelrecht selbstsüchtig.

Nach Joels Tod war ihr die eigene Existenz wertlos erschienen. Es war nichts mehr da, für das es sich zu leben lohnte. Es gab nur noch Leere. Und dennoch wallte nun immer wieder die Angst in ihr auf, dumpf und dunkel, diese heimtückische, unberechenbare Bestie, die ihr zeigte, wie klein ihr Innerstes war, ihr Charakter, ihre Seele, was auch immer, dieses kleine Etwas, das eben doch Furcht empfand, das unbedingt weiterleben wollte. Jeder war sich selbst der Nächste. So einfach war es dann wohl letztendlich. So ernüchternd.

Haben Sie schon mal Schmerzen erdulden müssen? Nicht nur seelische, sondern auch körperliche?

Radka hörte ihre eigene Stimme in der Erinnerung, sah sich selbst im Gespräch mit der Polizistin, die sich als Edgar Billinskys Tochter entpuppt hatte. Ja. Sie empfand Angst vor jenen Menschen, die schon früher über die Richtung von Radkas Leben bestimmt hatten.

Seit sie mit Edgar fluchtartig, in jäher Panik das kleine trostlose Parkareal verlassen hatte, hatte sie das Gefühl, beobachtet zu werden. Zu Hause erdrückten sie die Wände, nahmen ihr die Erinnerungen die Luft zum Atmen, und draußen ließen ihr die Blicke, die sie an sich haften spürte, keinen Frieden.

Auch jetzt wieder, obwohl sie extra mit einem Taxi in den großen, selbst bei Kälte immer noch recht gut besuchten Grüneburgpark gefahren war. Neunundzwanzig Hektar sich ausbreitende, sanft wellende Grünflächen im Stadtteil Westend, mit Sträuchern und einer Vielzahl an Eschen, Linden und Kastanienbäumen, die überall versteckte Winkel schufen.

Es waren, wie vermutet, einige Menschen unterwegs, Rentner mit ihren Hunden, Jogger, junge Mütter mit Kinderwagen, aber das verschaffte Radka auch kein Gefühl von Sicherheit. Immer wieder war sie auf einem längeren Abschnitt der Fußwege ganz für sich allein, abgeschirmt von Nebelschwaden. Leichter Nieselregen legte sich auf das Tuch, das sie sich ungewohnt nachlässig ums Haar geschlungen hatte. Ihr Stock sank bei jedem Schritt in die Erde, die nachts gefroren war und tagsüber wieder ganz leicht aufweichte.

Der Nebel wurde dichter, eine graue feindselige Masse, die um sie herumschwebte, sie einkreiste, zusehends enger und enger, sodass sie sich auf einmal fast so bedrängt fühlte wie in ihrer Wohnung. Mehrfach ertappte sie sich dabei, wie sie den Kopf herumwarf und nach Gestalten Ausschau hielt. So viele Jahre hatte sie ein ruhiges Leben führen können, gemeinsam mit Joel, diese Sorglosigkeit, die man gar nicht zu schätzen und auszukosten wusste, jedenfalls nicht genug, und plötzlich war alles anders, als wären Mauern eingerissen worden, die sie zuvor beschützt hatten.

Erneut schaute sie nach hinten, spürte dabei selber das Gehetzte in ihrem Blick. Auf einmal schienen viel weniger Leute unterwegs zu sein als noch vor Minuten. Der Nebel, das Nieseln, die Stille. Radkas Knöchel tat weh. Zum einen, weil sie in den letzten Tagen mehr gegangen war als sonst, zum anderen, weil die Kälte ihren Teil zu den Schmerzen beitrug. Ja, im Winter war es schlimmer als bei Wärme. Im Winter war immer schon alles schlimmer gewesen, auch damals in Moskau.

Sie sah die Radka Nikitina von damals, bei Spaziergängen mit Verehrern, die etwas Geheimnisvolles ausstrahlten. Sie gingen vorbei am grell erleuchteten Roten Platz, an den frierenden Soldaten, die stocksteif an jeder Ecke des leeren weiten Areals Wache standen, und an der baumbestandenen Kremlmauer, bis sie das Lenin-Mausoleum erreichten, über ihnen ein sternenklarer Himmel, die Luft von einer so unerbittlichen Kälte, wie es sie auch im winterlichen Frankfurt niemals geben konnte. Noch weiter gingen sie, bis sich wie ein Fantasiegebilde die Basilius-Kathedrale vor ihnen auftürmte, reich verziert wie ein riesiger Zuckerwarenstand. Viele Männer, fast immer derselbe Weg.

Bei diesen Spaziergängen entschied sie sich. Für die Karriere, für die Tourneen ins Ausland. Sie schlief mal mit dem einen, dann mit dem anderen, sie erfuhr vieles, was sie nicht wissen wollte, und war immer schlau genug, niemals darüber ein Wort zu verlieren, zu wem auch immer. Politik interessierte sie nicht, Tanzen interessierte sie sehr, sie war besessen davon. So beließ sie es dabei, schweigsam, verlässlich, bewundert, erfolgreich. Nicht mehr nur in der Sowjetunion, überall in der Welt. Keine Fragen stellen, keine unüberlegten Bemerkungen machen, sich nicht einmischen.

Als sie später in Frankfurt zum ersten Mal von dem *Pominalnij stol* und der Bombe hörte, war es nicht anders. Eine Information, die sie aufnahm, die sie aber nicht bewertete, nicht kommentierte, nicht in ihr Herz ließ. Bis sie dann von einem Detail gehört hatte, das sie nicht hatte ignorieren können. Das ihre Gefühle durcheinanderwirbeln ließ und ihr Mitleid weckte. Sie hatte gehandelt. Und sie konnte sich genau an den fatalen Moment erinnern, als ihr klar wurde, dass sie das niemals hätte tun dürfen. Die Angst, der Vorschlaghammer, und dann …

Radka fuhr so schnell herum, dass ein neuerlicher Schmerz durch ihren Knöchel zuckte. Waren das nicht Schritte gewesen? Ein Knirschen im Kies? Sie schluckte hart, atmete die Luft ein, die in ihre Lungen schnitt. Dann setzte sie ihren Weg fort, schneller als zuvor. Ihre Hand verkrampfte sich um den Griff des Stocks. Wieder sah sie nach hinten. Sie ließ sich von der Wand aus Nebel schlucken, und nach langen Minuten gelangte sie an den Parkausgang, mittlerweile noch schneller, mit noch schlimmeren Schmerzen im Fuß.

Zu ihrer Erleichterung entdeckte sie rasch drei Taxis, die in der Nähe standen. Sie eilte auf sie zu. Dann stoppte sie abrupt, ein Gedanke überfiel sie, und sie humpelte schließlich an den Autos vorbei, den Blick auf die nächste Kreuzung gerichtet. Sie überquerte sie, auch die beiden folgenden und befand sich nun mitten im für viele verwirrenden Gassengewirr des Westends. Doch sie fand sich gut zurecht und erreichte bald die in die Jahre gekommene Villa, die sie unvermittelt zu ihrem Ziel gemacht hatte.

Der Nebel sorgte dafür, dass die Leute ihre Lampen einschalten mussten, viele Fenster waren erleuchtet. Hier jedoch nicht. Radka hatte gar keine Ahnung, ob er da war, hatte sich nicht mit einem raschen Anruf vergewissert, war einfach nur gelaufen, so schnell es ihr möglich gewesen war.

Sie klingelte.

Sie wartete.

Ihr Herz hämmerte, auf ihrer Oberlippe standen trotz der Kälte Schweißperlen.

Mit einem Quietschen wurde die schwere altmodische Eingangstür aufgezogen. Verblüffung zeichnete sich auf seinem Gesicht ab. »Radka«, stieß er hervor.

Sie erkannte an seinem Blick, dass sie ihm Rätsel aufgab, aber es war ihr ja selbst rätselhaft, wie sie sich verhielt, wie sie ständig zwischen Trauer, Abgestumpftheit und Furcht schwankte.

Einen Moment verharrten sie beide in tiefem Schweigen. Dann breitete Edgar Billinsky seine Arme aus, und Radka ließ sich von ihm auffangen.

»Ich habe dich angerufen, ich habe bei dir geklingelt«, sagte er leise. »Schon wieder unzählige Male, seit ich dich abends nach Hause gefahren habe. Du hast nicht reagiert, und jetzt stehst du auf einmal …« Er verstummte.

Mit einer Sanftheit, die er früher nie gezeigt hatte, strich er über das Tuch, das ihr Haar hielt, über ihre Wange, und erst jetzt wurde ihr bewusst, dass nicht nur sie, sondern auch er sich verändert hatte. Das Harte, manchmal geradezu Kalte, Arrogante, das ihn umgeben und das sie damals angezogen hatte, war etwas anderem gewichen. Etwas weniger Offensichtlichem, das sie schwer zu fassen bekam, vielleicht einer abwartenden Nachdenklichkeit. Früher hatte er sie gerade wegen seiner demonstrativen Gefühllosigkeit fasziniert – er war jemand, der nie sein Herz ausschüttete, der Emotionen wegsperrte, und so war auch sie gewesen. Wahrscheinlich hatte sich Radka erst durch Joel geändert – und Edgar womöglich durch die Beziehung zu seiner Tochter, ein Verhältnis, von dem sie nicht viel wusste, aber doch zumindest eines: dass es nie ein einfaches gewesen war.

»Lass uns hineingehen«, sagte er nun, und nach einem letzten Blick über ihre Schulter betrat sie das Haus, während Edgar die Tür schloss.

In einem riesigen, in mehrere Ebenen unterteilten Wohnzimmer saßen sie in teuren Sesseln. Radka hatte das Tuch und den Mantel abgelegt und stellte erleichtert fest, dass die Anspannung, die sie draußen fest im Griff gehabt hatte, allmählich nachließ.

»Möchtest du etwas trinken?«, fragte er. »Ich habe dir gar nichts angeboten.«

»Wasser.«

»Auch etwas Stärkeres?«

»Falls du einen Weißwein offen hast …«

Er erhob sich und verschwand in der angrenzenden Küche. Es lief klassische Musik. Wie früher, wenn sie Liebe gemacht hatten. Radka sah sich um und nahm etwas wahr, das sie auch von Wohnungen kannte, in denen sie früher gelebt hatte, in der Zeit vor Joel. Es war ein Heim, das unbelebt wirkte, weil der Eigentümer zu wenig Zeit hier verbrachte und ihm der Sinn für Behaglichkeit fehlte. Sie kannte das alles, und sie wunderte sich, dass ihr erst jetzt auffiel, wie einsam Edgar war. Sie versuchte sich seine Tochter hier vorzustellen, mit den schwarzen Klamotten, dem düsteren Blick – ein eigenartiges Bild.

Edgar kam zurück und stellte vier Gläser, eine Karaffe Wasser und eine entkorkte Flasche *Château Rieussec Sauternes* auf dem ansonsten leeren Glastisch ab. Er schenkte ein, nahm Platz. Radka trank einen großen Schluck Wasser, dann prosteten sie einander mit dem Wein zu.

»Jetzt siehst du entspannter aus, wenn ich das sagen darf.«

»Darfst du.« Sie brachte ein Lächeln zustande, das erste seit Tagen, wie es ihr vorkam. »Und wenn du die Musik ausmachen könntest, wäre es nahezu perfekt.«

»Dvořák wird es mir verzeihen, wenn ich seine brillante Sinfonie Nr. 9 einfach mal abwürge.«

Die gleich darauf einsetzende Stille empfand Radka tatsächlich als wohltuend. »Es war genau wie beim letzten Mal«, begann sie dann zu erzählen. »Ich musste einfach nach draußen. Raus aus diesem Gefängnis, zu dem mein Haus geworden ist. Diesmal in den Grünburgpark, weil der schön groß ist und …« Sie winkte mit schlaffer Hand ab. »Doch dieses Gefühl … es war unerträglich. Dabei habe ich wahrscheinlich nur Gespenster gesehen.« Sie senkte die Lider. »Es ist alles zu viel. Joels Tod. Die Vergangenheit. Alles rollt geradezu über mich hinweg.«

»Ehrlich gesagt, ich hatte auch den Eindruck, dass jemand Interesse an mir hat.«

Ihr Kopf ruckte hoch. »Beobachtet man dich etwa?«

»Ich bin mir nicht sicher, aber …« Er ließ den Satz offen und machte ein vielsagendes Gesicht.

Obwohl ihr Fuß noch wehtat, erhob sie sich wieder, um sich an die große Glasfront zu stellen und einen Blick auf den Nebel zu werfen, der in Schwaden hinter der Villa vorbeizog.

Sie hörte die Fragen, die Edgar stellte, die immer selben

Fragen zu den dunklen Geheimnissen, die Radka verfolgten. Sie gab keine Antwort, wartete einfach, bis er schwieg, um dann ihrerseits zu fragen: »Ist deine Tochter wirklich hier aufgewachsen?«

»Klar, wo sonst?«, erwiderte er, sichtlich verdutzt über den abrupten Themenwechsel.

»Ich kann mir einfach nicht vorstellen, wie ihr beide unter diesem Dach zusammengelebt habt.«

»Haben wir auch nicht, jedenfalls nicht im eigentlichen Sinne.« Er starrte die leere weiße Wand an. »Nach dem Tod meiner Frau … Nun ja, Mara und ich, wir waren wie Feuer und Wasser, wie Feinde. Erst nach ihrer Rückkehr nach Frankfurt …« Wiederum vollendete er den Satz nicht. »Nein, ich will nicht darüber reden und dich mit Familienangelegenheiten langweilen.«

»Es tut gut, über eine andere Familie nachzudenken als über meine eigene. Seit Joel …« Auch sie kam ins Stocken.

Edgar war aufgestanden. Er dimmte das Licht herunter und trat zu ihr. Behutsam berührte er ihre Schultern, um Radka zu sich herumzudrehen. Sie ließ es geschehen. Auch dass er sie küsste. Wiederum mit einer Sanftheit, die neu an ihm war. An Radkas Wangen liefen Tränen herab, die er ebenso sanft wegwischte. Er lockerte ihr zusammengestecktes Haar, ließ es auf ihren Rücken fallen, spielte mit den Strähnen.

»Es wird Zeit, dass ich es mal wieder färbe«, sagte sie. An die grau schimmernden Stellen, die sie so hasste, hatte sie gar nicht mehr gedacht.

»Du solltest es lassen, wie es ist«, meinte Edgar.

Sie gingen zum Sofa, er stützte sie, und sie nahmen Platz, eng aneinandergeschmiegt. Einmal rief seine Tochter an, aber er redete nicht lange mit ihr und verschob ein eingehenderes Gespräch auf später. Radkas Kopf sank auf seine Brust. Wie schön es war, die Augen zu schließen, an nichts zu denken, sich der Erschöpfung, vor allem der emotionalen, hinzugeben.

Ganz langsam kam der Schlummer über sie, und Radka wehrte sich nicht, im Gegenteil, sie freute sich über ihn, er fühlte sich samtig an, warm, er gab ihr Geborgenheit, genau wie Edgars Arm, der um ihren Körper geschlungen war.

Ein Krachen ließ sie aufschrecken. Nur ein Traum? Ihre Lider flatterten. Sie musste sich orientieren, wo sie sich überhaupt befand. Ihre Hand tastete träge nach Edgar, doch er befand sich nicht mehr neben ihr, obwohl sie seine Körpernähe noch zu spüren meinte.

Außerdem war das Licht der Lampe wieder deutlich heller eingestellt.

Sie blinzelte, dann sah sie Edgar, der durch das Wohnzimmer schritt, weg von ihr, auf die Tür zu, die in den Flur zum Eingangsbereich führte.

»Edgar!«, rief sie, ihre Stimme noch rau vom Schlaf, doch er schlüpfte bereits durch die Türöffnung.

Eine Stille entstand, die rasch von Stimmen zerrissen wurde. Rufe. Schreie. Geräusche wie von einem Kampf. Und dann ein Schuss. Gefolgt vom schweren Aufprall eines Körpers auf dem Boden.

Radka zuckte nicht einmal zusammen. Wie erstarrt drückte sie ihren Rücken in die Polster des Sofas.

Zwei Männer, schwarz gekleidet, hasteten in den Raum, die Gesichter von Motorradhelmen verhüllt. Einer von ihnen trug eine Pistole in der Hand. Sie kamen auf Radka zu, packten sie, rissen sie hoch und zogen sie aus dem Zimmer und in den Flur. Durch die Strumpfhose konnte sie unter ihren Füßen die kalten Bodenfliesen spüren. Ihr Stock, ihre Schuhe, ihr Mantel, alles blieb zurück.

Radka schrie nicht. Ihre Kehle war noch immer wie vereist. Während sie sich im Schraubgriff eines der zwei Fremden befand und der andere voranschritt, fiel ihr Blick auf Edgar, der auf der Brust auf dem Boden lag. Sein Kopf war seitlich verdreht. Eine größer werdende Blutlache bildete sich um ihn.

»Edgar«, kam es ihr über die Lippen, leise, kaum hörbar, völlig hilflos.

Im nächsten Moment war Radka im Freien, nach wie vor im harten Griff des Mannes. Ihre Füße landeten platschend in einer Pfütze. Sie tauchte ein in den dichten Nebel und sah das schwarze Auto, dessen Türen offen standen.

58

Da schon tagsüber immer eine bleigraue Dunkelheit herrschte, bekam man gar nicht mehr mit, wenn es längst Abend war. Jan Rosen gähnte. Wie ein Häufchen Elend kauerte er am Schreibtisch. Seit fast sechsunddreißig Stunden hatte er nicht mehr geschlafen, kaum etwas gegessen und fast nur Kaffee getrunken. Dennoch verspürte er keinerlei Sehnsucht, endlich in seine Wohnung zu gelangen. Die Leere dort wäre noch schwerer zu ertragen als alles andere. Er fuhr sich über seine juckenden Stoppeln am Kinn; normalerweise verabscheute er es, unrasiert und zu lange ohne Dusche zu sein, jetzt allerdings war es ihm vollkommen egal.

Seit er gemeinsam mit Klimmt und Billinsky aus Wiesbaden zurückgekehrt war, waren auch schon wieder ein paar Stunden vergangen. Ein paar Stunden mehr der Ungewissheit und der Sorge.

Anyana.

Er durfte gar nicht an sie denken, durfte sich gar nicht ausmalen, wo sie jetzt sein, wie es ihr ergehen mochte.

Wo steckte Billinsky eigentlich? Ihr Platz war leer. Und Klimmt? Er hatte sich sofort nach ihrem Eintreffen im Präsidium zu einer Unterredung mit Staatsanwalt von Lingert begeben müssen; sie hatten sich gar nicht mehr über den Besuch bei den Tannheims austauschen können.

Auch unter vier Augen hatten er und Billinsky nicht mehr gesprochen. Sie war auf der Rückfahrt derart sauer gewesen, dass er es vorgezogen hatte, sie für eine Weile nicht anzureden. Schon wieder ertappte er sich dabei, wie er sein Handy überprüfte. Nichts von Anyana. Wie schön es gewesen war, abends heimzukommen und von ihr empfangen zu werden. Mit ihr zu sprechen, sie zu lieben.

Und nun? Immer wieder nahm er sich vor, von Neuem das Bahnhofsviertel umzukrempeln, aber sein Schreibtisch quoll über von Dingen, die er zu bearbeiten hatte. Er musste die verlorene Zeit von heute Morgen aufholen, tauschte E-Mails aus mit Kollegen in Hannover und Köln, die er aufs Neue bat, sämtliche Akten und Beweisstücke der Mordfälle Elke Neubert und Max Dereven zur Verfügung zu stellen, da immer noch nicht alle angeforderten Materialien aus den dortigen Asservatenkammern in Frankfurt eingetroffen waren.

Billinsky tauchte wieder auf, immer noch mit streitlustigem Ausdruck, und rempelte heftig mit der Schulter gegen eine Trennwand, fast schon mit Absicht, wie es schien.

»Wo warst du?«, fragte Rosen.

»Bei Klimmt«, brummte sie und schob ihr Hinterteil auf die Schreibtischplatte.

»Klimmt? Ich dachte, er sei bei von Lingert.«

»War er auch. Aber das ist schon eine Weile her.« Sie musterte ihn. »Rosen, du brauchst eine Mütze voll Schlaf, was? Du kriegst ja gar nichts mehr mit.«

Stampfende Schritte ertönten, gefolgt von einem Schnaufen, als sich Klimmt vor ihren Schreibtischen postierte. Er beachtete Rosen nicht im Geringsten, der Blick seiner rot geränderten, müden Augen war starr auf Billinsky geheftet: »Sie können nicht einfach rausgehen aus einer dienstlichen Besprechung.«

»Kam mir eher vor wie ein Vortrag.« Sie grinste den Chef frech an. »Und ich kann Ihnen sagen, da hab ich schon bessere von Ihnen gehört.«

»Ab nach Hause mit Ihnen«, blaffte er. »Sofort, Billinsky. Und morgen tauchen Sie am besten erst gar nicht hier auf.«

»Was soll das sein? Hausarrest? Eine Suspendierung?«

»Nehmen Sie's einfach als Befehl. Und befolgen Sie zur Abwechslung wenigstens mal diesen einen.«

»Seit einer Stunde versuche ich Ihnen etwas begreiflich zu machen, aber Sie hören mir gar nicht zu.«

»Billinsky!« Klimmts Kiefer mahlten eine Zeit lang, ehe er weitersprach. »Sie haben nur wirres Zeug vorgebracht, das keinerlei Zusammenhang hat. Was soll das Gefasel von dem Bombenanschlag aus grauer Vorzeit? Es geht um *junge* Leute. Auf *die* hat man es abgesehen. Wahrscheinlich einfach nur jemand, der erfolglos ist und Neid für sie empfindet, irgendeine arme, aber sadistische Wurst.«

»Als ich Andeutungen in dieser Richtung machte, haben Sie das abgetan.«

»Schon möglich«, knurrte er. »Aber dann ist es an Ihnen, mir einen anderen glaubwürdigen Beweggrund für die Morde zu liefern. Denn so traurig ist es nun mal. Wir tappen, selbst was das Motiv angeht, nach wie vor im Dunkeln. Ich brauche Beweise. Wie immer. Und nicht ein viele Jahre zurückliegendes Bombenattentat. Und keine vagen Vermutungen hinsichtlich dieses Simon Jenal.«

»Sie meinen, Sergej Jewdokimov«, sagte Mara hart, während Rosen wie bei einem Tennismatch immer abwechselnd von einem zum anderen sah.

»Das ist auch so ein Punkt. Sie können nicht mit hundertprozentiger Sicherheit sagen, dass Jenal dieser ominöse Jewdokimov war.«

»Ich habe dem Zeugen Anonymität versprechen müssen, sonst wäre es gar nicht zu einem Treffen gekommen. Er behauptet, Johannes Dorn zu heißen, und das ist auch der Name, unter den ihn mein Vater kennt, aber na klar – es ist gut möglich, dass es sich um einen Falschnamen handelt.« Maras Augen funkelten. »Trotzdem bedeutet das nicht automatisch, dass er mir Lügen aufgetischt hat. Der Mann kam mir vertrauenswürdig vor.«

»Das gebe ich gern an den Staatsanwalt weiter«, bemerkte Klimmt ätzend. »Also, unserer Billinsky kam er echt vertrauenswürdig vor.«

»*Fuck!*«, stieß Mara aus.

»Ich bleibe dabei«, maulte der Hauptkommissar. »Wirres Zeug. Nichts mit Substanz. Genau wie der Kerl, der Ihretwegen vor eine Straßenbahn gerannt ist. Er darf in Kürze die Klinik verlassen – als freier Mann. Ihm war nichts nachzuweisen.«

»Weil er halt nur ein kleiner Laufbursche für die Bosse ist. Ich bin ganz sicher, er kann uns zu …«

»Vergessen Sie's«, brummte Klimmt kategorisch. »Geben Sie auf.«

»*Fuck!*«, wiederholte sie dumpf.

»Billinsky, gehen Sie nach Hause, schlafen Sie sich aus.«

»Erst will ich mir noch mal die Tannheims be…«

»Nein«, schnitt er ihr das Wort wie mit einer Klinge ab. »Sie haben Pause. Ich werde mit Schleyer und Patzke weitermachen und die beiden als Leadteam auf den Fall ansetzen.«

Was ist mit mir?, wollte Rosen fragen, aber er bekam den Mund nicht auf.

Als hätte der Hauptkommissar seine Gedanken gelesen, taxierte er ihn. »Und da Sie, Rosen, mit dem Jenal-Fall absolut nicht vorankommen, werde ich darauf auch jemand anderen loslassen. Wenn ich nur wüsste, wen.«

Rosen senkte den Blick.

»Und noch mal zu Ihnen, Billinsky.« Klimmt wies mit seinem Finger zur Tür. »Sie gehen nach Hause.« Er drehte sich um und stampfte davon wie ein wütender Bär.

Rosen sah von seinem Platz zu Mara hoch, die noch immer auf dem Schreibtischrand hockte, die Arme vor der Brust verschränkt.

»*Fuck!*«, kam es zum dritten Mal von ihr, aber nur noch leise.

»Billinsky«, sagte Rosen, fast ebenso leise.

Sie reagierte nicht, starrte weiter vor sich hin.

»Du hast nicht mit Klimmt über sie geredet, oder?«

Erst nach einer Weile schaute sie Rosen an. »Über sie?« Sie runzelte die Stirn. »Ach so. Über Anyana. Nein, Rosen. Unser reizender Oberbulle war …« Mit einem harschen Abwinken löste sie sich vom Tisch. »Wir sind nicht bis zu dem Thema gekommen, um es mal so auszudrücken.«

»Ach, er ist eben ein alter Sturkopf«, versuchte er einen verbindlicheren Ton anzuschlagen.

»Rosen, mir ist schon klar, dass ihm das Wasser bis zum Hals steht. Dass er noch gereizter ist als sonst.«

»Ich glaube, er macht sich Sorgen, dass man über seine Absetzung nachdenkt, wenn wir bei diesen Mordfällen weiterhin keine Ergebnisse vorlegen können.«

»Das glaube ich auch.« Mara nickte. »Aber alles, was ich vorbringe, ist ihm nicht eindeutig genug. Ich verstehe das ja, aber … er könnte sich auch mehr Mühe geben, auf bestimmte Argumente einzugehen.« Sie streifte ihren Hoodie und ihre Jacke über. »Ich werde noch mit Klimmt reden, okay? Über Anyana, meine ich.«

Er holte Luft. »Ich weiß, dass das meine Aufgabe ist.«

»Und ich weiß, wie schwer dir das fällt.« Sie zog den Reißverschluss hoch und ging ohne ein weiteres Wort davon, in Gedanken wohl wieder bei ihrer Auseinandersetzung mit dem Hauptkommissar, wie man dem berüchtigten, lodernden Billinsky-Blick ansehen konnte.

Er hörte kurz noch ihre verärgerten Schritte, genau wie vorher bei Klimmt. In seltenen Momenten hatten sie und der Chef, wie Rosen auffiel, sogar Gemeinsamkeiten. Einen Streit wie den gerade eben hatte es lange nicht mehr zwischen den beiden gegeben. Im Gegenteil, es hatte eine Annäherung stattgefunden, was vor allem durch die eine oder andere Zigarette deutlich wurde, zu der Klimmt Billinsky für Besprechungen in sein Büro geholt hatte. Nur eine kleine Geste, aber sie war allein Billinsky vorbehalten und natürlich gerade den erfahreneren Kollegen wie Schleyer nicht entgangen, die das misstrauisch beäugten.

Mit einem neuerlichen Gähnen erhob sich Rosen vom Stuhl. Er stellte sich ans Fenster und kippte es, um Frischluft hereinzulassen. Die Aussicht, in seine Wohnung zurückgehen zu müssen, deprimierte ihn fast noch mehr als vorhin. Er hatte sich nicht einmal darum gekümmert, das von Fedor zerstörte Fenster reparieren zu lassen – es war einfach nur der Rollladen komplett heruntergelassen.

Um sich von der Ungewissheit um Anyana abzulenken, nahm er sich wieder die Akten vor. Doch das klappte nicht. Die Buchstaben verschwammen vor seinen Augen. Gern hätte er seinen Mut zusammengekratzt, um Klimmt aufzusuchen und ihm zu erklären, warum er in letzter Zeit so halbherzig gearbeitet hatte und warum er und Billinsky am heutigen Vormittag nicht im Präsidium erschienen, sondern kreuz und quer durchs Bahnhofsviertel gehetzt waren.

Hatte Klimmt nicht ein Recht, das zu erfahren?

Rosen stand wieder vom Schreibtisch auf. Die Müdigkeit pochte stumpf in seinem gesamten Körper, als er langsam an der Trennwand und den anderen Plätzen vorbeiging. Trotz der späten Stunde war noch jede Menge los. In seinem Kopf dröhnte alles, die Gespräche der Kollegen, das Türschlagen, das surrende Telefonklingeln, das Rattern eines Druckers.

Er folgte dem langen Gang und näherte sich Klimmts Büro. Die Tür war angelehnt. Durch den Spalt sah er Schleyers Rücken. Er hielt inne.

Sollte er stören? Später wiederkommen? Oder gar erst morgen?

»… ja, eine Leiche«, sagte Schleyer gerade.

Klimmt fragte etwas, Rosen konnte nur ein Brummen verstehen.

»Nein, auf keinen Fall.« Schleyer kratzte sich ausgiebig sein breites Kreuz. »Sie gehört nicht zu unserer Serie. Erdrosselt mit einer Drahtschlinge. Kreisrunder, sehr dünner Einschnitt am Hals. Aber keinerlei Folterungen. Eine sauber, professionell und sicher auch sehr schnell ausgeführte Tat. Keine Spuren, keine Fingerabdrücke.«

Wieder eine gebrummte Frage des Hauptkommissars.

»Doch, Chef. Wir wissen, wer die Tote war. Sie gehörte zum Milieu. Ihre Fingerabdrücke haben für Klarheit gesorgt. Sie ist keine Unbekannte für uns. Vor einiger Zeit sollte sie gegen die Russenmafia aussagen.«

Rosen spürte, wie auf einen Schlag alles in ihm kalt wurde. Als würden seine Organe gefrieren, seine Haut, seine Finger. Er hatte das Gefühl, sich übergeben zu müssen.

»Sie erinnern sich doch bestimmt, Chef«, sprach Schleyer weiter. »Rosen hat sich damals ziemlich für die Frau eingesetzt. Er wollte ihr helfen, damit sie ihre Aussage machen und ein neues Leben anfangen konnte. Aber sie ist abgehauen.«

Es kam die nächste Frage von Klimmt, wiederum ohne dass Rosen sie hören konnte.

»Der Name lautet Anyana Lupescu.« Schleyer hustete ausgiebig und fuhr dann fort, doch die Worte drangen nicht mehr in Rosens Bewusstsein. In seinen Ohren war ein Rauschen, wie von einem riesigen Wasserfall. Mechanisch setzte er einen Schritt nach dem anderen, wieder den Gang entlang, aber vorbei an seinem Büro. Er rempelte einen Kollegen an, der sich beschwerte, doch auch das nahm Rosen nicht wahr.

Der nächste Korridor, lang und schmal und leer. Die Dunkelheit, aufgeweicht von Nebelschleiern, presste sich von außen an die Fenster. Erneut überkam ihn ein widerlicher Brechreiz, den er jedoch rasch unterdrückte. Erst am Getränkeautomaten stoppte er. Schwerfällig lehnte er sich dagegen. Immer noch war er innerlich wie gefroren. Er horchte in die Stille, als würde er darauf hoffen, dass gleich jemand auftauchte und ihm erklärte, es sei alles nicht wahr.

Sein Gesicht verzerrte sich. Und dann weinte er hemmungslos, ganz laut, wie vielleicht noch nie zuvor. Tränen strömten an seinen Wangen herunter, Rotz lief ihm aus der Nase. Er weinte immer weiter, nicht nur um Anyana, wie ihm nach einer Weile bewusst wurde, sondern auch um sich selbst. Er beweinte die Leere und die Abgestumpftheit, die schon wieder nach ihm griffen, um sein Dasein zu einer trostlosen Angelegenheit zu machen.

59

Immer war sie stolz auf ihre Finger gewesen. Lang und schmal, von dieser Eleganz, die so typisch für sie war. Und jetzt? Sie waren blau und dunkelrot angelaufen, krumm wie Krallen, zittrig. Die Männer hatten Drähte unter das Nagelbett geschoben und dann dreimal Stromstöße durch ihren Körper gejagt.

Radka Steinmann wandte den Blick von ihren Händen ab und starrte wieder zur Kellerdecke. Es war kalt und dunkel, jedes Geräusch ließ sie zusammenzucken, aus Angst vor der Rückkehr ihrer Peiniger. Von irgendwoher drang der monotone Klang von Elektrobeats zu ihr nach unten. Was für eine Musik war das? *Gar keine* Musik. Eine Beleidigung für die Schönheit der Melodie, für jede Komposition, zu der Radka einst getanzt hatte. Ihr altes Leben. So schön. Und verloren. Verloren wie Joel. Wie alles, was ihr je etwas bedeutet, was ihrem Dasein Sinn gegeben hatte.

Schritte näherten sich. Die Glühbirne an der Decke wurde von außen angeknipst, das Licht stach ihr in die Augen. Die Tür öffnete sich. Radka verfiel in ein Zittern, das ihrem Stolz zusetzte. Sie versuchte es zu unterdrücken, aber das gelang ihr nicht. Sie kauerte sich auf der muffigen Matratze zusammen.

Da waren sie wieder, die beiden Fremden. Diesmal hatten sie keinen Apparat dabei, mit dem man ihr Stromstöße versetzen konnte. Sie bildeten eine Gasse, durch die zwei weitere Männer den Raum betraten.

Radka bedachte sie mit einem starren Blick. Sie wollte Stolz zeigen, doch auch das missglückte. Wem würde das in einer solchen Situation auch gelingen?

Karabasch machte noch zwei Schritte auf sie zu, während

die anderen im Hintergrund verharrten. Er beäugte sie prüfend, wie vielleicht ein Professor einen Probanden, dem man lebensbedrohende Arzneien verabreicht hatte. Beiläufig deutete er auf ihre Hände. »Dir ist klar, das war nur der Anfang.«

Sie nickte. Ihre Lippen bebten, aber sie wollte nicht, dass er das mitbekam.

»Ich habe dich gewarnt«, sagte er.

Radka unterdrückte ein Stöhnen, sammelte sich. »Es war nicht nötig, mich zu warnen. Auf mich konntest du dich immer verlassen.«

»Warum hast du dich mit diesem Mann getroffen, diesem Billinsky? Das war nicht nötig.«

Sie musste an Edgar denken. Wie er auf dem Boden gelegen hatte. Der Schuss, der Aufprall. Die Blutlache neben seinem Kopf. Er war gestorben. Ihretwegen. Eine tonnenschwere Schuld, die sie auf sich geladen hatte – das war es, was *unnötig* gewesen war. Ja, was für ein sinnloser Tod.

»Hast du Billinsky irgendetwas verraten?«, fragte Karabasch. »Oder etwa gleich seiner Tochter, der Kommissarin?«

»Was hätte ich schon verraten können?«

»Etwas von damals. Etwas über mich. Oder über andere, die du kennst.«

Sie sah zu ihm nach oben und bemühte sich, all ihre Verachtung in den Blick zu legen. »Ich schweige seit Jahrzehnten. Wieso sollte ich jetzt damit aufhören?«

»Aus verschiedenen Gründen. Der wichtigste wäre dein Sohn.«

»Wäre ihm damit geholfen?«

»Nein, überhaupt nicht. Aber du bist eine Frau, und Frauen verhalten sich nicht immer logisch.« Seine Lippen verzogen sich zu einem Lächeln, sein Blick blieb jedoch unverändert prüfend, sachlich.

Karabasch trat noch ein Stück näher an sie heran. »Dann sag mir jetzt, ob du etwas über diese Mordserie weißt.«

Für einen Moment war sie verwirrt von dem jähen Kurs-wechsel. »Wie kommst du darauf, dass ausgerechnet ich etwas wissen könnte?« Sie stutzte. »Das heißt, du hast selbst immer noch keine Ahnung.« Kurz nickte sie in Blochins Richtung. »Er hat also auch nichts herausgefunden.«

»Er hat versagt«, erwiderte Karabasch auf eine Art, als wäre Blochin nicht anwesend, und fügte leiser an: »Warum un-sere Kinder? Unschuldige junge Menschen. Wieso nur …?« Er stockte, dann meinte er schneidend: »Wenn du etwas weißt, *musst* du es mir jetzt sagen.«

Und da erkannte sie, dass unter der üblichen kalten Ober-fläche dieses Mannes Verzweiflung brannte. Es war, als würde seine Haut Risse erhalten und das Elend darunter zum Vor-schein kommen.

»Was ist passiert?«, wollte sie mit tonloser Stimme wissen.

»Sie haben Nathalie.«

Radka erwiderte nichts, sah ihn nur an. Sie erkannte jetzt neben der Verzweiflung die Wut, die in ihm wucherte. Die ihn noch gefährlicher, noch rücksichtsloser machte. Und trotz-dem empfand sie auch Mitleid. Nicht für ihn, sondern für das Mädchen, das sie nicht einmal kannte. Sechzehn musste Na-thalie sein, nein, siebzehn.

»Aber diesmal ist es anders«, meinte er leise.

Sie schob die Augenbrauen zusammen. »Anders?«

»Ich habe einen Brief von den Entführern erhalten. Einen Computerausdruck, doch zusätzlich zu den Sätzen hat man Symbole hingekritzelt. Einen Sarg, einen Grabstein, Kirch-turm, Kruzifix, Madonnenstatue, Tränen.«

»Frag Blochin dazu.«

»Vergiss die Symbole. Damit wollen sie doch nur klarma-chen …« Ihm versiegte die Stimme.

»Ja, was denn?«, schrie Radka heiser.

»Ich weiß es doch auch nicht.«

»Wahrscheinlich ist es nur ironisch gemeint«, kam es von

ihr, jetzt wieder ganz leise. »Um dir zu zeigen, dass sie wissen, wer für dich seit Ewigkeiten die Drecksarbeit erledigt.« Sie maß ihn eingehend. »Nur dass jetzt jemand anders die Drecksarbeit übernommen hat. Jemand, der *gegen* dich ist. Und gegen die anderen.«

Karabasch sagte nichts. Obwohl es kalt war in diesem Keller mit den nackten, schimmligen Wänden, standen Schweißtropfen auf seiner Stirn.

»Weißt du, dass Sergej tot ist?«, fragte sie.

»Nein«, antwortete er kaum hörbar. »Wer hat dir das mitgeteilt?«

»Kommissarin Billinsky.«

Wieder äußerte er nichts, sondern sah sie bloß an.

»Jemand will sich rächen. An dir und den anderen. An allen, die mit dir in Verbindung standen. Sogar an mir, obwohl ich nie ein Verbrechen begangen habe.« Bitter spuckte sie die Worte aus, der Schmerz in den Fingern und Armen war weg, auch das Zittern. »Deinetwegen musste Joel sterben. Euretwegen.«

»Aber warum unsere Kinder!« Nun war er es, der brüllte. »Das ergibt keinen Sinn!«

»Vielleicht mehr Sinn, als du denkst.« Sie senkte den Blick. »Was steht in dem Brief?«

»Forderungen«, erwiderte er dumpf.

»Womöglich ein Trittbrettfahrer.« Radka hatte sich besser im Griff, ihr Kopf funktionierte wieder, und sie schien die Angst in Schach halten zu können. »Jemand, der von den Morden erfahren hat und jetzt Geld aus dir herausholen will und …«

»Nein«, unterbrach er sie jäh. »Sonst hätte man die Symbole nicht hinzugefügt.«

»Wie lauten die Forderungen?«

Er versuchte in ihrem Gesicht zu lesen. Sie spürte es wie eine Berührung.

»Nathalie wird angeblich nichts geschehen, und sie wird wieder freigelassen, wenn ich die Polizei nicht einschalte und gewisse Summen an bestimmte Hilfsorganisationen überweise. An Amnesty International, Ärzte ohne Grenzen, SOS-Kinderdörfer und weitere.«

Trotz ihrer Situation fühlte Radka, wie die Verblüffung sich in ihr ausbreitete. »Was? Ist das ein Scherz?«

»Die Erpresser stehen angeblich in so engem Kontakt mit den Organisationen, dass sie es erfahren, wenn die Spenden eingetroffen sind.«

Radka war sprachlos. Sie konnte die Informationen kaum aufnehmen, so unerwartet kam diese Eröffnung.

»Ich brauche nicht zu erwähnen«, fuhr er fort, »dass die Summen so immens sind, dass sie mich und meine Familie ruinieren werden.«

Erneut maß sie ihn mit einem Blick. »Was wirst du tun?«

Er gab keine Antwort.

»Hast du die Polizei informiert?«

Er hielt kurz inne. Dann sagte er leise: »Nein.«

»Denkst du nur an dein Vermögen oder auch an deine Tochter? Und an deine Frau? Ich möchte mir gar nicht vorstellen, wie es ihr geht, wie sie das alles durchsteht.«

»Irgendjemand will mich fertigmachen, Radka.«

Es war das erste Mal, dass er an diesem Tag ihren Namen aussprach.

Sie hasste ihn noch mehr als früher, wie sie jetzt mit kalter Schlichtheit feststellte. Als einer von wenigen Männern hatte er sich ihr niemals genähert, hatte keinerlei Interesse an ihrem Körper gezeigt. Er war ein Mensch, den sie nie durchschaut, nie verstanden hatte.

»Hast du tatsächlich noch keinen Verdacht?«, wollte sie erneut wissen.

»Ich habe die Vergangenheit umgepflügt, habe versucht, alte Feinde ausfindig zu machen. Da ist nichts. Kein Hinweis, keine Spur.« Karabasch schüttelte den Kopf. »Als diese Kommissarin plötzlich anfing, von den Gorpischins zu reden, habe ich auch das noch einmal überprüft. Aber Oleg Gorpischin hatte keine Freunde, die nach so vielen Jahren noch etwas unternehmen, ja, die auch nur die Wahrheit über damals kennen könnten … Es ist alles ein Rätsel.« Sein Blick fing sie wieder ein, hart, ohne Regung. »*Weißt du etwas?*«

»Wie oft willst du noch fragen?«

Er sah kurz zu Blochin, der nach wie vor keinen Ton von sich gab, dann wieder zu Radka.

»Du dachtest immer, du beherrschst die Welt«, sagte sie. »Aber plötzlich …« Sie ließ den Satz unvollendet.

»Die Welt habe ich nie beherrscht, Radka. Aber *meine* Welt, die hatte ich sehr wohl im Griff.«

»Damit ist es vorbei, Karabasch.«

Erneut blickte er zu Blochin.

»Sollen wir weitermachen mit ihr?«, fragte Blochin ohne jede Emotion, nüchtern wie ein Sachbearbeiter.

Die Worte ließen Radka erschaudern. Was hatte sie je an diesem Mann gereizt? Was hatte sie überhaupt je an Männern gereizt? Sie waren Zeitverschwendung gewesen, einer wie der andere.

»Sollen wir weitermachen mit ihr?«, wiederholte Blochin mit seinem harten Akzent.

Radka betrachtete Karabasch. Tief in ihr ballte sich wieder die Furcht. Nackte, beißende Angst. Karabasch hatte nie aufgehört, jemanden foltern zu lassen, wenn die Ergebnisse nicht nach seinem Wunsch waren. Sie wartete auf sein Urteil. Wie schon so viele Menschen vor ihr, die sich in seiner Hand befunden hatten.

Erneut sein prüfender Blick. Dann ein fast beiläufiges Schulterzucken. »Es bringt ja doch nichts. Sie weiß nichts, was uns weiterhelfen könnte.«

»Also sollen wir das Ganze stoppen?«

»Ja, hört auf damit.«

Es dauerte eine oder zwei Sekunden, bis Radka begriff. Dann kam die Erleichterung darüber, dass der Schmerz aufhören würde. Sie atmete durch, ganz tief, und sie versuchte gar nicht, es zu verbergen.

»Allerdings weiß sie einfach zu viel über mich. Und langsam wird mir das Sicherheitsrisiko mit ihr zu groß.«

Diesmal drang die Bedeutung der Worte sofort in ihr Bewusstsein, als würde man einen Dolch in sie stoßen. Sie schluckte und starrte fassungslos zu Karabasch. Vertieft in Gedanken, das Gesicht sorgenvoll verzogen, verließ er den Raum ohne ein weiteres Wort, ohne sie noch einmal anzusehen.

Blochin hingegen warf ihr einen Blick zu, in dem sich vielleicht sogar etwas Gefühlvolles offenbarte, kurz und unterschwellig, ehe auch er sich umdrehte. Er gab den beiden übrigen Männern einen Wink, dann war auch er draußen.

Die Tür wurde zugeknallt.

Die beiden verbliebenen Männer kamen auf sie zu.

Radka schloss die Augen, flüchtete in Gedanken weit zurück, sehr, sehr weit. Sie sah den Saal vor sich, dessen Holzboden zu einer Wand hin abfiel, an der große gerahmte Spiegel hingen. Sie erlebte den Moment, als sie geboren wurde. Nicht biologisch, sondern *wahrhaftig* geboren. Das Vortanzen im Bolschoi-Theater. Die streng wirkende Frau am Klavier. Die Musik. Und die kleine, dürre Radka, die zu tanzen begann, geschmeidig und elegant. Sie berührte den Boden gar nicht mehr, nein, sie flog. Es war makellos, es war nicht von dieser Welt.

60

Mara Billinsky bedachte Jan Rosen mit einem Seitenblick. Leicht gebeugt stand er da, die Augen auf Anyana Lupescu gerichtet.

Er war mindestens so bleich, wie es eigentlich für Mara typisch war. Die Haut schien sich über seinen Schädel zu spannen, wächsern, fast durchsichtig, an den Schläfen traten bläulich die Adern hervor. Das ohnehin schüttere Haar wirkte noch dünner, die verkrustete Wunde, die ihm von Fedor zugefügt worden war, konnte man deutlich erkennen. Der Flaum auf den immer noch unrasierten Wagen passte nicht zu ihm.

Es war jedoch nicht nur die auffällige Blässe, es war Jan Rosens ganze Ausstrahlung. Als wäre er nur noch eine Hülle, als wäre von seinem Innenleben nichts übrig geblieben.

Die Obduktion hatte schon vorher stattgefunden, in Anwesenheit von Hauptkommissar Klimmt und Staatsanwalt von Lingert, aber Rosen hatte die junge Frau noch einmal sehen wollen. Als er Mara alles am Telefon mitgeteilt hatte, war von ihr sofort der Vorschlag gekommen, ihn zu begleiten.

Anyanas Körper war von weißem Stoff bedeckt, nur ihr Kopf blieb sichtbar, das Haar gewaschen, gekämmt, in der Mitte gescheitelt, der Ausdruck ihres hübschen Gesichts mit dem Muttermal seltsam entspannt.

Neben dem Tisch aus Edelstahl, auf dem der Leichnam lag, stand Dr. Laszlo Tsobanelis, Leiter der Rechtsmedizin. In üppigen Wellen wucherndes, verstrubbeltes, fast schlohweißes Haar, John-Lennon-Brille, ein langer dürrer Körper, die Arme wie Windmühlenflügel. Er redete und redete, fasste dabei die letzten Obduktionen zusammen, garnierte seine Worte mit morbiden Witzen und bekam gar nicht mit, dass ihm keiner zuhörte. Von der Verbindung zwischen Rosen und der Toten wusste er nichts, zumindest das konnte man ihm zugutehalten.

Schließlich nickte Rosen Mara zu, das Signal, dass er gehen wollte. Ohne sich von Tsobanelis zu verabschieden, verließen sie den sterilen Raum mit den etlichen funkelnden Schalen, in denen die Organe der Verstorbenen bei Obduktionen aufgefangen wurden.

Verloren stand Rosen anschließend in dem langen Korridor.

»Danke, dass du mitgekommen bist, Billinsky«, sagte er leise.

»Du siehst endgültig so aus, als könntest du eine Mütze voll Schlaf brauchen.« Sie musterte ihn. »Am besten eine Mütze in Übergröße.«

»Ich finde sowieso keine Ruhe.« Er fuhr sich über die Augen. »Und meine Wohnung macht mich völlig fertig.«

»Das kann ich gut verstehen, aber der Job wird nicht einfacher, wenn man …«

»Schon gut, Billinsky, ich weiß ja, dass du recht hast.« Er machte eine hilflose Geste. »Aber ich habe mich entschieden. Ich gehe ins Büro.«

»Da will ich auch hin.«

Rosen warf ihr einen skeptischen Blick zu. »Tu's lieber nicht. Klimmt ist noch auf hundertachtzig. Mir gibt er den Riesenstapel aus Papierkram, und seine Besprechungen macht er mit Schleyer und Patzke. Er hat zu mir gesagt, du sollst erst mal auf Tauchstation gehen, dann ist er bereit, in Ruhe ein Gespräch mit dir zu führen.«

»Das kann er sich sonst wohin stecken, das Scheißgespräch.«

»Ich muss los«, sagte er verhalten, als wollte er sich dafür entschuldigen.

»Halt die Ohren steif.«

Mara sah ihm hinterher, wie er müde den Korridor hinabtrottete, und kam sich in dem kalten Neonlicht auf einmal allein und verletzlich vor. Ratlosigkeit machte sich in ihr breit, ein Gefühl, das sie zutiefst hasste. Niedergeschlagen starrte sie vor sich hin. Als das Anrufsignal ihres Handys erklang, war sie geradezu dankbar dafür. Sie lehnte die linke Schulter an die weiße Wand und betrachtete das Display. Klimmts Name war eingeblendet. Sie hielt sich zurück, sich allzu rasch zu melden.

Wollte er sich entschuldigen? Sie zurückholen? Immerhin konnte er auf keinen im Team verzichten, auch nicht auf die Krähe. Etwas in ihr hätte es in diesem Moment sehr gutgetan, dass man sie brauchte, das gestand sie sich ein.

Erst jetzt nahm sie den Anruf entgegen. »Billinsky hier.«

»Gut, dass ich Sie erreiche.«

Er klang tatsächlich defensiv, befand sie. Oder kam es ihr nur so vor? »Was gibt es denn?«

Klimmt räusperte sich. »Es geht um Ihren Vater.«

Mara löste sich von der Wand, ihr Oberkörper versteifte sich. Unwillkürlich musste sie an das Telefonat mit Edgar denken, an ihre eigenen Worte: *Kann es sein, dass auch du dich in Gefahr bringst?* Danach hatte sie ihn noch einmal angerufen, doch da hatte er nicht mit ihr reden wollen oder können. Sie hatte den Verdacht gehabt, dass er sich in Gesellschaft von Radka befand.

»Was ist mit meinem Vater?«, fragte sie.

61

Gefangen.

In einem abgedunkelten Zimmer in einem unbekannten Haus.

Gefangen in Stille und Finsternis, was unerträglich an den Nerven zerrte.

Der Mann – nein, das Monster – hatte sie hierhergebracht, sich ihr allerdings nicht genähert, ihr keine Schmerzen zugefügt.

Noch nicht?

Wer würde dich schon vergewaltigen wollen? Das hatte sich Nathalie Tannheim gefragt, nachdem sie von dem grausigen Tod ihrer Schwester erfahren hatte. Und nun? Was sollte Nathalie jetzt denken?

Die Angst verbiss sich in sie, krampfte sich so sehr um ihr Herz, dass es wehtat, dass es sich anfühlte, als könnte es nicht mehr länger schlagen. Ihre Gedanken jagten gleichzeitig in alle Richtungen davon, und es fiel ihr schwer zurückzuverfolgen, wie sie hier gelandet war. Der Mann hatte sie an der Tankstelle aus der stehenden Limousine herausgezerrt, ihr die Hände auf den Rücken gefesselt, sie zu einem anderen Auto geschleift und dort in den Kofferraum bugsiert, völlig mühelos, als würde sie nichts wiegen.

Die Fahrt hatte wohl eine geraume Weile gedauert. Nathalie war so geschockt und verzweifelt gewesen, dass sie jegliches Zeitgefühl verloren und gar nicht bemerkt hatte, dass der Wagen wieder anhielt. Kofferraum auf, starke Hände, die sie gepackt, ihr die Augen verbunden und sie ins Freie gezogen hatten. Die kalte Luft hatte Nathalie gespürt, die Stille wahrgenommen. Kein Verkehr, kein einziges Geräusch. Er hatte sie in ein Gebäude befördert, in einen kleinen Raum, ihr die Augenbinde und die Fesseln abgenommen und sie in eine Ecke auf ein paar Wolldecken geschleudert.

Seitdem war sie hier, ohne sich einen Millimeter zu bewegen, ohne aufs Klo zu können, beinahe ohne zu atmen.

Wie lange schon?

Waren das Schritte?

Kam der Kerl zurück, das Monster?

Nathalie hielt den Atem an.

62

Es war Mara geradezu surreal vorgekommen, den schier endlosen Klinikflur entlangzueilen. So lange war sie allein gewesen im
Leben, so lange hatte sie sich nur um sich gekümmert, eigentlich
seit sie zurückdenken konnte – seit ihre Mutter gestorben war.
Wann hatte sie sich um einen anderen Menschen so sehr geängs-
tigt, dass die Sorge wie ein Geschwür in ihrem Magen festsaß?

Dann hatte sie vor der makellos sauberen Scheibe gestanden, um ins Innere des Zimmers zu schauen, das niemand außer dem Personal betreten durfte. Unentwegt hatte ihr Blick
auf dem Mann geruht, der auf dem Rücken im Bett lag, den
Kopf in einem so großen Verband, dass das Gesicht irritierend
klein wirkte. Schläuche, Apparate, digitale Anzeigen. Intensivstation C1 der Frankfurter Universitätsklinik.

Mara wusste, dass schon viele Menschen an exakt derselben
Stelle mit exakt den gleichen Gefühlen verharrt hatten wie sie,
und sie hätte es wohl nicht für möglich gehalten, aber der Gedanke, dass ihr Vater sterben konnte, war unerträglich. So viel
Hass hatten sie übereinander wie Wassereimer ausgeschüttet,
so oft hatten sie sich gestritten, so diametral gegensätzlich waren ihre Lebensauffassungen, dass es nie danach ausgesehen
hatte, als könnte je eine Annäherung stattfinden.

Doch genau das war passiert. Holprig und unter widrigen
Umständen, aber zuletzt … Edgar hatte sich geändert. Und
vielleicht hatte auch Mara sich geändert. Was für eine brutale
Ironie, dass es ausgerechnet jetzt zu so einem Vorfall gekommen war. Dass sie jetzt tatsächlich um ihn fürchten musste. Es
hatte Jahre gegeben, da hätte die Nachricht von einer derartigen Verletzung seinerseits wohl nur einen bewusst harten,

kalten Blick bei ihr ausgelöst. So oft hätten sie ganz einfach aufeinander zugehen können. Nun trennte sie eine Scheibe – und dazu womöglich bald der Tod, dessen Anwesenheit Mara bereits zu spüren glaubte wie eine unsichtbare Wolke.

In ihrem Kopf schwirrten noch die Worte des Oberarztes herum. *Kopfschuss … aus naher Distanz … extreme Schwellung … Überlebenschancen auch immer abhängig von Fluglinie und Winkel … Koma … Röntgen schwierig, Prognose noch schwieriger … operativer Eingriff extrem gefährlich …* Er hatte geendet mit den Worten: *Ich will keine Hoffnungen wecken, die dann doch enttäuscht werden. Ganz offen: Es kann sehr schnell vorbei sein.*

Die Minuten verrannen, eine nach der anderen, Mara fühlte sich nicht mehr verloren wie bei dem Treffen mit Rosen in der Gerichtsmedizin, sondern wesentlich schlimmer. Alles setzte ihr gewaltig zu. Ihr regloser Vater, die Mordfälle, die Erfolglosigkeit, ihre Fehler, die Konfrontation mit Klimmt. Längst vernarbte Wunden schienen wieder zu bluten, längst verwundene Niederlagen schmerzten aufs Neue, alte Ängste krochen erneut unter ihrer Haut umher wie Würmer, langsam, aber unaufhaltsam.

Sie hatte das Leben in den Griff bekommen, so hatte es zumindest den Anschein gehabt. Jetzt und hier kam es ihr allerdings vor, als stünde sie wieder einmal auf hauchdünnem Eis, das jeden Moment unter ihr zu zerbrechen drohte.

Um sich aus ihrer Starre zu lösen, wandte sie sich mit der Bitte an eine Krankenschwester, noch einmal den Oberarzt sprechen zu können, doch er war offenbar gerade nicht verfügbar. Die Schwester riet ihr, ins Café einzukehren oder zu Hause Kraft zu sammeln. Was ihren Vater betraf, würde man ohnehin erst warten müssen, bis die Schwellungen allmählich zurückgingen. Mara fügte sich, enttäuscht und ratlos.

Sie verließ das Gebäude, nicht wie sonst mit forschem Schritt, sondern fast zögerlich, mechanisch. Sie ging auf den

Parkplatz, genau auf ihren Wagen zu, aber noch immer hatte sie kein Ziel, das sie anvisieren konnte. Langsam passierte sie ihren Alfa, sie ging weiter und noch weiter. Um die Sorgen um ihren Vater zu verdrängen, versuchte sie sich auf die Fragen zu konzentrieren, die sie nun schon seit so vielen Tagen plagten. All diese Fälle bildeten ein riesiges Puzzle, das es zu lösen galt, obwohl man nicht alle Teile zur Verfügung hatte.

Sie dachte an den Moment, als sie vor Kurzem in Sergej Jewdokimovs Wohnung von dem Gefühl erfasst worden war, einen neuen Startpunkt gefunden zu haben. Sie dachte an die vielen Befragungen, auch an das merkwürdige Treffen mit dem Mann, der sich Johannes Dorn nannte. Eine bestimmte, auf den ersten Blick nebensächliche Information Dorns fiel ihr wieder ein. Ja, in Jewdokimovs Wohnung, das hatte ihr das eigene Gespür geflüstert, trafen Vergangenheit und Gegenwart aufeinander. Vielleicht nicht *nur* in seinen vier Wänden. Im Moment hatte sie kein Ziel. Und Klimmt wollte sie erst mal auf Abstand halten. Warum also nicht dorthin fahren?

Erneut drängte sich Johannes Dorns Information in ihr Bewusstsein.

Sie drehte um, marschierte zurück zum Auto und fuhr los. In der Stadt war der Verkehr noch dicht, was ihr auf die Nerven ging, nach der Stadtgrenze jedoch kam sie besser voran. Dafür wurde das Wetter schlechter. Der grau marmorierte Himmel verdunkelte sich. Es fiel Regen, Wind zerrte am Wagen. Die Scheibenwischer tanzten auf der Frontscheibe, die Heizung funktionierte nur dürftig, dafür die Boxen umso besser. Mara ließ Songs der Guns n' Roses laufen. *Welcome to the Jungle* kreischte die aggressive Leadstimme, und exakt so fühlte sie sich, wie in einem eiskalten Dschungel.

Der Regen verwandelte sich schnell in Schnee, sie fuhr mitten hinein in ein wirbelndes weißes Nichts, als wäre es das Ende der Welt. Das Asphaltgrau der abgelegenen Landstraße verschwamm manchmal vor ihren Augen, bildete aber den einzig konstanten Sichtpunkt in der Farblosigkeit ringsum. Niemand kam ihr entgegen, kein Auto tauchte im Rückspiegel auf. Falls es sie unbewusst in die Einsamkeit gezogen hatte, dann hatte das zweifelsfrei geklappt.

Jetzt fuhr doch ein anderer Wagen auf sie zu, wie aus dem Nichts, ein kleines grünes Gefährt, und kurz drängte sich das letzte Gespräch im Hause der Tannheims in Maras Bewusstsein, aber sie versuchte sofort wieder, sich Johannes Dorns kurze Wegebeschreibung zu dem Haus in Erinnerung zu rufen, schaltete nun sogar die Rockmusik aus.

Der Schneefall wurde schwächer, die Sicht besser, aber in dieser Einöde aus leicht hügeliger Landschaft mit einigen Waldstücken schien es nichts zu geben, was den Abstecher auch nur ansatzweise gerechtfertigt hätte. Als sie schon nahezu sicher war, sich verfahren zu haben, erwuchs aus der Erde, noch in einiger Ferne, das erste Gebäude seit Langem: ein ockerfarben gestrichenes, recht kleines, einstöckiges Haus mit ziegelbedecktem Schrägdach.

Sie wusste sofort, dass es sich um jenes Gebäude handelte, das Dorn spöttisch Sergej Jewdokimovs Datscha genannt hatte. Behutsam verringerte sie das Tempo, der seifige Untergrund war ohnehin tückisch. Inzwischen konnte sie sogar auf die Scheibenwischer verzichten.

Von der Landstraße bog eine Schotterpiste ab, die zu dem Haus führte, zu dem keine Garage gehörte und vor dem auch kein Fahrzeug geparkt war. Steinchen wurden an die Karosserie des Alfas geschleudert, als sie schließlich bremste. Sie ließ Motor und Innenraumheizung verstummen, und die jäh einsetzende Stille ringsum hatte etwas Morbides.

Nach einem langen prüfenden Blick auf das Haus öffnete sie die Fahrertür. Langsam stieg sie aus. Die Kälte war so körperlich spürbar, als bestünde sie aus unsichtbarem Gestein, gegen das man bei jedem Schritt aufs Neue prallte.

Mara näherte sich dem alten Gemäuer. Aus der Nähe sah

sie, wie stark der verblichene Putz abblätterte. Das Dach war schadhaft. Sie bewegte sich auf die Eingangstür zu. Ein Griff an die schwere Klinke. Abgeschlossen.

Eine Windböe peitschte, bauschige Wolken hingen tief über der einsamen Gegend.

Mara fror. Sie rieb die Hände aneinander. Die Fenster waren mit Vorhängen zugehängt, dunkelroter schwerer Stoff, der keinen Blick ins Innere zuließ. Sie umrundete das Haus. Ihre Doc-Martens-Stiefel sanken ein in Schneematsch. Auf der Rückseite befand sich eine Steinterrasse, die von einem Zaun umschlossen war. Viele der morschen Latten fehlten. Mara stieg mühelos darüber hinweg. Dann entdeckte sie es. Eine der Fensterscheiben im Erdgeschoss war kaputt.

Rasch näherte sie sich. Offensichtlich eingeschlagen. Sie langte ins Innere, um den ebenfalls roten Vorhang beiseitezuschieben. Die Scherben lagen noch auf dem Fußboden. Das Fenster war nur angelehnt, sodass sie problemlos ins Gebäude gelangte. Derjenige, der das Glas eingeschlagen hatte, das war ihr klar, hatte es ebenso gemacht.

Die Luft in der Wohnküche, der größte Raum des Hauses, war abgestanden, schien aber nur unwesentlich wärmer zu sein als draußen. Ein offener Kamin, altes Mobiliar: Stühle, eine Eckbank, ein Fernsehtisch ohne TV-Gerät.

Mara horchte in die Stille. Sie betrat einen Flur, öffnete die Tür zu einer Kammer mit Besen, Handfeger und Putzeimern. Eine zweite Tür führte zu einem Schlafzimmer. Ein unbezogenes Bett, ein leerer Kleiderschrank ohne Türen. Das einzige Gemälde, das es im Haus gab, hing gegenüber vom Bett: eine Kopie des Bildes, das sie aus Jewdokimovs Frankfurter Wohnung kannte. Sie betrachtete die Ballerina mit dem dunklen Haar, die vor violettem Hintergrund tanzte.

Ein Geräusch. Leise nur, doch angesichts der Ruhe im Gebäude fuhr es Mara bis ins Mark. Sie erstarrte ganz kurz, dann riss sie die Pistole aus dem Holster.

Kam es vom Dachboden?

Was war das überhaupt?

Ein Wimmern?

Nein, eher ein … Sie wusste es nicht. Und auf einmal war auch wieder alles gespenstisch still.

Hatte sie sich getäuscht?

Zum Dachboden gelangte man über eine verschlossene Luke, die sie zuvor im Flur bemerkt hatte. Aber hier unten gab es auch noch eine Tür, die sie nicht überprüft hatte.

Lautlos verließ Mara das Schlafzimmer. Und nahm diese letzte Tür ins Visier. Sie war gesichert durch einen altmodischen Eisenriegel, vor dem ein Schloss hing, das metallisch funkelte. Der absolut einzige Gegenstand hier, der neu wirkte.

Sie näherte sich der Tür und lauschte ins Innere.

Nein, sie hatte sich nicht getäuscht.

Mit der linken Hand ergriff sie das schwere Schloss und betrachtete es prüfend. Rasch, aber nach wie vor nahezu lautlos holte sie aus der Wohnküche einen Schürhaken, der neben dem Kamin lag. Sie stellte sich vor das Schloss und hebelte es mithilfe des Hakens beim ersten Versuch auf.

Sofort trat wieder Stille ein. Mara merkte, dass sich von der Anspannung Schweiß in ihrem Nacken und auf ihren Schläfen gebildet hatte. Sie legte den Schürhaken behutsam auf dem Boden ab.

Sie schob den Riegel zurück.

Machte die Tür auf.

Und riss die Waffe hoch.

Teil 4

Der Schmerz, der bleibt

63

Da saß er also. Einsamer, niedergeschlagener als je zuvor. Versteckt hinter den mit gepinnten Fotos übersäten Trennwänden und Stapeln von Akten und Computerausdrucken. Sein ungewohnter, zögerlich sprießender Bartflaum juckte, seine Augen brannten. Kaum Schlaf, kaum Essen, Jan Rosen war völlig erschöpft, doch hier an seinem Platz im Büro war es erträglicher als zu Hause. Das Hineinwühlen in das Gebirge aus Listen und Notizen war wie eine Flucht.

Protokolle von Befragungen und Verhören, Obduktionsberichte, Querverweise, säuberlich abgetippte Erörterungen, hastig von Hand festgehaltene Notizen. Er war mittendrin in diesem Labyrinth. Auf dem Boden, rechts von seinem Schreibtisch, standen die zuletzt eingetroffenen Kartons. Die Kollegen aus den anderen Städten hatten zuerst Kopien geschickt, dann nach und nach auch Originaldokumente, die die Fälle in Köln und Hannover betrafen. Immer mehr war eingetroffen, teilweise in doppelter Ausführung, und man hatte nie genug Zeit, Ordnung in das Chaos zu bringen.

Das übliche Telefongeklingel und die Stimmen der hiesigen Kollegen, abgeschirmt durch die Wände, vermischten sich in Rosens Kopf zu einem kaum noch wahrgenommenen, monotonen Brummen. Sein Kaffee war kalt geworden, und er merkte, dass ihm Billinskys spöttisch-freche Kommentare fehlten. Wer hätte das damals gedacht, als sie sich kennengelernt hatten? Ihm schwante nichts Gutes, was seine Kollegin anging. Die Stimmung in der gesamten Abteilung war mehr als aufgeheizt, und der letzte große Knall zwischen Klimmt und

Billinsky war möglicherweise nicht nur eine vorüberziehende Sturmfront wie sonst oft.

Eine weitere Neuigkeit hielt alle Kollegen bereits wieder in Atem, und alle gingen beinahe angesichts der vielen Fälle und deren kaum zu packender Einzelaspekte in die Knie. Nur Billinsky wusste noch nichts davon. Klar, Klimmt hatte sie ja erst mal auf Abstand gehalten.

Rosen trank noch einen Schluck von der kalten Plörre und schauderte. Blatt für Blatt nahm er sich den Inhalt eines der neu eingetroffenen Kartons aus Hannover vor. Dazu gehörten Originalfotos von Portraitserien, die der zu Tode gefolterte Max Dereven angefertigt hatte und die bislang lediglich als Kopien vorgelegen hatten. Zweifellos ein begabter Fotograf, dachte Rosen, als er die in Schwarz-Weiß gehaltenen, bewusst grobkörnigen Aufnahmen eingehend betrachtete, auch wenn das nichts einbringen konnte. Es waren ausschließlich Frauen zu sehen, die nicht wie professionelle Models wirkten. Sicherlich Freundinnen oder Bekannte von Dereven.

Mit seiner Konzentration war es nicht weit her. Wieder musste er an Billinsky denken. Was mochte sie treiben? Bei ihr wusste man ja nie … Er schnappte sich das Handy und wollte ihre Nummer anklicken, als er selbst einen Anruf erhielt. Im Display leuchtete ein Name auf: Billinsky.

»Ich wollte mich gerade bei dir melden«, rief er.

»Rosen«, sagte sie nur, verhaltener als üblich, wie es ihm vorkam. Sie schien schwer zu atmen.

»Was ist los?«, fragte er, sofort angespannter. »Steckst du in Schwierigkeiten?«

»Das denkst du automatisch bei mir, was?« Sie lachte, aber es klang nicht so locker wie sonst. »Na ja, diesmal könnte ich mir echt Ärger einhandeln.«

»Was ist los?« Seine Anspannung wuchs.

»Habe ich was gut bei dir?«

»Mist, Billinsky! Was treibst du?«

»Das erzähl ich dir lieber nicht.«

»Oh Gott, Billinsky«, stöhnte er, dachte dann aber an die große Neuigkeit. »Übrigens, ich muss dir unbedingt etwas sagen. Stell dir vor, bei uns ist ein anonymer Anruf eingegangen. Eine Frau hat mitgeteilt, dass Nathalie Tannheim entführt worden ist.«

»Sieh mal an«, murmelte sie – und klang nicht im Mindesten überrascht.

»Wundert dich das nicht?«

»Das beantworte ich dir ein anderes Mal.« Sie holte Luft. »Also, habe ich was gut bei dir oder nicht?«

»Mir schwant Übles.«

»Schreib mit!«, wies sie ihn auf diese forsche Art an, mit der sie ihm oft den letzten Nerv raubte. Dennoch griff er anstandslos nach Kugelschreiber und Block, um eine Anfahrtsbeschreibung zu einem ockerfarbenen Haus irgendwo bei Oberrad zu notieren.

»Rosen, du musst ein paar Beamte dorthin schicken. Gute Leute. Sie sollen Vorsicht walten lassen, wenn sie dieses Gebäude bewachen. Und jeden festnehmen, der sich der Eingangstür nähert.«

»Äh, mit welcher Begründung?«, kam es von Rosen, der sich mal wieder von seiner Kollegin überfahren fühlte.

»Verdacht auf Beteiligung an einem Kapitalverbrechen.«

»Geht's auch etwas präziser?«

»Das ist verdammt wichtig. Ich nehme alles auf meine Kappe.«

»Da passt nicht mehr so viel drauf«, sagte er mit einem warnenden Unterton.

»Ehrlich gesagt, tanze ich gerade sowieso auf einem ziemlich dünnen Seil. Wieder einmal ...«

»Wieder einmal«, bestätigte er.

»Das Haus, Rosen. Kümmere dich drum.« Und weg war sie, in seinem Handy ertönte nur noch ein kaum wahrnehmbares Rauschen. Ratlos betrachtete er seine Notizen. Zögerlich nahm er dann den Hörer des Bürotelefons in die Hand, um alles Notwendige zu veranlassen, auch wenn sich etwas in ihm dagegen sträubte.

Noch in Gedanken bei seiner eigenwilligen Kollegin widmete er sich aufs Neue den Fotografien. Eine nach der anderen besah er sich, um sie dann umzudrehen und verkehrt herum auf dem Stapel abzulegen. Erst jetzt fielen ihm die mit dünnem Bleistift darauf geschriebenen Vornamen auf. Melissa, Zoe, Sabrina. Er würde sie den endlosen Namenslisten hinzufügen, auf denen kein Name doppelt vorkam, was sie alle so frustrierte – *niemals* eine Querverbindung, keine einzige.

Max Derevens zuletzt angefertigte Portraits lagen nun in seinen Händen. Die Frau darauf schien Rosen geradezu anzustarren. Sie war ihm schon aufgefallen, als er nur die Kopien besessen hatte. Große, eindrucksvolle Augen. Ein ovales Gesicht, blonde lange Haare. Attraktiv, aber keinesfalls der klischeehafte Model-Typ. Sie wirkte intelligent und ernsthaft. Albern kichernd konnte man sich diese Frau, die er auf Anfang oder Mitte dreißig schätzte, wahrlich nicht vorstellen. Etwas Herausforderndes lag in ihrem Blick, das er auch von Billinsky kannte.

Rosen wendete die Fotografien, um den Namen zu lesen.

Es traf ihn wie ein Blitz.

Sofort musste er an Joel Steinmann denken. An die unbekannte Frau, die Steinmann kurz vor seinem Tod angeblich den Kopf verdreht hatte.

Er schluckte.

War sie das? Die erste Querverbindung? Der erste Name, der doppelt vorkam? Noch immer betrachtete er den Namen auf der Rückseite des Fotos.

Paulina.

Er nahm sein Handy an sich und rief Billinsky an. Er ließ es lange klingeln, doch sie meldete sich nicht.

64

Hier draußen hatte es noch mehr geschneit als in der Stadt. Die Landschaft erstreckte sich unter einer weißen Decke, die nur hier und da löchrig war und das trostlose Gelbbraun der Erde zeigte.

Er fuhr, Paulina drückte sich in den Beifahrersitz. Sie warf ihm von Zeit zu Zeit einen Seitenblick zu, aber im Gegensatz zu ihr wirkte er keineswegs müde, nicht einmal ein wenig ermattet. Überhaupt hatte sie ihn nie gähnen sehen, er war wie eine Maschine, voller unerbittlich pumpender Energie. Seit sie ihren Rachefeldzug begonnen hatten, kam er ihr vor wie ein Uhrwerk. Als hätte er all die Jahre bewusst seine Kraft gespeichert, um sie jetzt mit ganzer Wucht entfalten zu können.

Ja, als würde er nur dafür leben.

Wie tief mussten Demütigungen, Enttäuschungen, Freudlosigkeit in ihm verwurzelt sein, damit er sich in dieses Mordwerkzeug hatte verwandeln können. Mit einer blutigen Konsequenz, die sie erschreckte, entsetzte – der sie aber dennoch keinerlei Einhalt zu gebieten versuchte. Denn auch sie selbst war konsequent. Diese Eigenschaft war immer schon ein Teil von ihr gewesen. Hatte sie einmal einen Weg eingeschlagen, ging sie ihn bis zum Ende, ohne Abzweigungen.

Er folgte der rutschig gewordenen Landstraße in gemäßigtem Tempo, ein jederzeit sicherer Fahrer, und Paulina erinnerte sich wieder daran, als sie ihn kennengelernt hatte und ihr die Traurigkeit seines Daseins bewusst geworden war. Ein Tier, das man im Käfig gehalten hatte. Das war ihr bei seinem Anblick durch den Kopf gegangen. Er hatte ihr nicht einmal in die Augen sehen können, nur vor sich hin gestarrt, stumm wie ein Fisch. Die riesigen Hände baumelten an ihm herunter, als wüsste er nichts mit ihnen anzufangen. Doch das täuschte – er konnte sehr viel mit ihnen anfangen.

»Der Schweinehund hat also tatsächlich überwiesen«, sagte er nun.

»Bist du etwa überrascht?«

»Und du? Hast du damit gerechnet?«

Sie wägte ab. »Nein«, gab sie dann zu. »Nicht unbedingt.«

»Ich auch nicht. Jedenfalls hätte ich nicht gedacht, dass er sich so widerstandslos fügen würde. Mich hätte es nicht verblüfft, wenn er versucht hätte, noch ein Ass aus dem Ärmel zu ziehen.«

»Das Geld ist da, meine Kontaktpersonen haben das bestätigt«, versicherte sie. »Zweifel ausgeschlossen.«

Vollkommen ruhig, ohne Emotion sagte er: »Bleibt die Frage, was wir mit dem Mädchen machen.«

»Ja, die Frage bleibt.«

»Sie hat unsere Gesichter gesehen und kann uns sehr gut beschreiben.«

»Wir haben von Anfang an zugelassen, dass sie das kann, und keine Vorkehrungen getroffen.«

»Dann gibt es nur eine Möglichkeit.«

Paulina erwiderte nichts darauf, aber ein Schauer rieselte ihr Rückgrat herunter. Doch sofort ermahnte sie sich, die Gefühle im Zaum zu halten, ja erst gar keine Emotionen zuzulassen. Dafür war es zu spät, viel zu spät.

Er bog in die Schotterstraße ein, der Kies knirschte unter den Reifen. Paulina strich sich ihr blondes, seit Langem nicht mehr nachgeschnittenes Haar aus der Stirn und zog die Mütze an. Das Auto hielt vor dem ockerfarbenen Haus. Sie stiegen aus und holten aus dem Kofferraum die Plastiktüten, gefüllt mit Lebensmitteln, die sie in einem Supermarkt in Oberrad eingekauft hatten.

Sie umrundeten das Gebäude und stießen das angelehnte

Fenster auf, durch das sie sich beim ersten Mal Zutritt verschafft hatten. Drinnen stellten sie die Tüten vor der alten Küchenzeile ab. Plötzlich hielt Paulina inne. Sie hätte nicht sagen können, was genau nicht stimmte – aber irgendetwas erschien ihr verändert.

Sie legte ihm die Hand auf den Oberarm, und sofort war auch er konzentriert. Verrückt, wie gut sie einander verstanden, in bestimmten Situationen sogar ohne Worte.

Er zog eine Pistole aus der Innentasche seines Anoraks.

Paulina ging voran, er folgte ihr, wie er es immer tat, und kam ihr dabei manchmal vor wie ein abgerichteter Bär, auch wenn sie es nicht mochte, wenn sie so dachte.

Sie näherten sich der Tür zu dem kleinsten Raum des Hauses, abgesehen von der Besenkammer. Paulina wollte die Zahlenkombination des Vorhängeschlosses eingeben, da hatte sie das Schloss bereits in der Hand. Es war kaputt.

Sie ließ es fallen und sah ihn an.

Er bedeutete ihr beiseitezutreten, was sie auch sofort tat.

Er stieß die Tür auf, und sie starrten beide in das Zimmer.

Darin befand sich ein uniformierter Polizist, dessen Pistolenmündung auf sie gerichtet war.

»Polizei! Keine Bewegung!«, sagte er.

Schritte hinter ihnen. Aus dem Schlafzimmer kam ein zweiter Polizist.

»Waffe fallen lassen!«, befahl der erste.

Paulina taxierte den Mann neben ihr, den Hünen, der ihr so fremd und auf seltsame Weise dennoch so vertraut war. Las in seinem Gesicht, auf das die Menschen mit unverhohlenem Abscheu reagierten. Seine Augen hatten etwas Gequältes, das ihr bewusst machte, wie sehr er diesen Moment gefürchtet hatte, wohl mehr noch als sie. Er erwiderte ihren Blick, wartete darauf, dass sie eine Entscheidung traf, wie immer.

»Waffe fallen lassen!«

Paulina drehte sich zu dem Polizisten hinter ihnen um.

»Waffe fallen lassen!«, forderte er zum dritten Mal.

Durch einen raschen Blick verständigte sie sich mit dem Hünen.

»Nicht schießen«, bat sie mit leiser Stimme. »Wir ergeben uns.«

Zum Zeichen der Aufgabe hob sie die Arme. Dann trat sie zu, dem Mann vor ihr genau zwischen die Beine. Im selben Moment dröhnten in ihrem Rücken Schüsse. Laut, so unglaublich laut, viel lauter, als sie es erwartet hatte, und das enge, staubige Haus erbebte von der ohrenbetäubenden Urgewalt.

65

Auf das Klopfen antwortete Klimmt mit einem gebrummten »Herein«. Die Tür sprang auf, und zwei Rechtsanwälte kamen auf ihn zu, gefolgt von Viktor Tannheim, dessen Züge eine tiefe Düsternis ausdrückten.

Klimmt zwang sich dazu, aufzustehen und einem nach dem anderen die Hand zu schütteln. Mit einem knappen Nicken deutete er auf die Besucherstühle und setzte sich wieder hin.

»Sie hatten angeboten, nach Wiesbaden zu unserem Mandanten zu fahren«, sagte einer der Anwälte mit kaltem Grinsen. »Aber Sie sehen, wir haben Ihnen den Weg erspart. Wir drei waren ohnehin zu einer Besprechung in der Stadt.«

Klimmt bedachte Tannheim mit einem durchdringenden Blick. »Wir haben einen anonymen Hinweis erhalten.«

Niemand äußerte etwas, niemand stellte eine Frage.

»Herr Tannheim«, fuhr Klimmt fort, »ist Ihre Tochter Nathalie entführt worden?«

Einer der Anwälte raunte dem Angesprochenen etwas zu, dann herrschte wieder Stille.

»Herr Tannheim, es wird Zeit. Finden Sie nicht?« Der Hauptkommissar lehnte sich zurück. »Zeit, dass Sie die Karten auf den Tisch legen.«

Die drei Männer tauschten stumme Blicke aus.

»Wir wissen es doch ohnehin.« Voller Überdruss starrte Klimmt in die Runde.

Schließlich nickte Tannheim. »Ja, sie ist entführt worden.«

»Wie und wann ist es passiert? Hatte der Brand damit zu tun? Wurde das Feuer gelegt, um Nathalie aus dem Schutz des Hauses zu treiben?«

Wieder nickte Tannheim. Er schilderte die Umstände und benannte anschließend die Forderungen der Entführer.

»Wie wurden Ihnen die Bedingungen mitgeteilt?«

»Mit einem Anschreiben.«

»Wir brauchen es. Unverzüglich.«

»Sie werden es bekommen«, antwortete einer der Anwälte, während Tannheim die Lippen zusammendrückte.

»Sind Sie auf die Forderungen eingegangen?«

»Die Familie hat bezahlt«, kam es erneut von dem Anwalt.

»Das hat mich an den Rand meiner Existenz gebracht«, setzte Tannheim hinzu.

»Und nun?« Klimmt fixierte ihn mit hartem Blick.

»Nun warten wir auf Nathalies Rückkehr.«

»Glauben Sie daran?«

»Herr Hauptkommissar«, sagte einer der Anwälte aufgebracht, »ich denke nicht, dass diese Art der Fragestellung ...«

Tannheim unterbrach ihn: »Nein, ich glaube nicht daran. Tief in meinem Herzen glaube ich ganz und gar nicht daran.«

Klimmt wägte seine nächste Frage ab. »Warum wurde diese Entführung durchgeführt? Wirklich allein aus Habgier? Oder auch, um Ihnen ganz persönlich Schaden zuzufügen? Ich meine nicht nur materiell.«

Beide Anwälte wollten etwas erwidern, doch Tannheim kam ihnen in entschiedenem Ton zuvor: »Glauben Sie mir, ich weiß es nicht, ich stehe vor einem Rätsel.«

»Der Mord an Ihrer älteren Tochter und die Entführung Ihrer jüngeren Tochter – wo ist der Zusammenhang?«

Drei Augenpaare musterten ihn.

Schweigen.

Klimmt gefiel das alles nicht. Das Gespräch kam ihm vor wie eine Autofahrt mit angezogener Handbremse. Die ganze Zeit schon fühlte er sich so. Er dachte an die seltsam vagen und deshalb untypischen Aussagen von Staatsanwalt Christian von Lingert – daran, dass ständig etwas Unausgesprochenes im Raum zu stehen schien. So konnte er auch diese Befragung nicht auf geradem Weg durchführen, wie es seine Art war. Schon wieder war er dabei, jedes einzelne Wort abzuwägen, was er überhaupt nicht mochte. Mürrisch fragte er noch einmal: »Der Mord und die Entführung – wo ist der Zusammenhang?«

»Niemand kann sich sicher sein, dass es einen solchen Zusammenhang überhaupt gibt«, entgegnete einer der Anwälte.

Klimmt schnaufte unwillig auf. »Soll es etwa ein Zufall sein, dass Ihre Familie, Herr Tannheim, in so kurzer Zeit gleich unter zwei Kapitalverbrechen zu leiden hat?«

»Das Schicksal hat einen seltsamen Humor«, erwiderte Tannheim bitter.

»Und Sie haben Angst.«

»So?« Tannheim hielt Klimmts Blick mühelos stand.

»Nicht nur um Ihre Tochter«, knurrte der Hauptkommissar. »Sie haben Angst um sich.«

»Wir verstehen nicht, warum ein derartig scharfer Ton in die Diskussion kommt«, meldete sich rasch wieder einer der Anwälte zu Wort. »Sie haben gegen meinen Mandanten nichts in der Hand. Er steht unter keinerlei Verdacht, er hat sich nichts zuschulden kommen lassen. Weshalb erinnert dieses Gespräch an ein Verhör?«

Klimmt beachtete den Mann nicht im Geringsten. »Herr Tannheim, warum spielen Sie auf Zeit? Was wollen Sie gewinnen?«

Die Anwälte verständigten sich durch eine knappe Geste und erhoben sich.

»Wir bringen unseren Mandanten jetzt nach Hause. Alle erforderlichen Informationen zu dem Entführungsfall erhalten Sie von uns.«

Tannheim folgte ihrem Beispiel, stand zwischen ihnen und starrte auf Klimmt herunter. »Ich spiele nicht auf Zeit. Und gewinnen kann ich auch nichts mehr. Im Gegenteil, ich habe alles verloren.«

66

Du bist dabei, eine Straftat zu begehen, hörte Mara Billinsky irgendwo im Hinterkopf ihre eigene Stimme. Aber sie biss die Zähne zusammen und ignorierte die Warnung. Oft genug hatte sie sich schon durch ihre Dickköpfigkeit in die Bredouille gebracht, jedoch wohl noch nie so sehr wie jetzt.

Der Schnee auf den Gehsteigen und den kahlen Hecken schmolz bereits wieder, die Straßen in Wiesbaden waren frei, jedoch nass und rutschig. Sie stoppte ihren Alfa am Straßenrand und wartete ab, die Augen auf das eindrucksvolle Gebäude gerichtet.

Erst als sie so gut wie sicher sein konnte, dass der Hausherr nicht anwesend war, stieg sie aus. Sie zögerte. *Eine Straftat*, erklang es wieder in ihrem Kopf. Schließlich setzte sie sich in Bewegung. Mit jedem Schritt, den sie auf die Villa zuging, versuchte sie die nagenden Zweifel abzuschütteln und ihren üblichen Panzer aus Härte anzulegen.

Sie klingelte.

Es blieb still, niemand öffnete.

Sie klingelte Sturm und hämmerte mit der Faust gegen die Tür, bis nach einer gefühlten Ewigkeit endlich aufgemacht wurde.

Inge Tannheim starrte Mara mit gequälter Miene entgegen. »Tut mir leid«, murmelte die Frau, die einen roséfarbenen Rollkragenpullover und graue Hosen trug. »Ich habe Tabletten nehmen müssen, um endlich mal ein paar Stunden schlafen zu können.« Sie räusperte sich. »Sicher möchten Sie meinen Mann sprechen. Er ist im Moment nicht da und …«

»Nein«, unterbrach Mara sie ungewollt schroff. »Ich will mit Ihnen reden.«

»Mit mir?« Sie riss kurz die stumpfen, glanzlosen Augen auf. »Aber ich kann Ihnen nichts …«

»Ich wette, Sie können doch«, stoppte Mara sie erneut. Und verwirrte sie mit dem nächsten Satz noch mehr: »Vergessen wir mal, dass ich Polizistin bin.«

»Bitte?«

»Und vergessen wir mal all die Lügen, die uns Ihr Mann auftischt.«

»Mein Mann ist kein Lügner«, kam leiser, wenig überzeugender Protest.

»Aber er verschweigt eine Menge.« Mara trat derart nahe an die Frau heran, sodass auch sie sich fast schon im Foyer des Haues befand. »Frau Tannheim, ich *weiß* es.«

Erschrocken starrte Inge Tannheim sie an. »Was?«

»Man sieht Ihnen die Sorge an, die Sie zerfrisst. Die Sorge um Nathalie.«

Die Frau schien regelrecht zusammenzusinken. »Nathalie«, raunte sie, als hätte sie ihre Tochter längst aufgegeben.

»Ich weiß, wo Nathalie ist«, sagte Mara schlicht.

Im Nu kehrte der Glanz in die Augen der Frau zurück. »*Wirklich?*« Sie schluckte, Tränen liefen zögerlich ihre Wangen herab. »Die Polizei weiß, wo …« Sie stockte, ihr wurde klar, dass etwas nicht stimmte.

»Nein, nicht die Polizei«, korrigierte Mara. »Nur ich.«

»Aber …«

»Sie sind erpresst worden, nicht wahr?« Mara holte Luft, nahm all ihre Kraft zusammen, um mit fester Stimme fortzufahren. »Auch ich erpresse Sie jetzt. Ich werde Ihnen Fragen stellen. Und falls Sie alle aufrichtig beantworten, bringe ich Sie zu Ihrer Tochter.«

Inge Tannheim blieb die Luft weg, sie wusste überhaupt nicht, wie ihr geschah. »Und falls nicht?«, brachte sie kaum hörbar über die Lippen.

»Dann verschwinde ich wieder. Mein Besuch hat nie stattgefunden. Und niemand wird von mir erfahren, wo Nathalie sich befindet. Ich bin von dem Fall abgesetzt worden, habe nichts mehr damit zu tun.« Mara sah ihr hart in die Augen. »Mir ist es egal, was mit Ihrer Tochter passiert.«

Entsetzt stieß Inge Tannheim aus: »Sie sind verrückt.«

»Keine Einwände.«

Mara drängte die hilflose Frau ins Innere, zog die Tür hinter sich zu und fügte an: »Vor allem bin ich verrückt darauf, endlich die verdammte Wahrheit zu erfahren.«

»Sie sind verrückt«, wiederholte Inge Tannheim hilflos. »Sie setzen Ihre Zukunft aufs Spiel.«

Es war kalt und still in diesem Haus, wie immer.

»Mit meiner Zukunft war noch nie viel los. Also, es ist ganz einfach. Ich frage, Sie antworten. Und dann bringe ich Sie zu Nathalie.« Maras Blick verhärtete sich. »Fangen wir an mit dem *Pominalnij stol*. Weshalb eine Bombe gezündet wurde, weiß ich. Auch so einiges mehr. Worüber ich mehr erfahren will, ist die Verflechtung von Geheimdienst und Verbrechern.«

Inge Tannheim fuhr sich mit der Zungenspitze über die Lippen. »Ich war ja nicht dabei, kenne alles nur aus zweiter Hand …«

»Diese *zweite Hand* interessiert mich brennend«, warf Mara ein. »Ich will endlich ein vollständiges Bild haben. Wie kamen der KGB und die russische Mafia zusammen?«

»Nun ja«, begann Inge Tannheim. »Es verhielt sich wohl so: Um Überläufer, Informanten, Dissidenten aus dem Weg zu räumen und Druck auf Behörden auszuüben, bediente sich der KGB in Deutschland der russischen Mafia, deren Existenz im Sowjetstaat totgeschwiegen wurde.«

Auf gewisse Weise war es befremdlich, dieser brav, geradezu bieder wirkenden Frau zuzuhören, wie sie derlei Dinge schilderte.

»Der Mafia war es nämlich längst gelungen«, fuhr sie fort, »auch im Ausland Fuß zu fassen. Im Gegenzug wurden Mafiagrößen von staatlicher Seite aus gedeckt oder zumindest nicht behelligt.« Sie brach ab.

»Weiter!«, drängte Mara. »Ich weiß, dass wir an einem entscheidenden Punkt sind. *Wer* deckte sie?«

Die Augen der Frau veränderten sich, wurden schmaler, nachdenklicher, auch wenn die Sorge um die Tochter als ein Flackern blieb. »Hm, eine kleine eingeschworene Gruppe.«

»Eine kleine eingeschworene Gruppe«, wiederholte Mara die Worte bedeutungsvoll. »Die Vermittler.«

In Inge Tannheims Gesicht schimmerte Verwunderung auf. »Sie haben von ihnen gehört?«

Als Mara nickte, sagte sie: »Wie haben Sie das geschafft? Kaum jemand weiß etwas über sie.«

»Erzählen Sie mehr über diese Gruppe.«

Inge Tannheim schnaufte auf, sichtlich bemüht, Haltung zu bewahren. »Die Vermittler haben für die damalige sowjetische Regierung beziehungsweise den Geheimdienst gearbeitet. Sie waren teilweise sehr lange vor dem Fall des Eisernen Vorhangs aus ihrer Heimat nach Deutschland gekommen.«

»Diese sogenannten Vermittler hatten anscheinend ordentlich zu tun. Dann allerdings kam etwas dazwischen. Nämlich die Weltgeschichte. Das stimmt doch, oder?«

Erneut das zaghafte Nicken. »Nach dem Zerfall des Sowjetreichs hatte das organisierte russische Verbrechen keine Schwierigkeiten, sich weiterhin zu behaupten. Trotz oder sogar gerade wegen des zeitweise ausbrechenden Chaos konnte es seine Stellung noch ausbauen, sowohl im In- als auch im Ausland.«

»Die Frage ist, was mit den Vermittlern geschah?«

Inge Tannheim musterte sie lange, ehe sie weitersprach. »Bei ihnen war es anders – sie wurden nämlich nicht mehr gebraucht. Hilfe aus der Heimat bekamen sie nicht, dort hatte jeder genug damit zu tun, sich um sich selbst zu kümmern. Eine Rückkehr schien nicht verlockend, außerdem hatten die

Vermittler Geld gehortet. So haben sie sich, Schritt für Schritt, bürgerliche Existenzen in Deutschland aufgebaut, teilweise mit falschen Namen und Identitäten.«

»Um das zu schaffen, waren sicher die Kontakte zur Organisierten Kriminalität äußerst nützlich. Kontakte, die bis heute bestehen. Witali Blochin ist der aktuelle Anführer der Verbrechergruppierung, deren Anfänge bis in die Zeit vor der Wende zurückgehen.«

»Ich kenne keinen Blochin«, erwiderte Inge Tannheim, den tränenerstickten Blick auf den blank geputzten Fußboden gerichtet.

»Dann kommen wir zu Radka Steinmann.«

»Warum müssen Sie mich so quälen?« Wieder musste die Frau hart schlucken. »Was ist mit Nathalie?«

»Bleiben wir bei Radka Steinmann«, verlangte Mara. Sie verbot sich, abzuwägen oder nachzugrübeln, sie hatte diesen Weg gewählt, wie verachtenswert er auch immer sein mochte, und sie ging ihn weiter. »Radka ist keine Vermittlerin, richtig?«

Inge Tannheim seufzte. »Nein, aber sie gehörte dem Dunstkreis der Vermittler an. Solche Männer fanden es natürlich erstrebenswert oder reizvoll, sich mit einer Frau wie Radka zu umgeben.«

»Männer wie Ihr Gatte«, bemerkte Mara leise, aber wirkungsvoll.

»Nach und nach erfuhr ich vieles über die Vergangenheit meines Gatten.« Die Frau sog hörbar die Luft ein. »Auch das hing mit Radka zusammen. Ich verdächtigte ihn, ein Verhältnis mit ihr zu haben – oder gehabt zu haben. Doch das verneinte er vehement. Und bei den Diskussionen, die so entstanden, kamen allmählich Dinge über die Vergangenheit heraus, die ich lange gespürt, von denen ich jedoch nie wirklich etwas *gewusst* hatte. Es schien mir, als wäre es eine Erleichterung für meinen Mann, sich wohl nicht alles, aber doch *vieles* von der Seele zu reden. Er öffnete mir sein Herz – auch wenn manche Menschen glauben wollen, er besäße keines.« Kurz hielt sie inne. »Und das schweißte uns zusammen. Es verband uns, womöglich stärker als es bei anderen die Liebe vermag. Nur zu mir ist er ehrlich gewesen, nur ich weiß zumindest einigermaßen über sein Leben Bescheid.«

»Wie heißt Ihr Mann? Oder muss ich sagen, *hieß* er?«

»In all den Jahren ist mir dieser Name nie über die Lippen gekommen. Er gehörte nie zu mir, gehört nicht einmal mehr zu ihm.«

»Sagen Sie ihn.«

»Karabasch.«

Mara maß sie lange, bevor sie die nächste Frage stellte: »Wo befindet sich Radka Steinmann in genau diesem Moment?«

»Wo soll sie schon sein?«, gab die Frau irritiert zurück.

»Sie ist verschwunden.« Bei diesen Worten musste Mara an ihren Vater denken, und das versetzte ihr einen Stich.

»Ich weiß nicht, wo sie ist. Ich kann es Ihnen wirklich nicht sagen.«

»Weil Sie nicht dürfen? Oder nicht wollen?«

»Weil ich in der Tat nicht die leiseste Ahnung habe. Glauben Sie es mir, ich bin dieser Frau niemals persönlich begegnet. Sie hat keinerlei Bedeutung für mich.«

»Radkas Karriere endete ziemlich abrupt«, betonte Mara fast beiläufig.

»Ich finde, wir schweifen ab«, stieß Inge Tannheim zwischen fast zusammengepressten Lippen aus. »Ich will wissen, wo Nathalie …«

Mara unterbrach sie: »Diese Abschweifungen müssen Sie leider ertragen.«

»Sind Sie eine Kriminalbeamtin oder eine Kriminelle?«, brach es plötzlich laut und schrill aus der Frau heraus. Zum ersten Mal schien sie ganz nahe daran zu sein, völlig die Fassung zu verlieren. Es war ohnehin erstaunlich, wie gut sie sich bislang in der Gewalt gehabt hatte. Noch einmal schrie sie,

Tränen in den Augen: »Sind Sie eine Kriminalbeamtin oder eine Kriminelle?«

Mara ließ einige Sekunden verstreichen. »Ich bin eine Verrückte, wie Sie es vorhin schon erkannt haben. Und ich sage Ihnen das, was ich auch Ihrem Mann einmal gesagt habe. Ich hasse es, abgespeist und von oben herab behandelt zu werden. Ich hasse Menschen, die nur ihren eigenen Vorteil im Sinn haben. Und am meisten hasse ich es, wenn ich belogen werde. Ich habe nicht die Erwartung, dass jeder seine gerechte Strafe erhält, was immer das sein mag, aber ich will verflucht noch mal die Wahrheit. Darauf hat jeder ein verdammtes Recht, daran glaube ich felsenfest, und dafür kämpfe ich.« Schneidend fügte sie an: »Also. Radka Steinmann. Wie kam es, dass man ihrer Laufbahn ein abruptes Ende setzte, denn so war es doch, oder?«

»Wie ich es schon erwähnt habe, Radka gehörte zum kleinen Kreis der Vertrauten. In einem solchen Kreis darf man sich keine Fehler erlauben. Man darf sich nicht einmischen, nicht eigenmächtig handeln.«

»Inwiefern hat sie sich eingemischt?«

Inge Tannheim schien abzuwägen. »Es mag in Ihren Augen nicht dramatisch erscheinen. Aber Sie müssen verstehen, Menschen wie die Vermittler dulden keinen neunundneunzigprozentigen Gehorsam, nur einen hundertprozentigen.«

»Was hat sie getan?«

»Sie hat Herz gezeigt. Allerdings im falschen Moment.«

»Was heißt das?«

»Ich teile Ihnen etwas mit, über das nur sehr wenige Menschen im Bilde sind.« Es folgte eine kurze Pause. »Bei dem *Pominalnij stol* gab es keine Überlebenden. So hieß es damals immer.«

»Aber das entsprach nicht der Wahrheit?«

»Nein, es stimmte keineswegs.« Inge Tannheim schüttelte den Kopf. »Nicht alle Trauergäste sind bei dem Bombenanschlag umgekommen.«

67

Endlich gab es etwas, an dem man sich festhalten konnte. An dem man ansetzen konnte. Auch wenn es nur ein Vorname war. Aber falls es sich bei jener Paulina, in die sich der Frankfurter Joel Steinmann verliebt hatte, und der Paulina, die Max Dereven in Hannover fotografiert hatte, tatsächlich um ein und dieselbe Frau handelte, dann konnte das kein Zufall sein.

Jan Rosen blieb dran. Innerhalb kurzer Zeit hatte er mehr über die unbekannte Frau mit dem blonden Haar und den eindrucksvollen, großen Augen herausgefunden. Ein erster Schritt war ein Software-Programm gewesen, mit dessen Hilfe er Paulinas eingescanntes Foto analysieren und dann im weltweiten Netz nach weiteren Fotos suchen konnte, die die betreffende Person zeigten. Auf sechs Websites war er auf Paulina gestoßen, und relativ schnell hatte sich ein Bild zusammenfügt. Allerdings keines, das Rosen Zuversicht hätte geben können.

Die Frau auf Derevens Fotografie hieß Paulina Kinzig. Sie war in Freiburg im Breisgau aufgewachsen, hatte dort studiert, einige Semester allerdings auch in Frankfurt. Anschließend hatte sie, wieder in Freiburg, für Amnesty International, Bezirk Südbaden gearbeitet. Rosen hatte mit ihren ehemaligen Kollegen und ihren früheren Universitätsprofessoren telefoniert, bevor er unter einem Vorwand bei ihren Eltern angerufen hatte. Bei dem Gespräch hatte die Mutter bereitwillig erwähnt, dass sich Paulina seit Längerem auf einer ausgedehnten Asien-Reise befinde und sehr schwer zu erreichen sei.

Rosens Notizen zu der jungen Frau wurden umfangreicher. Sie war vierunddreißig, unverheiratet, kinderlos und offenbar nicht liiert. Ihre Facebook- und Instagram-Profile gaben Auskünfte darüber, wie umfassend sie verschiedene Hilfsorganisationen unterstützte, als Mitarbeiterin ebenso wie auf Freiwilligenbasis. Immer wieder wurden von ihr internationale Presseartikel verlinkt, die Hilfsprojekte oder hilfsbedürftige Regionen rund um den Erdball vorstellten.

Je mehr Rosen über Paulina Kinzig las, desto pessimistischer wurde er. Nichts in ihrem Leben schien sie mit Verbrechen, geschweige denn einer brutalen Mordserie in Verbindung bringen zu können. Sie war nie an einer Straftat beteiligt gewesen und nur einmal kurz in Gewahrsam genommen worden, als sie an einer verbotenen Umweltschutzdemonstration teilgenommen hatte. Erst als er die virtuelle Durchleuchtung der Frau schon fast beenden wollte, stieß er auf ein bestimmtes Detail: Sie war als kleines Mädchen adoptiert worden. Über ihre leiblichen Eltern fand er allerdings nichts heraus.

»Paulina Kinzig«, sagte Rosen laut vor sich hin, als könnte ihm der Klang ihres Namens Aufschlüsse geben, die ihm sonst verwehrt blieben.

»Mit wem sprechen Sie?«

Rosens Kopf ruckte erschrocken nach oben. Neben der Trennwand stand der Hauptkommissar. Sonst hörte man Klimmt immer, wenn er sich näherte.

»Selbstgespräch«, murmelte Rosen. Er fuhr sich über den dichter gewordenen, aber immer noch jungenhaften Flaum auf Kinn und Wangen.

»Eine fruchtbare Unterhaltung?« Klimmt musterte ihn. Für einen Außenstehenden war es wohl unmöglich zu sagen, wer von ihnen beiden ausgelaugter aussah.

»Die Unterhaltung dreht sich um eine Frau namens Paulina Kinzig aus Freiburg.«

»Etwa eine Spur?«

Rosen hob die Schultern. »Vielleicht noch ein wenig zu dünn, um von einer Spur zu reden.« In kurzen Worten schilderte er, woran er seit einigen Stunden saß und was es mit Paulina auf sich hatte.

Klimmts Miene blieb ausdruckslos. »Wir haben so verflucht wenig in der Hand, da müssen wir nach allem greifen, was sich bietet.«

»Wie verlief Ihr Treffen mit Viktor Tannheim?«

»So unbefriedigend wie alle davor. Wie soll man jemandem helfen, der sich nicht helfen lassen will, weil er wahrscheinlich vor allem damit beschäftigt ist, den Dreck zu verbergen, der ihm selbst am Bein klebt.« Er machte ein paar Schritte und ließ sich in Billinskys verwaisten Stuhl fallen, der laut quietschte. »Was für ein Scheißjob, stimmt's?«

Rosen taxierte ihn vorsichtig. »Na ja, manchmal mehr und manchmal noch mehr.« Er versuchte ein Grinsen hinzubekommen.

»So ist es.«

Geplauder entsprach wahrlich nicht Klimmts Art. Was sollte das also?

Der Hauptkommissar nahm einen herumliegenden Kugelschreiber von der Schreibtischplatte und spielte damit herum. »Rosen, ich habe Ihnen das längst sagen wollen. Es war keine Bosheit, Sie erst mal wieder in das tiefe Tal der Akten zu schicken.«

»Schon okay.«

»Es war an der Zeit, das Team ein bisschen durcheinanderzuwürfeln. Und Billinsky ist eine verdammte … na ja, Sie kennen sie selbst.« Klimmt legte den Kugelschreiber weg. »Ich hatte nur den Eindruck, Billinsky ist auf dem Holzweg. Tja, und Sie wirken etwas abgelenkt in letzter Zeit.« Forschend ruhte Klimmts Blick auf Rosen, der nach den richtigen Worten suchte und verlegen vor sich hin starrte.

Der Hauptkommissar stand auf. »Ich kann Sie nicht zwingen, mir …«

»Ich hätte es Ihnen schon seit Langem erzählen sollen«,

platzte es da aus Rosen heraus, überraschend vor allem für ihn selbst, und sofort verstummte er wieder.

Klimmt nahm erneut Platz. »Dann tun Sie's jetzt.«

»Ich habe meinen Job vorher noch nie vernachlässigt. Es war nur so, dass …« Nervös kratzte er sich am Hinterkopf. »Also, wie soll ich sagen …?«

»Rosen, ich bin nicht ganz so ignorant und stur, wie ich meistens tue. Mir ist klar, dass es mit der Frau zu tun hat, die ermordet am Schwedler See aufgefunden worden ist. Anyana Lupescu.«

Es war merkwürdig, ihren Namen aus Klimmts Mund zu hören.

Rosen nickte und kämpfte darum, die Tränen zu unterdrücken, die in ihm aufstiegen. Mit stockender Stimme begann er zu berichten. Von jenem Moment an, als Anyana wie aus dem Nichts wieder in seinem Leben aufgetaucht war und er sie nach Hause mitgenommen hatte, um ihr Schutz zu bieten.

Sein Chef hörte kommentarlos bis zum Ende zu.

Rosen atmete durch. Die Tränen waren verschwunden. Zu seinem Erstaunen stellte er fest, dass er sich etwas besser fühlte. Das Schweigen hielt an, bis Klimmt sagte: »Hören Sie zu, Rosen. Ich weiß, ich bin nun wirklich nicht der Boss, dem man sein Herz ausschüttet. Und ich bin zu alt und zu eingerostet, um mich noch groß zu ändern. Aber versprechen Sie mir trotzdem eines?«

Rosen sah ihn an.

»Bevor Sie das nächste Mal Hals über Kopf kreuz und quer durchs Bahnhofsviertel rennen, kommen Sie erst zu mir. Reden Sie mit mir.«

Rosen nickte und brachte keinen Ton heraus.

»Ich bin nicht so schlimm, wie es immer aussieht. Hunde, die bellen, beißen nicht. Und ich …« Er grinste schmal. »Ich knurre nur ein wenig. Haben Sie keine Angst vor mir, Rosen.«

Rosen nickte erneut. Und schon wieder suchte er nach

Worten. Als er dann endlich ein Danke über die Lippen brachte, hatte Klimmt seinen schweren Körper allerdings schon an der Trennwand vorbeigedrückt. Nur seine Schritte waren noch zu hören.

68

»Nicht alle Trauergäste sind bei dem Bombenanschlag umgekommen«, wiederholte Inge Tannheim, als müsste sie das bekräftigen. »Es gab zwei Überlebende.« Sie holte Luft. »Sie hatten sich nämlich unter dem Tisch versteckt, der zufällig am weitesten von der Bombe entfernt war. Und zwar genau in dem Moment, als die Bombe gezündet wurde.«

Erstaunt kam es von Mara Billinsky: »Aber wer sollte sich unter einem Tisch ver...« Sie stockte. »Natürlich.«

Inge Tannheim erwiderte nicht ihren Blick. »Kinder verstecken sich unter Tischen, spielen herum, können nicht still sitzen.«

»Die beiden Kinder der Gorpischins.«

»Der Junge befand sich allerdings noch nicht unter dem Tisch, sondern wollte seiner kleinen Schwester gerade folgen, als es zur Detonation kam. Sein Gesicht muss ein kleines Schlachtfeld gewesen sein. Zerfetzt von allerlei durch die Luft fliegenden Splittern. Auch sein Oberkörper bekam einiges ab. Zahlreiche Wunden, keine davon jedoch lebensgefährlich.«

»Und seine Schwester?«

»Ihr ist auf wundersame Weise nichts geschehen. Außer dass sie von einem Moment auf den anderen durch ein Meer aus Blut waten musste.«

Mara betrachtete die Frau aufmerksam. Es tat so gut, endlich einmal Antworten zu erhalten. »Was geschah anschließend mit den beiden?«

»Die Vermittler mochten es nicht, wenn Aufträge nicht gründlich und nicht zur vollsten Zufriedenheit ausgeführt wurden. Sie mochten es nicht, wenn ... etwas *übrig blieb*.«

»Aber es ging doch um kleine Kinder, meines Wissens fünf und drei Jahre alt.«

Ein steifes Nicken folgte. »Dennoch wurde mit dem Gedanken gespielt, die beiden nachträglich auszulöschen. Weil man sich vorgenommen hatte, allen potenziellen Überläufern und Spitzeln zu zeigen, dass man kein Problem damit hatte, ganze Familien verschwinden zu lassen. *Niemand* sollte zurückbleiben. Man riskierte bei Zuwiderhandeln nicht nur das eigene Leben, auch das seiner Liebsten.«

»Kam hier Radka ins Spiel?«

Wieder dieses fast widerwillige Nicken. »Sie drängte darauf, dass man ihr die Kinder zukommen ließ. Doch bei dem Jungen, auf den ein langer Krankenhausaufenthalt wartete, war das unmöglich. Also wollte sie zumindest das Mädchen zu sich holen, später eventuell auch den größeren Bruder. Und damit stellte sie sich gegen den Befehl der Vermittler.«

»Wer hatte bei den Vermittlern das Sagen? Ihr Mann?«

»Wer letztlich die Entscheidungen traf …« Demonstrativ sah die Frau an Mara vorbei. »Das lässt sich nach so vielen Jahren nicht immer sagen.«

»Bekam Radka das Mädchen? Und falls ja – wie?«

»Mithilfe von Sergej Jewdokimov. Was das Ganze umso bizarrer machte. Denn er war es gewesen, der mit der Ausführung des Bombenanschlags betraut worden war. Aber wie es hieß, war er Radka sehr zugetan, und es fiel ihm schwer, ihr einen Wunsch abzuschlagen.«

»Sie bekam tatsächlich das Mädchen?«, fragte Mara erneut zweifelnd.

»Jewdokimov wusste immer, wen man bestechen oder unter Druck setzen musste, um etwas zu erreichen. Radka wurde als Verwandte der Familie Gorpischin präsentiert, und so hatte sie auf einmal die Verantwortung für zwei kleine Kinder, von denen eines mehrere Operationen über sich ergehen lassen musste und das andere bei ihr zu Hause war.«

»Den Vermittlern gefiel das also nicht.«

»Die Kinder waren ihnen egal. Sie waren so klein, dass sie keinerlei Gefahr darstellten. Aber es ging ihnen gegen den Strich, wenn sich ihnen jemand widersetzte.«

»Das heißt, Radka erhielt gar nicht die Chance, zwei traumatisierte Kinder aufzuziehen – sie musste sich um sich selbst kümmern. Um ihre Genesung, nachdem ihr das zugestoßen war, was in den Zeitungen Trainingsunfall genannt wurde.« Mara schüttelte angewidert den Kopf. »Warum war man so hart zu ihr?«

»Weil man *immer* hart war. Weil man *immer* die Oberhand haben wollte. Weil man niemandem auch nur einen Millimeter entgegenkam. Weil es keine Nachlässigkeiten und keine Ausnahmen gab und man jederzeit konsequent seiner Linie treu blieb.« Die Frau sah Mara kurz an, dann wieder weg. »Möchten Sie noch mehr Begründungen?«

»Wurde Jewdokimov nicht bestraft für seine Hilfe?«

»Nicht auf derart drastische Weise. Er verlor seinen Rang, wenn Sie so wollen, er wurde von der ersten in die fünfte Reihe zurückbeordert. Hatte keine Vergünstigungen mehr, bekam nicht mehr das große Geld. Tja, er war praktisch nur noch ein Schuhputzer innerhalb der Organisation.«

»Wie ging es mit den Kindern weiter?«

»Radka musste sie – wiederum mit Jewdokimovs Unterstützung – zur Adoption freigeben. Sie wurden voneinander getrennt. Jedes kam in ein Heim oder in eine Pflegefamilie, wie so viele andere Kleinkinder auch, und Radka hat sie gewiss nie wiedergesehen. Was aus ihnen wurde, habe ich nie erfahren.«

»Und die beiden haben nie herausbekommen, wer ihre wirklichen Eltern gewesen sind?«

»Wie hätten sie das sollen?« Ein abschätziger Blick. »Wie gesagt, sie waren noch klein, schwer traumatisiert, kamen gewiss in psychische Behandlung. Neue Umgebungen und neue Familien werden alte Wunden nach und nach überdeckt haben.«

»Wie hießen die beiden eigentlich?«

»Der Junge hieß, Moment mal, ich muss überlegen. Sein Name war Arkadi. Und seine Schwester … Ja, sie hieß Paulina.«

Der Name durchfuhr Mara wie ein Stromstoß.

69

Sein Kopf fühlte sich riesengroß an. Als hätte er einen Durchmesser von mehreren Metern. Als säße ein Fels auf seinen Schultern, schwer und massiv.

Edgar Billinsky lag ganz flach. Nein, er schwebte, schwebte in Rückenlage. Er spürte, dass da ein Schmerz war, aber es tat nicht weh, so merkwürdig das auch sein mochte.

Schlimmer war ohnehin etwas anderes. Dieses Geräusch. Es war unerträglich. Es malträtierte ihn, quälte ihn, tat ihm *wirklich* weh.

Er sah nichts, roch nichts, hörte nur das Geräusch. Was war das überhaupt? Ein Schaben? Wie wenn Metall auf Metall traf. Oder Metall auf … auf was? Holz? Nein, Knochen.

Sein Kopf wurde noch größer, er fühlte es, war sich dessen so sicher, als könnte er es mit eigenen Augen betrachten wie bei einem Versuch oder Experiment.

Noch ein verstörender Laut erklang. Ein kurzes Surren oder Klirren. Als würde man einen Gegenstand in eine Stahlschüssel fallen lassen.

Auf einmal begann sein Kopf zu schrumpfen, das war angenehm. Alles um ihn herum war weich, wie wattiert, es schmiegte sich an ihn, umhüllte ihn. Und alles war weiß, eine dichte, neblige Hülle, aus der sich eine Gestalt löste, auf Edgar zukam und vor ihm stehen blieb.

Es war Radka, die ihn mit rätselhaftem Blick ansah, wie nur sie das vermochte. Sie streckte die Hand nach ihm aus, doch als er sie ergriff, löste sie sich auf. Nur ihr Gesicht blieb, ganz nah vor ihm, wie eine an die Wand gehängte Maske. Er sprach ihren Namen aus, sie gab keine Antwort, betrachtete ihn nur auf diese sonderbare Art, und auf einmal wurden ihre mandelförmigen Augen groß und dunkel. Misstrauisch musterten sie ihn.

»Mara«, rief er, allerdings erhielt er auch von ihr keine Antwort. Langsam verschwand ihr Gesicht, und ihm wurde bewusst, dass er sich so verlassen vorkam wie nie zuvor. Noch einmal rief er ihren Namen, doch sie blieb verschwunden, nur die Einsamkeit blieb, erdrückte ihn förmlich. Zum ersten Mal gestand er sich ein, wie sehr es ihm leidtat, dass er seine Tochter so oft schlecht behandelt hatte. Dass er alles dafür geben würde, es rückgängig machen zu können. Wieder und wieder rief er nach ihr, seine Stimme wurde brüchig, er weinte, und er verfluchte sich selbst.

Alles, einfach alles hätte er dafür gegeben, noch einmal mit Mara sprechen zu können, doch das Weiß ballte sich immer dichter um ihn. Vorbei, sagte sich Edgar Billinsky, aus und vorbei.

70

Sie wischte sich fahrig die Tränen weg. Sie zitterte. Sie war totenbleich.

Inge Tannheim war am Ende ihrer Nerven, man sah es ihr an. Sie hatte so viel geredet, sich so lange konzentriert, so lange um ihre Beherrschung gerungen. Damit war es nun vorbei.

»Ich kann nicht mehr«, brachte sie mit bebenden Lippen hervor. »Sie haben versprochen, mich zu meiner Tochter zu bringen.«

»Das habe ich.« Mara nickte ihr zu. »Kommen Sie!«

»Ich hole Schuhe und Mantel.«

»Das wird nicht nötig sein.«

Mara durchschritt das Foyer, zog die Tür der Villa auf, marschierte nach draußen und hielt erst vor ihrem Alfa wieder an. Die Frau folgte ihr bei jedem Schritt auf wackligen Beinen.

Leer zog sich die Straße in östlicher Richtung dahin. Kein Auto fuhr vorbei, kein Passant zeigte sich. Der Himmel wölbte sich in bleiernem Grau über dem wie ausgestorbenen Villenviertel. Völlig verzweifelt stand Inge Tannheim in Hausschuhen neben Mara, den Blick flehentlich auf sie gerichtet.

Mara öffnete den Kofferraum und zog die Siebzehnjährige, die sie darin eingesperrt hatte, ins Freie. Sie löste die Klebestreifen, mit denen sie dem Mädchen die Handgelenke gefesselt und den Mund geknebelt hatte.

Es stach ihr ins Herz, als sie beobachtete, wie Inge Tannheim und ihre Tochter sich schluchzend in die Arme fielen.

Wie hatte sie das nur tun, wie hatte sie so weit gehen können? Sie hing verdammt an ihrem Beruf, er war der einzige

Anker in ihrem ungewissen Leben gewesen, und das alles lag nun in den Händen von Inge Tannheim, die mit einem einzigen Anruf bei einem Rechtsanwalt Mara zerstören konnte.

War es das wert?, fragte sie sich. Doch sie kannte sich, und sie wusste, wie schwer es ihr zuweilen fiel, dem Verstand und nicht einem Bauchgefühl zu folgen. Das war ihr großer Fehler – und trotzdem vielleicht auch eine Stärke. Es war unerträglich, ständig Niederlagen einstecken zu müssen und machtlos gegen Ungerechtigkeiten zu sein. Es war unerträglich, immer wieder mit ansehen zu müssen, wie manche Verbrecher mit ihren Taten davonkamen. Es war ein endloser zäher Kampf, und oft genug fühlte sich Mara auf verlorenem Posten. Das Unrecht nahm sich alles heraus, das Recht jedoch musste sich an Regeln halten. Ein ungleiches Duell, wie sie fand, und das nagte an ihr, immer schon, das zermürbte sie, das trieb sie förmlich dazu, mit aller Härte zurückzuschlagen.

Und dennoch fragte sie sich erneut: *War es das wert, was sie getan hatte?*

Statt sich eine Antwort zu geben, zog sie ihr Handy aus der Jackentasche, um sich bei Klimmt zu melden. Sie hatte es auf stumm geschaltet – zweimal war sie angerufen worden. Jeweils von der Klinik, in der Edgar auf der Intensivstation lag. Sie spürte eine jähe Kälte in sich. War es aus mit ihm? War er *tot*? Der Mann, den sie nie als ihren Vater, sondern nur als Erzeuger bezeichnet hatte? Den sie so intensiv gehasst hatte? Und den sie nun wohl nicht mehr hasste.

Die Kälte in ihr blieb.

Ihr Finger schwebte über dem Rückruf-Button, doch sie zögerte. Sie hatte Angst vor dem Gespräch mit dem Oberarzt, wie sie sich eingestand. Eine verdammte Angst. Sie brachte es nicht über sich. Sie konnte einfach nicht anrufen. Erst Klimmt, dann die Klinik, sagte sie sich, obwohl es ihr gegen den Strich ging, wenn sie vor etwas auswich.

Sie atmete durch und meldete sich beim Hauptkommissar.

»Billinsky, Sie fehlen mir gerade noch«, brummte er ihr auf unverkennbare Art entgegen.

»Sie mir auch, liebster Chef«, gab sie trocken zurück. Ihr Blick lag weiterhin auf Inge und Nathalie Tannheim, die sich gegenseitig stützten und in der Villa verschwanden, ohne noch auf Mara zu achten.

»Ich musste vorhin an Sie denken«, sagte Klimmt. »Bei mir war nämlich dieser hochnäsige Tannheim zu Gast. Stellen Sie sich vor, wir haben einen anonymen Anruf erhalten, dass …«

»Ich weiß«, unterbrach sie ihn und knallte den Kofferraumdeckel zu.

»Ach? Woher? Hat Rosen wieder mal geplaudert?«

»Hatten Sie ein nettes Gespräch mit Tannheim?«

»Er gibt zu, dass seine Tochter entführt worden ist. Aber das war's auch schon. Ansonsten bleibt der Vorhang unten. Wie kann man sich nur so verhalten? Wie kann man vor Sorge um das eigene Kind beinahe durchdrehen und trotzdem der Polizei …«

»Dieser Mann lebt in einer anderen Welt als wir«, unterbrach sie seinen Redefluss, und bevor er etwas erwidern konnte, fügte sie hinzu: »Der anonyme Anruf – das war eine Frau, wie ich ebenfalls weiß. Und ich denke, es kann nur Inge Tannheim gewesen sein. Sie hat es wahrscheinlich nicht mehr ausgehalten, dass ihr Mann uns nicht einbezog und starrköpfig nur sich und seinesgleichen vertraut hat.«

»Ach? Wie kommen Sie darauf? Und wo zum Teufel stecken Sie eigentlich? Sicher nicht zu Hause, wie ich es Ihnen nahegelegt habe, stimmt's?« Er knurrte wie ein Dobermann. »Verdammt, ich habe schon wieder so ein ganz komisches Gefühl, Billinsky.«

»Ich stehe vor dem Haus der Tannheims in Wiesbaden.«

»Und hätten Sie auch die Güte, mir zu sagen, was Sie dort treiben, zum Henker?«

»Ich habe Nathalie zu ihrer Mutter zurückgebracht.«

Am anderen Ende der Leitung herrschte Totenstille.

71

Als Egomanen hatte Mara ihn eingestuft. Als Narzissten, Ehrgeizling und Lebemann. Und noch Schlimmeres. Gewiss nicht als zähen Kämpfer. Aber vielleicht war er genau das. Und womöglich hatte sie die eigene Zähigkeit nicht von ihrer Mutter geerbt, wie sie es sich immer erhofft und gewünscht hatte, sondern von ihm. Von Edgar.

Bei ihrem letzten Besuch hier in der Klinik hatte sie den Eindruck gehabt, dass der Oberarzt ihn abgeschrieben hatte, zumindest so gut wie, doch Edgar schien sich am Leben festgekrallt zu haben. Denn noch immer atmete Maras Vater, noch immer pumpte sein Herz Blut durch seinen Körper. Auch jetzt noch, nach der Operation, die schneller durchgeführt werden konnte, als es der Oberarzt zunächst angedeutet hatte.

Weiterhin war Mara von diesem schwer zu fassenden, ambivalenten Gefühl erfüllt. Auf einmal mit dem Mann, der immer ihr Feindbild gewesen war, zu leiden. Ihm Gesundheit und ein viel längeres Leben zu wünschen war etwas, an das sie sich immer noch gewöhnen musste.

So stand sie also wieder gedankenverloren bei ihm, nicht mehr getrennt durch die Scheibe, sondern mittlerweile direkt neben dem Bett, in dem er auf dem Rücken lag, nach wie vor mit einem dick verbundenen Kopf, sodass das Gesicht ganz klein erschien. Nicht nur klein, auch alt. So alt, wie sie ihn nie zuvor gesehen hatte. Richtiggehend grau war die Haut um die Mundwinkel, die Lippen waren ohne jegliche Farbe, die Wangen eingefallen, das Kinn trat spitzer als sonst hervor.

Trotz der Sorge um Edgar wirkte auch die Begegnung mit Inge Tannheim noch in Mara nach. Die Frau hatte ihr leidgetan. Sie hatte sie mächtig unter Druck gesetzt. Zuvor hatte ihr bereits Nathalie leidgetan, auf die sie unversehens in Jewdokimovs ehemaligem Haus gestoßen war. So erleichtert war das Mädchen gewesen, als Mara den Dienstausweis zückte, und so unvorstellbar entsetzt, als sie sie gleich darauf fesselte, knebelte und kurzerhand in den Kofferraum verfrachtete.

Einige Jahre zuvor hätte Mara es nicht einmal ansatzweise für möglich gehalten, dass sie jemals zu einer derartigen Aktion fähig sein würde – doch ebendiese letzten Jahre hatten sie geprägt. Hatten ihr Narben beschert, innerlich wie äußerlich, und sie härter gemacht. Auch unempfindlicher für die Ängste von Menschen, die sie eigentlich schützen sollte. Sie hatte eine Chance gewittert und intuitiv gehandelt, ohne Rücksicht zu nehmen. Ohne Skrupel. Genauso, wie es jene Verbrecher taten, die sie verachtete, die sie bekämpfte.

Wer bist du?, fragte sie sich selbst, als sie am Krankenbett stand, noch immer irgendwie durcheinander von der Art und Weise, wie sie vorgegangen war. *Jeder hat ein Recht auf Wahrheit*, hatte sie Inge Tannheim an den Kopf geworfen. Aber rechtfertigte das die Tat, vor der Mara nicht zurückgeschreckt war? Sie musste sich vorsehen, musste sich selbst wieder besser im Auge behalten. Falls sie noch Gelegenheit dazu haben sollte, denn nun hing alles an einem seidenen Faden. Maras Platz in der Mordkommission, den sie sich so verbissen erkämpft hatte, stand auf der Kippe, wenn Viktor Tannheim erfuhr, was vorgefallen war. *Wer bist du?*, fragte sie sich erneut, mit einem unter der Haut schwelenden, unbehaglichen Gefühl.

Sie war noch ganz in ihre Grübeleien vertieft, als der Oberarzt auftauchte. Er wirkte recht zufrieden mit dem Verlauf des Eingriffs, aber zu einer vollends optimistischen Prognose konnte oder wollte er sich immer noch nicht durchringen. Erst als er schon wieder gegangen war, gelang es Mara, die Bedeutung seiner Worte besser in sich aufzunehmen. Und demzufolge konnte es sein, dass ihr Vater wirklich großes Glück gehabt hatte. Zwischen den zwei Großhirnhälften und dem Kleinhirn gab es offenbar eine anatomische Trennung mit schmalen Lücken. Genau dort war die Schusslinie verlaufen, und so hatte das Projektil auf seinem Weg durch den Kopf von Maras Vater tatsächlich keine Gehirnregionen zerstört.

»So etwas kommt nicht oft vor«, hatte der Arzt abschließend gesagt, »ist aber auch alles andere als ein sensationeller Einzelfall. Sowohl bei Frontalschüssen als auch bei Schüssen in den Hinterkopf ist das schon aufgetreten. Drücken wir Ihrem Vater also die Daumen, dass er weiterhin Glück hat und auch die Folgen der OP gut übersteht. Wir werden ihn unter strenger Kontrolle behalten.«

Wie lange lag der Eingriff nun bereits zurück?, versuchte Mara zu überschlagen. Mehrere Stunden. Bislang keine Komplikationen. Das musste doch Grund zur Hoffnung geben, oder nicht?

Sie zog einen Stuhl heran und ließ sich erschöpft darauf sinken. Es war mal wieder zu viel – zu viel von allem. Ihr Körper verlangte nach Schlaf, nach etwas zu trinken, nach Nahrung, aber sie hätte keinen Bissen herunterbekommen. Unablässig betrachtete sie niedergeschlagen das spitze Kinn und die Nase ihres Vaters.

»Mara.«

Sie glaubte ihren Namen zu hören, aber wer sollte …?

»Mara.«

Ruckartig stand sie auf, für einen Moment verwirrt. Sie sah zur nach wie vor geschlossenen Tür, dann auf ihre Armbanduhr. Es war über eine Stunde vergangen, sie musste tatsächlich eingenickt sein. Erst jetzt bemerkte sie, dass die Augen ihres Vaters geöffnet waren.

»Mara«, flüsterte er zum dritten Mal, rau, heiser.

So hatte er ihren Namen noch nie ausgesprochen. Sonst hatte das kurze Wort bei ihm wie eine Anklage geklungen. Jedenfalls war es ihr immer so vorgekommen.

Er hob die Hand leicht an, die linke, in der keine mit einem Schlauch verbundene Kanüle steckte, und automatisch ergriff Mara sie. Es fiel ihr auf, wie seltsam sie sich anfühlte. Kalt, wächsern, irritierend *unecht*. Wie häufig berührten Töchter die Hand ihres Vaters? Unzählige Male. Bei ihnen beiden war das anders. Sie hatten sich wahrscheinlich vor fünfzehn oder zwanzig Jahren zuletzt ganz bewusst berührt. Bei ihnen war *alles* anders, und sie wunderte sich, wie es zuletzt gekommen war.

»Wie schön, dass du da bist«, sagte er leise.

Sie wollte etwas antworten, etwas Humorvolles, Ironisches, das der Situation die Tiefe nahm, doch ihr Mund war wie zugeklebt, ihre berüchtigte große Klappe gab es plötzlich nicht mehr. Befangen drückte sie seine Hand ganz leicht, und er erwiderte den Druck.

»Na, Papa«, kam es endlich über ihre Lippen. Seit sie ein kleines Mädchen gewesen war, hatte sie ihn nicht mehr so genannt, und sie sah seinem mitgenommenen Gesicht sofort an, wie gut es ihm tat.

»Mein Kopf«, sagte er. »Mein alter Dickschädel. Himmel, was war los, ich kann mich kaum erinnern …« Sein Atem ging schwerer, er keuchte sogar.

»Du hast eine Kugel abbekommen. Es war fraglich, ob man sie würde entfernen können.« Sie räusperte sich. »Nun ja, man hat sich dafür entschieden, den Versuch zu wagen.«

»Da hab ich noch mal Schwein gehabt, was?«

Sie nickte. »Das will ich hoffen.«

»Du ahnst nicht, wie sehr es mich freut, dass du das hoffst.« Der Druck seiner Hand ließ nach. Er atmete wieder ruhiger, schien einzuschlafen, doch dann richtete sich sein Blick jäh mit einer erstaunlichen Klarheit auf Mara. »Wo ist Radka?«

Die drei Worte schwebten förmlich durch den Raum.

Mara hatte einen Kloß im Hals. Was sollte sie tun, angesichts seines Zustands? Ihn mit einer vagen Antwort vertrösten? Ihm die Wahrheit sagen? Eine billige Lüge auftischen? Nein, entschied sie.

»Radka ist verschwunden«, erwiderte sie schließlich. »Niemand weiß, wo sie sich aufhält.«

Er schloss die Augen, öffnete sie jedoch gleich wieder. »Sie war bei mir daheim«, berichtete er leise. »Wir redeten. Ich stellte Fragen, aber wie immer ließ sie sich nicht dazu bewegen, Antworten zu geben. Wir saßen auf dem Sofa, daran erinnere ich mich noch, aber dann …«

»Nachbarn von dir haben einen Schuss gehört und die Polizei verständigt. Als die Beamten eintrafen, stand die Haustür halb offen. Sie betraten das Haus, und das Erste, was sie sahen, warst du. Auf dem Boden. In einer Blutlache. Sie dachten, du seist tot, und haben trotzdem sofort den Notarzt gerufen. Von Radka gab es keine Spur mehr – außer einem Mantel, einem Schal und ihrem Stock.«

»Radka«, sagte er, als befände sie sich im Raum und als versuchte er, sie anzusprechen.

»Ich kann dir leider nichts Erfreulicheres berichten.«

Er fuhr sich mit der Zungenspitze über die weißlichen Lippen. Als sie schon wieder dachte, er würde schlafen, meinte er: »Weißt du, was sonderbar war?« Seine Hand entglitt ihrer. Er schien sich zu konzentrieren. »Trotz der Narkose habe ich es mitbekommen.«

»Was?«, fragte Mara.

»Die Operation. Es war kein Traum, keine Einbildung. Ich habe es gemerkt, dass man mir im Kopf herumschabt. Ich glaube, ich habe sogar gehört, wie die Kugel in einer Schale aufgefangen wurde.« Erschöpft sog er die Luft ein.

Mara stand da und betrachtete ihn stumm.

»Und dann war ich doch plötzlich mitten in einem Traum. Radka war bei mir, sie verwandelte sich in dich, ich sah deine Augen, diese Mara-Augen, die mich in Grund und Boden starrten, und es hat mir so leidgetan.«

»Was?«, fragte sie erneut.

Sein Blick suchte sie. »Alles, Mara. Einfach alles. Dass ich nie für dich da war, als du mich gebraucht hast. Dass ich dir ein schlechter Vater war. Eigentlich *gar kein* Vater.«

Sie schwieg weiterhin.

»Ich habe immer nur deine Fehler gesehen, dabei warst du ein Kind, eine Jugendliche, und vor meinen eigenen Fehlern und Schwächen habe ich die Augen verschlossen.«

Sie brachte ein schiefes Grinsen zustande. »*Du* hast Schwächen?«

Erneut suchte seine Hand ihre, und Mara ließ es zu.

»Ich weiß nicht, warum es so lange gedauert hat, bis ich die Kraft gefunden habe, es mir einzugestehen. Und vielleicht war diese Kugel nötig, um mir endlich mal die Zunge zu lösen.« Er atmete tief durch, sichtlich erleichtert. »Ja, Mara. Du kannst dir nicht vorstellen, wie leid es mir tut. Und ich bin froh, dass es mir wenigstens jetzt über die Lippen gekommen ist. Fast wäre es zu spät gewesen.«

»Schon gut, ich bin ja auch nicht gerade ein Engelchen.«

»Nein, du bist ein Teufel.« Er lächelte. »Aber das hat damit nichts zu tun. Ich war kein Vater für dich. Und das werde ich immer mit mir herumtragen.« Wie zuvor sah er sie mit einer plötzlichen Klarheit an, als wäre er körperlich voll auf der Höhe. »Kannst du mir einen Gefallen tun?«

»Welchen?«

»Auch wenn ich es nicht verdiene: Kannst du mich noch einmal Papa nennen? So wie gerade eben?«

»Papa«, sagte sie.

Er lächelte ein weiteres Mal, dann übermannte ihn der Schlaf doch noch, seine Züge entspannten sich.

Mara blieb an Ort und Stelle, umgeben von der Stille, die nur vom leisen, rhythmischen Piepsen der Apparate gestört – oder sogar noch verstärkt – wurde. Sie rührte sich nicht, stand einfach mucksmäuschenstill da, irgendwie herausgefallen aus der Zeit. Die letzten Ereignisse erschienen weit weg und fast ein wenig unwirklich, die Vergangenheit wog nicht mehr so schwer, die Gegenwart wirkte nicht mehr so bedrohlich.

Sie hätte nicht sagen können, wie lange sie bereits dort verharrte, aber auf einmal hörte sie ein Klopfen: die Tür öffnete sich, Jan Rosen tauchte auf und machte einen dezenten Wink in ihre Richtung.

Mit einem letzten Blick zu Edgar zog sie sich zurück und ließ ihn allein in seinem tiefen Schlaf, der hoffentlich dabei helfen würde, seine Genesung voranzutreiben. War es wirklich so? Schwein gehabt, wie er es selbst ausgedrückt hatte? Nie hatte sie diesen Mann so erlebt wie heute, und sie fragte sich, was die Zukunft ihnen beiden bringen mochte – falls es für ihn eine Zukunft gab, denn der Oberarzt hatte deutlich gemacht, dass ihr Vater möglicherweise noch nicht über den Berg war.

Erfüllt von diesen Gedanken, betrat sie den langen Flur, wo sie von Rosen erwartet wurde. Abgekämpft und bleich sah er aus – wie wohl auch sie selbst und die gesamte Abteilung.

»Sorry, dass ich dich störe, Billinsky.«

»Kein Problem.« Sie winkte ab. »Er schläft sowieso.«

»Hat er es gut überstanden?«, wollte er mit besorgter Miene wissen.

»Wie sagen die Docs immer – den Umständen entsprechend.« Sie blickte ins Nichts, innerlich noch bei dem Gespräch mit ihrem Vater.

»Sollen wir einen Kaffee trinken? Hier wird's doch sicherlich eine Cafeteria geben?«

»Ein bisschen frische Luft wäre mir lieber. Auch wenn sie saukalt ist.« Mara überprüfte ihr Handy. »Du hast dich nicht gemeldet, also willst du mir irgendetwas persönlich mitteilen. So wichtig? Oder so schlimm?«

Schweigend verließen sie das Gebäude. Es war tatsächlich wieder richtig kalt, doch der eisige Schlag ins Gesicht tat Mara ganz gut. Die Müdigkeit von vorhin löste sich auf. »Also, was gibt es, Rosen?«

Er stülpte sich seine Wollmütze über den Kopf. »Vor allem gibt es zwei Polizisten mit Schussverletzungen.«

»Shit!«, entfuhr es Mara. »Du sprichst von dem Haus in der Einöde, nehme ich an.«

Sie folgten einem Gehsteig zwischen zwei hohen Klinikgebäuden, deren oberste Stockwerke in den tief hängenden grauen Himmel zu stechen schienen.

»Richtig«, bestätigte Rosen. »Beide außer Lebensgefahr. Aber beide auch unter Schock, sodass ihre Schilderungen mit Vorsicht … Nun ja, wir können ausführlicher mit ihnen reden, wenn sie sich etwas erholt haben.«

»Du hast nur zwei Leute dorthin beordert?«, fragte Mara, vorwurfsvoller als gewollt.

»Ich musste improvisieren«, verteidigte er sich, »und war froh, überhaupt jemanden auf die Schnelle kriegen zu können.«

»Schon gut, Rosen, vergiss es.«

»Findest du nicht, dass ich ein Recht darauf habe, endlich zu erfahren, was hinter der Sache eigentlich steckt? Ich weiß von gar nichts – und muss dann von Klimmt hören, dass du Nathalie Tannheim nach Hause zurückgebracht hast.«

»Sorry, Rosen, du hast recht.« Sie grinste ihn an. »Du kennst mich ja.«

»Und ob!« Auch er zeigte ein Grinsen.

»Ich wollte mich ja bei dir melden, aber dann musste ich erst in der Klinik zurückrufen. Und anschließend bin ich direkt hierher…« Sie brach ab. »Aber jetzt erzähl erst mal, was passiert ist – und dann erzähle ich, okay?«

Er gab sich wieder einmal geschlagen und nickte. »Also, es war so, dass die beiden Kollegen den Streifenwagen ein ganzes Stück vom Haus entfernt abgestellt hatten und dann im Inneren warteten. Zwei Personen betraten das Haus, genau wie die Polizisten durch das Fenster, das du mir beschrieben hattest. Zuerst schien alles unter Kontrolle zu sein. Die Fremden machten Anstalten, sich zu ergeben. Die Beamten ließen vielleicht für einen Moment in ihrer Konzentration nach. Und dann brach die Hölle los.«

Mara winkte ab und vergrub die Hand gleich wieder in der engen Tasche ihrer schwarzen Jeans. »Verstehe schon, was du mir beibringen willst – die Unbekannten sind entkommen.«

»Leider ja.«

»Unverletzt? Oder haben sie auch etwas abbekommen?«

»Die Beamten waren sich nicht sicher. Es sei alles so blitzschnell gegangen, meinten sie. Offenbar sind jede Menge Schüsse abgefeuert worden.«

Mara blieb stehen, sofort auch er. »Beschreibungen?«

»Es handelt sich um einen Mann und eine Frau. Was ihn betrifft, ist er wohl ein Riese. Groß, breitschultrig. Und sein Gesicht muss …«

»Entstellt sein?«

»Woher weißt du das?«

Mara grinste wieder. »Erzähl weiter, Rosen.«

Sie setzten ihren Weg fort.

»Sein Gesicht ist anscheinend voller hässlicher, langer Narben. Ein Auge steht schief, als wäre es einmal erheblich verletzt gewesen und hätte nur mit Mühe gerettet werden können.«

»Und die Lady?« Erneut blieb sie stehen, erneut tat er es ihr gleich.

»Über sie kann ich Konkreteres berichten. Ich habe ein Foto von ihr, und die Beamten konnten bestätigen, dass es sich um die Frau aus dem Haus handelt.«

»Wie bist du an das Foto gekommen?«

Rosen erläuterte es ihr kurz und sachlich.

»Kompliment, Kollege.«

Er zog eine Fotografie aus der Innentasche.

»Bevor ich einen Blick darauf werfe«, sagte Mara, »noch

eine Frage: Hat der Chef dir gegenüber sonst *keine* Bemerkung fallen lassen?«

»Bezogen auf was?«

»Bezogen auf mich.«

»Nein, wieso?«, kam es verwundert von ihm.

Mara machte eine abwägende Geste. Dann war es wohl noch nicht zu Klimmt durchgedrungen, auf welche Weise Mara mit der armen Nathalie Tannheim und deren Mutter verfahren war. Das konnte allerdings noch kommen, wie ihr nur allzu klar war.

Der Wind heulte auf und ließ sie erschauern.

»Jetzt aber zu der Frau.« Rosen hielt Mara das Portrait, das Max Dereven in Hannover geschossen hatte, vors Gesicht. Nicht ohne einen gewissen Stolz meinte er: »Darf ich vorstellen? Das ist Paulina Kinzig.«

Interessiert betrachtete Mara das gut aussehende Gesicht mit den großen Augen, dann schaute sie wieder Rosen an.

»Darf *ich* vorstellen?«, sagte sie. »Das ist eigentlich Paulina Gorpischin.«

»Was?«, kam es verwirrt von Rosen.

72

Hauptkommissar Klimmt saß wie auf glühenden Kohlen. Er hätte die Füße stillhalten sollen und Schleyer auf keinen Fall mit einem Team losschicken dürfen. Sicher, von Lingert hatte es nicht verboten, aber immer, wenn Klimmt auf ein *Go* vom Staatsanwalt wartete, gab der sich auffällig zurückhaltend. Was sollte das alles? Bei einer Zigarette am offenen Fenster musste Klimmt an das Gespräch mit Viktor Tannheim und den beiden Anwälten denken. Für einen Mann wie Tannheim ein merkwürdig halbherziger Auftritt. Ebenso halbherzig wie die Anweisungen seitens von Lingerts. Ja, ein Scheißspiel.

Mit immer verdrossenerer Miene hockte er dann wieder am Schreibtisch. Abwechselnd starrte er auf das Bürotelefon und das danebenliegende Handy, als könnte er damit den Anruf erzwingen. Dabei war ihm noch nicht einmal so klar, ob er es wirklich *wollte*, dass Kommissar Schleyer ihn anrief. Wäre es nicht besser, nichts von ihm zu hören? Und damit Zeit zu gewinnen?

Klimmt war nicht klar, warum er dieses beträchtliche Risiko eingegangen war. Früher, mit noch niedrigerem Dienstrang, hatte er sich nicht gescheut, gewisse Grenzen auszuloten. Ähnlich wie Billinsky war er gewesen, auf seine Art natürlich, auch wenn er sich zurückhielt, ihr das auf die Nase zu binden. Insgeheim rangen ihm ihre draufgängerischen Alleingänge Respekt ab, obwohl er sie manchmal allzu gern mit seinen dicken Fingern packen und an die Wand klatschen würde. Er allerdings befand sich in einer anderen Position, und da war es nun mal cleverer, nicht zu weit nach vorn zu preschen, sondern eher zu taktieren. Etwas, das ihm nie so richtig passte, das er aber dennoch zu berücksichtigen gelernt hatte.

Ja, ein beträchtliches Risiko. Denn noch immer gab es kein *Go* von der Staatsanwaltschaft. Und das verhieß aus Klimmts Sicht nichts Gutes. Der Oberstaatsanwalt und der Staatsanwalt blieben bei ihrer auffällig abwartenden, vorsichtigen Linie, was die Familien der Opfer betraf. Auch die Information, dass Viktor Tannheim unter falschem Namen lebte und in Wirklichkeit offenbar Karabasch hieß, hatte die ganze Sache keineswegs beschleunigen können. Klimmt war lange genug dabei, um zu wissen, wann selbst ohne eindeutige Beweislage eine gewisse Alarmbereitschaft angebracht war – und jetzt war der Fall gegeben, das spürte er so deutlich wie die Frankfurter Winterkälte.

Wieder der gehetzte Blick aufs Telefon. Sein Gefühl sagte ihm, dass Tannheim nicht weiter stillhalten würde. Schon einmal hatte sich der Mann in aller Ruhe aus dem Staub gemacht und die Polizei erst nach seinem Verschwinden wissen lassen, dass er nicht mehr in der Region sei.

Genervt stemmte sich Klimmt vom lederbezogenen Drehstuhl in die Höhe und stellte sich für die nächste Zigarette ans Fenster. Die hereinströmende Luft ließ den leichten Schweißfilm auf seiner Stirn sofort erkalten. Die Zigarette war fast zu Ende geraucht, als tatsächlich das Bürotelefon schrillte. Er schnippte die Kippe ins Freie und nahm den Hörer ab, ohne sich zu vergewissern, wer sich am anderen Ende der Leitung befand.

»Klimmt«, rief er ungeduldig.

»Hier ist Schleyer.«

Der Hauptkommissar nickte vor sich hin. Also doch, dachte er. Gleich galt es, eine Entscheidung zu treffen. Eine, die ihm nicht leichtfallen würde. Eine Entscheidung, die ihm gehörigen Ärger mit von Lingert einbringen konnte.

»Was gibt es?«

»Sie hatten recht«, sagte Schleyer, nichts weiter.

»Tannheim will also die Fliege machen«, erwiderte Klimmt.

»Alles deutet darauf hin. Ein Chauffeur hat Koffer und Taschen in den Kofferraum eingeladen. Überhaupt, es schien eine große Geschäftigkeit zu herrschen – durch die Fenster konnten wir die ganze Familie beobachten, also Vater, Mutter und Tochter, die sich dauernd kreuz und quer durchs Haus bewegten. Tannheim hatte ständig das Handy am Ohr, wie wir auch sehen konnten.«

»Okay«, murmelte Klimmt.

Schleyer schwieg, er wartete auf Anweisungen. Normalerweise mochte Klimmt Leute, die die Klappe hielten. Jetzt jedoch hätte er nichts dagegen gehabt, irgendeine Äußerung zu hören, eine Meinung, einen Vorschlag. Er hätte es wohl kaum für möglich gehalten, aber manchmal vermisste er Billinsky und ihr Mundwerk sogar.

»Wie sollen wir vorgehen?«, fragte Schleyer nach einer gewissen Zeit, die scheinbar schnell und langsam zugleich vergangen war.

»Denken Sie, Tannheim will zum Flughafen?«

»Unmöglich, das zu sagen. Sie haben ja gemeint, wir sollten ihn lediglich im Auge behalten und uns melden, wenn …«

»Schleyer, ich weiß, was ich euch auf den Weg gegeben habe, glauben Sie's mir.«

Der Hauptkommissar starrte durchs noch offene Fenster in den grauen Himmel, aus dem schon wieder erste dünne Flocken fielen. In seinem Kopf tickten die Sekunden herunter. Neue Schweißperlen sammelten sich auf der Stirn, trotz der Kälte.

»Chef?«, rief Schleyer.

Klimmt schloss das Fenster.

»Chef?«

»Lassen Sie ihn nicht abhauen«, hörte er sich dumpf antworten.

»Mit welcher Begründung?«, wollte Schleyer erwartungsgemäß wissen.

Klimmts Kiefer mahlten.

»Chef?«

»Mit der Begründung, dass ich es befohlen habe.«

Schleyer wartete noch, als würde er damit rechnen, es käme noch etwas, dann meinte er: »Alles klar. Ich melde mich später noch mal. Oder ich komme direkt ins Präsidium und werde dort im Detail berichten.«

Nachdem er aufgelegt hatte, wirkte die Stille im Büro geradezu erdrückend auf Klimmt. Die Stimmen der Untergebenen, die jenseits seiner Tür erklangen, schienen weit entfernt zu sein. Er wartete und wartete. Er rauchte und rauchte. Holte sich sogar einen Becher von dem schauderhaften Kaffee aus dem Automaten, den nur Billinsky in rauen Mengen konsumieren konnte. Dann war er zurück in seinem Büro, das sich wie eine Gefängniszelle anfühlte. Der leichte Schneefall löste sich wieder auf, der Himmel war wie aus Marmor, verziert mit wilden Mustern.

Er meldete sich bei Schleyer auf dem Handy, mehrfach, doch Schleyer nahm keinen der Anrufe entgegen.

Was war da los?, fragte er sich mit wachsender Besorgnis. Er versuchte sich abzulenken, indem er die neuesten Berichte von Billinsky und Rosen durchlas, doch sein Schädel war wie verkleistert, er brachte keinen zusammenhängenden Gedanken zustande.

Mehr als drei Stunden nach dem Telefonat mit Schleyer klopfte es endlich an Klimmts Bürotür.

»Herein«, rief er, mit einer Mischung aus Anspannung und Pessimismus.

Die Tür sprang auf, doch es war nicht etwa Schleyer, der den Raum betrat.

Sondern Staatsanwalt Christian von Lingert.

Klimmt musterte ihn, und er wusste sofort, was ihn erwartete: nichts Erfreuliches.

73

Gemeinsam folgten sie dem schnurgeraden Verlauf des engen Flurs. Patzke und Stanko gingen vornweg, Rosen und Billinsky bildeten den Schluss. Keiner sprach etwas, keiner machte auch nur einen Augenaufschlag, der irgendetwas hätte andeuten können.

Einer nach dem anderen betraten sie das Besprechungszimmer mit den Möbeln aus hellem Birkenholz, der modernen Technik, den in Grün gehaltenen Tapeten und der Wand, die eine Kombination aus Whiteboard und Leinwand darstellte. Als Mara die Tür geschlossen hatte, wechselten sie und Rosen doch einen unauffälligen Blick.

Sie wurden nicht nur von Klimmt erwartet, wie sie alle angenommen hatten, sondern auch von Staatsanwalt Christian von Lingert, der am Kopfende des ovalen Tisches stand und sein übliches Pokerface aufgesetzt hatte. Die Augen des Mannes schienen noch tiefer in seinen Schädel eingesunken, die Geheimratsecken ausgeprägter zu sein, was sein Gesicht noch härter, knochiger erscheinen ließ.

Klimmt und Schleyer waren ebenfalls anwesend, hatten sich aber nicht neben von Lingert positioniert. Schleyer saß am Tisch, sein Ausdruck war bemüht neutral. Was man vom Hauptkommissar kaum behaupten konnte. Er hatte seinen breiten Rücken gegen die Wand gelehnt und die Arme abweisend vor der Brust verschränkt, einen verärgerten oder gar angewiderten Zug um den Mund.

Mara bemerkte, dass von Lingert sich sichtlich Mühe gab, durch sie hindurchzusehen. Auch wenn die gemeinsame Nacht und einige darauf folgende Konflikte lange zurücklagen – weder ihr noch ihm war es angenehm, wenn sie beide in ein und demselben Raum beisammen waren, und zuletzt hatten sie solche Gelegenheiten zu umgehen gewusst.

»Ich habe Sie alle herkommen lassen«, begann von Lingert ohne ein Wort der Begrüßung, »um eine kurze, effiziente Besprechung zu machen, damit jeder von uns auf dem gleichen Stand ist, was die derzeitige Ermittlungslage angeht.«

Niemand äußerte etwas.

Der Staatsanwalt deutete beiläufig auf die freien Stühle und reinigte rasch eines seiner Brillengläser.

Stanko, Patzke und Rosen nahmen Platz. Mara hingegen blieb stehen und lehnte sich mit der Schulter gegen die Wand, einige Schritte von Klimmt entfernt, der weiterhin keinen Ton von sich gab.

»Eines vorweg«, fuhr von Lingert fort, »die Anweisung besteht ganz klar darin, sich auf die Suche nach den beiden Personen zu konzentrieren, die in dringendem Tatverdacht stehen, etwas mit der Mordserie zu tun zu haben. Erst recht, da es nun zum ersten Mal seit Beginn der Serie überhaupt Verdächtige gibt. Bedanken möchte ich mich an dieser Stelle bei Kollege Rosen, der uns auf Paulina Kinzig aus Freiburg gebracht hat.«

Rosen wurde rot. Und Mara übergangen. Aus Bosheit des Staatsanwalts?, fragte sie sich kurz. Doch sie kam zu dem Schluss, dass es nicht daran lag. Noch immer schien es ihr, als würde von Lingert nicht mit offenen Karten spielen oder zumindest etwas verschweigen.

»Diese Paulina Kinzig und ihr Begleiter«, sprach er weiter, »sind nun selbstverständlich zur Fahndung ausgeschrieben. Sämtliche Kollegen, alle Dienststellen sind im Bilde – so unvollständig dieses Bild auch noch sein mag.« Er sah in die Runde, wobei er Mara ausließ. »Fragen bis hierhin? Anmerkungen?«

Mara konnte tatsächlich nicht widerstehen, eine Frage zu stellen, die schon seit von Lingerts ersten Worten in ihr gärte.

»Gehe ich recht in der Annahme, dass diese Veranstaltung weniger dazu dient, uns auf die beiden Flüchtigen einzuschwören, sondern uns eher davon abbringen soll, uns mit den Familien der Opfer zu beschäftigen?«

Zum ersten Mal nahm der Staatsanwalt erkennbar Notiz von ihr – mit einem Blick, der sie förmlich aufspießte. Dasselbe erwartete sie auch von Klimmt, doch aus dem Augenwinkel stellte sie ein genüssliches Grinsen auf seinem Gesicht fest. Zur Abwechslung schien ihn ihre Respektlosigkeit also zu amüsieren.

Der Staatsanwalt rang mit der Fassung, wie es seine streng zusammengepressten Lippen verrieten. Pikiert richtete er seinen eigentlich perfekt sitzenden Krawattenknoten. »Die Familien der Opfer«, kam seine Antwort auffallend zögernd, »sind …« Er brach ab, fuhr sich über die kantige Nase und begann von Neuem: »Mir ist klar, dass Sie alle bereits wissen, dass Viktor Tannheim in Wirklichkeit Karabasch heißt.« Er holte Luft. »An dieser Stelle kann ich nur so viel sagen: Der Name Karabasch hat in gewissen Kreisen für Aufsehen gesorgt.«

»Danke an die Kollegin Billinsky«, warf Klimmt trocken ein, »die den Namen Karabasch ermittelt hat.«

Von Lingert schien sich kurz auf die Zähne beißen zu müssen und überging den Kommentar. »Offenbar ist dieser Mann noch in guter – oder auch nicht so guter – Erinnerung. Obwohl seit vielen Jahren nicht mehr aktiv, spielte er wohl eine nicht unerhebliche Rolle im Geheimdienst der ehemaligen Sowjetunion.«

»Was seine früheren Aktivitäten betrifft«, meldete sich Mara wieder zu Wort, doch er unterbrach sie rasch: »Nein, Kommissarin Billinsky, fangen wir erst gar nicht damit an. Denn sowohl seine früheren als auch seine jetzigen Aktivitäten sind …« Er suchte offenbar nach einem passenden Begriff. »Unerheblich. Genau. Sie sind völlig unerheblich für unsere Arbeit.«

»Aber eine eingehende Befragung von Tannheim oder eben Karabasch«, beharrte Mara, »müssen wir unbedingt …«

»Sie haben offensichtlich nicht zugehört, Kommissarin Billinsky«, fuhr von Lingert zischend dazwischen. »Unerheblich. Wir konzentrieren uns auf die Verdächtigen, damit haben wir genügend zu tun.«

»Das kann nicht Ihr Ernst sein«, gab Mara nicht auf. »Es wäre geradezu fahrlässig, wenn wir …«

Sie wurde zum dritten Mal gestoppt: »Eine Befragung Karabaschs wird nicht möglich sein.« Der Staatsanwalt bedachte die gesamte Runde mit einem stechenden Blick. »Viktor Tannheim – ich will ihn für den Moment wieder so nennen – ist dabei, mit seiner Familie das Land zu verlassen. Ich betone, dass es nicht in meiner Zuständigkeit lag, das auch nur ansatzweise zu verhindern.«

»Wer schützt ihn?«, warf Mara prompt ein.

Gereizt fummelte von Lingert schon wieder an seinem Krawattenknoten herum. »Ich möchte Sie alle noch einmal daran erinnern, dass es keine Ermittlungsaufträge gibt, die sich mit Viktor Tannheim befassen. Dass es keine Beweise gibt, die ihn in die Nähe eines Verbrechens rücken. Und dass somit kein Anlass besteht …«

»Der Mann hat Mordaufträge erteilt«, funkte Mara dazwischen. »Es steht außer Frage, dass er Verbindungen zur Organisierten Kriminalität hat und …«

»Kommissarin Billinsky«, meinte von Lingert mit mühsam kontrollierter Beherrschung. »Ich wiederhole, es gibt keine Beweise gegen diesen Mann. Und ich schrecke bei Zuwiderhandeln nicht davor zurück, einzuschreiten und Sie zu stoppen. Diese Erfahrung hat auch Ihr Vorgesetzter machen müssen, als er drauf und dran war, seine Leute auf Tannheim loszulassen und ihn an der Ausreise aus unserem Land zu hindern. Ich betone: ohne rechtliche Grundlage.« Demonstrativ sah der Staatsanwalt an Klimmt vorbei, ehe er gemäßigter hinzufügte: »Deshalb sage ich noch einmal ganz unmissverständlich, dass Paulina Kinzig und ihre Begleiter das Ziel sind, auf das wir alle uns konzentrieren.«

Eine Stille trat ein, die man mit einem Messer hätte zerschneiden können.

»Sonst noch Fragen?«, meinte von Lingert dann, und sein Blick ließ keinen Zweifel, dass das rein rhetorisch gemeint war.

Nichtsdestotrotz ertönte erneut Maras Stimme: »Gibt es noch weitere wie Karabasch? Weitere Vermittler?«

»Bitte?«, kam es vom Staatsanwalt, wiederum nur mühsam beherrscht.

»Alle in diesem Raum wissen mittlerweile, welche Leute mit dem Begriff Vermittler bezeichnet wurden oder werden. Würden wir sie kennen, wäre es einfacher für uns, Maßnahmen zu ergreifen, durch die wir ...«

»Ich fürchte«, zischte von Lingert, »ich muss Sie erneut unterbrechen.«

»Alles andere hätte mich gewundert«, bemerkte Mara spöttisch.

»Doch ich muss es wohl extra für Sie *noch einmal* wiederholen.« Abermals spießte er sie mit seinem Blick auf. »Paulina Kinzig und ihr Begleiter. Das ist das Ziel.« Er sog die Luft ein. »Was genau haben Sie daran *nicht* verstanden?«

»Sie meinen, die Gorpischins. Paulina und ihr Bruder Arkadi.«

»Ich rate Ihnen, bei den Dingen zu bleiben, die glasklar bewiesen sind.«

»Das ist doch ein Witz«, regte Mara sich auf. »Rosen hat herausgefunden, dass Paulina adoptiert wurde. Soll das ein Zufall sein? Außerdem ist ihr Geburtsjahr ...«

»Schaffen Sie Paulina Kinzig herbei, erst dann werden wir die Identität der Frau zweifelsfrei klären können.«

»Ich kann einfach nicht glauben, dass ...«

»Billinsky.« Diesmal war es Klimmt, der ihr ins Wort fiel.

Nicht brüllend wie sonst, sondern für seine Verhältnisse ruhig. Mit Bedacht lag sein Blick auf ihr. »Lassen Sie's gut sein.«

Christian von Lingert nickte kurz in die Runde, ohne jemand Bestimmtes anzusehen, hob eine ans Tischbein angelehnte Aktentasche auf und rauschte ohne eine weitere Bemerkung aus dem Besprechungszimmer.

Erst herrschte Stille, dann redeten alle durcheinander, bis der Hauptkommissar alles mit einem gebrummten *Ruhe!* beendete.

Mara spähte zu ihm und schüttelte voller Verdruss den Kopf. »Dieser Mistkerl«, fluchte sie leise.

Der Hauptkommissar winkte ab. »Von Lingert kann doch letzten Endes nichts dafür. Ihm werden von höherer Stelle aus die Hände auf den Rücken gebunden und die Scheuklappen angelegt.«

»Sicher?«

»Nun ja, ziemlich sicher. Wenn der Oberstaatsanwalt sagt, bis hierhin und nicht weiter, bleibt ihm nichts anderes übrig, als zu gehorchen.«

»Und wer sorgt dafür, dass dem Oberstaatsanwalt die Hände gebunden sind?«

»Niemand, der so weit aus seiner bestens ausgebauten Deckung kommt, dass wir ihn sehen könnten.« Klimmt löste sich von der Wand, an die er sich die ganze Zeit über gelehnt hatte, und ließ sich schwer auf einen Stuhl fallen.

»Heißt das, dass Karabasch selbst nach so langer Zeit noch über hilfreiche Kontakte verfügt?«, fragte Mara.

»Sieht ganz danach aus.«

»Aber wer sollte das sein? Nach allem, was uns bis jetzt bekannt ist, hingen die Vermittler doch nach dem Zerfall der Sowjetunion in der Luft.«

»Wer weiß schon wirklich etwas?« Klimmt grunzte. »Es sieht so aus, als sei es Karabasch tatsächlich gelungen, neue Verbindungen aufzubauen. Staatsanwalt von Lingert hat vor der Besprechung, als wir noch unter uns waren, Andeutungen gemacht.«

»In welche Richtung?«

»Es sind diplomatische Kräfte von höchster Ebene, die in gewisser Weise die Hand schützend über Karabasch halten.«

»Diplomatische Kräfte?« Maras Augen funkelten. »Also Verbindungen zu wichtigen Männern aus dem heutigen Russland. Und die ihrerseits über beste Connections zu deutschen diplomatischen und sonstigen Kräften verfügen. Ich könnte kotzen.«

»Und Karabasch wiederum hält seine schützende Hand über die anderen Vermittler von damals.«

»Das heißt, an die kommen wir auch nicht mehr ran.« Wieder schüttelte sie den Kopf. »Echt, ich könnte kotzen.«

»Bislang haben wir es ohnehin nicht geschafft, diesen Leuten auf die Pelle zu rücken. Das findet alles auf einem anderen Spielfeld statt, Billinsky. Da dürfen wir nicht mitspielen, noch nicht mal zuschauen.«

»Man lässt es sogar zu, dass Karabasch sich absetzt.« Mara war stinksauer. »Und der Rest des Vereins wahrscheinlich ebenfalls.« Sie stand kerzengerade da, die Fäuste in die Hüften gestemmt. »Wahrscheinlich hat Karabasch das Geld, das ihm noch verblieben ist, zusammengekratzt und den einen oder anderen hochrangigen Herrn damit geködert.«

Erneut brandete eine Diskussion auf, doch mit einem lauten Klatschen in die Hände sorgte Klimmt rasch für Ruhe.

»Vergeudet eure Energie nicht für nutzlose Debatten.« Er umschloss alle mit seinem Blick. »Wir machen eine kurze Pause, um durchzuatmen und die Birne neu zu justieren. In zehn Minuten sind alle wieder hier. Und dann besprechen wir die nächsten Schritte. Von Lingert hat es gesagt, die beiden Flüchtigen müssen unser Ziel sein.«

Nacheinander trotteten die Kommissare aus dem Raum, nur Mara und Klimmt blieben zurück.

»Das ist ein Scheißspiel«, kam es von Mara.

»Ich weiß.« Er fuhr sich über seinen ungepflegt wuchernden Schnauzbart und stierte müde vor sich hin.

»Ich könnte kotzen.«

»Das erwähnten Sie bereits mehrfach.«

Sie schob ihr Hinterteil auf die Tischplatte. »Die großen Schweine kommen immer davon, was?«

»Ich schlage vor, wir kümmern uns um die Schweine, die wir kriegen können.«

74

Er fuhr wie der Teufel. Ständig auf der linken Fahrspur, immer wieder beschleunigen, dichtes Auffahren, bis die anderen Autos nach rechts auswichen. Der Motor kreischte auf, die Reifen ließen Wasserfontänen aufspritzen.

Paulina warf ihm beunruhigte Seitenblicke zu, aber er bemerkte das nicht – oder tat zumindest so.

Sie folgten der A661 in südlicher Richtung, weg von Frankfurt. Immer weiter ließen sie die Stadt hinter sich, ohne dass sie das so abgesprochen hätten.

Paulina richtete ihre Augen auf das vor ihnen liegende Asphaltband. Es war nass, aber zumindest frei von Schnee, der noch zu beiden Seiten der Leitplanken stellenweise die Erde bedeckte.

Bis zu diesem Moment war alles glattgegangen, ganz nach Plan, nichts und niemand hatte sie aufhalten können, keiner war ihnen auf die Schliche gekommen, die Polizei hatte sie nicht auf dem Schirm.

Jetzt war zum ersten Mal etwas schiefgelaufen.

Das mussten sie erst einmal verdauen. Was vor allem für Paulinas Begleiter galt, in dessen Blick etwas Wildes aufschimmerte, wie bei einem aus seinem Bau verscheuchten Tier. Er hatte nicht mit so etwas gerechnet – wohl weil er sich nie Gedanken machte. Und weil er ihr vertraute. So war es von Anfang gewesen, sie hatte es von der ersten Sekunde an gespürt.

»Wohin willst du?«, fragte Paulina nach einer Weile.

Fragend musterte er sie kurz, ohne ein Wort hervorzubringen, nach wie vor mit diesem Flackern in den Augen. Er wirkte, als würde er bis zum Ende der Welt rasen, würde sie ihn nicht aufhalten.

»Na los, runter von der Autobahn«, wies Paulina ihn an. »Dann drehen wir um hundertachtzig Grad und fahren zurück auf die Autobahn – aber in Gegenrichtung.«

»Wieder nach Frankfurt?«, fragte er skeptisch, verringerte jedoch sofort das Tempo. Er reihte sich auf der rechten Spur ein und hielt Ausschau nach der nächsten Ausfahrt. Mittlerweile wirkte er nicht mehr so aufgeschreckt und nervös.

Unauffällig betrachtete Paulina ihn, wie zuvor schon so häufig. Diesen Fremden, der ihr vertraute, diesen Vertrauten, der ihr fremd war. Sie hörte in ihrer Einbildung die gnadenlosen Stimmen von Kindern, die ihn Monster und Quasimodo nannten, verspotteten, verprügelten, ihm böse Streiche spielten. Sie versuchte sich seine Hilflosigkeit auszumalen, als kleiner Junge und dann auch später, als es nicht mehr nur bei Streichen und Prügeln blieb. Wie es wohl in ihm aussehen mochte. Würde sie ihn jetzt alleinlassen, wäre er wie eine Flipperkugel, die mit großer Kraft angestoßen und vom reinen Zufall von hier nach da gejagt wurde, in wahnwitziger Geschwindigkeit und mit unvorhersehbaren Folgen.

»Wohin?«, fragte er. »Zurück ins Hotel?«

»Nein«, kam es mit Bestimmtheit von ihr. »Dort setzen wir keinen Fuß mehr hinein. Ab jetzt werden wir noch vorsichtiger sein. Auch das Auto müssen wir rasch wieder loswerden und durch ein anderes ersetzen.«

»Also auch ein anderes Hotel?«

»Eigentlich hatte ich schon eines ausgesucht. In der Voltastraße. Unauffällig, unpersönlich, kein besonderer Service. Im Grunde perfekt für uns.«

»Aber?«

»Dort können wir nicht mehr hingehen. Wie gesagt, ab jetzt müssen wir noch vorsichtiger sein. Uns unsichtbar machen.« Sie hielt einen Moment inne, ehe sie erklärte: »Wir nehmen kein Hotel. Wir gehen erst mal zu unserem letzten Rückzugsort.«

Verwundert sah er kurz zu ihr. »Was meinst du damit?«

»Wo hast du den Generator und den Heizkörper versteckt? Und die Munition? Und den Proviant für Notfälle?« Nicht, dass sie es wollte, aber manchmal redete sie zu ihm wie zu einem Kind. Sie nahm sich vor, es sein zu lassen. Schließlich war er nicht einfältig, er hatte nur nie etwas lernen, sich entwickeln können.

»Dorthin gehen wir?«, wollte er zweifelnd wissen.

»Dorthin gehen wir«, bestätigte sie so bestimmt wie zuvor.

Ihr Blick streifte seine breiten Hände, in denen das Steuerrad fast wie ein Spielzeug wirkte. Hände, die gefoltert und getötet hatten. Wie rasch er sich in seine Rolle als Racheengel eingefunden hatte, wie rücksichtslos er vorgegangen war. Wie sehr er es auf seine undurchsichtige Art genossen haben mochte, diese schönen unbeschwerten Leben zu zerstören. Paulina gestand sich ein, dass sie nicht nur abgestoßen, sondern auch fasziniert davon gewesen war.

Es war ein Schock gewesen, wie Gewalt und Tod auf so plötzliche Weise in ihren Alltag geplatzt waren, nachdem sie erst einmal ihre Scheu, ihr Zögern abgelegt hatte. Nachdem sie dem Zorn, der in ihr aufwallte, Tür und Tor geöffnet hatte. Das Ganze hatte eine Eigendynamik entwickelt, es war wie ein Sog, der sie mitgerissen hatte und noch festhielt. Wie erschreckend, dass jemand wie sie von Weiß zu Schwarz, von Himmel zu Hölle wechseln und das eigene Dasein der Rechtschaffenheit und Normalität so rasch wie ein Kleid abstreifen konnte.

Paulina drückte sich bequem in das Sitzpolster und ließ ihr früheres Leben wie einen Film ablaufen. Ein schönes Leben – wie das der Opfer. Wohlbehütet und geliebt war sie aufgewachsen. Ohne größere Sorgen. In einer Stadt, die zu denen gehörte, die laut Umfragen eine besonders hohe Lebensqualität boten. Sommerliche Ausflüge mit den liebenswerten, gebildeten, großzügigen Freiburger Adoptiveltern ins Elsass und nach Südtirol, im Winter in die Schweiz zum Skifahren. Dass sie eigentlich andere Eltern besessen hatte, daran dachte sie nicht, sie fühlte sich geborgen. Viele Hobbys, viele Freundschaften, gute Schulen. Die Universität nur zehn Fahrradminuten vom Elternhaus entfernt. Das Studium in Freiburg, auch kurz in Frankfurt, um sich weiterzubilden, dann die Ausbildung.

Sie war ein *guter* Mensch gewesen, der *Gutes* tat. Ein Mensch, der tolerant, umweltbewusst, offen, lebensbejahend war. Sie besaß einen ausgeprägten Gerechtigkeitssinn, sie setzte sich ein für die Benachteiligten, für die Natur, sie kämpfte für Hilfsorganisationen. Sie war nicht nur politisch interessiert, sondern wirklich engagiert, sie trieb Sport, sie besaß interessante Freunde, die ähnlich dachten wie sie, und hatte den einen oder anderen attraktiven Liebhaber gehabt. Ein Leben ohne Makel war es gewesen, ohne störende Elemente.

Bis auf den Mann.

Wann der Fremde Paulina das erste Mal aufgefallen war, das hätte sie gar nicht mehr sagen können. Vielleicht bereits zu Grundschulzeiten. In gewissen Abständen tauchte er auf, den Blick unauffällig auf sie gerichtet. Mehrfach meinte sie, ihn dabei ertappt zu haben, wie er Fotos schoss – von ihr, wie ihr klar wurde. Dreimal pro Jahr, auch vier- oder fünfmal, entdeckte sie ihn. Stets war er allein, nie verhielt er sich merkwürdig – und dennoch haftete ihm etwas Sonderbares an. Er war niemand, der aus der Masse herausstach, im Gegenteil, einfach nur ein Mann, der genau wie sie mit jedem Jahr älter wurde. Sein Bauch wurde runder, sein Gesicht schlaffer, sein Haar spärlich und grau.

Bisweilen hatte sie ihn vergessen. Dann erwischte sie ihn wieder, zum Beispiel wenn sie auf dem Uni-Campus im Sonnenschein eine Pause einlegte und ein Buch las. Mit Freunden auf der Terrasse einer Eisdiele saß. Auf die Straßenbahn wartete, um ins Freiburger Stadttheater oder ins Kino zu fahren.

»Sie wissen noch immer nicht, wer wir sind, oder?«

Die besorgte Stimme neben ihr riss Paulina aus den Erinnerungen.

»Wie sollten sie das herausgefunden haben?«, fragte sie zurück.

»Dann wird auch keiner nach uns suchen, oder?«

»Noch mal: Wie sollten sie darauf kommen?« Sie bemühte sich, beruhigend zu klingen.

»Du hast auch vieles herausgefunden, oder nicht?«

Nein, er war nicht einfältig.

»Hör zu«, sagte sie. »Wir fahren jetzt zum Versteck und bleiben eine Nacht dort. Dank des Generators werden wir es halbwegs warm haben. Wir kriechen in die Schlafsäcke und Decken, und morgen legen wir die nächsten Schritte fest. Ganz in Ruhe.«

»Es sind immer noch einige Vermittler übrig. Vermittler, die ein gutes Leben führen. Mit Kindern, die ein noch besseres Leben führen.« In seinem Tonfall lag etwas Drängendes, als befürchtete er, sie könnte aufgeben.

»Ich weiß«, sagte sie.

»Zum Beispiel in Mainz. Das ist nicht weit von hier.«

»Ich weiß«, sagte sie erneut.

Sie spürte das, was sie schon anfangs an ihm wahrgenommen hatte. Dass diese Aufgabe seinem Leben einen Sinn gab, einen Inhalt. Er würde weitermachen, das war ihr klar. Weitermachen bis zum bitteren Ende.

»Mainz«, wiederholte sie.

»Gehen wir dorthin?«

»Ja. Wir gehen nach Mainz. Morgen. Aber ich möchte, dass wir warten, ehe wir weitermachen – einfach warten, bis ein bisschen Gras über die Sache gewachsen ist.« Sie dachte nach. »Wir werden uns in Mainz umsehen. Alles auskundschaften, was wichtig sein könnte. Aber ohne Eile. Ich habe noch genug Geld. Und wir haben Zeit.«

»Und dann machen wir weiter.« Diesmal war es keine Frage.

»Ja«, hörte sie sich leise erwidern. »Dann machen wir weiter.«

Er schwieg, offenbar zufrieden mit ihrer Antwort, und sie rutschte wieder ab in die Vergangenheit, in jene Zeit vor etwa zwölf Monaten, als der eigenartige Mann mit Bauch und grauem Haar nach längerer Abwesenheit aufs Neue ihre Aufmerksamkeit erregt hatte. Es war bei einem winterlichen Spaziergang entlang der Dreisam gewesen. Sie entdeckte ihn, weil er auf einer Brücke stand, die über den Fluss führte. Er merkte, dass sie ihn ansah, und drehte sich um. Er lief los, und aus einem jähen Impuls heraus setzte Paulina den Gedanken in die Tat um, mit dem sie schon seit vielen Jahren spielte und wozu sich aufgrund seiner geschickten, unauffälligen Art nie die Gelegenheit ergeben hatte: Sie verfolgte ihn. Vorsichtig, sodass er nichts davon mitbekam. Nach einigen Minuten verschwand er in einem kleinen, recht durchschnittlichen Hotel in der Innenstadt.

Paulina drehte den Spieß um. Und beschattete ihn. Doch er tat nichts Bemerkenswertes. Schon am nächsten Tag setzte er sich in seinen Wagen und fuhr Richtung Karlsruhe. Auch auf der Autobahn verfolgte sie ihn. Sie hielt an der Raststätte, an der er eine Pause einlegte und den Tank auffüllte, und sie war noch hinter ihm, als er die Autobahn bei Frankfurt verließ, um in die Stadt abzubiegen, wo er den Wagen bei einer Autovermietung zurückgab. Sie parkte in unmittelbarer Nähe und setzte die Verfolgung zu Fuß fort. Aufgrund ihrer Zeit als Studentin, als sie sich für einige Semester auf der Goethe-Universität eingeschrieben hatte, kannte sie sich hier noch recht gut aus. Sie bestieg dieselbe U-Bahn wie der Mann und ging ihm nach dem Verlassen des Waggons in sicherer Entfernung hinterher, bis er vor einem Wohnblock in der City stoppte und den Hausschlüssel aus der Jackentasche zog.

Sie näherte sich ihm, hielt inne und räusperte sich. Er wirbelte herum und starrte sie entgeistert an.

»Wer sind Sie?«, hatte Paulina schlicht gefragt.

75

Rosen hatte gerade ein Telefonat beendet, als Mara einen Kaffeebecher vor ihm abstellte und einen zweiten auf ihrem eigenen Schreibtisch platzierte. Seit dem Meeting im Besprechungsraum waren etwa zwei Stunden verstrichen, die sie für weitere Recherchen genutzt hatten.

»Gut, dass wir mal unter vier Augen reden«, meinte sie. »Der Rest vom Fest geht mir ab und zu richtig auf den Nerv. Die hören sich gern quatschen, wollen sich vorm Chef profilieren, aber produzieren oft genug nur heiße Luft.«

Rosen nickte zurückhaltend. »Alle sind eben ziemlich fertig.«

Mara nahm einen Filzstift. »Wir haben ein neues Rätsel zu knacken, stimmt's?« In dicken Großbuchstaben schrieb sie auf eines der Blätter, die an der Trennwand hingen: ARKADI GORPISCHIN. »Ich habe schon alles angeleiert. Wir versuchen herauszubekommen, was nach dem Bombenanschlag mit ihm geschah. In welchem Krankenhaus wurden seine Verletzungen behandelt? Was passierte anschließend mit ihm? Wurde er adoptiert? Wovon wir momentan ausgehen. Und wenn ja – von wem? Schulen, Ausbildungen, Jobs, Wohnorte und so weiter. Jede Menge Fragen. Mal wieder.«

»Dafür fügt sich langsam, aber sicher das Bild von Paulina Kinzig zusammen.« Rosen überflog mit ernstem Gesicht seine Notizen. »Ich habe gleich mehrere News beziehungsweise Aktualisierungen zu ihrer Person. Das Engagement für Hilfsorganisationen scheint noch umfangreicher gewesen zu sein, als bislang angenommen. Die Hinweise mehren sich, die sie in Verbindung mit etlichen Aktionen für eine bessere Welt bringen. Ob Umweltschutz, Kinderarbeit, Rechte für Frauen, Armut und Hunger – kaum ein Thema rund um den Erdball, für das sie sich nicht eingesetzt hat.«

»Eine Frau mit Idealen«, meinte Mara nachdenklich. »Meinst du, sie war all die Jahre über im Bilde über ihre Herkunft?«

»Ich kann es mir kaum vorstellen. Den Informationen der Freiburger Kollegen entnehme ich, dass die Adoptiveltern, also die Kinzigs, sich da immer sehr bedeckt gehalten haben, um nicht alten Traumata neue Nahrung zu geben. Offenbar hat man ihr gesagt ihre Eltern, russische Staatsbürger, tätig im diplomatischen Dienst in Deutschland, seien bei einem Autounfall ums Leben gekommen.«

»Wie und wann hat sie mehr erfahren?« Mara setzte sich und trank einen Schluck.

»Zum nächsten Punkt«, fuhr Rosen fort, ohne ihrer Frage Beachtung zu schenken. »Die Asien-Reise, zu der sie aufgebrochen sein soll – und für die Paulina sich von Adoptiveltern und Freunden verabschiedet hat. Sie hat nie stattgefunden. Paulina hat nie online eine Flugverbindung gesucht, wie sie es sonst getan hat, nie ein Flugticket bezahlt. Ihr Reisepass wurde im gesamten Jahr für keine Auslandsreise verwendet.«

»Sie hat die Story mit der Reise erfunden, um Ruhe zu haben.« Mara legte die Beine auf die Tischplatte. »Für andere Vorhaben.«

»Danach sieht es aus.« Raschelnd kramte er in seinen Notizen. »Wie gesagt, es gibt weitere interessante Indizien. Die Kollegen in Freiburg versuchen sich jetzt wirklich ins Zeug zu legen. Vor circa einem halben Jahr trat laut Aussagen einiger Personen aus Paulinas Umfeld eine Veränderung zutage. Zunächst noch fast unbemerkt, stellt es sich nun im Nachhinein so dar, als hätte sie sich aus unerfindlichem Grund ziemlich zurückgezogen. So erschien sie nicht mehr zum Training ihrer Volleyballmannschaft, ging nicht mehr so häufig mit Freundinnen aus, und auch ihr Einsatz bei der täglichen Arbeit ließ angeblich in auffälligem Maße nach. Sie schien sich mit Dingen zu beschäftigen, die sie – im Gegensatz zu früher – für sich behielt, und brach außerdem immer wieder mit dem Auto zu Fahrten mit unbekanntem Ziel auf. Allein, manchmal für mehrere Tage. Was mich schon zum nächsten Punkt bringt. Nämlich ihrem Auto. Paulina hat es verkauft.«

»Und was ist daran so ungewöhnlich?«, fragte Mara, die aufmerksam zuhörte.

»Der Verkauf fand kurz vor der angeblichen Asien-Reise statt. Und war nur einer von etlichen Veräußerungen, die Paulina online getätigt hat, obwohl sie in zurückliegenden Jahren praktisch nie als Verkäuferin in Erscheinung getreten ist. Neben ihrem Wagen versetzte sie wertvollen Schmuck, eine teure Armbanduhr, eine ebenfalls teure Fotokamera, diverse Einrichtungsgegenstände, die die Adoptiveltern ihr geschenkt hatten, ein Macbook, ein Rennrad. Und so weiter, und so weiter.«

»Sie hat Geld angehäuft.«

»Und zwar auf die Hand. Nach den Verkäufen hat sie mehrfach größere Beträge in bar abgehoben, sodass ihr bis dato recht ansehnliches Guthaben, angelegt in Fonds und einfach auf Giro- sowie Tagesgeldkonto, recht schnell merklich schrumpfte.« Rosen sah auf und suchte Maras Blick. »Und wann haben die Verkäufe aufgehört? Beziehungsweise wann hörte Paulina auf, Spuren zu hinterlassen und wurde quasi zu einer Unsichtbaren?«

»Kurz vor dem ersten Mord, schätze ich.«

Er nickte eifrig. »Kurz vor dem Mord an Simon Jenal.«

»In dem halben Jahr, in dem Bekannte eine Veränderung bei der Dame bemerkt haben wollen, bis zu ihrem – nennen wir es – Untertauchen und dem Mord an Jenal. Da ist einiges mit ihr passiert, richtig?«

Wiederum nickte er. »Das ist die Phase, in der sie sich nicht mehr wie zuvor mit ihrem ganz alltäglichen beruflichen und privaten Leben beschäftigte, sondern offenbar von etwas anderem in Atem gehalten wurde.«

»Pläne schmieden.«

»Vor der Planung kommt die Recherche, denke ich«, korrigierte Rosen.

»Stimmt. Sie wird sich mit sich selbst beschäftigt haben – mit den Geheimnissen, die ihr kurzes Leben vor der Adoption betrafen.« Mara betrachtete grübelnd den Kaffeebecher in ihrer Hand. »Bleibt die Frage, wie sie davon erfuhr, dass sie einen Bruder hatte.«

»Wie sie überhaupt *alles* erfuhr. Hm, was war der springende Punkt?«

»Je mehr bei der Recherche herauskam, desto mehr ging sie wohl in die Planungsphase über. Dazu gehörte eben auch, ein Geldpolster verfügbar zu machen. Sie wusste, dass sie es brauchen würde. Etwa für Unterkünfte, für Leihwagen, für alles, was man benötigt, wenn man sein geregeltes Leben aufgibt.« Mara schüttelte den Kopf. »Es ist ein Jammer.«

»Was genau jetzt?«

»Das mit dem ockerfarbenen Haus. Wären wir beide dort gewesen, hätten wir es womöglich verhindern können, dass die beiden entkommen.« Sie leerte ihren Becher.

»Die Kinder der Gorpischins«, meinte Rosen und starrte vor sich hin. »Die Welt ist verrückt, findest du nicht? Und in unserem Job zeigt sie sich immer von ihrer brutalsten, unberechenbarsten Seite.«

»Wir haben jemanden, an dessen Fersen wir uns heften können, aber wir wissen nicht, wo …« Mara verstummte und warf einen Blick aus dem Fenster. Über den Dächern hingen Wolken, die sich so prall vor dem düsteren Himmel abzeichneten, als könnten sie jeden Moment zerplatzen. Es war fast schon wieder Abend geworden. »Shit! Wo können wir ansetzen?«

»Hmmm«, machte Rosen gedehnt. Er schielte in seinen fast noch vollen Becher, entschied sich aber dagegen, davon zu trinken.

»Da wäre das Haus im Taunus«, meinte Mara, selbst nicht überzeugt.

»Das Wochenendhaus der Tannheims?« Rosen sah sie skeptisch an.

»Sehr einsam gelegen. Man kann nicht einfach hinfahren und es in Brand setzen. Man muss es beobachten, sich mit der Umgebung vertraut machen. Länger als einen Tag, oder?«

Mara rollte mit ihrem Stuhl hinter Rosens Schreibtisch, damit sie neben ihm sitzen und auf seinen Laptopmonitor sehen konnte. Minutenlang studierten sie virtuelle Karten im Internet, die die Gegend rund um das Haus zeigten.

»Wo würdest du übernachten, Rosen?«

Er ließ den Cursor um eine kleine Ortschaft tanzen. »Wahrscheinlich bietet nur dieses Dorf eine Übernachtungsmöglichkeit. Hier befindet sich auch die Tankstelle, an der Nathalie entführt worden ist und man ihre Beschützer umgebracht hat. Aber selbst wenn wir nachweisen können, dass Paulina und Arkadi hier untergekommen sind, wird es uns jetzt nichts mehr nützen. Sie haben gewiss unter falschem Namen eingecheckt und bar bezahlt.«

»Trotzdem wäre es ein weiteres Teilchen in unserem großen Puzzle.«

»Nachprüfen müssen wir es in jedem Fall.«

Mara rollte wieder hinter ihren eigenen Schreibtisch. »Welche Möglichkeiten haben wir noch?«

»Nun ja, das Auto.«

»Der grüne VW Golf, den der Tankwart in dem Nest im Taunus gesehen hat. Wie viele davon gibt es? Trillionen?« Sie zuckte vage mit den Schultern, dann ruckte ihr Kinn hoch. »Wenn es allerdings ein Leihauto war …«

»Woran denkst du?«

»An etwas, das mir total entfallen war. Auf dem Weg zu Jewdokimovs früherem Haus – da ist mir ein grüner Klein-wagen entgegengekommen. Es ging sehr schnell, außerdem herrschte Schneetreiben, aber es hätte ein Golf sein können. Übrigens mit Hamburger Kennzeichen.«

»Hamburg?«, kam es von Rosen.

»Entweder hatte der Fahrer einen weiten Weg hinter sich – oder es war eben ein Leihwagen. Wenn mein Italiener mal in die Werkstatt muss, leihe ich mir immer Autos. Und die haben oft ein Hamburger Kennzeichen.«

»Okay.« Rosen schaute nicht mehr so skeptisch. »Wo ist in Frankfurt und Umgebung ein grüner VW Golf mit Hambur-ger-Kennzeichen ausgeliehen worden?«

»Und vor allem, von wem? Denn es könnte sein, dass das Auto noch im Besitz von Paulina und Arkadi ist.«

»Ja, klar. *Falls* sie es waren.« Er notierte sich wieder etwas und begann E-Mails vorzuschreiben, um sie später ausführ-licher zu formulieren und abzuschicken.

»Wo können wir *noch* ansetzen?« Mara ließ nicht locker.

Er hob die Schultern. »Lass uns noch einmal alles rekapitu-lieren. Also, der Mord an Simon Jenal war der Anfang. Damit wurden aus möglichen Plänen konkrete Straftaten.«

»Der Mord war nötig, um Informationen zu sammeln. Es folgten die Morde an Elke Neubert und Max Dereven. Je-weils in einem anderen Bundesland. Dann ging es zurück nach Frankfurt. Volle Konzentration auf die Stadt, in der noch viele frühere Vermittler lebten – oder in deren Umgebung. Man hatte viel vor. Nicht nur zu töten, sondern auch zu erpressen. Das ist sowieso ein Stichwort. Weshalb wurde Karabasch als Einziger erpresst?«

»Lass uns nicht von Punkt zu Punkt springen, sondern bei einer Sache bleiben«, meinte Rosen in seiner üblichen bedäch-tigen Art. »Also beim Stichwort Frankfurt.«

»Gut, Frankfurt. Wo kommt man unter?«

»In einem Hotel, einer Pension.«

»Oder bei einer privaten Zimmervermietung. Ganz leicht zu finden im Netz. Meistens eine anonyme Sache.« Mara lachte. »Oder man besetzt ein leer stehendes Haus.«

Rosen musste schmunzeln. »Schön preiswert, aber zu kalt im Winter.« Sofort wurde er wieder ernster. »Apropos leer stehend. Das hatte ich ganz vergessen, dir zu sagen. Ich habe recherchiert, wo die Gorpischins gewohnt haben. Alte Grundbucheintragungen haben es mir ausnahmsweise mal relativ einfach gemacht. Offensichtlich hatten sie ein Eigenheim in der Hansaallee.« Er beschrieb ihr genauer die Stelle, die er meinte. »Dort, wo heute die Sozialblöcke stehen, die ziemlich verfallen sind. Nach allem, was ich weiß, existiert ihr ehemaliges Haus nicht mehr. Da sollen demnächst Neubauten entstehen. Sowohl Wohnraum als auch Geschäftsgebäude.«

Sein Bürotelefon klingelte. Er nahm den Hörer ab, meldete sich und sprach nicht länger als zwei Minuten. Als er wieder auflegte, nickte er zufrieden. »Wie haben wir vorhin gesagt? Es mag ein langer Weg gewesen sein, aber allmählich fügt sich tatsächlich alles zusammen.«

»Wer war das?«, wollte Mara wissen.

»Schon wieder die Kollegen aus Freiburg.« Er fuhr sich beiläufig über sein unrasiertes Kinn. »Sie haben herausgefunden, wer die kleine Paulina damals zur Adoption freigegeben hat. Es waren ein Mann und eine Frau.«

Mara stützte den Ellbogen auf den Tisch und das Kinn auf die Faust. »Mach's nicht so spannend.«

»Der Mann hieß Simon Jenal. Und die Frau Ramona Steininger.«

Mara nickte. »Ja, Stück für Stück setzt sich das Puzzle zusammen.« Sie verschränkte die Arme vor der Brust und lehnte sich im Stuhl zurück. »Ramona Steininger klingt wie … Radka Steinmann.«

»Das finde ich auch.«

»Wir sind näher dran als je zuvor.« Sie setzte ein schiefes Grinsen auf. »Aber immer noch nicht nah genug.«

»Dazu brauchen wir Paulina und Arkadi.« Rosen machte eine vage Geste. »Hoffentlich bringt die Großfahndung etwas. Immerhin jagen wir keine Unsichtbaren mehr, es gibt ein Foto der Frau und die Beschreibung eines auffällig großen Mannes, der sich mit seinen Narben aus der Masse abhebt.« Er blickte auf seine Armbanduhr und erhob sich.

Etwas abrupt, wie ihr auffiel. »Was ist los?«

»Nichts, ich brauche nur mal eine Pause.« Er griff nach seiner Jacke, die über der Stuhllehne hing. »Und eine Portion Schlaf.« Rasch schlüpfte er hinein. »Sorry, Billinsky.«

»Schon gut.«

»Nur ein paar Stunden aufs Ohr hauen, dann kann's von mir aus direkt weitergehen.«

»Schon gut«, wiederholte sie, ohne ihn aus den Augen zu lassen.

»Ich melde mich.« Nach einem kurzen Gruß mit der Hand schob er sich an der Trennwand vorbei.

Mara verfolgte ihn mit einem letzten Blick, und ihr wurde klar, dass sie ihm nicht glaubte.

Was hast du vor, Rosen?, fragte sie ihn lautlos.

76

Kein Mond, keine Sterne. Nur die Lichtkegel der Laternen durchdrangen die bleigraue Welt aus Kälte und Nebel.

Jan Rosen war vom Präsidium durch die Stadt hierhergefahren. Er hatte seinen Audi am Straßenrand geparkt, den Motor ausgeschaltet und gewartet. Fast pausenlos hatte er den Blick auf den Ausgangsbereich der Klinik gerichtet. Doch es tat sich nichts. Die Angaben, wann der Mann, um den es ihm ging, das Krankenhaus verlassen durfte, waren widersprüchlich gewesen, und so wollte er nichts dem Zufall überlassen. Er durfte ihn nicht verpassen.

Die Sekunden schlichen dahin, die Minuten, die Viertelstunden. Noch immer war es für ihn nicht leicht, allein in seiner Wohnung zu sein. In jeder Ecke schien er Anyanas Anwesenheit zu spüren, und so empfand er die Enge des Wagens gar nicht einmal als so bedrückend.

Als er merkte, dass er von Zeit zu Zeit einnickte, stieg er aus, um ein paar Schritte zu gehen, ungeachtet der eisigen Luft. Die Bewegung tat ihm gut, ließ ihn wacher werden. Die Mütze tief im Gesicht, einen Schal um den Hals, den Reißverschluss der Winterjacke bis zum obersten Zahn zugezogen, achtete er darauf, sich nicht zu weit vom Eingang zu entfernen.

An einem der nächsten Tage würde der Mann die Klinik verlassen müssen, so hartnäckig und unverschämt er angeblich auch den Aufenthalt auszudehnen versuchte, und dann würde Rosen da sein.

Das zumindest hatte er sich vorgenommen.

Es war einfach viel zu kalt, um hier herumzuschlendern. Also rettete er sich doch wieder ins Auto. Er schaltete die Heizung ein, ließ leise das Radio laufen, obwohl er alle Sender eigentlich unerträglich fand. Er rieb die Hände aneinander und achtete darauf, dass das Fahrerfenster einen Spaltbreit offen war, denn die Wärme wirkte sogleich einlullend.

Hier erging es ihm wie in den eigenen vier Wänden, Anyana schien auf gespenstische Weise bei ihm zu sein. Sie verloren zu haben schmerzte nicht nur innerlich, auch physisch. Es tat so verdammt weh. Ihm standen Tränen in den Augen. Das passierte ständig, fast jedes Mal, wenn er allein und unbeobachtet war. Er wusste, dass es kein Entrinnen gab, immer würde er das mit sich herumschleppen, die Schuld an ihrem Tod. Das Bild würde ihn verfolgen: Anyana leblos auf dem funkelnden Chromtisch. Alles hätte er anders machen sollen. Alles.

Er fuhr sich übers Gesicht, und plötzlich fühlte er die Pistole, die in seinem Hüftholster steckte, deutlicher als sonst. Als würde sie ein Eigenleben führen und ihn daran erinnern wollen, dass es sie gab. Er fasste nach hinten und veränderte ihren Sitz, damit er ihren Druck nicht mehr so spürte. Nie hatte er die Waffe außerhalb seines Dienstes auch nur berührt – außer für Anyana. Und selbst jetzt, da sie nicht mehr lebte, würde sie ihn womöglich dazu bringen.

Was war nur mit ihm geschehen, mit seinem Alltag?

Er suchte seinen Blick im Rückspiegel, betrachtete seinen Bart, die müden Augen, und ihm war, als hätte er es in diesem Moment mit einem Fremden zu tun. Die Wut, die ihn erfüllt und ihn hierhergetrieben hatte, kannte er nicht an sich. Die Wut, die sich in einer Sehnsucht nach Gewalt entlud. Nein, das kannte er wirklich nicht an sich, und er gestand sich ein, dass ihm dieses Gefühl Angst bereitete. Er versuchte in dem Gesicht im Rückspiegel zu lesen, doch es gelang ihm nicht. Bedrückt sah er woandershin. Automatisch glitt sein Blick erneut zum Eingangsbereich der Klinik.

Er würde weiter warten. Voller Geduld, voller Wut. Und

sollte der Moment kommen, dann würde er nicht zögern, wie sonst so oft, sondern handeln. Das wusste er. Und genau das war es ja, was diese schwelende Furcht in ihm auslöste. Es war die Furcht vor dem, was er tun würde.

77

Sie rollte sich im Schlafsack zusammen. Der Generator brummte leise, von der anderen Ecke des Raums drangen Schnarchgeräusche zu ihr. Er schlief also schon. Das blutige Zusammentreffen mit den beiden Polizisten schien ihn wohl doch nicht allzu sehr durcheinandergebracht zu haben.

Paulina hingegen fühlte sich hellwach. Sie dachte an die Ereignisse des Tages, aber auch die Vergangenheit schlich sich wieder in ihre Grübeleien. Etwa jener Moment, als sie dem Mann, der sie über Jahre hinweg beobachtet hatte, gegenübergetreten war, vor dem Haus in der Frankfurter City, in dem er wohnte. Ihr Erscheinen hatte ihn so überrascht, dass er weder einen Ausweg aus der Situation noch irgendwelche Notlügen fand. Er ließ sich auf ein Gespräch mit ihr ein, vielleicht auch, weil er einfach der Ansicht war, dass sie Antworten verdient hatte. Er bat sie nicht in seine Wohnung – noch nicht. Aber sie gingen zusammen in ein Café in der Nähe. Dieser ersten Unterhaltung folgten weitere, immer öfter nutzte Paulina die freien Wochenenden zu der gut zweistündigen Fahrt nach Frankfurt, um sich mit dem Mann zu treffen, der sich ihr schließlich als Simon Jenal vorgestellt hatte.

Er eröffnete ihr, dass er die Fotos, die er machte, einer Frau übergab, die einmal versucht hatte, Paulina zu adoptieren – was aber nicht geklappt hatte. Wer die Frau war, das verschwieg er ihr. Zumindest ließ er sie wissen, dass die geheimnisvolle Dame in all den Jahren sehr oft an sie gedacht hatte und einfach nur brennend daran interessiert war, was aus Paulina wurde. Sie wollte informiert sein – aber nie war es ihre Absicht, in Paulinas Leben zu treten oder in irgendeiner Form Einfluss auf sie auszuüben. Wie Jenal das alles vorbrachte, wirkte glaubhaft auf Paulina. Ansonsten schien er allerdings gern die Wahrheit zu umschiffen und viele Punkte auszulassen, das spürte sie.

Dennoch erfuhr sie dank Jenal zum ersten Mal etwas über ihre wahren Eltern. Zwar erzählte auch er das Märchen von dem Autounfall, aber durch ihn kam heraus, dass Paulinas Vater und ihre Mutter aus der ehemaligen Sowjetunion stammten. Und durch ihn hörte Paulina erstmals davon, dass sie einen älteren Bruder hatte: Arkadi.

Was Jenal nicht ahnte, war die Tatsache, dass Paulina auch auf eigene Faust zu recherchieren begann. Und so mühsam es auch war, Ämter abzuklappern, Archive zu durchstöbern und mit pensionierten Beamten zu sprechen, die sich einst um Adoptionen gekümmert hatten – schließlich fand sie ihren Bruder, den Mann, den sie Monster und Quasimodo nannten. Diese Begegnung war noch prägender für sie als das Zusammentreffen mit Simon Jenal. Sie hörte sich Arkadis Geschichte an und verglich sie mit ihrem eigenen Lebensweg. Und in ihr begann es zu arbeiten.

Noch öfter besuchte sie Jenal, jetzt sogar in seiner Wohnung. Sie merkte, dass es ihm gefiel, wenn sie mit ihm flirtete – und dass sie so noch mehr Details aus ihm herausbekam. Sie tranken Glas um Glas von dem Weißburgunder, den sie vom Kaiserstuhl mitbrachte, und sie erfuhr von einem ziemlich angesäuselten Simon Jenal von der Trauerfeier, die in einem Blutbad geendet hatte. *Pominalnij stol.* Der Begriff brannte sich in Paulinas Gedächtnis ein, und die Narben in Arkadis Gesicht und die Geschichte seines Lebens förderten einen Zorn in ihr zutage, den sie nicht an sich gekannt hatte. Auch sie und Arkadi hätten den Tod finden sollen, an diesem lange zurückliegenden Tag auf dem Frankfurter Hauptfriedhof, und das ließ Paulina nicht mehr los: Ihre ganze Familie war in Sekundenbruchteilen ausgelöscht worden. Das wütete in ihr, es war ein loderndes Feuer irgendwo in ihrem Herzen.

Wer für das Zünden der Bombe verantwortlich gewesen war, darüber schwieg Jenal eisern. Auch warum so viele Menschen hatten sterben müssen, das erwähnte er mit keinem Wort. Für Paulina stand fest, dass sie einen anderen Weg finden musste, Jenal die Wahrheit abzuringen, und bei weiteren Treffen mit Arkadi nahmen Pläne Gestalt an, die immer verwegener wurden.

Diese Pläne hatten sie letztlich hierhergeführt, in dieses leere Haus, in diesen Schlafsack, an die Seite ihres Bruders, von dem sie lange nichts geahnt hatte. Sie lauschte seinem Schnarchen und dem Brummen des Generators. Morgen würden sie die Stadt fürs Erste verlassen. Doch ihr Weg war bei Weitem noch nicht zu Ende. Der Zorn loderte noch immer in ihr. Der Zorn über die Ungerechtigkeit der Welt. Darüber, dass Menschen Verbrechen begingen und nie zur Rechenschaft gezogen wurden. Darüber, dass man eine Familie einfach vom Erdboden verschwinden lassen konnte und ungestraft davonkam.

Sie würden weitermachen.

Ihr Weg war noch nicht zu Ende.

78

Es fiel Mara Billinsky schwer, Schlaf zu finden. Immer wieder warf sie sich von der einen auf die andere Seite, immer wieder spukten die Ereignisse der letzten Tage in ihrem Kopf umher. Irgendwann gab sie den Kampf gegen die Gedanken auf, die sie wach hielten. Sie lag in der Dunkelheit und lauschte aus der Erinnerung den letzten Gesprächen, sah die frostige Begegnung mit Staatsanwalt Christian von Lingert, dachte an den Austausch mit Jan Rosen im Büro. Fakten, Andeutungen, Vermutungen, lose Fäden, alles wirbelte in ihrem Schädel durcheinander.

In der schmalen Öffnung, die die Fenstervorhänge ließen, wurde das tiefe Nachtschwarz allmählich aufgeweicht von dem trostlosen, düsteren Grau, das die Stadt seit Wochen fest in der Hand hatte.

Mara wühlte sich aus den Decken und setzte sich in einem zu großen Ramones-T-Shirt in die Küche. Vor ihr auf dem Tisch dampfte eine riesige Tasse Kaffee. Sie hatte die bloßen Füße auf der Stuhlfläche abgesetzt, die Beine angezogen und hielt sie mit den Armen umschlungen. Die eigenen Gedanken hetzten sie immer noch durch die Ereignisse der vergangenen Tage. Eine bestimmte Bemerkung Jan Rosens blieb ihr dabei beharrlich im Gedächtnis.

Sie nahm eine ausgiebige Dusche und trank eine weitere Tasse pechschwarzen Kaffee. Mit Rollkragenpullover, Hoodie und Lederjacke wieder einmal nur unzureichend geschützt gegen den Winter, verließ sie das Haus. Umgeben von kaltem Dunst legte sie den Weg in die Parallelstraße zurück, wo sie am Vorabend einen Parkplatz gefunden hatte. Weiterhin beschäftigte Rosens Bemerkung ihre Gedanken.

Als sie den Alfa startete, beschloss sie, einen Umweg zum Präsidium zu fahren, auch wenn sie sich nichts davon versprach. Sie stellte die Musik laut ein, ließ die Heizung brummen und schlängelte sich durch den zähen Verkehr. Noch immer konnte sich das Tageslicht nicht durchsetzen. Der Himmel blieb grau. Die Gebäude rechts und links des Asphalts wirkten abweisend und dunkel, es war beinahe, als würde sie durch eine Geisterstadt fahren.

Mara bog in die Hansaallee ein und befand sich schon wieder in einer langen Reihe langsam vorwärtskriechender Autos. Sie setzte erneut den Blinker und fuhr in eine schmale abzweigende Gasse, wo sie mühelos einen Parkplatz fand. Eine beißende Windböe empfing sie beim Aussteigen. Schnell setzte sie sich in Bewegung, als könnte sie so der Kälte entkommen, und befand sich rasch wieder in der Hansaallee. Sofort entdeckte sie die alten, leer stehenden Sozialwohnungen, die bald durch Neubauten ersetzt werden sollten, wie Rosen erklärt hatte. Es handelte sich um dunkle, hässliche Wohnblöcke, deren Fenster wie schwarze Augen auf sie herabzustarren schienen.

Etwas dahinter erhoben sich, ebenfalls wie Rosen es erläutert hatte, weitere unbewohnte Gebäude, jedoch keine Blöcke, sondern Eigenheime, die vor Jahrzehnten sogar einen gewissen Protz ausgestrahlt hatten. Und ausnahmsweise hatte Rosen sich geirrt, denn das Haus, das er ihr beschrieben hatte, stand durchaus noch an Ort und Stelle. Es schien aus Schneematsch und Geröll zu wachsen, umweht von Nebel, so schadhaft wie das kleine ockerfarbene Gebäude in der Einöde bei Oberrad. Der Putz blätterte ab, die Dachlinie verlief nicht mehr gerade, Ziegel fehlten, die Fensterscheiben bestanden nur noch aus ein paar vereinzelt in den Rahmen steckenden Splittern.

Mara hielt inne.

Unter dem bleifarbenen Himmel lag die Umgebung wie tot vor ihr, jedes Haus wie ein Überbleibsel aus vergangenen Tagen, farblos, verfallend, vergessen. Die Straße mit den monoton dröhnenden Fahrzeugen befand sich in ihrem Rücken, vor ihr nichts als trübe Dunkelheit, durchsetzt von Nebelfetzen.

Bis auf einen einzelnen Lichtpunkt.

Trotz der Kälte durchfuhr es Mara ganz kurz brennend heiß.

Langsam näherte sie sich dem dreistöckigen Haus, in dem einst die Gorpischins gelebt hatten. An vier Stellen geneigtes Mansarddach, hellgelbe Farbe, schmale Rechteckfenster. Eines davon war erleuchtet. Im ersten Stock. Nicht grell wie beim Licht einer elektrischen Lampe, sondern schwächer, durchscheinender.

Eine Kerze?, fragte sich Mara. Vorsichtig näherte sie sich. Eine gewisse Aufregung erfasste sie, obwohl wahrlich kein Grund dafür vorlag. Es war nur ein Lichtschein, nichts weiter. Und doch verspürte sie ein leichtes Kribbeln. So viele Wege waren umsonst gewesen, so viele Fragen unbeantwortet geblieben. Wartete ausgerechnet hier, in dieser trostlosen Umgebung, in dieser verdammten Kälte so etwas wie ein Lichtblick – im wahrsten Sinne des Wortes?

Mara näherte sich vorsichtig. Sie befand sich nun so nahe am Haus, dass sie die Wand hätte berühren können. Sie stoppte. Stand regungslos. Lauschte in die Stille. Ein leises Brummen drang durch das Gemäuer zu ihr nach draußen. Was war das? Ein Generator? Denkbar.

Sie brachte wieder mehr Abstand zwischen sich und das Gebäude und zog sich zwischen kahle Sträucher zurück. Ihre Doc-Martens-Stiefel sanken in den krustigen Matsch ein, ein Zweig kratzte die Wange. Vor ihren Augen tanzte ihr Atem in Wölkchen. Unentwegt behielt sie das erleuchtete Fenster im Blick.

Warum war sie hier? Intuition? Sicher. Auch durch den unausgesprochenen Zwang, dass man jeden Ort, von dem man erfuhr und der bei Ermittlungen eine gewisse Rolle spielen könnte, mit eigenen Augen gesehen haben musste. So war es schließlich auch bei dem ockerfarbenen Haus bei Oberrad gewesen.

Das Kribbeln hatte sich jedenfalls nicht gelegt. Mara war hellwach, die Kälte setzte ihr nicht mehr ganz so zu, zumindest redete sie sich das ein. Ihr war bewusst, wie sehr sie nach einem Erfolgserlebnis lechzte.

Dort oben, hinter dem Fenster, dessen Scheibe noch intakt war, befand sich jemand. Obdachlose, die Schutz vor den Temperaturen suchten? Gewiss, das war möglich, aber der Generator sprach eher dagegen. Falls es sich um einen Generator handelte.

Wieder setzte sich Mara in Bewegung. Sie umrundete das Haus einmal komplett. Bevor sie sich Zutritt verschaffen würde, wollte sie sich erst mal ein umfassenderes Bild machen. Da die Fensterscheiben im Erdgeschoss fast alle kaputt waren, würde es keine Herausforderung sein, ins Innere zu gelangen. Ansonsten fiel ihr bei ihrer Runde nichts Besonderes auf.

Als sie wieder bei den Sträuchern war, atmete sie durch. Sie hatte gerade eines der Fenster für den Einstieg ausgewählt, als sich im schwachen Kerzenschein im ersten Stock jemand im Fensterrahmen zeigte. Ganz kurz nur, vielleicht für eine oder zwei flüchtige Sekunden.

Doch das hatte Mara genügt.

Für sie gab es keinen Zweifel.

Die langen blonden Haare unter der Wollmütze, das schön geschnittene Gesicht, in dem selbst auf die Entfernung der stolze Blick aus den eindrucksvollen Augen zu erkennen gewesen war.

Es war Paulina, die sich in dem Haus befand.

Nun drängte es Mara noch stärker, sich ins Innere zu schleichen und die geheimnisvolle Frau zu stellen und ihr von Angesicht zu Angesicht gegenüberzustehen. Auch – und gerade erst recht – wenn Paulina in Begleitung ihres Bruders war, wovon Mara ausging. Aber sie konnte sich gut vorstellen, wie wenig erfreut Klimmt über diesen weiteren Alleingang gewesen wäre.

Nein, diesmal würde sie sich zurückhalten.

So zog sie nicht ihre Waffe hervor, sondern das Handy. Mit einem schnellen Anruf informierte sie die Kollegen und kündigte an, die Stellung zu halten, bis Verstärkung eintreffen würde.

Das Warten kostete Nerven. Die Kälte umschloss sie wieder mit eisenharter Faust. Ihre Füße fühlten sich an wie Eisblöcke, sie klapperte schon mit den Zähnen.

Doch das Fenster ließ sie nicht aus den Augen.

Niemand zeigte sich mehr hinter der verschmutzten Scheibe.

Die tiefen Temperaturen, die Stille, der Zwang, untätig zu bleiben. Es war unerträglich für Mara, die unablässig die Hände in die Hosentaschen wühlte, um sie dann doch wieder aneinanderzureiben, und von einem Bein aufs andere sprang, um irgendwie in Bewegung zu bleiben und das Blut zirkulieren zu lassen. Über ihr hing der inzwischen hellgraue Himmel wie eine endlose Schneewüste. Der Nebel war dichter geworden und erschwerte die Sicht.

Nach einer gefühlten Ewigkeit hörte Mara das schmatzende Geräusch von Schritten. Jemand näherte sich ihr, und sie atmete erleichtert auf, als sich aus dem Dunst drei vertraute Gestalten schälten. Klimmt, Schleyer und Rosen. Sie verständigten sich durch Handzeichen, Mara hatte ja bereits am Telefon alles durchgegeben, und seither hatte sich nichts getan.

Gleich darauf tauchten fünf uniformierte Beamte auf, die die Körperschutzausstattung trugen – neben Helm und Schutzweste zusätzlich Protektoren für Arme und Beine. Bewaffnet waren sie lediglich mit Dienstwaffen und Mehrzweckeinsatzstöcken. Es hatte eben schnell gehen müssen.

Kreisförmig verteilten sie sich um das Gebäude. Klimmt beorderte Schleyer zu sich, bedeutete Mara und Rosen, an Ort und Stelle zu bleiben, und machte sich zur gegenüberliegenden Seite des Hauses auf.

Von der etwas abseits liegenden Hansaallee ertönte auf einmal das durchdringende Heulen einer Polizeisirene. Gewiss Kollegen auf dem Weg zu einem anderen Einsatz. Der Lichtschein im Fenster über ihren Köpfen erlosch augenblicklich. Auch das gedämpfte Brummen erstarb.

»Shit!«, sagte Mara kaum hörbar. Sie zog die Pistole und entsicherte sie, Rosen tat dasselbe. Sie wechselte einen Blick mit ihm, dann starrte sie erneut auf das Haus. Aus diesem skelettartigen Gebäude gab es viele Fluchtmöglichkeiten, daran bestand kein Zweifel. Auch wenn sie genügend Leute sein müssten – man konnte nie wissen, was bei einem Einsatz geschah, welche unvorhersehbaren Situationen eintraten.

Wo würdest du versuchen herauszukommen?, fragte sie sich.

Ein Kopf tauchte am eben noch erleuchteten Fenster auf, ganz kurz, nur für den Bruchteil eines Wimpernschlags.

Hatte man sie entdeckt?

Ersten Sonnenstrahlen gelang es, die Wolkenschicht zu durchdringen, doch es wurde kaum heller. Der Nebel ballte sich immer stärker, der Wind fauchte. Im nächsten Moment erklang ein Geräusch: das Klirren von zersplitterndem Glas.

Verschafften sich die Kollegen Zutritt – oder handelte es sich um ein Ablenkungsmanöver derjenigen, die sich innerhalb der alten Mauern befanden?

Weitere Geräusche. Schritte. Verhalten gerufene Kommandos.

Anscheinend waren die anderen von mindestens zwei Seiten ins Haus eingedrungen. Mara deutete hektisch auf ein Fenster im Erdgeschoss, das nur noch aus dem morschen Rahmen bestand.

Rosen nickte und gab ihr Feuerschutz.

Sie eilte auf das Fenster zu, hielt inne und zog sich auf die eiskalte Fensterbank. Rasch glitt sie ins Innere und blickte zurück.

Rosen folgte ihr, doch im seifigen Schneematsch glitt er aus. Er landete auf dem Hinterteil. Sein Gesicht zeigte Überraschung, die Waffe entglitt seinen klammen Fingern. Hastig erhob er sich und tastete dabei nach der Pistole. Ein Schatten senkte sich auf ihn, und es dauerte einen surrealen Moment, bis Mara bewusst wurde, dass ein wahrer Riese aus dem ersten Stock ins Freie gesprungen war.

Der Fremde fiel krachend auf Rosen, der aufschrie. Sie rangen, doch der Mann versetzte ihm einen Schlag mit einer mattschwarzen Pistole, die er in der Hand trug und die Mara, die noch am Fenster stand, zunächst nicht hatte sehen können.

Als Rosen zu Boden sank und regungslos liegen blieb, brüllte Mara: »Waffe weg!«

Der Fremde wirbelte herum und schoss in ihre Richtung. Geistesgegenwärtig fiel sie auf die Knie, zwei Projektile pfiffen über ihren Kopf hinweg und endeten als surrende Querschläger irgendwo hinter ihr.

Als sie sich wieder erhob, sah sie gerade noch die zweite Silhouette eines Menschen, der aus dem ersten Stock gesprungen war, diesmal eine kleinere, schlankere Gestalt. Blonde Haare flogen – es war die Frau.

Der Mann feuerte erneut in Maras Richtung, die Kugeln jagten um sie herum, Putz regnete von der Decke auf sie herab. Abermals ließ sie sich auf die Knie fallen. Auf allen vieren bewegte sie sich zum Fenster hin. Vorsichtig spähte sie über die Fensterbank hinweg.

Sie sah den Mann in Richtung der Sträucher und einer Wand aus Nebel davoneilen. Die Frau wollte ihm folgen, doch plötzlich kam wieder Leben in Rosen, der sie im Liegen an den Beinen packte und zu Boden riss.

Mara sprang auf und überwand die Fensterbank mit einem Satz. Gerade als sie wieder Erde unten den Füßen hatte, blickte der Mann im Laufen über die Schulter nach hinten. Sie sah ihm direkt in die Augen. Eine seltsame Verzweiflung lag in seinem Blick. Dann hechtete er in die Sträucher, der Nebel verschluckte ihn.

Mara nahm die Verfolgung auf. Die uniformierten Beamten tauchten links und rechts von ihr auf und schlossen sich an, die Waffen schussbereit erhoben. Im Rennen warf Mara einen Blick auf Rosen, der die blonde Frau mit aller Kraft in den Matsch drückte. Sie versuchte, ihn abzuschütteln, zu treten, zu beißen, doch es gelang ihm, sie umzudrehen und ihr die Arme auf den Rücken zu pressen, um ihr Handschellen anzulegen.

Sofort nahm Mara wieder die Sträucher ins Visier. Sie zwängte sich in das Geflecht aus Zweigen, die ihr erneut die Wangen zerkratzten. Als sie gemeinsam mit den Kollegen das Gestrüpp überwunden hatte, lag eine freie Rasenfläche vor ihr, über der Nebel waberte. Nur schemenhaft sahen sie die flüchtende Gestalt.

Mara rannte weiter, gefolgt von den anderen.

Er darf nicht entwischen!, pochte es hinter ihrer Stirn.

Es war früher Morgen. Für Edgar Billinsky ein wichtiger Morgen.

Zum ersten Mal, seit er hier aufgewacht war und nicht gewusst hatte, wo er sich befand, hatte man seinen Kopf von dem Verband befreit. Nach einer Untersuchung brachte man ihn zurück in das Einzelzimmer, das er inzwischen bezogen hatte. Es tat gut, dass der Verband weg war. Jetzt stand Edgar am Fenster und blickte auf die Stadt, in der er sein ganzes Leben verbracht hatte – und in der er fast gestorben wäre.

Der Traum von Radka und Mara hatte ihn nicht wieder überfallen, und das betrübte ihn beinahe ein wenig. Es war das erste Mal seit langer Zeit, dass er wirklich Sehnsucht nach jemandem empfand. Wie sehr hätte er sich über einen weiteren Besuch seiner Tochter gefreut, doch sie war nicht mehr aufgetaucht. Mehrfach hatte er mit dem Gedanken gespielt, sie anzurufen, war dann aber doch davor zurückgeschreckt. Ihm war klar, wie viel sie zu tun hatte, welch gewaltigem Druck sie sich ausgesetzt sah.

Ja, erstmals in seinem Leben sehnte er sich nach Maras Gesellschaft. Ein befremdliches Gefühl, und normalerweise hätte er mit einem zynischen Witz darauf reagiert. Doch der Zynismus blieb ihm immer öfter im Halse stecken, wie ihm bewusst wurde. Jedenfalls war er froh über die offenen Worte, die er Mara gegenüber gewählt hatte. Er hatte vieles falsch gemacht, doch vielleicht gab es noch eine Chance für sie beide, irgendwie miteinander zurechtzukommen und den jeweils anderen am eigenen Leben teilhaben zu lassen. Spät genug. Aber besser spät als nie, oder nicht?

Seine Kopfhaut juckte. Die Stelle, wo die Kugel eingedrungen war, wurde noch von einem großflächigen Pflaster geschützt. Von dort ging ein dumpfes Pochen aus, aber keinerlei Schmerz. Das gab ihm Zuversicht. Auch wenn der Oberarzt weiterhin zurückhaltend blieb, was die weitere Genesung anbelangte, und angekündigt hatte, später noch einmal mit ihm sprechen zu wollen.

Edgar verharrte am Fenster, während seine Gedanken von Mara zu Radka wanderten. Sofort verspürte er eine kalte Beklemmung. Seit Radkas Verschwinden war viel Zeit verstrichen. Zu viel Zeit.

Es klopfte leise, die Tür ging auf, und Edgar drehte sich um.

Der Oberarzt stand im Raum. »Guten Morgen, Herr Billinsky«, sagte er.

80

Sonnenstrahlen sickerten durch die zerrissene Wolkendecke und verwandelten die Reste schmutzigen Schnees in tiefe Pfützen. Die Temperaturen waren etwas angestiegen, zum ersten Mal seit einer Ewigkeit, wie es schien.

Es war gegen Mittag, als Jan Rosen seinen Audi in Blickweite zur Klinik parkte. Seit den Vorfällen in der Hansaallee waren mehr als vierundzwanzig Stunden vergangen. Er versuchte das aus seinem Kopf zu bekommen und sich auf den Moment zu konzentrieren. Denn diesmal verfügte er über verlässlichere Informationen, was die Entlassung des Mannes betraf, den er die ganze Zeit über nicht vergessen hatte.

Rosens Schädel schmerzte, genau wie vor Kurzem nach dem Schlag, den Fedor ihm verpasst hatte. Doch zum Glück hatte er keine Platzwunde davongetragen, nur eine ordentliche Schwellung, die bereits zurückging.

Heute vermied er den Blickwechsel mit sich selbst im Rückspiegel. Er wollte weder seine blutunterlaufenen Augen noch seine fahle Haut sehen. Und schon gar nicht wollte er über das nachdenken, was er tat, was ihn hierhinzog. Du bist verrückt, sagt er sich, dann verscheuchte er die Gedanken, indem er das Radio einschaltete und der Stimme eines Nachrichtensprechers zuhörte.

Ein flüchtiger Blick auf die Armbanduhr. Im Präsidium hatte er gesagt, er fahre in die Stadt, um etwas essen zu gehen. Dabei hatte er ohnehin keinen Appetit, er hatte sogar ein paar Kilo verloren in den letzten Tagen. Als sich ein Taxi näherte, wurde er sofort wieder aufmerksamer. Der Mercedes fuhr durchs geöffnete Tor der Klinik und parkte am Fahrbahnrand.

Im nächsten Moment wurde aus Rosens Aufmerksamkeit Anspannung. Ein Mann ging auf das wartende Taxi zu. Er trug eine Beinschiene, die ihn zum Humpeln zwang, aber ansonsten war nichts mehr von den Verletzungen zu erkennen, die er sich zugezogen hatte, als er von der Straßenbahn erfasst worden war. Mühsam bugsierte er sich mit der Beinschiene auf die Rückbank, dann startete das Taxi.

Rosen ließ den Motor an, wartete, bis der andere Wagen aus dem Tor hinausfuhr, und er nahm die Verfolgung auf. Es ging über den Main in Richtung City, Rosen blieb dran und achtete darauf, dass sich niemals mehr als zwei Fahrzeuge zwischen ihnen befanden. Er begann zu schwitzen, streifte seine Mütze ab und warf sie auf den Beifahrersitz.

Das Taxi schlug den Weg Richtung Hauptbahnhof ein, und Rosen merkte, wie seine Anspannung noch einmal anwuchs. Einmal hätte er den Mercedes fast verloren, doch dann sah er den Wagen wieder, der an einer Kreuzung in unmittelbarer Nähe der Kaiserstraße stoppte.

Während sich der Fahrgast aus dem Auto schälte, parkte Rosen in zweiter Reihe. Hastig stieg er aus, fahrig setzte er die Mütze wieder auf.

Der Mann humpelte die Kaiserstraße entlang, und erneut ließ Rosen ihn nicht aus den Augen. Er verschwand im *Café Rosa*. Rosen wartete an einer Hausecke. Er dachte nach, entschied sich dann gegen das Betreten der Kaschemme, sondern schob sich in die direkt neben dem Eingang gelegene Hofeinfahrt.

Zwei Autos waren hier abgestellt worden. Angesichts der schäbigen Umgebung, in der sich Abfall in den Pfützen sammelte, handelte es sich um auffällig teure Karossen, allesamt schwarz lackiert, mit getönten Fondscheiben.

Der Hof war klein und eng, sodass das ohnehin noch recht spärliche Tageslicht kaum bis hierher vorzudringen vermochte. Aus dem gedämpften Dröhnen des Viertels stach ein sich näherndes Motorgeräusch hervor: Ein Auto verlangsamte, um durch die enge Einfahrt zu gelangen.

Rosen reagierte schnell, indem er sich hinter einer großen, überquellenden Mülltonne mit Rollen versteckte.

Ein ebenfalls schwarzer BMW zwängte sich durch die Einfahrt und parkte neben den anderen Wagen.

Rosen hielt den Atem an, als er seitlich der Tonne vorbeispähte und die beiden Männer entdeckte, die dem Auto entstiegen. Sie bewegten sich auf den Hintereingang des *Café Rosa* zu und verschwanden im Haus, ohne ein Wort miteinander gewechselt zu haben.

Er musste sich erst einmal von dem Anblick erholen. Er hatte genau darauf gehofft, aber keineswegs damit gerechnet. Lange hatten sie auf der Stelle getreten, so lange, dass sie fast schon verzweifelt waren. Und nun? Jetzt schienen sich die Ereignisse zu überschlagen. Das war *die* Chance.

Rosen zog das Handy aus der Innentasche. Er meldete sich bei Klimmt, der den Anruf sofort entgegennahm.

»Was gibt's, Rosen?«

»Eine ganze Menge.« Nervös wischte er sich von der Stirn den Schweiß, der unter dem Rand der Mütze hervordrang. »Ich brauche Verstärkung.«

»Was!?« Klimmt schnaufte. »Wo stecken Sie, Rosen?«

81

Sie trug elegante Winterstiefel mit Pelzbesatz und flachen Absätzen, dunkelblaue Jeans und einen schlichten, aber stilvollen beigefarbenen Kaschmirpullover. Das blonde Haar schmiegte sich an ihre Schultern. Aufrecht saß sie auf dem Stuhl, stolz und scheinbar unangreifbar, den Blick geradeaus gerichtet, ohne Mara und Klimmt sehen zu können, die hinter der Spiegelwand standen und sie betrachteten.

»Geben Sie's zu, Chef, diese Lady strahlt etwas Faszinierendes aus.«

»Sadismus hat mich noch nie fasziniert«, gab er brummig zurück.

Mara grinste. »Das meine ich nicht, und Sie wissen es. Sie *hat* einfach etwas Besonderes.«

»Vor allem Standfestigkeit«, meinte er trocken.

»Da ist was dran.«

Seit dem Vortag lief nun die Befragung mit Paulina Kinzig, immer wieder mit wechselnden Teams, unterbrochen von nur wenigen kurzen Pausen und ein paar Stunden Nachtruhe. Doch die Frau ließ alles über sich ergehen, ohne das Angebot anzunehmen, dass ihr ein Anwalt zur Seite gestellt wurde, und ohne mehr zu äußern als ein knappes Danke, wenn man einen weiteren Becher Kaffee vor sie auf den Tisch stellte.

»Bislang haben wir es immer zu zweit versucht«, sagte Klimmt. »Jetzt möchte ich, dass Sie sich Paulina Kinzig allein vornehmen.«

»Von Frau zu Frau«, sagte Mara mit leichtem Spott.

»Versuchen Sie Ihr Glück, Billinsky.« Er gähnte. »Ich habe noch nie einen Menschen erlebt, der am Ende nicht doch einknicken und reden würde. Irgendwann bekommt jeder Eisberg Risse.«

»Eisberg«, wiederholte Mara leise. »Guter Vergleich.«

Gleich darauf betrat sie wieder den fensterlosen Verhörraum.

Die Frau auf dem Stuhl sah durch sie hindurch.

Mara nahm ihr gegenüber Platz, zwischen ihnen der Tisch.

Keine von ihnen sagte etwas.

Mara lehnte sich zurück, streckte die Beine aus und faltete die Hände im Nacken.

Sie hatten ja schon alles versucht. Die *Good-Cop-Bad-Cop*-Nummer, etliche Fragen in Sekundenschnelle wie ratternde Gewehrsalven, dann wieder ein gemächliches Tempo. Sie hatten Fotos der Mordopfer auf der Tischplatte ausgebreitet, auf der ansonsten nur das kleine Aufnahmegerät stand. Auch grausige Nahaufnahmen von den Verletzungen der Opfer waren darunter. Paulina Kinzig jedoch hatte alles an sich abprallen lassen, unbewegt, mit einer selbstsicheren Gleichmütigkeit, die Mara bisweilen sprachlos machte.

Mara schwieg weiterhin.

Auch die blonde Frau behielt ihr Schweigen bei, das sie wie Panzerstahl umgab.

Mara spürte förmlich Klimmts Blick hinter der Spiegelwand.

Sekunde um Sekunde, Minute um Minute, nichts geschah. Eine Stille – wie in einer Gruft.

Ganz plötzlich ertönte Maras Stimme: »Meine Mutter starb, als ich zehn Jahre alt war. Sie wurde umgebracht.«

Paulina Kinzig bedachte sie mit einem knappen Augenaufschlag, der zu besagen schien: *Netter Versuch.*

»Ich habe kaum Erinnerungen an sie. Aber manchmal ist es, als würde mir etwas fehlen. Ganz wörtlich, meine ich das. Als würde mir ein Arm fehlen. Als wäre ich ein unvollständiger Mensch.«

Erneut dieser Blick. *Netter Versuch.*

Das Schweigen schwappte wieder hoch, wie eine Welle, als besäße es eine physische Kraft.

Sekunde um Sekunde, Minute um Minute verging.

Mara dachte erneut an Klimmt. Befand er sich noch hinter dem Spiegel, oder war er mürrisch in sein Büro gestiefelt?

Sie gähnte und sah gelangweilt an Paulina Kinzig vorbei. Die Frau schien nicht müde zu werden, nicht die Geduld zu verlieren. Wie hinter einer unsichtbaren, undurchdringlichen Mauer saß sie da. Eigentlich musste man sie dafür fast schon wieder bewundern, dachte Mara. Zumal es mit ihrer eigenen Geduld nie weit her gewesen war. Aber es gelang ihr, sich zu beherrschen und eine ähnliche Gleichmütigkeit auszustrahlen wie ihr Gegenüber.

Sekunden, Minuten, es ging immer weiter.

Mara zog ihr Handy hervor und tat so, als wäre sie überrascht. »Oh, ich habe eine Nachricht erhalten«, log sie. »Von Viktor Tannheim. Oder Viktor Karabasch. Ein gemeinsamer Bekannter von uns beiden. Sozusagen. Er lässt sie herzlich grüßen.«

Paulina Kinzig reagierte nicht.

»Wissen Sie, wo er sich gerade befindet?«

Stille.

Mara gab selbst die Antwort: »In Freiheit.« Jäh beugte sie sich vor, um der Frau näher zu sein. Sie richtete ihre dunklen Augen auf sie und fügte an: »Ja, in Freiheit. Ganz im Gegensatz zu Ihnen.«

Keine Antwort.

»Er hat es geschafft, den Kopf aus der Schlinge zu ziehen. Sonnt sich vielleicht gerade irgendwo an einem Strand auf der südlichen Erdhalbkugel. Muss sich für nichts verantworten.« Mara hob kurz die Augenbraue. »Frei wie ein Vogel.«

So unvermittelt wie zuvor sie selbst sprach auf einmal die Frau: »Er wird niemals wieder frei sein.«

Mara schüttelte den Kopf und winkte lässig ab. »Er ist so frei, wie er es sich nur wünschen kann.«

»Er wird immer ein Gefangener bleiben. Ein Gefangener seiner Schmerzen, seines Leids. Ist Ihnen klar, wie sehr er seine Töchter liebt? Das ist eines der ersten Dinge, die mir aufgefallen sind, als ich ihn unter die Lupe genommen habe – dass auch ein solch gewissenloser, brutaler Mensch zu großen Gefühlen fähig sein kann.«

»Eine seiner Töchter konnte ja gerettet werden. Sie wird jetzt bei ihm sein.«

»Aber die andere Tochter starb. Und zwar einen grausamen Tod. Die Gedanken daran wird Karabasch nicht mehr loswerden. Sie werden ihn quälen, Tag für Tag, Nacht für Nacht. Sie werden ihm jede Stunde seines restlichen Lebens kaputtmachen, er wird nie wieder wirklich Freude empfinden. Er wird erfüllt von einem Kummer sein, der nie nachlässt, der ihn auf Schritt und Tritt begleitet, der in ihm wuchert wie ein Krebsgeschwür. Unentwegt wird er um Sina trauern, unentwegt wird ihn die Vorstellung foltern, wie furchtbar ihre letzten Tage waren, wie sehr sie leiden musste. Er wird auch um sein Geld trauern, ganz sicher. Aber die Gedanken an Sina, das ist es, was ihn martern wird.«

Zum ersten Mal kreuzten sich ihre Blicke.

Mara wurde bewusst, wie schön die Stimme der Frau war, tief und samtig weich. »Er und seine Gattin sind nicht die einzigen Eltern, die in Trauer sind«, merkte sie beinahe beiläufig an.

»Das ist mir ebenfalls sofort aufgefallen«, erwiderte Paulina Kinzig. »Bei all diesen Familien. Wie sorglos und unbeschwert sie waren. Wie *schön* sie es hatten. Wie sie ihre Kinder umsorgten, behüteten, verwöhnten. Wie sehr sie sie liebten. Mehr als ihr eigenes Leben.«

»Mehr als ihr eigenes Leben«, wiederholte Mara betont.

Ihr Gegenüber nickte. »Richtig.«

»Es sind Menschen, die eine Menge erreicht haben und alt sind. Denen das eigene Leben nicht mehr so viel wert ist wie einem jungen Menschen. Denen man keinen größeren Schaden zufügen kann, als wenn man ihren Kindern Schaden zufügt.« Mara musterte das unbewegte Gesicht der Frau, und ein kalter Schauer jagte über ihren Rücken. »Der Tod der Kinder ist für solche Leute das größtmögliche Unglück, das sie sich vorstellen können. Ist es so?«

Paulina Kinzig erwiderte ihren Blick. »Sie haben uns die Eltern genommen. Wir haben ihnen die Kinder genommen.« Sachlich und schlicht sprach sie die Worte aus.

Erneut fühlte Mara einen kalten Schauer. Diese Frau strahlte etwas Unheilvolleres aus als so mancher Berufsgangster, mit dem sie es zu tun hatte. »So einfach ist es?«, fragte sie, ohne ihre Fassungslosigkeit ganz verbergen zu können.

»So einfach ist es«, kam ohne Zögern die Bestätigung. »Unsere Eltern mögen vergessen sein, so wie ihre Gräber. Und das Blut von damals ist seit langer Zeit weggewaschen. Aber mit Schmerz ist es etwas anderes. Es gibt eine Art von Schmerz, der bleibt. *Für immer* bleibt. Habe ich nicht recht? Und nicht nur uns haben sie die Eltern genommen – über so viele Menschen haben sie Unheil gebracht.«

Mara entgegnete nichts darauf und sah sie nur an. Erst nach einer ganzen Weile stellte sie die nächste Frage: »Gibt es noch weitere jener Leute, die man einmal Vermittler genannt hat?«

Ein flüchtiges Grinsen huschte über Paulina Kinzigs Gesicht. »Wenn Sie das nicht wissen – ich werde es Ihnen kaum sagen.«

»Es ist so. Sie hatten noch weitere Zielpersonen, richtig?«

Als sie keine Antwort erhielt, fragte sie weiter: »Und Karabasch sollte mehr leiden als andere, nicht wahr?«

»Er war der Anführer. Derjenige, der die Entscheidungen traf.« Ein dezentes Heben der Schultern. »Und ich sah eine Chance, Organisationen zu unterstützen, die Besseres mit

Geld anzufangen wissen als ein verbrecherisches Kapitalistenschwein wie Karabasch.«

»Die Spenden sind ihm auf erpresserischem Weg aufgezwungen worden. Vielleicht wird er rechtliche Schritte einleiten, das Geld zurückzuerhalten. Das stünde ihm nämlich nach unserem Gesetz zu.«

»Dazu müsste er aus seiner sorgsam gehüteten Schattenexistenz hervortreten. Nach allem, was ich über ihn weiß, wird er davor zurückschrecken. Er droht immer gern mit Armeen von Anwälten, aber letztlich unternimmt er keine Schritte, durch die offizielle Stellen zu viel über ihn erfahren könnten.«

Mara musste ihr insgeheim recht geben. »Und was ist mit der armen Nathalie? Wäre der Zufall nicht dazwischengekommen und das Mädchen nicht gerettet worden – ihre Eltern würden nun zweifach trauern, richtig?«

Wiederum keine Antwort. Doch der kalte Blick sagte genug.

»Sie hätten tatsächlich auch dieses siebzehnjährige Mädchen umgebracht.« Mara schüttelte betroffen den Kopf. »Übrigens, woher wissen Sie, dass Karabasch der Anführer war?«

Paulina Kinzig rollte mit den Augen, als würde sie die Frage langweilen. »Das spielt doch keine Rolle mehr.«

Mara fixierte sie. »Simon Jenal, nicht wahr?«

Sie verzog abschätzig den Mund. »Zuerst stellte Jenal es so hin, als wüsste er nicht sonderlich viel. Aber ich zweifelte von Anfang an daran. Nun ja, mit dem richtigen Druckmittel wird jeder gesprächig. Auch Jenal. Er war die Tatwaffe. Sozusagen. Das Werkzeug, dessen sich Karabasch und die anderen Vermittler bedienten.«

»Sie haben ihm die Fingerkuppen versengt, um es uns unmöglich zu machen, Abdrücke festzustellen.«

»Er hatte mir erzählt, dass man einmal – viele Jahre zuvor – bei irgendwelchen Ermittlungen, die im Sande verliefen, seine Fingerabdrücke genommen hatte. Mein Gespür sagte mir, es wäre hilfreich, wenn die Polizei möglichst lange im Unklaren darüber bliebe, wer dieser Jenal in Wirklichkeit gewesen ist.«

»Sie haben aus demselben Grund ein Tattoo auf seinem Oberarm verschwinden lassen, indem Sie die Haut großflächig verbrannt haben.«

Ein knappes, fast schon unbeteiligtes Achselzucken erfolgte. »Ja. Es war ein Grabstein.«

Mara verlagerte ihr Gewicht auf dem Stuhl und ließ die Frau nicht aus den Augen. »Irgendwann beschlossen Sie also, einen Rachefeldzug zu starten.«

Wiederum dieser Blick, der mehr sagte als viele Worte.

»Sie bedienten sich dabei ganz bewusst der Symbole, die die russischen Gangster auch heute noch verwenden. Nicht um uns auf eine falsche Spur zu führen, sondern um den Vermittlern zu signalisieren, dass Sie über deren Verbindungen zum organisierten Verbrechen im Bilde sind. Dass Ihre Taten mit der Vergangenheit zu tun haben.«

»Der Grabstein, den auch Jenal trug, der Sarg, das Kruzifix, die Tränen, die Madonnenfigur.« Ein beinahe versonnenes Nicken. »Ja. Sie sollten ahnen, woher der Wind wehte, aber es noch nicht mit Sicherheit wissen. Sie sollten rätseln, während ihre Angst wuchs.«

»Sie haben geahnt, dass die Vermittler nicht zur Polizei gehen würden.«

»Den Punkt hatten wir ja schon. Menschen wie Karabasch wenden sich höchst ungern an die Behörden. Sie haben zu viel zu verbergen.«

»Und das alles wussten Sie durch Jenal. Etwa die Geschichte der Vermittler. Jedes Detail. Von den erwähnten Symbolen, die sich russische Killer tätowieren ließen, bis hin zu den Scheinidentitäten, die sich die Vermittler zugelegt haben.«

»Lediglich bei Radka Steinmann weigerte er sich, mehr zu sagen als ihren Namen. Und auch den nur unter großen Schmerzen. Er liebte sie.« Ein mitleidiges Schmunzeln zeichnete sich in Paulina Kinzigs Gesicht ab. »Lächerlicher alter Narr. Die Informationen über Radkas heutiges Leben und über Joel hat er uns nicht anvertraut. Ich stieß später darauf.«

»Warum musste Joel Steinmann sterben? Radka war schließlich keine Vermittlerin.«

»Wissen Sie das so genau? Wo ist die Trennlinie? Sie gehörte zu diesem Haufen, sie spielte das Spiel mit.« Zum ersten Mal verlor sich die Härte in Paulina Kinzigs Gesicht, doch nur ganz kurz. »Joel und Radka waren auf dem Radar. Und wenn man erst mal darauf war, dann gab es kein Zurück.«

Mara ließ sich Zeit, ehe sie sagte: »Sie haben vieles aufgegeben. Finden Sie nicht?«

Es folgte wiederum ein knappes Achselzucken. »Andere haben viel mehr verloren. Oder besser gesagt – sie hatten nie die Chance, etwas zu gewinnen.«

»Aber Sie haben Ihr ganzes bisheriges Leben zum Einsturz gebracht. Alles, was Sie sich aufgebaut haben. Ihren Job. Ihre Freunde.« Mit Nachdruck fügte sie hinzu: »Was werden Ihre Adoptiveltern sagen, wenn alles herauskommt? Ist es das wert?«

»Wie ist Ihr Name?«, wollte Paulina Kinzig wissen. »Ich habe nicht darauf geachtet, als Sie sich gestern vorgestellt haben und als …« Sie lächelte überheblich. »Als dieser Verhörmarathon begann.«

»Billinsky.«

»Gut, Frau Billinsky. Ich sage Ihnen etwas. Es gibt bestimmte Wahrheiten, die einfach gewichtiger sind. Bedeutender, umfassender, stärker. So stark, dass sie einen erdrücken. Dass sie keinen Raum für anderes lassen. Wenn Sie bestimmte Wahrheiten erfahren, dann verändert das alles. Sogar Sie selbst. Als Jenal endlich von dem Bombenanschlag redete, kamen ganz plötzlich meine Erinnerungen zurück, als wären es irgendwo in meinem Innersten verschüttete Gesteinsbrocken. Ich sah plötzlich das Blut, die Toten, ich taumelte wieder drei-

jährig zwischen abgetrennten Armen und Beinen herum.«
Zum ersten Mal geriet sie kurz ins Stocken. »Ja, wenn Sie be-
stimmte Wahrheiten erfahren, dann bleiben Ihnen nur zwei
Möglichkeiten. Entweder Sie legen Ihre Hände in den Schoß
und verschließen die Augen. Oder Sie *nutzen* Ihre Hände. Ihre
Augen. Ihren Kopf. Ihre Energie.«

»Aber da fehlt doch noch ein Aspekt«, sagte Mara bestimmt.

»Wie meinen Sie das?«

»Der entscheidende Auslöser, um diesen ganzen Irrsinn
zu starten.« Mara lehnte sich wieder zurück und betrachtete
Paulina Kinzig noch forschender, bohrender als zuvor. »Andere hatten nie die Chance, etwas zu gewinnen. Das haben Sie
vorhin gesagt. Und damit haben Sie jemand ganz Bestimmtes
gemeint, nicht wahr?«

Paulina Kinzig senkte den Blick, der sich irgendwo im
Nichts zu verlieren schien. »Eine so lange Zeit wusste ich
nichts von ihm – und dennoch … Unbewusst nimmt man vieles wahr. Auch Dinge, die man nicht sehen kann. Oder Menschen.«

»Sie sprechen von Ihrem Bruder Arkadi.«

Der Blick der Frau blieb gesenkt. »Er hatte nie eine Chance.
Man hat ihm alles genommen. Seine Familie. Seine Unschuld.
Seinen Frieden. Seine Zukunft. Alles bis auf sein Leben. Nur
dass das kein Leben war. Eigentlich ist er seit Langem tot.« Mit
einer jähen Härte in der Stimme fügte sie an: »Es wäre besser
gewesen, wenn die durch die Luft zischenden Splitter damals
auch seine Halsschlagader getroffen und ihn umgebracht hätten.«

»Haben Sie ihm das ebenfalls gesagt?«, kam es ganz bewusst von Mara.

Paulina Kinzig sog die Luft ein und richtete den Blick erstmals wieder direkt auf sie. »Nein«, erwiderte sie erneut mit
Härte. »Im Grunde weiß er es selbst.« Jetzt wurde ihr Tonfall

weicher, milder. »Nach dem Bombenanschlag kam Arkadi aus dem Krankenhaus zunächst gar nicht mehr heraus. Unzählige Wunden, zerfetzte Hautschichten, etliche Operationen. Man verpflanzte ihm Haut aus dem Oberschenkel ins Gesicht und was weiß ich nicht noch alles. Nach der endlosen Tortur landete er in einem Heim. Er wurde von den übrigen Heimkindern verspottet, sie spielten ihm Streiche, sie verprügelten ihn, alle gegen einen, denn er war zu stark für einen Gegner. Andere Kinder wurden adoptiert – er jedoch nicht. Niemand wollte ihn. Die Prügel gingen weiter, die Schmähungen, die Benachteiligungen. Er wurde immer einsamer, in sich gekehrter. Er hatte niemanden, mit dem er reden konnte.«

Paulina sah Mara lange an, dann fuhr sie fort: »Er ist ein Mensch, der nie einen Freund hatte. Dem alles verwehrt blieb. Ausbildung, Arbeitsplatz, Weiterentwicklung, Erfolg, Liebe. Ein Ausgestoßener. Jahr für Jahr blieb er hinter Mauern, in wechselnden Heimen, er wurde als geistig zurückgeblieben eingestuft. Dann kam er doch in eine Pflegefamilie, auf einen abgelegenen Bauernhof im Vogelsberg. Wie sich herausstellte, war das noch schlimmer für ihn. Denn die Adoptiveltern waren ein heruntergekommenes Pack. Sie sammelten Pflegekinder um sich wegen der staatlichen Zuschüsse – und damit sie billige Arbeitskräfte hatten. Arkadi ging es am schlechtesten von allen. Er musste von früh bis spät schuften, was ihn noch kräftiger machte, und in einem Schuppen schlafen, angekettet wie ein Tier. Irgendwann kamen die dortigen Zustände ans Tageslicht, die Adoptiveltern wurden vor Gericht gestellt, und Arkadi landete wieder in einem Pflegeheim. Ein Heimkind auf alle Ewigkeit. Kaum Schulbildung, kein Selbstvertrauen, keine sozialen Kontakte, kaum in der Lage, sich auszudrücken. Als ich ihn fand, lebte er noch immer in einem Heim. Als Handlanger des Hausmeisters und Mädchen für alles, was keiner gern machte. Arkadi ist groß. Noch größer als etwa dieser Karabasch. Fast zwei Meter. Er steckt voller Kraft. Er weiß aber nichts mit dieser Kraft anzufangen. Immer braucht er jemanden, der ihm sagt, was er tun soll. Er hat keinen Antrieb, keinen Horizont, keine Träume.«

Sie seufzte auf. Vielleicht hatte sie mehr erzählt, als sie es beabsichtigt hatte, aber das schien ihr egal zu sein, wie ihr gelassener, womöglich sogar ein wenig befreit wirkender Gesichtsausdruck verriet.

Mara sagte nichts, sie wusste, dass jedes Wort nun falsch sein und den Redefluss stoppen konnte, und tatsächlich, Paulina Kinzig setzte noch einmal an: »Als ich erfuhr, dass es Arkadi gab, war ich natürlich total neugierig, ihn zu treffen. Ich freute mich. Als ich dann aber herausfand, was für ein Leben er gelebt hatte, war alles anders. Ich bekam ein schlechtes Gewissen, wenn ich mein Leben damit verglich. Aber das war noch nicht das Schlimmste.« Gedankenverloren schüttelte sie den Kopf. »Schlimmer war es erst, als ich ihm dann wirklich Auge in Auge gegenüberstand. Mein Gott, was für ein Schock. Dieses leere Gesicht mit all den Narben, manche recht gut, manche weniger gut verheilt. Das Auge, das einen Splitter abbekommen hatte, war ganz schief, als würde es ihm gleich aus dem Schädel fallen. Ich erschrak zutiefst und konnte kaum ein Wort hervorbringen. Er war ein Monster. Und doch auch so furchtbar harmlos. Er tat mir wahnsinnig leid, es brach mir das Herz, ihn zu sehen, die mühsamen, einseitigen Gespräche mit ihm zu führen. Ich dachte daran, was ihm alles verwehrt worden war. Daran, dass ihm nicht nur die Eltern genommen worden waren – sondern einfach *alles*.«

Sie blickte auf, die anfängliche Härte kehrte in ihren Blick zurück, auch der Stolz, diese besondere Unerschütterlichkeit. »Frau Billinsky, es gibt Momente, da müssen wir uns entscheiden, welchen Weg wir gehen. Und ich bin jemand, der keine Entscheidung halbherzig trifft. Sondern mit aller Klarheit, mit aller Konsequenz.«

»Und Ihr Bruder ist Ihnen gefolgt.«

»Als ich ihm die Geschichte unserer Eltern erzählte, hat er geweint. Es wurde klar, welche Auswirkungen diese Tat auch auf sein Leben hatte. Dann hörte er auf zu weinen. Und die Wut wuchs in ihm, man konnte praktisch dabei zusehen, es war faszinierend.« Sie nickte. »Ja, ich traf die Entscheidungen, und er folgte mir. Er wurde das Monster, das alle in ihm gesehen haben. Dabei ist er eigentlich harmlos. Eine böse Ironie, finden Sie nicht? Ich merkte, wie er Sina Tannheim anstarrte. Was für eine attraktive junge Frau. Er hatte nie ein Mädchen berührt, nie hatte ein Mädchen ihn berührt. Ich sagte ihm, geh zu ihr und mach mit ihr, wovon du immer geträumt hast. Mach mit ihr, was du willst, sooft du willst, auch mehrere Tage lang. Und genau das tat er. Bei dieser Elke Neubert war es schon so gewesen. Er war wie ein Tier, dem man unverhofft die Fesseln abgestreift hat.«

»Und jetzt ist er allein auf sich gestellt.«

»Zum ersten Mal in seinem Leben.« Paulinas schöne Augen wurden schmal. »Sie wissen, was das bedeutet. Es kann *alles* passieren. Er ist eine tickende Zeitbombe. Kopflos. Unberechenbar.«

Plötzlich wurde die Tür geöffnet. Hauptkommissar Klimmt schob seine breite Gestalt halb in den Verhörraum herein.

»Billinsky«, sagte er, »ich brauche Sie.«

Mara stand ruckartig auf und funkelte ihn an. »Ausgerechnet jetzt? Wir sind hier mitten im …«

»Es geht um Rosen.«

82

Die Sirenen heulten, der Alltagsverkehr ließ eine Schneise, durch die sie vordringen konnten. Es ging von Kreuzung zu Kreuzung, von einer Straßenschlucht in die nächste, die Häuserzeilen schienen förmlich vorbeizufliegen. Diesmal fuhr der Hauptkommissar, und Mara Billinsky hatte den Beifahrersitz eingenommen. Klimmt versuchte alles aus seinem alten Benz herauszuholen, der den Konvoi abschloss, während ein Pkw und ein Kleinbus die Spitze des in aller Eile zusammengestellten Spezialeinsatzkommandos bildeten.

Trotz der hohen Geschwindigkeit hatte Klimmt ganz in Ruhe mitgeteilt, um was es bei Rosens Anruf gegangen war.

»Und Rosen ist wirklich sicher?«, fragte Mara. »Er hat Witali Blochin gesehen?«

»Unser Rosen war ziemlich nervös und hat alles Mögliche dahergequatscht. Er hat auch diesen Fedor erwähnt.«

Mara horchte auf. »Hoffentlich dreht er nicht durch«, meinte sie mit einem unbehaglichen Gefühl.

»Rosen? Nicht gerade der Typ, bei dem das zu befürchten ist.«

Diesmal ist es womöglich anders, dachte sie, erwiderte aber nichts. Ohnehin musste sie noch all das verarbeiten, was Paulina Kinzig nach dem langen Schweigen mit plötzlicher Wucht und nicht mehr erwarteter Bereitwilligkeit vor ihr ausgebreitet hatte. Sie hatte noch nicht einmal Gelegenheit gehabt, ihrem Chef alles zu erzählen – Klimmt war durch Rosens Anruf gezwungen worden, seinen Platz hinter der Spiegelwand aufzugeben und quasi im Handumdrehen den Einsatz vorzubereiten.

»Sie sehen sich also doch veranlasst«, hakte Mara ein, »gegen Blochin tätig zu werden. Das freut mich.«

»Wir tun es nicht, um Ihnen eine Freude zu bereiten, Billinsky«, antwortete Klimmt gewohnt schlagfertig. »Wenn die Chance besteht, seiner habhaft zu werden, dann bin ich der Letzte, der sie nicht zu nutzen versucht. Aber unser Fokus lag am Ende auf etwas anderem.«

»Schon gut, Chef.« Mara grinste ihm zu, und er tat so, als bemerkte er es nicht.

Gleich darauf hatten sie das Bahnhofsviertel erreicht. Der Konvoi hielt an. Aufgrund der Eile bestand keine Möglichkeit, einen Straßenzug abzusperren. Also musste es so gehen. In einer improvisierten Einsatzbesprechung vor dem Aufbruch hatte Klimmt noch seinen Plan offenbart, der nicht weniger improvisiert war. Dennoch hatte Staatsanwalt von Lingert seine Einwilligung signalisiert, offenbar milde gestimmt durch die Verhaftung von Paulina Kinzig. Und vielleicht sah er nun die Gelegenheit zu einem Doppelerfolg. Der Name Blochin würde sicherlich für weitere positive Schlagzeilen sorgen – falls es denn wirklich gelänge, den Mann, dessen Name in der Unterwelt allmählich einen fast schon legendären Klang besaß, zum ersten Mal in Gewahrsam zu nehmen.

Alle Beamten, die dem Konvoi angehörten, versammelten sich am Eingang des Hinterhofs. Die Luft roch nach Regen und nach Essensabfällen, die sich in offen stehenden Mülltonnen zu Bergen türmten. Sofort kam Rosen aus seiner Deckung hinter einer dieser Tonnen auf sie zugelaufen, das Gesicht knallrot von der Kälte, aber sichtlich auch vor Aufregung und Anspannung.

Mara erging es nicht anders. Die Narbe auf ihrer Wange pochte. Sie dachte an den Moment, als sie aus dem fahrenden Auto gestoßen worden war. Noch immer hatte sie Blochins Stimme im Ohr. Der Moment war da, eine seit langer Zeit hin und her wogende Feindschaft zu beenden. Blochin war der letzte Boss jener Bande, die nie endgültig besiegt worden war. Vielleicht heute?

Sie durften für nicht allzu viel Aufmerksamkeit sorgen und keine Sekunde verlieren – und das taten sie auch nicht. Von zwei Seiten verschafften sie sich Zutritt, wobei die Beamten des SEK gewissermaßen als Stoßtrupp dienten: sowohl durch den Eingang zum Café Rosa als auch durch die im Hof etwas versteckt gelegene Tür, die Rosen entdeckt hatte und die seinen Angaben zufolge zuvor ebenfalls von Witali Blochin und dem Zuhälter namens Fedor benutzt worden war.

Während Schleyer und Patzke nach dem ersten Vorstoß des SEKs den Vordereingang übernahmen, drangen Mara und Rosen hinter Klimmt durch die Hintertür, die Waffen im Anschlag. Sie hörten die laut gebellten Befehle und Warnungen, mit denen die Beamten jeden Widerstand im Keim zu ersticken versuchten und in die sich aufgebrachte fremde Stimmen mischten, die sich in einer osteuropäischen Sprache verständigten. Ein dunkler Flur, eine Treppe, die nach oben führte. Sie befanden sich hinter dem Gastraum.

Da fielen die ersten Schüsse.

Die Männer vom SEK warfen Rauchbomben. Ihre Helmlampen stachen grell in den sich rasch ausbreitenden Dunst. Weitere Schüsse peitschten auf. Maras Augen tränten, ihr Herz trommelte so fest, dass es schmerzte. Und obwohl um sie herum immer mehr Chaos und Tumult entstand, hörte sie auf einmal die Stimme, die zuvor noch in ihrem Kopf widergehallt war.

»Klimmt!«, brüllte sie, den Blick im Dunkel auf seinen Rücken gerichtet. »Nach oben! Blochin!« Gemeinsam zwängten sie sich die Stufen hoch, zwei Beamte folgten ihm dichtauf.

Zwei Gestalten eilten auf das Fenster am Ende des Flurs im ersten Stock zu, eine davon mühsam humpelnd. Der Mann stürzte. Sie sahen seine Beinschiene – das war der Kerl, den die Straßenbahn außer Gefecht gesetzt hatte.

Blieb noch der andere, ein untersetzter, flinker Mann mit starkem Nacken und breiten Schultern. Er riss das Fenster auf.

Mara ahnte, um wen es sich bei diesem Flüchtenden handelte. Vor Monaten war er ihnen bei einer spektakulären Flucht über das Dach eines Hochhauses entkommen. Das durfte nicht wieder geschehen.

»Stehen bleiben!«, brüllte einer der Beamten.

»Nicht schießen!«, rief Mara. Sie wollte nicht, dass er schwer verletzt wurde oder gar starb. *Lebend.* Sie wollte ihn *lebend.* Noch schneller rannte sie, der Flur wirkte mit jeder Sekunde länger und länger, Klimmt konnte nicht mithalten, er fiel laut schnaufend zurück.

Der Mann hatte das Fenster geöffnet und das rechte Bein übers Sims geschwungen, als Mara nach vorn hechtete. Ihre linke Hand packte seinen Pullover, und sie riss mit aller Kraft daran. Sie landeten beide auf dem Boden direkt unterhalb des Fensters. Mara entglitt die Waffe. Sie starrte im Liegen in Blochins Augen. Er versetzte ihr einen Ellbogenstoß, und seine Hand streckte sich nach ihrer Pistole aus, die auf schmutzigem Laminat lag. In dem Moment, als er das Griffstück berührte, setzte Klimmt ihm die Mündung an den Kopf.

»Keine Bewegung!«, brachte der Hauptkommissar mit einem Japsen hervor.

Witali Blochin gehorchte.

Die beiden Beamten waren zur Stelle, zogen ihn auf die Beine und drückten ihn an die Wand. Sie durchsuchten ihn geübt, ohne auf eine Waffe zu stoßen, und legten ihm Handschellen an.

Dann führten sie ihn ab.

»Gebt auf ihn besonders gut acht«, rief Klimmt ihnen keuchend hinterher. Er und Mara, die ebenfalls wieder fest auf ihren Beinen stand, sahen den drei Männern nach, mit Blochin in der Mitte, der noch einen kurzen Blick über die Schulter zurückwarf und Mara ins Visier nahm. Sie schaffte es, ihm so lässig wie nur möglich einen Gruß zuzuwinken.

»Puuh«, kam es von Klimmt. »Ich bin zu alt für den Scheiß.«

Sie musterten einander. Keiner von ihnen versuchte die Erleichterung zu verbergen, die sie erfüllte.

Im Stockwerk unter ihnen hatte der Schusswechsel ein Ende gefunden. Nur noch die Stimmen der Beamten waren zu hören. Mara hob ihre Pistole auf, und gemeinsam mit Klimmt ging sie nach unten. Weitere Gangster wurden abgeführt, Schleyer forderte per Funk zusätzliche Fahrzeuge an, mit denen die Verhafteten abtransportiert werden sollten.

Klimmt setzte seinen Weg nach draußen fort, während Mara vor der untersten Stufe innehielt, um noch einmal ganz für sich durchzuatmen, die Schulter an die Wand gelehnt. Sie fühlte Schweiß im Nacken und auf der Stirn. Unbewusst fuhr sie sich mit den Fingerspitzen der linken Hand über die Narbe auf der Wange, die nicht mehr pochte. Oder meinte sie das nur?

Im ganzen Gebäude wurde es ruhiger, wie nach einem vorübergezogenen Sturm. Kaum noch jemand befand sich im Inneren; die abgeführten Männer wurden im Hinterhof gesammelt, die Waffen nach wie vor im Anschlag.

Ein jäher Gedanke durchzuckte Mara.

Wo steckte Rosen?

Sie hatte ihn nicht mehr gesehen, seit sie das Gebäude betreten hatten.

Wo war er?

Ein Geräusch fiel ihr auf, ganz leise.

Sie erinnerte sich an den Keller, in dem sie in einem kleinen Raum eingesperrt worden war. Wo war noch mal die Tür, die nach unten führte?

Schnell fand sie den Zugang.

Sie öffnete die Tür, und sofort waren die Geräusche klarer

zu erkennen. Jemand stöhnte. Aber da war auch noch etwas anderes. Sie ahnte, um was es sich handelte. Mit erhobener Waffe ging sie die Stufen nach unten.

Sie erkannte den Korridor wieder, durch den man sie gebracht hatte.

Es war stockfinster.

Das Stöhnen wurde lauter. Auch die anderen Geräusche, bei denen es sich um Schläge handeln musste. Mara tastete an der Wand nach einem Schalter und knipste das Licht an.

Dort stand er. Ihr Kollege Jan Rosen. Tief gebeugt über einen Mann, der am Boden lag. Immer wieder schlug Rosen mit der Dienstwaffe auf ihn ein. Blut spritzte, der Mann röchelte erbärmlich.

Sie steckte die eigene Pistole ins Holster, stürzte auf Rosen zu und zog ihn mit aller Kraft zurück. Er wehrte sich, knurrte regelrecht. Nie hatte sie seine Züge so gesehen wie jetzt, so verzweifelt, so verzerrt von einer glühenden Wut, zu der er früher wohl nie fähig gewesen wäre.

Erst als sie mehrmals lautstark seinen Namen brüllte und ihre Finger in den Stoff seiner Jacke krallte, verschleierte sich sein Blick, wurde er langsam wieder zu dem Mann, der ihr vertraut war, als würde von seinem Gesicht eine fratzenhafte Maske rutschen.

»Rosen«, kam es noch einmal von ihr, jetzt leiser, beruhigend. »Hör auf. Scheiße, hör auf, Mensch, sonst bringst du ihn noch um.«

Rosen richtete sich zu voller Größe auf, stand nun kerzengerade vor ihr, heftig keuchend. Er nickte zögerlich. Seine Mütze war verrutscht, Schweiß tropfte ihm von der Nasenspitze. Er holte tief Luft. »Schon gut, Billinsky«, flüsterte er. »Schon gut.« Er drehte ihr den Rücken zu, um seine Tränen vor ihr zu verbergen.

Ihr Blick wanderte von ihm zu dem Mann, der rücklings auf dem Boden lag. Das Gesicht war blutverschmiert, das Na-

senbein gebrochen, die Oberlippe zerplatzt, ein Jochbein geschwollen, die Stirn wies eine Platzwunde auf.

Aber er lebte.

Oder?

Mara ging in die Knie und betrachtete ihn eingehender.

Ja, Fedor war noch am Leben.

83

Wieder fuhr er, als würde das Leben ihm nichts bedeuten.

Aber genau so war es ja.

Nichts schien jetzt noch eine Bedeutung zu haben. Wie ein Kartenhaus war alles eingestürzt, scheinbar innerhalb eines Wimpernschlags.

Er hatte ihr nicht helfen können, sein Instinkt hatte ihn weggetrieben von dem Haus, in dem ihre Eltern gelebt und sie sich versteckt hatten, auch seine Panik, seine völlige Bestürzung darüber, dass man sie entdeckt hatte – damit hätte er niemals gerechnet. Oder war es eher so, dass er diese Möglichkeit mit aller Kraft ausgeblendet, einfach verdrängt hatte?

Er hätte Paulina helfen müssen. Er hätte sie niemals im Stich lassen dürfen, nein, aber seine Beine waren einfach weitergerannt, er war so geschockt gewesen über das Auftauchen der Polizei.

Paulina. Wie mochte es ihr ergehen? Was hatte sie ausgesagt?

Was sollte er denn jetzt tun?

Arkadi Gorpischin war in die Seitenstraße gerannt, in der sie das Auto geparkt hatten, hatte sich hinters Steuer geworfen und war losgerast. Der Motor lief heiß, sein Schädel ebenso, er wusste gar nicht, in welche Richtung er unterwegs war. Erst nach einer ganzen Weile konnte er wieder klarer denken. Er befand sich im Stadtteil Sachsenhausen und passierte nun in gemächlicherem Tempo Wohnblöcke und eine kleine Sparkassenfiliale. Im Kofferraum befand sich noch Proviant, Zwieback, Trockenobst, Wurst, aber die gesamte Munition hatten sie ins Haus gebracht – und dort war sie noch immer. Er besaß nur noch die Patronen im Magazin der Beretta, die er von Paulina erhalten hatte. *Alles* hatte er von ihr bekommen. Befehle, die Wahrheit, Unterhaltungen, Geld, Zuspruch, Mitleid, die eine oder andere sanfte Berührung. Sonst waren ihm Berührungen nur durch Schläge vertraut. Das würde ihm fehlen. So sehr fehlen.

Arkadi fuhr auf den Parkplatz eines Supermarkts, der rechts an der Straße aufgetaucht war, stellte den Motor aus und atmete erst einmal durch.

Wie sollte es weitergehen? Was sollte er tun?

Er hatte keine Bankkontokarte, besaß nicht einmal Geld – alles Bargeld hatte Paulina aufbewahrt und in ihrer Winterjacke bei sich getragen.

Er brauchte doch Geld. Oder etwa nicht? Ohne Geld konnte man nicht überleben. Mit leerem Blick starrte er auf das Lenkrad. Dieses Auto. Sie würden nicht nur nach ihm suchen, sondern auch nach dem Wagen. Er musste ihn loswerden. Im Tank befand sich nicht mehr viel Benzin. Er würde nicht einmal auftanken können, wenn er … also erst das Geld. Denn ohne Geld konnte man …

Seine Gedanken kreisten, schmerzten ihn, plagten ihn.

Paulina.

Am liebsten hätte er ihren Namen in diese verfluchte Welt hinausgebrüllt, die sich noch nie für ihn interessiert hatte. Nur Paulina hatte sich für ihn interessiert, hatte ihm gezeigt, dass er ein menschliches Wesen war.

Ihm fiel die Bank ein, an der er vorhin vorbeigefahren war. Ein Gedanke erfasste ihn wie ein Blitz. Arkadi stieg aus und ging in die Richtung zurück, aus der er gekommen war. Wind schlug ihm entgegen, er schob die Hände in die Jackentaschen, die rechte umfasste die Waffe. Er verlangsamte seine Schritte, und beim Vorübergehen warf er einen Blick in die Filiale.

Keine Kunden zu sehen. Nur zwei Frauen hinter den Schaltern, die eine sehr jung, die andere etwas älter.

Sein Hals war trocken, Schweiß drang aus seinen Poren, ungeachtet der kalten Luft.

Wieder machte er kehrt. Diesmal allerdings betrat er die Bank.

Die Angestellten sahen ihn an. Keine sagte etwas. Sie schienen zu spüren, dass etwas nicht in Ordnung war.

Arkadi schluckte.

Im nächsten Moment riss er die Beretta aus der Jackentasche. Eine der Frauen schrie auf. Er stand da und wusste nicht, was er sagen sollte, er hatte sich vorher nichts in Gedanken zurechtgelegt.

»Äh …«, hörte er sich stammeln.

Und dann ging irgendwie alles schief. Was ihm erst bewusst wurde, als die Schüsse aus seiner Pistole die irritierende Stille zerrissen, die über den drei Personen in der Bankfiliale zu schweben schien wie eine dunkle Wolke.

84

Die letzten Reste des Schnees schmolzen. Es war, als hätte sich ein eisiger Griff gelöst, der die Stadt zuvor eine wahre Ewigkeit lang zusammengepresst hatte. Die Temperaturen blieben konstant im Plusbereich, der Nebel hielt sich nur noch in den Morgenstunden, und die Sonnenstrahlen besaßen inzwischen genügend Kraft, um die noch recht hartnäckige Schicht aus Wolken an vielen Stellen zu zertrennen wie mit Klingen.

In der Mordkommission herrschte eine merkwürdige Atmosphäre. Die Beamten fühlten sich ein bisschen wie nach einem langen Krieg, der viele Niederlagen, aber dann doch auch ein paar rettende Siege gebracht hatte. Erschöpfung mischte sich mit Erleichterung, die allgemeine Gereiztheit nahm ab, zynische Witze wurden dafür wieder häufiger gemacht.

Hauptkommissar Klimmt wirkte brummig wie eh und je, doch wer ihn kannte, dem war klar, dass der gewaltige Druck der vergangenen Wochen nicht so spurlos an ihm vorübergezogen war, wie es vielleicht noch vor ein paar Jahren der Fall gewesen wäre. Er hatte den Kopf noch mal aus der Schlinge gezogen. Nicht nur die Staatsanwaltschaft, auch die Presse schlachtete die zuletzt getätigten Verhaftungen aus. Es würde ein langer Weg werden, Witali Blochin, der sich bereits hinter einer Streitmacht aus Rechtsanwälten zu verschanzen versuchte, auch nur für einen Bruchteil jener Verbrechen anzuklagen, an denen er beteiligt gewesen war, aber Christian von Lingert legte sich mit seinem Team mächtig ins Zeug.

Außerdem war es endlich gelungen, im Zusammenhang mit der Mordserie an unschuldigen jungen Menschen, die so viel Staub aufgewirbelt hatte, einen Verdächtigen zu präsentieren. Selbst dass ein weiterer stark Tatverdächtiger sich noch auf freiem Fuß befand, konnte angesichts der Frau verschmerzt werden, über die in den Zeitungen so ausgiebig berichtet wurde. Die Vorbereitung der Anklage gegen Paulina Kinzig war weiter vorangeschritten als jene von Blochin, was vor allem an dem Geständnis lag, das sie in mehreren Verhörsitzungen abgegeben hatte. Mittlerweile hatte sie sich doch einen Rechtsanwalt zur Seite stellen lassen. Alle Staranwälte der Republik hatten förmlich darum gebettelt, den Fall übernehmen zu dürfen, sogar mit dem Versprechen, auf das Honorar zu verzichten. Prestige, Presse, Bekanntheit. Die blonde Mörderin mit den eindrucksvollen Augen war eine Sensation. Wie es hieß, verhandelte sie aus der Zelle der Untersuchungshaft bereits mit großen Verlagen über einen Vertrag für ein Buch, das sie schreiben und in dem sie ihre Geschichte erzählen sollte.

Mara Billinsky hatte Sensationsgier immer schon angewidert. Wer einmal in die toten Augen von gefolterten Mordopfern geblickt hatte, konnte nur zutiefst davon abgestoßen sein – für sie war es, als würden diese armen Menschen noch ein weiteres Mal abgeschlachtet werden, nur eben medial.

Mara hatte ohnehin andere Sorgen. Obwohl die Fahndung auf Hochtouren lief, war Arkadi Gorpischin nach wie vor flüchtig. Was umso überraschender war, wenn man bedachte, wie auffällig sein Äußeres war und es außerdem als gesichert galt, dass er es nicht gewohnt war, selbstständig für sich zu sorgen. Zum bislang letzten Mal war er gesehen worden, als er auf ebenso verzweifelte wie dilettantische Art eine kleine Sparkassenfiliale zu überfallen versucht hatte. Die beiden Angestellten in der Bank waren beim Zücken der Waffe erst perplex gewesen, hatten dann aber schnell gehandelt und sich in einen hinteren Raum geflüchtet, wo sie den Alarm auslösten. Arkadis Reaktion war es, zunächst wild um sich zu schießen, dabei Büroeinrichtung zu zerstören und dann nach draußen zu rennen, ohne einen Cent erbeutet zu haben.

Immer wieder hatte Mara sich in den vergangenen Tagen die Szenen aus der Bankfiliale betrachtet, aufgenommen von einer Überwachungskamera. Sie zeigten einen Hünen, der anscheinend vollkommen die Nerven verloren hatte.

Kurz nach dem gescheiterten Überfall war man auf sein Auto gestoßen, den grünen VW-Golf, der einer Leihwagenfirma gehörte – mitten in der Stadt, wie zufällig im Halteverbot stehen gelassen, wohl weil der Sprit ausgegangen war. Im Kofferraum fand sich ein Messer mit geriffelter Klinge, das als Todeswaffe in der Mordserie festgestellt wurde.

Seither – keine Spur von Arkadi Gorpischin.

Und Mara wurde unentwegt von der Frage geplagt, welche Möglichkeit es geben mochte, diesen schwer einschätzbaren, wohl ebenso hilflosen wie gefährlichen Menschen zu finden. Mit dem Verlust von Paulina hatte er seine Kompassnadel eingebüßt, so kam es Mara vor. Wohin würde ihn der Wind wehen? Er besaß kein Geld, kein Versteck, keine Unterstützer. Er war kopflos. Diesen Begriff hatte Paulina selbst benutzt. Wo steckte er nur?

Auch an ihren Vater musste Mara ständig denken – in Kürze würden sie sich wieder treffen. Ein eigenartiger Weg lag hinter ihnen, geprägt von einem Hass, der unauslöschlich schien und jetzt doch kaum noch spürbar war. Obwohl sie immer noch nicht bereit war, dem Frieden zu trauen. Oder war es diesmal sie, die zu hart, zu stur, zu *was auch immer* war? Nein, wenn es eine Chance für sie beide gab, dann wollte Mara sie ergreifen. Und Edgar schien es tatsächlich nicht anders zu sehen.

Es war nachmittags, keine Wolke am Himmel, die Sonne schien. Mara saß am Schreibtisch, etwas verloren hinter einem Berg aus Akten und Berichten. Sie würde sich zum wiederholten Male die von den Tonbandaufnahmen transkribierten Protokolle der Verhöre mit Paulina Kinzig vornehmen müssen. An den Trennwänden hingen nach wie vor die Fotos, Listen, Notizen und Fragen, die die grausige Mordserie betrafen.

Rosen näherte sich auf seine ruhige, bedächtige Art und stellte einen dampfenden Kaffeebecher vor ihr ab, während er aus dem zweiten Becher einen vorsichtigen Schluck nahm.

»Danke«, sagte sie.

»Mmh«, machte er nur und nahm Platz.

Unauffällig spähte sie zwischen ihrem und seinem Monitor hindurch zu ihm herüber. Schicksalsergeben nahm er sich seinerseits einige Akten vor. Weiterhin machte sie sich Sorgen um ihn. Er hatte sich rasiert, war nicht mehr so bleich, doch nach wie vor ging es ihm nicht gut. Er aß zu wenig und trank zu viel Kaffee, er war noch in sich gekehrter als sonst. Einmal hatte er sich verlegen bei ihr bedankt, dass sie gerade noch rechtzeitig eingeschritten war – sonst hätte er sich wohl in der Tat so weit gehen lassen und Fedor erschlagen. Der Zuhälter hatte keine lebensgefährlichen Verletzungen davongetragen und wartete darauf, dass ihm die Anklage gemacht werden würde. Gleich in mehreren Fällen, darunter eine wegen Mordes an Anyana Lupescu. Es waren an ihren Händen Hautschuppen gefunden worden, die von ihrem kurzen Todeskampf zurückgeblieben waren und eindeutig Fedor zugeordnet werden konnten.

Mara mochte sich gar nicht ausmalen, wie jämmerlich es Rosen erst gehen würde, wenn dieser widerliche Zuhälter ihm entwischt wäre. Immer wieder starrte Rosen in diesen Tagen geistesabwesend vor sich hin, und ihr war klar, wie tief die Narbe war, die Anyanas Tod auf seiner Seele hinterlassen hatte. Er gab sich die alleinige Schuld daran, er war einsam, und er tat Mara leid. Was er brauchte, war ein Freund. Konnte sie dieser Freund sein? Das war eine Rolle, die ihr aufgrund ihres Lebens als Einzelgängerin nicht gerade vertraut war, aber sie nahm sich vor, es dennoch zu versuchen.

Sie trank noch einen großen Schluck Kaffee und schob dann mit Entschiedenheit den Stapel aus Papieren beiseite. »Shit!«, sagte sie unvermittelt.

Rosen musterte sie. »Was ist los?«

»Ich halte es einfach nicht mehr aus. Dieses Scheißbüro macht mich fertig, das ist immer dasselbe.« Sie erhob sich und stellte sich ans Fenster.

»Vielleicht ist er tot«, meinte er vage.

»Wer?«, fragte Mara, ohne sich zu ihm zu drehen. »Arkadi Gorpischin?«

»Verhungert, erfroren – keine Ahnung.«

»Dann wäre bestimmt seine Leiche gefunden worden.«

»Ich weiß ja auch nicht. Bei so einem komischen Vogel …« Er ließ den Satz unvollendet.

»Mir fällt einfach kein Weg ein, diesen Kerl aufzuspüren.«

»Sein Bild hängt überall. Die Fahndung ist noch einmal intensiviert worden. Irgendwann wird er irgendwem ins Auge stechen.«

»Eine Sache fällt mir doch noch ein«, erwiderte sie, als hätte sie ihm gar nicht zugehört. »Also keine Sache, sondern ein Mann.«

»Wen meinst du?«

Mara fühlte Rosens Blick auf ihrem Rücken. »Es ist nur eine kleine Chance, aber an einem bestimmten Ort könnten wir vielleicht mal Glück haben.«

»An welchem Ort?«

Sie gab keine Antwort und grübelte weiter.

»Sag schon, welchen Ort und welchen Mann meinst du?«

Nun drehte sie sich um. Sie sah Rosen an. »Ich meine Ramon.«

Er stutzte. »Ramon? Wer war das noch mal?«

Mara grinste schief und ergriff ihre Jacke, die auf der Stuhllehne hing.

»Wo willst du hin?«, fragte Rosen verdutzt.

»Nur auf einen kurzen Abstecher ins Bahnhofsviertel«, erwiderte sie, hastete schon an ihm vorbei und spürte förmlich,
wie er ihr mit gerunzelter Stirn hinterhersah.

85

Die Leiche wurde ans Ufer des Mains gespült. Es war um die Mittagszeit, ein heiterer Tag, windstill, nicht sonderlich kalt. Zwei zwölfjährige Jungen, die sich nach der Schule am Fluss herumtrieben, entdeckten sie und hielten sie zunächst für eine monströse Art von Schaufensterpuppe. Einer der Jungen verständigte per Handy seinen Vater, der unverzüglich mit dem Auto zu der beschriebenen Stelle fuhr und die Polizei benachrichtigte.

Bei der eilig durchgeführten Obduktion wurde festgestellt, dass es sich bei dem Leichnam um eine Frau handelte, die mit einer Drahtschlinge oder einem ähnlich dünnen und robusten Gegenstand erwürgt worden war. Sie war schon einige Zeit im Wasser getrieben. Der Körper war extrem aufgedunsen, die Haut an einigen Stellen wie verätzt, das bloße Muskelfleisch darunter wie ausgefranst. Hände, Knie und Fußspitzen wiesen Hautabschürfungen auf – Spuren, die davon herrührten, dass der leblose Körper über den Grund des Mains geglitten war. Außerdem zeigte er eine Menge Fraßspuren von Fischen, Vögeln und womöglich auch Ratten. Offenbar war die Leiche am Geäst hängen geblieben und hatte sich zumindest teilweise im Freien befunden. Die Lider waren halb geschlossen, die Augäpfel noch vollständig vorhanden. Die Form der Augen war besonders auffällig – es waren sehr schöne, mandelförmige Augen, der Blick erstarrt im Augenblick des Todes, seltsamerweise nicht entsetzt, sondern fast befreit wirkend.

Man wusste rasch, wer die Tote war, und versuchte ihren Ex-Mann zu erreichen, doch Melvin Steinmann befand sich gerade auf einem verlängerten Urlaubswochenende in Österreich. Auf noch schwachen, wackligen Beinen erschien daher Edgar Billinsky zur Identifizierung der Toten. Er stand leicht nach vorn gebeugt vor ihr, und zum ersten Mal seit unzähligen Jahren spürte er Tränen in sich aufsteigen. Er war dem Teufel gerade noch von der Schippe gesprungen und hatte einen Kopfschuss überlebt – Radka hingegen hatte kein Glück gehabt. So hätte sie sich nicht sehen wollen, dachte er bitter und hilflos, diese schöne, undurchschaubare Frau.

So viele Jahre hatte er verschenkt, ohne auch nur einen Gedanken für sie übrig zu haben, obwohl sie nur ein paar Kilometer Luftlinie von ihm entfernt gelebt hatte. Und nun war es zu spät. Umso wichtiger war es, wie ihm bewusst wurde, als würde eine Klinge in seine Haut schneiden, dass er nicht auch bei seinem einzigen Kind weitere Zeit verschenkte. Mara. Was sie betraf, hatte er so viel aufzuholen.

Mit einem letzten Blick verabschiedete er sich von Radka. Ein Angestellter in weißem Kittel bedeckte das Gesicht der Toten wieder mit dem weißen Laken. Edgar Billinsky wischte sich dezent eine Träne von der Wange, dann wandte er sich von Radka Steinmann ab.

86

Nichts hatte er retten können. Nichts außer seinem nackten Leben und etwas Proviant. Irgendwann war das Auto stehen geblieben, und nachdem er sich panisch die Jackentaschen mit Hartwurst und Zwieback vollgestopft hatte, war er einfach davongelaufen, irgendwohin. Sogar das Messer hatte er im Kofferraum vergessen. Von ihrem Rachefeldzug war nur die Pistole übrig geblieben, aber die letzten Patronen hatte er unnötigerweise in der Bank verschwendet.

Als die Nacht und die Kälte kamen, musste Arkadi Gorpischin reagieren. An einer S-Bahn-Unterführung fielen ihm Obdachlose auf, zwei ausgemergelte Gestalten, die eine Flasche klaren Schnaps kreisen ließen. Er marschierte auf sie zu, zerrte sie aus ihren dicken Schlafsäcken, und als sie sich zu wehren versuchten, streckte er sie mühelos mit ein paar Faustschlägen nieder. Anschließend nahm er ihre Schlafsäcke an sich und machte sich davon.

Den ganzen Weg von der City bis zum Stadtwald ging er zu Fuß. Eine ähnliche Strecke hatte er einmal mit Paulina im Wagen zurückgelegt, als sie einen geeigneten Ort gesucht hatten, um eines ihrer Opfer einsperren zu können. Stundenlang war er unterwegs gewesen, und nun hielt er sich schon seit mehreren Tagen hier auf, unbemerkt von den wenigen Spaziergängern, die zwischen den dicht stehenden Bäumen den Fußwegen folgten. Die Kälte in den Nachtstunden setzte ihm zu, wenn er sich unter einem hastig aus Gestrüpp angefertigten Windschutz in die beiden Schlafsäcke wickelte, aber sie trieb ihn nicht zurück in die Stadt. Es erinnerte ihn an früher, als er bei der Pflegefamilie im Schuppen hatte schlafen müssen, was ihn abgehärtet hatte.

Zum Glück gefror die Erde nicht mehr, es fiel kein Regen, und tagsüber war es sogar relativ warm. Mehrere Tausend Quadratmeter standen ihm zur Verfügung, um sich unsichtbar zu machen, die Einsamkeit beruhigte seine Nerven. Doch er machte sich nichts vor, der Hunger würde ihn in den nächsten Tagen dazu zwingen, seinen Rückzugswinkel zumindest zeitweise aufzugeben; sosehr er sich auch einschränkte und seine Vorräte rationierte, sie würden unweigerlich zur Neige gehen.

Noch immer hatte Arkadi nicht die leiseste Ahnung, was er mit sich anfangen und wie es weitergehen sollte. Er hockte auf den Schlafsäcken, von dem einen oder anderen Sonnenstrahl erwischt, den Blick in den Wald gerichtet, und fuhr sich mit schmutzigen Fingern über sein unrasiertes Gesicht. Er horchte in die Stille, die nur vom Knacken der Äste und Vogelgezwitscher gestört wurde, und dachte an Paulina. Unentwegt spukte sie in seinem Kopf herum, ständig sah er ihr Gesicht vor sich, manchmal hörte er ihre Stimme, die ihn rief, so klar und deutlich, als wäre sie bei ihm.

Erst als er zwei Tage lang außer Wasser aus einem kleinen Bachlauf überhaupt nichts mehr zu sich genommen hatte, wagte er sich aus dem Schutzwall, den die Bäume ihm boten. Er schlich durch die Straßen mit knurrendem Magen, die Faust in der Jackentasche um den Pistolengriff geballt, den Kopf gesenkt, das Kinn fast auf der Brust, um so wenige Blicke wie möglich auf sich zu ziehen. Er bestieg einen fast leeren Straßenbahnwaggon und durchschnitt die Stadt, immer noch hungrig, immer noch ohne Idee, wie und wo er sich etwas Essbares besorgen könnte. Mittlerweile war es später Nachmittag. Er stieg aus und lief schon wieder ohne Ziel, Meter für Meter, Schritt für Schritt, und auf einmal sah er das weiße Eingangsportal. Der Zufall hatte ihn hierhergebracht, aber sofort fiel ihm ein bestimmtes Gespräch mit Paulina ein. *Warum wolltest du nicht mitkommen?*, hatte sie ihn gefragt. Und er hatte geantwortet: *Nächstes Mal gehen wir gemeinsam hin.*

Jetzt musste er sich ohne sie dorthin aufmachen, wie er mit Bitterkeit feststellte, und wieder hörte er ihre Stimme irgendwo in seinem Kopf, der einzige Trost, den es für ihn gab. Es war, als würde sie unablässig zu ihm sprechen, ihn mit ihren schönen, verständnisvollen Augen betrachten. Sie war bei ihm – sie würde immer bei ihm sein.

Mit langen Schritten näherte er sich dem Portal.

87

Während Arkadi Gorpischin sich in Luft aufgelöst zu haben schien, wurde in den Medien nahezu pausenlos über Paulina Kinzig berichtet. Ihre Adoptiveltern waren angeblich aufgrund der Journalistenschwärme, die ihr Haus in Freiburg belagerten, kurzerhand ins Ausland geflüchtet. In der Berichterstattung wurde das volle Augenmerk auf Paulina gelegt, ihr Bruder Arkadi dagegen blieb so etwas wie ein Schatten. Das galt auch für die Vermittler und deren verbrecherisches Gebaren, das nicht einmal am Rande erfasst wurde. Der Mantel aus Anonymität, den sie sich über die Jahre hinweg zugelegt hatten, war offenkundig stark genug, um ihnen auch weiterhin Schutz zu bieten. Jedes Mal, wenn Mara Billinsky an Viktor Karabasch dachte, bildete sich ein Klumpen aus Wut in ihrem Magen.

Jan Rosen war irgendwo im Gebäude unterwegs. Klimmt hatte ihm nahegelegt, sich ein paar Tage freizunehmen, doch er war nicht darauf eingegangen. Ganz bestimmt, weil die Einsamkeit seiner Wohnung eher Unbehagen in ihm auslöste, wie Mara annahm, und ihm kaum helfen würde, aus seiner Depression herauszukommen. Also schob er lieber weiterhin seine Schichten und schreckte vor keiner Überstunde zurück. An einem der kommenden Abende waren sie beide in einem Weinkeller in der Nähe von Maras Wohnung verabredet, und sie hoffte darauf, dass es ihr gelingen würde, ihn wieder ein wenig aufzurichten.

Sie dachte auch an Rosen und seinen zumeist abwesenden, traurigen Gesichtsausdruck, als sie nach Feierabend durch die Straßen kurvte, um einen Parkplatz finden. Am Horizont begann sich der Himmel allmählich zu verdunkeln, doch über Bornheim wölbte sich noch immer ein Dach aus metallischem Hellblau. Die unerwartete, vorzeitig einsetzende Frühlingswärme hielt sich.

Endlich entdeckte sie eine kleine Lücke, die gerade genug Platz für ihren Alfa bot. Als sie das Auto nach endlosem Manövrieren hineinbugsiert hatte und aussteigen wollte, erreichte sie auf ihrem Handy eine Nachricht, die sie noch hinter dem Steuer las.

Es war, als würde ein Stromstoß durch ihren Körper fahren.

Sie startete den Motor von Neuem, stach aus der Parklücke und nahm einem die Straße entlangfahrenden SUV die Vorfahrt. Ohne auf seine quietschenden Bremsen und das anschließende Hupkonzert zu achten, beschleunigte sie.

Wie viel Zeit mochte sie haben?

In waghalsigem Tempo jagte sie durch die Stadt. Ihre rechte Hand krampfte sich ums Lenkrad, sodass die Fingerknöchel weiß hervortraten. Mit der Linken hielt sie das Handy ans Ohr, um die Kollegen zu verständigen.

Sie war in Schweiß gebadet, als sie endlich die Eckenheimer Landstraße erreichte. Vor dem wuchtigen, im klassizistischen Stil erbauten Eingangsportal des Hauptfriedhofs stieg sie in die Bremsen. Sie schob sich eilig aus dem Wagen und hastete auf das Portal zu, an dessen Seite Ramon auf einem neuen Sofakissen saß, vor sich eine Keksdose mit ein paar Münzen. Bettler, Taschendieb, Spitzel, alles in einer Person. Aus kleinen, listigen Augen sah er ihr entgegen, sein langes, als Pferdeschwanz gebundenes Haar hing ihm vorne auf der Brust. Lässig deutete er in Richtung Friedhofsgelände.

Beim Rennen zeigte sie ihm den ausgestreckten Daumen und hetzte an ihm vorbei. Schon vor Tagen hatte sie ihm, bestärkt durch ein paar Geldscheine, dazu bewegen können, sich immer mal wieder für ein paar Stunden hier einzufinden und die Menschen zu begutachten, die den Hauptfriedhof besuchten. Vorhin hatte er die Nachricht geschickt, auf die sie schon gar nicht mehr gehofft hatte.

Das Portal nun in ihrem Rücken, rannte Mara noch schneller. Sie folgte einem Schotterweg, Schweiß lief ihr übers Gesicht. Schon zuvor war sie einmal zu der Stelle auf dem großen Areal gegangen – sie wusste also, wohin sie musste. Und sie konnte nur hoffen, dass Ramon sich nicht in dem Mann geirrt hatte, der vorhin laut seiner Nachricht aufgetaucht war. Aber eine Verwechslung war angesichts des Aussehens des Flüchtigen wohl ziemlich ausgeschlossen.

Sie rannte weiter und weiter, bis sie die äußerste abgelegene Zone erreichte. Hier gab es etliche Hecken und Sträucher, die bizarre Schatten warfen, ebenso wie die hoch aufragenden Bäume rechts und links des Pfades, sodass die eben noch freie Sicht auf einmal beengt wurde. Sie lief nun langsamer, den Blick auf die eingesunkenen Grabsteine gerichtet, deren Namen nicht mehr lesbar waren.

Niemand zu sehen. Die Gräber lagen ganz verlassen vor ihr, nur noch ein paar Schritte entfernt.

Mara stoppte, atmete heftig.

Hatte Ramon sich doch getäuscht?

Sie maß die Umgebung, die Augen zu Schlitzen verengt, das Herz noch wild pochend von der Anstrengung. Tiefe Stille ringsum, nur ein leiser Wind wehte und spielte mit Maras zerzausten Haaren.

Nein, hier war außer ihr kein Mensch …

Sie zuckte zusammen. Dort hinten! Verborgen zwischen den Sträuchern, die zum Glück noch kahl waren, sodass sie den gebückt stehenden Schemen erkennen konnte. Sie ließ sich nichts anmerken. Setzte sich in Bewegung. Langsam, alles andere als bedrohlich. Folgte dem Weg, den sie gekommen war, ohne Hast in Gegenrichtung.

Schritt für Schritt näherte sie sich der Stelle, an der sich der

Mann aufhielt. Weiterhin langsam, nach außen hin völlig gelassen.

Doch er war kein Idiot. Unvermittelt rannte er los, weg von Mara, im Nu sehr schnell und immer schneller werdend. Sie nahm die Verfolgung auf, behielt seinen Rücken im Blick, seine breiten Schultern, seine fettigen, wild abstehenden Haare, die von ähnlichem Blond waren wie Paulinas lange Mähne. Er sollte nicht entkommen, das *durfte* einfach nicht sein.

Nur einmal spähte er kurz über die Schulter zurück, dann nahm er Kurs auf den undurchdringlichsten Teil des Friedhofs, wo wucherndes Gebüsch sich wild ineinander verhakte. Genau wie bei dem Haus seiner Eltern entschwand er Maras Sicht mit einem jähen Hechtsprung ins Gestrüpp.

Sie stoppte ebenso jäh, die Sträucher wie eine Wand vor ihr. Es waren keine Schritte mehr von ihm zu hören.

Er durfte nicht entkommen, pochte es erneut hinter ihrer Stirn. Sie zog die Waffe aus dem Holster, entsicherte sie. Obwohl es sie zur Eile drängte, zwang sie sich, nur mit großer Vorsicht weiterzugehen. Was, wenn er sie im Schutz des Gestrüpps erwartete?

Sie näherte sich dem Unterholz, ihre Doc-Martens-Stiefel sanken in die Erde ein, traten auf erfrorenes Unkraut.

Es ertönte ein Rascheln, Zweige bewegten sich, und Arkadi erhob sich links von ihr, die Arme in die Luft gestreckt, in der rechten Hand eine Waffe, zum Schlag ausholend. Geistesgegenwärtig wich Mara dem Hieb aus. Sie riss die Waffe in seine Richtung, doch er schlug ihr mit der Linken die Pistole aus der Hand. Sie trat ihm zwischen die Beine, er verzog sein Gesicht schmerzverzerrt, aber nur kurz, und knickte ein wenig mit dem Oberkörper nach vorn ein.

Der nächste Schlag mit der Pistole folgte, wieder versuchte sie auszuweichen, doch er traf sie so heftig an der Schulter, dass sie im Matsch landete. Sie suchte den Boden nach ihrer Waffe ab, konnte sie allerdings nicht entdecken.

Arkadi Gorpischin stand über ihr, aus der Nähe noch riesenhafter, noch furchteinflößender. Sein Gesicht ein Geflecht aus Narben, das linke Auge schräg in der Höhle, sein Blick wild, geradezu *tierisch*. Er ließ seine Pistole einfach fallen – offenbar besaß er keine Munition mehr.

Mara lag auf dem Rücken und konnte nichts anderes tun, als wie gelähmt nach oben zu sehen. Im nächsten Moment stürzte er sich auf sie, schwer und unbesiegbar. Seine Hände umschlossen ihren Hals, ihre Hände seine Gelenke, doch es war unmöglich für sie, etwas gegen seine Urgewalt auszurichten. Sie spürte es, *wusste* es.

Er drückte zu, fester und fester und fester. Ihr Blick verschwamm, sie merkte, wie ihre Augen aus den Höhlen quollen, ihre Zunge schien urplötzlich auf die dreifache Größe angeschwollen zu sein. Gorpischins angestrengtes Keuchen erklang unnatürlich laut in ihren Ohren, als wäre es das einzige Geräusch auf der ganzen Welt. *Nein!* – Nein, da war noch etwas anderes, da waren Rufe, und rechts und links vom Kopf des Hünen tauchten andere Gesichter auf.

Mara erkannte Klimmt und Rosen und Schleyer, doch sie waren nicht die Einzigen. Weitere Gestalten erschienen, Männer in Uniform.

Gorpischin wurde zurückgerissen, der Druck um ihren Hals löste sich, Luft schwappte wie eine Meereswelle in Maras Kehle.

»*Billinsky!?*«, erklang Klimmts selbst jetzt noch irgendwie mürrische Stimme, und sie war noch nie so froh gewesen, diesen verdammten Brummbären zu hören.

88

Nebeneinander folgten der groß gewachsene, elegant gekleidete Mann, der sich nach wie vor etwas wacklig und schwach
fortbewegte, und die zierliche Frau mit der abgewetzten
schwarzen Motorradlederjacke dem schmalen Pfad. Nachdem
sie sich vorhin noch unterhalten hatten, war nun Stille zwischen ihnen eingekehrt.

Die Sträucher begannen sich bereits in einem satten Grünton zu färben, Platanen und Eichen säumten die Wege, die
sich zwischen den Reihen der unzähligen Gräber vielfach ver-
zweigten. Es war warm, die Sonne strahlte, der verfrühte Einbruch des Frühlings hielt nach wie vor an. Sie passierten die
Gedenkstätte *Ein Hauch von Leben*. Hier wurden seit vielen
Jahren auf einer zuvor verwahrlosten Grabstätte tot geborene
Kinder anonym beigesetzt. Diese Kinder hatte Mara Billinsky
irgendwann als eine Aufforderung an sich selbst verstanden,
ihr eigenes Leben nicht wegzuwerfen, sondern sich einzuset-
zen, etwas zu bewegen. Ging es nicht immer genau darum?

Vier Wochen waren verstrichen, seit sie auf dem Frankfurter Hauptfriedhof fast ihr Leben verloren hätte. Auch das
war für sie eine Aufforderung. Und sie nahm sich vor weiter-
zukämpfen, sich nicht unterkriegen zu lassen. Sich immer der
simplen Tatsache bewusst zu sein, dass sie *lebte*.

Die schwerfälligen Rädchen der Gerechtigkeit hatten unterdessen weitergemahlen. Die Verhöre wurden fortgesetzt,
die Anklagen vorbereitet. Sowohl gegen die Geschwister Gorpischin als auch gegen Witali Blochin und die anderen Männer
seines Gefolges, die im Bahnhofsviertel festgenommen worden
waren. Es war ein Geduldspiel, ein Kampf, der mit Waffenge-

walt angefangen hatte und mit Paragrafen fortgesetzt wurde. Nur die Vermittler blieben verschwunden und von der Justiz unbehelligt. Aber auch das gehörte wohl zum Leben: dass ein vollständiger Sieg selten und es manchmal ein Triumph war, eine vollständige Niederlage verhindert zu haben.

Mara warf ihrem Vater einen beiläufigen Seitenblick zu. Genau wie Rosen hatte er einen herben Verlust hinnehmen müssen. Und genau wie Rosen sah man ihm das auch an. Nie zuvor hatte sie Edgar Billinsky so nachdenklich, schweigsam und zurückhaltend erlebt wie in diesen Tagen.

Diesmal waren nicht die vergessenen Gräber der Familie Gorpischin Maras Ziel. Seit ihrer Rückkehr nach Frankfurt war es erst das zweite Mal, dass sie gemeinsam mit ihrem Vater die letzte Ruhestätte ihrer Mutter besuchte. Beim ersten Mal hatte es einen schlimmen Krach zwischen ihnen gegeben. Heute sah es nicht danach aus. Überhaupt schien die Zeit der heftigen Zusammenstöße hinter ihnen zu liegen. Auch das konnte man als einen Sieg werten. Das Kriegsbeil war momentan auf jeden Fall tief vergraben.

»Es war ganz schön knapp gewesen«, meinte Mara, plötzlich wieder verfolgt von der Erinnerung an Arkadis verzweifelte Fratze, seine Hände schraubstockartig auf ihrem Hals, seine panischen Augen wild flackernd.

»Gut, dass deine Kollegen rechtzeitig zur Stelle waren.«

»Ich muss mich revanchieren und das nächste Mal *sie* raushauen.«

»Du hast dem Team schon mehr als einmal ordentlich auf die Sprünge geholfen.« Überzeugt fügte ihr Vater an: »Klimmt weiß das, glaub's mir. Er hat längst begriffen, was er an jemandem wie dir hat. Jemandem, der für diesen verdammten Job brennt.«

»Nur sollte niemand von der Aktion mit Nathalie Tannheim erfahren, von der ich dir erzählt habe. Das war einen Tick drüber.«

»Einen Tick drüber?«, wiederholte er. »Ha! Das hast du wirklich dezent ausgedrückt. Himmel, ich darf gar nicht dran denken. Du hast Glück, dass Viktor Tannheim jetzt weit weg ist. Er hat bestimmt genug damit zu tun, in neuer Umgebung Fuß zu fassen, anonym und unauffällig. Rache an einer Frankfurter Polizistin zu nehmen, wird er kaum als seine dringlichste Aufgabe ansehen.« Edgar schüttelte den Kopf, den er aufgrund der Verletzung immer noch mit einer Mütze schützte, und fügte hinzu: »Einerseits ringt es mir Respekt ab, dass du Risiken eingehst. Andererseits …« Er ließ den Satz offen.

Sie grinste schief. »Manchmal jage ich mir selber Angst ein. Dann fühle ich mich an einen Abgrund gedrängt, von allen angefeindet, und plötzlich springe ich einfach in die Tiefe, um einen dreifachen Salto zu machen – allerdings ohne Fangnetz.«

»Mir wäre es lieber, du würdest in Zukunft etwas weniger wagemutig losspringen.«

»Ich kann's dir nicht versprechen.«

»Das hätte mich auch gewundert.«

Am Grab von Katharina Billinsky angekommen, blieben sie stehen.

»Apropos raushauen«, sprach Maras Vater leise weiter.

»Ja?«

»Mich hast *du* rausgehauen.«

»Ich dich? Ganz und gar nicht.«

»Doch. Und zwar aus meinem Turm, den ich mir eigenhändig gebaut habe. Gebaut aus Selbstgerechtigkeit und Egoismus.«

Sie musterte ihn wieder von der Seite. »Jetzt bist du es, der mir Angst macht«, meinte sie mit einer wohldosierten Portion Spott. »Also echt, wenn ausgerechnet du so selbstkritisch bist …«

Er schmunzelte kurz, dann sagte er, ohne sie anzusehen: »Ich habe dich nie in die Arme genommen. Jedenfalls nicht, dass ich mich bewusst daran erinnern könnte.«

»Das kann ich auch nicht.«

»Würdest du es ertragen, wenn ich es jetzt täte?«

»Nur wenn du es nicht übertreibst«, antwortete sie mit einem ironischen Lächeln.

»Es wäre immerhin ein angemessener Ort dafür.«

Tatsächlich, sie umarmten sich, und Mara gestand sich ein, dass sie die Geste bewegte.

»Wir waren ein Team«, sagte er.

»Ja, das waren wir«, erwiderte sie. »Zum ersten Mal überhaupt.«

Still standen sie eine ganze Weile nebeneinander, bis Edgar bemerkte: »Ich möchte noch zu einem anderen Grab.«

»Das dachte ich mir.«

»Begleitest du mich?«

»Zu Radka?« Mara sah ihn an. »Natürlich.«

ENDE

Er wird nicht aufhören, sie zu töten

Matthias Bürgel
DUNKLER HASS
Thriller
DEU
352 Seiten
ISBN 978-3-404-18084-4

Ein Serienkiller verschleppt junge Frauen, die er grauenvoll verstümmelt und ermordet. Und die Abstände, in denen er tötet, werden immer kürzer … Hilfesuchend wendet sich Kommissar Marius Bannert an den bekannten Profiler Falk Hagedorn, der nach einem Unfall an den Rollstuhl gefesselt ist. Eigentlich will Hagedorn von der Welt nichts mehr wissen – und von der Polizei noch viel weniger. Aber der Fall reizt ihn. Gemeinsam tauchen die beiden Kriminalisten immer tiefer in die Psyche des Täters ein. Doch als sie beginnen, seine Motivation zu erahnen, passiert das Unfassbare – und es beginnt ein tödlicher Wettlauf gegen die Zeit.

Lübbe